【特別版】肉蝕の生贄

綺羅 光

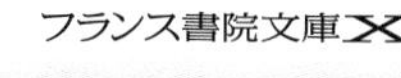

【特別版】肉蝕の生贄

もくじ

第一部　生贄・魔姦地獄

第二部　生贄・淫虐痴獄

フランス書院文庫X

【特別版】
肉蝕の生贄

第一部

生贄・魔姦地獄

第一章　獣性を呼びさます美貌

1

大鷹市は人口およそ十万の、東北の山あいの町である。製材業と木工業がさかんだが、地方の小都市の例にもれず若者が離れてゆく傾向にあり、ここ十数年、人口はおだやかな減少をつづけている。

東京からの交通の便が悪いうえ、これといった名所旧跡もなく、訪れる観光客もきわめて少ない。そのためか町の眺めは三十年前とほとんど変わらない。

古い木造の駅舎を抜け、駅頭に降り立つと、周囲に背の高いビルがひとつもないことに気づくだろう。駅前ロータリーには、タクシー会社、駅前食堂、パチンコ屋、本屋、喫茶店などがのんびりと平和そうに立ち並んでいる。

のどかで牧歌的なこの大鷹市だが、しかし水面下では地殻変動が起こりつつあった。

発端は、ミニ新幹線計画の発表である。これにより七年後に今は三時間かかる大鷹＝仙台間は一時間で結ばれ、東京へもぐっと近づくことになる。それを受けて駅前の大規模な再開発構想が議会に提出され、十年前も十年後もずっと同じと言われていた駅周辺の地価がにわかに上昇しだしたのだ。

そしてご多分にもれず地上げ屋が東北の片隅のこの町にも姿を現わした。

折からの不景気と人手不足に悩んでいた商店主のなかには、さっさと見切りをつけて立ち退き交渉に応じ、何代にもわたって営んできた店をたたんだ者もある。

いま町中を歩くと、まだそれほど数多くはないが、店じまいした商店や、すでに取り壊されて更地になった区画がちらほら目につく。今後、櫛の歯が抜け落ちるように空き家が増えていくかもしれない。

地上げをめぐってトラブルも起きている。血の匂いを嗅ぎつけたハイエナのように、やくざ者が暗躍をはじめたのだ。

ドス黒い欲望の巨大なうねりが、のどかなこの町を少しずつ呑みこもうとしていた。

物語の舞台となる城戸珈琲は、その大鷹の駅前通りの一等地にある。

創業四十年、喫茶店としては老舗であろう。創業者の城戸寛治は、自家焙煎による本格コーヒーを周辺ではいち早く提供した。その感化を受けて大鷹市の人々にはコーヒー通が多いという。

大鷹きっての製材所の家に生まれ、経済的に恵まれていた寛治は、欧米へ遊学して二十代の前半をすごし、かなりの粋人だった。アンティーク蒐集家として東北屈指であり、また自ら絵筆をとって見事な油彩の風景画を数多く残した。それらのコレクションは、豊富な観葉植物とともに店内のいたるところに飾られて、コーヒーを味わいにきた客の目を楽しませている。

寛治はつい最近、七十七年の生涯を閉じて、孫の城戸美都子が二十三歳の若さで店を引き継いだ。

四十坪のスペースに対し客席はカウンターを入れて四十五。都心部では考えられない贅沢な空間のとり方で、この広さだと普通は七十から八十席は設けるはずだ。

製材所を弟に譲った代わりに多額の資産を分けてもらい、生活に困ることのなかった寛治は、この店を大鷹市の文化サロンのような場にしたかったのである。売上げにこだわらず、客がゆったりとくつろげるスペースをつくることが最優先され、そしてその伝統は今も変わらず生きている。

現在の店のスタッフは美都子と、焙煎職人の六郎、それに交代制のウエイトレスが三名。六郎は五十一歳。三十年間、城戸珈琲に勤続している一徹な男で、美都子のコーヒーの師匠でもある。

その日の夕方、城戸珈琲に、明らかに都会からとわかる男たち四人が入ってきた。

業界人という雰囲気の彼らは、歳月を感じさせる木の床や店の内装を珍しそうに眺め渡した。

やがてコーヒーをすすりながら、陳列棚に並んだアンティークの懐中時計やライターをのぞいて、店じゅうに響くほど大きな声で話しはじめた。

「へへえ。たいしたもんだね。田舎に来ると、こういう粋な喫茶店がまだ残ってるからうれしいよな」

「このビロード地の椅子もかなりのアンティークものだぜ、山ちゃん。おまけに灰皿はテーブルへ埋めこみ式とくる。泣けちゃうねえ、まったく」

「コーヒーもいけますよ。ペーパードリップの一杯だてで、焙煎もちゃんとしてる」

「だけど、あの絵はいただけねえなあ。ださいよ、センスが。きっとここのマスターが描いたんだぜ。ハハハ。中野にもさ、これによく似た店があったっけ」

男たちは馬鹿にしきった薄笑いを浮かべた。

祖父の絵をけなされているのが耳に入り、カウンターのなかでコーヒーをいれている城戸美都子が、一瞬険しい表情になった。

やがて連中はウエイトレスの少女をつかまえて、自分たちは東京のテレビ局の者だと得意げに告げた。旅番組の撮影の帰り道なのだという。それから無理やり彼女を席に座らせ、店の由来について興味半分にあれこれ尋ねはじめた。

「へえ、あそこにいるうら若き乙女がオーナーなのかい。またまた驚きだな」

「どうやら大鷹は大変な美人の産地らしいな。君といいオーナーといい、色が白くてすごい美人じゃないか」

「そんな……」

純朴そうな少女は頬を紅く染めた。まだ高校を出たてという感じの初々しさだ。

確かに色が白く、目鼻立ちのくっきりしたなかなかの美少女なのだ。

「名前はなんていうの？」

「……百合です」

「百合ちゃんか、君、東京へ出てくる気はないの？　いい素質がありそうだ。なんならタレントスクールを紹介してあげるよ」

小太りの四十男は、ディレクターの山本と書かれた名刺を渡した。

「またはじまったよ。山ちゃんの悪い癖が」

「おいおい。俺はマジだぜ。いちおうスリーサイズ聞いとこうか。バストは？八十くらいかな」

「もうちょいあるよね？　Bカップだろ」

男たちに胸のふくらみをじろじろ見られ、少女はますます恥ずかしそうにうつむいた。

「下着の色は？　やっぱり白かな」

「おいおい、そりゃ関係ねえだろ、石川」

そこへオーナーの美都子が、少女の名前を呼び、ほっとした様子で席を立っていった。

山本というディレクターはその後ろ姿を見つめ、「いいケツしてるじゃん」と呟いた。

「駄目だよ、山ちゃん。うぶな田舎の少女をからかっちゃ」

「うへへへ」

「AV女優の口入れもやってるというし、そっち方面に売り飛ばそうっていう気？」

「その前にたっぷりと味見なんかしちゃうんスか。ずっこんばっこん、静岡のあの娘みたいに……クク」

男たちはにわかに声をひそめて卑猥に笑い合う。それから話題はすぐに、オーナーの美都子の美貌ぶりへと移った。

「こんなド田舎の茶店で、あんないい女を拝めるとはな。細面で眉がきりっとして、そうだ、女優の財前直見に似てるじゃないか」

カウンターのなかで、てきぱきとオーダーをさばいている美都子の凛とした風貌に、男たちは見惚れた。

清楚な白い半袖のブラウスからのぞける肌は、ウエイトレスの少女と同じく、ねっとり輝く見事な雪肌である。色が白いからなおさら濃い眉の凛々しさ、野性的な大きな黒眼が目立つのだ。髪を後ろでひとつに束ねて、動作は実にきびきびとしている。ほとんど化粧はしておらず、意志の強さを物語る引き締まった唇だけ淡いピンクに濡れ輝き、耳もとで揺れる大きな金のリングが女らしさを感じさせる。

「すっぴんであれだけ端整な顔をしているのは珍しいな」

「でも、さすがあの若さで店を切り盛りしているだけに、しっかり者という感じですよ、石川さん。見るからに芯が強そうだ」

四人のなかで一番若く、ADらしきのっぽが言った。

「だからいいんだよ。ふふふ。じゃじゃ馬ならしは男冥利につきる。一度ああいう勝ち気な女を一から調教して、従順なペットに仕立ててみてえ」

石川はいやらしそうに上唇をぺろりと舐めた。この男も四十くらいだが頭がすっかり禿げあがり、もみあげから頬、顎にかけてが髭もじゃだから、顔の上下がひっくりかえったように見える。

「じゃじゃ馬ならしか。うひひ。そいつはいい」

ネトネト舐めまわすような淫猥な視線が、容赦なく美都子を追いかける。

彼女がフロアに出て、カウンター客の茶碗を片づけだすと、今度は露骨にその身体つきの品定めをはじめるのだ。

東京者のあまりのわがもの顔のふるまいに、他の客がいらつきはじめた。熱心に漫画に読みふけっているスポーツ刈りの若者が、時折り顔をあげて、鋭い目つきで彼らを睨みつけ、舌打ちする。そしてその間隔が次第に短くなってきている。

「ほほうっ、ずいぶん脚が長いぜ」

「キュンと吊りあがって、うまそうなケツしてやがる」

周囲の反応など歯牙にもかけず、連中は、カウンターのなかから出てきた美都子のプロポーションに感嘆している。

身長は百六十くらいだろう。ジーンズにぴっちり包まれた下半身は驚くほどすらりとして、それでいて適度な肉づきがあり、まるで欧米人のような着こなしのよさである。さほど大きくない尻が小気味よくツンと吊りあがっている。

「ああいう尻は、あそこの具合も最高なんだ。こりゃしばらくここへ滞在して通いつめたくなってきたよ」

「ほんとマジな話、彼女ならすぐにうちのバラエティ番組で使えるぜ。なあ石川」

ぴーんと背筋を伸ばし、颯爽と歩いてカウンターのなかへ戻る美都子を目で追いながら、テレビマンたちは宝の山を掘り当てたように興奮している。四人のなかでも特に好色そうな山本と石川は、股間を露骨に膨らませて、隙あらば今にも美都子に襲いかかりそうだ。

よく観察すると美都子は、ほっそりと華奢なようでいて、ブラウスの胸のあたりはなんとも豊満な隆起を示し、腰からヒップにかけてもムンと女っぽく熟れて、まさに理想的なグラマーといえた。

プロの彼らにすれば、ぱっと見ていい女だと思っても、しばらく眺めるうちにはアラが見えてくるものなのだ。ところが美都子は違った。眺めれば眺めるほどにそのまばゆい個性にうっとり魅了されてしまうのだ。

束ねた髪の毛の先端は腰まである。こしと艶があって最高の黒髪であることは歴然としている。それをほどいたら、さぞ色っぽさが増すことだろう。

山本がウエイトレスにコーヒーのお代わりを注文し、同時に美都子をここへ連れてくるようにと命じた。

「僕は正真正銘、東和テレビのディレクターだからね、ちゃんとそう伝えるんだよ」

少女は美都子のところからすぐに引きかえしてきた。やや困惑した表情を浮かべ、

「あのウ、今は手が離せないのでお断りすると言ってますけど」

「そんなはずないだろ。ちゃんと伝えてくれたのかい？」

「はい。さっきの名刺を見せました」

「変だなあ。せっかくこの店の宣伝してやろうってのに。よし俺が話してみよう」

山本が立ちあがった。テレビ局の人間が来ているのに興味を示さない女などいるわけがないと、傲慢にもそう信じきっているのだ。

「なあ山ちゃん、ついでに彼女の今夜の予定を聞いてみてよ。どっかのスナックを借りきってさ、ぱっと騒ごうや、この百合ちゃんも連れてさ」

「おお、それ、ご機嫌じゃない」

仲間たちの言葉に、山本は任せておけというように胸を叩き、自信たっぷりに歩いていった。

すると、漫画を読んでいた若者が素早く歩み寄って、行く手をさえぎった。

「やめろ。美都子さんは忙しいんだ。おまえらなんぞ相手にしねえよ」

二人とも似たような中背だが、若者のTシャツの胸板は分厚く、腕にも筋肉がついていて、たるんだ中年体型の山本とは大違いだ。

「な、なんだ、君は……」

「とっとと失せろよ、よそ者のカス野郎。さもなきゃ叩きだすぞ」

言うやいなやスポーツ刈りの若者は、山本の襟首をつかんで、そのまま出口のほうへ引っぱっていった。

連れの三人があわてて後を追いかけた。

2

男たちは店の裏手にまわり、いさかいをはじめた。そこは城戸珈琲の客専用の駐車場になっており、東和テレビのマーク入りのワゴン車も停めてある。

「おい小僧、俺たちはテレビ局の人間だぞ。わかってるのか」

「そうだ。この店が気に入ったから番組で使おうって話してるんじゃないか」

四人は地元の若者を取り囲み、肩をいからせて言う。

「テレビ野郎がそんなにえらいのかよ。さっきから聞いてりゃ、女くどくしか頭にねえくせに。美都子さんはな、おまえらみてえな野郎が一番嫌いなんだ」

「ハハ。こいつ、きっと気があるんだな。妬いてやがるんだ」

「馬鹿野郎！」

若者は山本の顎を殴りつけた。腰をまわした強烈なパンチに、たまらず山本は吹っ飛んだ。

仲間をやられて他の三人が血相を変え、いっせいに襲いかかった。多勢に無勢だが、若者は喧嘩なれしているようで、ハイキックとパンチを繰りだし、互角に渡り合った。

「やめなさい、慎ちゃん！」

女の声がした。鋭い気合のこもった声に、男たちは殴り合いを中断し、振り向いた。

オーナーの美都子がいた。店にいた時とはまるで別人のように表情を引き締め、全身に気迫をみなぎらせている。

四人のテレビマンはその迫力に完全に圧倒され、青くなった。

美都子はうっとりするほど長い脚を運んでつかつかと若者のところまで来て、いきなりその頰を激しくひっぱたいた。

「あなた、なんてことするの！　うちのお客さんに向かって」

「……でも……こ、こいつら……」

若者は、さっきまでの威勢はどこへやら、粗相をして主人に叩かれたペット犬のように小さくなった。

「お黙りなさい。先に喧嘩を売ったのはあなたのほうでしょ」

なおも鋭く一喝されて、若者はぐうの音も出ない様子でうなだれた。

男たちは、どうやら美人オーナーの怒りが自分たちに向けられていないことがわかり、途端にざまあみろという顔つきになった。へらへら薄笑いしながら成り行きを見つめた。

怒った美都子の顔は、白い肌が紅潮し、野性的な黒眼が濡れたようになって、なんともセクシーなのだった。

「さあ、一緒にあやまるのよ、慎ちゃん」

美都子にせかされ、若者はいやいやながら彼女と一緒にぺこりと頭をさげた。

「私、城戸珈琲のあるじの城戸美都子と申します。せっかくおくつろぎのところ不愉快な思いをなさってさぞお腹立ちでしょう。本当に申しわけございません。このとおり本人も反省してあやまっておりますので、どうか今日のところは私に免じて許してやっていただけませんか」

「フン。まったく話にならんよ。こっちはおたくのお店が気に入って、ぜひ番組で使いたいと思ってたら、いきなり因縁つけてくるんだからね」

「まるで狂犬だよ、こいつ」

男たちは美貌の女主人に対し、口々に憤懣をぶつけはじめた。

若者は下を向いたまま何を言われても耐えている。よほど美都子が怖いらしい。握りしめたこぶしが無念そうに小さく震えている。

「ところでさ、この男とあなた、いったいどういう関係？」

「彼、後輩ですわ。なにせ小さな町ですから、住んでいる者同士がみな家族的に付き合うのです」

いかにも恐縮した様子で話す美都子の顔を、男たちはまじまじ見つめている。そうして改めて間近にすると、ボウッと催眠状態になってしまいそうな妖美さなのだった。それに美都子が頭をさげるたびに、ブラウスの襟の隙間から白いブラジャーの隆起がわずかにのぞけて、たまらない眺めを呈するのだ。

その時、顎をさすりながら山本がしゃしゃりでてきた。

「俺に一発殴らせてくれ。冗談じゃねえや。このままじゃとても気がおさまらん」

吐き捨てるように言い、拳をふりかざして若者と対峙した。

「どうかお許しください。店で起きたことは、すべてこの私の責任なんです」

美都子はあわてて二人の間へ割って入った。濃い眉根をキュウと切なげに寄せ、身を揉んで哀願する。

勝ち気そうな美女がそうする風情は、なんともサディスチックな昂揚をもたらすのだ。このまま引きさがるのはもったいない気がした。もっと美都子を困らせて、より深く優越感を味わいたくなってくる。

「やめなよ、山ちゃん。それより医者に診てもらったほうがいいよ。骨にヒビが入ってるかもしれない」

「ああ、ひどく顎が痛むんだ」

山本と石川は小ずるく顔を見合わせた。

「となると、警察へも届ける必要があるな。局の弁護士にも連絡するか」

そんな言葉を交わしながらテレビマンたちは、美都子の狼狽ぶりを横目でちらちら観察している。

「ああっ、警察へ届けるのだけはどうかやめてください。お願いです」

美都子はまたていねいに頭をさげて、悩ましい純白のブラジャーを露出させ、男たちをゾクゾクさせた。そうしてちらちら盗み見するだけでも、たっぷり熟れて豊満な乳ぶさであることがわかった。

「美女にこうまで頭をさげられちゃなあ。穏便にすませてやろうや、山ちゃん」

「ふーむ。それもそうだな。美都子さんでしたか、どうです、仲直りのしるしに今夜、僕たちのホテルで一緒に飲みませんか」

「え……ええ、喜んで」

「よし決まった」

山本ははずんだ声で言うと、馴れなれしく美都子の肩に手を置いた。そして、かたわらの若者に向かい横柄きわまる口調で、

「おい、君はもう行っていい。これに懲りたら、もう二度と俺たちマスコミ相手に喧嘩を売るんじゃないぞ」

「………」

若者は顔面を真っ赤にさせ、くやしげに歯噛みした。だが美都子がさっきよりもずっと和らいだ表情で目配せをすると、ようやく納得したのか立ち去っていった。

3

久しぶりの立ちまわり、美女の仲裁、そして勝利。ホテルへ戻った男たちの体内に、おびただしいアドレナリンが駆けめぐる。

ひと風呂浴びて浴衣に着替えると、美都子の到来を待ちながら、ルームサービスで取り寄せた酒をぐいぐいあけた。

いやがおうにも話は盛りあがった。

まずは喧嘩相手の若者を槍玉にあげ、「俺は三発殴った」「いや、俺は膝蹴りを食らわせてやった」とか、「仲裁が入らなければ半殺しだった」などと、とにかく威勢がいい。

さんざん相手をこきおろした後は当然、美貌のオーナーの話題となる。

「すごい形相でこっちへ近づいてきた時は、さすがにビビりましたよ。ただ者じゃないスよ、あれは」

のっぽのADが言うと、すかさず石川がやりかえす。

「おまえはわかっちゃねえなあ。いくら鼻っ柱が強そうでも、しょせん、女は女なんだよ。俺たちのような男を敵にまわしたら怖いと知ってるんだ。ま、あの小僧と違ってそれだけ頭が働くってわけだが」

「そうそう、石川の言うとおり。そんでもって俺たちに思いきりコーマンしてもらいたいわけよ」

その発言は大受けして男たちは笑い転げた。

「フフフ。野郎四人の部屋へのこのこやってくるんだもんな。その気がねえわけがねえ」

「ああいう勝ち気そうな女に限ってな、崩れる時はもうメロメロ。向こうにはさっきの一件で弱みもあるし、がんがん強気で攻めよう。顔立ちからして情も深そうだしなあ。ククク。一人二発ずつはまわせるんでないかい」

「秋田じゃ処女の高校生をいただいたし、今回のロケはツキまくりっスねえ」

「俺が最初にやるぜ。文句ないよな。一番痛い思いしたんだから」

ディレクターの山本は顔をしかめて顎をさすり、強硬に自己主張するのだ。

「あー早く来ねえかな。俺様のこの伝家の宝刀で、ずこんずこんと返り討ちにしてくれるわ」

髭の石川が浴衣をはだけて膨らんだブリーフの前をぽんぽんと叩き、また大受けした。

そこへ城戸美都子が到着した。

二十三歳の美人オーナーは、束ねていた髪をハラリとおろし、先程とは打って変わって女っぽい雰囲気を全体に漂わせていた。

レモン色を基調とした光沢のあるシルクのブラウスに、ぴったりしたセクシーな白いスラックスをはいている。その姿だと、美都子のウエストの細さ、プロポーションの素晴らしさがいっそう強調されて、いやでも男どもの欲望をあおった。

腰まで伸ばした漆黒の髪は、彼らの予想したとおり見事なストレートヘアで、それゆえにつやつやと宝石のような美しい輝きを放つ。

美都子が部屋へ入ってくると、その黒髪のほのかに甘い香りが上質の媚薬のようにねっとり流れだした。

「本当に先程は大変ご迷惑を……」

「もういいのもういいの。僕たち、いつまでもそんなことにこだわるほど小さい人間じゃないの。あなたが来てくれたお蔭で、みーんなすごくハッピー」

すでに酒の入った男たちはにこにこ上機嫌で美都子を出迎え、口々につまらぬ冗談を連発するのだ。

美都子は楽しそうに微笑みかえしながら「差し入れです」と、フライドチキンやフルーツ盛り合わせを手渡した。店でつくってきたという。

ツインベッドの上に、五人はあぐらをかいたり腰かけたり、めいめいくつろいで宴会がはじまった。

ディレクターたちは次々に芸能界の裏話を披露しながらも、色欲にヌラつく目で、美しい獲物の肢体をねめまわしている。

（やりてえ。早くやりてえ。ああ、俺がこんな興奮するなんて……）

特に山本は、美都子の隣りでそわそわと落ち着かなかった。胸の丸みやスラックスに包まれた形のいい太腿に、ついつい目を奪われてしまう。気まぐれに立ち寄った田舎町で、これほどの美女を釣りあげるとは。浴衣の下から、猛り狂った肉棒が今にもヌッと顔を突きだしそうだった。

東京に帰ったら、さっそく今夜の体験を吹聴するつもりだが、局の連中はきっと信じないだろう。いつものお決まりのホラ話と思うだろう。

（そうだ、この女もっと酔わせて、あとでセックスがはじまったらカメラをまわすのだ。いい記念になるし証拠にもなる。うまくいけば、すごい乱交シーンも撮れるかもしれない。こんな綺麗な顔して、いったいどんなオマ×コしてやがるんだろう。へへ。尺八はうまく吹けるのかな）

すぐにもふるいつきたい衝動を山本はかろうじてこらえて、美都子の横顔をそばでじっと見つめた。

本当に色が白く、きめ細かな肌をしている。化粧らしい化粧といえば口紅だけで、薄く形のいい唇に、淡いピンクの輝きがなまめかしい。笑うたびにそこから健康そうな真っ白い歯並びがこぼれる。

スッと細く伸びた鼻筋も女らしく優美だ。凜とした直線的な眉。くっきりした二重瞼。濃く長い睫毛は、よく見ると自前で、マッチ棒を何本か乗せられそうなほど。

人気タレントのけばい厚化粧ばかり見馴れている山本には、美都子のまばゆいばかりの自然美が、なんとも新鮮に映るのだった。

「美都子ちゃん、すごく均整のとれた身体してるけど、何かスポーツをやってたの？」

のっぽが尋ねた。

「いいえ。よくそう言われるんですけど、私まるで運動音痴なんです」

「へえ。さっきの迫力はすごかったけどな」

「恥ずかしいわ。彼、慎ちゃんは私の弟みたいなものだから、つい手が出ちゃいましたけど、本当はもう足がガクガク震えて……」

美都子はうつむきながら目の縁を紅く染め、いかにも気弱そうに話すのだ。

「女だからって舐められてはいけないと思って、一生懸命背伸びして、気の強そうなふりをしてるだけなんです、私。とても男の人にはかないませんわ」

その言葉は連中をひそかに勇気づけた。鉄火肌というか手強そうに見えたのはうわべだけだったのだ。

敵にこうまで手の内をさらすとは、この女、人がいいというか無邪気というか……。山本は石川と顔を見合わせた。予想以上にあっさり落とせそうに思えて、勝ち誇った淫らな薄笑いが浮かぶ。

彼らは大いに飲んだ。グラスをあけるたびに美都子はせっせと水割りをつくってやり、それを受け取ってはヤニさがって、またぐいぐい飲み干す。

「でもさ、どうしてこんなグラマーなんだろうねえ、美都子ちゃんは」

「ほらほら、この長い脚の見事なこと。東京でもすぐにモデルになれるよ」

はじめは行儀よくしていたが、時間がたつほどに男たちは次第に野卑で好色な本性を現わしてきた。四人それぞれが前後左右から美都子に迫り、「綺麗な髪だね」と言っては黒髪を撫でたり匂いを嗅いだり、冗談にまぎれて身体にタッチしたり。

「あら、いけませんわ。みなさん、ちゃんと東京に奥さんがいらっしゃるんでしょう」

美都子は、次々に伸びてくる男たちの手をかわしながら、艶のある黒髪をざわざわ揺すり、セクシーに身をくねらせた。だが、さほどいやがっているふうでもない。

「俺たち全員チョンガーだよ。からっきしモテないから」

「ご冗談ばっかり。有名なテレビ局の方たちがもてないわけないわ」

「俺、君とならすぐ結婚してもいいんだけどな」

山本は猫撫で声で囁き、そろそろとブラウスの胸のふくらみをまさぐってきた。

「うふん、そう言ってあちこちで女性を泣かせてらっしゃるのね、山本さん。その手には乗りませんから」

美都子は巧みにその手をはずすと、濡れた眼差しを甘く注いで、さらに山本の性感をこすりあげるのだ。

4

（この女はもう俺の言いなりだぞ）

ディレクターの山本は、酔いのまわった頭のなかでそう確信していた。

ついさっき美都子は、本当は自分も女優になりたかったと恥ずかしげに告白したのである。どうやって勉強したらいいか教えてほしいとも。

ベッドに並んで腰かけ、絶世の美女の細い肩を抱き寄せ、悩ましいストレートの黒髪に鼻を埋めたり、軽く乳ぶさを揉んだりしながら、これだから地方ロケはやめられないと思った。

反対側からはハゲで髭もじゃの石川が、美都子の腰を抱いて、しきりにハァハァ荒い息を吐いてまとわりついている。他の二人はやや控えめながら、憧れの黒髪を撫でたり、柔肌の甘い香りを貪ったり、すらりと引き締まった太腿を愛撫している。

(腰をクネクネさせて、されるがままになって、可愛いもんじゃないか)

美都子ほどの女なら東京に呼んで囲ってもいい。あるいはそれが無理なら、月に一度はこっちから大鷹市まで出向いてコーマンしてやってもいい。そうするだけの価値は充分にある女だ。

(あの風変わりな喫茶店を舞台にしたドラマがつくれれば一番いいんだが……そうすればここに常駐できて、やりたい放題だ。帰ったらすぐ放送作家と相談してみよう)

山本はそんな虫のいいことを考えている。

「みっちゃん、俺の言うこと聞けるよなあ」

チュッチュッと冴えた頰に口づけしながら、山本はそっと小声で耳打ちした。

「ちょっとブラウスだけ脱いでみようよ。みんな大喜びするからさ」

「ああっ……そ、そんなことできません」

「いいからそうしろって。どうってことねえ余興さ。あの女優の進藤綾子だって、俺たちと飲む時は必ず下着姿でホステスするんだぜ。へっへへ。あとで写真を見せてやるよ」

酒臭い息を吐き、えらそうに耳もとでまくしたてるのである。

さすがに美都子は躊躇した。切なげに眉をたわめ、白い顔をみるみる上気させてうつむいた。

「おいみんな、ここ大鷹の女はどれくらい肌が白くて綺麗か、さっきのお詫びをかねて、みっちゃんがちょっとだけご披露してくれるそうだ」

「ちょっと……ああ、待ってください。違うんです」

美都子はあわてて打ち消すのだが、男たちは「待ってました」と拍手喝采して、大はしゃぎである。

辛抱しきれず山本がボタンに指をかけた。真っ赤になってとめようとする美都子の手を、反対側から石川が押さえつけた。

「ああン、いやです……困ります」

「じっとしてなって。へへへ。この初々しさがいいよなあ、山ちゃん。ぐっと新鮮だよ」

シルクのブラウスのボタンが二つ、三つとはずされてゆく。少しずつ露出する佳麗な雪肌、肉丘のスロープに、男たちの興奮がムラムラ高まる。

ブラウスの下は煽情的なパールピンクに輝くレース地のブラジャーだった。夕方チラリと覗き見した時には純白だったから、わざわざここへ来るために下着も取り替えてきたのである。それがわかると、いじらしい女心に山本たちの胸は熱く痺れるのだ。

「なるほど、餅肌だ。フフフ。目にしみる白さとは、まさにこのことだな」

「ああ、困ります。も、もうこれで、これで許してください」

たちまち前がすっかりはだけてしまう。

か細い声を放ち、美都子がいやいやをすると、酔っぱらった男たちはかえってあおられ、ますます破廉恥になるのだった。

「じっとしてろよ。へっへ。慎ちゃんのことは目をつぶってやるんだから、そのくらいサービスするもんさ。そうら、肩も見せてね」

石川は脅し文句をちらつかせて、左側から一気にブラウスの肩を抜いた。

ほの甘い匂いとともに白磁のように艶やかな肩先が露呈し、男たちはいっせいに溜め息をもらした。

「恥ずかしい……ああ」

美都子は甘え泣くように鼻を鳴らした。

「へえ……こんなに白く透きとおった肌見るの、俺、初めてっスよ」

ピンク色のブラジャーの細い肩紐が、その白い肌にぴっちり食いこんでいる眺めが、またなんともセクシーなのだった。肩ばかりでなく、しゃれたレース地のブラジャーに包まれた夢幻的な隆起も露出した。ハーフカップから今にもこぼれ落ちそうな張りのある肉丘ぶりがたまらない。

「この華奢な身体つきからは、信じられないほどのおっぱいじゃないか」

「うむ。バスト九十はありますね」

「いやァ。見ないで……」

先にそこへ手をつけたのは、やはり山本だった。いきなりブラジャーのなかへ突っこんで、熟れた乳ぶさをムニュ、ムニュと握りしめた。のっぽのＡＤがその直前で生唾を呑み、目を凝らした。

「ほほう、いいね、この揉み心地、最高」

「い、いやっ……やめてください……ねえ山本さん、離して」

汚辱感がこみあげてきたらしく、美都子は豊かな髪を振り乱し、身悶えた。

「どれどれ、俺にも揉ませろよ。おう、たまんねえや」

今度は石川がブラジャーに手を入れてきた。張りがあって極上の肉丘の感触に、

「ウヒヒヒ」と卑猥な笑いをこぼした。

なしくずし的に男四人が柔肌に群がって、吸ったり揉んだりいじったりのいたずらを開始した。

「ああン……あんまりです……こ、こんなのいやです」

「へへへ。さんざんこっちをその気にさせといて、よく言うぜ。お次はズボンを脱いでもらおうか」

「さぞ色っぽい太腿してんだろうなあ」

のっぽがスラックスのベルトをはずしにかかった。

「やめて！　そ、それはやめてェ。触らないで」

美都子の抵抗が激しくなり、つられて男たちは凶暴性を剝きだした。

とうとう美都子はあおむけにベッドに押し倒された。ブラウスの残滓がむしりとられ、ブラジャー一枚にされてしまう。

山本は、石川とともに腕をがっちり押さえつけながら、へらへら笑って朱唇を吸おうとするのだ。

「キスぐらいいいだろ、みっちゃん」

「……いやっ」

酒臭い息が顔にかかる。美都子は焦って顔の向きを左右に変え、なんとか唇だけは守ろうとする。その表情に被虐のなまめかしさがムンと漂う。豊かな黒髪がひるがえり、あたりへ官能的な匂いをふりまく。

その一方、スラックスの前ジッパーがおろされて、欲情しきったのっぽがピンク色のパンティに顔を埋めた。

「馬鹿。脱がせてからにしろ」

「あー、いい匂いだ」

のっぽは無我夢中で美女の股間に吸いついて、涎れをふりまき、贅沢な光沢にみちたパンティをたちまち唾でべとべとにしてしまう。さらに、指先をもぐりこませて秘裂を探ろうとした。

と、その瞬間、美都子の表情が突然変わった。濃い黒眼の奥で、憤怒の炎が燃えあがった。

「いい加減にしてよっ、このウジ虫ども！」

まるで仮面を剥いだようだった。汚辱と羞恥に悶える被虐的な表情が消えて、駐車場で垣間見せたような、異様な気迫をたたえた女が現われてきた。

男たちは耳を疑った。が、確かに叫んだのは美都子自身だ。やけくそになって錯乱したのかと誰もが思った。

「へへ。こうなったらこっちもやったろうじゃん」

頬へぱーんとビンタが飛び、のっぽがパンティを脱がしにかかった。

すると美都子は、気合とともに、右膝を思いきり真上へ突きあげた。

「うげェ……」

のっぽが短くうめき、鼻を押さえて後ろへ倒れた。指の間から鼻血がタラタラ流れている。

あっけにとられているもう一人の男の、その胸板を、爪先で蹴り飛ばした。

何事かとベッドの上で山本たちが振りかえった。その隙に美都子は男たちの手をふりほどいて素早く上体を跳ね起こした。立ちあがりながら、さっき山本が痛めた顎へ、ひねりをきかせた正拳をぶちこんだ。

「な、なんだ、こいつ」

背後から襲いかかる石川の顔面へ、鋭くエルボー突きを入れ、くるりと半回転して手刀をこめかみへ叩きこんだ。

石川はあっけなく気絶したが、残りの三人は、遅ればせながら応戦した。

「馬鹿野郎。女なんかに負けてたまるか」

「ぶっ殺すぞ、この阿女ア」

しかし酒をしたたか飲んでいるうえに、機先を制されダメージを受けており、美都子の素早い動きに較べるとまるでスローモーションのようだった。

数分後。大の男四人は、小柄な女一人に完璧にぶちのめされていた。床やベッドに倒れこみ、激痛にうめき声をあげていた。

美都子は、ブラジャーとスラックスという刺激的な姿のまま、フロントへ電話した。あれほどの立ちまわりを演じたというのに、たいして呼吸も乱れていない。

「レイプ事件です。警察を呼んで、すぐに人をよこして」

襲われたという証拠を残すため、わざと下着のままでいるのだった。

「……く、くそ、おまえ……だましやがったのか」

山本は顎にヒビでも入ったのか、顔面蒼白でようやっと言葉を吐きだした。

「ほほほ。あんたたちにだって、たっぷりいい思いさせてあげたじゃないの。よくもまあ、この私の神聖な身体を好き放題に触りまくって」

涼やかな笑いを浮かべて、美都子は長い髪を後ろへ振り払った。

「これに懲りてよその町で大きなツラするのはやめることね。テレビ局とかマスコミとか、そういうの大嫌いな人間がいるんだから。それから……」

つかつかと山本に歩み寄り、そばへしゃがみこんだ。

「今度お祖父ちゃんの絵にケチつけたら、二度とここが使い物にならなくなるわよ。覚えといて」

ブリーフのなかのすっかり縮みあがった玉袋をギュッと握りしめた。山本がヒイッと脅えきったうめきをこぼした。

第二章　歪んだ甘い過去

1

若者の一団が城戸珈琲に集まっていた。

オーナーの美都子が昨夜、のぼせあがった東京のテレビマン四人組をこてんぱんに叩きのめしたという噂を聞いて、駆けつけてきたのだ。七、八人の一団に、慎一という最初に連中に喧嘩を売ったスポーツ刈りの若者もいる。

「しかし大馬鹿野郎だな。よりによって、美都子姐さんをレイプしようなんて」

「ハハハ。鼻の下長くしても無理もねえよ。華奢で女っぽい身体つきで、ちょっと見た目にゃ空手二段のすご腕とは思えねえもん」

「見たかったなあ、姐さんの立ちまわり。さぞ格好よかったろうな」

鼻もちならない東京者を美都子が撃退してくれて、すっかり溜飲をさげた顔つきである。めいめいお気に入りのカップでコーヒーを味わいながら、話に花が咲く。

というのも城戸珈琲では、常連客には先代オーナーのコレクションのなかから好みのコーヒーカップを選ばせて、キープするサービスを行なっているのだった。常連客は店に来て黙っていても自分専用のカップに好みのコーヒーが注がれて出てくる。しかもそれらの器は、一客数万もする高価なものばかりなのだから、なんとも贅沢なサービスではある。

「ちょっとあなたたち。人相の悪いのばかり集まって営業妨害なんだけど」

美都子が立っていた。きりりとした美貌をわざとしかめてそう言い、すぐに白い歯を見せてにっこり笑う。いつものように背筋がぴーんと綺麗に伸びて、ただでさえ抜群のプロポーションが、よけいに際立って映る。

若者たちは「そりゃないスよ」と口々にぼやき、それでも憧れの美都子にかまってもらえてうれしそうだ。確かに彼らのうち何人かはツッパリ風だし、美都子の空手仲間のごつい者もいれば、髪を派手に染めた少女もいる。

城戸美都子はまだ二十三歳だが、こうした二十前後の地元の若者たち、特に暴走族あがりのはみだし者や、喧嘩好きな不良たちから熱狂的な支持を受け、姐さんと呼ばれて慕われていた。

「あなたたちが姐さん姐さんってくっついてくるから、いつまでもお嫁に行けないんじゃないの」とは美都子の口癖である。今の落ち着いた雰囲気からは想像もつかないが、高校時代、美都子は名うての女番長だった。彼女が四歳の時に、伊豆のホテル火災で両親と死別し、祖父の寛治に甘やかされて育ったせいもあるのかもしれない。

もっとも、ぐれていた頃から美都子は、正義感や義俠心は人一倍強かった。いわゆる硬派で、教師や力のある者には歯向かったが、弱い者には心優しく接した。その美貌ゆえに、たえず不良やちんぴらにしつこく迫られたが、異性関係も実に綺麗なものだった。

高三になって、美都子は生まれて初めての熱烈な恋愛をし、処女を捧げた。その相手に導かれて立ち直り、それからはコーヒーの勉強に精を出すようになった。

だがその恋も、不幸な結末とともに幕を閉じた。恋人がよその地で暴漢に襲われ、ナイフで刺し殺されてしまったのだ。今から三年前、彼女が二十歳の時だった。

「姐さん、昨日はどうも迷惑かけました」

慎一がぺこりと頭をさげた。彼は、美都子の空手の後輩だった。気が短く喧嘩で何度も補導され、警察に目をつけられている。もし昨日、駐車場へ美都子が助けに現われなかったら、やっかいなことになっていたはずだ。

「いいのよ。慎ちゃんの気持ち、よくわかるわ。私だってはらわたが煮えくりかえっていたもの」

美都子はエプロンをはずすと、あいている椅子を持ってきて腰かけ、メンソール煙草を取りだした。すかさず何人かが競ってライターの火を差しだした。テレビマンたちが昨日、もしこうして君臨する美都子の姿を見たら、すぐにコーマンできるなどという甘い考えは抱かなかっただろう。もっとも今は店がすいているからで、よそ者がやって来ている時に美都子は絶対にこんな姿は見せないのだが。

「最近、このあたりは地上げ屋のいやがらせが多いでしょう。私が喧嘩の仲裁に入った時、まだあの連中の正体がどっちなのかわからなかったの。結局本当にテレビ関係者だったんだけど」

美都子はそう言って、情熱的な瞳をやや細め、おいしそうに煙草を吸った。

美都子の崇拝者たちは男も女も、話を聞きながらその颯爽とした姿に、尊敬と憧れの熱い眼差しを注いでいる。

相変わらず化粧気はあまりないが、まばゆいくらいの雪肌に、凛とした眉と深い瞳が悩ましい。

いつも店にいる時と同じく清潔な白いブラウスにスリムなジーパン姿で、モデルのように長い脚を優雅に組んでいる。艶のある長い髪は、今日は可憐なポニーテイルにまとめている。

いったい、このスレンダーな身体のどこに、男四人を瞬時にノックアウトできる力が隠されているのかと誰もが思う。

「本当にいやらしい連中だったわ。思いだしても虫酸が走るわ」

「それで、奴らにどんなことされたんスか。無理やり服脱がされたりしたんスか、美都子さん？」

「うふふ。内緒だけど、ま、こっちからそう仕向けたというか……」

いたずらっぽく笑い、ウインクする美都子。健康的な白い歯並びがこぼれ、その素敵な笑顔が若者たちを魅了する。

「そういや、部屋にまっさきに駆けつけた宏隆の奴、鼻血ブーの超エロイ眺めだったって大喜びしてましたよ」

宏隆というのはホテルの従業員で、今回のレイプ未遂事件の証言者になった若者だ。

報せを受けて彼が部屋に駆けつけた時、美都子は、なまめかしいピンクのブラジャーとスラックスだけで、しかもスラックスのファスナーがさげられて、パンティが少しのぞけていたというのだ。

憧れの美都子のねっとり紅く上気しきった表情。ブラジャーの肩紐は片方だけはずれかかり、意外なくらい豊満な隆起が垣間見えた。いつもは束ねてある黒髪がきらめきながら白い背中まで流れ落ち、それが乱れてあちこち跳ねあがっていた。あまりのセクシーさにホテルマンの宏隆は理性を忘れかけ、激しく勃起してしまった。床に倒れている男たちがいなければ、自分だってどうなっていたかわからないとさえ語っていた。

「俺も見たかったなあ。へへへ」

「いいのか、おまえ、延髄斬り食らうぞ」

後輩たちは、美都子の反応を恐るおそるうかがいながら、宏隆が見たという美都子のセミヌードをそれぞれ頭のなかに思い描くのだ。

「うふふ。別にいいわよ。減るもんじゃなし。それくらい、いつでも見せてあげるわ」

「!?………」

思いがけない言葉に全員たじろいだ。だが、「馬鹿ね、冗談よ」とすぐに取り消され、みんな苦笑いするのだ。

「いやね、男ってどうしてこうなのかしら。それで姐さん、連中を告訴するんですか？」

髪を染めた少女が尋ねた。

「バーター取引でチャラにしてあげたわ。あいつらも痛い目にあって懲りたでしょうから。担当の刑事さんに、こりゃどう見ても過剰防衛だぞって、こっそり耳打ちされたけど」

「ハハハ。ざまあみろってんだ」

「ようし祝勝会だぞ。姐さん、俺たちお先にいつもの店でやってますから、後で顔を出してください」

若者たちの気勢は大いにあがるのだ。

美都子は、はいはいと微笑みながら、灰皿に煙草を揉み消してさっと立ちあがり、仕事へ戻っていった。

カウンターのなかでは焙煎職人の六郎が、奥の焙煎室から出てきて、むっつりと豆を選り分けている。城戸珈琲に仕えて三十年、死んだ美都子の父とほぼ同年代で、四十八歳になる。いつも苦虫を嚙みつぶしたような表情をした無口で一徹な男で、いまだ独身だ。

「お嬢さん、もういい加減に無茶はやめたほうがいい」

うつむいたまま、豆を選ぶ手を動かしながら、ぽつりと言った。昔から六郎は美都子と目を合わせないでしゃべるのだった。

言葉を探しあぐねて美都子は、じっと六郎の横顔を見つめた。

自分が生まれる前から六郎はこの店にいるわけだが、美都子が知る限り、その外見はほとんど変わっていない。贅肉のつかないたちらしく、体型はスマートだし、横に流した油っ気のない髪もふさふさしている。ただそこに少し白いものがまじり、顔の皺が増えたのがわずかに年月を感じさせる。

「ごめんなさい、六さん」

それだけ言い、相手の腕に手を軽く触れた。

六郎はわかったというように小さくうなずいた。ほんの少しだけ、その渋い表情に赤みがさした。

2

六郎は部屋でウオッカを飲みながら、漫然とテレビを眺めていた。そうやって一人で毎晩ボトル半分をあけるのが習慣だが、このところは一段と酒量が増え、一本丸ごとあけてしまうこともある。

六畳二間のこの古びたアパートに住んで、かれこれ二十年近くになる。最近、わけがあって思わぬ大金が転がりこんできたし、不動産を買えるぐらいの余裕はあるのだが、今さら家など欲しくはなかった。男一人の侘住まいなら、このアパートで充分だった。

（ああ、まったく俺って人間は……）

深く溜め息をつくと、どうしようもないという感じで首を振りふり、酒をあおった。

やがてテレビの放送が終わり、サンドストームが不快な音をたてはじめたが、気にするふうもない。そもそもはじめから、暗く沈んだその目は画面など見ていないのだから。

「しようがねえよ。もうどうにもならねえんだ。へっへへ。今さら取りかえしはつかないのさ」

自虐めいた笑いを浮かべて呟く。ウオッカをあらかた飲みつくし、かなり酔いがまわってきている。

「おしまいだよ。つぶれるんだ、城戸珈琲は。じき、ぺしゃんこにつぶされちまう。ああ、あんたが悪いんだ、お嬢さん。あんたが俺にそうするように仕向けたんだからな」

ふだんは無口な六郎だが、酩酊すると、そうやってとりとめもなくひとり言をしゃべりだすのである。最近は特にその傾向がひどくなっているようだ。

「くだらん連中相手に、喧嘩なんかしてる場合じゃないんだよ。へん、ガキどもにちやほやされて、いい気になって。よう、美都子お嬢さん、この六郎様をお忘れじゃねえのかい？　そうかいそうかい、俺なんかもう用なしってわけか。ひでえ話だ。う、うう……見てろよ……今に吠え面かくんだぞ」

「ううっ……ごめんよ。ああ、堪忍してくれよ、お嬢さん。俺、とんでもねえことしちまって」

とうとう六郎はちゃぶ台に突っ伏して泣きだした。

しばらくして涙の発作がおさまり、今度は楽しかった六、七年前の記憶が甦る。あの頃、美都子はしょっちゅうこの部屋へ遊びに来ては、酒の相手をしてくれたのだった。

セーラー服姿の可憐な美都子を、自分の腕のなかにひしと抱きしめたあの感触は、生々しく残っている。今よりもずっと華奢で、胸のふくらみもまだ幼く、つっぱって不良の真似事をしていたが、本当は天使のように清らかだった美都子。

(可愛かったなあ。あの頃、美都子お嬢さんは……俺だけのものだった)

六郎は節くれ立った指で涙をぬぐい、ウオッカを喉へ流しこんで、自分の人生で一番幸せだった頃を追体験しはじめた。

これで何百回、いや何千回目になるのだろうか。レコード盤なら溝がすりへって使い物にならなくなっているだろうが、六郎の頭のなかで、美都子との過去は薄れるどころかますます鮮明になっているのだった。

あの頃——夜十一時すぎ、六郎が風呂から戻り、晩酌をしはじめていい機嫌になっていると、美都子はアパートへふらりと姿を現わした。それまでどうやって時間をつぶしていたのか、学校帰りの制服姿のほうが多かった。

きっと家には祖父の寛治しかおらず、寂しかったのだろう。そして六郎のなかに、ぼんやりと亡き父の面影を見出していたのかもしれない。

そう、その頃の二人は、擬似父娘の関係だった。美都子はよく六郎の肩を揉みながら、学校の出来事を話したり、プレゼントをねだったりした。時には酒に酔ってやって来て、六郎の前で煙草を吸っては叱られた。叱られても美都子はうれしそうだった。

高校二年の夏から少しずつ美都子の態度が変わりだした。おくてだった美都子は、性に目覚めたらしく、もはや父親でなく恋人の役割を六郎に求めるようになった。

「だって、ろくな男いないんだもん。ねえ、六さん、私が変な男に引っかかってもいいっていうの？」

同い年のボーイフレンドを探したほうがいいと六郎がたしなめると、美都子は決まってそう答えた。

そして恋人たちが交わすような愛撫をしてほしいと、六郎のたくましい肩に顔をこすりつけながら、しきりにせがんだ。

「と、とんでもねえ。この俺がお嬢さんに、そんなことできるわけがねえ。さあ、もう帰ったほうがいい。御大が心配しなさる」

制服の胸のつつましいふくらみや、少女の肌から漂う甘い匂いにどぎまぎしながら、六郎は言った。内心では飛びあがりたいほどうれしいのだが、その感情を押し殺した。

「六さんまで私を子供扱いするの？」

美都子は綺麗な瞳にうっすら涙をためて食いさがった。

喧嘩が強く度胸もあり、怖いもの知らずの女番長として君臨していた美都子だが、唯一の泣きどころは、男を知らないことだった。不良仲間は妊娠や性病で悩んでいるというのに、ペッティングどころかキスさえ未経験で、そのことを揶揄されるのが何よりくやしいらしかった。

「ねえ、六さんなら私、何をされても平気だわ。身体のこと、いろいろ教えてほしいのよ。お願い」

美都子は頬を染めて恋の手ほどきを乞う。

今でこそ大人の色香を漂わせているが、その当時、美都子は薔薇色の頬が今よりもややふっくらし、髪は肩先ですぱっと切り揃えて、大きな瞳がキラキラ野性的な光を放つ美少女だった。

そんな女子高生から愛撫を求められるなど、男なら震えがくるほどの誘惑だが、昔かたぎの六郎はきっぱりとはねつけた。そして二度とここを訪ねてきてはいけないと、厳しく言い渡したのだった。

「六さんの意地悪っ。いいわよ。他で相手を探すから。その気になれば男なんかいくらでもいるんだから」

美都子は、泣き濡れた瞳で恨みっぽく六郎をしばし睨みつけ、そして出ていった。

3

(あれからしばらく、お嬢さんは姿を見せなかった。店で顔を合わせても、わざと知らんぷりしていたっけ)

ウオッカで酔いどれた六郎は、ごろんと畳に寝転がった。涙に濡れた目で天井の無数のシミを見あげつつ、猛り立つ分身をズボンから取りだし、しごいた。

昨夜の美都子をめぐるレイプ騒動を聞いたせいか、妙に体が火照ってしようがない。気むずかしい焙煎職人の六郎が、そうして酔って美都子を思い、自慰にふける姿を、はたして誰が想像しうるだろうか。

かつて六、七年前、この部屋で交わした快美な愛撫の数々……美都子の女体の感触やその陶酔の表情の悩ましさを思いながら、アアッとあえぎ、ぐいぐい太棹をこすりあげてゆく六郎である。


しばらく姿を見せなくなっていた美都子だが、それから二、三週間後、部屋のドアを激しく叩いて、いきなり顔面蒼白で飛びこんできた。

プーンと酒臭く、セーラー服が汚れていた。聞けば、以前からしつこくつきまとわれていたちんぴらと一緒に酒を飲み、捨て鉢な気分のまま相手の部屋へついていったという。

何度もキスされ、胸に触られ、やがて服を脱がされそうになって、初めて恐怖感がこみあげて逃げだしてきたのである。

「お嬢さん、なんて馬鹿なことを……」

「だって六さん、もう会ってくれないんだもの。私……うう……誰でもいいから……抱かれようと思って……」

「よしよし。わかった。俺が悪かった」

嗚咽する少女を六郎は優しく慰めた。艶やかな髪を撫で、肩を抱いてやりながら、一気に愛しさがこみあげてきた。

セーラーカラーのVゾーンからは、白いブラジャーと、まだ幼い胸のふくらみがのぞけて、さらに六郎の性感をあおるのだ。

こらえにこらえていたものが噴出した。城戸寛治を裏切ることになってもかまうものか。とうとう六郎は美都子の口を吸った。

舌先で少女の唇を押し開き、ヌルヌルと口の浅瀬を軽く愛撫した。

「ああ、お嬢さん……美都子お嬢さん」

名を呼びながら、小さく上を向いた高貴な鼻に、自分の鼻を愛しげにこすりつけた。甘やかな息づかいが感じられ、なんとも心地よかった。

「うれしい、六さん」

ぴたりと唇を重ね合わせて、本格的なキスに入った。初めての経験に不安げに奥で縮こまる少女の舌端を、六郎は巧みに吸いあげ、チロチロこすり合わせた。

そうして夢見るように甘い口腔を舌全体で存分に味わった。

ふと見ると、少女は顔全体を熱く火照らせ、鼻の奥で、泣くようなあえぎ声を小さくもらすのだ。

　ふだんは女番長として暴れまわる美都子の、実は女らしい感受性の豊かさに、六郎は年甲斐もなく興奮した。長いこと女体から遠ざかっていたからなおさらだった。

「これで満足かい？」

「いや……子供扱いしないで」

「じゃ、どうしたらいいんだい？」

　中年男らしい狷介さを発揮して、六郎は反応をうかがった。美都子はしばらく胸に顔を埋めていたが、

「制服、脱いでもいいでしょ」

　上気した瞼を重たげに開き、六郎を見あげた。濃く黒い瞳がねっとり妖しく潤んできている。

「大好きな六さんに、美都子のこと、よく見てほしいんだもの」

　美都子はそんな愛らしいことを言い、羞じらいながらセーラー服のホックをはずしていった。

「ねえ、抱いてくれるの、六さん？」

「絶対に駄目だ。そこまではできない。だが、俺としてもお嬢さんが仲間からネンネだと馬鹿にされるのはつらいからな。ペッティングのやり方ぐらいは教えてやろう」

「いいわ。それでもいい。美都子の身体のこと、全部六さんに任せるから」

その時の、白いブラジャーと濃紺のプリーツスカートという、新鮮なエロチシズムにみちた下着姿を、六郎は今でもどんな細部にいたるまではっきり覚えている。

まだ頼りなげな幼い双乳を、清楚な純白のブラジャーがぴっちり包んでいた。細く艶やかな肩先に食いこんだ光沢のあるストラップ。カップからはみでている肉丘の上半分の、美しい雪色のスロープ。そして、布地越しにぽっちり浮かんだ薄いピンク色の乳首……。

「お嬢さんのヌードを鑑賞するのは幼稚園以来だが、ずいぶん成長したんだなあ。すっかり大人の身体になってる」

「あ……ああ、六さん。いやよ、美都子、恥ずかしいわ」

身悶えするたび、黒髪がひるがえって悩ましい香りが六郎の鼻をくすぐる。脳天がカアッと熱くなった。

羞恥に震える身体をひしと抱きすくめた。キスを交わしながら、カップごと乳ぶさをつかみ、ユサユサ揉みしだいた。相手が高校生でペッティングも初めてだということを忘れてしまい、六郎は次第に本気になっていた。

ひしゃげるほど激しく唇を重ね、チューチュー音をたてて舌の根まで吸いあげる。片手はせわしなく動いて胸乳を押し揉む。

美都子はたえず鼻先で「アン、アアン」とすすり泣いて、六郎が舌を巻くほどに艶っぽい反応を示すのだ。

スカートも脱がせてブラジャーとパンティ姿にさせると、六郎はあぐらをかき、美都子を横にはべらせて酒のお酌をさせた。

「どう、六さん、お酒おいしい？」

「ああ」

可愛い瞳でまっすぐのぞきこんでくる美少女にたじろぎつつ、六郎はうなずいた。これで酒がうまくないはずがなかった。

「うれしい。六さんが喜んでくれるなら私、なんでもする。ねえ、少しだけ飲ませて」

口移しで飲みたいとおねだりされ、六郎は苦笑とともに日本酒を少女の口へ流しこみ、そのままディープキスした。嚥下しきれず、少女の可憐な唇のまわりは酒でヌラヌラに汚れてしまう。

すると六郎は舌を引き抜き、舌腹をこすりつけて舐めてやる。

「あ……ああン……六さん」

「ああ、美都子。可愛いぞ」

初めてオーナー令嬢の名を呼び捨てにした。征服感がゾクゾクこみあげてきた。

もうカップ越しに揉むのがもどかしくなり、ブラジャーのなかへ手をこじ入れた。肩紐をぐいと引きおろし、ついに双丘を丸出しにさせてしまった。

透けるように白い清純な隆起、その頂きには薄紅色の乳頭が形よくピーンと尖っている。これほどに美麗な乳ぶさを見たのは、六郎は初めてだった。

もう有頂天で、少女の背中から腕をまわし、まだ硬さの残るその幼い隆起を手のひらにすっぽり包みこんだ。

「可愛いおっぱいだ、美都子」

黒髪の甘い香りをいっぱいに吸いこみながら呟いた。

「感じるか？　気持ちいいのか？」

「いい……でも少し怖い」

美都子は、か細く震える声で言った。その横顔は羞恥と快感に甘くわななき、男子からも恐れられている日頃の不良ぶりとは別人だった。

「驚いたな。美都子でも怖いなんてことがあるんだな」

「あン、六さん、意地悪言わないで」

生まれて初めて異性に乳ぶさをいじられるのだから、うろたえるのも無理もなかった。ふくらみごと甘く優しく根こそぎ揉みしだかれ、敏感な乳首をつままれて、華奢な裸身がガクガク痙攣した。

六郎は処女嬲りに熱中した。我れを忘れ、美都子の官能を揺さぶりにかかった。可憐な乳ぶさをこねくりながら、同時に片手はパンティの股間を這いまわる。乙女の秘部は淫情の火照りでぐっしょり湿っていた。六郎は、指の腹をそこへぴたりと押し当て、中年の手管でいやらしく撫でさすってゆく。

「あ……ああ……いや」

美都子の白い顔が火を噴かんばかりに紅くなった。

「ふっふっ。男まさりのお嬢さんが、こんなにおませだったとはな」

「ううン……六さんの意地悪っ……ね、ねえ……美都子を許して」

ぐったりと相手に身を預け、官能的な腰部をくねくねさせながら、美都子は甘えるような黒眼を注ぐのだ。

「さんざん手を焼かせおって。いいかい、大人を甘く見るとこういう目にあうんだ。わかったか、お嬢さん」

「あっ……あう……ごめんなさい……許してェ」

胸をしつこく愛撫され、パンティ越しに急所をまさぐられて、ディープキスされては酒を飲まされる。それを繰りかえされ、よほど敏感なたちらしく、美都子は六郎の腕のなかで気をやってしまったのである。処女特有の、ごく軽いオルガスムスではあったが。

まさにその瞬間から、六郎にとって美都子は運命の女となったのだった。

4

それから約三カ月間、六郎のアパートで二人は、秘密の愛撫にふけった。

四十すぎの男が高校二年の少女（しかも相手は大恩ある城戸寛治の孫なのだ）と恋に落ち、ペッティングすることに、六郎はたえず罪悪感を抱き、万一ばれたらどうなるかと脅えもしたが、しかし美都子の魅力には勝てなかった。

せめてもの良心の償いとして、美都子が高校を出るまでは肉体関係をもたないという戒律を自らに課し、それだけはどんなに欲情しても守り通した。

純潔のままイクことを覚えた美都子は、「奪ってほしい」と淫らに腰を振りふりおねだりしたが、六郎は肉棒をびんびんに熱く充血させながらも、かろうじて男の意地を貫いた。

そして美都子が帰ってから、おのれの指を使い、たまったものをどっと吐きだした。今こうして耐えておけば、いずれ美都子とひとつに結ばれた時の感動は素晴らしいものになると言い聞かせながら。

だが運命は残酷だった。六郎の丹念な愛撫によって処女のまま官能を成熟させた美都子は、やがて別の男を、彼女にふさわしい若く野性的な男性を愛するようになる。

相手は富樫といい、当時二十五歳。地元の暴力団、鷹尾組にかつて属しており、喧嘩の強さで伝説的な存在だった。

その頃、富樫は、傷害罪で二年間の懲役を終えたばかりだった。極道稼業には嫌気がさして、出所と同時に組との縁を切り、トラック運転手として更生の道を歩みはじめたところだった。

ある日、城戸珈琲に姿を現わした富樫は、美都子と再会する。自分がシャバにいた時はまだ小便臭く、男まさりのじゃじゃ馬だった城戸の娘が、目を見はるほどの美少女に成長したことに驚き、感動した。

美都子もまた富樫の強靭な肉体と俠気に魅かれ、またたく間に二人は恋に落ちた。

そうして、六郎が丹精こめてはぐくんできた美しい初花は、無残に散らされた。

「あう……うう……あの時、美都子の綺麗な処女マ×コに、こいつをぶちこんでやればよかったんだ。ちくしょう……」

いまオナニーを終え、気だるい感覚に身を浸して、六郎はうめくように呟いた。

かりに二人の間に肉体関係があっても、富樫にさらわれていたかもしれないが、それならそれでまだあきらめがつく。美都子にとって最初の男はこの俺だという事実が、心の勲章となって生きていけるからだ。

大事に大事にとっておいたとびきりのご馳走を、ちょっと目を離した隙に野良犬にぺろりとたいらげられてしまった無念さときたら。

「殺してもまだ飽きたりねえ。富樫の野郎」

富樫は死んだ。長距離運送の帰り道の茨城で、何者かに刺し殺されて。

恋人がこの世から去っても、しかし美都子は、もう二度と六郎を必要とはしなかった。

「よほど野郎のセックスがよかったんだな、美都子。へへへ。おまえもたいした淫売阿女だからな」

六郎は、ウオッカの残りを一気に飲み干し、狂気めいた笑いを浮かべた。

かつて美都子たちの情交を覗き見したことがあるのだった。


高校を卒業した美都子は、城戸珈琲を手伝うようになっていた。店の二階で暮らして、夜になるとそこで富樫と激しい愛の交歓にふけることを、六郎は知っていた。

よほど正気を失っていたのだろう、六郎は、深夜こっそり店へ忍びこんだ。店の鍵は当然持っているし、美都子の部屋の鍵をコピーするのも簡単だったから、出歯亀するのに苦労はいらない。あとは男としての矜持を捨てればいいだけだった。

部屋への階段を昇りかけた六郎の耳に、「ああン……ああっ」とよく聞き覚えのある涕泣が飛びこんできた。いや、記憶にある声よりもねっとり情感を帯びて、ぐんとセクシーさを増している。女の悦びを教えこまれた相手への隷従しきった甘え泣きなのだ。

（ああ、俺の美都子が、めろめろにされてしまってる……）

六郎は激しい嫉妬と同時に性的興奮を覚えた。あの気丈な美都子が、恋人の前で、いったいどのような媚態を示すのか見たくてたまらなくなった。

鍵をはずし、そっとそっと細心の注意で木製ドアを開いた。窓から射しこむ商店街の青白い街灯が、部屋の様子をくっきり映しだしていた。ちょうど真横の角度から、六郎は、二人の裸身を見ることができた。

一戦交えた後らしく、富樫はあおむけになって煙草を吸っている。その厚い胸板に美都子は頬をすり寄せ、たえず甘美な吐息をもらしては、屈従の言葉を口にしている。

すでに六郎の元を去り一年がすぎていた。その間に乳ぶさはふくらみ、腰は深くくびれて、女体はぐんと成熟を増していた。

「ああン。憎いわ。美都子を、こんなに、こんなに狂わせるなんて……うふン」

艶のある黒髪をざわざわ揺すりながら、富樫の鋼のような肉体の隅々へ唇を這わせ、チロチロ舐めさする。その指先は、黒ずんだ極太のペニスを巧みにあやしている。

「大好きよ、富樫さん。あなたみたいな人、初めてだわ。ああ、こんなに強くてたくましい人」

「強くてたくましいって、俺のチン×ンのことかよ、美都子」

「ああん。ひどいわ。からかわないで」

美都子はすねて裸身をくねくねさせた。

そして驚くべきことに男の股間へ顔を埋め、「好きよ、好きよ」と口走りながら、フェラチオをはじめたのだ。うれしくてならないといった感じで腰をうねらせ、怒張の感触を味わうようにゆっくりペロリ、ペロリと根元から舐めさする。

六郎は思わず叫びそうになった。自分に対して美都子は、そんな卑猥な奉仕は決して行なわなかった。酔った勢いで何度か命じたことがあったが、それだけはできないと頑なに拒んだのだ。

覗き見されていることも知らず美都子は、根元から先端へ丹念に唾液をまぶして舐めさすり、やがて先端からすっぽり口に咥えこむと、「ああん、ああん」と甘え泣きながら上下動をはじめた。

恋敵の富樫は、相変わらず夜具に横たわって煙草をぷかぷか吸いながら、美都子の献身的なオーラル愛撫を当然のごとくに甘受していた。

「へっへへ。いいぞ、美都子。だいぶうまくなってきたな」

「ウフーン、うれしいわ。ねえ富樫さん、また大きくなってきた」

甘ったるい鼻声とともに、濃艶な美貌が上下に浮き沈みする。おしゃぶりしながら美都子は、明らかに性感を燃えあがらせていた。悩ましい吐息は次第に強まり、腰部をぷりぷりと動かしては、六郎の神経を逆撫でするのだ。

気の狂いそうな嫉妬心とともに、喉はカラカラに渇き、股間は熱く疼いていた。自分もあんなふうに美都子の口で愛撫されたい、濃厚にフェラチオ奉仕させたい、と心の底から思った。

「ねえ、いいでしょ、美都子、またしたくなってきたの」

うんざりするほど粘っこく口唇愛撫をつづけてから、情感にとろけた声で告げた。

「フフ。泣く子も黙る元スケバンの城戸美都子が、こんなにオマ×コが好きだとはな」

「だって……ああ、富樫さんがこんなふうに美都子を変えたんだわ」

六郎の目の前でうんざりするほどディープキスし、いちゃついてから二人は交わった。

膝の上に乗せて、対面座位で美都子をぐいぐい責め抜く富樫。その若い肉体は一分の隙もなく鍛え抜かれている。美都子のむちむちした双臀を抱えこんでピストンを繰りだすたびに、たくましい胸筋がぴくりぴくりして六郎を打ちのめす。

それに美都子の狂態ぶりはどうだ。秘肉をえぐられるたびに、以前に較べムンムンと隆起を増した双乳が重たげに波打つ。細く絞りこまれたウエストから、ムンと色っぽいヒップにかけての官能的な曲線を悩ましく揺すりながら、至福の愉悦に浸っている。

鉛のような重い敗北感を身体に感じながら六郎は階段をおりた。美都子のあえぎ声は、いよいよ切羽つまってきている。

その時、六郎は、絶対に富樫を殺してやると心に誓ったのだった。

5

美都子のレイプ騒動から十日ほどすぎた。仙台に本社のあるノンバンク系の金融会社の課長を名乗る男が、城戸珈琲を訪れた。

「せっかく遠くからお越しいただいたのに残念ですけれど、これといってお金を借りるような予定はうちはありませんわ。どこかよそを当たっていただいたほうが……」

いつも応接室代わりに使っている店の一番奥のテーブルで、美都子は応対していた。

名前は聞いたことのある大手だし、わざわざ仙台から課長が足を運んできたのだから、あまりつれない態度もとれなかった。

それにしてもおかしな話だわ。借り手がいなくてよほど困っているのかしら、と内心ひそかにいぶかりながら。

「いえいえ、今日うかがったのは、ご融資の話ではなく、大鷹観光ホテルの件でございまして」

三十代半ばの、平凡なサラリーマン風の松本という男は言った。大鷹観光ホテルとは、つい先日不渡りを出して倒産した市内の由緒あるホテルである。

「それが何か？」

「困りますなあ、おとぼけになられては。おたく様が借金の保証人になっておられる件でございますよ。これが写しです」

松本はローン契約書の写しを取りだした。それに目を通し、美都子の顔からスーッと血の気が失せた。

なんということだろう。大鷹観光ホテルが金融会社から五千万円のローンを組み、その保証人として城戸寛治の名前が書かれてある。担保はここ城戸珈琲の土地である。

日付は一年半前、サインの筆跡も実印も確かに、四カ月前に他界した寛治のものだ。

「あれ、ご存じなかったんですか?」

「え、ええ、全然……」

「おかしいですねえ。この件につきまして何度か警告書を送っているんです。そちらからなんの連絡もないので、この私が足を運んだ次第なんです」

松本の説明によれば、大鷹観光ホテル側ははじめの二回分だけローン返済して、後はずっと滞納しており、負債は元本と金利合わせて七千万近くにのぼるという。

「そ、その全額をうちがかぶると?」

「保証人ですから、残念ながら当然そうなりますねえ」

「まさかそんな……冗談じゃないわ」

「お気持ちはお察ししますが、どうにもならないのです。顧問弁護士にご相談されてみてはいかがですか」

とりあえず一週間以内に三千万円を返済すれば、残りの分についてはローンを組み直してもいいと松本は言った。

「もしそれが無理な場合は、大変残念ですが、他の金融会社にこの債権がまわります。そうなりますと取り立ても大変厳しくなり、差し押さえなどの事態も招きますので」

「というと、店の営業もできなくなると?」

「それはもちろんそうなりますね、はい。しかし城戸珈琲さんのような老舗であれば、三千万という金額は、決して無理ではないと思うのですが。いざとなればこの土地もありますし」

「土地は手放せません」

美都子はぴしゃりと言い放った。

どんなことがあっても店だけは守りつづけてくれと、寛治はいまわの際に美都子にそう告げたのだ。

しかし粋人でお人好しの寛治は、一代で財産のほとんどを使いはたし、絵画やアンティーク類は大量に残したものの、現金はあまり残さなかった。あちこちの預金をかき集めても三千万に達するかどうか心もとない。

だが美都子にも城戸珈琲のオーナーとしての意地があった。

「わかりましたわ。一週間以内に必ず三千万円おかえしいたします」

美都子は不吉な客を追いかえすと、すぐに焙煎室の六郎のところへ相談にいった。

第三章　暗躍する陰の淫鬼

1

大鷹市の歓楽街は、駅から北東に向かいおよそ一キロ離れた川沿いのところに密集している。

歓楽街といっても人口十万の小さな町だから規模はたかが知れているが、大衆的な酒場がずらりと立ち並ぶなかにまじって、地元の旦那衆のための高級クラブがちらほらあり、ソープやピンサロなど射精産業もいちおう揃っている。

界隈を根城にしている暴力団、鷹尾組は、本部をこのネオン街のはずれにおいている。夕刻、そのくすんだグレイの五階建てのビルから、若者頭の千野睦男が出てきた。

毛のこわそうなスポーツ刈りの男で、年の頃は三十くらい。図体はそれほど大きくないが、濃い眉、ドスのきいた目つきで、表情になんとも凄みがある。胸板が厚く、頑丈そうな顎をしている。

千野は、自らベンツを運転して大鷹駅へ行き、そこで痩身の中年紳士を拾うと、今度は北西の丘陵地帯へ向けて走りだした。

十キロほど走った見晴らしのいい高台に、鷹尾組の修練道場があるのだった。

そこはかつて連れこみ宿として繁盛していたのを巧みに脅しとったもので、常時、組の若い衆が十数人たむろしている。なかには武道の稽古場、麻雀ルームがあるほか、拷問室や女たちを調教するためのおぞましい秘密部屋もある。

「遠いところを、どうもお疲れさまです」

「ウム」

四十半ばとおぼしき紳士は、後部座席にゆったりと身を沈めた。そして金のシガレットケースからきざな手つきで、自分の体型とよく似てひょろりと細長いメンソール煙草を取りだした。

女のように色が白く、おしゃれな黒縁眼鏡をかけたインテリ風のこの男は、小松原という。小松原は、仙台に本社のある不動産会社、松菱土地開発の副社長であるとともに、大鷹駅周辺で活発化している地上げ騒ぎの黒幕でもあった。

暴れん坊で知られる千野も、この相手には頭があがらない。

小松原がこれはと狙いをつけた土地は必ず地上げされる、という伝説の人物である。その情報収集力、分析力は、やくざ者の千野が舌を巻くほどで、買収交渉が難航した場合、地主のどこが弱点かを徹底的に調べあげ、時間と手間をかけて蛇のような執念で攻め落としてしまう。

松菱土地開発の地上げの先兵となっているのが鷹尾組だった。

「今日は道場のほうでちょっと変わった余興を用意してありますので、ゆっくり骨休めしていってください、小松原さん」

「ほほう。どんな余興かね」

「素人女のレズビアンショウです。主役は例の、大鷹観光ホテルの女房です。純子といって年は二十八。かつてミス大鷹に選ばれたほどの美女ですが、これがムンムンに熟れた人妻になってましてねえ。とにかく実にそそる身体をしてんですよ。へっへっ」

千野はぽん引きのような口調で笑いながら、

「この二週間、こってり楽しませてもらいました。どぎつい色責めしてもへこたれんし、泣き方も艶っぽいし、マゾ奴隷にするにゃもってこいの女ですわ」

「大丈夫だろうな、警察のほうは？　元ミス大鷹が消えたとなれば、捜査に乗りだすんじゃないのか」

「いやいや。事業が倒産して一家夜逃げ、なんて話はどこにでも転がってまさあ。へっへへ。スケは当分、道場で嬲りものにして、ほとぼりがさめたら東京の組織へ売り飛ばします」

千野は事もなげに言うのだ。

大鷹観光ホテルは、かつて市内では最大規模の旅館だった。ところが三代目の主人が大の道楽好きで、千野におだてられ、女の斡旋を受けたり遊興にふけるうち、やがて鷹尾組の賭場へ出入りするようになった。

そしていかさま博打に引っかかり、ホテルを乗っ取られたあげく、数億もの借金をこさえて失踪したのである。実は、すでに鷹尾組の手で始末されているのだが。

借金の担保代わりに組織は、評判の美人妻を拉致し、道場であらん限りの狼藉を加えているのだった。

「しかし、さすがは小松原さんだ。大鷹観光ホテルをダミーにして、ニセの証文で城戸珈琲を追いこむとは」

「で、そっちはどんな状況になってる？」

「へへ、美都子の阿女、取り立てに来た金融会社の人間に、必ず一週間以内に三千万を揃えてみせると大見栄きりましてね。まったく気の強いスケです。今は必死で金策にまわってますが、どこも融通してくれないと気づいたら、さぞたまげるでしょう」

市内の金融機関すべてに、小松原が手をまわして、城戸珈琲の経営危機説をあおってある。特に城戸珈琲のメインバンクには、七千万円の債権の書類コピーを送り、それが回収不能になりそうだという情報を念入りに流しておいた。

ただでさえバブル崩壊で不良債権に悩む金融機関が、担保もなしに金を貸すわけがなかった。すでに城戸珈琲の土地家屋は、松菱土地開発のダミー会社に担保として押さえられているのだから。

「これまでさんざん手こずらせた罰に、なるべく時間をかけてネチネチと追いつめてやろうじゃないか。あのジャンヌダルク気取りの女の泣き顔が見ものだな」

「なんですか、小松原さん、そのジャンヌなんとかって？　フランスの女優か何かですか」

あまりのやくざ者の無知に一瞬、小松原はあきれた表情になるが、すぐに気を取り直した。

「とにかく勝利はもうすぐだ。城戸珈琲さえ陥落すれば、残りの地主たちはいもづる式に土地を手放すだろう」

松菱土地開発は、かねてから政治献金で地元の大物政治家と密接につながっている。そのルートから、大鷹と仙台を結ぶミニ新幹線構想の情報を事前につかんでいた。

眠ったような大鷹の町に莫大な利権が転がっていると知り、松菱土地開発は、市内の有力者と手を組んで、計画が発表される二年も前から、いち早く駅前再開発事業へ乗りだしたのだった。

その彼らにとって目の上のたんこぶとなったのが、駅前通りの一等地に百坪の敷地を有する城戸珈琲だ。先代の遺言を守り、オーナーの城戸美都子が頑として買収交渉に応じないのである。

よそ者の小松原にはどうしても理由がわからないのだが、わずか二十三歳のこのじゃじゃ馬娘は、駅前商店街におけるリーダー的存在になっているのだった。

ある商店主の場合など、契約寸前まで話が運んでいながら、「城戸珈琲さんに合わせる顔がないから、土地を売るのは悪いがやめておくよ」とキャンセルしてきたほどだ。

さらに小松原にとって癪にさわるのは、当の城戸美都子が、これまでお目にかかったことがないほどの絶世の美女であるということだ。聞けば空手の達人で、城戸珈琲へいやがらせに行った鷹尾組の若い衆が、逆に痛い目にあわされて帰ってきたことも何度かあったという。

「城戸珈琲をうまく叩きつぶせたとして、美都子をどうするかが問題ですね。たいした美人だが、観光ホテルの女房と違って気性が激しすぎる」

「ついこの前、東京のテレビ局の連中を三、四人まとめてぶちのめしたそうじゃないか」

「そうなんでさ。あんなのを情婦にたらしこんでも、いつ寝首かかれるかと怖くて仕方ねえや。こってり輪姦にかけたら、手足切り落としてダルマ娼婦か、それともいっそ始末しちまいますか？」

「馬鹿言いなさんな。あれほどのすごい上玉をむざむざ魚の餌にするって法はあるまい」

「それじゃあシャブ漬けにして黙らせといて、香港あたりへ売り飛ばしますかい？」

「まあ待て。私に考えがある。フフ。ああいう鉄火肌の女ほど、調教の仕方によっちゃ、面白い使い道ができそうだからな」

松菱土地開発の知恵袋と呼ばれる小松原は、そう言って、ニヤリと氷のような笑いを浮かべた。

2

修練道場に着き、囚われの人妻、純子と引き合わされた小松原は、彼女をいたく気に入った様子で、変わった余興とやらは後まわしでいいから、酒に酔う前にとにかく一発やらせてくれと千野に申しでた。いつもクールな男がこれほど感情を露わにするのは珍しかった。

それから小松原は、たっぷり時間をかけて、元ミス大鷹の熟れきった肉体を、まばゆい雪肌の手触りを堪能し、きざな紳士の風貌に似合わぬたくましい肉柱でぐいぐい責め抜いて何度も気をやらせ、やがて濃い精液をぶちまけた。

情事が終わると夜具の上にあぐらをかいて、うまそうにごくごくビールを飲みはじめた。

修練道場といっても、もともとは連れこみ宿だったところだけに、セックスを楽しめる部屋は和風、洋風とも揃っている。小松原がその夜選んだのは、シンプルな二間つづきの和室だ。

「いつまで惚けてやがる」

そう言って、かたわらで悶絶したままの人妻の、肩先にかかる黒髪をぐいと乱暴にわしづかんだ。

白い裸身にはきつく縄が食いこんでいる。大鷹観光ホテルの、かつての社長夫人は、ここへ連れこまれてからというもの、寝る時以外はほとんどそうして後ろ手に縛られたままでいるのだ。

「酒の相手をせんか。女主人のおまえがそんなざまだから、ホテルがつぶれちまうんだ」

髪をつかんだまま縄尻を握って、性奴の上半身をこちらへ引き寄せた。

「す、すみません……ご主人様」

純子は弱々しい声で言った。

色白で、和服姿の似合いそうな日本的な美人である。面長で頬がふっくらし、さほど大きくない二重瞼の瞳が哀愁を感じさせる。ぽってりした唇がなまめかしい。

「こら、わしの嬲り方は気に入ったか？」

「はい。あんまり気持ちよくて、純子、ついうっとりしてしまって……本当に申しわけございません」

「フフフ。まったく、すごいよがり方だったな。あんまり腰を振りやがるから、珍棒が折れるかと思ったぞ」

小松原は満足そうにうなずき、その熟れた双乳を押し揉む。手のひらに包んでもたっぷりあまる、豊かな乳ぶさである。上下から縄に絞りだされているからよけいに量感が際立つ。

「いい乳しておる。おまえの身体でここが一番気に入った」

とろけるなかに弾力があって、さっき抱いた時、いやというほど吸ったり揉んだりしたのだが飽きない。こうしてまたいじっていると血が騒ぎだしてくる。

「ああっ、ご主人様、うれしい……」

純子は切なげに裸身をくねらせた。情感にとろけて桜色に染まった顔に、ほつれ乱れた長い黒髪が垂れかかって、なんとも悩ましい眺めになる。

「かつてのミス大鷹も、今じゃやくざの食いものとはなあ。くだらん男を亭主に持つからだよ」

「ああ……あの人は、今どこに？」

はらりと顔先にかかる髪の間で、その瞬間だけ人妻の瞳がきらりと光った。

「まだ未練があるのか？　こんな目にあわされても……けなげなものよ」

小松原はそう言うと、唇を吸った。舌を深々と差し入れ、ヌルリヌルリと粘っこく粘膜をまさぐる。

みるみる乳首が尖りだす。ふくらみを揉みしだきながら時折りそれを強くつまんでやる。甘いキスの味とあいまって、小松原の性感は高まる。さっき激しく放出を遂げているにもかかわらず、黒ずんだペニスはムクムク怒張しはじめた。

「タンカー船でアンコやってるよ。おまえが身体で稼いで借金をかえしたら、いつか会えるようにしてやる」

まさか殺されたとは言えなかった。

「その代わり、千野にどんなつらくむごい要求をされても、逆らっちゃ駄目だぞ。今のおまえは人間じゃない。奴隷の身分なんだからな」

「はい。なんでもおっしゃるとおりにいたします。純子は……ああン、奴隷ですから」

　隷従の誓いを口にしながら、緊縛された身をすり寄せ、甘美な吐息をもらして小松原の官能をくすぐるのである。

「お口でご奉仕させてください。いいでしょ？」

「ようし。へっへ。なかなかの娼婦ぶりだ。ますます気に入ったぞ、純子」

　小松原はあぐらのまま、人妻の髪を引き絞り、おのれの股間へと顔を沈めさせた。

　純子は、うれしくてならないといった感じでグラマーな裸身をうねらせ、男の真横から奉仕をはじめた。

　勃起の熱くたくましい感触を味わうように、ゆっくりとペロリ、ペロリと舌を這わせて、根元からなぞりあげる。

「アアン、おいしい。おしゃぶりできて幸せですわ」

　さすが人妻だけにフェラチオは巧みだ。たっぷり唾を吐きかけ、茎胴全体を甘くヌルヌルに湿らせると、次には縫い目から鈴口にかけて舌腹を強く押しつけ、重点的に刺激しつづける。

「いいぞ、売女め。うーん、またびんびんにオッ立ってきたぞ」

小松原は、純子の長い黒髪のなかに指を差し入れて、献身的な口唇奉仕にふけるその横顔をのぞきこんでは、上機嫌な唸りを発する。

舐めつくすと口に含んだ。純子は、縄掛けされた不自由な身を懸命に動かし、乳ぶさをぶるんぶるんさせ、ストローク運動に入る。そうしながら、たえず鼻先から「ウフン、ウフン」と情感的な甘え泣きをもらして小松原を酔わせるのである。

(城戸美都子も、いずれ近いうちにこうしてひざまずかせてやる。いや、この女なんか較べものにならないほど、死にもまさる屈辱を味わわせてやる)

城戸美都子は、大鷹市民の間で英雄的存在となっている。彼女を征服することは、すなわち大鷹市全体を自分の支配下に置くことにつながるのではないか。そう考えをめぐらすと小松原の全身はカッカと火照るのだ。

「心から感謝してしゃぶれよ。こらっ、ミルクを搾りとるつもりで咥えるんだぞ」

尺八奉仕する純子の、脂の乗った双臀を、平手で思いきりしばいた。

「は、はい……ご主人様ァ」

「マゾ女め。またこんなに汁を垂れ流して」

小松原は意地悪く秘孔をまさぐった。粘り気のある淫汁が指先を濡らし、出し入れするたびヌラリ、ヌラリと糸を引くのだ。

「ああっ、ご主人様。いやン、いやです……」

鼻にかかった甘え声で訴える純子。その肉襞はもの欲しげにヒクヒク蠢いている。

（しかし、たかがあんな喫茶店ひとつ地上げするのに、これほど苦労するとは……）

どのようにして包囲網を完成させたか、勝利感とともにその道程を振りかえる。

焙煎職人の六郎が、城戸珈琲のアキレス腱であることを、小松原は長年の勘で直感的に見抜いていた。

調査員の精鋭に何カ月も調べさせて、ようやく六郎がかつて七年ほど前に、美都子と秘密の仲にあったことを知った。だがどうやら肉体関係まではいかなかったらしい。

二人のその後の経緯をたどってゆくと、新しい恋人、富樫が美都子の前に現われ、六郎があっさり振られてしまったことがわかった。

そして富樫は茨城で殺されてしまう……。

事件は迷宮入りとなった。警察は、六郎の邪恋に気づいていなかった。

六郎にはアリバイがあった。誰かに殺人を依頼したに違いないと小松原は睨み、千野の協力を受けてアンダーグラウンドの情報を探りつづけた。

半年後、ようやく実行犯を探し当てた。凄惨なリンチのあげく、六郎の遠縁にあたる青森のテキ屋稼業の男が、すべてを白状したのだ。

六郎を脅迫し、仲間に引き入れるのは千野の役目だった。殺人を密告されたくなかったら、城戸寛治の実印を盗みだし、五千万円のニセの借用証をつくることに協力しろと迫った。

六郎が一筋縄ではいかない頑固者であることは承知していたので、脅すばかりではなく、甘言も弄した。仲間に入れば一千万円の分け前を与え、そればかりか美都子を罠にはめて抱けるようにしてやると。

「たとえ命をとられても、大恩ある城戸寛治を裏切ることはできない」

予想したとおり六郎は頑なに拒みつづけた。そこで小松原の出番となった。

「おまえさんが臭い飯を食うことをいとわない覚悟なのは知っている。だがそうなると、富樫を殺したことを美都子にも知られ、死ぬまで恨まれることになる。それよりもこっちの味方について、美都子を手に入れ、床のなかでこってり可愛がってやり、おまえさんの情婦に仕立てたほうがずっと賢明じゃないのかね」

小松原の言葉に、六郎は激しく動揺した。鷹尾組の経営する高級クラブでブランデーを一本丸ごと飲み干し、べろんべろんに酔ったあげく、とうとう仲間になることを承諾したのだった。

すぐさま松菱土地開発傘下の金融会社と大鷹観光ホテルの間で、五千万円のローン契約書が作成された。保証人は城戸寛治である。六郎は寛治の実印を盗みだし、寛治になり代わって書類にサインした。三十年近く仕えてきたのだから、寛治の筆跡をそっくり真似るのはたいして難しいことではなかった。

金融会社から、大鷹観光ホテルへと融資が実行された五千万は、すぐさま鷹尾組へと渡り、そのうち一千万は六郎の懐に入った。

かくして城戸珈琲の包囲網は完成された。あとは、肺ガンと宣告され、余命いくばくもない寛治の死を待つばかりとなった。

そして今から四カ月前、子飼いの六郎の裏切りを何も知らずに、城戸寛治は他界した。愛する孫娘、美都子に城戸珈琲のすべてを託して……。

3

人妻の濃厚なフェラチオ技を楽しみながら、小松原は枕もとに備えつけのインターホンを押した。

ほどなく千野が、レズビアンショウの相手役を連れて部屋へやってきた。まばゆい純白のスリップ姿で、手首を後ろにくくられているのは、ワンレングスの美少女で、小松原ははずしていた眼鏡をあわててかけ直した。

「驚いたな。可愛い娘じゃないか」

「ええ。百合といって、高校出たての十八歳、専門学校生です。こら、小松原さんにご挨拶しねえか」

「いやっ！　アア、いやです！」

部屋のなかのあまりに淫靡な雰囲気に、少女はすっかり怖じ気づいている。

そこには濃厚な性臭がムンムンたちこめていたし、夜具の上にあぐらをかく小松原の股間では、純子が顔を埋めて、おぞましい一物を口で愛撫しているのだった。

「どこかで見たことがある顔だな」

「きっと城戸珈琲でしょう。あそこのウエイトレスのなかじゃ、このスケが一番まぶいから。前からずっと狙ってたんでさ」

いつか店に来たテレビマンたちがちょっかいを出したウエイトレスだった。鷹尾組もその美しさにずっと目をつけていたのである。

「もう一カ月ほど前になりますかね。店の帰りを若い衆に襲わせて、三日三晩ここでハメまわしたんです」

「ほほう。可哀相に」

「どぎついビデオを五、六本分、口とマ×コにでっかいのをズブリと咥えこまされたのや、大勢の前でうんちブリブリ垂れてるようなやつを撮影されてるから、美都子に打ち明けることもできねえ。へっへへ。何かあれば、この大鷹市だけじゃなく県下いっせいに、百合の主演した裏ビデオがばらまかれるってわけで」

千野は小松原のすぐ前に立ち、百合のスリップをまくった。すらりと形のいい腿が露わになった。

「どうです、このプロポーションときたら。最近の娘はとにかく外人並みの発育ぶりだ。おっぱいもうまそうに膨らんでるし」

レース刺繍に包まれた悩ましい隆起をしつこく愛撫する。

百合は弱々しくあえいでいる。綺麗なワンレングスがざわざわ揺れて輝きを放ち、まばゆい白の下着との対比がなんとも妖しい。

小松原は舌なめずりして新鮮な獲物に眺め入るのだった。

「不運だったな、お嬢さん。あんな店にかかわらなければ、いずれいいところへ嫁に行って幸せに暮らせたろうに」

同情的な態度をとりながらも、肉茎はますます熱化してきて、フェラチオする純子の頭をぐいぐい沈め、強くしごかせる。

「いやね、へへ。無理やり純子とつながらせてみてわかったんですがね、こいつ、かなりレズっ気があるんでさ。ネチネチ折檻にかけたら、とうとう美都子に惚れてることを白状しましてね。そうだろ、百合？」

千野は、スリップとブラジャーの肩紐を一緒にはずしにかかった。肩先から胸もとのきめ細かで艶やかな肌が一気に露出する。

「あ、ああ……許して！」

手首を縛られたまま、百合はいやいやをした。

下着から乳ぶさがこぼれでた。小さな乳首は綺麗なピンク色で、透きとおるような初々しい隆起である。

「もうすぐだぞ、百合。憧れの美都子お姉様とキスしたり、おっぱいモミモミしたり、ぺろぺろオマ×コ舐め合ったりできるんだぞ。夢みたいだろう」

背後から両手でゆっくり胸を揉みしだき、千野は卑猥に囁くのだ。

(なるほど。ああいう男まさりのタイプは、こんな美少女からも思いを寄せられるのか)

話を聞いて小松原は感心し、同時に妖しい高ぶりも覚えた。

こうなったら一刻も早く美都子を囚え、徹底的に色責めして悶え狂わせ、すすり泣く声を聞きたくなる。また美都子を崇拝している女たちにも犯させてみて、変質的なレスボスの世界をのぞきたいとも思うのだった。

「そろそろはじめますか。今までもう二度もプレイして、こいつら、今じゃ本当の恋人同士みたいになってまさ」

「かたやムチムチの人妻と、かたや清純な美少女の絡み合いか。へっへっ。こいつは見ものだな」

「ええ。初めて気づいたんですが、ずぶの素人女をレズの恋人同士に無理やり仕立てあげるってのは、不思議にサディスチックなもんです。見ていて興が乗ってきたら我れわれも加わって、四Pといきましょうや」

そう言って千野は百合の下着をむしりとっていった。

4

四隅に紐のついた敷布団が部屋の中央にひろげられ、一糸まとわぬ姿の百合は、すらりと長い手足をつなぎとめられた。

縄を解かれた純子が、日本的な顔立ちをほんのり染めて、少女の横へ添い寝する格好となった。

小松原は酒を片手に、千野と並んでかぶりつきに座っている。

羞じらいながら互いにチラチラと視線を交わす女たちの様子を観察していると、確かに熱い感情が芽生えているのが伝わってきて、なるほどこういうレズショウの楽しみ方もあるのかと舌を巻いた。

「早くはじめねえかよ。百合はマ×コ疼かせて待ってるんだぞ」

「は、はい、すみません」

千野に叱咤され、純子は片手をおずおずと百合の胸に伸ばした。

「百合ちゃん……」

張りのある真っ白い隆起を底からすくいとり、優しく撫でまわす。そうしながらワンレングスの髪を梳きあげ、首筋へチュッチュッと口づけを注ぐ。

「可愛いわ。好きよ。ね？　大好きなのよ」

「あ、ああんっ、お姉様」

「百合ちゃんの肌、赤ちゃんみたいにすべすべして、すごく気持ちいいわ」

愛撫が次第に大胆になる。乳ぶさからウエスト、そして左右に大きく割られた太腿へと、指と口を巧みに使い、粘っこいタッチで少女の性感をほぐしてゆく。

大の字に縛りつけられた百合は、うっとり睫毛を閉じて責めを甘受している。その綺麗な二重瞼がねっとり上気し、かすかに開いた朱唇から、やるせない吐息がこぼれる。しかし純子が顔をすり寄せてキスを求めてくると、さすがに羞恥がこみあげるらしく、百合は眉をさざ波立てて拒んだ。

「どうしてキスしてくれないの？」

「アア、だって恥ずかしいの……許して」

「おかしいわ。だって百合ちゃんの身体は、もう私のものなのよ。キスして」

「……う、うふン……」

くなくなと唇をこすりつけられるうち、百合から甘い吐息がこぼれ、閉じていた唇がゆるんできた。

純子が舌を差し入れた。チュッチュッと口を重ね合っては、唾液に濡れ光る舌腹を甘く優しく出し入れする。

「感じる。ああ、感じるわ」

そう囁きながら純子は、熟しきった豊満な双乳を相手の胸に押しつけた。互いの柔らかなふくらみがプルンプルンこすれ合う。

「へへ、すっかり気分出しやがって」

小松原たちは酒をすすりながら、にんまりした。

「あん、ああん」という淫靡なすすり泣きとともにディープキスとなり、女たちの顔がみるみる妖しく火照りだす。細腰が切なげにうねる。

ついに純子は太腿を少女の股間へこじ入れて、どろどろの陰裂をこすりだした。

ヌチャヌチャと卑猥きわまる音色が響いた。

「うう……お姉様っ……ああ」

百合は四肢をピーンと突っぱらせて、早くも昇りつめてゆく。

「好きよっ。あ……ああ、ねえっ、純子お姉様」

「可愛いわ、本当に可愛いわ、百合ちゃん」

淫らに腰をグラインドさせ、乳と乳をこすり合わせて、純子も淫悦の声を張りあげる。

狂態を眺めていた男たちがどうにも辛抱しきれず、ペニスをぐんと膨らませてプレイに参加してきた。千野が純子にまとわりつき、そのムチッとした双臀を愛撫すれば、小松原は百合の白桃のような乳ぶさを押し揉みながら、唇を吸いにかかる。

「いやっ。いやです。ああ、お姉様、助けて」

汚辱の底でわななく百合。しかしすでに性感はとろけきって、迫りくる男の唇をぴたりと受けとめてしまう。

一方、千野は、純子の顔面を抱えこんで怒張をしゃぶらせはじめた。

悩ましく身をくねらせ、人妻は、たっぷり唾液をまぶしては舌腹でヌルリヌルリしごいてゆく。

「この余興はなかなか楽しめるな。千野君」

「ええ。こいつら、オージー用にワンセットで売りだせば、かなり銭を稼いでくれるでしょうや」

千野は勝ち誇ったようにニヤリと笑う。

「ほら、百合。お姉様の上手な尺八姿をよく見ておけ」

小松原は、少女のワンレングスの髪を揺さぶり、目の前のフェラチオ奉仕を見るように強制した。

悩ましく首を振りふり、やくざのペニスを朱唇でしごきたてる屈辱的な姿に、百合はシクシクすすり泣くのだ。

「ああっ、お姉様、いやよっ、やめて」

「泣かなくていいのよ、百合ちゃん。千野さんのチ×ポ、とてもおいしいのよ」

そう告げながら、片手を愛する百合の秘裂へすべりこませ、ネトネト愛撫するのを忘れない。少女の分泌した汁で純子の指先はぐっしょりだ。

「小松原さん。百合のオマ×コがナマを咥えたがってますよ」

「よしよし」

百合のすらりとした下半身へと、小松原は責めを移行させた。

瑞々しい花弁はすっかり口を開き、内側では色鮮やかな肉襞がもの欲しげに閉じたり開いたりしている。そこへむしゃぶりつき、舌をこじ入れて舐めまわした。

「ヒ、ヒイッ……あ、あうう」

百合はたまらず腰を浮かせた。布団につなぎとめられた両手をきつく握りしめた。

「さあ。さっきはお姉様のマン汁をたっぷり吸った珍棒で、今度は百合を狂わせてやろうか」

小松原はのしかかり、得意げに太棹をヴァギナへこすりつけて、美少女の悶え泣くさまを堪能するのだ。

「いやン……入れちゃ、いやっ！」

「何を言う。くくく。おまえのマ×コが勝手に咥えこんでいるんじゃないか」

狭い肉襞をヌルリと通り抜け、深々と刺し貫いた。少女とぴったり一体化した快美感に、ついつい口もとがほころぶ。

そうして小松原がゆっくりピストン運動に入ると、千野も純子を四つん這いにさせて交わった。

「おらおら、うれしいか、ミス大鷹さんよ」

「う、ううっ……うれしいです、あああ、ご主人様」

腰を抱えこまれ、蜜壺の底まで刺し貫かれて、純子はよがり声をほとばしらせた。

「歩け。そら、メス犬、もっと歩くんだ」

千野は結合したまま、人妻のはちきれそうなヒップを容赦なく平手打ちしながら、畳の上を這いまわらせるのだ。

「お姉様っ。ねえ、お姉様、大丈夫？」

百合は自分もぐいぐい犯されながら、しきりに純子を見やって気づかう。

ワンワン歩きでぐるりと布団のまわりを一周してから、女たちを向かい合わせにした。すると強制されるまでもなく百合は、純子をあおいでキスをねだり、愛しげにディープキスを交わしはじめた。

「ああっ、いい、素敵よ、百合ちゃん」

「うふん。ねえ、お願い。唾を呑ませて、お姉様」

純子が流しこむ唾液を、おいしそうにゴクリと嚥下する百合。その表情はうっとり夢心地といった感じだ。

「どうです。清純そうな顔して、百合もなかなかやるでしょう」

「ああ。美都子とレズりたくて城戸珈琲に入ったというのは本当らしいな」

そうするうちにも純子といちゃつく百合の腰が淫らに回転し、膣肉が激烈な収縮を示してペニスを緊めあげてくる。

「くそ。うあ、たまらんっ」

小松原が叫んだ。真っ赤になっていきんで射精する。

その瞬間、この快美な乱交に、城戸美都子も加わって美しい裸身をのたうたせている幻影が、ふと脳裏をかすめた。

5

外出していた美都子が、険しい表情で店へ戻ってきた。

また銀行に融資を断られたのだろう。カウンターのなかでコーヒーをいれながら六郎は、チクリと良心の痛みを覚えた。

仙台の金融会社が提示した一週間の期限まであと三日。その日までに借金の一部、三千万を都合しないと、地元のサラ金に債権が移り、差し押さえの事態を招くかもしれないのだ。

美都子はまだ知らない。地元のサラ金とは、すなわち鷹尾組のことであり、借金の取り立てに店へ乗りこんでくるのが、かつて美都子に痛い目にあわされたちんぴら連中であることを……。

「駄目でしたか、やはり?」

「ええ。銀行も信金も冷たいものだわ。お祖父ちゃんに昔あれだけ世話になっておきながら」

ちょうど客が帰ったところなので、美都子は誰もいないカウンターの椅子に腰をおろし、煙草を取りだした。

あちこちから現金をかき集めてみた結果、予想以上に寛治の残した財産は少なく、全部で一千万にも満たなかった。したがって二千万円以上をどこからか借りてこなければならないのだが、頼りとする金融機関はどこも冷たく、せいぜい五百万程度しか集められそうもないのだった。

「二百ぐらいなら、どうにかなります。使ってやってください」

カウンター越しに美都子に火をつけてやりながら、六郎は切りだした。

「ありがとう。でも気持ちだけいただくわ」

「くそっ。この私がもっと力になれれば……自分でも情けなくて仕方ありませんや」

本当のところ、鷹尾組からもらった一千万を含め、二千万近くもの預金がある六郎だが、そんなことはおくびにも出さない。

「何言ってるのよ、六さん。うちの安い給料で三十年間も勤めてくれたんじゃないの。私、とても感謝しているわ」

煙草を吸いながら美都子は、六郎を優しく見つめた。

最愛の恋人、富樫を殺し、さらには寛治の実印を盗みだして借用証を偽造し、城戸珈琲を窮地に追いこんだ張本人が、いま目の前にいる男なのだとは夢にも思っていない。

（綺麗だ。お嬢さん、ああ、なんて綺麗なんだ）

物思いにふける美都子をちらちら盗み見ながら、六郎は、じんと甘く酔いしれるのだ。

ここ数日間の心労でやつれが目立つ美都子である。顔色がすぐれないし、凛とした眉のあたりには悲壮感が漂う。黒眼がちの瞳のちょっとした動きにも弱気が感じられる。

だがしかし、いつも男まさりのじゃじゃ馬姿ばかり見てきたせいか、そのやつれた風情がかえって六郎にはたまらなく魅力的に映るのである。

（ああ、抱きたい。早くこの手で思いきり抱いてやりてえ）

ズボンのなかではもう一物がぱんぱんに膨れきっている。五十近いというのに、まるで思春期の高校生みたいに、このところ美都子がそばにいる間じゅう勃起しっぱなしなのだった。

いったい自分のどこにこんな倒錯した欲望がひそんでいたのかと思うのだが、苦境に立たされ、うちひしがれた美都子を眺めていると、狂おしいほどサディスチックな衝動がこみあげてくる。ざまあみろ、もっともっと苦しめ、と心のなかでひとりごちてしまう。

その時、乱暴に店のドアが開けられ、鷹尾組のちんぴらが二人入ってきた。

「へへへ。しけてやがるぜ。これじゃあ借金でつぶれそうだって噂も本当だな」

客のいない店内を見渡し、憎々しげに言う。

「何しに来たの。帰りなさい！」

美都子は立ちあがり、射るような眼差しで睨みつけた。

「あいにく今日は私、虫の居所が悪いのよ。あんたたち、こないだの怪我ぐらいじゃすまないわ」

そのちんぴら二人は、以前もいやがらせにやってきたことがあり、美都子の空手で返り討ちにあって、さんざん叩きのめされていた。

「いけねえ、お嬢さんっ」

今にも前蹴りを浴びせそうなのを、六郎がフロアへ出てあわててとめに入る。

両肩を後ろから強く抱く格好となり、美都子の悩ましい女体をいやでも意識した。

ブラウスの下の柔らかな肌。束ねた髪から立ちのぼる、なんともいえない媚香……。あの頃から較べて、ぐんと女っぽさを増したのがわかった。

（ああ、お嬢さんっ）

六郎の肉棒は、ズボンのなかでひときわ激しく跳ねあがってしまう。

そのまま両手をまわして胸をつかみ、思いきり抱きしめたくなる。猛り狂う怒張をぐいぐいこすりつけたくなる。そうできたらどんなに気持ちいいだろうか。

ひとり六郎が美都子の背後で欲情している間に、ちんぴらたちは用件を切りだした。

「千野の兄貴にことづかってきたんだよ。へへへ。いいか、あと三日以内に三千万が用意できねえ時は、うちの事務所へ挨拶に来いってよ」

せいいっぱいに強がっているが、完全な及び腰で、いつ美都子が怒りだすかとびくびくしているのがわかる。

「冗談じゃないわ。なぜ鷹尾組に行かなきゃならないのよ」

「あったま悪いなあ、おまえ。うちのホーク金融が債権を肩代わりすることになってるからだよ」

「えっ⁉」

美都子はたじろいだ。

「この店をつぶすも生かすも、千野の兄貴の肚次第ってわけよ。ああ？　わかったか」

「今まで鷹尾組にたてついてきた罰が当たったようだなあ、美都子。うへっへ。くやしかったら三千万、いや全部で七千万、耳を揃えてかえすこった」

ちんぴらは床へ唾を吐き捨て、胸を反らせて意気揚々と引きあげてゆく。

茫然と立ちつくす美都子。すっかり表情から血の気が失せてしまっている。

「大丈夫ですかい、お嬢さん、気をしっかり持って」

「ああ、六さん……どうしたらいいの」

六郎の肩にもたれたまま、半泣き声で呟いた。

六郎は天にも昇る気分で美都子を支えながら、ブラウスの襟口からのぞける胸もとのふくらみへ、そして官能的な白いレース地のブラジャーへ、ここぞとばかりに淫らな視線を這わせるのだった。

第四章　忍びよる魔手と毒牙

1

（飲みてえ。ああ、ぐいと一杯やりてえ……）

六郎は、外出した美都子に代わって店でコーヒーをいれながら、ひたすらそればかりを考えていた。

頭がボウッとして、生あくびがやたら出る。口のなかがぱさぱさになって、それをまぎらわそうとしきりに唇を舌で舐めまわしている。だがそれはまだいい。やっかいなのは、この手の震えだ。こいつをどうにかしなくちゃならない。

あの悪魔たちと手を組んで以来、六郎の酒量は増えつづけ、もはや完璧なアル中状態になっていた。

かつて、といってもつい最近まで、城戸珈琲の六郎といえば、一徹な職人気質とともに、ロマンスグレイの渋い中年というイメージがあった。それが今はいつも目を赤く血走らせ、肌にはまるで張りがなくなり、目の下には深い隈さえ浮かんで、ただのしょぼくれた初老の男になっている。動作も落ち着きがなく、仕事中にぼんやりして高価なコーヒー茶碗を割ることもたびたびである。

(まだ午後一時か。まあいいや。これが飲まずにいられるかって)

ショットグラスになみなみと注いだジンを、客の目を盗み、ぐいと一口であおった。

どんなに酒に溺れた生活を送っても、これまで自らを律して仕事中は一滴も飲まなかった六郎だが、ここ一週間はそれさえ破っている。そして酒を口にする時間がどんどん繰りあがってきて、はじめは閉店まぎわの八時近くまで我慢できたのが、六時、五時となり、今日は早々と一時からである。

(ああ、どうなったのだろう、お嬢さん。くそ、まったくやきもきするぜ)

一週間の返済猶予期間は今日で終わる。今日三時までに、仙台の信販会社にこれまでの滞納分の三千万を振りこまなければ、七千万の債権は、暴力金融のホーク金融へ自動的に移行してしまうのだ。

地上げ屋の小松原の手がまわされているとも知らず、オーナーの美都子は、借金のため東奔西走し、そして県下のあらゆる金融機関ににべもなく断られていた。万策つきかけたところへしかし、地元の山林王、赤木屋のあるじが今朝になって融資話をもちかけてきたのである。意外な伏兵の登場であった。

地獄で仏とばかりに、美都子は喜び勇んで出かけていった。

（まさか、あの赤木屋のケチ野郎が、一千万も無担保で融通するとは思えないが）

六郎は気が気でなかった。

もし大鷹市でも有数の資産家の赤木屋が美都子の味方につくとなると、ちょっとやっかいなことになる。せっかく実現しかけた生涯の夢、愛しい城戸美都子を自分の女にする夢も遠ざかってしまうのだ。

（冗談じゃねえ。ここまで来て、とんびに油揚げさらわれてたまるかよ）

六郎は二杯目のジンを一気に流しこんだ。

普通、アル中になると性欲が低下するはずだが、六郎は違うのだった。それとは反対に美都子への邪恋はますますつのり、ねじれた性衝動も激しくなるばかりだ。

（ゆうべのお嬢さんのセクシーさときたら。フフフ。つい我れを忘れてむしゃぶ

りついちまうところだったぜ）

アルコールが体をめぐりだし、ようやく人心地ついた六郎は、昨夜の出来事を思い浮かべてにんまりした。

店を閉めた後、いつものように六郎はカウンターで一服つけていた。そうして二階の住居に上がったまま、金策の電話をあちこちかけている美都子を待っていた。慰め、励ましの言葉をかけるためだ。このところ六郎にとってはそれがこのうえなく楽しい日課となっているのだった。

ようやく美都子がおりてきた。絶望の淵であえぐ美都子に、六郎は、心とはまったく裏腹の優しい言葉をかけた。すると、

「ああ、六さん……六さんだけよ、私の味方は。お願いだから最後まで私に、この美都子に、力を貸してちょうだい。ね、きっとよ」

凜とした美貌に哀感をにじませて訴え、六郎の肩に顔を埋めてしくしく泣きはじめたのである。男まさりで鳴る城戸珈琲の一人娘が、弱々しく嗚咽にむせぶその悩ましさときたら。

心労にやつれた美都子の顔は、六郎の目には以前に較べひときわ艶っぽく映り、

不思議なことにはその仕草や言葉づかいまでムンと女っぽさが増したように感じられるのだ。

そんな美都子の身体をそっと遠慮がちに腕のなかへ抱きとめながら、六郎は、びんびんに猛り狂った怒張を悟られはせぬかと気が気でなかった。

ブラウスの背中へまわした手のひらには、ブラジャーのラインがしっかり伝わってくる。漆黒の髪はこのうえなく甘美な匂いを放って性感をくすぐるし、「ああ、この店を手放すことになったら、死んだお祖父ちゃんになんて言えばいいのよ。う、ううっ」と言いながら、美都子はなんとも官能的な音色で泣きじゃくる。六郎のペニスはさらに熱化し、射精寸前まで高ぶってしまう。

昔よりぐんと成熟を増したその柔らかな女体を、骨の折れそうなほどに激しく抱きしめたかった。束ねた髪をほどかせ、ばらばらに乱れるまでいじりまわしたり、口を吸い、唾液をたっぷり流しこんでやりたかった。そして実に何年もの間、はぐらかされつづけた淫情をその秘奥へどっと注ぎこんでやりたかった。

六郎はその衝動をぎりぎりのところでこらえた。あと二、三日の辛抱なのだと自分に言い聞かせた。

まだこれから最後の仕上げに六郎は、千野たちと組んでひと芝居打たなければならないのだった。そのためにはお人好しで無害な男を演じていなければならない。美都子にとってただ一人の味方であると、強く信じこませておく必要があった。

2

二時を少しまわった頃、ようやく美都子が店へ戻ってきた。

出ていく時とはまるで正反対の、その冴えない顔色を見て、赤木屋との融資話が不調に終わったことがわかり、六郎は心で快哉を叫んだ。

「ひどいのよ、赤木屋ったら……私、あ、あれほどの侮辱を受けたの、生まれて初めてだわ」

奥の焙煎室へ六郎を呼ぶと美都子は、憤懣やるかたないといった口調ですぐに話しはじめた。

「というと……駄目だったんですかい、お嬢さん」

尋ねながら六郎は、胸の高鳴りを抑えきれない。

今日の美都子は紫がかったピンクのタイトなワンピースを着て、ゴールドのネックレスをつけ、いつになく女っぽい。借金の申し込みに、さすがにジーパン姿では行けなかったのだろう。

「赤木屋の奴、私にいったいなんて言ったと思う？　うちのお祖父ちゃんには昔、世話になったことがあるし、困った時はお互いさまだから、二千万そっくり差しあげますというのよ。ただし……」

そこで美都子は言葉をつまらせた。

見れば色白の顔が興奮気味に上気して、しかも目の縁にうっすらと涙がにじんでいるではないか。

「それには条件がついてるの。あ、あんまりだわよ、ねえ六さん。こ、この私に……アア、言うにこと欠いて、妾になれっていうのよ」

「なんですって？」

さすがに六郎はぎょろりと目を剝いた。

（なんて太い野郎だ。名門、城戸家の令嬢を金で囲おうなんて……）

六郎は、自分がそれよりもっとはるかに卑劣な企みに加担していることも忘れ、いきどおりを覚えた。

美都子の話によれば、六十歳になる赤木屋はずっと以前、美都子がまだ高校生の頃からひそかに恋しつづけ、愛人として囲いたいと願っていた。そう告白したという。

そして、きっと天国にいる城戸寛治がその願いを聞きつけ、自分たち二人をこうして引き合わせてくれたのだ、などと手前勝手な能書きを垂れながら、奥の襖を開いてみせた。

そこは連れこみ旅館そのものの鏡張りの淫靡なつくりで、夜具が一組敷かれてあり、驚いたことに枕もとには、なんと二千万円の現金の束が積まれてあった。

『善は急げだよ、美都子お嬢さん。さあ服を脱いで。フフフ。今ここでわしの愛を受けとめてくれたら、あの金はあんたのものだ。すぐに銀行へ持っていったらいい。わしだって寛治さんの思い出の店がよそ者の手に渡るなんて、同じ大鷹の人間として我慢できないからねえ』

あまりの破廉恥ぶりに美都子は怒ることも忘れ、ただあっけにとられて立ちつくした。

それを赤木屋は初々しい乙女の羞じらいと受けとった。二十三の美都子だが、老獪な赤木屋からすればまだウブな小娘に映るらしい。

『ほらほら時間がないよ。いつの間にか身体はこんなに色っぽくなっても、まだネンネなんだねえ、お嬢さんは。うひひ』

赤木屋は背後からぴたりと寄り添ってきて、荒い息を吐きだしながら、いやらしく美都子に触れはじめた。

『うーん、胸も大きいし、腰の張り具合も素晴らしい。うひひ。わしが睨んだとおりだ。いやそれ以上の女っぷりだな。よしよし、わしがこの素敵なドレスを脱がせてやろう。城戸家のお嬢さんだ。さぞ美しい餅肌をしとるんだろ』

背中のファスナーが一気に引きさげられ、双肩を剝きだされて、ようやく美都子は我れにかえった。初めて怒りがこみあげてきた。

その頃には赤木屋はあつかましくもワンピースの内側へ手を差し入れ、値踏みするごとく首筋から肩先の素肌をねちねち撫でまわしては、色の白さ、肌のなめらかさにしきりに感激していた。

『赤木屋さん……待ってください』

『どうした。明るすぎて恥ずかしいのかい？　駄目だよ、覚悟しなきゃ。くくく。あんたの身体、裏から表までとっくり拝見させてもらうよ』

『私を、たった二千万のはした金で囲おうなんて、あんまり虫がよすぎませんか』

老人のべっとり濡れた舌が、うなじのあたりでヌチャヌチャのたうち、美都子はゾクゾクと悪寒を覚えた。

『ほほう。駆け引きしようというのか。そっちはそんな立場じゃないと思うがね。まあいい。わしも赤木屋二代目だ。床に入ってあんたのお道具が気に入ったら、あと一千万、上乗せしてやろう』

淫猥にせせら笑うと、下着越しに双乳をムンズとつかんで、もう自分のものだとばかりに粘っこく揺さぶるのだ。

どうやら赤木屋は、美都子の容貌の華麗さにばかり気を奪われて、怒らすとどれほど恐ろしい相手かという点について、予習していなかったらしい。

美都子はくるりと振り向きざま、強烈なパンチを相手の頬へ叩きこんだ。鼻血がどぴゅっと噴きだした。

つづいて向こう脛へ容赦なく前蹴りを入れた。

赤木屋が、『ふぎいィ』と鳥のようにうめいて床に崩れ落ちた。

『馬鹿にしないで！　冗談じゃないわよ。あんたみたいな狒々親爺の妾にされて、天国のお祖父ちゃんがどうして喜ぶのよ！』

床に手をついて、茫然として鼻血をぽたぽたしたたらせている赤木屋に、そう言って啖呵を切った。ほんの一瞬の出来事だったので、きっと男にはいったい何が起こったのかわからなかったに違いない。

帰り際、美都子は、居間に飾られてある唐時代のものとおぼしき高価そうな花瓶を壁にぶつけて粉々に叩き割り、『これがあんたのおさわり代よ』とドスをきかせた。

赤木屋は顔面蒼白でわなわな震えていたが、『覚えとれ、絶対にこのままではすまさんぞ』と、ようやく美都子の背中へ呪咀の言葉を浴びせかけた。

3

「きっと赤木屋の奴、一週間の期限ぎりぎりまでわざと待って、こっちがどうにも首がまわらないと見定めてから、話をもちかけてきたんだわ。人の足もとを見てね。そうすれば私が身を売ると思ったのよ」

いきさつを話し終えて、美都子は、どうにもやりきれないという感じで溜め息をついた。

「くそっ。なんて薄汚ねえ野郎だ。先代の恩も忘れて。今度会ったら絶対にただじゃおかねえ」

六郎はしきりに憤慨するふりを装いながらも、股間は妖しい疼きに異様なまでに高ぶっていた。

（なるほど、そうだったのかい。だけど、あとでひどく後悔することになるぜ、お嬢さん。あの時おとなしく赤木屋の妾になっていたほうがどんなにましだったろうかって。へっへへ。なにしろあんたは、これから鷹尾組のハイエナ連中に寄ってたかって嬲りものにされて、あげくにゃこの六郎様の奴隷になる運命なんだからな。まったくこの大鷹市の男連中ときたら、誰も彼もがお嬢さんと一発やりたくてやりたくて、あそこを充血させているんじゃねえか）

そんなことを考え、つい苦笑したくなる。

「とにかく無事でよかった、お嬢さん。どんなにつらくとも、ヤケを起こしちゃいけねえ。きっとそのうち、道が開ける時が来るんだ。先代が必ず見守っていてくださいますよ」

「そうね……きっとそうだわ」

自分にそう言い聞かせて、非運の令嬢は力なく微笑んだ。

「本当言うとね、六さん、あそこで二千万の現金を見せられた時、狒々親爺にいやらしく身体を触られながら、もうこのまま抱かれてしまおうかしらって、ふと思ったのよ。人間て弱いものね」

美都子はそう呟き、濃い黒眼を気弱そうに六郎に注いで、ゾクリとさせるのだ。

「だって……私がそうすれば、お店を……誰にも渡さなくてすむでしょ。う、ううっ」

「お、お嬢さん……」

美都子はがっくりうなだれて、か細い声で嗚咽をはじめた。

いつもながら美都子のすすり泣く声は、六郎の耳にはこのうえなく甘美な調べに聞こえるのだった。

「とうとう駄目だったわ。どこからも融資してもらえなかった。ああ、お祖父ちゃん、どうしたらいいのよ……ううう」

「申しわけねえ、お嬢さん。この俺がなんの力にもなれなくて」

「う、うん……違う……六さんのせいじゃないもの……う、うっ」

六郎の肩を借りて泣かないのは、今はまだ営業時間で、誰かが焙煎室へ入ってくるかもしれないからだろう。

それはそれでよかったのだ。濃い眉をキュウッとたわめ、長い睫毛を震わせながら、被虐美をムンと漂わせて泣く美都子の横顔を思いきり楽しめるからだ。

背中までの髪をひとつに束ねてあるから、うつむくと首筋のなよやかで美しいラインが強調される。それにうなじのあたりの、目にしみるほどの色の白さよ。紫がかったピンク色のワンピース姿も、大人の女の雰囲気を漂わせている。タイトなデザインだから成熟した曲線美がくっきり浮かんで六郎の目を楽しませた。いつもジーパン姿で男まさりのイメージで売っている美都子だが、本当はそうした女っぽい格好をしたほうがはるかに似合うのだと、改めて痛感させられた。

「ほらほら、もう泣いちゃいけねえ。店の子が見たらびっくりする。美都子お嬢さんはみんなの希望の星なんだから。ふふ。大鷹市のアイドルなんだから」

六郎は柄にもなく冗談めいた口調で慰めた。すると美都子は、

「だって……だって私、六さんの前でしか泣けないんだもの」

小さくしゃくりあげながら、そんないじらしいことを言う。

ずっと眠りつづけていた六郎の良心が、かすかにチクリと痛んだ。

（ああ、俺はなんて犬畜生なんだろう。こんな可愛い人をやくざに売り渡すなんて）

「美都子お嬢さん」

愛しい人の肌に触れたくてたまらず、それでも遠慮がちに、恐るおそる美都子

の肩に手を置いた。

「うふふ。ねえ、六さん。こんなおめかしして行って、馬鹿みたいだわ、私。あの助平親爺を喜ばせてやっただけだもの」

美都子は、無理して泣き笑いしてみせた。ルージュの唇がめくれ、うっとりするほど綺麗な歯並びがのぞけた。

もしかしたら昔に戻れるかもしれない。そんな狂おしい思いが、ふと六郎の胸をかすめた。富樫が現われる前の、幸せだった二人の関係に。

とにかく今の美都子は精神的にぎりぎりの状態に追いこまれて、誰かにすがりたくて仕方がないのだ。この調子なら今すぐにもキスぐらい許しそうだし、ペッティングだってできる。事実、昔は毎日のようにそうしていたのだ。

（いや、強く求めれば、きっと、たぶん、身体だって……）
六、七年前、学校帰りの美都子に、白いブラジャーと濃紺のプリーツスカートという、自分好みの下着姿で毎日のように酒の相手をさせたものだった。オーナー令嬢の名前を、美都子と呼び捨てにし、気が向けば口移しで酒を飲ませたりもした。可愛く酔った美都子のブラジャーへ手を入れ、夢のような美しさの乳ぶさを揉んでやると、「ああン、ねえ美都子、早く六さんのものになりたいわ」と甘く鼻を鳴らしてせがんだものだ。

自分だって、あの時どれほど美都子とつながりたかったことか。なぜ美都子が高校を卒業するまでは一線を越えてはならないなどという、馬鹿げた戒律を自らに課してしまったのか。せっかく処女のあそこをぐっしょり濡らして、愛の楔を打ちこんでほしいとおねだりしているのだから、ぶちこんでやればよかったのだ。そうして自分の女にしておけば、なにも富樫ごときに横どりされることもなかった。

血の色をした後悔に駆られつつ、六郎は甘美な過去を振りかえるのだった。

当然のことながら肉棒は、激しくすさまじくエレクトしていた。まるでズボンを突き破らんばかりに。

(ああ、抱きてえ。今すぐにもお嬢さんを。せめて一晩、俺のものにできるなら、殺されたっていい)

美都子は目を閉じて、まるで口づけを待ちわびるようにたたずんでいる。ふらふらと六郎は、目の前にある悩ましい唇に吸い寄せられていった。

その時、ウエイトレスがドア越しに声を張りあげた。

「美都子お嬢さん、電話ですよ」

「あら……いけない」

美都子は大きな目をぱっちり開いた。まるで催眠状態が破られたみたいだった。

いつものように背筋をぴんと伸ばし、颯爽とした姿で店へ戻っていきながら、六郎を振りかえった。

「六さん、ありがとう。私、くじけないわ。お祖父ちゃんだって、それに、富樫さんだって、きっと天国から応援してくれているはずだもの。そうでしょう?」

富樫——という名前が口から出された時、六郎のなかの、良心の最後のひとかけらが無残に砕かれた。そのことを美都子は知る由もなかった。

4

三十分後。煙草を買いにいくふりをして、六郎は近くの電話ボックスに入った。電話の相手は、鷹尾組の若者頭、千野である。

赤木屋からの融資話が流れたことを伝えると、千野もほっとした声を出した。

「で、どうだい、六さん?　あのじゃじゃ馬の様子は?」

「かなり動揺してるよ。今すぐにがんがん攻めまくったほうがいい。きっとうまくいく」

「そうかい。ようし、わかった。すべて打ち合わせどおりに進めよう。へへへ。六さんもこれから忙しくなるな。アカデミー賞並みの渋い演技を頼むぜ」

電話ボックスを出て、自動販売機の煙草を買って封を切り、ライターで火をつけた。肺まで深々と煙を入れながら、これでいい、これでいいんだと、六郎は自分自身に何度も言い聞かせた。


美都子は、千野から電話だとウエイトレスに告げられ、あわてて二階の居室へあがって受話器をとった。

「久しぶりだなあ、美都子。もう三時をすぎたぜ。もうわかってると思うが、おまえのお祖父さんが保証人の判を押した借金、利子を合わせて七千万になるが、うちのホーク金融がかぶることになったんだよ。それでだ、こっちとしちゃ明日にもさっそく店を差し押さえたいんだが、文句はねえな？」

「それは、困ります。ちょっと待ってください」

「待てねえな。へへ。バブルがはじけてからというもの、極道稼業もしのぎがやりにくくなってなあ。悠長なことは言ってられねえんだ。店は今日限りで閉めてもらうぜ」

「待ってください。お願いです、千野さん。お金は必ずなんとか工面しますから、もう少しだけ……あと一週間だけでも……」

千野ごときを相手にぺこぺこしなければならないくやしさに、美都子は胸をかきむしりたい思いだった。しかし亡き寛治のために、どんなみじめさに耐えても城戸珈琲の暖簾は守らなければならない。

富樫さえ生きていてくれれば、と切実に思う。そうすればこんなウジ虫のような男に頭をさげなくてもいいのに。

死んだ恋人、富樫がやくざ稼業から足を洗う前まで、そもそも二人は鷹尾組の同期生であり、ともに幹部候補生として属望されていたのだった。

喧嘩の腕と、侠気では富樫。冷酷さと悪知恵では千野。それが組織において、二人に対するもっぱらの評価だった。

美都子は詳しい話は知らないが、富樫が三年間も臭い飯を食わされるきっかけとなった傷害事件の発端は、千野が引き起こしたらしい。千野の罪まで黙って引っかぶって刑務所へ行ったというのに、出所したら千野はいつの間にか若者頭におさまり羽振りがよくなっており、そんな組織の非情さに嫌気がさして組から抜けたと聞いている。

生前、千野はそうした経緯があるからか、富樫に頭があがらなかった。美都子を連れた富樫と盛り場でばったり会うと、こそこそ逃げだすのは千野のほうで、いったいどちらが極道かわからなかった。

『あいつ、やくざの風上にもおけねえ野郎だ。俺の目の黒いうちはあんなウジ虫にでけえ面はさせねえぜ』

富樫はよくそう言っていたものだった。

「……あと一週間、なんとか待っていただけませんか、千野さん」

「ふん。おい美都子、おまえ、今までうちの組にさんざんたてついておきながら、それはあんまり虫がよくねえか」

一方の千野は、鷹尾組の事務所から、下半身は素っ裸で電話をしていた。

机に乗せた両腕をピーンと突っぱらせて上体を支え、汚らしい尻を後ろへいっぱいに突きだし、その尻をあろうことか百合が舐めている。城戸珈琲のウエイトレスをしている娘だ。

十八歳の美少女に屈辱的な奉仕をさせる快楽に、だらしなく頬がゆるみきっている。

百合は一糸まとわぬ生まれたままの姿である。こってり奴隷調教を受けたためか、ほっそりと幼かったその裸身は微妙な変化をきざし、きめ細かな白い肌はいっそう磨きがかけられている。床にひざまずいて、清純な顔立ちを恥辱に上気させ、舌をいっぱいに差しだして、一心にやくざの醜い尻肉を舐めまわすのだ。

なんとも異様な光景である。もうずっとそうした奉仕がつづけられており、千野のたくましい肉丘全体は、少女の吐きかけた唾液でべっとり濡れ光っている。

「うちの若い衆を可愛がってくれた恨み、忘れちゃいねえぜ。おまえに怪我させられたのは五、六人じゃきかねえからな」

「それは……あ、あやまります。本当にすみませんでした」

「おいおい、電話で詫びたくらいですむと思うのか？　おまえも富樫のイロだった女なんだ。それくらいわかるだろ」

あの伝説の城戸美都子を窮地に追いこんでいる。千野は言いようのない興奮を覚えた。

（へへへ。まさか自分のところのウエイトレスが、今ここで俺のケツを舐めてるとも知らねえでよ）

百合の巧みな愛撫が千野の興奮をさらにかきたてている。まだ直接アヌスには触れず、顔を斜めにして内腿をていねいに舐め、尻肉をなぞりあがって今度は尾てい骨の真下をチロチロ刺激する。

舐めながら片手は股の下をくぐらせ、千野のドス黒い勃起を指でしごき、別の手では肌をそっとさする。

「おい、おまえ、俺に本当に詫びを入れる気があるのか？」

「も、もちろんです」

「よしそれなら今夜、事務所へ来いや、美都子。フフフ。特別に一席もうけてやろうじゃねえか」

「え……」

「いやならいいんだぜ。なにも無理にとは言わん」

「いいえ、いやじゃありませんけど、いきなり今夜と言われても……」

「何を悠長なことほざいてやがる。七千万も借金こさえといてよ、こら。こっちはおめえの店を明日にも差し押さえようって話をしてんだぞ。わかってんのか、美都子」

（ああ、いい気持ちだ。ざまあみやがれだ）

電話で城戸美都子をこきおろしてやりながら、千野の全身を暗色のサディズムが駆けめぐっている。

奴隷少女はといえば、両手で千野の尻肉を大きく左右に割って肛門を剝きだすと、そこへぴったり顔をつけた。

毛だらけの会陰部に舌が這う。唾液をたっぷり乗せた舌先で、教えこまれたとおり悩ましく鼻を鳴らしながら、蟻の門渡りをヌラヌラと何度も舐めさする。

たまらず千野は電話口をあわてて押さえ、「あっ、ああ、いいぞ、百合」と快楽のうめきをこぼすのだ。

さらに百合は、ペロペロと一途に肛門をしゃぶってゆく。股間をくぐらせた手で、熱化しきった肉棹を揉みしごくのも忘れない。

「申しわけありません。そ、それでは今夜、そちらへおうかがいいたしますわ」

とうとう美都子が、そう告げた。

「そうかそうか。よし今夜八時、うちの事務所へ来てもらおう」

(城戸美都子がここへやってくる)

千野はうれしさのあまり飛びあがりたいほどだった。アヌスの内側を少女の舌先で舐めまわされながら、長大な一物はぐんと反りかえり、先走りの液が溢れでている。

「せいぜい色っぽくめかしこんで来いよ、美都子。おめえがちゃんとそれなりにホステス役をつとめて、うちの連中の機嫌をとるんなら、こっちも男だ、それまでの経緯は水に流してやろうじゃねえか」

「…………」

「俺の言葉の意味はわかるよな？　つまり、例えばおめえがだ、ちょっと下着姿にでもなってお色気ふりまいて酌して歩けば、とんがってる若い衆だってご機嫌が直るってわけよ。うひひ」

そう言いながらムラムラと性欲が湧き起こり、少女の髪をつかんで怒張を無理やり口に含ませるのだった。

電話の向こうでの美都子の狼狽ぶりを想像しつつ、百合の唇にシュポシュポと甘くしごかれ、怒張しきった肉茎がさらにグンとふくらみを増す。

（へっへ。なんて愉快なんだ。今夜にも城戸美都子がこうして俺のチ×ポをしゃぶってくれるんだぞ）

卑猥にほくそ笑み、百合を見おろす。

頬を真っ赤に膨らませ、電話のやりとりも耳に入らぬかのように一心不乱に奉仕をつづけている。白い指先で胴体部を上下に揉みしごきつつ、花びらに似た唇をいっぱいに開いている。

「どうした、話を聞いてるのか、美都子？」

「え、ええ……」

「それくらいでビビッてどうする。泣く子も黙る天下の城戸美都子姐さんがよ。へへへ。なにもおまえの身体をどうこうしようってんじゃねえんだぜ。鷹尾組へおまえが本気で詫びを入れる気があるかどうか、こっちはそれが知りてえんだよ」

「わ……わかりました。そ、それなりの覚悟をしてうかがいますわ」

「さすがだ。よく言った。めかしこんで来てくれよ。楽しみに待ってるぜ」

大満足のうちに千野は電話を終えた。

そうして肉茎を口に深々と咥えた百合の頭をぐいぐい上下に激しく揺さぶり、どっと放出を遂げるのだった。

5

時間が近づくと美都子は自分の部屋へ入り、着替えをはじめた。

赤木屋を訪れた時のワンピースを着たまま仕事をしていたのだった。それを脱いでラベンダー色のスリップとなりながら、見るともなく下着姿を姿見に映した。

なんということだろう。こんな恥ずかしい格好をやくざたちの前にさらして、酒のお酌をしなければならないのか。

(ああ、いやよ。絶対いやだわ)

美都子はおぞましさに口もとをわななかせた。もし六郎がそれを知ったらどんなに激怒することだろうか。

その六郎だが、実はドアの隙間から出歯亀のごとくこっそり覗き見していた。艶々と白磁のように輝く美都子の肩先に、スリップの極細のストラップがかかっている。それを眺めながら六郎の股間にドクドク熱い血がなだれこむ。

ひと目でシルクとわかる贅沢な輝きのスリップは、身体にぴたりと密着し、おまけに胸もとの縁どりは透けるレース刺繍で、いやでも双乳の見事なふくらみが目に入る。

そのスレンダーな外見に似合わず、豊かな量感のバストが隠されてあるのを、もちろん六郎はよく知っている。しかしこれほどの女に変貌しているとは思わなかった。美都子の下着姿を眺め、惚れぼれする六郎である。

ただグラマーな女やスタイルのいい女は他にいくらでもいるであろうが、しなやかさと色香の溶け合った美都子のセミヌードの魅力には、誰も太刀打ちできない。

身動きするたび、スリップのレースの裾がひらひらし、むっちりとした太腿が浮かびあがる。それを凝視しながら、六郎は熱化したペニスをしごきはじめた。

美都子は、泣きそうな気持ちでクローゼットの前に立っていた。どんな下着を選べばいいのだろうか。

（どうしたらいいの。富樫さん、お願い。美都子を助けて）

好きな人に見せるための下着を選ぶなら、さぞ胸がときめくことだろう。しかしそうではない。酌婦として、ちんぴら連中のご機嫌をとるためなのだ。

男まさりの美都子だが下着にはかなり贅沢するほうで、ほとんどがシルク製だ。色とりどりの下着がつまった引き出しから、白系統のブラジャーやパンティを取りだし、そしてスリップも白絹に決めた。

シルクの下着が好きなのは、なんといっても肌ざわりが素晴らしいし、それを着けていると身も心も引き締まって心地よい緊張が味わえるからだった。

裸になり、ふだんはめったにつけないオーデコロンをボディへ念入りにすりこむ。

純白のパンティ、そしてお揃いのブラジャーを着け、肌色系のパンティストッキングをはいた。豊かな胸乳は勢いよくブラジャーを押しあげ、ヒップラインは少しのたるみもなく完璧なまでの曲線美を描く。

まさか六郎に覗き見されているとも知らず、官能味をムンムンたたえた肢体に、贅沢な絹の下着をまとう美都子。

スリップを着けてから、メイクのために鏡台に向かった。しかしそこでがっくり肘をつき、頭を抱えこむ。細く長い指で、束ねた髪を苛立たしげにかき乱し、それがほつれてサラサラと顔に垂れかかる。

その抒情的な横顔は憔悴しきった感じで、六郎はそれを眺め、変質的な笑いをにやりと浮かべた。

(へへへ。鷹尾組に単身乗りこんでいくんだ。さぞつらいことだろうなあ、お嬢さん)

やがて気を取り直し、美都子はメイクを開始した。ふだんはほとんど化粧っ気のない美都子なのだが、さすがに今日は美貌を丹念に彩ってゆく。

切れ長の目をいっそう強調するためアイラインを入れ、アイシャドウをまぶす。みるみる目もとが妖しく冴えてゆく。さらに唇にルージュを引くと、なんともいえない色香がにじみだす。

これで腰までの艶やかな髪をほどいたら、恐ろしいくらいにセクシーになると六郎は思った。鷹尾組のちんぴらたちも、さぞ激しく情欲をそそられることだろう。

(今夜の見世物はすごいことになるぞ)

濃艶な美女にみるみる変身してゆく美都子を眺めながら、六郎はさらに勢いよくペニスを揉みしごいた。

第五章　屈辱の下着接客

1

城戸美都子は、大鷹市の歓楽街を重い足どりで歩いている。通りの両側にはネオンがにぎやかに灯り、キャバレーの客引きたちが手持ち無沙汰に雑談しているが、美都子のあまりの美しさにあんぐり口を開いて見惚れてしまう。

やがて、鷹尾組本部のくすんだグレイの五階建てビルが見えてきた。

（どうしよう。本当にどうしよう）

がくがく膝が笑ってしまい、うまく歩くことができない。

かつて高校時代は女番長として君臨し、数々の修羅場を乗り越えてきた美都子である。刃物をもったちんぴら三人組をたった一人で叩きのめしたこともある。

それでもさすがに、やくざの本部事務所へ乗りこむとなると、全身に震えが走るのだ。

これが喧嘩に行くというのなら、まだ肚もくくれる。ところが今日は借金の返済猶予のため、詫びを入れに行くのである。嫌悪するやくざ連中の酒の相手をし、お色気をふりまいてご機嫌をとらなければならないのだ。

自分のまったくあずかり知らぬところで発生し、七千万円に膨れあがっていた借金。お人好しの祖父が連帯保証人の判を押したばっかりに、この世にたった一人残された美都子がその尻ぬぐいをしなければならない。

だが美都子は、祖父の寛治を少しも恨んだりはしていない。自分をここまで大きく育ててくれたことに対して感謝の気持ちでいっぱいだし、何より城戸珈琲というやり甲斐のある仕事場を残してくれたのだから。

（お祖父ちゃん、大丈夫よ。美都子、必ずお店を守り抜いてみせるから）

祖父が、富樫が天国から見守っていてくれる。そう思うといくぶん心が落ち着いてきた。

から手でやってきた女一人に、やくざたちが牙を剝きだして襲いかかってくるとは考えられない。美都子にそんな破廉恥なことをすれば、たちまち大鷹市じゅうに知れ渡ってしまい、鷹尾組は二度とこの町でしのぎができなくなるはず。連中の、そして若者頭の千野のメンツを立ててさえやれば、それで気がすむはずだ。これまで美都子にはさんざっぱら組織をコケにされてきた。その当人が、下着姿になり、悪うございましたと頭をさげれば、根は単純な連中だから案外すんなりとこちらの言い分を聞いてくれるかもしれない。

万一のために、手は打ってきた。夜十二時までに美都子が帰らず、あるいは無事を知らせる電話が城戸珈琲まで入らない時は、警察へ連絡することを六郎と取り決めてある。

その六郎だが、しきりに美都子の身を案じて出がけにはこう言うのだった。

『女一人で鷹尾組に行くなんて気違い沙汰だ。頼むからこの俺も連れていってくれ。何か起こった時には、俺が命に代えてもお嬢さんを守ってみせまさあ』

城戸珈琲のご意見番、昔かたぎの六郎がついてきたら、まとまる話もまとまらなくなる。ましてや美都子が下着になってやくざの酌婦をつとめると知ったら、まちがいなく暴れだすだろう。

(でも六さんがついていてくれるから心強いわ。私がいま頼りにできるのは六さんの他にいない)

いま思えば、若気の至りで六郎に恋をしていた頃、肉体関係をもたなくて本当によかったのだ。

もしあのまま六郎に抱かれていたら、二人の間に友情は今は存在していないし、こうして仕事のパートナーシップも組めなかったはず。

（あの頃の私、寂しくて寂しくて、誰かを愛していないと気が狂いそうだったのよ）

抱いてほしいと、かつて何度も六郎に訴えたことを思いだすと、美都子の顔は恥ずかしさで真っ赤になる。相手が分別のある六郎だからこそ、高校生の自分には手を出さないでいてくれたのだ。そのことをとても感謝している。

（お蔭で清い身体のままで、富樫さんにめぐりあえたのだもの……）

これからも六郎とがっちりスクラムを組んで、先代が大鷹市に根づかせたコーヒー文化を育てていこうと思う。

（酒好きがちょっと玉に瑕だけど、でも六さん、大好きだわ）

どれほど六郎が陰で悪辣な策略をめぐらしているかも知らず、美都子は幸せな気分でひとりごちた。

そんなことを考えながら歩くうちに、鷹尾組のビルの前に着いた。もう足の震えはとまっていた。小さく深呼吸すると、いつものようにぴんと背筋を伸ばし、インターホンを押した。

「城戸美都子と申します。千野さんと八時にお約束してまいりました」

入口のドアが開いた。きりっと美貌を引き締め、美都子はエレベーターに乗った。

2

千野のオフィスへと向かう廊下で、かつて自分にしつこく言い寄ってきて叩きのめしたことのあるちんぴらと出会った。そいつは美都子を見て、小便をちびらんばかりに仰天し、「な、殴りこみだ！」と叫んで、あわててドスを片手に飛びだしてきた先輩やくざにぶん殴られた。美都子はその光景を見て、思わず笑ってしまった。

会ってみると千野は、電話の口調よりもずっとおだやかな態度だった。

「どうもこのたびはご迷惑をおかけしております、千野さん。なんとか店の営業をつづけながら借金を返済してゆく方向で、お願いできないでしょうか」

「へへえ。驚いたな。しばらく見ねえうちに、ずいぶんと色っぽくなったじゃねえかよ。おまえのスカート姿、初めて見るぜ」

人払いして二人きりになると、ぐんと女っぽさを増した美都子の身体をじろじろ眺めまわした。

ホステス役をやるつもりでめかしこんでくるよう、電話で千野は命じたのだが、あのじゃじゃ馬の美都子が、ジーパン姿ではなく、言われたとおりに女っぽくおしゃれしてきたことでつい顔がほころび、機嫌がよくなる。

美都子の服は、都会的なグレイの麻のジャケットスーツである。ジャケットはウエストまでの短い丈で、タイトスカートにぴっちり包まれた魅力的な下半身が際立つデザインとなっている。

スカート姿だけではない。ばっちりメイクした美都子を見るのも千野は初めてだった。メイクのせいか、ふだんの気丈さは影をひそめて、抒情的ともいえるしっとりした色香が漂っているのだ。

光沢のある豊かな髪は、いくつもピンを使い、丹念に上へ結いあげてある。大きく開いた胸もとに、ゴールドのペンダントが光り、耳にも同じくゴールドのリングが揺れて、どこから見ても優雅な名門令嬢という感じだ。

「いくつになったんだっけ、美都子？」

「二十三です」

すすめられて豪勢な応接セットに美都子は腰をおろし、千野と向かい合う。ミニの裾が気になった。あまり人前にさらしたことのない太腿がきわどく露出して、美都子は初々しく羞じらい、バッグで隠した。着馴れない服を着ると神経がくたくたになってしまう。

「フーム。二十三かい。そろそろ落ち着いてもいい年頃だ」

千野は、そんな美都子の仕草をほくほく顔で観察しながら、卓上ライターで煙草に火をつけると、いかにもやくざっぽく後ろへふんぞりかえった。

(まだ富樫一人しか男を知らねえはずだっけ。セックスの本当のよさだって、これからようやくわかろうって年だ。へへへ。俺の魔羅で、ビラビラの色が変わるくらいまでハメまわしてやるさ)

こんないい女を残してあの世へ行っちまうとは、富樫もさぞ悔いが残っただろうぜ。まさに六郎さまさまである。よくぞ殺してくれたと、千野は内心せせら笑うのだ。

「あの……どうか借金の返済はしばらく待っていただけないでしょうか。これまでのことは、みなさんに心からお詫びしますから」

　美都子はセクシーな太腿をバッグで隠しながら深々と頭をさげた。

「二度とうちの若い衆と揉め事は困るぜ。おまえだって、いつまでも男まさりで暴れまわってたら、嫁のもらい手がなくなるし、怪我でもしたらせっかくの美貌が台無しだ」

「いやだ。私、もう無茶はしていませんわ。今は仕事一筋に打ちこんでいます」

　美都子は悩ましいルージュの唇から白い歯をこぼし、うっとりする微笑みを見せた。

　相手に媚びることに、今はさほど抵抗は感じなかった。どうやら千野は理解を示してくれそうなのだ。自分が頭をさげてすむことなら、それで城戸珈琲の営業がつづけられるなら、いくらでもやってみようと思った。

「うーん。なあ美都子。俺もかつては富樫と一緒の釜の飯を食ってきた男さ。よく喧嘩もして反目し合ったが、本当はあいつの侠気に惚れてもいた。そいつのイロがわざわざ頭をさげてきたとあっちゃ、そうそうビジネスライクに話は運べねえや」

「ありがとうございます、千野さん。どうやら私、千野さんのこと、誤解してました」

美都子は美しい黒眼をねっとり注いで言った。感激して、雪をあざむくような白い顔がピンクに上気している。

(大嘘だよ。馬鹿野郎。へへへ。天下の城戸美都子といえども、しょせんは二十三歳の世間知らずの阿女だぜ)

「まあ、俺はいいとして、あとは血の気の多い連中をどう納得させるかだ。おまえに極道としてのメンツをつぶされた若い衆が少なくとも五、六人はいる。そいつらはおまえを殺したいほど憎んでいるからな。ハンパな詫びじゃ承知しねえだろ」

千野は濃い眉根を寄せ、若者頭としての険しい顔つきを取り戻して告げた。

「はい。それはもうよくわかっています」

「よし。おまえの誠意を見せろ。ここでその服を預けて、下着になって、宴会の席へ行くんだ。すぐ上の階で、主だった連中が飲んでる」

さすがに美都子は狼狽を隠せない。形のいい朱唇を噛み、膝に置いた両のこぶしを握りしめている。

「わかったのか?」

「あの……今ここで、服を？」

「そうだよ。いやなのか？」

「いえ……は、はい、わかりました」

すでに覚悟は決めてきた美都子だが、千野と二人きりのこの場で、いきなり服を脱ぐことになるとは予想していなかった。しかも下着姿で建物のなかを引きまわされる屈辱を味わうわけである。

椅子から立ちあがった。まさか千野の前で脱ぐわけにもいかず、つかつかと部屋の隅へ歩いた。

不安と羞恥で、喉のあたりに空気の玉が膨れて呼吸が苦しい。背中に生汗をかいている。二十三年間、怖いもの知らずで育ってきて、こんな思いをするのは初めてだった。

千野は目を細めてその後ろ姿を見つめている。

タイトな麻のスーツをさりげなく、それでいてシックに着こなした女体美に感嘆する。ツンと上向きに隆起したヒップ、そしてタイトミニの裾から伸びた脚線の見事さはどうだ。まったく、こんな田舎町で生まれ育ったとは信じられないプロポーションのよさである。

見惚れながら大きく息を吸いこみ、突然、千野は、野太い声で怒鳴った。

「おいおい！　人にケツ向けて脱ぐ気か、こら！」

ハッと美都子が振りかえった。さっきまでとはがらりと男の表情が変わっていることに気づき、愕然とする。

「おめえも城戸美都子なら、そういうハンパはやめろや。ああ？　俺の目の前で、心からの忠誠を示して、ゆっくり一枚いちまい服を脱ぐ。それが礼儀じゃねえのか」

相手の言っている意味が美都子にはさっぱり理解できなかった。なぜそんなことぐらいでいきなり腹を立てるのだろう。自分が下着になるのは、宴会の連中のご機嫌をとるためで、千野を喜ばすためではないはずだ。

死んだ富樫への思い入れを語ったさっきの言葉は、いったいなんだったのか。冴えた美貌がみるみる紅潮した。ふざけないでよ、と持ち前の負けん気がムラムラこみあげてきたが、しかしそれをかろうじて押し殺した。

「すみません」

うつむいてあやまりながら口のなかに苦い屈辱の味がひろがる。

「やくざを甘く見るなよ、美都子。俺の面に泥を塗ったら承知しねえぞ！」

ドスをきかせて言い、バーンッと応接テーブルを激しく叩いた。

美都子はびくんとした。いつもならそれぐらいの脅しは屁でもないのだが……。知らぬうちに千野の術中にはまり、心理的に追いつめられてしまっているのだ。

3

ふんぞりかえって煙草をふかす千野のすぐ眼前で、美都子はうなだれたまま、おずおずとグレイのジャケットを脱ぎはじめた。

マニキュアをした繊細な指がボタンをひとつ、またひとつとはずしてゆき、そのたびに内側から夢幻的な光沢に輝く純白のスリップがちらつく。

(おいしい仕事だぜ。へへ。これほどの見世物をかぶりつきで拝めるんだからな)

千野の肉茎はさっきからすさまじく怒張している。できればズボンから取りだして、この贅沢なストリップショウを眺めながら、しこしこやりたいところだった。

美都子は長い髪をアップにしているため、露わになった首筋や頬のあたりが、脱いでゆくうちになまめかしく桜色に上気するのがわかる。

「あ、ああ……恥ずかしいわ」

前をはだけさせると、美都子は羞恥に耐えかねて、熱い吐息とともに呟いた。その音色の艶っぽさはいかにも感度のよさを感じさせた。

「なかなか色っぽい雰囲気だぞ、美都子」

「い、いやです」

うつむいていた顔を起こし、濡れた黒眼でチラリと恨みっぽく千野を見つめ、そうして今度は天をあおぎながら一気にジャケットを肩から抜いた。

上半身だけスリップが露出した。

悩ましいレース刺繡に透けて浮かぶバストラインは意外なほど豊満で、千野はたじろいだ。肩から腕にかけては、名うての空手使いとは思えぬほどほっそりとして華奢なのに、肉丘の裾野から頂きにかけてはムンムンとグラマーな隆起を示しているのだ。

「さすがにいい度胸だな。気に入ったぞ、美都子。へへへ。シルクの下着とは趣味もいいじゃねえか」

見られるのを意識しておしゃれしてきたのかと思うと、よけいにゾクゾク興奮してくる。

「もう、これでいいんですか？」

美都子は心細そうに肩を抱きながら千野を見つめた。

アイシャドウをまぶした濃艶な二重瞼が妖しく上気している。

「馬鹿言うな。下着姿っていうのは、ブラジャーとパンティってことだぞ。そこまでやらなきゃ詫びを入れたことにはならねえ」

「え、そんな……それはあんまりです、千野さん」

顔に血をのぼらせて美都子は叫んだ。

これではまるでソープ嬢の面接試験ではないか。ネチネチした陰湿ないたぶり方がたまらなく不快だった。

そんな鉄火肌の美女の初々しい羞じらいが新鮮で、千野はふんぞりかえったまま、ひそかにほくそ笑んだ。

「次はスカートだよ。早くしねえか。上でみんなが痺れをきらして待ってるぞ」

「…………」

（どうしよう）

美都子は逡巡した。どんどん相手のペースに巻きこまれてしまうのが不安だった。東京のテレビマンたちをやりこめた時とは、まるで勝手が違うのだ。

本当に無事に帰れるのだろうか。自分はこの千野というやくざを甘く見すぎたのではないか。激しく動揺しながらも、美都子は、グレイの官能的なタイトスカートのファスナーをおろした。

「へへえ。番を張ってた頃は痩せぎすで、目ばかりギラギラさせて、飢えた獣みたいだったのによ……こうして見ると、ずいぶんグラマーになったもんだなあ。そのお色気で愛想ふりまきゃ、うちの連中なんかすぐ骨抜きになっちまうぜ。へへへ」

千野は次第に好色さを剝きだしにしてきている。その卑猥な視線が、まばゆい純白のスリップ一枚となった美都子の柔肌へずぶずぶ突き刺さる。

「次はスリップだよ。おい美都子。腰をくねくね振って脱いでみろ」

詫びを入れろとか誠意を見せろとか言いつつも、千野はおのれの変質的な欲望を満足させているにすぎない。美都子には少しずつそれがわかってきた。

「千野さん、お酒の相手をすれば、それで帰していただけるんでしょうね？　もし私が十二時までに店に戻らない場合、すぐ警察へ連絡が行くように手を打ってありますから、念のため」

「いいとも。おめえ、見かけによらず案外臆病なんだなあ。フフ」

あの悪党の六郎を自分の味方だといまだに信じこんでいる美都子が、千野には面白おかしかった。

自分を裏切った六郎に犯される時、この気性の激しい女がいったいどんな反応を見せるかと想像すると、今から胸が疼く。

「鷹尾組はこう見えても地元で八十年もつづいた極道だ。丸腰の女を手ごめにするほど恥っさらしじゃねえ」

「……ええ、それはわかってますけど」

「だいたい大鷹の町で城戸美都子にへたにちょっかい出したら、まともにお天道様を拝めなくなるくらい、こっちは百も承知だぜ」

「その言葉に二言はありませんわね?」

美都子は、切れ長の目を吊りあげ、千野もたじろぐような迫力で睨みすえると、度胸を決めて白絹のスリップの肩紐をはずした。するすると肌をすべらせて、黒いハイヒールの足もとから抜いた。こちらがぐずぐずためらっていると、千野の色欲をいたずらに刺激するだけだとわかったからだった。

それからハイヒールを脱いで、身をかがめて肌色のストッキングを一気にウエストからくるくる剝いていった。かがんだ拍子に白いブラジャーから、たわわな乳ぶさがそっくりのぞけて、千野の肉茎はズボンのなかでまたひと暴れするのだ。

(ああ。涎れが出そうなおっぱいだぜ。あの城戸美都子がまさかこれほどそそられるボディをしているとはなあ。こりゃ今夜の成り行きがますます楽しみになってきた)

4

身にまとうものはブラジャーとパンティだけという屈辱的な姿で、美都子は、鷹尾組のビルのなかを引きまわされることになった。

広い肩幅で風を切って歩く千野の後を、みじめな素足でついてゆくと、廊下の両側の部屋から屈強な男たちが何事かとばかり、顔を突きだす。高貴な輝きを放つシルクの下着姿に誰もが「おおうっ」と声を放ち、そして口々に卑猥な野次を飛ばす。

ブラジャーできつく緊めつけられた美しい胸乳、空手で鍛えあげて引き締まった腹部から太腿を、淫らな視線が舐めまわす。

「あれが城戸珈琲のじゃじゃ馬娘だぜ。むちむちプリプリのたまらん身体してやがる」

「おう見ろや、あのパイオツ。へっへへ。富樫の野郎にさんざんチューチュー吸われて膨らんだんだぜ」

「俺の真珠入りで腰が抜けるほど可愛がってやろうか、お嬢さん？」

どの部屋からも荒々しい牡の匂いがきつく漂ってくる。今いったいどれだけ自分がこの野獣どもを刺激しているのかと思うと、さすがの美都子も心細くてたまらなくなる。

するど誰かが腕を伸ばしてきた。悩ましいセミビキニに覆われた優美な双臀を、そろりと撫でまわしたのだ。

「ヒイッ」と美都子はうめき、身を縮こまらせて小走りに駆け抜けた。

「さすがにいいケツしてやがる。くくく」

「おい、美都子、俺はマ×コのほうをいじらせてくれや」

背後からやくざたちの淫らな哄笑が響いた。

あまりのみじめさに美都子の瞳にうっすら涙が浮かんだ。いつもなら鋭い前蹴りを食らわせて、いやというほど後悔させてやるところだが、やはり下着姿では気力も萎える。自分もか弱い女だったのかと悟り、それがくやしくてならない。

「なかなかの人気っぷりじゃねえか、美都子」

千野はニヤリと含み笑いで皮肉を言った。そうしてじろじろと美都子の艶っぽいセミヌードに酔いしれる。

「こ、こんなやり方、あんまりです。千野さん」

「これくらいで音をあげてもらっちゃ困るぜ。そうだろ？　こっちだって七千万の不良債権をどうするかでずいぶん頭を悩ましているんだからなあ」

腰まで届きそうな長い黒髪をおろさせないでよかったと思った。きつくアップに結いあげてあるからこそ、男まさりの鉄火肌の周章狼狽するさまがよく観察できるし、それにブラジャーの胸もとや、なよやかな肩先のラインも拝める。ひっつめにしてある髪をほどかせて、ハラリハラリ雪肌に垂れかかる被虐の官能美を楽しむのはまだまだ先で、宴会の余興の時までとっておけばいいのだ。

上の階では、二十畳の大広間に、組の主だったメンバーが十数人集まり、酒をくみかわしていた。

そこへたどり着くまで、さらしものの恥辱をいやというくらい味わわされた美都子だが、しかしこれからが正念場だと覚悟すると、武者震いがしてくる。

「変に隠したりせず、堂々と胸を張ってゆくんだぜ、美都子。そうすりゃ連中だって、おまえの度胸に一目置くだろうよ。いいか、ちょっと身体を触られたぐらいでギャアギャア騒ぐんじゃねえぞ」

座敷に入る前に釘を刺され、怖くて恥ずかしくて、逃げだしたい衝動に駆られる。

(辛抱しなければ。きっと富樫さんがついていてくれる。きっと守ってくれるわ)

雪白の美貌に悲壮な決意をにじませて足を踏み入れた。千野に命じられたとおり、半裸の艶っぽい肢体を見事にまっすぐに伸ばして。

瞬間、場内は異様な静けさに包まれた。

ややあって、無数の溜め息が生まれ、あちこちでぶつかり合って、空中で渦巻きはじめる。目の前の光景が信じられず、しきりに目をこする者がいれば、ある者はたてつづけに生唾を呑みくだしている。

「夢じゃねえ。ああ本物の城戸美都子だあ」

沈黙を破って一人が呟き、するとようやく、いっせいにどよめきが起こった。にわかに熱狂的な興奮に包まれだす。それも無理はなかった。大鷹市におけるジャンヌダルクともいうべき城戸美都子が、まばゆいシルクのランジェリー姿で、酌婦として登場したのだから。

千野に催促され座敷の中央に進み、美都子は正座させられた。凛とした顔立ちが切なげに紅潮している。やくざたちの視線が互いに火花を散らし合って、その肉体へ注がれた。

ハーフカップのブラジャーの、ふっくらと甘美きわまる隆起。芸術品のようなラインの下半身の、ムチッと柔らかそうな肉づき。そして純白のパンティが悩ましく食いこんだ股間の夢幻的なふくらみ……。

ネオン街のあちこちで極道の限りをしつくしてきた男たちにとっても、それは鳥肌立つほどに刺激的で官能的な眺めなのだった。

「手脚はずいぶんほっそりしてるのに、なんとまあ、ええチチしとる。はようモミモミしたいわ」

流れ者らしい関西弁の男が、かぶりつきの位置に陣取り、さかんにはやしたてている。

「富樫ちゅうのも幸せ者やで。こんな綺麗な観音さん抱いて、往生できたんやからな。ウヒヒ」

今ほど美都子は、自らの肉体のセクシーさを、均整のとれたグラマーであることを呪ったことはない。もっと胸も小さくがりがりの貧弱な身体をしていれば、これほどまでにやくざ連中を淫らに興奮させることはなかったはずなのだ。

美都子は土下座し、千野に教えられた詫び口上を震えがちの声で述べはじめた。

「私、城戸美都子は、こ、これまで自分の女としての立場もかえりみずに……い、いっぱしの姐御気取りで、事あるごとに、鷹尾組にたてついてまいりました……」

畳にぴったり額をこすりつけて口上をつづける美都子。しかし次第に声がうわずって、言葉が途切れがちになる。

「このたび、若者頭の千野先輩にいろいろ諭されて……初めて、エエ……自分の、愚かさを悟り、犯してきた過ちの数々に気づきました」

とうとうそこで言い淀んでしまう。

いくら店の暖簾を守るためとはいえ、こんなやくざ者に対してどうしてここまで媚びへつらわなければならないのか。もう何もかも放っぽりだして、啖呵のひとつも切って帰りたくなってくる。

だが店で帰りを待っている六郎のことが頭に浮かんだ。妹のように愛しいウエイトレスたち。そして店へ一杯のコーヒーを飲みにくるのが生きがいの老人たち。そうした人々のためにも、ここは死んだ気になって耐えなければならない。

その時、ぴしゃりっ、と勢いよくパンティの尻を叩かれた。

「こら、何をつっかえてやがる。みんな盃を置いて待ってるんじゃねえか！」

千野が叱咤を飛ばした。土下座したままの美都子の顔面が、あまりの屈辱にカアッと激しく火照った。

二十三年間の人生で、尻を叩かれるなど初めての体験だった。厳格な祖父の寛治からでさえ、そうしたお仕置きを受けたことはない。

「どうした、美都子。なんならあの店を明日にでも叩き壊そうか？　こっちはそのほうがすっきりするんだよ。第一、おめえの詫び口上を聞いたところで、一銭にもなりゃしねえんだからな。なあ兄弟、そうだろう？」

千野は、なおも絹のパンティに包まれた最高のヒップをぴしゃぴしゃと好き放題に叩き、かさにかかって責めたてる。

ずらりと居並ぶやくざ連中は、ニヤニヤしながら成り行きを見つめている。我慢の限界ぎりぎりまで追いつめられ、プライドの高い城戸美都子がはたして野性の牙を剝きだしてみせるのか、それともこのまま汚辱を甘んじて受け、暖簾を守ろうとするのか、実に面白い見世物であった。

美都子は、勝ち気そうな目に涙をキラキラさせ、千野を見あげた。

「どうした、こらア！」

「ア、アア……す、すみませんでした」

血を吐くような思いでそう言い、白磁の肩先を小さく震わせながら口上を再開した。

「……こ、これから美都子は、心を入れ替えます。鷹尾組の……方たちを、自分のお兄様と思って……お慕い、また尊敬してゆくつもりです。みなさんもどうか、こんなできの悪い妹を、厳しく指導してくださいませ」

涙まじりに、つっかえつっかえ台詞を言わされる美女の風情に、千野も仲間もサディズムを満喫させている。そしていよいよ口上は最後の結びにかかった。

「……これまでのお詫びのしるしになればと思い、美都子、今夜は千野先輩に自分からおねだりして、下着姿になりました。せいいっぱいホステスをつとめますので、もしおいやでなかったら、どうかお酌をさせてください」

5

下着姿の絶世の美女をホステスに迎え、酒宴はいやでも盛りあがった。かつて美都子に叩きのめされ、歯を折られたり額に傷つけられた男たちも、過去は水に流して楽しんでいるかのように見えた。少なくとも表向きは。

その席にいるやくざたちは、今夜これから美都子がどんな嬲り方をされるか、おおよその筋書きを知っていた。殺しても飽きたりないくらい憎い女だが、どうせすぐに色地獄のどん底へ突き落とされる運命なのだから、ということで束の間、和解したふりをしているのだった。

何も知らず美都子は、きわどく肌を露出させた姿でやくざ連中の間をお酌してまわり、けなげにホステス役をつとめている。下品きわまる冗談には愛想笑いを浮かべ、発情して胸やヒップにタッチしようとする何本もの手をやんわりと払いのけて、まさに涙ぐましいほどの忍耐ぶりである。

「これでおまえと仲直りしたわけだから、俺たちも堂々と城戸珈琲に出入りできるんだな、美都子?」

「え、ええ……もちろん歓迎しますわ」

やくざの一人に尋ねられ、内心困ったことになったと思いつつ、美都子は答えた。

鷹尾組の組員が店に出入りすれば、なじみ客がいやがるのは目に見えている。しかし今はそんなことを言って、せっかくの彼らの機嫌を損ねたくなかった。

「店でもぜひ、その色っぽい格好でコーヒーを出してもらいてえなあ。うひひ」

「そりゃいい。この色気なら今の倍の料金はとれるぜ」

すらりと手脚が長くて華奢でいながら、バストやヒップの量感はたっぷりのセクシーすぎる美都子の女体を、舌なめずりして見つめるのだ。

「さあ。そ、それは無理です。きっと警察からお目玉を食らってしまいますわ」

いやらしくブラジャーのなかをのぞきこんでくる男を、魅惑的な笑顔で追い払うと、すぐさま別の男がすり寄ってきて、分厚い唇を突きだしてキスしようとする。それを巧みにかわしながら、別の席へ移動する。

そんなことを繰りかえして小一時間がたった。どうにかうまくいきそうな様子で、美都子は胸を撫でおろしていた。

さんざん柔肌をまさぐられ、パンティの股間をのぞかれ、虫酸の走る思いに悩まされたのだが、その甲斐あって、やくざたちはすっかり打ちとけてきたのである。

その時、騒ぎが聞こえてきた。何人もの怒声や、何かがぶつかり合う音がする。

若い衆が血相を変え、飛びこんできた。

「殴りこみですっ！」

「何ィ」

殺気立つ男たち。

「でも、もうカタはつきました。ドジな野郎で、たった一人で乗りこんできやがって」

「どこのどいつだ、いったい？」

「へえ。城戸珈琲の六郎で」

その名を聞き、美都子は耳を疑った。それまでは、さすがに暴力団の事務所は物騒だぐらいに気楽に考えていたのだ。ほんのり上気していた顔が、にわかに紙のように白くなった。

「野郎、お嬢さんを傷ものにされてたまるかって、すっかり血迷って、めちゃくちゃにドスを振りまわしやがって。どうも美都子が下着姿で建物のなかを引きまわされていたのを、誰かから聞いたらしいんで」

そうこうしているうちに廊下から声が聞こえて、当の六郎が連れられてきた。後ろ手錠をかけられ、左右から頑強な男たちがしっかり抱えこんでいる。

「あ、ああ、六さんっ、なんてことを！」

「すまねえ。本当にすまねえ、お嬢さん」

六郎は顔じゅう血だらけにして男泣きするのだ。ワイシャツがずたずたに裂け、その裂けたあたりからも血がにじみだしている。

もちろんすべて狂言である。血は偽物で、顔が腫れたように見えるのは口に綿をつめてあるせいだ。近くのストリップ劇場の大道具係を呼んで、それらしくメーキャップをほどこしてある。

千野がすごい形相をして美都子に迫る。

「おう、美都子、このおとしまえ、どうつけてくれるんだ？　うちの若い衆が二人も大怪我したぜ」

「えっ!?……ほ、ほんとなの、六さん？」

六郎は悄然とうなだれ、「すまねえ、すまねえ」を連発するばかりで、美都子はへなへなと足もとへ崩れ落ちた。

(なんてことをしてくれたのよ。私が生き恥をさらして、せっかくうまく運んでいたというのに。ああ、六さんの馬鹿……)

なおも千野はたくましい肩をいからせ、素人なら小便をちびるほどの殺気で迫ってくる。

「さっきまでの話はこれで全部チャラだな。今夜はこれから六郎にこってりヤキ入れるから、おめえはもういい、帰れ！」

「ああっ、待ってください。お願いです。どうか六さんを許してあげてください」

「おうおう。そいつはちと虫がよすぎねえか、姐ちゃん」

さっきまで仲よく美都子と盃をかわしていた連中が、腕まくりしてつめ寄った。

六郎は血糊だらけの顔を引きつらせつつ、窮地に追いつめられた美都子を、ギラギラ狂気めいた目つきで盗み見している。

きつくアップにまとめていた髪がゆるんで、光沢を放ちながら幾筋か垂れ落ちてきている。ブラジャーの肩紐が片方はずれかかり、たわわに熟した乳ぶさがこぼれんばかりだ。

六郎だけでなく、そこに居合わせたやくざたちは全員、ハイエナのような目つきをしてその妖艶な眺めに見入っている。

「わかりました。私が代わりに……責めを受けるわ。だからもう六さんに手を出さないで。この私の身体を、殴るなり蹴るなり、どうか好きにしてちょうだいっ」

半狂乱のなかで美都子は絶叫していた。

第六章　おぞましき見世物の開演

1

　単身で鷹尾組へ殴りこみをかけてつかまり、今にもリンチにかけられそうだった六郎。だが、美都子の必死の訴えかけが千野に聞き入れられて、処分保留のまま別の部屋に監禁されることになった。

　六郎は、屈強なやくざ二人に引きたてられながら、ニセの血糊を塗りたくった顔を歪ませ、まさに迫真の演技でわめいた。

「美都子お嬢さんに手を出すなあ！　承知しねえぞ！」

「殺せ！　俺の命を貴様らにくれてやる。だから城戸珈琲だけはつぶさないでくれ！」

まさかそれが一世一代の大芝居とも思わず、美都子は六郎の一途さに、胸をかきむしられるようなつらさを覚えるのだ。

「ふん、おいぼれめが、トチ狂いやがって。本来ならこの場でぶっ殺してやるところだ」

千野は肩をいからせ、吐き捨てるように言うと、美都子ににじり寄った。

追いつめられた伝説の美女は、純白のブラジャーとパンティだけをまとい、日本人離れした抜群のプロポーションをさらして立ちつくしている。

「おう、美都子、このおとしまえ、どうつける。おまえもかつてはここらで番を張ってた女だ。組に殴りこんで若い衆二人に大怪我負わせたら、エンコ飛ばすくらいじゃすまねえぐらいわかるだろう」

「本当に、六さん……おたくの若い衆に怪我させたんですか?」

美都子は探るような目つきで千野を見た。

「そうだよ。そんな嘘ついてどうする。いま知り合いの医者のところで治療してるが、一人は出血多量であぶねえらしい」

「……あ、ああ……」

美都子は、深々と嘆息した。くっきりした目鼻立ちの凜とした美貌に、哀しみの色がにじんでいる。

「どう始末つけるんだ、美都子。黙ってちゃわからねえだろう、こら」

ネチネチと美人オーナーを問いつめながら、千野の身内に、なんともいえない嗜虐の快感が押し寄せてくる。

「……す、すみません。ああ、本当になんてお詫びしたらいいか……六さん、きっと正気を失っていたんです。どうか許してやってください、お願いします」

美都子は、濃く情感的な眉を弱々しくたわめて頭をさげた。

心のなかで美都子は、六郎の軽挙を恨んでいた。せっかく肌を露出して死ぬ思いでホステスをし、すべてがうまく運んでいたというのに、なんという無謀なことをしでかしたのだろう。たった一人で乗りこみ、美都子を救いだせると思ったのだろうか。

「そんなことは聞いちゃいねえっ！」

千野は凄みのある声で一喝し、それから美都子を取り囲んでいる配下の者へ、そっと目配せした。

三人が、合図を待っていたかのように動きだした。

「へへへ。おめえのこの身体でサービスしてもらおうか、城戸のお嬢さんよ」

「こんなプリプリのたまらねえケツして」

「さっきから悩ましいセミヌードをさんざん見せつけられて、こっちはもう辛抱たまらねえんだよ」

「や……いやあっ……やめてえ」

やくざ者に髪をつかまれ、左右から別々の手でブラジャーの隆起を揉みしだかれる。すさまじい汚辱感に、顔が熱く上気する。

さらに男の指がパンティの秘めやかな部分をまさぐってきた。ひときわ美都子の悶えが激しくなった。空手で鍛え抜いてよく締まった太腿がピーンと突っぱった。

「こ、こんなのいやです。ねえ、お願いよ」

きわどく肌を露出した身をくねくねさせ、懸命に逃れようとする。

美都子が抗うたびに頭上できっちり束ねた髪が少し、また少しとほどけて、つやつやした髪が肩先へしだれ落ちてきて、それがまたぐんと悩ましい眺めを呈するのだ。

「ヒヒヒ、さあ素っ裸にしちまおうや」

「おう、美都子、ぱっくり赤貝剝きだして、みんなに詫びを入れてみろ」

「へっへへ。六郎を助けたきゃ、おめえのオマ×コで俺たちのせがれのご機嫌をとるこった」

男たちは獣欲をたぎらせ、どんどん行為をエスカレートさせてゆく。美都子の柔肌へハアッ、ハアッと荒い息を吐きかけながら、下着をむしりとりにかかった。

「な、何をするんです！」

「うるせえ、この阿女！　おめえの身体で償いをさせようってんだ。文句あるめえ」

「あっ、うああ……」

白絹のブラジャーがとうとう引き千切られた。誰もが驚くほどに豊麗で美しい乳ぶさがこぼれでた。美都子は狼狽しきってそれを手で隠そうとするが、すぐに背後の男の手が隆起をすっぽり包みこんできた。

「おおっ、この揉み心地、最高だぜ。うへへ。空手使いのおっかねえ姐さんが、こんないいおっぱいしてるとはな」

髪をオールバックに固めた長身の男は、細い目をさらに細くさせて快感ににんまりした。形よく上を向いた、たわわな双乳をタプンタプンこねくりまわしながら、その女っぽい腰つきへ、ズボンの前を卑猥にこすりつけている。

「や、やめて！　ああ、私を殴るなり蹴るなり、好きにリンチすればいいっ。だけど、こんなこと、いやっ！」

泣く子も黙るかつての女番長は、赤いルージュの悩ましい唇をわななかせて訴えた。

（ああ、輪姦されちゃう。いやよ。いくらなんでも、そんなこと、絶対に我慢できない）

さぞや感度のよさそうに熟れた乳ぶさを丸ごとわしづかまれ、くたくたに揉み抜かれて、均整のとれた女体が狂おしく悶える。

別の男は、ブチューッと首筋へ吸いつき、白い美肌を唾でヌルヌルに汚して、今にも唇を奪わんとし、三人目は、セミビキニのパンティを脱がせにかかっている。

「へへへ。たまんねえ眺めだな、こりゃ」

「よう、謙二、早くパンティ脱がせてみろや。城戸のはねっかえり娘が、どんなマン毛はやしてるか見てえんだから」

「やりてえ、やりてえ。へへ。今のうちに突っこむ順番を決めとかねえと」

遠巻きに眺めているならず者たちが、ニタニタと口もとをほころばせて、淫猥すぎるその光景を食い入るように凝視している。

千野だけが一人やや離れたところで冷静に成り行きを見つめている。

(美都子の奴、そろそろカンシャク玉を破裂させる頃だな。フフフ。久しぶりに空手二段のお手並みを拝見させてもらうか)

ほとんどの組員はそれを知らされていないが、勝ち気な美都子をわざと怒らせ、空手を使わせるように仕向けているのである。策士、小松原の入れ知恵だった。

そもそも六郎の不始末のおとしまえをつけなければならない立場でありながら、ここで美都子がカッとなって、新たに喧嘩沙汰を起こせばどうにも申し開きができなくなるだろう。おそらく彼女の腕前ならば、またたく間に男三人をのしてしまうはず。そこが付け目だった。

『あのじゃじゃ馬、ただ輪姦されたぐらいじゃとうていへこたれんだろ。念を入れて二重、三重にも罠をかけて追いつめてから、最後に千野、おまえがとどめを刺すんだ。その自慢の珍棒でズブリとな』

小松原はそう言って、じゃじゃ馬ならしのシナリオを描いてみせた。

タフな美都子をじわじわと心理的にも肉体的にもいかに追いつめてゆくかが、小松原の筋書きには見事に示されてあり、さすがは松菱土地開発の知恵袋だと千野は感心させられたのだった。

2

千野の狙いどおりに、とうとう美都子の堪忍袋の緒が切れた。

それまで淫らな愛撫を受けながら、なんとかパンティだけは脱がされまいとして「ねえ、どうかもう許してください」「いや。そ、それだけは脱がさないで」などと切なげに哀願していたのだった。ところがパンティが乱暴に押しさげられ、羞恥の淡い翳りが一気に露出した。いよいよ周囲の興奮は頂点に達し、そこへ男の指がもぐりこんで、花芯を嬲りにかかったのだ。

「うひひひ。マ×コだマ×コだ」

「やめてって言ってるでしょっ！　ちくしょう、馬鹿にしないで！」

磨きこまれた必殺の前蹴りが、男の急所へポーンと入った。

淫楽にどっぷり浸かっていたやくざが、短いうめきをもらし、前のめりに倒れた。あまりの激痛に、畳の上をのたうちまわる。

「こ、この阿女、なんてことを……」

他の二人はあっけにとられた。

だがいったん野性の本能に目覚めると、もう美都子は抑えがきかなくなる。

「トゥヤーッ」

頭のなかが真っ白のまま次の攻撃に移る。背後から乳ぶさを粘っこく揉みしだいていたオールバックの男へ、裏拳とエルボーをたてつづけに叩きこみ、どっと鼻血を噴いて男が吹き飛んだ。

目にもとまらぬ早業だった。しかもその間に半ば脱がされかけたパンティを引きあげている。

残ったもう一人が血相を変え、ウリャッという気合とともにまわし蹴りを繰りだした。

それをがっちり腕でブロックし、美都子は、くるりと素早く回転した。豊かな乳ぶさがブルンと妖しく波打った。かと思うと、長い脚が綺麗に伸びて、相手の喉笛をすぱーん、と蹴りあげた。

ほんの数秒の出来事だった。周囲の連中はまったく手を出すことができなかった。誰もが今さらながら、城戸美都子の野性の恐ろしさを、空手技の鋭い切れ味を再認識させられた。

はかなさを感じさせるほど華奢で艶っぽいその女体。だが、いざ格闘する時にはピーンと鋭く全身の筋肉が張りつめ、ムチのようにしなるのを目のあたりにさせられた。

しかし若い衆が三人、揃いも揃って、パンティ一枚の美女にノックアウトされてしまったのである。このままでは俠気を売る鷹尾組の威信にかかわった。

「ううっ、この阿女、ど、どこまで俺たちをコケにする気だ！」

「くそォ。勘弁ならねえ。こうなったら六郎もろとも嬲り殺しにしちまえ！」

三、四人が口々に叫びながらドスを引き抜いた。

さっきまでの好色な薄笑いはすっかり消え失せ、殺気立った顔で、じわりじわり美都子に迫ってくる。

美都子はようやく我れにかえった。いくら彼女でも、ドスを呑んだやくざ者にいっぺんに斬りつけられては劣勢は否めない。しかもここは鷹尾組の本部なのだ。素手で連中に立ち向かうなど気違い沙汰である。

「あ、ああ、そんなつもりじゃなかったんです。怒らないで、ねえ、みなさん、落ち着いてください」

「ふざけんな！　このドスでてめえのはらわた、かっさばいてやる」

「へへ、へへへ、切り刻んで六郎と一緒に海の底に沈めてやるぜ」

　男たちは美都子のまわりを取り囲んで、威勢のいい台詞を口にするものの、うかつに手を出せないでいる。なにしろたった今、その空手技の冴えを見せられたばかりなのだから。それでも包囲する輪が少しずつ狭まってきた。何本ものドスに付け狙われ、さすがの美都子の顔も恐怖に引きつっている。

　そこへ千野が割って入った。あらかじめの筋書きどおりだった。

「待て待て。女一人を相手にドスふりかざしてどうする、おめえら？　もっと別のやり方でヤキを入れてやろうじゃねえか」

「しかし、兄貴……」

「いいから刃物ひっこめろ、この馬鹿！」

　手下の横っつらを千野は思いきり張り飛ばした。やはり若者頭として君臨するだけに、たいした迫力である。

　途端に、いきりたった若い衆の勢いがそがれた。

「美都子。おめえもおめえだ。こうまで鷹尾組の看板に泥塗られちゃあ、俺もおさまらねえ。肚くくってもらうぜ」

「あぁっ……申しわけありません、千野さん」

観念しきったのか、美都子はこっくりうなずいて、ゾクリとする艶っぽい眼差しを千野へ注いだ。雪白のなよやかな裸身を縮こまらせ気味にしている。乳ぶさを両手で隠し、パンティに包まれた下肢をくの字に閉じ合わせて、ついさっきの鮮やかな連続技がまるで嘘のような女っぽさだ。

「お互いに少し頭を冷やそうじゃねえか。なあ、美都子。今おめえにやられた連中をなだめる必要もあるし。こっちの話が終わるまで、別の部屋へ行ってもらおうか。おっと、そうだ、へへへ、また暴れられちゃかなわねえ。とりあえずその手を縛らせてもらうぜ」

「え？ も、もう絶対に手出しはしませんから。本当ですわ、千野さん。だから、縛るなんて、勘弁して……」

気丈な美都子が声をつまらせた。切れ長の蠱惑的な瞳が、涙に潤んでいる。ただでさえ、さっきからパンティ一枚の屈辱的な姿をやくざの前にさらして死にたいほど恥ずかしいのに、このうえ縄目を受けるなど、いくらなんでもあんまりではないか。

「せめて……服を……いえスリップだけでもいいわ、着させてください」

「駄目だ駄目だ。もういっさい特別扱いはしねえ。おめえはいわば捕虜なんだからな」

千野の指図を受けて、別のやくざが二人、麻縄を手にしながら、恐るおそる裸身へ近づいてゆく。

「神妙にお縄を受けろ、美都子。へっへへ」

「やめてちょうだい！」

両腕を後ろへねじられそうになり、美都子は条件反射的に攻撃の構えをとった。それだけで男たちはサッと飛びのき、滑稽なほどの狼狽を示す。

すかさず千野が怒声を発した。

「美都子、まだ観念できねえのか。ようし、六郎の腕をみせしめに斬り落としてやる。俺は本気だぞ」

「や、やめてください！　六さんにそんな恐ろしいことしないで。わ、わかりました……もうおとなしくしますから」

がっくり首を折って、そう言った。六郎の存在がこの鉄火女のアキレス腱なのだ、と男たちは熱い嗜虐の疼きとともに今さらながらに悟った。

「さあ、おとなしくしてろよ、美都子。へへ。まったく、こんなか細い腕して、どこにあんな力があるんだろ」

坊主頭にぎょろ目のやくざが、再び身体に手をかけた。

両腕を背中へ組まされ、細い手首にぐるぐる縄が巻きつくと、美都子は「アアッ」と絶望の吐息をついた。火の玉のような汚辱感に、白いうなじが揺れる。きつく結いあげていたはずの髪がさっきの乱闘でだいぶほどけて、それが光沢を放ちながらハラハラゆらめく。

手首を固定すると、縄尻が前へまわされて、理想的な美しさの双乳がキュッ、キュッと二重、三重に緊めあげられてゆく。たまらない屈辱なのだろう、美都子の目もとが、刷毛で掃いたように紅く上気した。

上下から縄できつく絞りだされて、豊満な乳ぶさが、ことさら重たげな量感をたたえながらぷっくりと無残に前へ突きだされた。そして桃色の小さな乳頭の清純さに、やくざたちは酔いしれた。

(手こずらせてくれたなあ、美都子。フフフ。だが、おまえももうこれでおしまいだぞ)

縄掛けされながら、無念さを噛みしめている美都子の冴えた横顔をじっと見つめて、千野の胸はかつてないサディスティックな興奮に震えた。

3

ひとまず美都子を監禁しておいて、千野は次の段取りを進めにかかった。

鷹尾組のちんぴらに、狂二という男がいる。男のくせに妙に色が白く、でっぷり太った醜男で、前歯が二本欠けて上唇のところに大きな縫い痕があるのが特徴だ。

これが若い衆のなかでもとびぬけた絶倫で、たった三時間でも女を抱かないと鼻血が出てくるほどなのだ。まだ二十一、二歳というのに婦女暴行の常習犯で、中学の頃から少年院を出たり入ったりし、強姦したスケは百人をくだらないと豪語する。

この狂二が、美都子に心底惚れこんでいた。こんなにオマ×コはめたいと思った女は初めてなのだと、かねてから口癖のように言いつづけていた。

誤字だらけの変態めいたラブレターを何度も送りつけ、黙殺されると、思いあまって実力行使に出た。今から半年ほど前のことだ。深夜の路上で美都子を待ち伏せし、ナイフを突きつけて拉致しようとしたが、逆にこてんぱんにぶちのめされてしまった。前歯を叩き折られ、上唇に深い裂傷を負ったのはその時なのである。

千野は、美都子を淫靡にいたぶるための先兵として、狂二を抜擢することにした。大勢の前で、因縁のある狂二にフェラチオ奉仕させて、精液を呑ませようというのだ。見世物としてこんな面白い取り合わせはないし、血気にはやる若い衆も溜飲をさげるはずだった。

「準備はいいか、狂二？」

事務机と椅子がいくつか置かれただけの殺風景な部屋に、狂二が待機していた。椅子に腰かけているその股間には、しっとり濡れたような和風美人が一糸まとわぬ姿で吸いついており、淫らな首振り運動を繰りかえしている。大鷹観光ホテルの元社長夫人、純子である。

「はあ。うへへ。いま三発目を口で呑ませたところです。これでばっちりスよ。美都子お嬢にいくら濃厚にしゃぶられたって、もちこたえられます」

「最低三十分はもたすんだぞ」

「わかってまさ。俺が思いどおりに射精をコントロールできるの、知ってるでしょう、兄貴？　うへへ。まったく今日は怖いくらいについてるなあ。こんな色っぽい人妻とたっぷり楽しめたうえに、憧れのお嬢に尺八吹いてもらえるなんて」

純子の熟れきった胸乳をモミモミしながら、にたりと笑う。温泉饅頭のような不細工な顔の真んなかに大きな口が開き、欠けた前歯がのぞいて、なんとも異様な面相だ。

狂二の満悦至極ぶりも当然で、純子や百合のような飛びきりの上玉は、幹部クラス専用の慰安婦であり、自分たちのようなちんぴらにはめったにあてがわれないからだ。

「他の連中が喜ぶように、ネチネチといやらしく美都子に迫るんだぞ。まあ、おまえなら地のままでいけるだろうが」

「へえ。それで兄貴、ひらめいたんスが、珍棒にコカインの溶液をたっぷり塗りつけておくんです。こっちもびりびり痺れるし、お嬢も知らぬ間に麻薬しゃぶらされて、メロメロというわけで」

「なるほど。そいつは名案だ」

すぐさま狂二は、フェラチオの後始末をする純子の口から一物を引き抜いて、コカインを溶かした液をすりこみはじめた。さすが絶倫だけに半勃起状態でも長さ二十数センチはあり、おまけに極太で、もう見馴れたはずの千野も舌を巻く。

「ミルク呑みさせた後すぐに、この珍棒で本番ハメるってわけにはいかねえんスかね、兄貴？　馬鹿受けすると思うんスけど」

「調子に乗るな、馬鹿。美都子がオマ×コしなきゃならねえ相手はな、おまえの前に、何十人とつかえてるんだよ」

色餓鬼の頭をぱーんと叩いて、部屋を出た。廊下を歩くと、さっき美都子を緊縛したぎょろ目の坊主頭、今村と出くわした。

「兄貴。へへへ。ちょうどよかった。六郎の奴が傑作なんですよ」

今村は淫猥な興奮に目を輝かせ、べらべらとまくしたてるのだ。

ひとまず美都子を監禁した部屋はマジックミラー張りになっており、隣りの部屋では六郎が覗き見していた。

美人オーナーを陥れることに一役買って、完全な躁状態にある六郎は、パンティ一枚で緊縛され、嗚咽をもらす美都子の様子を眺めながら大はしゃぎで、マスをかきはじめたという。

「あの神経はどこか狂ってますよ。大恩ある先代のところの令嬢を罠にはめて、しかもスケのほうは六郎を助けたいばっかりに縄目を受けてシクシク泣いているというのに、野郎ときたら、あのおっぱいは昔より五、六センチは膨らんだなとか、乳首の美しさは昔のままだとか、もしかしてマゾっ気があってパンティを濡らしてるかもしれん、などとほざいてるんでさあ……へへへ。あの絹のパンティは去年の夏に東京で買ってきたやつに違いない、と得意げに吹聴までして」

「フフ。狂っているからこそ富樫を殺してくれたのさ」

「野郎、確かもう五十近いはずでしょう？　縄で縛られてこんな色っぽいお嬢さんは見たことがないとかって、うわごとのように口走って、あっけなく射精しちまいやがって……で、すぐにまたシコシコはじめて、みるみるポコチン膨らませてやがるんですよ」

「まあ、美都子にトチ狂わされた男は六郎だけじゃねえだろうが、そいつは確かにキてやがるなあ」

千野はこみあげる笑いを嚙み殺しながら、美都子の監禁された部屋へ因果を含めに歩きはじめた。

4

千野が提示したおとしまえのつけ方——屈辱のフェラチオショウを演ずることに、当然のことながら美都子は驚愕し、ガクガク震えながら、絶対にそんな真似はできないと半泣きになって答えた。

「おめえが生き恥をさらすところを、連中は見たがってるんだよ。いわば温泉街の白黒ショウだ。みんなはしきりに本番セックスをさせたがったが、俺がどうにかそれだけはあきらめさせたんだぜ。どうしても尺八吹くのがいやだっていうなら、仕方ねえ。六郎の両眼がつぶされ腕一本もってゆかれる。もちろん城戸珈琲も今日限りさ」

「でも……でも無理です。いくらなんでも……ああ、そんな恐ろしいこと、できません。あんまりです」

「俺のメンツをつぶす気か、美都子？　なんなら腕ずくで、そのパンティ脱がして、臓物まで剝きだしにさせて強姦ショウにかけることだってできるんだぞ。それを俺が苦労してやめさせたってえのによ。まさか処女でもあるめえし、富樫の情婦だったおまえが、たかがおしゃぶりぐらいでうろたえるとはな」

二人きりとなって因果を含めてやりながら、千野は、緊縛姿で涕泣する美都子のあまりの悩ましさに、我れを忘れそうになった。この場で今すぐにも肉棒をぶちこんでやりたい衝動がムラムラこみあげてきた。

マジックミラー越しに六郎もさぞや淫らに欲情していることだろう。

「おしゃぶりして口で相手をいかせる、たったそれだけで、六郎も助かるし、店もつづけられる。おめえ、こんな条件を蹴るほど馬鹿じゃねえだろ？」

「あ、ああ、千野さん……」

「わかったな、美都子？　つらくてもちょっとの間、辛抱するんだよ。城戸家の跡取りの意地を見せてやれ」

千野は、正座する美都子のそばにしゃがんで、ほつれた黒髪を直してやったり、背中をゆるく撫でたりしながら、優しく言い聞かせた。

すると美都子は、よほど頭が混乱しているのだろう、甘えて相手の胸に上体を預けるようにして、泣き濡れた瞳を千野にねっとり注いだ。

「あの……本当に……そうすれば、私も、六さんも……無事に帰してもらえるんですか？」

「俺を信じろよ、美都子。絶対に嘘はつかねえ。あとは指一本、おまえに触れさせやしねえよ」

甘くしなだれかかってくる美女の柔肌の感触に、千野はゾクゾク痺れつつ答える。

いくら強がってもしょせん世間知らずのこの女は、尺八の相手が狂二だとはつゆ知らず、ましてやその巨根にべっとりとコカインが塗りつけられていることも知らないのだ。ああ、なんという興奮だろう。

「条件を呑むんだな?」

美都子はその瞬間がっくりうなだれた。

「……う、うう……わかりました。おっしゃるとおりにいたします」

小さくしゃくりあげて、胸の隆起を妖しく震わせながら、ようやっと返事した。

再び美都子は、やくざたちのいる宴会場へと連れ戻された。

端整な美貌に悲壮な決意をにじませ、美人オーナーが登場すると、男たちはどっと沸いて、次々に好色な野次が飛ぶ。

さっきまで彼女がホステスしていた時の雰囲気と違って、誰もが色欲を丸出しにしている。縄で緊めあげられた美しい胸乳を、そして空手で鍛えあげてよく引き締まった腹部から太腿を、ネチネチ眺めまわすのだ。

座敷の中央に、意味ありげに椅子が一脚置かれてあり、美都子はそれと向かい合う格好で正座させられた。

もう決して暴れたりしないから、せめて縄だけはほどいてほしい、そう再三再

四、訴えかけるのだが、千野は取り合ってくれない。ショウの相手がびびってしまうから、縛ったままでないと駄目だというのである。

座敷には主だったやくざが十数人、そして廊下の見物客はその倍の二十人以上に膨れあがっている。本部ビルにいる組員のほとんどが駆けつけてきているのだ。はたして男まさりの美都子にうまくフェラチオができるのか。いや富樫にこってり仕込まれているはずだ。そんなやりとりをしながら酒を飲み、尺八ショウの開始を今か今かと待っている。

坊主頭にぎょろ目の今村が、座敷の中央へ登場した。どうやらショウの進行役をつとめるらしい。

「さあ、尺八デスマッチのルールの説明をさせてもらいます。制限時間は三十分。その時間内に、見事美都子嬢が殿方の愛をお口で受けとめることに成功しましたら、無罪放免、すべてを水に流して六郎と一緒に帰っていただく。城戸珈琲の営業もオーケイという取り決めですから、その場合、くれぐれも今日の遺恨を残さないよう、組員の皆様にお願いします」

制限時間のことなど聞かされていなかった美都子は、ハッと顔をあげて、不安そうな様子である。

「もし三十分を一秒でもオーバーしたら、その場合は罰として美都子嬢のおパンティを頂戴し、神秘の部分を気前よく開帳していただいての臓物ショウ、さらにはナマ本番ショウとつづくわけです」

「そ、そんな……話が違うわ！　そんなこと聞かされていないわ。ねえ千野さん、どういうことなんです」

縄掛けされた裸身をもどかしげにくねくねさせ、美都子はきつく千野を睨みつけた。

「おいおい、ゲームにルールはつきものだぜ。逆恨みしないでくれ。ガタガタ言わねえで時間内にミルク搾りとりゃあいいだけのことよ。おまえのその色香なら造作もねえや」

千野はへらへらしながら言った。

今村が「相手役の登場です」と告げて、大歓声のなかを、肥満体をナイトガウンに包んだ狂二がVサインとともに現われた。

「お久しぶりだねえ、わが愛しの美都子お嬢。フフフ。まあ麻縄がよく似合って色っぽいこと。たまんないねえ、こりゃ」

「!?………」

美都子の表情がショックに凍りついた。かつて自分にしつこくつきまとい、あげくにはナイフで襲って強姦しようとした卑劣きわまる男が、屈辱奉仕の相手とわかったのだから、それも当然だった。

「いつぞやは、こっぴどくやられちまったねえ。ほら、この唇、十五針も縫ったんだよ。それとこの前歯」

ニッと口を開き、ぽっかり開いた前歯二本分の暗渠を見せびらかす。

嫌悪も露わに顔をそむける美都子へ、今村がニヤニヤと話しかけた。

「この狂二選手ときたら、欠けた前歯を鏡に映すたびに、美都子嬢のことを思いだせるからと、わざと差し歯も入れないほどの熱愛ぶりです。どうです、こういうデブの絶倫君、タイプではありませんか?」

あまりの屈辱に、美都子の色白の貴族的な顔立ちがみるみる紅く染まりだす。

その場から逃げだしたかった。虫酸の走るタイプ、生理的に嫌悪をもよおす男とは、まさに狂二そのものなのだから。そんな因縁の相手の性器を口で愛し、あげくに精を浴びなければならないとは……。

「へへへ。なあ、お嬢、腕っぷしじゃ歯が立たないけど、ことセックスに関しては俺のほうがずっとうわ手だと思うぜ。ほら、これが俺のチン×ン」

狂二は女の前へ仁王立ちしてガウンを脱ぎ捨てた。

気味悪いほどの白い肌、その背中一面に、獣のように後背位で交わる男女の愛欲図が、性器も露わに彫りこまれてある。もちろん正面の美都子にはその刺青は見えず、ただ醜悪きわまる股間が目に入って、ヒッとおののいた。

すりこぎのような太さの巨根がピーンと勢いよく屹立して、贅肉だらけの下腹に引っついている。太棹全体が異様にヌラついているのは、コカイン溶液をすりこんだせいだとは美都子は知る由もないが。

「さあ、おしゃぶりしてもらおうか、お嬢」

「あ、ああっ……いやよ……あっちへ行ってちょうだい」

狼狽しきって、引きつった叫び声をあげる美都子。

鉄火女の初々しい反応ぶりがおかしくて、やくざたちは充血した目で美都子を追いながら、げらげら笑った。

5

「この人だけはどうしてもいやなんです！」

そう美都子は涙を浮かべて哀願するのだが、「わがままばかり言うんじゃねえ」と千野にはねつけられた。

なおも美都子が躊躇していると、柄の悪い観客たちが、いっせいに文句を言いはじめた。千野や今村に繰りかえし何度も叱咤されて、美都子は小さく嗚咽しながら、ようやく狂二と向き合って奉仕の態勢に入った。

椅子に座る狂二は、太腿を大きく割って、剛毛に覆われたペニスを誇示するのだ。憧れの美女を前に、それはいっそうの隆起ぶりを見せている。

「どう、頼もしいだろ？　くくく。こいつね、半年前、強姦に失敗してからというもの、お嬢が恋しくて毎晩すすり泣いていたのさ。先っぽから白いネバネバの涙流してねえ」

卑猥な冗談に、やくざたちがまた笑った。

「ああ……やっぱりできないわ。千野さん、どうしても……こ、この男だけは、どうしてもいやなんです」

緊縛された裸身をくねらせ、優美な太腿をもじもじこすり合わせて、美都子はまたもシクシク嗚咽するのだ。

そんな風情がやくざたちの嗜虐欲をもりもりかきたててしまい、次々に野次が飛ぶ。

「そんなにいやならもういいぞ。六郎を連れてきて、腕斬りショウに切り替えろ」

「そうだそうだ。その後は城戸珈琲にガソリンまいて、炎上ショウだぞ。ハハハ」

さらには千野が、ぴしゃりとパンティの尻を平手打ちしてどやしつける。

「一度やると決めたら、意地でもしゃぶり抜いてみせろ。こら、美都子！」

「……わ、わかったわ。やります。ちゃんとやりますから」

美都子はたわわな乳ぶさをはずませながら、嫌悪する狂二の股間へにじり寄った。よほどつらいのだろう、凜とした直線的な眉がキュウッと折れ曲がり、歪んだ口もとからは今にも号泣がこぼれでそうだ。

「お嬢、仲直りのしるしに、ひととおりチ×ポをペロペロ舐めまわしてくれないかな。うへへ。そうしたらもう大感激で、きっとすぐに発射しちゃうと思うんだ。おっと今村さん、まだ時計はとめておいてください。これはいわばリハーサルということで」

「美都子嬢の新しい恋人はなかなかの太っ肚です。さあチャンスですよ。時計の針がまわらぬうちに、舌で粘っこく舐めまわして、彼氏の官能を追いこんでみてください」

肉茎にすりこまれたコカインを効果的にしゃぶらせるための罠だった。

狂二は、前歯の欠けた口を開けて笑いながら、ぐいと腰を浮かせて、美女の顔先へこれでもかと醜悪なシンボルを突きつけた。

美都子は反射的に顔をそむけた。しかし進行役の今村に無理やりに正面を向かせられ、千野にどやしつけられ、美都子は悲憤のあえぎとともに、清潔そうなピンクの舌を差しだして肉塊へこすりつけた。

「なんだ、美都子、そのしゃぶり方は。犬みたいにペロリペロリと、もっと舌全体を使ってチ×ポこするんだよ。そうして根元からエラまで、まんべんなく唾液をすりこむんだ。富樫に教わらなかったのか?」

千野がすぐ横から指図する。

美都子の細い肩がくやしげに波打った。それでも顔面を真っ赤にし、不自由な上体を相手にぶつけるようにして、怒張の裏側へ舌を絡みつかせる。

ごつごつと血管の浮いたグロテスクな胴体部に、唾液に濡れ光る綺麗なピンクの舌腹が、粘っこく這いまわりはじめた。

「う、うひひ、ああ夢みたいだ、お嬢の素敵な舌が、チ×ポを舐めてるよ。ひひひ。ううっ、お嬢の素敵な唾で、なんだかヌチャヌチャしてきたよ。気持ちいいっ」

「な、何か塗ってあるわ。何？　何よ、これ？」

舌先にぴりぴり走る不快な感触に、美都子は顔をしかめた。

「驚くほどのことじゃないよ。早漏防止のホルモンクリームさ」

「卑怯だわ、そんな薬を……」

「お嬢のような美人が相手なら、誰でも使うクリームだよ。安心しなよ。たいしてもちゃしないから。それに女のほうは、これを舐めるとカッカ燃えてくるんだから」

まさかコカインとも知らず、美都子は上気した横顔にいっそうの嫌悪感を示しながらも、長大な弓なりを少しずつなぞりあがってゆく。

「よしよし、お嬢はいい子だ、ほらこっちもしゃぶるんだよ」

やがて狂二は、反りかえった怒張を指でブルンと前へ押し倒してみせ、下腹にくっついていたペニスの表側の部分まで、舌で清めろと命令する。もうその頃には美都子はすっかり相手のペースに巻きこまれてしまい、やや腰を持ちあげ気味にして、せっせと舌を走らせて、たちまち肉茎の裏も表も甘い唾液でしっとり濡らすのだった。

「ちくしょう。俺もあんなふうにしゃぶらせてみてえなあ」

「狂二のガキめ、ぷっくりと気持ちよさそうにオッ立てやがって、本当に運のいい野郎だぜ」

「おい狂二、こんな絶世の美女のフェラチオはまた格別だろうよ」

いつしか二人のまわりには、男たち全員がつめ寄って、かぶりつきで一世一代ともいえるこの見世物を見物している。なんともサディズムを疼かせる変質的な光景がそこに繰りひろげられて、千野も含めた誰もが、身内がひりつくような興奮を覚えていた。

えらそうに股間を大きく開いたデブの狂二。その凶棒へ、あの城戸美都子が、ほつれ乱れたアップの髪を揺すりながら、一途に愛撫を注いでいるのだ。目を閉じ、甘い鼻息さえもらして行為にふける美都子の表情の悩ましさ。それに愛撫のたびに、きつく縄で絞りだされた豊満な隆起が妖しく揺れて、パンティに包まれた腰部がくねくねする。

「今村さん、もう時計をスタートさせていいです。ああ、あんまり気持ちよくて、すぐに出しちゃいそうで……とても三十分なんかもちそうもねえや」

狂二は、わざと美都子に聞かせるように呟いた。しかしその顔には余裕たっぷりの笑いが浮かんでいる。射精を自在にコントロールできる特異体質に加え、すでに今日は三発も抜いているのだから、長持ちできないはずがなかった。

公平さを装うため、美都子にすぐ見えるところに大きめのデジタルタイマーが置かれ、三十分間のカウントダウンがはじまった。

美都子は、六郎を救うため、城戸珈琲を守り抜くため、悲壮な決意とともに朱唇を開いて、極太の肉棒を受け入れにかかる。

「狂二のデカ魔羅が、あの可愛いお口にすっぽりおさまるのか?」

「へへへ。ディープスロートの要領は、富樫にこってり教えこまれてるはずだぜ」

「しかし指が使えず、口だけでシコシコやらなきゃならねえとは、美都子も不運だな。このところ色事ともごぶさたらしいしよ」

そんなギャラリーの囁きが聞こえているのかいないのか、美都子は美貌を火照らせ、次第にフェラチオ奉仕に没入している。雁首の縫い目に沿って小刻みにレロレロと舌を動かしたり、かと思うと王冠の溝にぴたりと寄せて、甘く小突きながらぐるりと一周する。それを粘っこくつづけるうち、狂二が、「ウウウッ」と快楽のうめきをこぼした。

第七章　涙と生唾と愛汁と

1

満座のなか、まさに脳天が爆裂しそうな汚辱感を噛みしめながら、城戸美都子はフェラチオ奉仕を行なっている。

奉仕の相手は、かつて美都子を強姦しようとして、逆に前歯を折られ、十五針も縫う深手を負わされた変質漢の狂二である。そんな因縁のある男の不潔な性器を口で愛し、あげくに体液を嚥下しなければならないとは。まだ二十三歳の、潔癖な性格の美都子にとっては地獄の責め苦である。

しかも身にまとうものといえば、わずかに純白のパンティ一枚だけで、おまけに両腕をかっちり後ろ手に縛りあげられているのだ。狂二のおぞましい巨根をしゃぶるたびに、根元を縄で緊めつけられたバスト九十の双乳がいやでもブルンブルン揺れてしまい、野卑な観客を喜ばせる。

それにしても狂二というちんぴらの肉体の気味悪さときたらない。美都子はこんなブヨブヨとして締まりのない、トドのような体つきが大嫌いだった。それに病的な色の白さ。何もかもが死んだ富樫の精悍さとは正反対だった。

ただシンボルだけが異常に発達している。記憶にある富樫のそれより、太さといい長さといいはるかにまさっているし、色白なのにそこの皮膚だけは淫水焼けというのだろうか、グロテスクに黒ずんでいる。それがなおさらいやらしい。

おまけに、よほど性欲が強いのか、股間全体からムカつくようなホルモン臭がムンムン漂ってきて、それがまたなんとも生理的嫌悪感をもよおさせる。

かつて愛する富樫に喜んでもらおうとして一生懸命に覚えこんだ舐めしゃぶりの手管を、まさかこんな最低の鬼畜相手に披露することになるとは……。

あまりに情けなくて泣きそうになる。嘔吐感がこみあげてくる。だが、そんな自分をきつく戒めた。今は少女っぽい感傷に浸っている時ではないのだ。三十分以内に相手の官能を追いこまないと、自分の貞操ばかりか六郎の身にも危険が迫る。

美都子は、冴えた横顔に悲壮な決意をにじませて淫らな愛撫にふけった。丹念に舌を走らせ、長大な肉茎をひととおり舐めつくすと、ポウッと頬を赤らめながら、鳥肌立つような形状の雁首をそっと口に含んだり、ネバネバと舌先で転がして刺激してやる。

狂二は分身をピーンッとのたうたせ、「ああ、いいよ。お嬢……うひひ」と上機嫌である。

男の性感のツボは富樫からおおよそ教えこまれている。裏の縫い目から亀頭のくびれにかけて、たっぷり唾を吐きかけて、チャプチャプと舌腹を強くぶつけるように粘っこくこする。かと思うとまた亀頭部分を口腔へ含ませ、甘く優しく出し入れする。

狂二は軽くのけぞり、大きな縫い痕の残る口をぶざまにほころばせた。

「やるじゃねえか、美都子の奴。たっぷり唾を吐きかけて、濃厚にしゃぶってよ」

「くそ。アアッ、狂二の魔羅全体が唾でヌルヌルになってやがる。すげえ気持ちよさそうだぜ」

狂二ばかりかギャラリーまでが興奮しきっている。美都子のような絶世の美女のつむぐ唾液でペニスをねっとり包まれたら、いったいどれほど快美なのか。そう思うと、いてもたってもいられない気持ちなのだろう。

千野と今村が、かたわらでひそひそ言葉を交わす。こちらは、ペニスに塗りこまれたコカインが、どれくらいで効いてくるのかと固唾を呑んで見つめているのだ。

美都子は魅惑的な瞳でちらっとデジタルタイマーを見やった。すでに五分が経過しようとしている。

やや腰を浮かせ気味にして、いよいよ、すりこぎを思わせる巨根を口腔へ受け入れてゆく。そうしながらも時折り口を離し、まるで愛しい赤子に囁きかけるごとくに、ヌチャヌチャ、ヌチャヌチャと鈴口を舌で愛撫するのをおこたらない。

ここへ最初に着いた時はきつく結いあげていたはずの髪は、ホステスをしたり男たちと揉み合ったりするうちにほどけてきている。それが光沢を放ちながらハラリ、ハラリとうなじや頰へ垂れ落ちて、男たちの目を楽しませる。

「お嬢、いいよ、すごくいいよ。あの怖い怖い美都子お姐が、まさかこんなにおしゃぶり上手だったとはねえ」

「う……あううン……」

それまで椅子におとなしく座っていた狂二だが、少しずつ本性を現わしてきた。

快感の唸り声をこぼしつつ、恐るおそる美都子の艶っぽい撫で肩をさすったり、乱れ髪をつまんだり。

頬を赤らめ、不快そうに眉を折り曲げる美都子。狂二のような相手に肌に触れられるのはたまらない恥辱だが、それよりも今は、この馬並みの巨根をどうやって咥えるかで必死なのである。緊縛された裸身をもどかしげに揺すり、少し、また少しと極太のものを紅唇に咥えこんでみせる。しかしあまりにサイズが太すぎて、なかなか進まない。

（あ、ああ、どうしよう……あんまり大きすぎるわ。せめて……）

せめて指を使うことができればと、美都子は恨めしく思った。指でシコシコと怒張全体を揉みかきできるのなら、なにもこんな人間離れした一物を口腔に咥えることもないのだ。

悪戦苦闘する美都子を、狂二は悠然と見おろしている。

「お嬢の上品なお口に、俺のチ×ポがすっぽり入ってくれるかなあ。ごめんねえ、あんまりでかくて。くくく。つらいかい？　でも、お嬢の鉄拳を顔面に食らった時の痛みに較べれば、ちょろいもんさ」

折れた前歯二本をニッと不気味にのぞかせて笑う。

さっき、あっけなく叩きのめされた三人組もここぞとばかり、美都子に罵声を浴びせかけてくる。

「ふん。女だてらに空手なんか使いやがって。これからはもっとうまく珍棒しゃぶる稽古でもするんだな」

「狂二の臭いザーメンをこってり呑まされりゃ、少しは女らしくなるだろうぜ」

「いや。この調子じゃ、何時間かかっても狂二を追いこめねえよ。へへへ。そうなったらさっきの仕返しに、ドテ焼きしてやろう」

息巻く三人組の言葉に、美人オーナーを取り囲むやくざたちがどっと笑う。その数はもうすでに三十人を超え、本部につめている組員のほとんどがそこに集まっている。

そして、人垣の後ろでこそこそ隠れながら、異様に興奮した顔つきでのぞきこんでいる男がいた。六郎だった。

あきれはてたことに六郎は、大恩ある城戸家の令嬢を絶体絶命の窮地に陥れながら、隣りの顔見知りの組員と親しげに言葉さえ交わしている。

「いっそ俺が代わってやりてえよ。ククク。お嬢さんが俺に尺八吹いてくれたら、狂二なんかと違って、すぐにドーンと発射してやれるのにな」

美都子に激しく恋するあまり、どこか精神に破綻をきたしてしまったのか、六郎はそんなことを言って、ズボンのなかの勃起を指であやすのである。

2

巨根をなかなか咥えこめず、焦った美都子は、いったん口を離してタイマーを見る。すでに八分がすぎている。

「ああ、千野さん、お願いです、縄をほどいてください」

ねっとり上気した美貌で左右を振り向き、千野がどこにいるか探した。すらりと細い首筋が際立ち、うなじにほつれた黒髪がなまめかしい。

ここで見つかっては大変とばかりに六郎が、あわてて人垣に身をひそめた。

「こ、これではうまくできません。後生ですから、どうか手を……使わせてください。なぜ、いつまでも縛られていなくちゃいけないんですか」

ようやく若者頭の千野の顔を見つけると、縄目を受けた裸身を切なげにクネクネさせて訴えるのだ。

白絹のパンティ一枚で、すらりと形のいい太腿をこすり合わせながら訴えかける女侠のその仕草に、なんともいえないエロチシズムが漂う。黒ずんだ麻縄の狭間で、豊満な白い乳ぶさが揺れる。瑞々しい桜色の乳首の悩ましさに、誰もが嘆息をつく。

「途中で泣き言を垂れるなんて、美都子、おまえらしくもねえ」

千野が前へ進みでて、美都子の白い肩をぽんと叩いた。

「最初に決めたルールを今さら変えるわけにはいかねえよ。時間はまだ二十分以上も残ってるんだ。愚痴をこぼさずやってみろ」

ほつれ髪を梳きあげてやりながら諭す。

「ああっ、千野さん、だって、そんな……」

「第一、おまえに両手を使わせたら、狂二がビビッちまって、フェラチオどころじゃなくなっちまうよ。フフ」

痛いところを衝かれて、美都子はぐうの音も出ない。

狂二がニヤニヤうなずきながら、

「まったく冗談じゃないよ。もし縄をほどいたら、お嬢に金玉つぶされそうで、怖くて怖くてチ×ポしぼんじゃうぜ」

それを受けて、まわりから卑猥な野次が飛んだ。

「狂二はおまえにぞっこんなんだ。ちっとは甘い言葉を囁いてみろよ。ねえ狂二さん、大好きよ、あなたのミルク呑みたいわ、なんて色っぽく言って、濃厚にサービスしてやれば、すぐに発射するぜ。ハハハ」

やくざたちは舌なめずりしながら、気丈な鉄火女からムンと放たれる被虐の官能美に酔いしれているのだ。

千野もひそかに悦に入っている。さっき美都子をけしかけて、三人組に対して空手を使わせることができてつくづくよかったと思う。後ろ手に縛っておくための大義名分ができたからだ。

この伝説の美女を緊縛姿にしてフェラチオさせることで、誰もがたまらないくらいサディズムを満喫しているし、美都子はミルクを搾りとれずに苦労するしで、まさに一石二鳥である。

「さあ、お嬢、時間がなくなっちゃうよ。俺もせいいっぱい協力するから、一緒にがんばろうね」

狂二はそんなとぼけたことを言って、美都子の頭を押さえ、ぐいぐい強引に股間へ沈みこませにかかった。

「口を開けて……ほら、咥えるんだ」

「う……い、いや……う……うぐ」

「ちょっとの間、辛抱するんだよ、お嬢。すぐ馴れるからね」

真上から相手の頭をコントロールし、規則正しくボールをバウンドさせるように上下動を強いる。

不意を衝かれ、美都子はされるがままだ。心理的に追いつめられているせいもあるのだろう、苦しげなうめきをもらしつつも、狂二の特製の剛棒を受け入れてゆく。

「いいよ、いいよ。へへへ。その調子だ」

「ぐ……ムグ……」

嫌悪する男に無理やりピストン運動を強要されるつらさは、いかばかりであろう。あまりの屈辱に顔面はさらに激しくカアッと火照っている。

「できるじゃないか、美都子お嬢……それそれ。ようし、半分近くまで来たよ。あ、ああ、たまんないぜ」

狂二は、太鼓腹を波打たせて、美女の横顔をのぞきこんだ。美都子は、それに応えるかのように「アン、アアン」とやるせない吐息をもらした。

そうやって狂二は、いつしか泣く子も黙る空手二段の美人オーナーを自分のペースに引きずりこんでゆく。

濃いルージュに彩られた悩ましい唇がぎりぎりいっぱいまで押し開かれ、ズンズン巨根が埋めこまれる。そのたびに美都子のくっきり美しい眉がぴくぴく痙攣し、たわわな双乳が勢いよくはずむのだ。

周囲のギャラリー全員が、ぐぐっと身を乗りだしてそれを凝視し、喉奥がヒリつく高ぶりを覚えている。

狂二は、巨砲をいきなり根元まで咥えさせるような無茶はしない。棹の半分ぐらいのところで（といっても優に十二、三センチに達するのだが）美都子の甘い朱唇から、ヌンチャ、ヌンチャ、ヌンチャと規則正しく出し入れさせている。

「あー、夢みたいだよ。ねえ美都子お嬢」

素晴らしい快美感に、狂二は下半身全体をじーんと熱く痺れさせている。あれほどまでに恋焦がれた憧れの美女の、その口腔を使って、自由自在におのれの勃起をしごかせているのだから興奮ぶりも当然だった。

その豊富な唾液は、まるで極上の性感ローションのように、猛り狂うペニスをしっとりと包んでくれるではないか。

ヌンチャッ、ヌンチャッ……。頭をつかまれながら、卑猥きわまる抽送を強制される美都子。そのあまりにエロチックな眺めに、前に陣取るやくざ連中が、しきりに自分の股ぐらをいじりはじめた。

「やるじゃねえか、狂二の奴。美都子にあそこまでサービスさせるとは」

「ひひひ。ええ眺めや。珍棒たまらんわ」

デブで色白の、背中一面に男女の交合の刺青を彫りこんだ、一風変わったこの色事師の評判は今やうなぎ昇りである。

「ねえ、お嬢、もう少し我慢するんだよ。そしたら俺も気をやれるからね。ほら、ほら、いい子だ、本当にいい子だ」

狂二はしきりに言葉をかけている。それが催眠効果をもたらすのか、あるいはコカインがまわりはじめたのか、美都子は従順に奉仕をつづけ、二十五センチ砲は、もう半分以上がその口腔へ消えている。

「いいかい、お嬢。ピストン運動をすると同時にね、口のなかじゃ、たえず舌を棹に絡みつかせてペロペロこすっておくれ。それに、唇はもっとキュッ、キュッとチ×ポを緊めつけるんだよ」

「……う、ううン……あンン……」

美都子は艶っぽく鼻を鳴らし、切れ長の目もとを赤らめながら、けなげに教えられたとおりに肉茎を愛してみせる。狂二が快感にうめいて「いいぞ、お嬢」と言葉をかけると、うれしげにパンティの腰部をうねらせもするのだ。

観客は狂二の手管に誰もが舌を巻いている。まさかあの勝ち気な美都子が、かつて自分をレイプしかけた最低の卑劣漢から、素直におとなしくフェラチオ指導を受けるとは夢にも思わなかったに違いない。

汚辱の行為にふけるうちに、美都子のそのマーブルにも似た佳麗な雪肌は桜色に上気を帯びて、縄の巻きついたあたりはうっすらと汗がにじんできている。長い睫毛をうっとり閉じて、ぴくりぴくり眉をたわめる悩ましい表情。「アハン、アハン」と鼻からこぼれる切なげな吐息。深くくびれた細腰のくねくねする動き。妖美で倒錯的な眺めが、見る者の官能をしたたかに酔わせる。異様な興奮のうねりが、大広間じゅうを包みだしていた。

3

狂二はすっかり図に乗って、美都子の量の多い髪をアップに止めている何本ものヘアピンをはずしはじめた。

「髪、ほどこうね、お嬢。せっかくこんなに長くて綺麗な黒髪なんだからさ。一度おろしたところを見たかったんだ」

「あ……ああ……いや、触らないでちょうだい」

美都子は激しく不快感を示し、愛撫を中断した。

さっきから狂二に情婦のように扱われて、いやでいやでたまらなかったのだ。いくら生肉をしゃぶらされているとはいえ、これは店の暖簾をかけた一本勝負であり、決して自分がこの変質漢に屈したわけではないのだ。

それに結いあげた髪をおろせば、男たちの欲情をなおさら刺激することになるのは明らかだった。

「いいだろ？　そのほうが俺もびんびん感じるんだ。お嬢のこしのあるストレートの髪、大好きなんだよ」

「……か、関係ないわ。もう勝手な真似……しないで」

一瞬、持ち前の勝ち気を取り戻し、黒眼でキッと睨みつけた。

もし手を縛っていなければその一瞥で震えあがっただろうが、今の狂二は余裕しゃくしゃくである。

「そんな冷たいこと言わないの。そのほうがすぐ射精できるんだからさ。へへへ。

お嬢のこの濡れ羽色の髪、ずっと前から撫でたりいじったりしたかったんだ。ああ、綺麗だよ。なんて素敵なんだろ」

ねちねちとオタクっぽい口調で、憤慨する美都子をあやすのだ。

「ほらほら、そんなことよりも、おしゃぶりを忘れちゃ駄目じゃないか。時間がもったいないよ」

「あ……ああン……」

なす術もなく美都子は、再び勃起を咥えこまされる。眉をたわめ、くやしげに歪んだ美貌がゾクリとするほど官能的だ。

「そうそう。へへ。お嬢は、素直にしているほうがずっと魅力的だよ」

狂二はニッと欠けた前歯をのぞかせて、美都子の顔面を股間へ沈ませ、屈辱のストローク運動を強制する。そうしながら豊かな黒髪のなかに指を差し入れ、次々とピンを引き抜いて、ばらけた髪を愛しげに梳きあげてゆく。

こうした駆け引きにおいて抜群の冴えを見せる狂二の色事師ぶりに、居並ぶ組員は感心しきりだ。離れたところから、千野もほくそ笑んでいる。

腰に達する長さのストレートの髪が、まばゆい輝きを放ち、甘くうねりながら、口唇奉仕する美都子の顔先へざっくり、ざっくりという感じで流れ落ちてくる。

その眺めは、あたかも美女が豪奢な着物を一枚いちまい剝ぎとられ、白い柔肌がちらちら露出するのと同じようなエロチシズムを感じさせる。光沢にみちた髪がほどけると同時に、あたりには高級リンスの甘くとろけそうな香りが漂いだし、男たちの性感をたまらなく刺激するのだった。

「空手使いのおっかないお姐さんが、これほど色っぽかったとはな」

「たまげたもんだ。こんなに長い髪してたのか。最初から拝ませてくれりゃ、息子もさぞ喜んだろうに」

組員のほとんど全員が、城戸美都子の髪をおろしたところを知らないでいた。まさか腰までかかるほどの長さで、練絹のような美しさだったとは。

透きとおる肌の白さと、その緊縛美もあいまって、今まで誰も味わったことのない凄艶な被虐世界がまさに展開されようとしている。見物する男たちの胸は息苦しいまでに高ぶってくる。

すっかり髪をほどくと、狂二は、当然というようにそれをかき集め、ひとまとめにして、片手で握りしめた。そして今までよりもグンとはずみをつけて、大きなピッチで顔面を揺さぶってピストン運動に入った。

なんというみじめさだろう。生涯初めて味わう深い憤辱に、美都子は真っ赤になって、「ウグゲッ」とうめいた。

「ごめんごめん。でもね、もう残り時間が半分を切ってるんだよ、お嬢。そろそろ本気でしごいてもらわないとね」

狂二は、黒髪をギュッと引き絞ったまま、朱唇めがけて容赦なく怒張をぶち当ててゆく。そして千野と顔を見合わせ、自信満々の笑みをもらした。

「おう美都子、もう十七分をすぎたでえ」

「急がねえと、大事なおパンティ脱がされちまうぞ。けっけ」

「どんなマ×コの色しててんだろうなあ。男まさりの美人オーナー様は」

酒をまわし飲みしながら、やくざたちの意気はいやでもあがる。

「大丈夫さ。ウフフ。安心しな。この狂二様はお嬢の味方なんだからね。絶対に時間内に発射してあげるから、だからもう少し辛抱するんだよ」

「……ム……ム、グググ……」

「もっと唇をきつく緊めてごらん。頬をぴくぴくさせて、そうそう……おっと、舌でしごくのも忘れちゃ駄目だよ」

ぐいぐい喉奥を突つかれ、いかにも美都子は苦しそうだ。眉をしかめ、肩先をぜいぜいあえがせ、嘔吐感に悩まされている。それでも相手に言われるまま口腔全体でペニスをきつく緊めつけ、舌を粘っこく絡ませて快感を与え、なんとか精を吐きださせようと必死だ。

「いい子だ、本当にいい子だよ、お嬢は。唾の量もたっぷりだし、喉の奥までちゃんと咥えこめるし、最高の女だよ。ああ、惚れ直しちゃった」

そんな美都子をほくほく顔で見つめて、狂二は猫撫で声で囁きつづけている。しかし優しい言葉とはまったく裏腹に、黒髪をわしづかんでは大きなピッチで顔面を揺さぶり、非情なストロークを繰りかえすのだ。

そのたびに美都子の悲痛なあえぎ声がこぼれる。厳しく拘束された上半身で、弱々しくいやいやをする。

美都子の苦悶も当然すぎるほどだった。なぜなら、すりこぎのような特大の剛棒が、いつしか根元の五センチばかりを余して、すっぽりとそのつつましい口腔へ埋めこまれてしまっているのだ。

「しかし、狂二のあんなデカ魔羅がよく入ったもんだな」

「へへへ、知らぬ間に麻薬をしゃぶらせてあるからだよ。喉の感覚が麻痺してるんだ。そうじゃなきゃ、素人娘にはとても無理な話だぜ、兄弟」

人垣の後ろのほうではひそひそと、そんな会話が交わされている。

確かに、コカインが効いてきたのだろうか、いつも毅然とした美都子の仕草に、どこか物憂げな様子が漂いはじめている。凜とした表情も今はとろんと霞みがかり、パンティ一枚の腰つきや太腿がもぞもぞと微妙な動きをみせていた。

4

開始後二十分がすぎた。狂二はますます調子に乗って、ズブズブと美都子の口腔へ巨根を突き立て、むごいほどにディープフェラを強制するのだ。

「あー、いいよ、こんな気持ちいいフェラチオ、初めてだ……うひひ。ああ、観客のみなさんに申しわけないくらいですよう」

勝利の快感にどっぷり浸かり、ギャラリーに向かってVサインを連発する。

後ろ手に縛られてきちんと正座し、黙々と屈辱奉仕にふける城戸美都子の妖美な姿を眺めながら、つめかけたやくざのうち何人かは興奮しきって、とうとう我慢しきれずオナニーをはじめている。

「おいおい、おめえらがいくらそこでせんずりこいたって、美都子お嬢は救われねえんだぜ。ハハハ」

誰かが冷やかすのだが、当の本人だってズボンのチャックを開き、パンツ越しにしこしこペニスをいじくっているのである。

千野はひとり冷静に、美都子の様子を観察している。これからの段取りのためにも、狂二の珍棒に塗りつけたコカインの効果を知る必要があった。

どうやらすべてがこちらの思惑どおりに運んでいるようだ。ボウッと妖しく火照った美貌を憎き狂二の股間に沈め、クチュクチュ、クチュクチュと悩ましい音色を響かせている美都子。まるで性奴のように一途に、規則的な抽送を行なうその姿を見れば、コカインの魔力にその心身を乗っ取られてしまっているのは、誰の目にも明らかだった。

「ね、ねえ……まだ？　まだなの？」

一向に射精の気配をみせない相手に苛立って、美都子は顔をあげた。

濃厚な奉仕ぶりを物語るように、あれほど鮮やかだったルージュがとれかかり、口のまわりは唾液でべとべとに濡れ光っている。

「へへへ。もうすぐだよ。少しずつミルクの匂い、してきたろ？」

狂二は、へらへらと答える。そして、てっぺんへ絞りあげていた美女の黒髪をいったん腰まで解き放ち、撫でまわして、その痺れる絹の感触を味わうのだ。

「ちゃんと俺の名前、呼んでほしいねえ、お嬢。狂二さん、て呼んでおくれよ。狂二さんのミルク早く呑みたいって。エヘヘ」

「……………」

「愛するお嬢にそんな甘い言葉を言われたらもう大感激で、すぐにドバッと出ちゃうぜ、きっと」

またも相手の弱みにつけこんで、ネチネチと狂二はそんなことを言う。

汚辱と羞恥の極限状況でふらふらの美都子は、反発する気力もなく、がっくりとうなだれた。

細い目をぎらぎらさせてその風情を楽しむ狂二。左手では、美女の黒髪を粘っこく愛撫しつづけ、右手では、ピーンとすさまじくオッ立った自分の一物を、気持ちよさそうに上下にしごいている。

（ああ、お嬢の唾で俺のチ×ポがヌルヌルしてやがる。この感触ときたら……こんな楽しいことが世のなかにあったのか。もう死んでもええ……いやいや、まだだ、これで一発オマ×コはめられたら、そしたら死んでもええ）

美都子は少しためらってから、真っ白いうなじまで紅く染めて、か細い声を発する。

どうしても口に出せず、豊かな髪に顔を埋めたまま、可憐にいやいやをする。

「ああ……早く……」

しかし狂二にしつこく催促されて、

「……早く……狂二さんの……の、呑みたいわ」

「え？ 何を呑みたいんだい。ちゃんともう一度、最初からおねだりしてごらん」

「あ、ああっ、そんな……」

意地悪くいたぶられ、美都子は縄掛けされたグラマーな裸身をブルブルさせた。バスト九十の美麗な双乳が、男たちの淫欲をそそるように波打った。

「時間がないんだよ、お嬢、さあ」

「……ねえ……美都子、早く……きょ、狂二さんの……ミ、ミルク、呑みたいわ。いいでしょう？」

上気しきった美貌を向け、ねっとり潤んだ眼差しを注ぐと、美都子は細腰をくねくねさせて甘え声でおねだりするのだ。

まったく、たまらない色っぽさである。おねだりされた狂二ばかりか、周囲のやくざ連中も悩殺されて、新たに自慰にふける者が次々と現われた。

「よく言ったね。うれしいよ、お嬢。へへへ。さあ張りきってミルク搾りとっておくれ」

「本当に……ねえ早く、出してちょうだい」

「よしよし。その代わり俺も本気になるぜ。つらくてもちょっと辛抱するんだよ。あと八分しかないからね」

それを聞き、美都子があわててフェラチオを再開した。

狂二はすっかり情夫気取りで、さっきと同じようにその黒髪をまとめてつかみあげ、サディスチックに顔の動きを思うままにコントロールする。

「ほうら、ほら、もっと奥まで咥えてみなよ。へへ。お嬢にディープスロートしてほしいんだからさ」

ねちっこい口調でしきりに言葉をかけながら、ぐいぐい股間へ顔面を沈みこませてはまた引きあげるのだ。

美都子は必死の形相だ。タラタラ生汗を垂らし、胸を衝きあげる嘔吐感をぐっとこらえて巨根を呑みこんでゆく。

さっきよりもさらに喉奥へ入った。極太の二十五センチ砲の、かなり根元近くまで咥えさせて、そこで狂二はヌプヌプと小刻みにしごかせる。

口腔の甘美な粘膜が長大なペニスにぴっちり絡みつき、根元のあたりでは朱唇がキュッ、キュッと緊めつけてくる。あまりの快楽に狂二は、「ヒイイ」と震えた。周囲もあっけにとられた。男を寄せつけないあの城戸家のはねっかえり娘が、人間離れした狂二の太魔羅を相手に、一途にディープスロートしてみせているのだから。

5

「すごいや……ウウ、出そうだ、もうすぐ出そうだ」

好き放題に口腔で勃起をしごかせながら、狂二はそんな嘘を言って、哀れな生贄をだまそうとする。しかも縄目から勢いよく飛びだしている見事な乳ぶさをつかみ、ユサユサ揉みしだきはじめた。そこに居合わせた誰も、そこまでは怖くてできなかったというのに。

「すっごくいいおっぱいしてるんだねえ、お嬢、うへへ。こんなでかいのに、ぴちぴちと張りがあってさ。すげえや……ああ、揉み心地、最高じゃん」

手のひらに吸いつくような肉丘の手触りに、感嘆の声をあげて、さらにいやらしく揉みしだく。

たっぷりした量感のふくらみに、ムニュッムニュッと指が深く食いこんで、根こそぎ乳を搾りだそうとでもいうように小刻みな粘っこい動きをみせる。

「……う……うぐぐ……」

美都子はくぐもった声をもらし、ペニスを咥えこんだまま、頭を左右に振ってそれを激しく拒もうとする。

後ろ手にされた両手がきつく拳をつくっている。火照り狂った顔がさらにカアッと赤みがかって、この鉄火肌の美女がどれほど怒っているかがわかる。

「我慢するんだよ、お嬢。モミモミされたくらいで怒らないの。俺たち仲間じゃないか」

「ぐっ……うぐぐぐ……」

「俺のミルク早く呑みたいんだろ。だったら乳揉みさせておくれよ。へへ。こうして憧れの美都子お嬢のおっぱいモミモミしてると、すごく感じるんだよ。ああっ、なんていい気持ちなんだ」

左手でぐらぐら頭を揺さぶって強制的にスロートさせながら、右手は、これでもかと淫猥に乳ぶさをこねくって、狂二は興奮しきった声を発する。

あまりに激烈な快感に、醜悪な白豚のような顔が赤く上気してきている。射精をコントロールできるさすがの色事師も、これでもし人妻の純子相手に三発も抜いていなければ、とっくに果てていただろう。

狂二の高ぶりに合わせるごとく、次第に美都子の抵抗が弱まっている。男性ホルモンの強い匂いを嗅がされつづけ、敏感すぎるバストを愛撫されたせいだろうか。驚いたことにはその鼻先からは、「ああっ、ああんっ」となんとも悩ましい泣き声さえ聞こえてくるではないか。

「お嬢も気持ちいいの？　感じるのかい。そうか、本当は可愛い女だったんだねえ」

なんと答えるかが聞きたくて、海底からダイバーを引きあげるように、長い黒髪を使って美都子の口から肉棒を引き抜いた。凶悪な亀頭が、おびただしい唾液に包まれてピンク色にてらついている。

「お嬢、いい気持ちなのかい？」

「……ああン……いやん」

束の間、ディープスロートから解放され、美都子は上気した二重瞼を気だるそうに開き、そうしてタイマーをちらりと見た。

どんよりうつろだった目が、カッと大きく見開かれた。表情に生気が戻った。

なんということだろう。いつしか頭の芯が朦朧として、何がなんだかわからなくなっているうちに、タイムリミットはあと四分と迫っているではないか。

「どうしたの、お嬢?」

「あ、ああっ、ねえ……さっき塗ってあった薬、なんだったのよ? もしかして……麻薬じゃないの。ひ、卑怯だわ」

ようやく美都子はそれに思い当たった。

汚辱のフェラチオ奉仕を行ないながら、さっきから不思議な快感が芽生えてしまい、どうしたことかとひそかにとまどっていたのである。

喉の奥深くにペニスがぶち当たるたび、苦しくてならないのに、その一方では全身が熱く疼き、秘肉が溶ける感覚がある。さらには激しく嫌悪する狂二の手で、胸の隆起を粘っこく揉まれると、その快美感はいやまし、パンティのなかがぐっしょり濡れてしまっているのがわかる。

「ああ、あれはただのホルモンクリームさ。早漏防止用のね。最初に言っただろ」

「違うわ。嘘よ、絶対」

「本当だってば。今さらそんな文句をつけるなんて、お嬢らしくないな。それより早くしよう。ねえ、もうちょっとでミルク出そうなんだから」

「ああ、卑怯者……こ、こんなこと、もういやっ。たくさんよ」

「あと三分半だよ。せっせとおしゃぶりするんだ、お嬢。今投げだしたら元も子もないじゃないか」

「そうだぞ、美都子。この期に及んで言いがかりをつけるとは見苦しい。城戸の跡取りの名が泣くぞ」

千野も含み笑いをしながら声をかけた。

「……う、うぐ……」

しきりに抵抗する美都子だが、口腔に怒張をまたしてもズブリと埋めこまれた。スロートが再開される。

麻薬のせいなのか、くやしいことにそうされると頭がボウッとして、隷従の気持ちが湧いてきて、条件反射的に朱唇で揉みしごき、舌でヌラヌラ愛撫してしまうのだ。

いくら抗議したところで、相手はやくざなのだ。聞いてもらえるはずがない。今はとにかくこの卑劣な男を射精に導かなければ……。時間はもう三分しかないのだ。

「いいよ。すごくいいよ、お嬢……ああ、たまんないよっ」

狂二が痺れきった唸りをもらす。

先端から、精液のまじった薄い粘液がピュッ、ピュッと勢いよく噴きだしているのが感じとれる。射精が近づいているのだ。

切羽つまったあえぎとともに狂二の手が頭上で急ピッチで動き、美都子にさらにハードなストロークを強いた。

口が開きすぎて顎がはずれそうになる。喉奥ぎりぎりを突かれ、ひときわ激しくこみあげる嘔吐感を死ぬ思いでこらえる。溢れる涙で頬を濡らしながら、美都子は一段と熱化した巨根を口と舌で責め抜いた。

そのうちに頭のなかが白くなり、さっきと同じように苦痛がスーッと抜けて、全身に心地よい電流がめぐりだした。後ろ手に縛られ、嫌悪する狂二の肉茎をしゃぶらされながら、双乳をつかまれ、タプンタプンと乱暴に揉みにじられる。いやでいやでたまらない、くやしくてくやしくてならないはずなのに、マゾヒスチックな甘い痺れが襲ってくる。

そればかりかウエストや太腿に手が絡みつき、ネバネバと愛撫してくる。どうしてこの男はこんなに何本も手があるのかと頭の片隅で不思議に思う。

(違うわ。他の男たちだわ。ああ、やめてちょうだいっ。私に触らないで)

いつしか見物客たちが手を伸ばしてきて、肌にいたずらしているのだ。総毛立つおぞましさを覚えながらも、すぐに全身が気だるくなり、頭のなかがふわふわしてどうでもよくなってしまう。

口腔へ咥えこんだ男の肉茎は一段ともっこり膨れて、下からズンズン突きあげて、喉の粘膜を犯してくる。どうしてこんな苦痛に耐えられるのか、美都子は自分でも信じられないほどである。

「お嬢、出る！　ミルク出る！」

狂二が叫んだ。さすがの猛者もとうとう我慢しきれなくなったのだ。

「呑め呑めっ。あ、あうう……呑むんだ」

「……ぐ、うぐぐ……」

ドクンッと熱い粘液がはじけでた。二波、三波と精液の塊りが口腔へ襲いかかり、呼吸ができない。

激しく狼狽する美都子だが、それは非情にも喉奥でヌルヌルと不快に溶けて、どんどん食道へ流れこんでゆく。

（あ、ああ、苦しい……なんなのよ、これ……）

何もかもが恋しい富樫が相手の時とまるで違うのだった。異常なくらいのザーメンの量。腐ったチーズのような耐えがたい悪臭。舌に鋭く走る毒物のような苦み……。

美都子は顔を離そうとするのだが、他のやくざ連中が狂二に手を貸して、身体をがっちり押さえつけている。

狂二は桃源郷の最中だ。ドクンッドクンッと大量の毒液をほとばしらせ、やたら絶頂の雄叫びを発している。

「いいッ、ああ、最高だよ、お嬢」

今にも発狂しそうになるのをこらえて、美都子は涙をぽろぽろ流しながら必死に嚥下する。これでもういいのだ。店も六郎も救えるのだと言い聞かせながら。

狂二の発作のあまりの長さに、ギャラリーもあきれている。これで打ちどめかと思うと、「ああ、まだ出る、まだ出るよ」と椅子の上で肥満体をはずませ、美都子の口腔へさらに注ぎこむのである。

永遠につづくかと思われた長い長い発作がようやく終わり、美都子はぐったりして口を離した。呑みきれなかったザーメンがねばねばと口端でヌラついて、陰惨な眺めを呈している。

中学の時から、大人の男たちと伍して行なってきた空手の稽古も死ぬほどつらかったが、今の比ではなかった。

精も根も尽きはてている美都子に、しかし千野が非情な言葉を投げた。

「惜しかったなあ、美都子。あともう少しだったのに」

「え？」

すでに三十二分を表示しているのだ。

サーッと血の気の引くのを感じながら、視線を移すと、デジタルタイマーは、

「あ、あぁっ……そんな馬鹿な」

「さあ、約束どおり、パンティを脱いでもらおうか、くくく」

「もしかして、尺八しながらマ×コぐっしょり濡らしていたんじゃねえのかよ、美都子」

「よっしゃ。俺がすぐにチ×ポはめたろか」

口々に卑猥な言葉を吐いて、男たちの腕が何本もパンティへ伸びてくる。

「やめて！　触らないで！」

美都子は緊縛された裸身をガクガク震わせ、半狂乱だ。

逃げようにも逃げられず畳に転がり、腰まで伸びた髪をバラバラに振り乱して最後のあがきをみせる。男たちがうれしそうに笑う。

「千野さん、助けて、ああ、お願いですっ」

頼れる相手は若者頭の千野だけだった。藁にもすがる思いで、美都子は助けを求めるのだった。

第八章　哀しき奴隷化粧

1

狂二へのフェラチオが終了した時、非情にも三十分の制限時間をわずかに二分オーバーしていた。罰としていよいよ城戸美都子は満座のなかでパンティを脱がされることになった。

五、六人のやくざが舌なめずりして女体に群がった。美都子は後ろ手に縄掛けされた裸身を死にもの狂いで動かし、若者頭の千野の足もとへ救いを求め転がりこんだ。

美人オーナーの窮地を救うという絶好の役まわりとなった千野は、スポーツ刈りにしたいかつい顔をヤニさがらせて、美都子へとにじり寄ってくる男たちをなだめるのだ。

「へっへ。なあみんな。しばらく待ってくれや。どうやら美都子お嬢さんは、ぱっくりご開帳の決心がまだつかねえようだ。俺がじっくり因果を含めてくるから、それまで、まあ、おしゃぶりの感想を狂二から聞きながら、酒でも飲んでいてくれ」

「そ、それはあんまりだぜ、兄貴」

「頼むぜ。せめてよ、オマ×コだけでも拝ませてくれや」

男たちはビンビンに熱く勃起した一物を抱え、憤懣やるかたないといった様子だ。いよいよこれから、絶世の美女の卑猥な赤貝剝きができるというところで、待ったをかけられたのだから当然である。

しかし若者頭である千野の命令には従わざるをえないのだった。

千野に肩を抱かれ、美都子の姿が大広間から消えてゆく。悩ましく火照った顔をうつむかせて、少しふらふらする足どりである。野郎どもは実に名残り惜しそうに、白絹のパンティに包まれたヒップラインを見つめ、そして改めて女俠の脚線美の素晴らしさに嘆息を吐くのだ。

ぴったり寄り添って廊下を行きながら、千野の胸も高鳴っている。

(いよいよ俺様の出番てわけだ。あー、ワクワクするぜ。どうだ美都子の奴、すっかりとろんとしやがって)

こちらに身を預けるようにしてくる美都子の、ほどかれた長い黒髪から、セクシーな香りがムンムン漂ってくるし、隣りを見おろせば、張りのある真っ白い胸乳が、歩くたびにブルンブルン波打っている。その場でひしと抱きすくめたい衝動をこらえるのがひと苦労だった。

「あぶねえところだったなあ、美都子。みんな、おまえのあまりのセクシーさにトチ狂っちまってる」

「ああ、千野さん、お願いです。どうか、美都子を助けて」

甘えるように肩にしなだれかかる美都子。ハラリと黒髪が垂れて、それが幾筋か頬にほつれかかり、いかにも女っぽい風情である。屈指の空手使いのイメージはすっかり影をひそめている。ついさっき男三人を一瞬のうちに叩きのめしたのが嘘のようだ。

「よしよし」

ほくほく気分で千野は、なよやかな白い肩を撫でた。

まったくこんな頼りなげな華奢な身体つきをして、どこからあんな鋭い切れ味の技が繰りだせるのだろうと、不思議でならない。

「ああ、ねえ、私、もう千野さんしか……頼れる人がいないんです」

美都子は、情感的な眉をキュウとたわめ、濡れた瞳をねっとり注いでくるのだ。

(たまらねえな。くくく。俺がどうやら正義の味方に見えるらしい)

まさかあの城戸美都子が、これほどの錯乱ぶりを見せるとは。こちらが求めれば今すぐにも口づけさえ許しそうな雰囲気ではないか。

コカインの陶酔と、狂二の大量の精液を嚥下させられた性的痺れのせいだろう。さらにはその精神的ダメージもはかり知れない。いくら怖いもの知らずとはいえ、たかだか二十三の女が、凶悪なやくざたちの居並ぶ前で、汚辱の奉仕のあげく精液まで呑まされてしまったのだから。

「しかし困ったな。みんなおまえのパンティの中身を見たくてうずうずしているぜ」

「い、いやっ。絶対に、それだけは……」

美都子は拘束された身体を振っていやいやをした。

「パンティだけは堪忍してください。お願いです。私、もうこれ以上恥ずかしい思いをするくらいなら、いっそ殺してもらったほうがいい……」

「冗談じゃねえ。おまえのようないい女を殺すわけにはいかねえよ。へっへ」

千野は、その白くなまめかしい肩をぐいと引き寄せ、愛しげに撫でた。さわさわ揺れる黒髪に口をつけた。

「ねえ私、おっしゃるとおり、せいいっぱい……やったつもりですわ。そうじゃありませんか、千野さん?」

「わかるよ。下着姿でホステスしたたし、狂二のチ×ポからミルクもちゃんと搾りとったしな。二分ばかりオーバーしたのが実に惜しかったが」

そんなおためごかしの言葉を並べたてる。

「ずいぶんたくさんザーメン呑まされたようだが、苦しくなかったか?」

「……あ、あうう……」

ドクンドクン流れこむ精液が喉を灼く、あの窒息死しそうな苦痛を思い起こし、美都子は顔を引きつらせた。不快な粘液の残滓が、まだ喉のあたりにネバネバとこびりついている感じだ。

「大変な目にあったもんだ。可哀相によ」

美都子をそんな目にあわせた張本人でありながら、わざとらしく同情すると千野は、首筋へチュッチュッとキスを注いだ。それから片手を伸ばして、まばゆすぎるほどの腰までの髪をいじりだした。

目にしみる白さの雪肌と、濡れ羽色の髪とのコントラストが、なんとも凄艶だった。

美都子はきつく唇を噛んでされるがままになっている。

「俺に感謝するんだぞ。あのさかりのついた連中から脱出できたんだからな」

「ええ。そ、それは、とても感謝してます」

束の間、あの羞恥の無間地獄から逃れられて、美都子の表情にもいくらか安堵が浮かんでいる。

そうして歩きながら、黒髪をいじったり、柔肌を吸ったりしているうちに、千野はどうにもたまらなくなってきた。廊下を抜けて上の階へつながる踊り場に出ると、いったん立ちどまった。

「ああ、美都子、本当に色っぽくなりやがって」

荒い息を吐きながら、女体を壁へ押しつけた。鋭いぎょろ目を血走らせて、妖美な眺めにしみじみ見入った。

縄に圧迫され勢いよく飛びだした胸の隆起。それに小さなパンティに包まれた下腹部の悩ましさときたら。

「うっとりするような髪の毛だな、おめえ。ああ、すごくいい感じだ」

顔先に垂れかかるのをかきあげてやったり、丹念に梳いて、どこまでもまっすぐの髪のさらさらの感触を楽しむ。狂二の奴がそうしてフェラチオさせていたのが、うらやましくてならなかったのだ。

「うう……いやよ……千野さん」

「狂二に言われるまで気づかなかったぜ。へへへ。髪をおろすと、こんなに雰囲気が変わるとはな」

うっとりと愛撫したかと思えば、せっかく綺麗に梳いた髪をわざとかきまわし、ぐしゃぐしゃにしたりして、おどろに乱れた被虐美を味わう。

「それによ、胸もまあこんな大きくなって。ほんと、いい女だぜ、おまえ」

泣く子も黙る女番長の真っ白いバストに恐るおそる手をかけ、豊満なふくらみをゆっくり揉みしだいた。

「ああ……いやン……」

千野が唇を吸おうとすると、美都子はきつく口を結び、妖しく火照った美貌を右に左にねじって、頑なに拒んだ。

「どうした。感謝のキスもしちゃくれねえのか？」

「ああ……それは……許して」

切なげな、官能美にあふれた表情となり、訴えかけるのだ。

その表情を見ているだけで千野の嗜虐の血が騒ぎだす。パンティに指を伸ばして股間をまさぐりにかかると、美都子は「やめてください」と狼狽しきった悲鳴を発した。

「キスしてえんだよ、美都子。な、いいだろ、口ぐらい吸わせてくれや」

口説きながら千野は、乳ぶさを粘っこく揺さぶり、その痺れる揉み心地を味わっている。そして首筋や細い顎のあたりをヌラヌラ舐めては、花びらのような唇をうかがうのだが、美都子は全身をピーンと突っぱらせ、キスだけは許すまいとしている。

「俺に恥をかかす気か?」

「ああ……こ、ここではいやっ」

あえぎながら、甘く霞みがかった眼差しを注ぐのだ。

「よしよし、わかった。へへへ。とにかく二人でこれからじっくり相談しようじゃねえか。なあ、美都子」

千野はジンと性感を疼かせ、美都子の上気した頬へチュッチュッとキスをした。

2

四階へあがり、二人の入った部屋は四畳半の和室だ。座卓の上に、灰皿と湯呑み茶碗が置かれ、連れこみ宿を思わせる。そして隣りとの襖を開けば、いつでもセックスができるような支度がそこに整えられてあるのだが、美都子は知る由もない。

千野は一服つけて、美都子のすぐ横へあぐらをかいた。

後ろ手に縛りあげられたまま美都子は、背筋を伸ばし、きちんと正座している。白絹のパンティ一枚だけのその完璧な裸身を、三十をすぎたばかりの精力旺盛な若者頭は、ねちねち眺めまわした。

(ああ、やりてえ。早くこのいかした身体を、俺のものにしてえ)

こうして二人きりになると欲望が一気に衝きあげてくる。ズボンのファスナーを開いて、猛り立つ肉茎をあやしたくなる。

「ねえ、縄をほどいてください、千野さん。いつまでもこの格好では、あんまりみじめすぎます」

「フフフ。そいつは無理だぜ、美都子。この俺だっておまえの空手は怖いからなあ」

「アア、もう絶対に暴れたりしません。本当です」

しかし千野は、ニヤニヤと煙草をふかして見つめるだけで取り合わない。なよやかでありながら曲線美にみちた女体は、緊縛責めにまさに理想的だ。こんな最高のサディズムが満喫できるというのに、わざわざ縄をほどく馬鹿がどこにいるものか。

それに、両手が自由だと美都子は何をしでかすかわからない。千野がいま口にしたのは本心なのだ。武闘派やくざの彼でさえ、美都子の空手の腕前を恐れている。

「おまえも一服吸うか？　ほら、今さら遠慮するな」

自分の吸いかけの煙草を相手の口もとへ持ってゆく。

美都子は口もとへ差しだされた煙草をいやいや吸い、そして紫煙をフーッと吐きだした。

「うまいか？」

「え、ええ……で、でも、自分で吸えたら、もっとおいしいわ」

「それはあきらめろって。なあ美都子。どうしても縄はほどくわけにはいかねえんだ」

美都子のしつこさに千野は苦笑した。

「その代わり、ほら俺がこうして吸わせてやるから」

ぐっしょり自分の唾液のついた吸い口を、また美都子へまわす。

「ああ、も、もう結構よ」

煙草の好きな美都子だが、千野とのまわし飲みはおぞましいばかりだった。

「遠慮するな。さあ吸うんだ」

無理やりに吸いこませて、その形のいい朱唇から紫煙が思いきり吐きだされるのを、千野はさも満足そうに眺めた。

「しかしどうしたもんかな。このままじゃとうてい連中もおさまらねえし」

「いやよ。もう二度と、あの男たちの前へ私を連れださないで」

「それにはそれなりの覚悟をしてもらうぜ。なあ美都子。おまえだってもうネンネじゃないだろ」

しつこく髪をいじり、乳ぶさを握りしめたりしながら、千野は惚れぼれするような気分で美人オーナーの顔に見入った。たまらなくなって、薄く形のいい唇へ軽くキスする。その甘く柔らかな感触に、ズボン越しに肉棒がビクンとのた打った。

美都子はもう拒めない。睫毛を閉ざし、じっと耐えている。凜とした顔立ちをボウッと上気させ、眉間にぴりぴりと不快げにさざ波を立てながら。

「美都子。ああ、美都子」

「あン……」

強引に千野の舌先が押し入ってきたのだ。獣じみた息づかいとともに、男の舌がヌルヌルと卑猥にうねりながら、口腔をこねくりまわす。

ああ、富樫があれほど軽蔑していたハンパなやくざ者と口を吸い合うことになるなんて……。美都子は、屈辱の思いを噛みしめながら接吻を受けとめている。それでも相手の唾液で口腔の粘膜をネバネバとこすられるうちに、かすかに鼻を鳴らしてしまうのだ。

さらに強く抱き寄せられた。縄掛けされた上半身は千野の胸にしなだれかかる格好となり、自然と正座が崩れた。婀娜っぽい横座りとなって、すらりと見事なふくらはぎが投げだされた。

千野は薄目を開いてそのムンムンする被虐美を盗み見している。なんとツイているのだろう。自分は今、大鷹市きっての美女と言われる城戸美都子の唇を奪い、その胸のふくらみを揉みしだいているのだ。

「美都子、ああ、たまらねえよ」

気丈な鉄火娘の意外なほどにセクシーな舌づかいに、カアッと脳天が痺れる。それまで紳士的にキスをしていた千野だが、こらえにこらえていた感情が爆発しそうになった。いきなりブチュールッと口に吸いついて、美都子の甘い舌を深々と吸いあげ、淫らなディープキスを強制しはじめた。

と同時に、縄で絞りだされた乳ぶさに指を激しく食いこませて、さっき狂二が行なっていたように、ムニュッムニュッと根こそぎ握りしめる。

「うっ……う、うぐぐ……」

美都子が真っ赤になってうめいた。これでは約束が違う、と言いたげだった。それでも、しつこくディープキスを受けるうち、性感をぐらぐら揺さぶられて、いっそこの官能のうねりに身を任せようかという気になってくる。パンティのなかが恥ずかしいくらいに濡れてくるのがわかる。

女体のメカニズムが完全に狂わされていた。理性も麻痺し、いつものような冷静な判断ができない。やはり、あの変質漢の性器には何か麻薬が塗られていたに違いない。

（ああ、いけないわ。しっかりするのよ。負けちゃ駄目）

淫靡な泥沼にずるずる引きずりこまれそうな自分を、美都子は懸命に戒めるのだが、身体が言うことを聞かないのだ。

3

気だるさのなかに、快楽の熱い花が開いてゆく感触。ふと気づくと、男の右手はすっぽりと胸のふくらみを包みこんで激しくモミモミを繰りかえしている。そして左手がパンティ越しに、最も恐れていた部分を撫でまわしているではないか。

「や、やめてっ」

美都子はうろたえた。自分の舌に吸いつき、唾液まみれにしてネチョネチョ弄んでいる千野の舌先を振りほどいた。気だるく重い上半身を渾身の力で動かして、汚辱のペッティングから逃れようとした。

「感じるんだろ、へへへ。パンティがずいぶん濡れていたようだぜ、美都子」

「ああ、違います」

羞恥のあまり、切れ長の目の縁まで紅く染めあげて、美都子は恨みっぽく千野を見つめた。

「やっぱり麻薬を……使ったのね。卑怯だわ、千野さん」

「おいおい、とんだ濡れ衣だぜ。第一、そんな小細工してなんになる。へへ。身体が火照るのは、きっと狂二のザーメンを呑んだせいだろ。あいつの男性ホルモンはとびきり効くらしいからなあ」

ペッティングを思いきり楽しむことができて、千野はすっかり上機嫌である。新たに煙草を取りだすと純金のライターで火をつけて、うまそうに吸いこんだ。

「おめえが気に入ったよ、美都子」

なおも粘っこく胸乳を愛撫しつづけて美都子の性感を溶かしながら、その耳もとでそっと囁く。可憐な桜色の乳頭も、今ではピーンといやらしく尖りきっている。

「前からいい女だとは思っていたが、その度胸と腕っぷし、それに裸にしてみて、身体つきのあまりの色っぽさに惚れ直したぜ」

耳孔へ軽く息を吹きこみ、チロチロ舐めてやると、美都子の裸身がびくんと震える。

「なあ、俺のスケになれ。それしか他に、おまえと六郎が無事にここから抜けだせる方法はねえんだ」

「え……」

「若者頭の俺の情婦ということなら、もう誰もおめえに手出しはできなくなる。六郎の件も、みんな目をつぶってくれるだろう」

千野はねちねちと美都子を口説きはじめた。

「許して。そ、それだけは無理だわ」

「いい加減に観念しろ。それとも奴らの餌食にされたいのか。なあ、悪いようにはしねえよ。店も今までどおりつづけられるし、借金の返済を少し待ってやってもいい」

「…………」

城戸家の一人娘はがっくりうなだれた。か細くあえぐ声だけがもれてくる。

「おまえは頭のいい女だ。まさか俺を振ったりはしねえよな」

なおもヌラヌラと舌腹を卑猥にのぞかせて迫りくる男の唇を、今度ばかりは美都子は激しく拒んだ。

「ああン、待って、千野さん。すぐに返事はできないわ。少し考える時間をください、せめて何日か」

「この期に及んで、まだそんなのんきなことを言ってるのか。今すぐここで俺のスケになるか、それともまわしにかけられるか、そのどっちかだ」

「ア、アア……でも」

「うん、と言えよ。なあ美都子。俺たち、きっとマ×コの相性はぴったりだぜ。へへへ」

そんな美都子の神経を逆撫ですることを言って、しこしこ胸乳を弄び、チュッチュッと唇へキスをする。

「で、でも、それはどうしても無理なのよ。わかって、千野さん」

細い首をさっと反対側へねじってキスから逃れた。豊かすぎる黒髪がばさりとひるがえって、濃厚な匂いを放った。

そして美都子は、苦しげにあえぎながら、

「も、もし私が……あ、あなたの女になったら、富樫さんが悲しむもの。だから、それだけは……いやなの」

「チッ。いつまでも死んだ奴のことを考えていても仕方ねえだろ」

「富樫さんをそんなふうに言わないで」

美都子は一瞬いつもの勝ち気さを取り戻して、キッと相手を睨みつけた。

そのあまりの強情さに千野は舌を巻いた。さっきのめろめろの様子からして、すぐにも口説き落とせると踏んだのだが、考えが甘かったらしい。

もちろん、いやがるままここで強引に肉体関係を結ぶことはできる。あるいは広間へ連れ戻して狂二たちに輪姦させることも。

普通の女ならそれで堕とせる。しかし美都子の場合、力ずくで貞操を蹂躙したところで、決して鷹尾組に屈したりせず、それどころかかえって闘争本能を燃やすだろうというのが、地上げの総帥、小松原の分析であり、千野自身も今日一日美都子と接していて、その分析が正しいことがよくわかった。美都子本人に身を投げだす決心をつけさせる、そのぎりぎりのところまで追いつめなければならない。それにはあともう一押しが必要だった。

その時、部屋の隅で電話が鳴った。

今村が次の指示をあおいできたのだった。千野はそこでひと芝居打った。

「何？　六郎を？……おい、ちょっと待て……いや、駄目だ。勝手なことをするな」

それから二言、三言しゃべって受話器を戻した。

「六郎さんに何かあったんですか？」

美都子は不安そうに美貌を凍りつかせている。なにしろ六郎は、美都子にとって一番のウイークポイントなのだから。

「ウム。おまえを連れだされたんで、うちの連中、相当カッカしてやがる。場つなぎに、六郎を引っ張りだしてきたらしい。右手の指を小指から一本ずつゆっくりと、全部切り落とすんだと」

「あっ……ああ……やめて！　やめさせて！　お願い、六さんに手を出さないで」

おろおろしきって美都子は言う。

「じゃあ俺のスケになるか？　返事をしろ」

「そ、そんな……」

濃い眉をキュウと寄せ、切羽つまったその表情はなんとも艶っぽく、千野はゾクゾクする興奮を覚える。

「早くしろ。早くしねえと間に合わねえ。六郎の指五本がすぱーんと飛ぶぞ」

「あ、ああっ、どうすればいいのよ」

美都子は縛られた裸身をクネクネ揺すって、すがるように千野を見つめた。

「ぐずぐずするな。おめえ、六郎を片輪者にしてえのか」

「ア、アア……」

頭を垂れて、量の多い濡れ羽色の髪に顔を埋め、しばしためらった後、美都子はついに脅迫に屈した。

「わかりました。言うとおりにしますから、六さんを助けて」

か細い声をようやっと絞りだした。

「俺の女になるんだな？　俺の目を見て、はっきりそう言ってみろ」

美都子は垂れていた頭を起こした。その美貌にゾクリとするほど悲壮な決意をにじませている。

「……美都子は、千野さんの……女になります」

黒眼がちの瞳で相手を見つめ、きっぱりと告げた。

4

千野が出ていって五分ほどして、五十すぎの小柄な女が部屋へ入ってきた。

醜女だ。歯並びが極端に悪く、おまけに銀歯だらけで、ひどい斜視ときている。

クニ子といい、鷹尾組に拉致されてきた女や、幹部の情婦たちの世話係をしている。

「あんたが千野さんの新しい情婦になるのかい。へえ。女でも惚れぼれしちゃうくらいの美人だねえ」

「あの……六郎さんは？」

「安心しな。千野さんのお蔭で六郎は助かったよ。一人で組へ殴りこんでくるなんてどうかしてるね、あの男も。でもさ、千野さんのツルの一声で、どうやら無罪放免してもらえるらしい。あたしゃてっきり、嬲り殺しにされるとばかり思ってたけどね」

それを聞いて、暗く沈みきっていた美都子の表情がかすかになごむ。せめて六郎の無事が確認できさえすれば、この身を悪魔に売り渡しても今さら悔いはない。

クニ子が隣りの襖を開き、美都子を奥の部屋へと引きたてた。

「床入りの前に、身支度をしなくちゃ。千野さんはどきついほどの派手好みだからね。ばっちりお化粧してさ、香水もつけて色っぽくして、もりもり悦ばせてあげないと。あれあれ、すっかり口紅もとれちゃって。エヘヘ。あんた、よほど情熱的に狂二におしゃぶりしたらしいね」

クニ子はかなり無神経な女らしい。その一言ひとことが美都子の矜持を傷つけた。

クニ子だけでなく、その部屋の雰囲気もたまらなく不快だった。広さは十畳、一昔前のデラックスな連れこみ旅館そのものの悪趣味で、金ピカの壁紙に、セミダブルの和風寝具の柄模様も金ピカで、そして反対側の壁一面には、横長の大きな鏡が埋めこまれてある。

その鏡はもちろんマジックミラー仕掛けで、壁の向こうでは組員たちが陣取り、伝説の女番長の白黒ショウを覗き見しようと、今から待ちかまえているのだった。

そればかりか天井の四隅には、高感度のビデオカメラが巧妙なカムフラージュとともにセットされてあり、今夜これから繰りひろげられる世紀の狂宴は、あますところなく撮影されることになっている。

「本当に綺麗な肌してるね、あんた。あたしもいろんな女の子を世話してきたけどさ、こんなに透きとおるような白い肌は初めてだ」

クニ子は、後ろ手に縛られた美都子を鏡台の前に座らせ、手際よくメーキャップを開始している。そうしながら、遣り手婆よろしく美都子の肉体のあちこちを抜け目なく品定めする。

「おっぱいもこんなに大きいし。エヘヘ。空手使いの女っていうから、きっと男みたいなごつい身体してんのかと思ってたよ」

同性の冷ややかな目で裸身をじろじろ観察され、好き勝手に顔をいじられるのは、美都子にとって耐えがたいことだった。

「ああ、お化粧なら自分でやります。だから縄をほどいて、クニ子さん」

「あいにく、絶対に縄をほどいちゃ駄目だときつく言い渡されてんのさ。いいからあたしに任せときな。見ただけで、千野さんのおチ×ポが涎れ噴きだすくらい、うんと色っぽく仕上げてやるからね」

野卑な言葉を口にして、ニッと銀歯を剝いて笑う。

色の違ういくつものアイシャドウを使い、クニ子は巧みに瞼に陰影をつけてゆく。次はアイラインだ。目の縁に沿ってブルーのラインが引かれて、そうすると濃い瞳が一段とくっきりして、確かにセクシーきわまる目もとになる。

「まったく女優にしたいくらいだねえ。せっかくこんな美貌を神様からもらったんだ。これからは、殿方に喜ばれるような可愛い女にならなくっちゃ駄目だよ」

五十すぎのこの醜女は、メーキャップをほどこしながら、しきりに説教を垂れるのである。

「もう二度と女だてらに空手なんかで暴れちゃいけないよ。いいかい、あんた」

レズっ気があるのか、それとも美都子があまりに美しすぎるからか、そうしてクニ子は、縄目を受けてぷっくり飛びだした若々しい乳ぶさを時折りつかんでは、うっとり気持ちよさそうに揉みしだいて、ハアハアと荒い息を吐きかけてくる。

「エヘヘ。あんただったら、女のあたしでも一晩買って遊んでみたいくらいさ」

「い……いや……」

なんという下劣な女だろう。美都子はじっと正座したまま、鳥肌立つような不潔感に耐えている。

そうするうちにどんどん顔が造られてゆく。メイクの仕上げは口紅だ。シャネルの鮮やかな赤が、薄く引き締まった口もとへたっぷりと塗りつけられた。

「ほら、見てごらん、うっとりするほどセクシーだよ」

いやいや美都子は鏡に映る顔を見た。どぎついくらいのメイクに彩られ、ふだんの自分とはまるで別人がそこにいた。あまりの恥ずかしさにカアッと頬を赤らめた。

(ああっ、どうしてこんなことまでしなければならないのよ)

もともと目鼻立ちがはっきりしているせいもあって、ふだんから化粧っ気がなく、野性的な自然美がトレードマークの美都子なのである。

それをこんなふうに化粧品を顔に塗りたくって男に媚びを売るのは、鉄火肌の性格からすれば、実にやりきれないことだった。

「照れちゃって。ふふ。ウブなんだねえ、あんた。さあ、あと少しでできあがりだよ」

美都子の気持ちも知らず、クニ子は得意げに言うと今度は髪をブラッシングする。

腰までかかるストレートの黒髪が、丹念なブラッシングを受けるうちにみるみる新たな光沢に輝きだす。そうしながらクニ子はしきりに髪質の素晴らしさをほめそやすのだ。

最後に、香水スプレーを手にして、首筋や腋の下、乳ぶさのあたりへシュッ、シュッと吹きかけてゆく。

「このサンローランの香りが、千野さんの大のお気に入りなんだよ。こってり床で可愛がられて、汗をかいてきたら、そっとまた肌につけるのさ。それが女のたしなみだよ。おっとあんたの場合は、手が使えないんだったっけねえ」

「ううっ……」

「ふふ。それじゃご主人様に甘えて、香水をつけてもらうといい。あんたのような美人におねだりされたら、きっと下の世話までしてくれるはずだよ。そうだ、肝心のここにもふりまいておかなくちゃね」

パンティを前から、ぐいと引きおろして、「へえ……」と卑猥に笑いながら羞恥の茂みをのぞきこんでくる。

「やめてください。も、もう充分でしょう」

それまでクニ子のねちっこく陰湿ないたぶりをじっと我慢していた美都子だが、こらえきれずに叫んだ。

「そ、そんなところ、のぞかないで」

「女同士なんだから見せてくれてもいいじゃないの。へへ……ずいぶんとおいしそうな熟れ具合だ。あんたのような美人は、ここの毛の色艶まで違うんだね」

クニ子はどこ吹く風といった調子で、パンティの上縁をおろしたまま、美しい虜囚の悩ましい下腹部をさんざんのぞきこんでから、柔らかな茂み一帯めがけサンローランをたっぷり吹きつけた。

「さあこれで千野さんはめろめろさ。あんた、きっと今晩は寝かせてもらえないね。五発は覚悟しときなよ。くくく。朝になったらオマ×タが真っ赤に腫れてるだろ」

妖美にメイクされた顔を緊張させ、美都子はきつく相手を睨みつけている。奥歯をキリキリ嚙みしめて、鼻からは棒のような息がこぼれる。

「そんな怖い顔したら、せっかくの化粧も台無しじゃないか。まだ負けん気が抜けないんだね、美都子」

美都子の顎を乱暴にしゃくりあげると、やぶにらみの目でキッと睨みかえして、憎々しげに小言を垂れるのだ。

「いいかい、女は愛嬌が一番なんだよ。喧嘩なんか強くたって床のなかじゃクソの役にも立ちゃしないからね」

「あ、ああ……」

乳首をつままれ、ギュッと思いきりねじりまわされた。美都子の表情が歪んだ。

「色っぽく腰を振ってオマ×タ緊めて、殿方のおチ×ポ泣かせるのが、これからのおまえの仕事なんだよ」

「……や、やめてください」

「せっかく千野さんの情婦にしてもらったってのに、今のような心がけじゃ、すぐ安淫売に格下げになっちまうよ。あたしの言葉を肝に銘じときな。わかったね」

クニ子はドスのきいた声でそんな恐ろしい言葉を吐き、あげくにパーンッと激しく頬へ平手打ちを飛ばした。

5

美都子は部屋に一人残された。毒々しい金ピカの夜具のすぐ脇で、後ろ手に縛られたまま正座して、凌辱の瞬間が訪れるのを待っていた。

くやしさ、怒り、哀しみ、恨み……どうにもならない感情が、胸のなかでごうごうと渦巻いている。クニ子のような女にののしられたことで、やくざの情婦に堕ちたみじめさが倍加していた。

本当は声をあげて泣きだしたいところだが、奇跡的といってもいい精神力でかろうじて踏みとどまっているのだった。

やがて襖が開き、千野が入ってきた。祝杯でもあげていたらしく目のまわりが赤い。

「へえっ。こいつはたまげたな。美都子、すげえ色っぽくなったじゃねえか」

妖しいメイクに彩られ、凄絶なほどに悩ましさを増した美都子の顔立ちを眺め、驚きの声を発した。

実のところマジックミラー越しにこちらの様子を時折り眺めていたのだが、やはりこうして目のあたりにすると迫力が全然違う。向こうでは組員たちが、セクシーに変身する女番長を眺めながら興奮の坩堝にあった。

念入りにブラッシングされて、まるで発光体のように輝くみどりの黒髪は、どこまでもまっすぐに腰へ垂れている。ツヤツヤとなまめかしい真紅の口唇。アイシャドウで微妙な陰影のついた二重瞼。ブルーのラインが際立つくっきりした目もと。その瞳で見つめられるだけで、ゾクゾクと震えがくるほどだ。

「クニ子の腕前もまんざらじゃねえ。へへへ。ばっちり俺好みの女に変えてくれたなあ。ああ、もう魔羅が騒いでどうしようもねえや」

いそいそとズボンを脱ぎにかかった。情婦になることが決まった女の前で、今さら格好をつけている必要はなかった。

「六郎は五体無事のまま帰してやったぜ。嘘じゃねえ証拠に後で本人から電話が入る。安心したか?」

「あー、よかったわ。本当にありがとうございます。千野さんのお蔭です」

「今までどおり店もつづけられるし、借金のほうだってしばらく据え置きにしてやる。実にありがてえ話だろうが。あとは、俺とおまえが、ひとつに結ばれるだけってわけだ」

　黒い超ビキニブリーフ一枚となった。鍛え抜かれた筋肉質の体には、背中から太腿までほぼ全身にわたって彫り物が入っている。

「今夜は思いきり楽しもうじゃねえか。こんなワクワクする気分は久しぶりだ」

　千野は、美都子のそばへ来て誇らしげに仁王立ちした。ブリーフの前があきれるほどぱんぱんに膨れきっている。

　見るともなくそれが目に入り、美都子はハッとした。首筋から耳たぶまでが初々しく紅く染まってゆく。

「ああ、どこもかしこもいい匂いさせやがってよ。へへへ。たまらねえぜ、美都子。おめえ、そういうふうに女っぽくしていたほうが、ぐんと似合うんだよ」

　たまらず千野は、正座する美都子の脇に膝をついて、ブリーフの股間をぐいぐい卑猥にこすりつけながら、柔肌の甘美きわまる香りを吸いこんだ。

「おまえも俺の情婦になったら、いつもそうやって人目を引く派手な化粧をして、髪をおろしておくんだぞ。いいな、美都子」

　白桃のような胸乳をしこしこ揉みしだき、すっかり旦那気取りでそう告げる。ブリーフの勃起をしきりに美女の二の腕へこすりつけている。

いよいよ獣性を剝きだしにして迫りくる相手に、美都子の心臓は破裂せんばかりだ。

そこで枕もとの電話が鳴った。束の間、色責めから解放され、ほっとしている美都子のところへ千野がコードレス電話を持ってきた。六郎からだという。

「もしもし、六さん？」

「ああ、お嬢さん、本当に申しわけねえ。短気を起こして、とんだドジを踏んじまって。えらい迷惑かけました」

「いいのよ、そんなこと気にしなくて。それより今どこ？　無事に帰れたの？」

六郎の声を聞くだけでなつかしい気分になって、泣きそうになってくる。

「ええ。今は店です。自分でもこうして生きていられるのが信じられねえ。今度ばかりは千野って男にえらく助けてもらいましたよ」

二人のやりとりを聞きながら、千野はこみあげる笑いを嚙み殺すのに必死だ。根っからお人好しの美都子はこの猿芝居を少しも疑っていないのだ。

六郎なら今頃は、隣室でマジックミラーに映る美都子の艶姿を眺めながら電話をかけて、せっせとオナニーにふけっているはずだった。

「ところで、お嬢さんこそ大丈夫なんですかい？　ま、まさか、その、奴らに口じゃ言えねえようなことをされているんじゃ……」

「ううん、心配しないで、六さん。私なら平気よ。今は千野さんの、お酒の相手をしているだけよ。も、もうすぐ帰れると思うから、待っていなくていいわ」

六郎にだけは心配をかけまいとして、目にうっすらと涙を浮かべ、必死の演技をする美都子。まさか緊縛されたまま、どぎつい寝化粧をほどこされ、いよいよこれから犯されるのだなどと言えるはずがない。

かたわらで千野は、一部始終を聞いてサディスチックな興奮を覚えつつ、ブリーフの勃起をいじくっている。

「本当ですかい？　ああ、もしお嬢さんの身体に万一何かあったら、俺は生きちゃいられねえ。まさか千野の奴、お嬢さんにいやらしいことをしちゃいないでしょうね？」

すべての成り行きをミラー越しに眺めて知っているくせに、六郎はぬけぬけとそんなことを尋ねて美都子を苦しめる。

「……へ、平気だってば。ウフフ。千野さん、こんな男まさりの女を、どうこうしようってほど物好きじゃないもの。それよりね、お店も今までどおり営業できるのよ。六さん、明日からまたがんばって働きましょ」

いかにも美都子らしいけなげな言葉で結んで、ようやく電話を終えた。

もう思い残すことはなかった。美都子は千野の胸に身を預けて、求められるままディープキスをさせて、哀しみと情感の溶け合った吐息をもらすのだった。

第九章　供された二十三歳の生贄

1

美都子の裸身は、けばけばしい夜具に横たえられた。

若者頭の千野がすぐ脇に立って、黒のブリーフを脱いだ。ドス黒い淫棒が反りかえって、下っ腹にぴったり貼りついている。

狂二の人間離れした巨根にはさすがにかなわないが、長さ二十センチにも達する見事な勃起ぶりである。しかも、ぶっとい茎胴にはシリコン製のおぞましい肉瘤が、ぼこぼこといくつも隆起しているのだ。

千野は分身を頼もしげに撫でさすりながら、正面の壁に埋められた横幅二メートルの鏡を見つめ、おそらく目をギンギンに血走らせているであろう男たちに向かい、いかつい顔をほころばせた。

（うらやましいだろ。へへへ。しっかり見てろ、この珍棒でおまえらの分までたっぷりハメまくって、美都子のラブジュースを吸ってやるからな）

「ねえ、縄をほどいて、千野さん……」

縄奴隷のみじめさがこみあげるのだろう、もう一度、最後の哀願をする美都子だが、千野のシンボルを目にして、凄艶にメイクされた美貌をゾッと凍りつかせた。

「あ、あああっ……」

「どうした？　おまえ、シリコン入りは初めてか。そうか、確か男はまだ富樫しか知らないんだっけなあ。フフフ」

千野は得意げに口端を吊りあげた。

度胸のよさと喧嘩の腕では、自分がとうてい太刀打ちできなかった富樫。お蔭で千野は鷹尾組の若手ではずっと二番手の屈辱を味わわされつづけたものだった。その最愛の恋人をとことん蹂躙し、マゾ奴隷として飼い馴らすことで、ようやく憎き富樫に復讐ができるのだ。

「まあはじめは粘膜にコリコリ引っかかって、びっくりするかもしれねえが、すぐにこの味が病みつきになるぜ」

　夜具に膝をついて、イボイボつきの凶棒をぐいっと相手の顔先へ突きだした。

「いやアッ！」

　美都子は、首筋をぴーんと突っぱらせて反対側へねじった。パンティからすらりと伸びた下肢を心細げにきつく閉じ合わせる。

「へへ、そう怖がるな。狂二の特大のすりこぎ棒を立派にディープスロートしたんじゃねえか。あれに較べりゃ可愛いもんよ」

　美しきじゃじゃ馬の、処女のような初々しい羞じらいぶりが千野をもりもり悦ばせるのだった。

　そのまま夜具に入りこみ、添い寝すると、がちがちに緊張している美女にまといついた。こちらを向かせてその頰へキスし、花びらのような唇へヌラヌラ舌を這わせた。

「本当に、すごい美人なんだな、おまえ」

　そうして眺め入ると、クニ子の手によって念入りに寝化粧させられた顔は悩ましさの極致といえた。これが本当にあの男まさりの鉄火娘かと思えるほどだ。

　特に、目もとのセクシーさときたら。何色ものアイシャドウを使って陰影をつけ、目の縁に沿ってはブルーのアイラインが引かれて、その濃い瞳の幻想的な魅力につい吸いこまれそうになる。

それに高貴な雪肌からムンと立ちのぼる自分好みのサンローランの香りもたまらない。剛棒はぐんと灼熱を帯び、それを細腰へこすりつけると、美都子の凛々しい眉に縦皺が寄った。

「あー、すべすべの気持ちいい肌してやがる。触れ合うだけでカッカしてくるぜ」

「お願いです、縄を……ほどいて。こ、こんなのいやです」

「まだ言ってやがる。駄目なものは駄目なんだよ。とにかく一発ハメるまではおまえを信用できねえんだ」

「で、でも腕が痺れてきて……つらいんです」

「空手の達人が、それぐらいで泣き言を言うなよ。へへへ。ちゃんと血管が圧迫されないよう縛ってあるんだ。辛抱できるはずだぞ」

千野はまるで取り合わない。それどころかつらそうな美都子の表情にかえって嗜虐欲をそそられるばかりだ。

美術品のような完璧なプロポーションに酔いしれつつ、徐々に愛撫を移行した。縄に緊めつけられた豊満な乳ぶさに吸いつき、手のひらで揺さぶる。

「……あ、あン……あン」

美都子は綺麗な二重瞼を染めて、やるせない吐息をついた。

みぞおちから柔らかく適度に引き締まった腹部、縦長の臍へと舌を走らせ、唾液でネトネト濡らして、やがて下半身へとたどりつく。

「さあ、今度は美都子が見せる番だな」

光沢のある白絹のパンティに、千野の手が触れる。美都子は唇をきつく噛み、長い黒髪をうねうね揺すった。

「恥ずかしいか、へへへ。パンティぐしょぐしょで、さぞ気持ち悪かったんじゃねえのか。ほうら、すごいぞ、美都子」

「やっ、いやっ、いやあ」

潤みきった中心部をまさぐられる。火の玉のような嫌悪感に粟肌が立つ。

なおもネチネチと男の手が急所を押し揉んでくる。カッと血がのぼり、本能的に膝を使って蹴ってしまいそうになり、美都子はあわてて思いとどまった。

「おおう？　おめえ、まさか恩人のこの俺様に、蹴りをくれようっていうんじゃねえだろうな」

「ああ、ち、違います、そんな……」

「まったく油断ならねえ阿女だ。だから縄をほどくわけにはいかねえんだ。二度とそんな素振りみせたら承知しねえぞ、こら」

千野が語気を荒らげ、雪白の太腿をぴしゃりっと平手で張ると、美都子はか細い声で「すみません」と詫びを言うのだ。

やくざの指がシルクの下着越しに花唇を卑猥になぞってくる。もう美都子はされるがままになるしかなかった。

「うれしいねえ。くっく。こんなに濡らしていたなんて。もしかして不感症かもしれねえとはじめは心配していたんだが」

そのおびただしい汁気に、千野が勝ち誇った笑いをもらす。

「うちの連中みんな、ここのなかを死ぬほど拝みたがってな、気の毒なほどだったぜ。どれどれ……うむ。マン毛の生えっぷりもよさそうじゃねえか」

パンティの裾をひょいと持ちあげて、きわどい部分に生えた繊毛をのぞきこみ、いたぶりの言葉を浴びせかける。美都子は目を閉じてじっと耐えている。

だがしかし、シルクの布地が腰からめくりおろされてゆくと、あまりの激烈な羞恥に、瞼の裏で白光が閃いた。

「ああ、千野さん、電気を消してください。こ、これでは明るすぎます」

あやうくパンティがずり落ちかけた腰を、切なげにくねくねさせて言う。

室内には百ワットの照明が二つもつけられてあるのだった。天井の四隅にセットされたビデオカメラ撮影のためだが、鏡の向こうの見物客へのサービスのためでもある。

「へっへ。おまえのようないい女を抱けるというのに、わざわざ部屋を暗くする馬鹿がどこにいる」

「あ、ああ、ねえ、お願いです」

緊縛された身を揺すって必死で訴えかける美都子。白い顔が一段と紅く上気してなまめかしい。

「いい加減に観念しろや、美都子。おめえも今日からやくざの情婦だろうが」

口ではそう叱咤しつつも、男まさりの女侠の羞じらいぶりが、千野にはなんともこたえられないのだった。

2

贅沢な白絹のパンティを、むちっとした下半身から少しまた少し、千野はわざと時間をかけてゆっくり脱がせてゆく。

顔を寄せると、パンティの内側からも自分好みの香水が甘美に漂うではないか。スーッと大きく息を吸いこむと、ほのかな花蜜の香りとそれが溶け合って、得もいわれぬ快楽をもたらすのだ。

「うーん、こんなところまでいい匂いさせやがって。あ、ああ、こんなたまらねえ気分、初めてだぜ」

「う、うう……」

どうにもならず美都子は、カアッと火照り狂った顔を右へ、左へせわしなく動かしている。綺麗にブラッシングされた長い髪が、そのたびに夢幻的にひるがえり、白桃のような双乳がブルンブルン波打つ。

千野は興奮に怒張をぴくぴくさせながら、とうとうパンティを太腿の真んなかまで引きさげた。

瞬間、美都子のしなやかな肢体が、電気に打たれたごとくガクンッと痙攣した。

まず千野が驚かされたのは、それまで下着に覆われていた下腹部の肌の、なおいっそう白くきめ細かなことだった。

そしてその中央には、パンティのシルク素材とよく似たなめらかで光沢のある繊毛が、淡く清らかに、刈りこんだかと思えるほど綺麗な扇状に生え揃っているではないか。

「ほう。男まさりには似合わぬ悩ましい生えっぷりだな。ますます気に入った」

「いや……いや……」

美都子はまるで子供のごとく下肢をばたつかせ、汚辱にあえいだ。嫌悪するやくざ者に女のすべてを露呈させるつらさは、いかばかりだろうか。

さらに千野はサディズムを刺激され、太腿の真んなかあたりでくるりと裏がえったパンティの舟底の部分を、指でまさぐった。

「うへへ。せっかくの絹の下着をこんなにマン汁で汚して、しようがねえな、おめえも。ほらほら小便垂らしたみてえだぜ、美都子」

おおげさな言い方をしてからかい、指にねっとり付着した花蜜を光にかざし、そしてくんくん匂いを嗅いだりする。

(狂二の珍棒のコカインがよほど効いたらしい。それともマゾっ気があるのか……)

きっとその両方なのだろう、と胸をワクワクさせながら、太腿から形のいいふくらはぎへと丸まったパンティをすべらせていった。

とうとう美都子は一糸まとわぬ素っ裸となった。すかさず千野は、秘奥を露呈させるべく、その腰の下へ大きめの枕をあてがった。

「さあ、ご開帳だ。花嫁のオマ×コを拝ませてもらおう」

「いや、いや、いやん」

「こら、脚を閉じるな。ひろげろ。手こずらせると狂二も連れてくるぞ。あいつ、尺八の次はどうしてもマ×コでやりたい、などとほざいてやがるんだ。それでもいいか?」

その言葉は効果覿面だった。みるみる太腿の力がゆるみ、その隙に千野はM字型に両脚を開かせた。

「よしよし、いい子だぞ」

「う……ああ……いやですっ……見ないで、ああンン」

美都子は泣きべそをかいた。尻の下へ枕が敷かれてあるため、まばゆいばかりの明るさのなか、羞恥の源泉だけでなく菊蕾まで、いやというくらいに相手の眼前へさらされてしまうのである。

「これが美都子のオマ×コか……」

「だめェ……アッァ……」

その美しさに千野は思わず目を見はった。

かつて富樫の肉棒で情熱的に愛されたであろうそこは、ラビアが少しも変色しておらず、処女のごとく清純な薄紅色のままなのだ。小ぢんまりとした花弁の形もいい。やや肉厚の襞肉が、見事な左右対称を見せて、深い縦の裂け目に沿って伸びている。

「なんと綺麗なもんだなあ、美都子。うれしいぜ。せっかくの愛しのマドンナが、どどめ色のマ×コしてちゃ興醒めだからな」

「い、いやああ」

そこはふだんはぴっちり重なり合っているのだろうが、千野に下着越しにいじられたために口を薄く開き、鮮やかなサーモンピンクの粘膜をのぞかせている。内側はやはりヌルヌルに濡れ光り、わずかに会陰部まで蜜が垂れ流れて、なんとも卑猥な眺めだ。

吸い寄せられるように千野は顔を近づけた。ひめやかな百合の花の匂いが、美都子のなかの女を感じさせた。

（この女のここを思い浮かべてせんずりしている野郎が、大鷹の町だけで何千といるだろうに……ああ、いま俺は、この町の生きた伝説をあばき、犯そうとして

いるのだ）

千野の興奮はいやまし、額からタラタラ汗が流れてくる。

「ケツの穴まで丸見えだぜ。へっへ。こっちの穴もまたずいぶん可愛らしいんだな」

可憐な菊蕾のほうはひと目でまだ処女とわかった。そこは自分のために富樫が残してくれておいたんだ、と千野はほくそ笑んだ。

美都子の白い内腿がぴくぴく痙攣した。汚辱に耐えきれず、なんとか閉ざそうとするのを、千野がニヤニヤして左右へ押しひろげる。

「ああ、千野さん、こ、こんなふうなやり方は、あんまりです。もう……もう許してください」

「こんなふうって、どんなふうだ？」

「ヒイイ」

クレバスから肛門にかけて、指の腹でなぞられた。しとどな花蜜が溢れているから、ヌチャヌチャといやらしい感触がきわどい箇所を走り抜け、美都子はのけぞった。

「ひひひ。感じるか？　敏感なんだなあ、美都子は」

面白がって千野はさらに女体を責めたてた。左手で花芯を包む薄皮をくるりと剝き、露出したヌメ赤い肉粒をこりこり刺激しながら、右手の指は陰裂からアナルを微妙なタッチで愛撫する。

それを何度か繰りかえすうち、新たな樹液がどろりどろりと流れだし、濃い匂いがツンと千野の鼻を刺激する。

「うう……ああ、千野さんっ、ねえ……」

美都子は切なげな声を放ち、たまらない感じで腰を揺すった。

千野は、女の股間から顔をあげた。実にそそられる眺めだった。ちょうどその角度から、縄で絞りだされているたわわな乳ぶさと、ぴーんと尖った桜色の乳頭がぷるんぷるん揺れるのが見えるのだ。そして美麗な肉丘の向こうには、シクシク甘い涕泣をもらす美都子の情感的な横顔がのぞけた。

きっと今頃、狂二や六郎や他の連中は、さぞ魔羅を膨らませてこちらを見つめていることだろう。

「ねえ……美都子、もう覚悟はできていますわ。だから……だから、もう、いっそひと思いに」

それ以上は言えず、真っ赤になって顔を伏せた。

「そう言われちゃ、よけいにいじめたくなるぜ。へへ、それが男心ってもんだ」

千野は中指の先を、いきなり肉の割れ目に埋めこんだ。

ぴっちり締まった肉門のあたりで、焦らすように軽く出し入れすると、美都子の身悶えは急激に高まり、「ああ、やめてっ」と狼狽しきった悲鳴を発する。

「さすがの城戸美都子も、喧嘩の時とはだいぶ勝手が違うようだな。えへっへっ。寝技は苦手かよ。ここを責められるとそんなにつらいのか?」

「う、うう……や、やめてェ」

美都子は奥歯をキリキリ噛みしめ、くやし泣きした。どうしてこんなに乱れてしまうのか自分でもわからないのだった。

「しかしずいぶんお上品なお口なんだなあ、おめえ。そうら、きつきつだぜ」

入口の窮屈さをとくと確認し、千野はうれしそうに口もとをほころばせた。それから少しずつ熱い花蜜でたぎる体内へ指を埋めこませてゆく。

膣肉はまだいかにも使いこんでいない感じで、異物の挿入に驚いたように、粘膜がぴくりぴくりと新鮮な反応を指にかえす。しかし抽送を行なううちにすぐになじんで、蜜を吐きかけ、ねっとり甘く指腹に絡みついてくるではないか。

「ほほう。嫌いじゃないらしいな。マ×コの奥までよううく練れてやがる」

「あっ、あっ、あン、許して、もう……もういやっ」

「そらそら、いいか。いいのか、美都子」

「ど、どうしてっ、どうしてェ」

　中指で何度も肉層をえぐられるうち、美都子の腰のうねりが大きくなる。もう自分で自分の肉体がコントロールできなくなっている。爪先を宙に浮かせたままM字型に開いた腿がブルブルする。その瞬間が近づいてきているのは明らかだった。

「へっへへ。だいぶ溜まってたんじゃねえのか、おめえ」

　これでシリコン入りの剛棒を咥えこませたら、いったいどれほど悶え狂うことか。指で犯しながらそう思うと、千野の胸は妖しく高鳴る。

「うっ……」

　厳しく縄掛けされた上半身が弓なりに反りかえる。腰をやや宙に浮かせ気味に、すらりとした太腿をぴーんと突っぱらせた。そして奥深く埋めこまれた千野の指を食いちぎらんばかりに、肉層が猛烈な収縮を示した。

「フフフ……よしよし」

　千野が優しく声をかけてやると、美都子は甘えるようにいっそう狂おしいよがり泣きを噴きこぼし、そのまま一気に昇りつめた。

3

美都子が気をやっても、まだ千野は満足しない。そのファッションモデルのような美しい下半身を抱えこんで、粘っこい色責めを続行している。指に加えて今度は口と舌も使って、クリトリスと秘肉へ執拗なクンニリングスを行ない、さんざん美都子をすすり泣かせている。さらにはアナルのなかまで舌を差し入れて、新たな蜜汁を搾りとろうとするのである。

「もう……許してくださいっ。あ、あっうう、そこはいやです」

身をよじり黒髪を振り乱して懇願する美都子。念入りに寝化粧させられた美貌には汗の玉が浮かび、縄の食いこんだ胸の谷間にも汗が噴きだしている。

「お願いです、千野さん……そ、そんなところ、触らないでっ」

しかし千野が聞き入れるはずもなかった。そのうちにまたも屈辱のオルガスムスが近づいてきてしまう。

（ああっ、やっぱりあの狂二という男は、何か麻薬を塗っていたのだわ）

淫楽に熱く痺れる頭の隅で、ふと思い起こす。こんなに突然変異のように自分の肉体が淫らになってしまった理由は、そうとしか考えられない。

「またイキてえんだろ。へへ、いいんだぜ、遠慮せずにイッてみろよ」

唾液でヌルヌルの隆起しきったクリトリスを、指の腹で急ピッチで揉みしごかれる。と同時に、聖裂からアナルにかけてを舌先がしつこく這いまわり、ネチャリネチャリ舐めしゃぶられる。

「いやあ……アン……アッアン……ひどいっ……」

よがり泣きとくやし泣きのまじった、なんともすさまじい声をまきちらす美都子。

嫌悪する男の指と舌で性器をいじられ、何度もイカされるつらさ、みじめさは、たとえようもない。今ほど女に生まれてきたことを悔やんだことはなく、いっそ舌を噛んで死にたいくらいだった。

ああ、天国の富樫になんと詫びればいいのだろう。しかし意志とは裏腹に、ひとりでに腰が淫猥にくねくね動き、とうとう二度目の絶頂へ達してしまう。

隣りの部屋では、十畳ほどの板張りのスペースに、主だった組員が十二、三人集まり、マジックミラーに映る狂宴を食い入るように見つめている。

白豚の狂二や、坊主頭の今村らの姿が見える。そのなかにまじって、かぶりつきの特等席に陣取っているのが六郎だった。美都子を罠にはめた再三の名演技が認められ、その位置に座ることを許されたのである。

ほとんどの男が下半身裸だ。そして人妻の純子や、ウエイトレスの百合など合わせて五人の慰安婦が同席し、代わるがわるに男たちの股間に吸いついて尺八サービスを行なっている。

ミラーの両側にはスピーカーが設置され、鉄火肌の美都子の艶っぽいすすり泣きが何倍にも増幅されて部屋中に響いて、観客の性感をこすりあげるのだ。

「あのじゃじゃ馬め、指だけでもう二度もイッたぜ。たまげたな」

「マゾだったのか、城戸美都子が……ああ、世のなかわからんなあ、クソくそォ」

もう室内は大変な騒ぎである。これまで美都子にさんざん煮え湯を飲まされてきた男たちは、溜飲をさげる一方で、こんなことならば、たとえ多少の犠牲は払ってでも自分たちがもっと早く手をつけるべきだったとほぞを嚙んでいる。

「いやいや、美都子お嬢がこんなに狂ったのは俺のザーメン呑んだからですわ。うひひ。なにせ男性ホルモンがこってりですから」

ちんぴらの狂二が言う。さっき美都子の口腔でこの日、何発目かを放ったばかりなのに、バケモノじみた肉塊はまたもぷっくり勃起している。

「おまけにお嬢、たっぷりコカインもしゃぶらされてるし。これで仕上げに俺のチ×ポで本番はめてれば、めろめろにできたのに。くやしいなあ」

「馬鹿野郎。おまえ、さんざんいい思いしといて、まだ欲かいてやがるのか」

兄貴分のやくざに頭をぱーんと激しく叩かれ、狂二は欠けた前歯をニッとのぞかせ照れ笑いした。

まだショウははじまったばかりというのに、いま美都子のアクメと同時に、女の口へ射精してしまった者がいる。六郎だ。口端に薄笑いを浮かべ、うっとりミラーへ視線を注ぎつつ、気だるい満足感を噛みしめている。

(ああ、濃い化粧して、なんてセクシーなんだろ。処女の頃からマゾっ気があったもんなあ、お嬢さん。へへへ。待ってろよ。もうすぐ俺の奴隷にしてやる。俺を裏切った罰に、一生かけていじめてやるからな)

その六郎の股間には、大鷹観光ホテルを乗っ取られた純子が顔をうずめ、けなげに口で後始末をほどこしている。濃い白濁を呑まされ、しっとり濡れた和風の顔立ちが妖しく火照っている。

「ああ……六郎さん、すごいわ、とても元気ですのね」

温かな唾液に包まれ朱唇でしこしこ甘く愛撫されるうちに、六郎のそれは、再びドクドクと血管が浮きだしてきているのだ。

「けっけ。純子もついてねえぜ。あの調子だと今夜は、六さんの魔羅をずっとしゃぶらされっぱなしだぜ」

後ろのほうで組員たちが、狂い咲きのような六郎の絶倫ぶりに苦笑をもらす。慰安婦たちの口は交代で使うルールなのだが、今夜は六郎だけ特別扱いで、お気に入りの純子を独占することができるのだ。

ミラーの向こうでは、千野がようやくクンニ責めを終えて、美都子を抱きしめている。くせのないストレートの長い髪が顔先にほつれかかり、それを大きく何度もかきあげてやると、淫らなピンクに染まった美貌がさらされた。

縄で変形された豊かな乳ぶさを揉みつぶしながら、千野は唇の間から唾液をタラーリ垂れ流し、それを無理やり美都子に嚥下させる。恋人同士のように熱くディープキスして、二人は言葉を交わし、そのやりとりがスピーカーから流れだす。

〈うっとりしちゃってよ。へへへ。ずいぶん感度いいんだな、美都子〉

〈ああ、恥ずかしいっ……言わないで……〉

〈これくらい身体を溶かしておけば、もうつながっても大丈夫だろう。俺も今夜は思いきり燃えるぜ。覚悟しな〉

白く優美な女体に、全身おどろおどろしい刺青を彫りこんだ千野が絡みつく。シリコン入りの極太の肉茎が、そして不気味にてらつく亀頭が、美都子の雪肌にいやらしくこすりつけられて、今にもズブリと連結しようという構えである。

覗き見する男たちの興奮はいやでも高まってくる。ぎょろ目の今村も、美少女の百合にフェラチオさせ、その乳ぶさを揉みしだきながら、坊主頭のてっぺんまで赤くしている。

いたいけな奴隷少女は、その激しく反りかえった肉柱を真上からすっぽり咥えこみ、ヌプヌプと出し入れしている。

「そんなに向こうが気になるのか、百合？」

「ああっ……ごめんなさい」

奉仕するかたわら、横目で百合は、ミラーに映る美人オーナーの姿をしきりに追いかけているのだった。

「へっへへ。おまえも早く大好きな美都子お姉様と、あんなふうにいちゃいちゃマンズリしたいってわけか」

「……は、はい、そうです」

あどけない顔を紅く染め、腰を振りふり言う百合。すっかり馴れた手つきで今村の砲身を指先であやしたり、王冠部をペロペロしゃぶったりしながら、霞みがかった表情で隣室の成り行きを見つめるのだ。

いよいよ城戸美都子が千野とつながるというので、室内にはむせんばかりに濃厚な性臭がたちこめてきている。にぎやかだった会話が静まり、聞こえるのは「ハアアッ、ハアアッ」という男たちの荒い息づかいと、奉仕する女たちの唾液をすする淫らな音。

そうして誰もが運命の瞬間を待ちのぞんでいた。

4

千野は、女学生のように脅えている美都子の太腿を強引に押しひろげ、その股間に身をすべりこませた。すでに腰にあてがった枕ははずしてある。

「さあ、俺の女になるんだ、美都子」

女体の両脇へ、腕立て伏せするようにピーンと両腕を突っぱらせ、真上から覆いかぶさった。

「あ、ああ、いや、いやようっ」

美都子の口から弱々しいうめきが発せられる。濃いメイクに彩られた美貌はすっかり血の気が失せて、今はか弱い女そのものだ。

「どうした。へへへ。女番長で鳴らしたあの城戸美都子が、たかがオマ×コするくらいでそんなに取り乱すとはな」

千野は美しき空手使いの狼狽を見おろしながら、熱く開いた淫花の中心へ、ぴたりと狙いを定めた。

「待って……待ってください、千野さん、お願いよ」

「観念しねえか」

「ああっ……いや……いやです」

なんと言われようとも、美都子は取り乱さずにはいられなかった。

富樫のものしか受け入れたことのないそこへ（しかも最後に抱かれたのはもう四年以上前のことだ）憎き鷹尾組の若者頭のおぞましい切っ先が、侵入してこようとしているのだから。

充血して疼く肉孔の周囲へ、ズズン、ズズンと荒々しく突きを受ける。そのたびに美都子は、「ひいっ」とうろたえた声をもらし、緊縛された裸身をのべ棒のように硬く突っぱらせる。

あの醜い瘤だらけの長大なペニスで、生肉を削られるその恐怖、そして恥辱感……。しかしそれよりも美都子が本当に恐れているのは、千野のような男に犯されながら、心ならずも強烈なエクスタシーに達してしまうのではないか、ということだった。

なにしろ指と口で責められただけで、不覚にも二度も達してしまっているのだ。麻薬を使われたせいだろうか、今も身体中の器官がジンジン甘く疼いている。このうえあの凶悪なペニスを突っこまれて、はたして理性を保っていられるかどうか。

「ううっ……」

肉孔の中心部に、男の先端がはまった。脳天まで衝撃が走り抜けた。

「あ、ううっ、痛いっ」

乳ぶさをゴムまりのようにはずませながら、懸命に夜具をずりあがろうとする美都子。

「こらこら、逃げるんじゃねえよ。フフフ」

なんとか凶器をふりほどこうとあがくのを、千野はへらへら笑いながら抱きすくめる。そして激しく腰を動かし、結合部分を一気に深めにかかる。

「あうっ、あうっうっ、む、無理よ、痛っ……痛いわ……」

想像を絶する衝撃だった。富樫との甘美きわまるセックスとはまるで違う。まるで丸太ん棒をぶちこまれているようで、臓器が口から飛びでてしまいそうな圧迫感なのだ。

「おう、すげえ、きつきつのマ×コしてよう、うへへ、たまらねえな」

美都子の狂乱を尻目に、千野は感激しきっている。

美麗な花弁の内側は、ぴっちりと肉襞が重なり合って、あまりに窮屈な小径なのだった。そこをズブリズブリ力強くえぐって、淫らな筒型に切り開いてゆく快感ときたら。

「おめえ、富樫がおっ死んでから操を立ててきたんだろ？　オマ×コは四年ぶりか。そりゃ痛がるのも無理はねえな」

「……うう……ああ、待ってェ、もう入れないでェ」

「そうはいかねえよ。ほらほらっ、入る入る。どんどん入る。もうどうしようもねえだろ、美都子」

千野は腹筋を使ってふんばり、思いきり強く突きを繰りだす。美都子が泣きわめき、征服の悦びが全身を駆けめぐる。

思いを寄せた女と初めてやる時の、この瞬間がたまらないのだった。ズブリと挿入する時の快感よりも、こうして秘奥めがけて突き進んでゆく時のほうが、千野は最も興奮するのだった。ましてや相手が因縁の美都子とくればなおさらである。

(ざまあみろ。女だてらに鷹尾組にさんざん歯向かいやがって。いくら空手が強くたって、珍棒突っこまれりゃ脆いもんじゃねえか)

相手が痛がるのもかまわず窮屈な肉路をえぐり貫いて、ようやく根元までぴっちり咥えこませた。

「ほうら、なんとかおさまったぜ。へへへ」

「う、ううっ……」

美都子は華奢な肩を震わせ、嗚咽をもらしている。端整な横顔が深い哀しみに沈んで、その抒情美に千野はうっとりする。

「どうだ、でかいだろ?」

深々と挿入した状態で、軽く揺り動かして、咥えこませた剛直の雄々しさを誇示する。美都子は朱唇からまばゆい歯をのぞかせ、絶望の吐息をついた。

「おまえのマ×コもなかなかいい。おう美都子、気に入ったぞ」

つとめてクールさを装うが、本心は気に入ったどころの騒ぎではないのだ。

まぎれもない名器だった。入口のところでは肉茎の根元を痛いほどきつく緊めつけてくるし、肉洞の内部では柔らかな肉襞が甘くぴったり絡みついて、一分の隙もないくらいの収縮を示す。ピストン運動に入らなくとも、挿入しているだけで充分すぎる快美感が得られるのだ。ヴァギナの具合よさに加えて、抱き心地が素晴らしかった。すべすべしてきめ細かな雪肌は、こすり合わせるととろけそうな感触でこちらの陶酔を誘う。

もう絶対に手放せないと思った。これから一生この女に食らいついて、とことんまで蹂躙してやるのだ。

5

「富樫にちゃんと別れを告げたか？　これでもうおまえは完全に俺の情婦だぞ。いいな」

顎をつかんで顔をこちらへ向かせ、告げた。その顔先に垂れかかる綺麗な黒髪の隙間から、泣き濡れた目が気弱そうに千野を見つめている。

もう痛がってはいない。みるみる女体から拒絶の意志が消えていっているのがわかる。

ゆっくりピストン運動に入った。

さすがに美都子が、喉を反らし、「ウウッ！」とうめいた。が、何度か粘膜をこすられるうち、うめき声は甘ったるい泣き声へとすぐに変化した。

「どうだ。俺のチ×ポ、気に入ったか？」

千野はたくましいストロークにまじえて、自慢のシリコン瘤で膣肉をぐりぐりこすってやる。全身刺青のたくましい肉体が躍動する。と美都子は凛々しい眉をキュウッと寄せ、さらに熱を帯びた嗚咽をもらすのだ。

「いいんだろ、美都子。ほらほら。オマ×コいいんだろ？」

「あ、ああ、千野さんっ……」

美都子は情感的な目もとを紅く染めながら、遠慮がちに腰をうねらせはじめた。

「へっへへ。おまえは男相手に威勢よく啖呵切るより、そうしてスケベに腰振ってるほうがずっと似合うぞ。わかったな、こら」

うねり乱れる絹糸のような黒髪をつかんでぐいぐい揺さぶる。熱く火照った美貌が妖しくマゾヒスチックに潤む。

片方の手では、麻縄に挟まれた胸乳をこねくりまわす。尖りきった乳首をつまみあげる。そうして、シリコン入りの剛棒を確実に子宮口まで届かせ、かさにかかって美女の官能を追いつめるのだ。

「ひいいっ！」

「イクのか？　こら、イクと言ってみろ」

「……や……やン……いやアン……」

「言ってみろ。それが情婦のつとめだぞ」

千野が、さらに荒々しく黒髪を揺さぶり、はずみをつけて膣肉を串刺しにする。

「イ……ク……う……うう……イクう」

とうとう美都子はその言葉を口にした。同時に蜜壺全体が快美な蔓と化して、キュウッ、キュウッと音が聞こえそうなくらいに怒張を猛烈に緊めつけてきた。

今度は千野が必死で歯を食いしばって射精感を耐えた。こんなにも身を灼きこがす興奮は初めてだった。名器のもたらす粘膜への快感ばかりでなく、白い裸身をクネクネさせ昇りつめてゆく美都子の、その悩ましい反応ぶりがたまらなく刺激的なのだった。

千野は、真っ赤な顔をしてどうにか踏みとどまった。そして美都子が激しく極めるのを見届けてから、ようやく彼自身もスパートをかけた。

「美都子……うおお、美都子っ、いいっ、いいぞ」

下半身全体で勢いよく女体へぶち当たってゆく。タプンタプンと腿の肉がぶつかり合う音がする。

「あ、ああっ、千野さん」

再び美都子も連れ戻された。

互いの粘膜と粘膜の接触が、極限まで近づいている感じだ。ようやっと一緒にイケる。それがうれしくてならない。今度は受け身ばかりでなく大胆に腰をくねらせ、よがり泣きながら積極的に迎え入れる。

「おおうっ！」

千野が吼えた。

燃えるように熱いほとばしりを子宮口へ浴びせかけた。

「イッちゃう……美都子、また……またイッちゃう」

美都子は愛らしく泣きべそをかきながら、緊縛された裸身を狂おしくはずませた。

千野はすっくと仁王立ちしている。夜具の上へ美都子を正座させ、欲望を解き放ったばかりの肉茎を口でしゃぶらせている。

美都子は後ろ手に縛られたままだ。セックスのあと何度も繰りかえし哀願したが、とうとうほどいてもらえなかったのである。

「またおっ立ってきたぜ。へへへ。どうだ、美都子、頼もしいだろ」

千野は、腰までの黒髪をムンズと引っつかみながら、ドス黒い剛直を好き放題に朱唇から出し入れして告げる。

それから得意げな笑いを浮かべ、チラリと鏡を見やる。

隣りの部屋の連中は、今頃さぞ興奮状態にあることだろう。城戸美都子をここまでたらしこんでやったのだから。

「おまえもすっかり俺のシリコン棒に馴れたじゃねえかよ。あん？　だから言っただろ、俺たちは相性ぴったしだって」

「……あフン……うフン……」

何度も気をやらされ、美都子は身体の芯まですっかり痺れきった様子だ。甘えるように鼻を鳴らしながら、おいしそうにディープスロートしてみせては千野を喜ばせる。

たっぷりと尺八を吹かせてびんびんの勃起状態を取り戻してから、千野は再びセックスを開始した。

女体を膝の上に乗せて、対面座位で結合した。真下からズン、ズンと怒張を繰りだし交わると、美都子は甘美な肉層をしとどに濡らして応じるのだ。

「ああ、まったく痺れる抱き心地だぜ」

愛しくてたまらず、思いきり抱擁した。縄で緊めつけられた乳ぶさが触れてきて、それを厚い胸板で押しつぶすようにこする。美都子の唇から隷従のあえぎがこぼれた。

名うての空手使いと思えないほど華奢ですらりとした肉づきだから、緊縛セックスでもこうして実にさまざまな体位を楽しめるのだった。

「これでおまえはもう完全に俺の女だぞ。そうだな？」

「……え、ええ」

「ちゃんとはっきり答えてみろや、うりゃ」

規則正しいピッチで膣肉を削りながら、髪を荒々しくわしづかみ、やくざっぽく迫る。

「ああっ……美都子は、千野さんの……女ですわ」

ひときわ顔を紅く染めて言う。天国の富樫を裏切る結果になることが、今の美都子には背徳の快楽さえもたらすのだ。

千野は満足げな笑みを浮かべ、熱い息を吐いてキスを求める。美都子はすべての過去を断ち切るように、情熱的に舌を絡ませてゆく。ヌルリと流しこまれる唾液をうれしげに嚥下する。

(ああ、これでいいんだわ。これでお店もつづけられるし、六さんだって喜んでくれる。私が、私だけが、我慢すればいい……)

赤くきらめくエクスタシーが近づいている。ぼんやり霞みがかった意識のなかで、美都子は自分にそう何度も言い聞かせた。

今この時を境に、どれほどの淫靡地獄の深みへ転げ落ちてゆくことになるのか、そんなことは夢想だにしていなかった。

第二部
生贄・淫虐痴獄

第一章　女体を蝕む被虐の愉悦

1

午前八時の開店とともに、城戸珈琲のカウンターは常連客でいっぱいになる。彼らは界隈の商店主や、大鷹市の主要産業である製材業の関係者、それに隠居した旦那衆などである。「ここで美っちゃんの顔を見ないと一日がはじまらなくてね」と、みんな口を揃えて言う。

二十三歳の美人オーナー、城戸美都子のいれてくれたおいしいコーヒーを飲みながら、つかのま会話を楽しむ。それが彼らの日課となっているのだった。

このところ美都子は金策に追われ、店を留守にすることが多い。そんな時は焙煎職人の六郎が代わりに客の前へ出るのだが、この無愛想な五十男の顔を見ながらの朝のコーヒーは、どうにも味気ないという声がしきりだ。最近ではちょっと店のなかをのぞいて、美都子がいないとわかると帰ってしまう客さえいる。

今朝は久しぶりに美都子が開店とともにカウンターに入っていた。清潔な白いブラウス姿で、いつものように背筋をぴんと伸ばし、颯爽とコーヒーをいれている。

その姿を眺めながら、自分専用のカップで温かな液体をすすり、常連客はいかにもうれしげだ。美都子がいれば、店にねっとりと流れ漂うコーヒーの香りすら官能的に思えてくる。

どこかから聞きつけたのだろう、ここ一、二週間ほど離れていた客がどんどん戻ってくる。カウンターが全部埋まっているので、仕方なくテーブル席へ座らされ、それでも離れたところから美人オーナーの姿をチラチラと眺めては、幸せそうな様子である。

大鷹市に住む男たちにとって、城戸美都子の存在がいかに大きいか、この光景が如実にそれを物語る。

「大丈夫なのかい、美っちゃん？　俺たちでできることがあったら、なんでも言っておくれ。先代にはみんな恩があるんだから」

帰り際、カウンターの隅にあるレジのところで商店主の一人がそう囁いた。

城戸珈琲がなんらかの借金トラブルに巻きこまれたことに、誰もがうすうす気づいているから、そうして優しく声をかけてくる。

「ご心配をおかけしましてすみません。お蔭さまで、どうやらうまく片づきましたわ。これからもご贔屓のほどをお願いいたします」

お釣りを手渡しながら、美都子は、あの誰もが魅了される優美な笑みを浮かべた。ツヤツヤと光沢のある唇から、健康そうな白い歯がこぼれた。

「そうかい。よかったよかった。もし美っちゃんのおいしいコーヒーが飲めなくなったら、大鷹の町は灯が消えたも同然だからね。それから六さんだけど、顔の怪我はいったいどうしたんだい？」

六郎の顔にはべたべたと絆創膏が貼られ、なんとも痛々しいのだった。

「さあ。私もはっきりしたことは聞いてないんですけれど、たぶん酔ってどこかで喧嘩でもしたんですわ。ウフフ」

まさか昨日、鷹尾組に殴りこんで返り討ちにあったのだとは言えない。

（あの顔じゃ、誰だってわけを聞きたくなるわ。心配だし、傷がちゃんと治るまで休んでもらいたいけど、六さんが承知するはずないし）

実は絆創膏の下には傷などどこにもないのだが、美都子は知る由もない。

そういう美都子自身、気持ちの張りがあるからこそ立っていられるが、女体はぼろぼろの状態というのに、なおも六郎の怪我の按配を気づかっている。

昨夜、鷹尾組の本部で若者頭の千野にとうとう肉体を奪われ、激しく何度も繰りかえし精を流しこまれたのだった。ようやく解放されて店へ着いたのは明け方の五時近かった。

寝不足で頭がフラフラする。おまけにずっと縛られっぱなしだったから、いまだに腕が痺れていて、コーヒーをいれながらポットを落としそうになるほどだ。

(それに、たえず下半身に襲いかかってくる、このいまわしい痛みときたら……)

いつものスリムなジーパン姿で、モデル顔負けの長く綺麗な脚を運んでは、客に目の保養をさせてはいるが、実は泣きたいくらいのつらさをこらえている美都子だった。

富樫が死んで以来、実に四年ぶりのセックス。それをあんなに激しくサディスチックに、長時間にわたって責められたのだから、女体に深いダメージが残って当然なのだ。

ずっと股を無理やり大きく開かされていたから、股関節が痛くてたまらない。

歩くのさえやっとという状態である。

そしてシリコン入りの剛棒で容赦なく突きまくられて、膣の粘膜が炎症を起こしたようになり、女体の中心部に今もズキンズキンと疼痛が走る。

その屈辱の痛みが、たえず美都子に残酷な事実を突きつけてくる。おまえはもう今日からやくざの情婦なのだ、いつでも求められれば千野に抱かれにいく定めなのだ、と。

あれほど汚されてしまっては、もう二度ともとの自分には戻れない。ふとした心の隙にそんなことを考え、あまりの哀しみに涙がにじんでくる。

そんな美人オーナーの横顔を凝視して、カウンター席に陣取る常連同士が小声でこんな会話を交わしている。

「美都子ちゃん、少しやつれたようだねえ。可哀相に」

「先代の寛治爺さんが、大鷹観光ホテルの保証人になっていたそうじゃないか。気丈な子だからおくびにも出さないが、相当心労がつづいたんだろう」

「しかし、美人というのは得だな。やつれたらやつれたで、妙になまめかしいんだから。あの目つきといい、ちょっと気だるそうな仕草といい、ゾクゾクするよ」

「あんたも懲りないねえ。くくく。そんなこと彼女の前でちょっとでももらしたら、たちまち空手でノサれちゃうよ」

しかし確かに、やつれはてた美都子の面影には、今までにはない妖しいエロチシズムが漂っている。ふとした時に見せる、眉根を寄せた哀愁の表情に、常連客の誰もが少なからずドキリとさせられるのだ。

2

午前十時をまわり、さっきまでの混雑が嘘のように店内はがらんとしている。いつもこのくらいの時間から、昼休みの時間帯に入るまでの間は、のんびりと一服できる状態になる。

美都子はカウンターのなかの小椅子に座り、うつむいてあくびを噛み殺した。よほど疲れているのだろう。店のなかで美都子がそうして気を抜いているところなど、ふだんはまずお目にかかれない。

うつむくと白いうなじが美しい。そして束ねた髪の毛に隠れて、よく目を凝らさなければわからないが、かすかにキスマークが浮かんでいる。千野にバックから荒々しくファックされながら、そのあたりを粘っこく吸われた時のものだろう。

ブラジャーのなかでは、嚙まれた乳首がヒリヒリし、豊満な肉丘（そこの雪肌には真っ赤なキスマークが最も多くつけられている）がきつく揉まれすぎてズキズキと熱を持っている。

ああ、自分の愛しい身体が、こんなにもおぞましいダメージを受けるなんて……。

哀しみをまぎらわそうとメンソール煙草に火をつけた。煙を肺に入れながら何やら思案をめぐらすふうで、やがて美都子は奥の焙煎室へと入っていった。

六郎がロングピースを口端に咥え、いつもの渋面でロースターの計器類をのぞきこんでいる。

その姿を見て美都子は、むしょうにほっとした。傷ついた心のなかにぬくもりがひろがるのを感じた。

「今度入ってきたモカはどうかしら？」

「へえ、試しに中深で炒ってみたんですがね、どうもいつもより芯残りがあるようで。こいつはもうちょっと温度をあげたほうがいいかもしれねえ」

炒ったばかりのコーヒー豆の色艶を丹念にチェックしながら、ぼそぼそと呟いた。その豆は今回初めて取引した商社から仕入れたものなのだった。

「ところで、傷の具合は大丈夫なの、六さん？」

「は？　はあ。なあに、こんなもの、かすり傷でさ。それよりお嬢さん、本当に俺は……とんでもねえことを」

「そのことはもういいってば。いったい何度あやまれば気がすむのよ。うふふ」

美都子はつい苦笑してしまう。今朝、顔を合わせてからというもの、六郎はひたすら昨夜のことを恐縮し、詫びを言いつづけているのだから。

「ねえ、六さん、傷が治るまで休んでもいいのよ。ほら私、ここ二週間ほどお店をしょっちゅうあけて迷惑かけたし」

「とんでもねえ。店を休むだなんて、何をおっしゃいます」

やはり美都子が予想したとおり、六郎は耳を貸そうともしない。とにかく三十年以上ここに勤めて、一日たりとも休んだことがない生粋の職人気質なのである。

「でも、顔だけじゃないんでしょ？　やくざたちと渡り合ったんだもの、体のあちこち怪我しているんじゃないの？　ねえ、見せて。私、道場で習って、こう見えても打ち身捻挫に関してはプロなんだから」

美都子が体に触ろうとしてきたので、六郎は、飛びあがらんばかりに大あわてでそれを押しとどめた。

「ほ、本当にやめてください、お嬢さん。頼んます。俺の体なら大丈夫、このとおりぴんぴんしてまさあ」

絆創膏だらけの仰々しい顔を真っ赤にさせ、必死の形相となって告げた。

ゆうべのあの殴りこみ自体が狂言なのだから、どこを探しても怪我などあるはずがない。それを美都子に気づかれたら、鷹尾組と自分との癒着までが露見してしまうのだ。六郎が大あわてするわけだった。

ついでに言うと、邪恋にトチ狂ったこの男が昨夜しでかしたことといえば、目の前にいる城戸家の令嬢がレイプされるのを眺め、人妻・純子のフェラチオ奉仕で、何度も繰りかえし射精したことぐらいなのである。

ところがそんな六郎の怪訝な狼狽ぶりさえが、美都子の目には、いかにも純情一途に映るのだ。

「もう、六さんときたら、本当に頑固なんだから。ウフフ。わかったわ。まるで思春期の男の子みたい」

内心あきれて溜め息をつきながら、

「だけど、その顔じゃ当分はお客様の前には出ないほうがいいわねえ。さっきも、いったい何があったのか聞かれたわよ」

「へえ、すみません。わかりました」

一方の六郎にすれば、そんなお嬢さんの心優しさが、くすぐったくもあり、歯がゆくもある。

美都子のほうこそ富樫が死んで以来、ずっと守りつづけてきた操をあんなやくざ者に陰惨きわまる形で蹂躙されておきながら、なおこちらの怪我の心配をするとは、まったく度しがたいほどのお人好しぶりではないか。

やつれを隠すためか、目もとのあたりにごく淡くメイクしているものの、相変わらずほとんど化粧っ気がない。やくざたちをうっとりさせた、腰に垂れかかるストレートの漆黒の髪も今はひっつめにしている。

いま目の前にある清楚で凛とした姿を見ていると、昨夜の濃厚すぎる狂態ぶりがまるで別人としか思えない。

(こんな天使のような顔して、まったく信じられねえぜ、お嬢さん)

聖と淫——そのあまりの落差がたまらなくエロチックに感じられて、今また六郎の股間は熱く膨らんでくる。

ああ、千野との床入りの前には、縛られた格好のまま、醜女のクニ子に柔肌をネチネチいたずらされながらも、千野好みの濃い化粧をほどこされていったのだった……。

かつて大鷹の不良連中を震えあがらせた、勝ち気なじゃじゃ馬娘は、クニ子の手でみるみる変身を遂げたのだ。ふるいつきたくなるほど妖美でしとやかな縄奴隷へと。

あの時の驚きを、六郎は一生忘れることができない。晴れてお嬢さんと結ばれる夜には、クニ子に頼んで、必ず同じようなメイクをさせようと心に誓ったほどだ。

3

(ああ、ゆうべの悩ましいよがりっぷりが目に浮かぶぜ。へへへ。縛られたまま、特大のシリコン棒でズブズブのねちょねちょに刺されまくって、数えきれねえくらいに気をやったっけなあ)

美都子を前にしながら、マジックミラー越しに覗き見した淫虐の光景が、次々と瞼に浮かんでは消えてゆく。

ギャラリーへのサービスもあったのだろう、千野は、可能と思われるありとあらゆる緊縛セックスの体位をとって交わった。

女上位となった際には、美都子は被虐のあえぎ声を発しながら、セクシーな腰つきを卑猥に回転させていった。

千野の手が下から伸びて、縄の間から飛びだした乳ぶさをゆっくり揉みしだく。すると美都子は、上体をうっとり弓なりに反らせ、光沢のある黒髪をおどろに振り乱し、城戸家の令嬢としてのプライドも何もかも忘れて、淫欲世界をさまよった。

目にしみるような鮮やかな雪肌は、もうその頃には全身ピンクに燃え立ち、性感オイルを塗りたくったごとく汗でぬらぬらと濡れ光っていた。

なんとも淫猥な眺めであった。千野の腹の上でぐいぐいと身動きし、粘膜の快感を満喫するたびに、その貴族的な美貌から淫らな汗がぽとぽととしたたり落ちてきた。

千野は憎らしいくらいの余裕で、性感の急所を激しく的確に貫いた。そのたびに美都子は、優美な裸身をピーンと緊張させ、こみあげるアクメと必死に闘うのだが、どうにもたまらず達してしまう。

六郎の耳には、聞く者の股間をこのうえなく痺れさせせる、あの甘ったるい涕泣がこびりついている。「イクぅ……ああンン、またイッちゃうっ」とくやし泣きに身を震わせて、絶頂を告げる声が。

(お嬢さん、はねっかえりの暴れ馬のあんたに、まさかあれほどのマゾ性があったとは、この六郎、しゃっぽを脱ぐぜ)

いずれもうすぐ、今度は自分の一物で天国へ昇らせてやる。そしてあの極上のよがり泣きを、この腕のなかで聞いてやるのだ。その夜が今から待ち遠しくてならなかった。

(さぞかしつらかったろうな、お嬢さんよ。千野のむかつく精液を、四度もオマ×コにぶちこまれたんだから。へへへ。一発終わるたびに、そのお上品なお口で奴のシリコン棒をペロペロうまそうに舐めまわしてたっけ。あの行儀作法は、殺された富樫のお仕込みなのかい)

粘っこい愛汁にまみれた肉茎に、真横から吸いつき、巧みなフルート演奏で揉みしごいていた淫らな美都子……。

唾液に濡れ光る悩ましい舌先を差しだしたり、甘美な唇から、シリコン瘤の剛直をヌラヌラと抜き差しする横顔は、なんとも興奮をそそった。

そうして千野の一物を舌で清めながら、確かにマゾ奴隷の陶酔が美都子を襲っていたようだ。「アン、アアン」と切なげな吐息をこぼしながら、白く張りのあるヒップをくねくねと淫らに動かしていた。

勝ち誇った千野に髪をつかまれ、ぐらぐらと顔を前後に揺さぶられると、美都子はひときわ情感的にすすり泣いた。それから怒張を、いっそう激しくチュバーッと喉の奥へ受け入れたのだった。

(お嬢さんは空手の達人のくせに、マゾっ気がおありになるんだよな。へへへ。こっちもついついその気になるぜ。さてと、少しいじめてやるか)

この頃では、からくりを何も知らないウブな美都子を眺めているだけで、変質的な性衝動がもりもりと湧いてくる六郎である。

「お嬢さん、昨日は本当に何もなかったんですかい？　千野の奴、まさか不埒な真似をしようとしたんじゃ。ねえ、俺にだけは本当のところを教えてください」

「べ……べつに、何もなかったわ。本当よ、六さん」

今度は美都子がドキリとし、白い顔をポウッと紅く染めた。

「怒らねえでほしいんですが、実は俺、心配で心配で、夜中の四時すぎまでここで待っていたんですよ」

「え……」

「もし万一、俺のせいでお嬢さんが嬲りものにされたとしたら、先代に合わす顔がねえ。たとえ刺し違えても千野の野郎をぶっ殺しますさあ」

「ば、馬鹿を言わないで、六さん。本当に何もなかったんだから。信じて。ただ私、あまり強くもないのに、調子に乗ってお酒を飲んでしまって、ちょっとウトウトしただけ。それで帰りが遅くなったのよ」

心配をかけまいと、けなげに言いつくろう風情がなんとも愛らしく、六郎のねじれきった性欲をムラムラとそそる。

「千野さんは思ったほど悪党じゃないわ。ああ見えても紳士なのよ」

「そうですかい。お言葉ですが、そんな紳士が、相手の弱みにつけこんで、女一人を酒の席のさらしものにするんですかねえ。俺にはどうも解せねえ」

みるみる美都子の顔が羞恥に紅潮してゆく。六郎が鷹尾組へ殴りこんできた時、自分がどれほど恥ずかしい姿だったか、記憶が甦ってきたのだ。

ブラジャーとパンティだけのセミヌードでやくざ連中にお酌してまわっていたのだから、六郎がいぶかるのももっともだった。

「違うの。あ、あれは、千野さんのせいじゃないのよ。あのね、六さん、軽蔑しないでほしいんだけれど……」

いつもの颯爽とした美都子らしくなく、二重瞼をポウッと染め、おどおどと伏し目がちに話す。それは、あたかも他の男といちゃついていたところを恋人に見られてしまい、その弁解をする少女のようである。

「私が、すすんで……服を脱いだの」

そう言って、憂鬱そうに息を吐いた。白いブラウスの胸もとが悩ましく揺れ、ひそかに六郎は舌なめずりした。

「他のやくざたちが、いろいろと私に恨みをもっていてね、詫びを入れろと強硬な態度で迫ってきたのよ。私、どうしても借金返済を待ってもらわなくちゃならなかったし……それでね、自分からすすんで……下着姿になって詫びを入れたの」

「あ、ああ、なんてこった。美都子お嬢さん、そりゃ、さぞかしつらかったでしょう」

六郎は臭い芝居を打つ。

美都子がちょっと観察する気になれば、そのズボンの前が異常なくらい膨らんでいることを見抜いただろう。

「あんな、ウジ虫のような連中の前で、下着になるなんて……ああ、お嬢さん、本当に、本当に……」

「平気よ、六さん。うふふ。私、そんなウブでもないし。こんなお粗末なヌードで借金が待ってもらえるのなら、いくらでもストリップして見せちゃうわ」

わざと明るく言ってみせる。六郎が一瞬驚いた表情になると、

「馬鹿ね、六さん、冗談よ。もう二度とあんな真似はしないわ。もうこりごり」

「悪い冗談はやめてください。お嬢さんがやくざ連中のなぐさみものになってるなんて、先代の墓前で、いったいどう報告したらいいんですかい」

「ごめんなさいね、六さん。もう心配はかけないと誓うわ」

美都子は神妙な顔となって、相手の腕をそっとつかんだ。ぐいぐいと引っぱられる、その感触だけで、六郎は脳天まで痺れる。ズボンのなかで怒張がびくんびくんと跳ねている。

(ああ、今ここで抱きてえな、くそォ)

すぐ目の前に清楚な純白のブラジャーが透けて見える。ちょっと勇気を出せば、その夢幻的なふくらみに触れることができるのだ。

(このブラウスを脱がせて、ブラジャーのおっぱいモミモミして、狂二がやったみたいに、下着姿で尺八させてえよ)

「お嬢さん」

とうとう六郎はこらえきれなくなった。どうしても美都子の本当の気持ちを確かめたくなった。

「もうひとつだけ聞かせてもらいたい。あの……もしこの俺がお願いしたら、その……下着姿になってくれますかい？」

美都子はぎくりとして、魅惑的な目を見開いた。そして六郎の表情から何かを読みとろうと探った。

「……本気、六さん？　ね、本気で言っているの？」

「………」

「教えて。どういうこと。私を下着姿にさせて、どうするつもりなの」

「え、ええ……えへっへ……すみません、お嬢さん、冗談です」

あまりの緊張に耐えかね、六郎はごまかし笑いした。まったく自分で自分のいくじのなさが情けなかった。

「いやだ。びっくりしたわ。本気かと思った。もう六さんのいじわる」

いかにもやられたというふうに恨みっぽく口を尖らせ、睨みつけて、六郎の体をぽーんと叩くと、美都子は笑いながら店へ戻っていった。

4

　翌日の午後、美都子はさっそく千野に呼びだしを受けた。

店を六郎に任せて指定の場所へ行き、そこで千野の大型ベンツに拾われ、約三十キロ離れた隣りの麻生市へ連れていかれた。

大鷹市で会うのは人目につくから困ると美都子が懇願したのだが、すると千野は意外にものわかりのいいところを見せたのである。

「いいだろう。麻生市へ行って、服でも買うか。俺の情婦になった記念だ。フフフ。おまえにぴったり似合うやつを、俺が選んでやろうか」

付き合う女たちをよく連れていくのか、そのブティックでは千野は常連らしかった。

　三十ぐらいの背の高いボーイッシュな感じの女主人が、親しげに挨拶して二人を出迎えた。目がぱっちりして、彫りが深く、宝塚の男役スターのようだ。

　美都子はすぐさま彼女に紹介された。

「よう、水原、こいつが俺の新しいスケで、美都子っていうんだ。これからちょくちょく連れてくるからよろしくな」

千野は胸を張っていかにも得意そうである。

「まあ、お綺麗な方だこと」

水原というオーナーは、美都子の冴えた美貌をしげしげと見つめ、フーッと溜め息をつき、それからすらりとした肢体に視線を這わせた。

「モデルさんか何かやってらっしゃいますの？　そうよ、きっとそうでしょう」

「い、いいえ、そんな……とんでもありません」

美都子は恥ずかしげに長い睫毛を伏せてうつむいている。

千野にジーパンははいてくるなと言われてあるので、シックなワインカラーのワンピースを巧みに着こなしている。

細くなよやかでいて、胸や腰のあたりはもう充分に熟して色香を漂わせ、目の肥えたブティック経営者を圧倒するのだ。

「まあ千野さんも隅に置けないわねえ。いったいいつからのお付き合い？」

「おう。ま、昔からの知り合いなんだが、口説き落としたのはごく最近だ。へっへ。なあ美都子。ほら、顔をあげてみろ」

美都子は垂れかかる前髪をたくしあげると、ゾクリとする甘えっぽい眼差しで千野のほうを見た。

「お互いナニの相性がぴったりでよ、おととい は久しぶりに朝方までぎんぎんに燃えたぜ。なあ、おい」

「あら、それはご馳走さまです」

水原はうわべは微笑みながらも瞳を異様にぎらつかせた。

「水原に俺たちの仲のいいところを見せつけてやろうや」

「ああ、そんな……やめて、千野さん」

「何を照れていやがるんだ、こいつ」

千野の唇が迫ってくる。他人の前で、しかもこんな明るい店内でキスなどできるわけがない。美都子は狼狽した。

「ねえ、千野さん、許してください。お願いです」

「おう。極道の俺に、よそで恥かかすんじゃねえぞ、コラ」

千野にドスのきいた声で告げられると、もう美都子は抵抗できない。ぴたりと唇を重ね、千野の舌先を受けとめ、甘くそれにじゃれついてみせる。

水原の眼前でディープキスをはじめる二人。みるみる美都子の横顔は紅潮してゆき、千野の唾液を呑まされるたびに白い喉もとがごくごくと震えた。心ではいやがりながらも、やがて腰をうねらせてしまう。

「まあ、お熱いこと。妬けちゃうわ」

こんな絶世の美女が、千野のようなやくざ者の情婦になるなど信じられなかった水原であるが、こうなっては認めざるを得ない。

「こいつに似合いの服をどんどん持ってきてくれや。うんとセクシーなやつを頼むぜ」

濃厚なキスが終わると、千野は言った。そうしながらも、豊かな胸の隆起をゆったり揉みしだき、顔面や首筋へチュッチュッと口づけをする。

「はい、わかりましたわ」

「おい、美都子、おまえは試着室に入って、服を脱いで待ってろ」

美都子はすぐに言われたとおりにした。

「馬鹿野郎。カーテンなんか閉めなくていいんだよ。フン」

「え……どうしてですか？」

「退屈しのぎにおまえの着替えるところも見物してえんだよ。へへへ。気にするな。この店じゃ、スケにはいつもそうさせてるんだからな」

「そ、そんな……」

美都子は血の出るほどきつく朱唇を噛みしめ、千野を見据えた。そして逆に厳しく睨みかえされると、気弱な表情となって、がっくり首を折った。

「早く脱げや。言っとくが、俺の機嫌を損ねるんじゃねえぞ。せっかく服を買ってやろうってのに」

「……わ、わかりましたわ」

おどおどと周囲をうかがいながら、美都子はとうとう両手を背中にまわし、ワンピースのファスナーをおろしてゆく。

5

肩からワンピースを抜いた。そして少しずつ下へとずりおろした。

「ああっ、恥ずかしいわ」

白い顔がポウッと妖しく紅潮し、「アアッ」とかすかに情感の吐息がもれる。こんな明るい場所で肌をさらす羞恥に、全身がわなわな震えている。

きらめくような純白のスリップ姿になった。肌にぴっちり密着したセクシーなデザインで、おまけに胸もとを飾る精緻なレース刺繍がなんとも官能的だ。

「ほほう。色っぽいな。おまえの下着姿はいつ見ても興奮するぜ」

つづいてパンティストッキングを脱ぎ、純白のブラジャーとパンティ姿となって身を縮こませた。いつ店に客が入ってきてのぞかれはしないかと、気が気でなかった。

あまりのセクシーさに抑えのきかなくなった千野は、またもペッティングを強制した。ディープキスをしながら、その手はブラジャーの胸に伸び、巧みに乳ぶさを揉みつづける。あるいはパンティに包まれた双臀を愛撫する。

「ああ、美都子。へへ。たまんねえよ」

二日ぶりに抱く美女の柔肌は、しなやかでムチムチと弾力があって、最高の抱き心地だ。つんと吊りあがって勢いのあるヒップも素敵で、千野はぐりぐりと遠慮なく肉棒をこすりつける。

「あ……ああン……ねえ、ここではもう許してください」

汚辱のキスを、美都子は頭をうねうねと揺すって受けとめている。次第に嫌悪感が麻痺してきて、頭の隅がどろりとしてくる。舌をこすり合い、豊かなバストを愛撫されるたびに切なげに鼻を鳴らした。

「俺の情婦になるとはこういうことなんだぞ、美都子。わかるな？　言われたらいつでもすぐに服を脱いで、この自慢のプロポーションを見せるんだ」

「あ……ああっ」

荒々しく抱かれるうち、ブラジャーのなかがむず痒くなって、不思議な高揚感がせりあがってきている。

肉づきのいい太腿を無意識にこすり合わせる。腰のあたりが妙に気だるくなり、媚肉の奥がじっとり溶けだす感じがする。

もうどうなってもいい……。そんな捨て鉢な気分で、美都子は自らも情熱的に唾液をまぶし、舌を絡ませてゆく。

「まあ。仲のいいこと。本当にお二人とも熱烈に愛し合っていらっしゃるのねえ」

水原が戻ってきていた。そして美都子の佳麗な大理石を思わせる雪肌に息を呑み、しばし呆然と見つめるのだ。

「なんて綺麗な肌なのかしら、美都子って。ああ、惚れぼれしちゃうわ。よっぽどお育ちがよろしいのねえ」

「おう。なにせ大鷹市じゃ有名な資産家のお嬢様だからなあ。うへっへ」

美女の正体が実はやくざも震えあがる空手の達人と知ったら、水原はどんなにびっくりするだろうか。そう思うと千野は愉快でならなかった。

「なるほど、やっぱり。それにずいぶんグラマーですのねえ。素敵だわ。ウフン、女の私でも興奮してきちゃうもの」

水原が媚びるように長身をくねらせ、フーッと嘆息をついた。

まぶしいくらいの照明の下、セミヌードの肢体へ痛いほどの視線を感じ、美都子の色白の肌が、みるみる桜色に染まってゆく。

真っ白い太腿の付け根に布地がキュッと食いこみ、羞恥のふくらみがほのかに浮かんで悩ましい。

「うらやましいだろう、水原。おまけにこいつのな、このあたりがまた絶品なんだ。いくら大金を積んでも買えねえくらいによ」

いきなり千野の指がパンティへ触れて、美都子は電気に打たれたようにビクンとした。

「な、そうだろ、美都子？」

「……ああっ……いやよ、千野さん」

布地越しに、ねっとり溶けた秘裂をぐりぐりと押し揉まれた。美都子は女体をくの字に曲げて、甘く恨むように千野を見やった。

「もうぐっしょり濡らしやがって、こいつ。ほらほら。マ×コが疼くのかよ」

「い、いけませんっ」

美都子は濃い眉をキュウッと八の字にたわませ、生汗を噴いた。そこへ水原が助け舟を出した。

「ねえ、千野さん、あまりいじめちゃ美都子さんが可哀相よ」

「へへへ。よし、またあとでたっぷりいたずらしてやるからな」

「こんな服、どうかしら？　きっと似合うと思うのですけど」

水原の手にしている服は、明るいピンクのボディコン服だった。ぴちぴちにタイトな伸縮素材で、スカート丈も極端なミニである。

「おおう。派手でいやらしくてまさに俺好みだな。早く着てみろ、美都子」

「こ、これを私が着るんですか」

美都子は激しくうろたえた。男まさりでずっと育ってきて、ミニスカートなど一度もはいたことがないのだ。

「そう、きっと似合うわよ。これならあなたの素敵なプロポーションがいっそう強調できるし、連れて歩く千野さんも鼻が高いというものだわ」

「とりあえず下着が邪魔だな。あとで似合う助平なランジェリーを選ぶとして、ついでにブラジャーも脱いでみろや」

「こ、これだけは許してくださいっ」

美都子は悲痛な表情となって叫んだ。

いくらなんでもあんまりだった。乳ぶさを露出する恥ずかしさばかりでなく、隆起のあちこちに、赤々と無残にも一昨日のキスマークが残っているのだから。

「早くしねえか、こら。水原なんかお客のヌードはとっくに見馴れてるんだから、心配することはねえ。ほらよ」

千野は、ショックの連続で茫然となっている美都子から、強引にブラジャーを奪いとった。

半球形の完璧な美しさを保つバストがこぼれでた。澄んだピンク色の乳首がピーンと尖ってうっとりする美しさだ。

そして真っ白い肉丘には無数のキスマークが散らばっていて、水原はニヤリと千野と顔を見合わせた。

「こいつは乳がとびきり敏感なんだ」

ぷりぷりとはずむ若い双乳を思う存分にこねくりまわしてゆくと、美都子の声はみるみる弱々しい感じとなる。はらりと乱れた髪からのぞける抒情的な目もとが、ムンと妖しい上気を帯びている。

さらに純白のパンティへ千野の手が伸びてきた。まばゆい白のビキニはいかにも清潔さにみちて、優美なレース越しには若草がかすかに透けている。

「ああっ、千野さん、お願いです。これは、これだけは、はかせておいて」

美都子はうろたえきって、なんとか脱がされまいとして布地を引っぱりあげ、そのたびに千野にどやされる。

白くなめらかな下腹のスロープに、濡れた輝きの繊毛がフンワリと顔をのぞかせる。ついには優美な太腿をすべって布地が肌からむしりとられた。

なんという恥辱だろう。白昼、ブティックの店内で、ついに美都子は素っ裸に剝かれてしまったのである。

フラフラと崩折れそうになる身体をぐいと千野に引き起こされた。なんとか目に触れさせまいと急所を覆い隠す両手を、後ろにまわされた。すかさず水原の好奇の視線が、その下半身へじっとり注がれる。

「さすが生えっぷりもとても上品ねえ。こんな綺麗なヌードを服で隠すのはもったいないくらい」

「そう思うだろ？　へへへ。それを野暮な服で隠そうとしやがるから腹が立つんだ」

「ひどいわ。ああ、カーテンを閉めてっ。服を着させてください」

美都子は、全裸をさらして立ちつくしながら、やくざの情婦になるのがどれほどつらいことか、つくづく思い知らされていた。

「ちょっと触らせてちょうだいね、美都子さん」

「ひいい」

「まあ。ずいぶん柔らかい毛並み。縮れも少ないし、これはとても上質のマン毛よ」

両手を千野に封じられたまま、羞恥の茂みを、水原に好き放題に愛撫される。

「くくく。赤貝もいじってみろ、水原。もうぐっしょりだぜ」

「あら、ほんとだわ。ねえ、すごいわよ」

水原は興奮気味に声をうわずらせながら、中指で粘膜をかきまわすのだ。

「……ウグ、ウググググ」

千野が口を吸いとった。美都子はキスされたまま狂ったように首を振り、鼻先から「ウフン、ウフン」と甘え泣きをもらす。

「フフ。綺麗な顔して、ずいぶん淫らな子ねえ。ものすごい汁気になってきたわ。好きよ。大好きよ、美都子さん」

かなりレズっ気があるらしく、淫戯にふける水原の表情は陶酔に輝いている。

そうして左右から二人に変質的にいたぶられ、いつしか被虐の痺れが美都子の全身を駆けめぐっていた。

第二章　情婦という名の牝奴隷

1

そのブティックでとびきり露出度の高い服ばかりを何着も買い与えてから、千野は大型ベンツを郊外へと走らせた。

「Gホテルへ行くぜ。最初のデートだからな。おしゃれに決めなきゃ」

千野が名前を口にしたそのホテルは、麻生市から二十キロ離れた海沿いにできた、イタリア・レストランも入ったおしゃれなラブホテルで、隣りの大鷹市でもずいぶん話題になったので、そうした情報にうとい美都子でさえ聞き知っていた。

「どうした。うれしくねえのか?」

「あのう……できれば今日は、このまま帰りたいんです。お店のほうが気になって」

店が気になるのは確かだった。しかしそれよりも、またも千野に抱かれ、身も心も狂わされてしまうのが怖いのだ。

「ふざけんなよ、美都子。このまま帰せるかって。水原とあんな色っぽいところを見せつけられてよう」

千野にしてみれば二日前の時は、マジックミラーの観客がいたし、ビデオ撮影もされていた。本当の意味で二人きりとなったのは今日が初めてだから、ホテルに着くのが待ち遠しくてならないのである。

「魔羅がカッカしてやがる。最低三発はかまさねえとな」

「ああ、そんなっ」

もしかしてドライブだけで許してもらえるかもしれない。そんな淡い期待ははかなく打ち砕かれた。

自分の甘さを骨身に知らされた。素人のやさ男ならいざ知らず、相手は筋金入りの極道なのである。会えばセックスを求めてこないわけがないのだった。

「おまえだって嫌いなほうじゃねえだろ。わかってんだぜ。へへへ。あんなに燃えた同士じゃねえかよ」

千野は、相変わらずしつこく助手席の美都子の乳ぶさや太腿をまさぐって、ぴちぴちのグラマーぶりを堪能してくる。

美都子は、申し分のないしなやかさの太腿をスカートから露出させたまま、案外おとなしくしている。

千野好みに濃くメイクした美貌がほのかに火照っている。

ブティックのなかでは、素っ裸にされたあげく、ママの水原に嬲られて、今も頭の芯がボウッと痺れたままなのだった。

それでも、なんとか自分の着てきたワンピースで店を出ることを許されただけましだった。買いたての超ミニのボディコン姿で、昼下がりの町を歩かされるのではないかとビクビクしていたのだから。

しかし千野には彼なりの思惑があるのだった。

まずはベッドへ連れこみ、この麗しき空手使いを、あの手この手でさめざめと泣かせて、たぎる欲望を充分に解き放ってからでないと、魔羅が落ち着かなくて仕方ない。ボディコン服を着させて麻生の町へくりだすのはその後でいい。

濃厚なセックスで燃えた後でなら、美都子もすんなりこちらの言うことを聞くはずだとにらんでいるのだ。

「水原はな、名うての両刀使いなんだよ。指だけでどんな女でも五分でイカせると、豪語している。おまえにゃ、かなりレズっ気があるって言ってたぞ。フフフ。どうなんだ」

「……とんでもないわ。そ、そんな不潔なこと、大嫌いよ」

いかにも潔癖性らしく美都子は眉をしかめて言う。

「よく言うぜ。試着室でアレにまとわりつかれて、指で揉みかきされてよ、太腿までぐちょぐちょのよがり汁垂れ流して、気をやったくせに。ええ?」

「ああっ……」

美都子はがっくりうなだれた。

トレードマークの、上質のキューティクルに濡れ輝く髪がさわさわ顔先に垂れかかる。その悩ましい風情を、千野は熱くじっと見つめ、さらにからかいの言葉を浴びせた。

「よう。まんずりされて気持ちよかったんだろ。立ったまんまだから、あれは立ちまんずりかい。へっへ。まったく珍しいものを見せてもらったぜ」

「ああ、もう言わないでっ。お願いです」

さっきのおぞましい体験が、ぞくりと肌に甦る。

宝塚の男役に似た水原の指が、美都子のクレバスを犯し、肉襞の一枚いちまいを甘く粘っこくえぐってきて、同時に千野にディープキスを強制されるうち、不覚にもオルガスムスに達してしまったのだ。

（この私に、同性愛の気があるなんて……いやよっ。考えただけでも吐き気がするわ）

自分が自分で信じられなかった。凛とした美少女だった美都子は、昔からよく同性にも言い寄られたが、空手道に情熱を燃やして、そうした変質的な世界をひたすら嫌悪してきたのであるから。

あの夜、狂二の精液を呑まされ、そして千野に一晩中レイプされて以来、何かが狂ってしまったのだ。もしかして男たちの体液には、女体の生理を淫らで倒錯的に改造する悪魔のホルモンが含まれていたのではないだろうか。

「そう恥ずかしがるなって。へへへ。見かけに寄らず、おまえにゃ色事のセンスがあるんだよ、美都子。こっちはいっそう惚れ直した気分だぜ」

千野は片手でハンドルをあやつりながら野卑に笑って、純白のパンティの中心部あたりへいたずらを繰りかえす。

パンティストッキングはブティックで脱いだままにさせてあるから、ナイロンの舟底の豊かな潤み具合がじかに指の腹に伝わってくる。明らかにまださっきの官能の火照りを引きずっているのだ。

ワインレッドのワンピースの裾が大きく乱れ、鮮やかな白さの内腿が露出して目にしみる。そのすらりとして見事に女っぽい脚に見惚れながら、どうしてあれほどの鋭い前蹴りがここから繰りだされるのか、千野にはつくづく不思議に思えてくる。

「あン……千野さん、ここではいやっ」

美都子の息づかいが荒くなってくる。豊かなバストが悩ましく揺れている。

淫らな愛撫を行ないながら、その様子を観察し、千野も分身を熱く充血させている。

行きの車中では、わざと紳士的にして油断させていた。美都子がガチガチに緊張し、身がまえていたせいもあった。その不意を衝くためにブティックへ連れてゆき、水原の手を借りたのである。

変質的な手管で気をやらされ、さしもの美都子も今はめろめろの無抵抗状態になっている。千野のもくろんだ奇襲戦法は成功したようだ。

これなら今日の調教もはかどりやすい。松菱土地開発の小松原からは次の段取りをせっつかれているから、千野としては悠長にデートを重ねている余裕などないのだ。

2

「おまえも極道の情婦なら、なんでもひととおりは体験しておかなくちゃな。レズの絡みも早く覚えて、俺を悦ばしてくれや」

　ウエイトレスの百合が、憧れの城戸美都子と早く肉体関係をもちたいと手ぐすね引いている。ブティックでの反応を見れば、美都子にレズっ気があるのは歴然だから、さぞ見ものになるはずだった。それを思うと肉茎の屹立がいやましてくる。

「ああっ、そんなこと、絶対にできません。ねえ、千野さん。私、あなたの女にはなっても……そ、そこまで身をおとしめる気はありませんから」

　美都子はキッとなって言い放った。

「えらそうに、こら。七千万の借金抱えて、よくそんな悠長なことが言ってられるな。誰のお蔭で店がつづけられると思ってんだ。てめえ」

声を荒らげて、美都子の最大の弱点を巧みに突いた。

そうして二本の指でかさにかかって急所をヌチャヌチャと弄んだ。秘孔から蜜汁が溢れでて、もうパンティは水に漬かったような状態だ。

美都子はその手をはねのけられない。「アン、ああん」と艶っぽいあえぎをもらして、時折り恨みっぽく相手を見つめるばかり。

「城戸珈琲の恩人のこの俺様に、タテつく気か。こら、美都子。こんなにいやらしくマ×コ濡らしやがって」

「……う……ああ」

美都子はきつく朱唇を噛んだ。

やくざの指先は、ナイロン地のパンティを通して、ズブズブと内側の粘膜を容赦なく犯してくる。下着越しだからみじめさがよけいにつのる。そこが自動車のなかであることもあいまって、恥辱感で胸が破裂しそうだ。

「ソラソラ。こんなになってよ。へっへ」

「やン……やあン、ああ、千野さん」

ねじれ歪んだ興奮が、美都子の官能を追いつめる。

「あやまれよ。おう、美都子？　この俺にナメた態度とりやがって」

「す……すみません。生意気言って、申しわけありませんでした」

とうとう美都子は根負けして詫びを入れた。

（こんなやくざ者に……）

情けなくて鼻の奥がキュンとしてくる。

それとは逆に千野のほうは得意満面である。助手席の美女をチラチラと見やり、じゃじゃ馬馴らしの快感を味わっている。

「よしよし。俺には絶対に逆らうんじゃねえぞ。命令されたらレズでも珍芸でもなんでもこなすんだ。いいな。それを肝に銘じておけよ、美都子」

「……わかりました」

こっくりうなずく。上気した顔に、ポウッとひときわ赤みがさす。

こんなやくざ者の言いなりになるという無念さが、しかし不思議なことに、甘美なマゾヒズムの酔いをもたらしている。

「ま、おめえの気持ちもわからあ。女よりは男、張型よりはナマの珍棒がいいってわけさ。そうだろ？　へへへ。そんでもって俺のシリコン入りならなおいいか」

そんな軽口を叩いて、やおらズボンのファスナーをおろしはじめる。

ヌッと怒張が飛びだした。醜いシリコン瘤をあちこち膨らませてそそり立ち、ハンドルにくっつかんばかりである。

美都子が気づいた。いったい何をするつもりなのかと、美しい眉を不安そうに曇らせた。

「しゃぶれ」

「え？　ま、まさか……」

「ホテルに着くまでの間、息子をあやしてくれや。ひひひ。さっきからおっ立ってどうしようもねえんだ」

運転席のシートを後ろへスライドさせ、スペースに余裕をもたせた。そして美都子の首根っこをつかまえ、無理やり股間へ顔を近づけさせるのだ。

さすがに美都子は顔面をカアッと真っ赤にし、必死で男の手を振りほどこうとする。

「てめえばかりいい気持ちになって、申しわけないと思わねえのかよ」

「いやっ。いやよっ。こ、こんなところでそんなこと……ああ、できないわ」

「俺は本気だぞ。てめえ、それでもまだ逆らう気か。やくざの情婦が、これくらいのサービスができなくてどうする」

千野はドスのきいた声でそう脅しつけながら、美都子の頭を小突きまわし、長い黒髪を引っつかんでは、ぐらぐらと揺さぶった。

そうしているとペニスはさらに猛り狂う。美都子のすぐ眼前で、おぞましい太ミミズのような血管がどくんどくんとのたうつ。

「早く咥えるんだ」

「あっ……あうう……」

ずっと男なしでつつましく生きてきた美都子にとっては、ブティックのなかといい今といい、激烈なショックの連続である。まさか車を運転している相手の一物をしゃぶらされることになるとは。

繰りかえし叱咤されて、美都子はくやし泣きを噴きこぼしながら、貴族的な唇をそっと開いた。

指を根元に添え、紫ずんだ特大の雁首をすっぽりと口に含む。濃いホルモン臭が鼻をつき、アンモニアの不潔な酸味が鋭く舌にひろがる。

閉じた瞼の裏側で、どろりとした赤い闇がひろがってゆく。

「よしよし。エへへへ」

千野はいかつい顔をほころばせた。

美都子が、股間に埋めた顔をゆっくり上下に動かして抽送を開始している。

ひりひりに充血しきった海綿体を、美女の温かな口腔でちゃぷりちゃぷり愛撫される気持ちよさはたまらない。

「いいか。これから車で出かける時は、いつもこうする。わかるな、美都子」

道路の流れに乗せて巧みに車を駆りながら、すっかりご主人様気取りで告げる。

運転中に女に尺八吹かせるのは鷹尾組の連中誰もがやっていることだし、今さら目新しくもない。けれども舐め犬があの城戸美都子となると、興奮も快感も何倍になる。

シリコン入りのたくましい砲身全体が、甘美な唾液でねっとり包みこまれる。唾をしたたらせ、ヌルヌルと朱唇をすべらせながら、美都子は、「ウアンッ、うあんッ」とくやし泣きをもらしつづける。その泣き声が、しかし千野の耳にはよがり泣きに聞こえて、なんとも心地よいのだ。

「もっと入るだろ。そら、そら」

真上から頭をぐいと押さえつけ、顔を沈みこませた。ズブッ、ズブリと巨根が喉の奥へめりこんで、美都子は苦しげにうめいた。

「そんな生っちょろい尺八じゃ全然駄目なんだぞ。オマ×コ同様の激しいピストン運動やディープスロートを楽々こなすようにならなくちゃな、美都子」

「……うぐ……ぐぐ……」

「情けねえ声出すな。へへへ。厳しい空手の修練を積んできたおまえだ。それに較べりゃ屁みたいなもんさ」

左手でハンドルをあやつり、右手ではぐいぐいとストロークを強要させて、千野はそう言ってニヤリと頬を歪めた。

3

フェラチオさせながら十分ほど走りつづけて、千野のベンツはようやくラブホテルに到着した。

日本海に面した宏大な敷地に立つ、五階建てのホテルだ。外壁は美都子がそれまで見たこともない色で塗られている。くすんだオレンジ色とでもいうのだろうか。そして緑青色をした太い装飾柱が四本、大胆に建物の正面に配されて、さすがに話題を集めただけのことはある凝った造りだ。

やくざ丸出しのガニ股歩きで千野が入口に入ると、すぐにマネージャーらしき人物が現われ、ぺこぺこ頭をさげる。

「いつもの部屋、あいてるか?」

「もちろんですとも。さあ、どうぞどうぞ」

男は部屋のキーをうやうやしく差しだした。鷹尾組の金バッジはここでも威力を発揮しているのだ。

いちおう千野が札入れを背広から取りだすが、「とんでもありません」と恐縮しきって金を受け取らない。その上着のポケットへ千野は一万円札をねじこんだ。きっと来るたびに同じことを繰りかえしているに違いない。

「こいつ、俺の新しいスケだ。これからちょくちょく来るからよろしく頼むぜ」

美都子の肩へ手をまわし、誇らしげに紹介した。色の白さといい、きりっと冴えた美貌といい、これほどの女がこのホテルへ来たことはまずないだろう。

「初めまして」

やくざの女。そうなったことを痛感させられながら、美都子は一礼した。悲しみやみじめさで胸がいっぱいになる。

「こ、これは、お美しい方で……そ、そのう……千野様とはまさにお似合いでございますなあ」

男の狡猾そうな目が大きく見開かれた。田舎やくざの連れが、まるで映画女優のような華やかさなのだから当然だ。それから一瞬、怪訝そうな気配が浮かんだがすぐに消えた。

「へへへ。マネージャーも口がうめえや」

そう言いながら、まんざらでもないらしく、千野は美都子を連れて上機嫌でエレベーターへ乗りこんだ。

部屋は最上階で、窓の向こうには日本海が見渡せる。美都子はすぐにリビングを横切って、窓辺にたたずんだ。

海はどんより暗い色をしている。沖のほうでは三角波があがって、ちらほらと白い腹を見せている。

（ああ……私、もうこの男から逃げられないんだわ）

こうして千野と二人きりになり、今さらのように絶望がこみあげてくる。なぜか不意に恐ろしくなって膝頭がガクガクと震えてしまう。

天国の祖父や富樫のことが脳裏をよぎった。そして今ごろ店で渋面をして珈琲をいれているはずの六郎のことが。

その愛しい彼らは、まさか美都子がこんな汚れきった世界に足を踏み入れたとは、店の仕事を途中で抜けだして、鷹尾組の若者頭とラブホテルにしけこんでいようとは、夢にも思わないだろう。

冷蔵庫の缶ビールを飲みながら、千野が背後からすり寄ってきた。

「いい部屋だろう」

「………」

「気に入ったスケしかここへは連れてこねえんだぜ」

美都子がロマンチックな窓の眺めに見入っていると思っているのだ。酒臭い息を吐いて、乳ぶさをつかんで揉みしだき、首筋へ舌腹をペロペロとこすりつけてくる。

「いま見ていて思ったんだが、おめえ、後ろ姿もたまらねえんだな。腰がキュッとくびれて、ケツがツンとあがっていてよう」

プロポーションのよさにしきりに感心しながら、荒い息をハアハア吐きかけ、ヒップのあたりへ怒張をこすりつける。

「それに、この髪がまたセクシーなんだ」

腰に達する長さの髪の香りを嗅ぎ、すべすべの練絹の手触りを楽しむ。と同時に、ことさら激しくペニスをぐいぐいと美都子の身体にしごいた。

「あ……ああ、待って……シャワーを浴びたいんです」

「待てねえよ。へへ。すぐにハメてえんだ」

さかりのついた獣特有の淫臭が、背後からムンと漂ってくる。あまりの不潔感に、美都子の手足からさっと血の気が引いてゆく。

それでも繰りかえし乳ぶさを愛撫され、口移しでビールを注ぎこまれたりするうちに、おき火のように内側でくすぶっていた性感がメラメラと溶け燃えてしまう。

女体がぐったりとなってきたところで、千野は服を脱がせてゆく。ワンピースが、白のスリップが、カーペットの上に散らばり、ブラジャーのホックがはずされた。

雪白の肌が露出するたびに、美都子は羞じらいの声をか細く発した。身悶えしながら、濡れた輝きの黒髪が、はらりはらりとひるがえる。

「ここでは……許して。明るすぎます」

目の縁まで紅く染めながら、美都子は、弱々しく寝室のほうを見やった。

和洋折衷の造りである。広いリビングの隣りに和室があり、障子が全部開かれていて、夜具がのべられてあるのが見える。

だが千野は、美都子の哀願を無視し、いや羞じらいの風情をことさら楽しんで、その場でパンティまで奪いとってしまうのだ。

「こうして眺めると、また格別だな」

なよやかさと豊満さが調和して、うっとりするほど美しい裸身である。その、乳ぶさや内腿のあたりに、おととい自分がつけたキスマークが、やや黄ばんだ色になって散らばっているのだ。

凄絶なまでの官能美に酔いしれながら、千野はゆっくりと服を脱ぎ捨てた。すでに缶ビール二本を飲み干している。

おどろおどろしい彫り物入りの素っ裸となると、鞄から麻縄を取りだし、ニヤニヤと薄笑いを浮かべて近づいた。

男の手からだらりと垂れた濃紺の縄を目にして、美都子の表情が凍った。

「え……ど、どういうことですか、千野さん？」

「いいから腕を後ろへまわせ」

「やめてください……そ、そんなもの、使わないでください！　私、暴れたりしませんから」

胸と下腹部をそれぞれ手で覆い隠し、脅えたように後ずさった。

男まさりの気性の美都子にとっては、縛られ、ネチネチと犯される、そんな変態的な交わりは、考えただけで虫酸が走るほどだ。

「どうした。さあ、お手々を後ろへまわすんだよ。うんといい思いさせてやるから」

千野はわざと縄をびゅんびゅんとしごかせて迫る。

SMプレイに対する美都子の狼狽ぶりがなんとも新鮮で、ムラムラと嗜虐欲が湧き起こってくる。長大な勃起がうれしそうに下腹で跳ねている。

4

「へっへへ。この前もずっとこいつを使ったじゃねえか。おまえだって、まんざらでもなかったくせに」

「いやっ！　ああっ、もう絶対にあんな恐ろしいこと、いやです。抱くのなら普通に抱いて。もう本当に、暴れたりしませんから」

二日前は、ついカッとなって千野の手下三人を叩きのめしてしまった。その罰としてだからこそ、おとなしくいましめを受けたのだ。

しかし、もうすでに自分の身体は千野のモノになってしまっている。今さら抵抗するはずがないのに、なぜここで縛られなければならないのか。

「この前のセックスが最高だったからなあ。またあの感激を味わいてえんだ。おまえのお蔭でどうやらこの味が病みつきになっちまったんだよ」

根っからのＳＭマニアのくせに、そんなとぼけたことを言う。

ムンズと片腕をつかんだ。

「離して！」

「まだ手こずらせる気か、こら。俺の命令はなんでも聞くと、誓ったばかりだろう」

「……縛られるのだけはどうしてもいやなんです。お願いです。ああ、お願いですから、千野さん、普通にして」

キュウッと切なげに眉根を寄せ、必死に訴える美都子。

白い顔によく映える紅い唇があえいでいる。澄んだ黒眼でねっとりこちらを見つめて、震えがくるほどの悩ましさだ。

そうして美都子がいやがればいやがるほど、千野の熱情はサディスチックに燃えあがる。もう片方の腕も取って、両腕を力まかせに後ろへねじあげにかかった。

美都子の顔に殺気が走った。

「やめてっ……」

くるりと身体を半回転させた。

その拍子に、右の肘が、相手の顎をしたたかに打ちすえていた。

強烈なエルボーパンチだった。

顎から脳へ衝撃が走り、千野が朦朧となった。

決して狙ったわけではなかった。長年の習性で、カッとなると美都子は本能的にそうした攻撃行動をとってしまうのだ。

今までずっと自分の感情を殺していたせいか、いったん切れると、大量のアドレナリンが体内を駆けめぐって、もうどうにもコントロールできなくなる。

(冗談じゃないわ。どうしてここまで我慢する必要があるのよ。いくらなんでもあんまりじゃない)

ブティックで味わわされた屈辱、車のなかでのみじめさ、それらが一気にあふれでてくる。素っ裸のまま、美都子は一撃必殺の構えをとった。

さすがに喧嘩馴れしているだけに、千野もすぐに正気に戻った。しきりに頭を振ってダメージから立ち直ろうとしている。普通の人間なら、あのエルボー一発で気を失っているところだろう。

「……美都子……て、てめえ！」

痛めた顎をさすりながら怒りの声を発し、顔を起こした。

正面では美都子が、一糸まとわぬ姿のまま立ち、全身から鋭い殺気を放ってい るではないか。

「あんまりよ、千野さん。いくら恩人でも限度があるわ」

「おう？　やる気か。上等だよ」

そう言って千野は不敵に笑う。組で若者頭を張っているだけに強気だ。

二日前、瞬時にして屈強なやくざ三人をＫＯした女侠の、驚異的な空手技を目 のあたりにしているにもかかわらず、少しもひるんだ様子を見せない。

二人は、互いに距離を計りながら、火花を散らして睨み合っている。

「その鼻っ柱、へし折ってやるぜ」

千野はボクシングの構えだ。

それに対し美都子の上体はほとんど動かない。しなやかな全身が見事にピーン と張りつめている。

腰までのストレートの黒髪が、幻想的なきらめきを放って、真っ白い女体の背 後へうねり流れている。

鍛えあげた脚線美。その股間で淡くけぶるツヤツヤした飾り毛……。

なんという妖しい眺めだろうか。千野はついつい見惚れてしまいそうになる。

檻のなかの牝獣が野性に戻ったのだ。

それ以上睨み合っていると、あまりの美しさに負けてしまいそうだった。千野はトリッキーな動きに出た。

そっぽを向いて「ククク」と苦笑し、すっと身体の力をゆるめた、ふりをした。

次の瞬間、跳んだ。右と見せて左足を伸ばし、前蹴りを試みた。同時に左のストレート、右からの自慢の、とどめとなるべきアッパーカット。

素早い連続技は、すべてかわされ、あるいはブロックされた。まったく信じがたいことだった。

千野の自信がぐらつく間もなく、美都子が猛反撃に出た。

すごい。とんでもない速さだ。よほど関節が柔らかいのか、腕や足が途方もなく伸びてくる。

何がなんだかわからないうちに、みぞおちへ膝蹴りを決められた。

ガーンと丸太を思いきりぶつけられたような衝撃に、千野は呼吸をとめられ、前のめりに崩れ落ちた。

体を二つ折りにして千野は床に転がり、うめいている。背中の派手な昇り龍も心なしか勢いが失せているようだ。

「うっ……うっ……美都子、てめえっ、この俺を、よくも……」

さっきまではうめくこともできず、七転八倒して苦しんでいたが、ようやく声を出せるようになったらしい。

「……鷹尾組を、敵にまわそうってのか。へ、へっへ……いい度胸だ」

「そ、そんなつもりじゃなくて……」

「うるせえ！」

美都子はすでに服を着終えている。興奮から覚めて複雑な表情で、自分が一撃で倒した相手を見おろしている。

これでも急所ははずしておいたのだ。本気を出していたら、千野は当分一人で町を歩けなくなっていたはずだ。

「こうなりゃ話は全部チャラだ」

千野は吐き捨てるように言って、ようやく上体だけ起こした。毛むくじゃらの股の間で、一物がすっかりしおれきって哀れさを誘う。

激痛に顔をしかめながら、美しき空手使いを見あげて、

「もう勘弁ならねえ。城戸珈琲なんか、明日にもぶっつぶしてやる」

「ねえ、落ち着いてください、千野さん。はずみとはいえ、先に手を出したことは悪かったと思います。すみませんでした。でも、いやがることを無理やりしようとしたのはそちらですわ。私、おとなしく抱かれるつもりだったのに……何も……何も縄で縛っていたぶることはないじゃないですか」

「とっとと失せろ、阿女！」

千野はぺっと唾を吐いた。

くやしくてならなかった。あの夜、あれだけ犯し抜いて、天国をさまよわせ、すっかり手なずけたと思っていたじゃじゃ馬に、また蹴られてしまったのだ。まったくなんという恐ろしい女だろう。手強すぎてリターンマッチを挑む気にもなれやしない。

ソファーにつかまってどうにか立ちあがると、すぐさまテーブルの電話をつかんだ。乱暴に鷹尾組本部の番号をボタンで押した。

ああ、こんな醜態をもし小松原に知られたら、二度と口をきいてもらえなくなると思いながら。

美都子が蒼ざめた顔でそれを見つめている。

「おう、俺だ、千野だ。例の城戸珈琲の件だけどな、ちょっと事情が変わった」

千野がドスのきいた顔つきをつくって、組員とわざとらしい会話をはじめた。

あわてた美都子が「ちょ、ちょっと待ってください」と横から口を挟んだが、
それを無視して、

「……うん、そうだ、おめえらが望んでいたとおりにな、俺ァ戦争をおっぱじめようかと思う。ウン？　ああ、もちろん六郎なんぞ、今夜じゅうにもとっつかまえて、リンチにかけても……」

「ああっ、待ってくださいっ！」

美都子が受話器に飛びつき、手のひらでフックを切った。

「何する、この阿女ァ」

「あやまります。ちゃんとあやまりますから。あ、ああっ、なんでも千野さんのおっしゃるとおりにしますから」

涙声で一気にまくしたてながら、せっかく着たワインレッドのワンピースを、自分から脱いでゆくのだ。

5

和室は八畳の広さで、下手に寄せてダブルサイズの夜具がのべられてある。上手の中央には、プレイ用におあつらえむきに丸太柱が立ち、その根方に美都子は素っ裸でくくりつけられていた。

上半身は濃紺の麻縄でかっちり後ろ手に緊縛されて、柱につなぎとめられており、下肢は大きく左右に開かれ、M字型に固定されてある。尻には座布団があてがわれ、薄紅色の二枚の秘唇がまったく無防備に露呈しきっているのだった。

パーンッ、パーンッと小気味いい音が断続的に響きわたっている。千野がウイスキーをボトルごと飲みながら、さっきからしつこく美都子を折檻しており、左右の頬へ痛烈なビンタを飛ばしているのだ。

「レズはいやだ、縛られるのもいやだとォ。てめえ、いったいどこのどなた様のつもりだ、うりゃ！　やくざのスケなら情夫の望むとおり、どんな色責めでも受けるのが当然だろ」

そのくぼんだ目が完全にすわっている。

か細い女の蹴り一発でノックアウトされ、男を売る稼業のプライドをずたずたにされたのだ。生半可なことでは腹の虫はおさまらないだろう。

「……本当に申しわけありません。ああ、美都子がまちがっていましたわ。千野さん、どうか許してください」

「馬鹿野郎！」

パーンッ、とまたも思いきり顔をひっぱたいた。

もう美都子の両頬は真っ赤に腫れあがっている。おまけに涙でぐしゃぐしゃになったところへ濡れた髪がほつれて、ことさら無残さをそそっており、いつもの凜とした美貌は見る影もない。

今度は豊かな髪の毛をざっくりつかまれた。ウイスキーをぐびりとあおって千野は、赤く濁った目をぎらつかせ、長い髪をギュウ、ギュウと根こそぎ持ちあげてゆく。

「う、ううっ……本当にごめんなさい……あ、あう、痛っ……」

女の生命であるみどりの黒髪を、長年丹精こめて伸ばしつづけてきたその髪を、むごく責められるつらさときたら。表情が一段と苦しげに歪む。

「へんっ。痛えだと、こら。ひとの顎やらみぞおちやらに、いきなり蹴り入れておいて、そのてめえが、痛えなんか言えるのかア、この阿女！」

千野はヒステリックに叫ぶと、上下の縄に絞りだされてピーンと尖りきった乳頭をつまんで、引き千切らんばかりにし、そしてぐりぐりと左右へねじりまわす。そうしながら性的興奮を覚え、赤黒い巨根が屹立してブルンブルンうねる。

美都子はただ泣いて詫びを入れるばかりだ。髪の根を強く引っぱられて歪みきった顔からは、ぽとりぽとりと涙がとめどなくしたたり落ちてくる。

くやし涙もまざっているのだった。女を相手に、手足を縛ってからでないと満足に折檻もできないのか。それでも任侠なのかという思い……。

ああ、店の借金さえ解決すれば、こんな卑劣で情けない男など、片足だけで半殺しにしてやれるのに。

突然「うぎゃあああっ！」と美都子の口から悲鳴がほとばしった。下腹の繊毛をいっぺんに数十本、むしりとられたのである。

「へへへ。こうやって全部ひっこ抜いて丸坊主にしてやろうか。そうらっ」

千野は憎々しげに言い放ち、またごっそりと縮れ毛をむしりとった。

「うぐうゥ……」

髪をばらばらに振り乱し、美都子は真っ赤になって懸命に悲鳴を押し殺した。

「ほう。空手の達人でもマン毛抜きは痛いか。ええ？　くやしかったらかかってこいや、美都子。へへ。ざまあみやがれ。どうにもならねえだろうが」

「……あ、ああ、千野さん……どうか、美都子を許して」

陰湿な折檻はそうしてネチネチと三十分以上もつづけられた。

空手で鍛えあげた美都子だからこそ、なんとか耐えられたが、普通の女ならとっくに気を失っていただろう。

「これからマ×コする時は、いつも縄を使うからな。わかったか、こら」

「……は、はい。もう二度と逆らったりしません。ど、どうぞ、いつでも美都子を縛ってください」

「うひひ。最初からそういうふうに素直にしてりゃいいんだよ。おまえにゃマゾっ気がたっぷりあるんだからな」

今後は一人前のマゾ奴隷となるべくどんな淫らな調教もすすんで受けることを繰りかえし誓わせて、ようやく千野は満足し、今度はいたぶりを色責めへと切り替えた。

まずはラビア、クリトリス、そして膣肉の隅々へ、トルコ産の強力な催淫クリームを塗りつけた。

「こいつは裏のルートでしか絶対に手に入らねえ薬で、一本何十万もする。なにせ特殊なホルモン剤に加えて、何種類もの麻薬がミックスされてあるんだからな。おまえのような恩知らずの淫売に、こんなありがたい薬を使うんだから俺も人がいい」

　千野は満足そうにほざくのだ。

　女性器だけでなく、さんざんつまんでは痛めつけた愛らしいピンクの乳首から、豊満な隆起全体へとモミモミしながら、その薄茶色の不気味なクリームをすりこんでゆく。

「あ、ああ……」

「乳首にしみるのか？　へへ。それがいいんだよ。今におっぱい全体が熱くしこって、思いきりモミモミしてほしくなるぜ。オマ×コのほうは、もちろん言うに及ばずだ。薬が効いてくるまでの間、こいつをしゃぶっていろ」

　そう言って千野は、美都子のすぐ顔先で股を開いて立った。長大なペニスをズブリと口に埋めこんだ。

　強引にイラマチオを開始した。両手でがっちりと頭を抱えこんで、美女の顔面へ向けて下半身全体をズーン、ズーンと勢いよくぶつけてゆく。

　手足を縛りつけられているから美都子はどうにも逃れることができない。並みはずれた剛直をもろに喉へ突き入れられ、ビンタで真っ赤に腫れあがった頬がさらに紅潮する。くぐもったうめき声を発しながら、目尻から涙がしたたり落ちる。

「そら、そらっ。これが本当の尺八だぞ。今までは甘やかしてお上品にやらせてきたが、もう容赦しねえからな」

「……ム……ムぐぐ……」

狂二の巨根をしゃぶらされた時の苦痛など比ではなかった。千野は、口をまるで性器そのものに見立てて、膨れきったシリコン入りの肉柱で真上からぐいぐいとハードなピストン運動をしてくるのだ。

無理やり開かされた顎が痺れきって、口端から涎れが流れだしている。みじめさで発狂しそうな気分だ。

酸鼻きわまる光景である。あまりに深々と完璧にペニスが埋めこまれているから、あたかも千野の股間と美都子の口唇がぴったり癒着し、一体化しているような錯覚に陥るほどだ。

「おおっ、売女、いいぞ、感じるぞ、マ×コはめてる感じになってきた」

美都子の狂乱をよそに、千野の快楽はますます高ぶってゆく。媚薬が効きだすまでの、つなぎのつもりだったのが、いつしか射精を目的とした本格的なイラマチオになってきている。
「出すぞっ。くれてやる。そら、そら、呑め。おっ、おうう……」
クライマックスに達し、千野の腰が、美都子の顔面でひときわ激しく前後動した。
美都子はその時、空手の修練で血を吐いた時のつらさを思い浮かべていた。
(耐えられるわ。あれに較べればまだましよ)
自分に言い聞かせて、次々と注ぎこまれる白濁の熱い毒液を呑みくだしていった。

第三章　とろける蜜汁の香り

1

大鷹市の駅前再開発にとって最大のネックとなっていた城戸美都子。開発反対派のマドンナ的存在である彼女を、先兵の鷹尾組がまんまと罠にかけ骨抜きにしたことで、松菱土地開発の地上げ活動は一気にはずみがついた。

これまで用心深く水面下でひそかに進められていたその動きが、少しずつ表舞台へも現われはじめている。

その夜、城戸珈琲のウエイトレスの星島百合は、鷹尾組の指令を受けて、グランドホテルへある男を訪ねていた。

グランドホテルは大鷹市では随一の現代的なシティホテルで、県のお役人たちが市に滞在する時は、たいがいここに泊まる。

百合の訪ねた相手は木俣といい、県の都市開発課の責任者だ。松菱土地開発にとって、再開発を自分たちの有利に進めるためには、ぜひともご機嫌をとっておかなければならない相手だった。

「今日用意してある娘は、百合ちゃんといいまして、高校出たての十八歳の専門学校生です。実はね、まだ客をとったことがなくて、木俣さんが口あけなんですよ。ぜひ試してやってください」

夕方の宴席で、松菱土地開発の小松原が耳打ちすると、木俣の目が輝いた。

「ホウ。本当に私が最初の客かね。そりゃ楽しみだなあ。ウヒヒ」

「お気に召したら次回もキープしてさしあげましょう」

「悪いねえ。どうやら小松原さんとは一生のお付き合いになりそうですなあ」

木俣は県庁所在地からやって来るたびに小松原のもてなしを受け、女をあてがってもらっているのだった。四十代半ば、後頭部が禿げかかった大の助平親爺で、特に二十歳前後の娘には目がない。

そういうわけで百合は、木俣の相手をさせられることになった。数カ月前ちんぴらに処女を凌辱され、以来これまで鷹尾組の道場で気も狂わんばかりのむごい奴隷調教を受けてきた彼女だが、小松原の言うとおり、今夜が娼婦デビューだった。

さすがに百合は緊張し、脅えていた。

千野や狂二など何人ものやくざに犯されて、糞穴の奥までしゃぶらされる舐め人形に仕立てられた百合だが、それでも初めての売春となると足がすくんだ。

恥辱にもさまざまな度合いがある。たとえば組の道場に監禁され嬲りつづけられるという、恥辱の極限にありながら、清純な少女だった百合はいつしかそれに馴れることができた。ボクサーが試合でどんな強いパンチを食らっても、その痛みがかつて体が記憶している範囲にある限り、立ちつづけていられるように。

ところが相手のパンチが、それまで体験したことのないような痛みをもたらすと、ボクサーはうろたえる。脳が、もう倒れてしまえという指令を出す。百合にとって、ホテルに見知らぬ男を訪ね、セックスの相手をするというのはそれに似ていた。

酒をすする男の前で下着姿になり、そのまま立たされた。それだけのことで百合は身体がどうしようもなく震えてしまう。

「いいねえ。素晴らしい。大鷹市は美人の産地だとは知っているけど、まさか君みたいな美少女をよこしてくれるとはね。フフフ。さすが小松原さんだ」

木俣はぎとぎとした脂性の顔を、興奮気味に赤くテラつかせている。

この腐れ役人は、百合をいたく気に入っていた。

まず肌が白くてきめ細かくて、いかにも抱き心地がよさそうだった。

ほとんど化粧っ気のない顔はまだ女子高生そのものの愛らしさ。アーチ型の眉は濃くはないがくっきりとして、綺麗な二重瞼の下にはつぶらな目が輝いている。

「百合ちゃんといったね。いい身体してるじゃないか。顔立ちは清楚でお嬢さんっぽいのに、胸も尻もムチムチッとして、なかなかのグラマーだ」

ベッドの縁に腰をおろしてブラジャーとパンティ姿の少女に見入りながら、見事な勃起が浴衣の裾前をはじきあげている。下にはパンツをはいていないのである。

百合の下着の色はごく淡いシュガーピンクで、レース地のブラジャーの胸もとから、たわわな隆起がのぞけている。

パンティは腰骨の上まで切れこんだ大胆なハイレッグ。ただでさえ長い脚が、なおさら強調されている。

「後ろを向いてごらん」

「はい……」

さらさらの黒髪が肩に垂れかかっている。なよやかな背中には、シュガーピンクのブラジャーのベルトが走っている。そしてごく小さなパンティに包まれた双臀のはちきれんばかりの勢い、どこまでもまっすぐに伸びた脚線の見事さにうっとりする。

「いいねえ。実にいいよ、百合ちゃん。うひひ。まったくもって私の好みだ」

こらえきれずに木俣は立ちあがった。背後からハアッハアッと酒臭い息を吹きかけながら少女に抱きついた。

手のひらにブラジャーのカップを包みこみ、涎れを垂らさんばかりの表情でうっとり乳ぶさを揉みまわした。

「うほう。いいおっぱいしてるんだな、百合ちゃんは」

「……あ、ああっ」

抱擁され、臭い息を嗅がされるたび、ムッと吐き気がこみあげてくる。百合は細い首を左右へねじった。こしのある髪が香りを放ってゆらめいて、いっそう木俣の欲情をかきたてるばかりだ。

「ねえ。どうして君みたいな可愛い娘が売春なんかするんだい？　素敵なボーイフレンドと車でドライブしているほうが似合うと思うけどな」

「…………」

百合にとって一番つらい質問を木俣はしてくる。処女のままやくざに拉致されたあげく、とうとう娼婦に堕とされたとは、あまりにみじめすぎて言えない。

「お金かな？　セックスが大好きとか？　それとも悪い彼氏がいて、無理やり客をとらされてるのかな？」

「それは……聞かないでください」

なにしろ普通のセックスはまだ一度も経験がない百合である。この数カ月で、鷹尾組の組員ばかり十人以上に強姦されている。

そうして変質的な肉の歓びをこってり教えこまれた。さらには人妻の純子とのレズの快楽も……。

2

この世に女同士の淫靡な交わりがあるのだということを知って、初めて百合は本物の、淫らなマゾ奴隷として生まれ変わったのだった。

ずっと憧れつづけていた城戸美都子と、もっと深いつながりをもてるかもしれない。そう思えばこそ、やくざたちのどんな調教にも耐えることができたのである。

（ああ、美都子お姉様……早く会いたい）

この木俣という助平客をうまくもてなすことができたら、百合は褒美をもらえる約束になっていた。いよいよ美都子と恋愛関係になれるチャンスがめぐってくるのだ。

美都子を想いながら、敏感な乳ぶさを揉み嬲られるうち、いつしか百合は腰をくねらせ、小さく鼻を鳴らしはじめた。

「感じてきたかね。くくく。おませなところも、私の好みだ」

自分のテクニックのせいだと勘違いして、木俣はすっかり気をよくしている。口端から涎れを垂らしながら、愛らしい顎をムンズとつかまえ、口を吸いとった。カビ臭い舌腹が入りこみ、ヌルリ、ヌルリと粘膜を舐めまわしてくる。

「うーん、ああ、うへへ」

木俣は美少女との甘いキスの味に酔いしれ、好色な笑いをもらしている。

いつしかその手がブラジャーをむしりとると、まばゆく張りつめた柔肉が一気にこぼれでた。

「ぐんとセクシーになってきたな、百合ちゃん。あー、もう我慢できんよ」

興奮にうわずった声で告げると、美少女の下半身へしゃがみこんだ。

ほどよく肉のついたムチムチの太腿は、切なげにぴったりと閉じ合わさっている。しかし大胆なハイレッグの裾から艶やかな繊毛が何本か顔をのぞかせており、木俣はペロリと上唇を舐めた。

「さあ。どうか百合のオマ×コ、お気のすむまで調べてください、と言ってみろ」

「ああ、言えません」

「馬鹿者。私の機嫌を損ねたらどうなるか、わかってるだろう。うん？　小松原氏にクレームをつけてもいいんだよ」

ネチネチと心理的にいたぶって少女の狼狽を楽しんでいる。

「ど……どうか……百合の……」

とうとう百合は、腰をクネクネと揺らしながら恥ずかしい言葉を口にしはじめた。

「……百合の、ああ、オ……オマ×コ、木俣さんのお気のすむまで、調べてくださ い」

「へっへ。可愛い顔して、しようがない淫乱娘だねえ、百合は。よしよし」

好色役人は、ぐしゃぐしゃに表情を崩しながら、パンティをゆっくりとめくりおろす。

ひときわ白く輝く下腹部の、女っぽく優しいスロープが見えた。それから神秘の翳りが少し、また少しと露呈する。

木俣の卑猥な視線が、十八歳の少女の最も恐れているあたりへズブリズブリ突き刺さる。軽くのけぞり天をあおぎ、羞恥のあえぎをもらす百合。

ついに小さな布地が足首から抜きとられた。一糸まとわぬ姿に少女をひん剝くと、木俣は、まだ淡くやや縦長に伸びた陰毛にふるいついた。

「あっ……あうう……」

百合はすらりとした美しい脚を激しく痙攣させた。

「ああ、おいしいぞ、百合のマン毛。ひひひ。柔らかくて、艶があってたまらん」

恍惚の声とともに木俣はペロペロと下腹を吸いまわす。たちまち陰毛は、粘り気のある不潔な唾液でぐしょ濡れにされる。

そうして心ゆくまで乙女の若草を味わうと、今度は壁のところまで歩かせた。立ったまま百合の上体を壁に押しつけて、ヒップを後ろへ突きださせた。

「こうやって眺めると、実にいやらしいな。ケツの穴まで丸見えだよ」

可憐な菊座がぱっくりのぞけている。その連なりで、花弁がかすかにほころび、内側のひときわ鮮やかな果肉を露呈させている。

清楚な薄桃色の、皺が少なく小ぢんまりとしたラビアの形状は、まるでまだ一度も男を受け入れたことがないかのようだ。

「あ、ああ、木俣さん、恥ずかしいわ」

「これが私のやり方なんだ。君のような可愛い娘を、立たせたまま可愛がる。そのほうが、よく身体を観察できるからね。フフ。これから何度も私の相手をすることになるのだから、早く馴れてもらわなくちゃ」

そんなたわごとをほざくと、ツンと勢いよくはねあがった臀丘を力まかせに二、三度叩いた。

百合が悲鳴を発して悶えると、「ヒヒヒ」とうれしげに笑い、さらにぴしゃり、ぴしゃりとしばきあげる。

「おうおう。こんなにオマ×コ汁を流しおって。どうやら百合は私のやり方がお気に入りのようだな」

肉の合わせ目に触れてきた。ねっとり蜜を含んだ入口を軽く指先でこする。何度もそれを繰りかえされるうち、少女はもの欲しげに形のいいヒップをくねらせる。

「欲しいのか、百合?」

「は……はい」

「さっきみたいに、ちゃんとおねだりするんだよ。それが娼婦の務めだぞ」

「すみません。ああ、どうか百合の、オ、オマ×コに……入れてください」

百合は天使のような顔を火照らせ、キリキリ眉根を緊めて言った。

「何をだね。バイブかな。それともげんこつか?」

「いえ……チ、チン×ン……木俣さんのチン×ンです」

「私はオチ×ポと呼んでほしいね。おじ様の素敵なオチ×ポと。さ、もう一度はじめから言ってごらん」

木俣は立ちあがって、肉門の周囲へペニスをぐりぐりこすりつけた。

中年特有のねちっこいいたぶりに、百合はひときわ羞恥のあえぎを噴きこぼした。鷹尾組の連中はひたすら暴力的に少女の肉体を犯しまくったのだが、こうしたふうな色責めをされた経験はほとんどなかった。

しつこく催促され、百合は卑猥きわまる台詞を真っ赤になって口にする。いやいや口にしながらも、しかし本当にこの不潔な中年男に荒々しく犯されたいという気分になっていた。

3

百合を壁に向かって立たせて、木俣は後ろから交わりにかかった。

少し腰を落として、ぷっくり血をはらんだ剛棒を、聖裂めがけてグイと突きあげた。

「ほれ、ほれほれ、私の女にしてやる、そうら、百合」

クネクネとおぞましい腰つきを見せながら、潤みきった秘唇の奥にある開口部をやがて探し当てた。

何度か突くうちにすっぽりと秘孔にはまった。木俣は薄い髪の毛を振り乱して、結合を深めにかかる。

「どうかね。これがおじ様の素敵なオチ×ポだぞ」

「う、う……ああん……うれしいっ」

たくましいストロークに合わせて百合の早熟な官能もねっとり溶けてゆく。

男の呼吸がどんどん荒くなり、怒張が身内にめりこんでくる。膣口がさらに押し開かれ、百合は「ヒイイッ」と弓なりにのけぞった。

「いいオマ×コしてるじゃないか、百合。おおう、緊め方まで覚えて」

木俣は舌を巻いた。粘膜を強くこすり合わせれば合わせるほどに、キュッキュッという緊縮感がいやましてくるのだ。

子供っぽさの残る細腰を両手で抱えこみ、ぐらぐらと前後に女体を揺さぶって、肉層をえぐり抜く。プリプリとはずむ双乳を丸ごとつかんでは粘っこく揉みまわしたりもする。隆起はたまらない揉み心地で、木俣の興奮も倍加した。

「いいィィ。ああ、気持ちいいっ」

貫かれながらマゾの淫楽を嚙みしめ、百合はよがった。

「どうかね。この私がそろそろ好きになってきたか?」

「は……はい、百合は木俣さんが大好きっ」

「よし、いい子だぞ。なら、こいつはどうだ、ほうれ」

木俣は直線的な動きで子宮口を突ついたり、グラインドをみせて左右の膣壁をこねくったりと、蜜壺のあらゆる部分をまんべんなく刺激する。

「ヒ、ヒイ……あ、ああ、好き、木俣さんのオチ×ポ、好きよ、大好きィ」

百合は、ストレートの黒髪をばらばらに乱しながら、鼻にかかった艶っぽい声でそう何度も訴えるのだ。

（あぁっ、きっと美都子お姉様も、千野さんに無理やり犯されて、こんなふうに感じてしまうんだわ）

ひそかに慕う相手を想うと、百合の熱狂はさらに高まった。

熱くしこる乳ぶさに木俣の手がかかり、荒々しく揉みしだかれる。鼻奥でもれる泣き声が一段と女っぽい響きになる。

「……い、いやン……あ、あっ……もうたまらない」

「百合っ。いいぞ、百合」

美少女の身悶えにあおられ、木俣の抽送が本格的になった。

たるんだ尻肉をすぼめながら、ドスッ、ドスッと熱っぽく肉柱を体内へ突き刺すのだ。百合の粘膜が一段と収縮を示してうれし泣きするのがわかる。

「やンっ……うっうっ……ああ、もう木俣さん……いやあ」

百合は裸身を激しくブルブル震わせながら、しきりに前へ倒れこもうとする。

そうはさせじと引き起こし、はずみをつけて子宮口めがけて深いストローク運動を行なう木俣。こちらのほうもかなり性感を追いつめられており、ひとえぐりするたびに、なんとも野卑なうめきをもらしている。

少女はしきりに太腿を閉じ合わせ、痙攣するような動きになった。

「あっ……あう……イクぅ」

美しい歯並びをこぼし、その朱唇からオルガスムスの言葉を可愛く放って、少女は駆けのぼっていった。

ここぞと木俣は抽送のピッチをさらにあげようとした。

しかし動けない。蜜壺全体がきつくペニスに絡みついて、まるで真空パックされたようなのだ。

こめかみをピクつかせ、顔面へどっと血をのぼらせて木俣はうろたえた。

「うおうう……百合ィ」

「きてっ。ねえきて」

もう踏みとどまれない。すさまじい絶頂の唸りとともに木俣は爆発した。甘美きわまる射精感に、全身がもんどり打った。

4

夜九時。閉店後のがらんとした城戸珈琲の店内。

美都子と星島百合の二人は、カウンターに並んで座り、帰り際に六郎がいれていってくれた濃いめの珈琲を飲んでいた。

「何かしら、話って、百合ちゃん？」

美都子はそう言うと、メンソール煙草を吸いこんだ。

服装はいつもの白いブラウスに、下はジーンズではなくて、少し短めの紺のプリーツスカート。

美人オーナーが、千野の命令でジーンズをはくのをやめたことを百合は知っていた。その身体を盗み見しながら、心臓はズキン、ズキンと激しく高鳴り、聞こえてしまうのではないかと心配になる。

ただでさえこうして二人だけになれて、うれしくてうれしくて舞いあがりそうなのに、これから話す内容のどぎつさ、さらにそれから後の展開に思いを馳せると、心臓が二つも三つもあってても足りないくらいだ。

「あの、こんなにお世話になっていながら、言いにくいんですけど……店を辞めさせてもらいたいんです」

「え？　どうして。なぜ急にそんな……」

思いがけない少女の言葉に、美都子はぴくりと眉を起こし、黒眼がちの瞳を見開いた。

「困るわ、今あなたに辞められたら……。もしかして……百合ちゃん、何か噂を聞いて、お店の経営状態を心配しているのなら大丈夫よ。資金のやりくりはメドがついたの。ちゃんと今までどおり、お給料は払えるわ」

「そうじゃないんです」

「じゃあ何？　ねえ、理由を聞かせてちょうだい。私、あなたのこと、実の妹みたいに思っているんだから」

妹と言われて、百合の胸はキュンとなった。しかし、妹ではもの足りないのだ。自分より五つ年上のこの麗人と、どうしても恋人の関係になりたいのだった。

「私も……美都子さんのこと、本当のお姉さんのように思ってました。ずっと尊敬していました、ついこの間までは」

百合はだんだん涙声になってくる。はじめは演技のつもりが、感きわまって本当に涙がにじんできている。

「私……見ちゃったんです。ウウッ……先週、麻生市で……美都子さんと鷹尾組の幹部が仲よさそうに歩いているのを」

「えっ……」

美都子の顔色がサッと変わるのが、下を向いている百合にもわかった。けれどもあんまり後ろめたくて顔を合わせられない。

すべて千野に教えられた台詞をなぞっているだけだった。県庁の木俣の欲望を満足させてやったご褒美に、美都子を口説いてもいいという許しを得たのである。

ここをこういうふうに心理的に責めれば、今の美都子は精神状態が不安定だから必ずめろめろになる。そこにつけこんで強引にレズビアンの繋がりをもて。そう細かな指示を受けていた。

「美都子さんたら、超ミニのものすごく派手な服を着ていて……まるで別人みたいで……もう私、ショックで、全然信じられなくなって、うっうっ……なぜなんです？　あんなに千野っていう人を、鷹尾組を嫌っていたはずなのに」

「あぁっ……」

美都子は両手で顔を覆った。なんというみじめさだろう。まるで露出狂のように胸も太腿も露わにした服を着て、千野に肩を抱かれて歩いているところを、百合に見られてしまったとは。

「みんな、美都子さんを信じてるのに。一緒に最後まで地上げ屋と闘うつもりでいるのに。それなのに……陰でこそこそしているなんて、ひどいっ。どうしてなんですか！」

これまで神のようにあおいできた人へ、百合は食ってかかった。そうしながら身体中に邪悪な悦びがあふれた。パンティのなかがぐっしょり濡れていた。

美都子はすっかり蒼ざめたまま、しばし凍りついたようになっていたが、ようやく重たげに口を開いた。

「ご、ごめんなさい、百合ちゃん。本当に。ああ、でもわかって。これには……理由があるのよ」

「千野さんと付き合っているんですか？　どうなんです、教えてください」

「それは……聞かないで……ああ、百合ちゃん……お願いよ」

百合は自分の目を疑った。かつて女番長として君臨していたあの城戸美都子が、驚いたことに、うなだれたままシクシク嗚咽しはじめたのだ。

その瞬間、百合は頭のなかが真っ白になった。これまでのさまざまな思いが一気に爆発し、美都子の肩へ顔を埋めた。

「いやっ。いやっ。泣いちゃいやよ。もう何も聞かないから、だから美都子さん、泣いたりしないで」

「百合ちゃん……」

「ずっと憧れていたんです。ねえ、美都子さん、ずっと死ぬほど……大好きだったんです。だから……うう」

その肩に甘えかかりながら、ついに告白すると、百合は口づけを求めた。

「駄目。許して」

美都子はハッと顔をそむけて逃れた。

「キスして、お姉様。一度だけ。キスだけでいいから。そうしたら私、あの日見たこと、全部忘れます」

「ねえ許して、百合ちゃん。そ、そんなこと女同士で、いけないわ」

涙にキラキラと濡れた美しい目がじっとこちらを見つめてきて、百合は息づまるような感動を覚えるのだ。

やがて唇と唇が軽く触れ合った。それだけで美都子の肩はビクンと痙攣し、激しくうろたえる。

「……ウ、ググ……いやン」

無理やり舌を入れようとして、だが百合は振りきられてしまった。

美都子は情感的な眉を切なげにたわめ、「駄目よ。いけないわ」と必死で諭しながら、「アアン、アアン」と甘え泣くような声をもらしている。

それでも百合が根気よくアプローチを繰りかえすうち、唇と唇が触れ合う時間が徐々に長くなってくる。

ついにつかまってしまい、喉奥で哀しげにうめく美都子。

百合は、まず艶のある朱唇を舐めまわし、そして舌と舌をじゃれ合わせるようにしてから、徐々に甘い口腔をしゃぶりにかかる。

美都子は美しい首筋をピーンと突っぱらせている。まるで処女のように、歯の根が合わないほどガチガチと震えている。

「ああ、お姉様。うれしいっ」

さらにはバストをそっと握りしめる。店の制服のブラウス越しに豊かな量感がかえってきて、ついに手のひらに力がこもり、ユサユサと揉みしだく。

「……あ、ああ、駄目ェ、百合ちゃん」

「今日だけ。ね、いいでしょ、お姉様。私、それですべて忘れますから」

美しい首筋からうなじへヌルヌル舌腹を這わせ、かすれた声で囁く。

美都子の声はみるみる弱々しい感じとなる。はらりと乱れた髪からのぞける抒情的な目もとが妖しい上気を帯びている。

百合の手が、しつこく乳ぶさを握りしめてくる。ブラジャーのなかで巧みにユサユサと揉まれるうち、少しずつ美都子の性感はとろけだしてきている。軽く鼻を鳴らし、腰を振ってディープキスに応じてしまう。

5

憧れの口づけを交わしながら百合は、相手のプリーツスカートをまくった。

すらりとした美しい太腿がこぼれた。美都子はパンティストッキングでなくソックスをはいているのだった。

内腿から太腿の付け根を指でまさぐる。それから清潔な純白のパンティ越しに秘裂を探り当て、そっと愛撫するのだ。

「そ、そんなところ……いやよ、百合ちゃん、絶対に駄目」

すらりとした肢体をうねらせ、かすれた声で訴える美都子。

あのブティックでの水原とのレズ体験がなければ、とっくに自分を取り戻していただろう。それに加えて千野の命令もあった。どんな変態的な交わりでも、やくざの情婦なら受け入れなければならない……。そうしたことが美都子の気持ちを動揺させていた。

「お姉様の脚、大好きなの。百合、いつも見惚れていたのよ」

百合はうっとりした表情で言い、床へ膝をついた。背の高いスツールに腰かけた美都子のプリーツスカートを大きくまくりあげると、その股間へ顔を寄せた。

おしゃれなレース刺繍のついた純白のパンティが、デルタのふくらみをムッと強調させて目の前にあった。

「ああっ、いやよ。恥ずかしいわっ」

その部分へ刺すような視線を感じ、美都子は熱く火照る顔を左右へねじるのだ。

「ああ、お姉様……」

息を大きく吸いこんだ。薄いナイロン越しに、甘くとろける蜜汁の香りがほのかに漂ってくる。

すらりとした雪白の内腿を、ペロペロと舐めさすっていく。ほっそりとして、それでいて適度に弾力があって、たまらない気持ちになる脚線美である。

「あン……百合ちゃんっ、お願い」

美都子は下肢を小刻みに痙攣させた。しゃぶられつづけて、すでに鼠蹊部の近くまでぐっしょり唾液で濡れ光ってきている。

「すごくおいしいわ。お姉様の脚。ああ、夢みたいよ」

「い、いやよ……ねえッ」

美都子は腰をくねらせ、避けようとするのだが、少女にしっかりと太腿を抱えこまれてしまっている。

憑かれたように百合は、なおも執拗に鼠蹊部をペロリペロリと舐めさする。時折りパンティの縁を持ちあげ、さらにきわどいラインをさかのぼる。

そしてとうとう、なめらかなナイロン地のパンティのなかへ、強引に手を差し入れた。絹のような繊毛の感触に、ゾクリと興奮が走り抜けた。

「いいでしょ、お姉様。私、何もしゃべったりしないから。ね、言うことをきいて」

「う……うう……」

たまらず美都子は、か細い泣き声をもらして顔を左右にうち振った。

ちょっとこすっただけで、パンティのなかで肉門がぱっくり開いた。すぐに花蜜がしみだしてきて、指の動きにつれてそれがヌチョヌチョと卑猥にはじける。

「ア、アン……いやン……百合ちゃん、やめて」

切れ長の目をうっとり閉ざし、美都子は、かすかに開いた唇からあえぎ声をもらす。

店のなかで、まさかウエイトレスの百合にこんなふうに責められるとは。そのあえぎには、激しい汚辱感と、こらえてもこらえきれない性感の高ぶりとが微妙に入りまじっている。

「ウフフ。こんなに濡らしてるのね、お姉様。ああン、百合、うれしいわ。たまんない」

花唇を割り、中指をもぐりこませた。ヌルヌルした愛液が内側からはじけでて、たちまちずぶ濡れの状態になった。

「ほうら。すごいわ。あンン、お姉様」

百合は勝ち誇り、軽く指を抜き差しさせた。美都子は火を噴かんばかりに顔面を紅潮させ、羞恥にあえいだ。

百合は立ちあがった。指を埋めこませたまま、再びディープキスする。

「すごくきついわ、お姉様。ねえ、これで千野さんを悦ばせてあげたの？」

「うう……そ、そんなの……いや」

追いつめられた美都子は、かろうじてパンティをまとわりつかせた太腿をクネクネさせて全身で甘えかかるのだ。

「お姉様、本当はうんと女っぽいのねえ。ああン、セクシーだわ。百合、すごく感じちゃう」

「あ……ああンン……うふン」

年下の美少女にいやらしくまとわりつかれ、こらえてもこらえても、美都子の鼻先からはよがり泣きがもれてしまう。

と、百合の指先が、蜜壺のなかで、クリトリスのちょうど真裏に当たる部分をとらえ、ぐりぐりと激烈にこすりあげた。

ビクンッと美都子の全身が激しく反応した。疼く急所をとらえられたのだ。たまらず太腿で百合の手を挟みこもうとした。

「イッて。ねえ、お姉様、お願い、イッてちょうだいっ」

「駄目ェ。あーん、美都子……もう、もう駄目ェ」

美都子は閉じた瞼のなかで紅い闇を見つめた。そうして初めて、自分のほうから美少女の唇を求めた。甘く柔らかな舌を狂おしく吸いあげながら、腰をガクガク痙攣させて、不覚のオルガスムスを迎えてしまうのだった。

第四章　贈縄が引き立てる凄艶美

1

鷹尾組の息のかかったナイトクラブで、六郎は、若者頭の千野と会っていた。
いつものように店の隅の目立たないボックス席で、ホステスも追い払ってある。
もう半年前から、月に二、三度の割合で、二人はこの店で情報交換を行なってい
るのだった。
「ほら、プレゼントだぜ、六さん」
千野は茶封筒に入れたビデオテープ二巻を渡した。
「こりゃいつもどうもすみませんね。へへへ。今回はいったいどんなふうに、う
ちのお嬢さんを泣かせてくれたんです？」

六郎は卑屈な愛想笑いを浮かべて、包みを愛しげに撫でまわした。

ここへ来るとめったに口にできない高い酒をいくらでも飲めるし、おまけに千野と美都子の情事を隠し撮りした最新のビデオがもらえるので、いつも心待ちにしているのだ。

「本当に気の強い女だな、あれは。相変わらず縄を使って調教するたびに暴れやがって、こっちも生傷が絶えねえぜ」

千野は苦笑して、コニャックをすする。まんざら冗談でもなさそうで、額には絆創膏が貼ってあるし、口の上にも最近のものらしい傷跡があるのだ。

城戸美都子が千野の情婦に堕ちて、かれこれ三週間になる。麻生市の例のホテルで三日とおかず情事にふけっているのだが、なにしろ男顔負けの鉄火肌だから、調教するのもひと苦労なのだった。

「おやおや、だからこそ自慢の魔羅で突きまくってヒイヒイよがり狂わせた時の悦びもひとしおでしょうよ。じゃじゃ馬の上に男嫌いの不感症ならば手に負えねえが、実は人一倍汁気が多くて締まりもいいとくるんだからねえ、美都子お嬢さんは。へっへ。なんとも可愛いじゃありませんか」

酒をがぶ飲みしながら六郎は、狂人のように暗くうつろに目を輝かせている。

「まあ、だんだんと縛りの味を覚えてな。きつーく縄掛けしていびつに張った乳をこうモミモミしてやると、すぐに腰を振ってくるんだ。それからたっぷり尺八吹かせると、もうマ×コはぐっしょりだぜ。くっくっ」

「アーア、早くそいつを見てみてえな」

六郎は、その最新の本番ビデオを持ち帰って再生するのが待ち遠しくてならないといった様子だ。

「ところで六さん、あいつ、毎晩のように俺のシリコン入りで穴ほじくられていながら、それでもきちんと店の仕事は片づけているんだって？」

「まあねえ。しかし悩み抜いてめっきりやつれちまって……それがまた妙に艶っぽくてねえ。くくく。仕事しながらオッ立っちまってどうしようもねえや」

ふだんは無口な六郎だが、こと美都子の話となると、卑猥なおしゃべり癖がとまらなくなるのだ。

（いかれたじじいだぜ、まったく）

毎度のことでもう馴れっこになっているはずなのだが、やはり今夜も千野はあきれかえってしまう。

城戸家の令嬢オーナーを裏切ってやくざに売り渡しておきながら、よくも毎日平気な顔して一緒に仕事ができると思う。しかも家では美都子の調教ビデオを何時間も飽きることなく眺め、五十近いというのに、せっせとせんずりに励んでいるという異常さだ。

「やつれても無理はねえや。俺の相手をする一方じゃ、妹分の百合にもゆすられて、レズられてるし」

「ウム。お嬢さんはとにかく潔癖症で道にはずれたことが大嫌いだからね。百合なんかには絶対口説けないと思っていたんだが……」

「あれも無邪気なツラして六さんに負けねえたいした役者よ。ふっふっ。迫ってくるのが屈強な男ならともかく、ああいった美少女だと、美都子も得意の空手を使えねえからやりにくいんだろう」

「おかしいことに仕事中、百合がしょっちゅう悪戯を仕掛けてるんでさ。目を盗んではおっぱいに触ったり、スカートに手を入れたり……へへへ。お嬢さんにあんな意外な弱点があったとは、この六郎、うかつにも気づかなかった」

六郎はどんどん酒を喉に流しこんでゆく。酔うにつれて赤く染まった目が異様な光を帯びてくる。そうして美都子を想っては我慢しきれずに、ズボンの下の勃起を平然とこすったりする。

千野がサングラスの奥で軽蔑しきった目でそれを眺めている。

いったん話が途切れた。やがて、おずおずと上目づかいに六郎は切りだした。

「ところで千野さん。そのう……へっへ、この俺は、いつお嬢さんの身体をいただけるんですかい？」

「もうちょっと待ってくれや、六さん」

（このアル中のエロじじいめ。会えば同じことばかり聞きやがる。てめえは美都子のビデオを見てせんずりしているほうがお似合いだぜ）

千野は心でひそかに毒づいた。

「わかってくれや。なにしろ六さんは、こっちのとっておきの切り札だからな。気分が荒れてどうしてもオマ×コしたがらない時も、あんたの名前をチラつかせれば途端に従順になるんだぜ。どうか六さんにだけは手を出さないでって、あの無敵の空手使いが、シクシクすすり泣きながら股を開くんだ」

「うへ、うへっへ。まあ千野さんもなかなか口がうめえや」

途端に六郎の表情がぐんにゃりした。おだてあげられて木にも登らんばかり。コーヒー豆を焙煎している時の職人らしい渋面が嘘のように、歯茎まで剝きだして低く笑い、ビールを飲むようにぐいと勢いよくコニャックをあおった。

「いや、本当の話だぜ。美都子は心のなかじゃ、六さんだけを慕ってるんだ。俺にはわかる。もう死んだ富樫のことなんか、とっくに忘れちまってら」

さらに千野がお世辞の追い討ちをかける。六郎はマタタビを嗅いだ猫のようにうっとり薄笑いしながら、テーブルの下で、人目も気にせず股間をいじくるのだ。

頑固一徹で扱いにくい堅物と評判の六郎だが、千野にとってはこれほど御しやすい男はいない。ただ美都子というニンジンを目の前にぶらさげてやればいいのだから。

「なあ、六さん。美都子はあんただけを心の支えに生きてる女だ。もし今ここで裏切られたと知れば、あの気性だ、ヤケになって何をするかわからねえ」

「なるほど、そりゃまあそうだな」

「お楽しみは最後にとっておいたほうがいいぜ。それが一番贅沢な快楽だと思うがな。なあに、せいぜいあと一、二カ月の辛抱さ。それまでは悪いがビデオで我慢してくれや」

六郎はしきりにうなずきながら千野の巧みな弁舌に聞き入っていたが、何か気になることを思いだしたようだ。

「しかしあんた、こないだ言っていたが、そろそろお嬢さんに客を取らすって話じゃないかね」

六郎とすれば、売春する前の綺麗な身体の美都子としっぽり濡れたいという、そんな虫のいい願いがあるのだ。

「あ、ああ、それか。うん。頭が痛え話さ。美都子を洗脳してマゾ調教を完成させるには、本当はまだまだ時間がかかる。かといって、地上げのほうをせかされてるしな、悠長なことは言っていられねえんだよ、六さん」

千野はサングラスをはずし、ハンカチで汚れを拭きはじめた。

三十すぎの若さで鷹尾組を実質的に仕切るだけあって、さすがに極道者さえビビる恐ろしい目つきをしている。

「まだとうてい客をとらす段階じゃないんだが、とりあえず地上げ工作に必要な何人かの相手をさせて、あの色気でご機嫌をとってもらわなくちゃならねえ。ぜひそのためにも、六さんにはもうしばらく演技をつづけてもらう必要があるのさ」

店で五、六万もする高級コニャックを千野は相手のグラスになみなみと注いでやる。わずか二時間たらずでボトルの半分以上があいており、あらかたは六郎が飲んでしまっているのだった。

「へっへっ。そうかい。なんとねえ。とうとう名門城戸家の一人娘が娼婦にまで身を堕としちまうのかい」

アル中特有のひとり言をぶつくさ言いながら、注がれた酒を六郎はうまそうに一気に飲み干した。

「それじゃ、今夜はこれで失礼するかな。なにせ帰ってから大事な仕事が待ってるもんでねえ。うへへ」

立ちあがり、マスターベーションの手真似をして淫靡に笑った。そうしてビデオテープを大切そうに抱え、おぼつかない足どりで店から出ていった。

2

その頃、城戸珈琲の二階にある美都子の居室には、ウエイトレスで専門学校生の星島百合が来ていた。

まだ十八歳の彼女は、五つ年上の憧れの麗人を相手にして、その可憐な容貌におよそ似合わぬ妖婦ぶりを相変わらず発揮しているのだった。

「ね、いいでしょ、お姉様ン」

「あ、ああっ、いや。そんなことやめて、百合ちゃん」

部屋の明かりは煌々とつけられている。そして、すさまじい性愛を物語るかのように、乱れに乱れた夜具の上で、美都子は眉をしかめ、腰までの美しい黒髪を揺すって弱々しく逃げまどう。

百合が妖しく目を吊りあがらせてその背後からまとわりついている。驚いたことにその手には白の綿ロープが握られていた。

「ダーメ。いっぱいまんずりしてあげたんだから、今度は私の好きにさせてちょうだい。じっとしてるの。いい子にしてなきゃ駄目よ、お姉様。ウフフ」

鼻にかかった声で甘ったるく囁きつづけながら、美都子の白くたわわな乳ぶさをわがもの顔でユサユサと揉みにじったり、唾液と蜜液でぐっしょりの股間をまさぐったりする。

そして美都子は催眠術にかけられているように身動きがとれない。長時間にわたりレズビアンの淫楽を強制されて、何度も昇らされているためだ。

「ウフフ。私、知ってるんだもの。お姉様、こうしてあのやくざ者に縛られて、いやらしく可愛がられているんでしょう？　百合にはわかるもの。ホラ、腕にも、ホラ、おっぱいにも、かすかに縄の痕がついてるもの」

「ち、ちがうわ。誤解よ。そんなんじゃないわ」

心理的な弱点をズバリ突かれて、美都子は白い肌をポウッと染めて狼狽した。どうして十八の百合にそんなことまでわかるのか、彼女とやくざのつながりを知らない美都子には不思議でならない。

「あくまでシラを切るのね。うン、ひどいわ。私だって千野さんに負けないくらい、お姉様をいじめてあげるわ」

百合は、巧みな縄さばきで美都子を後ろ手にくくりあげてゆく。もちろんそれは鷹尾組の連中に仕込まれたもので、酒席の余興などで、人妻の純子を相手に濃厚なＳＭレズを何度も演じさせられていたのだ。

「ああン、お姉様の身体って本当にセクシーだわ。うふン、なんて綺麗なのかしら」

憧れの人をネチネチといたぶる興奮に肉が熱く疼く。若草に包まれた恥丘を相手へこすりつけては、よがり声に近いあえぎをもらしている。

グラマーな裸身にロープがぐるぐる巻きつき、双乳をいびつに前へせりださせて、たちまち緊縛が完成してゆく。

なすすべもなく美都子はがっくりうなだれている。美貌を豊かな黒髪に埋もれさせて、きつく歯嚙みを繰りかえすばかり。

ああ、女同士のセックスさえおぞましくて、いまだに毛穴から血が噴きでそうだというのに、さらに縄をかけられ、変質的な辱しめを受けることになるとは……。しかもその相手は、自分がこれまで実の妹のように可愛がってきた少女ではないか。

「ほうら、これでお姉様は私の奴隷よ。わかった？　男たちが束になってかかってもかなわないほど空手が強くても、こうして縛られたらどうしようもないわねえ」

「あ、うう……百合ちゃん、あなたがこんな恐ろしい子だったなんて……」

ついこの春まで清楚なセーラー服を着て、店へアルバイトに来ていた百合の姿が瞼に焼きついている。クラスに好きな男の子がいるのだがどうやって打ち明けたらいいだろうかと真剣に相談してきたのは、わずか半年前のことだ。あの頃のあやういほどの純情さはいったいどこへ失せてしまったのだろう。

美都子はつゆ知らない。百合が鷹尾組の連中に拉致されてむごい輪姦で純潔を散らされ、徹底した奴隷調教を受けたことを。やくざたちの見世物として、心ならずも純子とレズビアンのコンビを組まされるうち、同性愛に溺れるようになり、美都子への憧憬が歪んだ肉欲へ転じたことを。

「好きよ。大好きよ、お姉様。もう絶対に離さないから」

「いやっ。ほどいてちょうだい。ああ、いやよ。も、もう私を、これ以上みじめにさせないで」

緊縛された裸身をネチネチと揉みほぐされ、美都子はかすれ声で訴えた。

後ろ手に拘束されて行なうセックスの妖しい魔力は、いつも千野に犯されながらいやというほど思い知らされていた。自分のなかで確実に芽生えつつあるマゾヒズムを百合に悟られるのがくやしくてならない。

乳ぶさを同性ゆえの巧みさで甘く握りしめられ、ジンジンする乳首を指の間でクルクルッと転がされる。縄にきつく緊めつけられて、ふだんよりもずっと敏感になっているから、そうされるうち、美都子の抵抗はみるみる弱々しくなってゆく。

唇をキスでふさがれる。しっとりと入りこんでくる舌へ、反射的に自らも舌を絡めて愛撫をかえしてしまう。

「すごい。お姉様のオマ×コ、ほら、こんなになってる」

「……う、うう……ああン……」

「やっぱり思ったとおりだわ。千野さんとサドマゾしてるんだ。こんなふうにされるのが大好きなのね。うふふ」

「……嘘よ。そんなの嘘よ」

「あーあ、お姉様を崇拝してる後輩たちが知ったら腰を抜かしちゃうわ。大鷹市のスーパースターの城戸美都子が、やくざの情婦にされて、マゾに仕込まれちゃったなんて」

「ひ、ひどいわ、百合ちゃん、いい加減にしてっ」

さすがに美都子はその瞬間、凜々しい美貌を引き締め、キッとなって睨みつける。

だがとろけた肉層を百合の指先でヌルヌルとこすられ、充血したクリトリスをはじかれると、すぐに力が抜けてしまう。

「いいのね、お姉様。ああン、百合も感じちゃう。あーン、熱い。オマ×コ熱いわ。ねえ、たまらないわ」

百合は甘ったるく囁きつづけながら、美人オーナーの裸身を横たえさせる。

すぐさま添い寝して、ジュクジュクする股間をこすりつける。そうして、女から見てもうっとりする美しいみどりの黒髪をかきあげてやり、ねっとり淫らに火照った表情をのぞきこんだ。

（ああ、もう私のものよ、お姉様……）

ゾクゾクする征服の悦びを味わい、激しくバストに吸いついた。

腕を下半身へすべらせた。ファッションモデルのような美麗な太腿を、粘っこく微妙なタッチで撫でさすり、焦らすようにゆっくりと花唇へ近づいてゆく。

「そう。感じるの？　いい気持ちなのね、美都子お姉様。これが欲しい？」

すでに顔なじみとなった黒塗りのバイブを目の前でちらつかせた。

「あう、うう……あふン……ねえ、ねえっ」

美都子は腰を軽く浮かせて、クネクネと身悶えした。

「触ってェ。は、早く。アア、早くゥ」

女体の中心でぱっくり口を開き、とろりとろりと濃い蜜を吐きだしている部分が卑猥に強調される。百合の可憐な目がひときわ妖しく輝いた。

「いいわ。イカせてあげる」

バイブの抽送が開始された。

早くも昇りつめてしまう美都子。はしたないほど淫猥に下半身がうねり狂う。

そのさまを熱っぽく眺めながら、百合自身もつられて絶頂へと達する。女同士の悩ましいよがり声が、部屋いっぱいに響き合った。

若者は、ドアの隙間からずっと覗き見していた。

部屋の照明が明るかったお蔭で、出歯亀にはもってこいだった。信じられないほど妖美で凄艶な光景の連続に、口腔がカラカラに干あがって、しきりに唇を舌で舐めまわしている。

3

自分たち大鷹市のツッパリにとって、まさに伝説的存在のマドンナ、城戸美都子が、十八歳の百合にいいように嬲られているのだから。縄を使った変質的レズビアンで責めたてられて、あきれるくらいに淫らにすすり泣いているのだから。

気がついた時は自分のパンツもヌルヌルに濡れていた。知らないうちに興奮のあまり射精してしまっていたのだ。それでもすぐに勃起して、今もぱんぱんに膨れている。

若者の名前は狩屋といい、暴走族あがりのガソリンスタンド店員。かつて名を馳せた女番長の美都子を慕って城戸珈琲に集まるツッパリグループの一人である。

年はちょうど二十歳。ひょろっとした長身。黒人風に頭のてっぺんを平らにした短髪は金のメッシュが入って、耳には大きなピアスをつけている。

直線的な濃い眉。眼光も鋭く、なかなか精悍な顔つきをしている。

近頃、仲間の間で妙な噂が流れていた。美都子がどうやら鷹尾組に屈伏し、若者頭の千野の女になったというのである。麻生市で二人の姿を見たという者も現われた。

半信半疑のまま狩屋は、暇を見つけては城戸珈琲に通い、何食わぬ顔をしながら美人オーナーの様子をよく観察していた。

噂を裏づけるように、かつて硬派の美人番長は今やジーパンをはくのもやめて、長い髪もおろし、溜め息が出るほどセクシーに変貌していた。女体のラインもぐんと艶っぽさをまし、全体からきつすぎるほどの色香が漂っているのだった。

そして思いがけない収穫が、つい先日あったのだ。店のカウンターの内側で、ウエイトレスの百合が、美都子のスカートに手を入れて淫らに愛撫しているところを、偶然にも目撃したのである。

いったいどういうことなんだ？　千野の情婦になったというはずの美都子が、なぜ星島百合と？……

ちんぷんかんぷんのまま狩屋は、百合が帰るところを待ち伏せした。厳しく追及するうち、ようやく彼女は口を開いた。実は自分も美都子をゆすって、レズビアンの関係を強制したのだと打ち明けた。

それから急に狡猾そうな表情となって、

『ねえ狩屋さん、美都子さんとエッチしたいんでしょ？　わかるわ。だって城戸珈琲に来る男の人はみんなそういう目をしているもの。いいわ、私が手伝ってあげる。それればかりか、すっごく刺激的なショウも見せてあげるわよ。ウフフ』

彼女の本当の目論見はわからなかったが、言われたとおりに狩屋は今夜、出向いてきたのだった。店の裏口は内側から開いており、教えられたとおり階段をあがって美都子の部屋の前に立ち、そうしてドアを薄く開けて、二人の美女の濃厚きわまる痴態をずっとのぞいていた。

「いいわよ、もう。入っていらっしゃい」

内側から百合が声をかけてきた。

心臓がドキンドキンと早鐘を打つ。

ああ、城戸美都子が素っ裸で縛られているところへ入っていくんだ……。

いざとなると震えがくる。大鷹市のツッパリ連中にとって、それはあまりにも恐れ多いことなのだった。

ぐずぐずしているうち、百合がドアまで歩いてきた。すらりと伸びやかな裸身を見せつけられ、狩屋の顔面が紅潮した。

「どうしたのよ。早く来てちょうだい」

気だるく髪をかきあげて言う。形のいいおっぱいや恥毛を隠そうともせず、ウエイトレスをしている時の清純さとはがらりと人格が変わっている。

「お、おう……」

「いやね。ビビってるの？　ちょっとだらしがないんじゃない、狩屋君」

「馬鹿言え！」

少女からハッパをかけられ、たじたじとなる狩屋。今や立場がすっかり逆転した感じである。

「お姉様はね、セックスの時はマゾ役がお好みなのよ。あんたがそんなハンパな調子じゃ、せっかくの気分がシラケちゃうわ」

後ろのほうを気にしながら、ヒソヒソ声で話す百合。美都子は昇天したまま白い背中を見せて、夜具にぐったり横たわっている。

「こないだ私を脅した時みたいに、ワルに撤してちょうだい。今さら格好つけたってしようがないでしょう？　思いっきり助平野郎になって、いやらしくお姉様を犯してちょうだいよ」

「う、うるせえ、この阿女ァ」

狩屋の血相が変わった。

パシーンッと少女の頬を激しく叩いて、ずかずかと部屋へあがりこんだ。

百合は、叩かれたところを手で押さえ、男を見送りながら、ニヤリと表情に笑みを浮かべた。

(馬鹿な男。フフフ。単純なんだから)

狩屋に待ち伏せされ、問いつめられた時、最初こそ狼狽したものの、すぐにこのチャンスを利用してやろうと思いついた。なにせやくざたちに奴隷調教され、娼婦にまで堕とされるという生き地獄の経験を積んだ百合である。狩屋などよりもずっとしたたかさを持ち合わせていた。

いつまでも美都子との関係をつづけさせてくれるほど若者頭の千野は甘くはないはず、と百合は睨んでいた。しょせん自分は美都子のマゾ調教の片棒を担がされているにすぎない。いずれ近いうちに二人は引き離されて、後はせいぜい余興のエロショウとしてコンビを組まされるぐらいが関の山だ。

できれば今のうちに自分たちの関係をもっと強固なものにしておきたかった。引き離されても、いつかまたもとに戻れるように。

そのためにはより淫靡な秘密をつくり、互いの胸に刻んでおくこと……。かねてから百合はそう考えていたのである。

だから狩屋に問いつめられた時、すぐに三Pすることを思いついた。相手がやくざでなく、不良の狩屋ぐらいなら、百合がプレイの主導権を握ることができるし、ナマの珍棒をあやつって、好きなように美都子を悦ばせることもできる。

(千野なんかに負けないわ。美都子お姉様の心は、私がきっと独り占めしてみせる)

それこそが十八の百合にできる唯一の、やくざたちへの復讐方法であった。

4

妖しい女の園へ、突然男が乱入してきた。美都子は、気配を感じ、後ろ手に縛られ転がされた身体をなんとかそちらへ向けた。

ばっさりと顔先へ垂れかかる美しい黒髪の間から相手を見た。そして快楽に霞んだ美貌を引きつらせた。

「うあ……あ、あなた、なぜっ」

「ぜーんぶ見せてもらいましたよ、美都子先輩。強烈だったなあ。あんまり悩ましくて思わず粗相しちゃったスよう。へっへへ」

狩屋はニヤニヤしながら自分の急所を示す。ぴっちりした白の綿パンは、股間にそれらしき円形のシミがくっきり浮かんでいるのだ。

「出てって！　出てってちょうだい」

必死になって身を縮こませながら、美都子は叫んだ。その声は血の色をにじませて悲痛にしわがれていた。

「そう言わずにおいらも仲間に加えてくださいよう」

百合を殴ったことですっかり度胸がついたらしく、狩屋は、夜具のすぐ脇へしゃがみこんで、しっかりと美人の先輩の緊縛ヌードを眺めるのだ。

（ああ、これが本当の女なのか）

ぞくりと鳥肌立つ。

蛍光灯の明かりをはねかえして大理石色にまばゆく輝く雪肌。むごく縄を食いこませて被虐美を放つ、優美で肉感的な女体。

「へえ。すっげえや。美都子さんて、こんなグラマーだったんだ……うへへ、このおっぱい、すげえウマそう」

「ヒイッ……」

いきなり腕が伸びてきて、縄に挟まれて悩ましく隆起した雪乳に触れた。そして、あつかましくもプルンプルンと揺さぶった。

美都子の白い顔が屈辱に染まる。

「ウヒャ。たまんねえっ」

今度は両手を使ってミルクを搾りだすように、たわわな双乳を激しく揉みにじって、甘美な揉み心地に酔いしれる。

「ひい……狩屋君っ、あ、あなた、どうして私にそんなことができるのよっ」

その更生のために手を貸してきた弟分のような男に、いたぶられるつらさ、くやしさ。悶えるたびに美都子の艶やかな肩先で、ざわざわ黒髪がゆらめいた。

「どうしてもこうしても、先輩があんまり美人すぎるからですよ。俺たちみんな、本当は先輩と一発やりたくて気が狂いそうな思いなんだからさ」

「そうそう。でも空手が怖いから何も手出しできないのよね。こうして縛ってあれば安心でしょ。フフフ。ちゃんと私にはわかっていたわ。女の私だって、ウエイトレスしながら濡れちゃうほどですもの。男の人が欲情しても無理ないわ」

百合も加わった。必死でいざって逃れようとする美都子を、いかにも楽しそうに狩屋と二人がかりで夜具に転がした。

「ねえ、お姉様ってすごく縄が似合って、エロチックだと思わない？」

「ほんと。すげえや」

「や、やめてえ、百合ちゃん」

「ダーメ。じっとしてるの。狩屋君のご機嫌とっておかないと、お姉様自身が困るのよ。町中に、やくざとの付き合いがバレちゃうんだから」

指と口を使って再び柔肌を溶かしていきながら、百合は、虚実おりまぜて経緯を言ってきかせて因果を含めにかかるのだ。

すなわち、麻生市のホテルに千野と入る美都子の姿を狩屋も目撃していた。大鷹市の不良仲間にその噂がひろがるのを防ぐために、やむをえず色仕掛けでその口をふさぐしかないのだと。

「俺、まっさきに六さんに相談しようとしてさ、それを百合にとめられたんだよ」

「だって六さんにバレたら、お姉様も大変でしょう。私、必死だったんだから」

あらかじめ口裏を合わせてあるらしく、二人して美都子の泣きどころをネチネチと突いてくる。

途端に美都子の身体から力が抜けた。百合が目配せすると、狩屋は立ちあがり、興奮した面持ちで服を脱ぎはじめた。

「三人で楽しみましょうね。きっと素敵よ」

「あ、ああ、怖いわ……」

いったいどうされるのかと美都子は脅えきって、すがるような眼差しを百合に注いでいる。千野の厳しい肉体調教を受けているとはいえ、まだ三Pなどは未経験なのだ。

「大丈夫よ。ちゃんと私がついているもの。ねえ、狩屋君、お姉様って本当に可愛いでしょう?」

「へへへ。喧嘩の時とは別人みたいだな」

ツッパリ連中の誰もが喧嘩の腕ではとうてい美都子にかなわない。よその町から来たワルどもを退治するその颯爽とした姿を何度も見ているだけに、今の哀艶な縄奴隷の姿とのギャップがなんとも大きい。

素っ裸になった狩屋は、痩せているが浅黒い筋肉質の体をしている。剛毛に覆われた下腹部では黒みがかった極太の肉柱をヌッとそそり立たせて、あおむけに横たわる美都子へ身をすり寄せてきた。

「ああ、夢みてえだな。美都子さんをいただけるなんてよ」

「いやっ。ああ、狩屋君、やめてェ。お、お願いよ」

百合に吸いまくられ、腫れたようになった朱唇へ、いきなりキスを求められた。

美都子は嫌悪にわななき、激しく顔を左右へねじってそれを拒んだ。

「そりゃ無理っスよう。先輩があんまりセクシーでこんなオッ立ってんだからさ」

「お姉様、まずおしゃぶりしてあげて」

「頼んますよう、先輩。ほれほれ、うひひひ」

狩屋は、美都子の顔面をまたいでその両側へ膝をつき、卑猥に笑いながら、太くたくましい怒張をぐいと突きつけた。

「やめてちょうだい。う……うぐ……あ、ああ、狩屋君、あなたが、そんな人だったなんて」

ハラハラとうねり乱れる黒髪ごと、頭をがっちり押さえこまれる。そうして毒々しい赤紫した亀頭が、その唇を強引にこじ開けにかかる。

覗き見しながら暴発したと言うとおり、若者の肉茎からはムッと生臭い精液の匂いがきつく放たれて、美都子の汚辱感をさらにかきたてた。

一方、その下半身では百合がクンニリングスを開始するのだ。

「あンン……あうう……うふん」

どろどろに溶けた粘膜を舌腹で甘く舐めしゃぶられ、指で攪拌されて、美都子の魂はストンと淫界へ転がってゆく。いつしか狩屋のおぞましい一物を口に受け入れて、舌を絡みつかせ、千野仕込みの情熱的なフェラチオ奉仕にふけっていた。

5

美都子へクンニリングスする百合は、身体を逆さまにしているから、その突きだされた臀丘の狭間にある淫裂へ、狩屋の指がズブズブと埋めこまれてある。三つどもえの倒錯の淫戯……。もちろん快楽の度合いが最も深いのは狩屋だ。十八歳と二十三歳の、タイプの違う絶世の美女に挟まれているのだから。

(うオオ、城戸美都子が俺のチ×ポをしゃぶってやがる。くそ、なんて気持ちいいんだ)

はじめは遠慮がちにしていた狩屋だが、興奮がますにつれ、腰を前後に動かしてディープスロートを強要する。後ろ手に縛られている美都子はどうすることもできず、火を噴かんばかりに真っ赤になって、若者の怒張を唇でしごきたてている。

「おっかねえ美都子先輩が、まさかこんなに尺八上手とはねえ。へっへ。みんな、さぞかしたまげるだろうなあ」

「駄目よ、しゃべっちゃ。町中の男が店へ押しかけてくるわ。いくらお姉様の身体が頑丈に鍛えてあっても、全部を相手にエッチはできないんだから」

百合が顔を起こして念を押した。その粘っこいクンニ責めに合い、美都子の花唇は熱く充血し、秘肉の奥までもうぐちゃぐちゃに濡れそぼっている。

「わかってるさ。絶対に誰にも言わねえから、その代わり、たっぷりサービスしてもらうぜ。ああ、この表情、たまんねえよ」

美都子の凜とした眉がピクリピクリ痙攣し、閉じた二重瞼の綺麗な睫毛が震える。苦しげに開いた小鼻から、性感のとろけた悩ましいあえぎ声がこぼれる。

「あー、美都子先輩、チ×ポいい気持ちだぜ。もっと咥えろ! ほら、もっとだ」

狩屋の興奮は高まる。深々とペニスを喉奥まで埋めこんだまま、憧れの人の頭をつかんでグラグラと揺さぶって、快美きわまる抽送を繰りかえすのだ。

たっぷり三十分は口唇愛撫を交わし合った。どうにも我慢しきれずに狩屋は、憧れの美人空手使いとの交合に入った。

縄をほどいてほしいという懇願は、ここでも聞き入れられなかった。もちろん千野同様に狩屋も空手を恐れているからだが、いましめを受けた美都子の被虐のエロチシズムが若者を異常に高ぶらせていた。

「ねえっ、狩屋君、本当に内緒よ。ううっ、このこと誰にも言わないで」

もう美都子は観念しきっている。美しい黒眼がちの瞳に、キラキラと涙をにじませ、最後の哀願をする。

「わかってるって。俺、美都子さんのこと大好きなんだからよ。困らせるようなことは絶対しねえさ」

無敵の女俠を、たとえ変則的にではあれ、屈伏させた、そのあまりの感激に、狩屋もまた泣きそうになっているのだった。

顔面をひときわ紅潮させ、長大な肉茎を繰りだす。先端部が神秘の扉を押し破った。連結すると、後はしゃにむに膣肉をえぐる直線運動に入った。

「うおおっ。やった、やったぜ。とうとう美都子さんとつながったぜ。くうう。入ってる、はまってる。すげえっ」

「ウフフ。よかったわねえ、狩屋君。どう、お姉様のオマ×コ」

「最高に気持ちいいや。へへ。むちゃくちゃマ×コ締まってるぜ」

ある。

二人は、哀しみの涙にすすり泣く美都子を尻目に、ディープキスを交わすので

本格的なストローク運動がはじまった。

百合はすぐ真横から寄り添って、せっせと美都子の乳ぶさを揉みほぐし、キスを注ぐ。そうしながらマスターベーションにふける。

すぐに美都子も腰をうねらせ、熱っぽい吐息をもらしはじめた。レズプレイでこってり淫楽を味わわされたところへ、いきのいい肉棒をブチこまれたのだから、ひとたまりもなかった。

「チ×ポそんなにいいの、お姉様？」

「いいっ……ああん、恥ずかしいわっ」

「へへへ。そらそら。今日は俺ととことん楽しもうや、先輩」

狩屋は連続して激しく叩きこんだかと思うと、巧みにピッチを変えて、今度は左右の膣壁をこねくりまわす。美都子の狂乱は一気に高まった。

「い、いいっ、狩屋君、たまんない」

「あーあ、いやン、妬けちゃうわ」

「う……うあ、百合ちゃん、ごめんなさい」

女同士で舌と舌を絡ませ合い、唾液をすすり合いながら、美都子は冴えた頬を染めあげて甘く詫びる。

「ね、お姉様、いくらチ×ポよくても、百合のこと絶対に忘れちゃいやよ」

「ええ……美都子は、ずっと百合ちゃんのものよ」

「うれしいっ。ああ、美都子お姉様ン」

女たちは濃厚にいちゃつき合い、やがて同時にエクスタシーへと達する。

その痴態を目のあたりに眺め、狩屋もあおられた。ひときわ激烈なピストン運動のあげく、熱い白濁を思いきり美都子のなかへ注ぎこんだ。

第五章　色責めの解禁指令

1

「よかったわねえ。本当におめでとう。和枝の結婚式だもの、もちろん私、司会でもなんでもやるわよ。他に手伝うことがあったら遠慮なく言って」

美都子はうれしそうに言った。

親友の和枝から「大事な話がある」と呼びだされて、結婚を突然打ち明けられ、式の司会役を頼まれたのだった。

和枝はフィアンセの花岡を連れてきて、いかにも幸せそうだ。最近彼氏ができたとは聞いていたが、美都子が会うのはこれが初めてだ。

もう一人、古くからの仲間である圭子も加わり、四人で居酒屋のテーブルを囲み、ささやかな祝杯をあげているところだった。

「圭子も本命の彼がいるし、あーあ私だけ取り残されちゃうわ」

「ねえ美都子、本当に誰とも付き合っていないの？　最近怪しいわよ。夜はいつ電話してもいないし、すごく女っぽくなってさあ」

圭子が興味津々といった目で聞く。

「そうよ。男ができたんじゃないの？　いつもジーパン姿ですっぴんだったのにさ、お化粧してタイトスカートなんかはいちゃって、あたし、信じられない。超セクシーだよ、美都子」

すかさず和枝もつっこむ。隣りでフィアンセの花岡が感心してうなずきながら、美都子の華やかな美しさに見とれている。

あわてて美都子はそれを打ち消すのだ。

「ち、違うわ。全然そんなんじゃないわよ。誰かいい人がいたら紹介してほしいわ」

せいいっぱい明るさを装いながらも、心の奥では深く傷ついていた。

まさか鷹尾組の千野の情婦にされたなどと、どうして言えようか。お熱いカップルを目の前にしていると、ことさら現在の自分の境遇がみじめに思えてしまう。

（服、着替えてくればよかった……）

今さらのように美都子は悔やんだ。

千野からはジーパンやスラックスをはくのを厳禁されている。ふだん、自分と会う時以外でも、必ずタイトミニとかボディコンのようなセクシーな服を着ていろと命令されているのである。

今夜はデザイナーズブランドのピンク系のあでやかな花柄ブラウスと、しゃれた織り方をした濃紺のタイトスカート。それに大粒のパールのネックレスをつけている。

付け加えるなら、下着はフランス製の官能的なシルクのペアーで、いかにも千野が悦びそうなものだ。

さっき店を閉めて出てくる時、そうした女らしいファッションをついつい選んでいた。せめてもの反抗として、腰までの長い黒髪はほどかずにひとつに束ねてあるのだったが。

待ち合わせした場所は大鷹市の盛り場にある。狭い町だから、外を歩いていて千野とばったり出くわす可能性も考えられなくはない。その時にもしも言いつけを守っていなければ、面倒なことになる。きっと千野は逆上して、どこかへ美都子を連れこみ、縛りあげてネチネチと折檻するだろう。

情婦にされて一カ月あまりがたち、シリコン入りの肉棒で連日よがり狂わされているためもあってか、美都子の内部で微妙な変化が生じている。

狡猾で残忍な調教士の訓練の前に、かつての野性のじゃじゃ馬も少しずつ飼い馴らされていっているようだ。

「……本当にあの頃、美都子のお蔭で、あたしたちどれだけ助かったか」

和枝や圭子は、かつて高校時代、美都子がいかにすご腕の女番長であったかを花岡にしきりにアピールしている。

「ああ、もちろん俺だって噂は聞いてたよ。城戸美都子といえば、大鷹じゃ伝説的存在だったからね。でもこんな綺麗な人だとは思わなかったなあ。会ってびっくりしたよ」

花岡は美都子たちより五つ上の二十八歳。眼鏡をかけて髪をきっちり七三に分け、いかにも真面目そうな好人物だ。

大鷹市出身だが東京の大学を出てそのまま大企業に就職。最近Uターンして町役場に勤めている。和枝と知り合ったのもほんの数カ月前で、それからとんとん拍子に話が進んだという。

「でしょう？　でもその気になっても駄目よ。一見細くて弱そうに見えるけど、なにしろやくざだって怖がって美都子には近づけないんだからね。ウフフ。ねえ圭子」

「うんうん。マジな話、ちょっかい出したちんぴら三人組を、あっという間にKOしたのを、あたしこの目で見てるもん」

「やめてちょうだいよ、もう。あなたたちがそうやっておおげさな話するから、私、どんどん縁遠くなるんだわ、まったく」

美都子は赤くなって反論し、それからみんなでゲラゲラと笑った。

先代が死んでから城戸珈琲がやっかいな債権トラブルに巻きこまれたのは、それとなく耳に入ってくる。和枝と圭子にすれば、面白おかしく昔話をしながら、窮地にある親友を元気づけようとしているのだった。

途中、美都子はトイレに立った。歩きながら、小学校のワンフロアほどもある広い店内を見まわすと、テーブルや座敷には客がぎっしりつまって大にぎわいである。

その店は日本海でとれた新鮮な魚を食べさせることで、地元では定評のある居酒屋なのだ。そしておちょこ片手に談笑する顔見知りの姿をあちらこちらで見かけた。

トイレの鏡に向かうと、顔がほのかに上気している。軽く酔いがまわっている。

ふと女体の芯が甘く疼いていることに気づいた。後ろ手に縛られ、荒々しく愛撫されたい、胸乳を揉みしだかれたいという衝動がゾクリと走り抜けた。

（私の身体じゃないっ……こんなのいやっ。ああ、どうしたっていうのよ）

千野に犯されつづけてマゾヒズムの毒が身体のなかをまわりはじめているのだ。

美都子は激しくうろたえた。

今この場所で痴漢に迫られたらきっと抵抗できないだろう。

最近ではウエイトレスの百合にもそれを見抜かれ、レズプレイの小道具に必ず縄を用いてくる。オーナーの自分が従業員の女の子に縛られ、いたぶられるとは……。

いけない、いけないとは思いつつ、美都子は百合の魔性にどうしても太刀打ちできない。自分がこんなに弱い人間だったのかと愕然とする思いだ。

気持ちを落ち着かせようとお化粧を直す。いつしか千野好みにアイラインを引き、濃く口紅を引いている。そんな仕草も以前の美都子からすればとうてい考えられないことだ。

そうして魅惑的な唇を真紅に彩りながら、美都子はフェラチオをイメージした。千野のたくましい勃起の上をくなくなと這いまわる自分の唇を。

2

まだ狼狽を引きずったまま、美都子はトイレを出た。席へ戻ろうとしかけて誰かに呼びとめられた。

「よオ、美都子じゃねえか」

坊主頭にぎょろ目、派手な玉虫色のスーツを着た異様な風体の男が立っていた。

「い、今村さん……」

鷹尾組の組員、しかも千野の右腕として働いている男である。これからトイレに行くところだったらしい。

美都子が本部に乗りこみ、巨根の狂二を相手に汚辱の尺八ショウを演じさせられた時に、今村は司会進行役を務めたことがある。

(よりによってこんなところで会うなんて……)

「うへへ。すっかり色っぽくなってよ、見違えたぜ、美都子」

今村は、さも親しげに肩のあたりをぽんと叩いて、野卑な目つきで上から下まで眺めまわした。

「……ど、どうも、お久しぶりです」

（こんな男に挨拶するなんて……）

けれども千野の仲間だと思うと無下にはできない。それに今の自分は、彼ら鷹尾組に大きな借りのある立場なのだ。

「おう、本部で会って以来だなあ。あン時は狂二のチ×ポうまそうにしゃぶったっけ。おっと、悪い悪い」

かなり酔っているらしく、今村はそんな無神経な言葉を連発する。

「へへへ。おまえ、そういうふうにしていると、ヤケにそそるぜ。兄貴のスケじゃなきゃ口説いてるところだ」

久しぶりに会う野性の美女は、官能的なタイトスカート姿にばっちり化粧をしているのだ。今村は充血したぎょろ目を下品にひん剝いた。

甘美に熟した女体、そしてアイラインに強調された情熱的な目もと、口紅に紅くぬめった唇が、たまらなくセクシーだった。

「よお、千野の兄貴も一緒かい？」

「い、いえ、今日はちょっと友だちと」

「それなら、ちょっとこっちへも顔出してお酌していけや。へっへ。野郎ばかりで色気がなくてよ」

うむを言わさぬ口調で告げて、自分たちの席をさした。

さっきは全然気づかなかったが、ずっと奥のほうのテーブルに、いかにも柄の悪い男たちの一団があり、こちらを見てニヤニヤしている。美都子たちの席とはちょうど反対側で、間に厨房をはさんでいるため見えない位置になっている。

(あ、ああっ、あの連中……)

さっき和枝の話にも出ていた、自分にしつこく迫ってKOされたやくざの顔も見えるではないか。

「あの……今日はまだ大事な話があるので、残念ですけどご遠慮させていただきますわ」

「俺たちと飲むのは大事じゃねえってのか、こら。おう、美都子、おめえ、そんな口きける立場か。なめんじゃねえぞっ！」

途端に今村は声高になり、やくざっぽく絡みだした。近くの客が何事が起きたかと見ている。

美都子はうなだれている。こんなやくざに反撃できない自分が情けなくてならない。こんな姿をもし和枝たちに見られたらと思うと、冷汗が流れる。

「……わ、わかりました。後でおうかがいします」

「そうこなくっちゃな。必ず来いよ」

今村に念を押されて、美都子はいったん席へ戻った。

「あら、どうしたの？　美都子。顔色が蒼いわ。珍しいじゃない。悪酔いしたの？」

しきりに友だちが心配する。勝ち気な女侠のそんな生気をなくした表情は、今まで見たことがないのだ。

「なんでもないわ」

無理に微笑んでみせる。

「ごめんなさい。あっちでちょっと知り合いにつかまっちゃったのよ。すぐ戻ってくるから待っててね」

「よかったら、その人たちも一緒に飲みませんか、美都子さん。大勢でやるほうが楽しいいし」

花岡がにこにこしながら言った。この好人物は、まさか美都子の言う知り合いが暴力団だとは夢にも思っていない。

適当に話をごまかして美都子は、フロアを横切り今村たちの席へと向かった。

歩いてゆくうちに、みるみる沈痛な面持ちに変わってしまう。

大勢の客で鈴なりの店内だが、スタイルの素晴らしさといい、きりっと冴えた美貌といい、さすがに美都子が行くとたちまち注目を集める。

「あれ、城戸珈琲のお嬢さんだぜ。タイトスカートで、今日はすっげえセクシーじゃん。うへえ。うまそうなお尻してるな」

「がらりとイメージチェンジしたんだな」

「俺さ、悪い男につかまってるって噂を聞いたぜ。やくざかなんかで、毎日ばんばんヤリまくられてるんだって」

どこかの席で酔った若者が熱っぽくそんな会話を交わしはじめた。

そして美都子のあとを目で追いかけ、行き先がいかにも極道風の男たちのところだと知って、もう大変な興奮ぶりである。

やくざたちは今村を含め四人で、そのうちの二人がかつて美都子と因縁があり、しかも先日、組本部においで再度ぶちのめされた組員なのだった。

「どうもごぶさたしております。その節は、いろいろご迷惑をおかけしました」

緊張した表情で美都子は言い、丁重に頭をさげた。

しとやかに女っぽく変身した美人空手使いへ、ぎらぎらした目つきが向けられる。

「堅い挨拶は抜きだ。お互いに今じゃ身内のようなもんだからな。へっへへ。過去のいきさつは水に流して、仲よくやろうや。なあ兄弟」

今村が、さっそく美都子を真んなかに座らせて、仲間にとりなした。

やくざたちは、うなずきながらも口端には毒のある笑みをたたえている。

それにしても今夜の美都子は、酔った彼らの前に出るにはあまりに悩ましすぎた。男たちは無言のまま、ぐいぐい酒をあおりながら、血走った眼で舐めまわすのだ。

あでやかな花柄のブラウスは、バストの隆起がムンと目立つ。しゃれた織り柄のタイトスカートは、下半身のセクシーさをいやというほど強調している。

やがて美都子に鼻骨を折られてボクサーのようにひしゃげた鼻をした速見という男が、口を開いた。

「ところでよ、千野さんには可愛がってもらってるのか、美都子？」

「……はい。お蔭さまで」

「なるほどな。あのぶっといシリコン魔羅で、毎晩マ×コの隅までほじくられてるってわけか」

いやらしい言葉にみんなどっと笑う。それがきっかけで、誰もが口が軽くなって、いたぶりがはじまった。

「やくざの情婦はいいだろ。すっかり人生変わったんじゃねえのか」

「おしゃぶりも上達したのかよ、アア？」

「そういえば大嫌いな狂二のチ×ポをしゃぶって、ザーメンをごっくんしたっけなあ、美都子。どんな味だったんだ」

「ああ……」

美都子は白い歯をのぞかせ、切なげにあえいだ。

その悩ましい朱唇が狂二の肉茎を甘く吸いあげていた光景を誰もが思い起こして、熱い高ぶりを覚えるのだ。

「おうおう。あン時は愉快だったなあ、兄弟」

「ちっとは思い知ったか、美都子。おまえら女は、しょせんはミルク呑み人形なんだぞ。けっ。空手が強くてもなんの役にも立たねえよ」

髪をオールバックにした長身の男が憎々しげに言う。名前は健といい、右瞼に大きな縫い痕が走るのも、やはり美都子に負わされた傷だ。

なんという侮辱だろうか。カアッと頭に血が昇りそうになる美都子だが、懸命に自分を抑えた。店のためにも六郎のためにも、この場は耐えなければ、と。

美都子の酌を受けながら、男たちはますます調子に乗って卑猥なからかいを浴びせてくる。

「へへへ。千野さんにこってりホルモン注射されてるせいか、すっかり肌の色艶がよくなってよ、女っぷりもあがったじゃねえか」

「ウーム。確かに身体つきが変わった。乳もケツもぐんと膨らんできたぜ。うひひ。そのデカぱいじゃ、ブルンブルンして得意の空手も使いにくいだろう?」

淫猥きわまる言葉を吐きながら、美人オーナーの身体にネトネトと触れてくる。

「こ、困ります、速見さん。ああ、こんな場所で、やめてください、今村さん」

乳ぶさをまさぐる手をどけたかと思えば、すぐに別の手がスカートのなかへ入りこんでくるのだった。

「髪をおろせや。こうすると、ほら一段とぐっとくるぜ」

束ねてある髪をほどかれた。腰までの長さの黒髪が、甘美にうねりながらなだれ落ちてきた。誰もが狂二との尺八ショウの官能的な一場面を思い浮かべた。

「あ……ああ、困ります、ねえっ」

身をガクガクと震わせるたびに、絹糸のような妖しい筋を引いて、うなじや首筋にハラリと垂れかかる。それがなんともたまらない眺めを呈する。

やくざたちは、左右から不潔な荒い息を吹きかけては口々に「ブラウスを脱げよ」とか「下着を見せろ」などと理不尽な要求をしてくる。

千野が六郎に渡している美都子の調教ビデオは、ほとんどの組員が見ている。なにしろ新作ができるたびに組本部で鑑賞会が開かれるほどの人気ぶりである。だから鉄火肌の仮面の下にひそむマゾ性を、この男たちは知り抜いているのだった。

「モミモミさせろや。ようっ。六郎を見逃してやった恩を、まさか忘れたわけじゃねえだろうなあ」

「そ、それは本当に感謝していますけど、でも……そんなこと……できません」

「チ×ポが立って立ってどうしようもねえんだよ。へへへ。よう、美都子、どうにかしてくれや」

あの夜、単身で組本部に乗りこんだ時の、いまわしい酒宴の再現となった。いや、美都子にとっては、そこが一般客の目がある居酒屋だけに、そして親友も一緒に来ているだけに、あの時にまさる屈辱と感じられた。

3

三十分すぎても美都子は席へ戻ってこない。和枝と圭子はとうとう痺れを切らして、様子を見に行くことにした。

小学校の一階部分をそっくり持ってきたような広さだから、探すのにひと苦労である。テーブル席だけでなく、太い柱で仕切られて、教室のようになった座敷席が左右にある。

「あれ、あそこにいる！　な、何よ、あいつら」

「ええっ？　あら、いやだ、鷹尾組の連中じゃないの？」

店の奥のほうのテーブル席で、目を疑う光景が繰りひろげられており、二人とも全身を硬直させた。

あの、天下無敵のはずの城戸美都子が、やくざに囲まれて屈辱的なホステス役を演じているではないか。しかも顔ぶれのなかには、かつて彼女が空手で叩きのめしたちんぴらの姿もまじっているのだ。

「どういうこと？　ねえ、圭子。いったいどういうことなのよ？」

「……わかんない。全然わけがわかんないわよ、あたしだって」

女たちは今にも泣きそうな表情だ。

ずっと彼女たちの憧れであった大鷹のジャンヌダルクこと、美都子は、やくざに盃を口に突きつけられ、無理やり酒を流しこまれている。弱々しくいやいやをするその表情に、なまめかしさはムンムン漂っても、美勇士の面影はない。

束ねてあったはずの濡れ羽色の髪はほどかれて、身悶えるたびにきらめきを放っている。坊主頭の男が髪のひと束をつかんで鼻を押し当て、ヒヒヒと薄笑いして甘い香りを貪っている。

それればかりではない。ブラウスの前が少しはだけており、悩ましいピンクのブラジャーがちらつく。今そこへやくざの手が差し入れられ、胸を揉みしだいている様子なのだ。

店内は超満員だし、隅のほうのテーブルだからまだあまり目立ってはいない。だが異変に気づく者もいて、恐るおそる盗み見をしている。彼らからすれば、さぞ妖しくゾクゾクする眺めであろう。

「助けに行こうか、圭子？」

「ウーン……でもさ、きっと美都子、今の自分を見られたくないんじゃないの」

「このままほっとけないよ、あたし。やだよ、美都子のあんな情けない姿」

眺めているうち和枝も圭子も泣きべそをかいている。

知らぬ間にフィアンセの花岡が探しに来て、二人の後ろに立っていた。

「お、俺が、行ってこようか」

蒼ざめた顔で言う。足がブルブル震えていて、あまり頼りになりそうもない。

「やめて花岡さん！　絶対行かないで」

和枝があわててフィアンセの腕をつかんだ。

「そうよ。相手はやくざよ。怪我でもさせられたら大変だわ」

女二人に引きとめられて、花岡はメンツが立ち、ほっとした様子。

「しかし、様子が変じゃないか。なぜあんな奴らのされるがままになってるんだ」

花岡は義憤を抱くその一方で、しかし異様なほどに興奮していた。

今夜美都子に初めて会い、あまりの美貌に震えがくるほど感動したばかりというのに、それがいま野卑なやくざ者に挟まれ、セクシーな下着をちらつかせていたぶられているのだから。

「あ、あいつらに麻薬でも打たれたんじゃないのかな」

ひそかにズボンの前を膨らませながら言う。花岡の目には、美都子の表情は被虐の悦楽に浸っているように映る。

「ま、まさか……」

「美都子がそんな目にあうはずないわ。彼女なりに考えがあるのよ」

「きっとそうよ。美都子がその気になれば、あんな連中、あっという間にやっつけることができるんだから」

首筋にキスされたり、甘美な体臭を嗅がれたりしながら、しかし美都子の反応がみるみる妖しくなっている。男たちを誘うように腰がくねくねと動きだしている。

女たちの頭は混乱した。

いつまでもそうして通路に突っ立っているわけにはいかなかった。忙しく走りまわるウエイターが迷惑そうな顔つきをしている。

三人はいったん席へ戻ることにした。ショックは隠せず、口が重くなる。みんなで結婚披露パーティの細かな打ち合わせをするはずだったが、司会役の美都子がいないのでは話が進まない。

城戸美都子が、鷹尾組の連中の嬲りものになっている……。

誰もが胸のなかで、その衝撃の事実を呪文のように繰りかえし唱えていた。

4

今村たちはどんどん淫欲をエスカレートさせて、とうとう店の座敷の一室へと美都子を連れこんだ。

十畳間のそこには七、八人のグループ客がいたのだが、どやしつけて追い払い、さらに店員を脅して襖を閉めさせ、監禁状態にした。

「もう許して……ああっ、いやです」

すでに美都子はフラフラに酔わされている。

凛とした美貌が今はぼんやり霞みがかっているのは、しかし酒のせいばかりではない。嬲られつづけてもう一人の自分、マゾの美都子が表われているせいだ。

デザイナーズブランドのあでやかなブラウスはすっかり前がはだけてしまっている。煽情的なピンクのブラジャーが露出して、まばゆい白さのバストがこぼれ落ちんばかりに隆起している。

「へへ、うっへへ、もう辛抱たまらんわい。なあ、速見。ずっと何年もこの時を待ってたんだからよ」

「い、いやよっ。ああ、やめて」

「早く脱げや。ここなら誰にも見られねえからよ」

「見ろよ、このスタイルのよさ。惚れぼれするほどいい脚してるじゃねえか。なあ兄弟」

横座りになって後ずさる美女の、タイトスカートからはみでた太腿のすらりとした肉づき、ちらつくピンクのパンティが、さらに淫欲をそそった。

「ほら、チ×ポしゃぶれや、こら、しゃぶらんか、阿女！」

「ひい……」

ぎょろ目の今村はすぐさまズボンをおろし、剛棒をしゃぶらせようとする。おぞましい毛むくじゃらの下腹部は、ムッときついホルモン臭を漂わせて、美都子を激しく鳥肌立たせる。

かたやオールバックの伊達男の健が、ブラウスを双肩から抜き、シルクのブラジャーをはずしにかかった。

ねっとり光沢を帯びたミルク色の柔肌が露出した。シミひとつなく、まさに美術品のような素晴らしさで、男たちの酒臭い息がハアハアとさらに荒くなる。

「千野さんに……怒られますっ。できない、ああ、そんなこと……ねえ、千野さんに……聞いてください」

ブラジャーの肩紐をはずされまいと押さえながら、美都子は必死に身をくねらせた。そうして顔面に迫るおぞましい怒張をかわす。

千野は彼らの兄貴分だ。その名前を出せば少しは男たちがひるむかと思ったが、かえってきたのは高笑いだった。

「ハハハ。あいにく千野さんはな、そんな料簡の狭い男じゃねえんだよ」

「そうそう。太っ肚だからな。てめえのスケのマ×コくらい、いつでも使わせてくれるぜ。くっくっ。後で聞いてみりゃいい」

美都子はくやしそうにキリキリ歯噛みする。これでは今まで、なんのために千野の言いなりになってきたかわからない。

「ひどいわ。ああっ……」

「おめえも極道の情婦なら、そんな泣き言を垂れるな」

坊主頭の今村が、兄弟分たちと顔を見合わせ、にんまりした。

今夜という日を、みんな手ぐすね引いて待ちかまえていたのだ。

これまで、千野一人の手によって美都子の肉体改造が進められてきた。それがかなりの成果をおさめたうえに、駅前再開発用地の地上げ攻勢を急ぐということもあって、奴隷調教は仕上げの段階に入っていた。

そのため、中堅クラスの組員なら、いつどこでも美都子を色責めにかけていいというお墨付きが出ているのだった。

「わかったら早く尺八しろよ、うりゃ」

今村が、うねり乱れる黒髪を思いきりわしづかんで引き絞りながら、ぶっとい肉茎を口にこじ入れてきた。

「ひい……」

美都子は、女っぽい首筋をピーンと突っぱらせ、身悶えるのだ。

他の男たちも、ここぞとばかりハイエナのように群がった。

何本もの手が女体を這いまわる。ブラジャーから乳ぶさがつかみだされ、激しくこねくりまわされる。

「このおっぱい。たまんねえな。ひひひ。ああっ、揉んでるだけで出そうになるぜ」

一番年下の、鬱陶しく髪を伸ばした公次がうっとり告げる。

華奢な外見に似合わない張りのあるふくらみをわしづかみ押しつぶし、その痺れる感触を味わう。

タイトスカートが大きくめくられ、パンティの股間へ指先がぐいぐい迫ってくる。

「あ……ああ、ダメ……」

クレバスを探り当てられ、巧みに花びら全体を刺激される。すでにそこはねっとり濡れて、指の腹でこすりなぞられるたびに汁気をはじかせるのだ。

「けけ。やっぱりマ×コ濡らしてやがる。ヌルヌルだぜ」

速見が勝ち誇って言う。

「よう。乱暴にされるのが好きなんだろ？　兄貴から聞いてるぜ、美都子。へっへ」

「サドマゾが病みつきだってな。みんなでたっぷりいじめて、死ぬほどイカせてやるからよう」

健がその耳もとで淫らに囁く。

（……いくらなんでも……ああ、これ以上、もう我慢できないっ）

いつもの美都子ならとっくの昔に堪忍袋の緒が切れているところである。男たちを調子づかせたことを悔やんだ。

今から反撃すればまだ間に合う。いくら借りがあるといっても、こんな屈辱を受けるいわれはないのだから。

しかしまるで身体に力が入らず、美都子は焦った。

精神的に完全に相手に呑まれてしまったせいだろうか、いくら気持ちを奮いたたせようとしてもままならない。

それぱかりか男四人に荒々しく襲いかかられて、口にペニスをぶちこまれ、しこる乳ぶさをこってり揉みにじられるうち、被虐の炎が身内で燃えあがってきている。

(あ、ああ、どうしよう……いけないっ、負けては駄目。闘うのよ)

官能の蟻地獄のなかで、そう自分自身を厳しく叱咤する美都子。

(こんな連中にまで辱しめられたら、もう生きてゆけなくなるわ。天国のお祖父ちゃんになんて言いわけすればいいのよ)

けれども千野や百合に繰りかえし変質的に犯されるうち、すっかり淫らなマゾ性に目覚めてしまっている。

空手道で鍛え抜いたその強靭な肉体を、もはや自分でどうにもコントロールできないことを絶望的に悟るのだ。

5

灼けつく汚辱のなかで、美都子は泣くなくフェラチオを開始している。

「よしよし。いいぞ、美都子、その調子だ」

坊主頭の今村は、絹の光沢を放つ髪を撫でたりつかんだりしながら、下半身を前後させて快美感を嚙みしめている。

清らかな朱唇が上下いっぱいに押し開かれて、剛棒がズブリズブリと出し入れされる。そのたびに、うねうねと太い血管をのたうたせた肉棹が見え隠れする。

「へへ。うまそうにしゃぶってやがるぜ」

公次がすぐ真横からのぞきこんで、ごくりと生唾を呑んだ。美女の唾液をヌルヌルに浴びて濡れ光るペニスは、いかにも気持ちよさそうなのだ。

「おうおう。雁首までていねいに舐めまわしてよ。狂二の時よりもだいぶ馴れてきたようだな」

「千野の兄貴にこってり仕込まれたんだろうぜ。ひひひ」

かたわらから粘っこく女体を揉みほぐしながら、健たち三人は、鉄火娘の悩ましい奉仕ぶりをのぞきこんで、ジンと胸を痺れさせている。

たまらず速見がその白い手をつかんで、一物を握らせた。

「俺もしこしこやってくれや、美都子」

「……うゥン……」

「そうそう。いい気持ちだぜ。うひひ。この白魚のような指はな、男をぶん殴ってるよりも、チン×ン揉みかきするほうがよっぽど似合ってるぜ」

「違えねえや。ハハハ」

いつしか美都子の鼻先からは、「アン、アアン」と甘く媚びるようなすすり泣きがもれはじめている。

口からの出し入れのピッチに合わせて、朱唇を緊めつけてヌプヌプッと愛しげに咥えしごき、その一方ではもう一人の怒張に指先を絡めて甘美に撫でさすってやる。

淫らな肉擦れの音が響いて、野獣たちの情欲をさらにあおる。

前方で二人を相手にしながら、四つん這いにされた。ブラウスも下着もまとわりついたままで、それが素っ裸よりもよけいに淫美さをあおる。

タイトスカートが尻からまくられた。いっせいに手が伸び、くびれた腰部やツンとあがったヒップを撫でまわした。それから一気にパンティがおろされた。

「いやン……そ、それだけは、いやっ」

剝きだしとなった真っ白い臀丘を左右に振って、はかない抵抗をしてみせる美都子。

最も恐れていた部分に、健の指が入りこんで、熱く火照る粘膜をヌチャヌチャとまさぐった。

「すっげえ。この濡れようときたら」

「そ、そこ……ああ、いやよっ、触っちゃいやあ」

美都子は次第に追いつめられてゆく。清艶な美貌を燃え立たせて、切羽つまった呻きをこぼした。

健はいきなりそこへ吸いついた。聖裂へぴたりと口をつけ、ヌルリと舌を差し入れた。狼狽した美都子は「ヒイッ」と声を放ち、下肢をブルブル震わせる。

「ああ、うめえや、美都子のマ×コ」

百合の花に似たねっとりした香りを嗅ぎ、ほのかに酸味のする粘膜を舌先でこすりながら告げるのだ。

「ほらほら、うへへ、早くチ×ポ欲しくてよ、ぴくぴくさせてやがるぜ」

「ううっ……や、やめてェ……」

確かに舌と指で膣肉をえぐられるうちに、みるみる美都子のあえぎは高まってゆき、理想的な形のヒップをくねくねと揺すって過剰に反応するのだ。

「公次、まず俺がマ×コはめるから、外をよく見張っとけ。この女、きっとすげえ声出すからな」

健は舎弟格の公次に命じて、バックから交わりにかかった。

真っ赤な顔をして長身を前後させ、きつい入口をこじ開けながら切っ先を埋めこんでゆく。素晴らしい征服感だった。

「やあッ……アア、入れないでっ、健さん、お願いよう」

少しずつ肉口が開けられ、グラマーな裸身がブルブルと痙攣する。濃く情感的な眉毛がキュウッと切なげに歪んだ。

「そうら。ざまあみろ、美都子」

甘美きわまる粘膜感に酔いしれながら、蜜肉をぐいぐいこすりあげる。そのひと突きごとに、トロリと甘く粘膜全体が絡みついてきて、思わず健の口もとがゆるんだ。

やがて根元まできっちり挿入して、憧れの女体と深々とつながった。温かく濡れた肉襞はすぐにペニスになじんで、快美に絡みついてきては健を悦ばせるのである。

　脳天まで痺れさせながら、健はピストン運動に入った。

「あン……い、やン、あンン」

　美都子の身体から嘘のように力が抜けた。四人がかりで犯されて、被虐の性感はもうどうにもならないところまで追いつめられているのだ。

「フフフ。いい声で泣いてくれるじゃねえか、美都子」

「こら、そんなにオマ×コいいのかよ?」

　うねり狂う美女の黒髪をかきあげて、男たちはその顔をのぞきこんだ。耳たぶまで妖しくピンクに染めあげて、交互に二人の肉茎をしゃぶる風情がたまらない。

「もっと奥まで咥えろよ」

　速見が叱咤する。

　と、マゾの快感に揺れる美都子は、すすり泣きをもらして、喉奥まで肉塊をしゃにむに咥えこんでゆく。

「へっへっ。こりゃ最高だな。おう健、そっちもがんがんハメろ。顔に傷つけられた恨み、一緒にチ×ポで晴らそうや」

　前後でサンドイッチしながら速見が言った。美女の口腔の粘膜と、ペニスがひとっに溶け合っている。そのヌルヌルと快美な一体感ときたら。

「そりゃそりゃあ」

健は会心の笑みをもらしながら、こんもりと隆起した双臀を抱えこんで、規則的にシャフトを繰りだした。サーモンピンクの美しい肉洞から、極太の淫棒が現われでては消える。そのたびに重く垂れた双乳がぶるんぶるんと波打つ。

「あ、あンン……いいっ……」

羞恥に真っ赤になりながら、美都子は細腰を振って淫らに円を描いてしまう。

「助平に腰まで使って。へっへへ。このざまを死んだ富樫に見せてやりてえぜ」

かつてさんざん煮え湯を呑まされた美女が、恥辱の嵐にのたうつさまを、男たちは骨の髄まで楽しんでいる。

「ウリャ！　ウリャ！」

健は腹に力をこめ、左右に大きくグラインドさせて、それから一気に秘奥へ貫通する。

フェラチオしながら裸身をガクガクと狂乱させて、甘いよがり声を次々に放つ美都子。

「お、おお。緊めつけやがって、くそっ」

オルガスムスとともに美都子の媚肉がキュウッ、キュウッと信じられないほどの収縮を示す。

たまらず健は、縫い痕のある顔面を真っ赤にしてうめいた。余裕をもたしていたはずのペニスは、たちまち限界へ追いこまれた。

鼻のひしゃげた速見も、美都子の髪をつかんでぐいぐいと腰を送りこみ、喉の一番奥へ亀頭をぶち当てるのだ。

「う、うおおっ……」

かつて美都子と因縁のある二人組は、ほぼ同時に熱い精の塊りをドドッと噴きあげた。甘美な復讐を遂げて、素晴らしい射精感に口もとがほころぶ。

最初の凌辱が終わった。

すぐさま今村と公次が、二人に取って代わり、本格的に美都子と交わりはじめた。

第六章　胸張り裂ける恥辱

1

わずかの間に、城戸珈琲の雰囲気はがらりと変わっていた。

たまたま中国旅行で二週間、大鷹の町を留守にしていた一人の常連客がその日、おみやげをどっさり抱えて店の前へ現われた。これから彼は、今様・浦島太郎の気分を味わわされることとなる。

五十代半ばのこの浅見という書道家は、旅行中ずっと、帰国したら城戸美都子のいれてくれるうまいコーヒーを飲むのを何より楽しみにしていた。かの地で出されるコーヒーは、とにかく吐きだしたくなるほどひどい味だったのである。

温厚な人格者の彼は、城戸珈琲に集う顔なじみの商店主に、中国のみやげ話をあれこれしてやろうと、胸をときめかせて店のドアを開いた。そして愕然とした。

そこには十人あまりの客がいたが、親しい顔は誰もいない。先代の収集した貴重なアンティークに囲まれながら、こくのあるコーヒーをすすって会話を楽しむ男たちの姿は見られない。

その日の客層は、ざっと四つのグループに分かれていた。それはそっくりそのまま最近のすさんだ城戸珈琲の現状を反映しており、ここで少し触れておこう。

ひとつは、書道家も顔は見知っているが、まず言葉は交わさない製材業者の旦那衆。彼らはコーヒーの味などはどうでもよく、露骨に美都子を鑑賞しに通ってきており、ウエイトレスに卑猥な冗談を浴びせたりして常連客からひんしゅくを買っていた。

「まったくいつ見ても美都子は美人だな。高級クラブにもまずいねえぜ。あの美貌を好きなだけ眺められて四百円ですむんだからな。へへへ。安いもんさ」

「あんな別嬪を指名したら、静子ママの店なら一人三万は軽くふんだくられるぜ」

「空手なんか使わなきゃ、とっくに口説いてチ×ポ突っこんどるのによお。ククク」

かつて浅見は、隣りのテーブルで彼らがそんな会話を交わしているのを聞いたことがあった。おまえら二度と来るな、と怒鳴りつけてやりたかったが、客の立場で出すぎた真似をしてはいけないと思い、こらえたのである。

もうひとつは、髪を染めた若い暴走族くずれの連中。

こちらのグループは、かつてワルだった美都子の後輩なのだが、弟分として純粋に彼女を慕っていた若者は今はほとんど通ってこない。変節した美都子に幻滅したのだ。代わりに、やくざ予備軍のような者ばかり集まって、飢えた獣のような目つきで美都子をじろじろ眺めている。

三番目のグループは、明らかに鷹尾組のやくざとわかる連中である。一番奥のテーブルに陣取り、ビールを飲みながら、わがもの顔で野卑な大声をあげて騒いでいる。

城戸珈琲でやくざの姿を見かけるのは、書道家はこれが初めてだった。

そして最後の一団。これはわざわざよその町から車を飛ばしてくる新参者で、このところにわかに増えてきている。ノーパン喫茶嬢とレースクイーンを足して二で割ったようなお色気とタレント性を、オーナーの美都子に求めているのだ。

(どうしたんだ。いったいこの店に何が起きたんだ)

わが目を疑いたくなる眺めではないか。ほんの二週間前までの、大鷹市の文化サロンの知的雰囲気はかけらもない。

しかし浅見を最も驚愕させたのは、そうした野次馬たちの助平心を刺激するような、オーナーである城戸美都子自身の妖しい変貌だった。

昔から美都子をよく知っている彼からすれば、十六歳の清楚な少女が、いきなり一晩のうちにセクシーきわまる大人の美女に変身して現われたようなショックだった。

白いブラウスに、颯爽としたスリムのジーパン姿がトレードマークだったのに、今はまるで男たちの目を楽しませるかのごとく、挑発的なピンク色のタイトミニをはいているではないか。

野心をまったく抱いていない書道家でさえ、ついついすらりとした美しい太腿に目を奪われる。ツンと形よく吊りあがったヒップの隆起に、胸騒ぎを覚えてしまう。

おまけに、あの白いブラウス。以前よりも身体にぴったり密着したデザインで、豊かなバストがいやというほど強調されており、しかも布地が薄くなったため下着がくっきり透けているのだ。

仕事中はいつもひとつに束ねていた髪をおろして、腰まで届く長さの黒髪が瑞々しい輝きを放っている。動くたびにそれがピンク色のタイトミニの真上でハラリハラリひるがえり、夢幻的な眺めを呈する。

けれどもコーヒーをいれたりするのにはいかにも邪魔そうで、鬱陶しげに後ろへ払ったりかきあげたりして、またその仕草がゾクゾクするほどなまめかしい。

そして、美都子は化粧をしていた。

この田舎町で、類いまれな美貌が際立つのを恐れるように、ほとんどノーメイクで通していた彼女が、である。

色が透きとおるように白いから、ちょっとアイラインをほどこすと、くっきりした二重瞼、黒眼がちの瞳が印象的に映えるのだ。ツヤツヤしたルージュに彩られた唇がひときわセクシーである。

(まるで別人じゃないか。夜の世界に生きる女みたいだ。あのいつもの、男に決して媚びない颯爽とした城戸美都子はどこへ行ったんだ)

カウンターから出たり入ったりする美都子の姿を無意識に目で追いながら、浅見はひとりごちた。

相変わらず背筋をピーンと伸ばして、ファッションモデルのように優雅に歩く。

しかしどうしても浅見の視線は、挑発的なタイトミニの、プリプリしたヒップの盛りあがりに奪われてしまう。

　これほど美都子がグラマーだとは、書道家は予想だにしなかった。ほっそりと華奢だとばかり思っていたのに、胸も下半身もムンと女っぽく熟れきっているのだ。

「先生、お帰りなさい。お元気そうで何よりですわ。いかがでした、中国は？」

　美都子が愛想よく微笑んで、キープされた専用カップを運んできた。

　薄く形のいい唇に、真紅のルージュが輝いて、そこから健康そうな真っ白い歯並びがこぼれている。

「いやあ。ここのコーヒーが恋しくてねえ。さあいただこうかな」

　出されたペーパードリップのコーヒーは、せっかく旅行中から楽しみにしていたのに、以前と較べてがくんと味が落ちていた。

　豆自体の煎り方が浅すぎるのだ。焙煎職人の六郎は何をやっているのかと思った。

　しかし美都子のセクシーさの前には、コーヒーを味わうことなど二の次のように思えた。味覚より視覚のほうがはるかに興奮する。

　書道家の股間は情けないことに、他のあさましい連中と同じように、さっきから激しく勃起しているのだった。

2

「驚きましたか、先生？　留守の間にすっかり変わったでしょう。うへへへ」

カウンターに座る書道家の隣りに、好色な製材業者の一人がいつの間にか移ってきていた。南原という男だ。

「……何があったんです？」

屹立した一物を気づかれまいとしながら、書道家はおずおずと尋ねた。

「ふふ。文化だ伝統だといくら格好つけたって、今どき喫茶店はやっていけけんのですよ。彼女もようやくそれに気づいた。自分の最大の武器、美貌とお色気ですわな、それを売り物にしようと踏みきったわけだ。じいさんが死んでうるさく意見する者もおらんし、ちょうどタイミングがよかった」

南原は事情通であることをひけらかして、得意げに小鼻をピクつかせた。

「見なさい、あのボインちゃん。前から抜群にいい身体だったが、このところ一段と乳もケツも膨らんできて、まさに今が食べ頃ハメ頃ですわ」

いくら心では同じことを思っていても、この男の口から卑猥な批評を聞かされたくはなかった。神聖な存在の美都子を汚されているようで不愉快きわまりない。

「こんな素晴らしい目の保養ができるんだ。くくく。ケチな奴らは近づかなくなったが、無茶な値上がりしたって、ワシなんか全然腹も立たんわ」

「え?……」

書道家はあわててメニューに目をやり、初めて値上がりに気づいた。なんとコーヒー一杯四百円から、一挙に千円にハネあがっている。これでは常連客が逃げだすわけだった。

「美都子はネ、どうも鷹尾組の奴らと遊んで、デカ魔羅で穴をほじくられているらしい。元ツッパリ娘だからね、いくらしっかり者に見えても、やはり誘惑には弱いんでしょうなあ。うへへ。最近はすっかり連中に感化されて、よく超ミニのパンティ丸見えの恥ずかしい格好で町を歩いてるんだ」

「そ、そんな話は信じられませんな。いい加減な噂を流すもんじゃない」

「先生も頑固ですなあ。知らんのですか?　城戸美都子はヤリマンだと、いま大鷹の町じゃ評判ですよ。居酒屋で男たちと平気でいちゃついて、フェラチオしてみせるというんだから」

南原は、「まあ見てなさい」と耳打ちして、カウンターのなかでカップを洗う美都子をからかいはじめた。

「美っちゃん。いつも色っぽいねえ。さっきからもう俺はチ×ポびんびんだよ」

「ちょっと、あんた……」

書道家のほうがあわてて制止しようとするのだが、南原はそれを振りきって、

「ようよう。あっちこっちで揉みまくられて、またおっぱいが膨らんだみたいじゃねえかよ。へへへ。こちらの浅見先生もびっくりしてるぜ」

さぞ柳眉を逆立てるかと思いきや、美都子はうつむいたまま何も答えず、ただ冴えた横顔を紅く染めるのである。

南原は図に乗って、いやらしい言葉を浴びせつづけた。

「バスト九十はもう超えたんじゃねえか。また後で測らせてもらうかな。こないだみたいによ。へへ。ワシら、美っちゃんの身体のことはなんでも知っておきてえんだ」

「ああ……からかわないでください、南原さん」

眉間をキュウッとたわめ、高貴な鼻先から悩ましい息をもらして美都子は言った。

ボディコン服のグラマーな肢体をくねくねさせるから、初老の書道家の肉棒はさらに激しく跳ねかえってしまう。

その真横の位置からだと、胸といいヒップといい、涎れの出そうな曲線美がいやでも目につくのだった。しかし本当に美都子はこの下品な連中に、サイズを測らせたりもしているのだろうか……。

南原の仲間が、ニタニタと助平笑いをたたえて加わってきた。

「ブラジャーが透けて丸見えってのも、いやらしくて俺は好きだけどよ、たまにはノーブラで乳ブルンブルンさせて働くところも見てみてえなあ」

「ウン、そうだな。ノーブラ喫茶だ。カウンターのなかでケツ振って踊りながら、ブラジャーを脱いでよ、スタンプを集めた客にそれをプレゼントしな。美都子の匂いのついた下着なら、みんな大悦びだ。ここも商売繁盛まちがいなしだぜえ。ウハハハ」

その大声は店中に聞こえている。南原の仲間たちも含め、居合わせた客全員が卑猥な笑みをこぼしながら、「そうだ、そうだ」と相槌を打った。

ただ書道家だけが、柔和な表情を凍りつかせている。

「ほんと綺麗な髪だなあ。いつも束ねてやがるから、とんと気づかなかったぜ。

この髪のかぐわしい香りを嗅ぎながら、ケツからオマ×コはめたら最高だろうな、南原」

「こらこら、美都子。ほれ、髪が垂れ落ちてきたら、せっかくの器量がよく拝めないじゃねえか。いつもお客の視線に気を使えと言ってるだろ」

あきれたことに命令口調でそんなことまでほざくのである。

美都子は切なそうな表情となり、「ごめんなさい」とあやまりながら、黒髪を反対側へ大きく流して、濃艶なメイクの抒情的な横顔をくっきり露呈させるのだ。

「どうだろ、あの仕草。マゾっぽくてたまらんな。ああ、珍棒が疼く」

男たちは得意満面に、ちらりと書道家の顔を見やる。

次の瞬間、信じられないことが起こった。奥のテーブルにいたやくざが、つかつか歩いてきてカウンターの内側へ勝手に入りこんだのだ。

「あ……こ、困ります、速見さん」

コーヒー商売の聖域へ侵入されても、美都子の反応はいたって弱々しく、ただ相手へ哀願するだけだ。

「へへ。コーヒー一杯で千円も取ってるんだ。ちょっとみんなを楽しませてやれや」

男は先日、居酒屋で美都子を輪姦したうちの一人、速見である。かつて美都子のパンチで鼻骨を粉砕され、ボクサーのような顔になっている。

かなり酔っているらしく、酒臭い息をあたりへまきちらして、美都子の背後に立った。そして豊満な肉丘を両手でつかみ、シコシコと揉みだしたのである。

「あ……ああっ」

美都子が弱々しく狼狽の声を放った。

「くくく。このおっぱいときたら、ああ、モミモミしてるだけでイキそうだぜ。どうだ、あんたら、うらやましいか」

速見はカウンターの客へそんなことを口走り、美しいうなじへキスを注ぎ、ヌルヌルと唾で濡らしてゆく。

美都子はされるがままだ。セクシーに鼻を鳴らして「いやン、いやン」と甘え泣きするばかり。その勝ち気そうな黒眼はトロンとして膜がかかってきている。ブラウスのボタンをはずされ、内側へ男の手が侵入してきても「ああン、いやン」と艶っぽい鼻声をもらすのである。観客たちがまわりでさかんにはやしたてる。

「ほれほれ。みんな、こいつが拝みたかったんだろ。城戸のお嬢さんはシルクの下着がお気に入りらしい」

ブラウスの下は贅沢なホワイトシルクのブラジャーで、上半分は悩ましく透けてレース刺繍がほどこされてある。

速見は、ブラジャーのカップのなかに手をこじ入れ、九十のバストをもろに両手でわしづかんだ。

「やっぱりナマはいい。なあ、感じてるんだろ、美都子。うへへ。おめえ、ここがとびきりの性感帯だもんなあ」

「あ、ああ、許してください」

上気した頰に髪をほつれさせ、ハアハアとあえぐ表情は、いつもとは別人のようだ。

「もうオマ×コ濡らしてるくせに。なあ、美都子。中国帰りの先生に、いい声を聞かせてやれや」

背後からぴったり密着しながら、速見は、ぷっくり露出された豊麗な乳ぶさをブルンブルンこねくりまわし、同時におのれの怒張を相手の腰へこすりつけている。今にもその場で美人オーナーをファックしそうな気配なのだ。

3

携帯電話が呼びだしていると仲間に告げられ、速見は、しぶしぶカウンターから離れた。束の間のナマ板ショウはそこで中断された。

(ここはもう喫茶店ではない。城戸寛治のつくったあのなつかしい城戸珈琲なんかじゃない。汚らわしい風俗営業の店に変わってしまったんだ)

書道家は絶望的な気分で呟いた。

生まれてから五十数年、ずっと大鷹市に住みつづけて、かつてこれほどの衝撃を受けたことはなかった。

なぜ美都子の後見人代わりの六郎はこんな狼藉を見逃しているのだろうか、といぶかしんだ。

店の奥から時折り姿をのぞかせるその昔かたぎの珈琲職人は、何も見ない聞こえないといったふうに陰鬱そうに押し黙っているのだ。さらにまた一段とアル中が進んだらしく、生気のないドス黒い皮膚をしている。目は血走り、瞼は重たげにたるみ、いかにもだるそうな感じだ。

浅見は、気を落ち着けようとしてコーヒーを飲んだ。自分専用にキープされた高価な茶碗を持つ手がブルブルと震えた。そうして口に含んだ液体は、改めて味わっても、やはり以前とは較べものにならないほど味も香りも劣化していた。

やくざ者が席へ戻っても、南原たち二人はまだ飽きたりずに、ネチネチと美都子をいたぶっている。

「……まったくなあ。女だてらに空手なんかやってツッパッていたけど、実はマゾっ気があるとワシは睨んでいたんだよ。くくく」

「ああ、南原さん、本当にもう堪忍してください」

切なげに細腰をくねらせる美都子。目もとが涼しく高貴な顔立ちが、ポウッとなまめかしく紅潮している。

「ようよう、その表情がたまんねえんだ。そそってくれるねえ」

「ウーン。この黒髪に、雪白の肌。美都子を緊縛したら最高だぜ。なあ今度、ワシに縛らせてくれや。プレイ代ははずんでやる。おまえ、借金返済で大変なんだろ」

「そ、そんな……」

「いっそ夜はSMクラブで営業すればいいんだ。なあ、南原。俺たちがびしばし調教してやろう」

もう我慢できなかった。書道家はガチャンと音をさせてコーヒー茶碗を置き、隣りの男たちを叱りつけた。

「や、やめなさい！　あんた、目にあまるぞ。さっきから城戸のお嬢さんになんて口をきくんだ」

「おやおや」

鼻白む南原たち。一瞬、しーんと店内が静まりかえった。

「あやまれ！　今すぐ美都子さんにあやまりなさい」

「へへえ……。先生、あんた、自分もさっきからしっかりチ×ポおっ立てといてさ、よく言うよう、まったく」

すぐさま南原はけろりとした顔で言ってのけた。

「五十半ばになっても、お盛んですなあ」

ギャラリーはバカ受けして「がんばれ、エロ先生」などと野次を飛ばす。

もう一人の連れが、馴れなれしく書道家の肩を叩いた。

「浅見先生、あんた中国ボケしてわからんだろうがね、この店はこういうぴちぴちのお色気がウリなんだよ。美都子のボインにいたずらしたり、スケベな会話して、それであんたみたいにチ×ポおっ立てて、満足して帰るってわけさ。仲間に加えてやってもいいから野暮は言いなさんな」

「そうそう。人生短いんだ。もっと自分の珍棒に正直に生きなさいって。ウハハ」

いたくプライドを傷つけられた書道家は、すっかり憤慨しきって、持参した中国みやげを放り投げて出口へ向かった。

帰り際にはいつもの習慣で、旧料金の四百円をカウンターに置いてしまい、さらに赤っ恥の上塗りをした。

「先生、あいにくここはコーヒー一杯千円なんですよう。なにしろ珍棒の勃起分のサービスチャージがついてるんでねえ」

そう南原に追い討ちをかけられたのだ。

千円札を近くのテーブルへ叩きつけて出ていく書道家のその背後で、どっと悪魔の哄笑が響いた。

店の裏手の駐車場で、屈辱にわなわな震えながら車のエンジンをかけているところへ、美都子が息せききって追いかけてきた。

「浅見先生……さぞ不愉快な思いをなさったでしょう。本当に、お詫びの申しあげようもありません。どうか、私の至らなさを……許してください」

「ウ、ウム……」

恨みつらみを一気にぶちまけようとして、書道家はしかし、ぐっと言葉を呑みこんだ。泣きそうな様子で深々と頭をさげている美都子が哀れに思えてきたのだ。

「それから先生、素敵なおみやげをたくさんありがとうございました。ど、どうかこれに懲りずに、これからも城戸珈琲を……よろしくお引き立てください」

艶やかな濡れ羽色の長い髪が、ふわっと風になびいている。薄手の白いブラウスの、透けたレース地のブラジャー越しに見える隆起がたまらなく悩ましい。

その姿に見入るうち、胸に熱いものがこみあげてきて、書道家はドアを開けてふらふらと車の外へ出た。

そして城戸美都子へ面と向かい合った。午後の明るい陽射しの下、あまりに美貌がまぶしすぎて目を合わせられず、自然と視線は下へ向いた。

見事に深くくびれたウエスト。派手なピンク色のタイトミニに包まれた優美な太腿が、いやでも目に飛びこんでくる。ああ、なんという若々しさだろうか。

「まあ……びっくりしたよ。留守の間にすっかり店の様子が変わってしまったからねえ。フフフ。わ、私のような年寄りには、悪いが、どうもああいった雰囲気はよくなじめないんだ」

美都子はこみあげてくる感情を殺すように、鮮やかな朱唇をきつく噛みしめ、しきりに小さくうなずいている。

その魅惑的な唇に、書道家は魂を揺さぶられていた。キスしたくてしたくてたまらない。南原たち卑劣漢から助平ウイルスをうつされたかのようだ。

「まあ、こういうご時世だから喫茶店の経営も大変なんだろう。私ら部外者がとやかく言える筋合いじゃないさ。美っちゃんも、がんばって」

「……先生も、どうかいいお仕事をなさってください。いつか、気が向いたら、その時はぜひまたコーヒーを飲みに立ち寄ってくださいね」

切れ長の濃い黒眼は哀しみに潤んでいた。その濡れた目でねっとり見つめられ、浅見の脳天は灼きついた。

（ああ、もう我慢できない……）

こんな激情は経験したことがなかった。自分には愛する妻がいることも意識から飛び去っていた。今はただひたすら、目の前にいるこの絶世の美女を強く抱きしめ、甘美な唇を吸いつくしたかった。

4

　最後に深々と一礼し、くるりと踵をかえしかけた美都子の、その手首を浅見は思わずつかんでいた。

「は!?……」

　目と目が合った。美都子はとまどいながらも甘く潤んだ眼差しを浅見へ注いだ。ピンク色に上気した目もとがなまめかしい。

「美っちゃん……」

　後はもう衝動に駆られるまま、書道家は、美都子の身体を城戸珈琲の建物の壁へぐいぐい押しつけた。

「先生、どうなさったの。ああっ、ねえ、いけませんわ」

　浅見は、女体をしゃにむに抱きすくめた。とろけそうな髪の香り、甘い体臭にカアッと我れを忘れ、キスを求めた。

　美都子は弱々しく逃れながら、すすり泣くような声で「いや、いや」と言うのだが、それはかえってウブな書道家の肉欲をけしかけるばかりだ。

　とうとう二人の唇が重なった。美女の柔らかな唇がこちらへチロチロ触れただけで、浅見の一物はズボンのなかで激しく火照る。

そうしていったん唇をふさがれてしまうと、かつての鉄火娘の防壁は信じられないくらいあっけなく崩れ落ちた。「アアン」と媚声を放ち、相手の舌先を受けとめては、甘くそれにじゃれついてみせる。

店で、南原や速見たちに卑猥にいたぶられて、マゾの官能はすっかり溶けきっていた。誰でもいいから抱きしめて、思いきり口を吸ってほしかった。刹那的な魔楽に浸りたかったのだ。

「美っちゃん。すまないね。君が……ああ、君が愛しくて、可愛くて、どうしようもなくて……」

「ううん、先生、美都子、うれしかった。さっき私のこと、守ろうとしてくれて」

次に舌を差し入れてきたのは美都子のほうだった。浅見にしなだれかかり、ボリュームいっぱいの乳ぶさをこすりつけて、悩殺的な肢体を左右にくねらせながら。

甘く心地よい唾液がねっとりと口いっぱいにひろがる。みるみる書道家の顔面は紅潮した。あまりの感動に膝頭がガクンガクン震えてしまう。

白昼の屋外駐車場で、奇妙な取り合わせの二人は熱いディープキスにふけった。

小柄な書道家の腕に抱かれながら、美都子は、やるせない吐息をもらし、はしたないほどにヌラヌラと舌腹を差しこんでくる。

大鷹市全体のアイドル的存在である美女の、いったいどこにそんな淫蕩さがひそんでいたのかと浅見は舌を巻いた。それともこの五十五歳の自分にそれだけまだ魅力があるということかと、自信めいた感情がもりもり湧いてくる。

「抱きたいんだ。ホ、ホテルへ行こう」

「ああン、それは無理ですわ、先生。だってお店の仕事があります」

「あんまりだよ、美っちゃん。ああ、私は気が狂いそうなんだ」

浅見は薄くなった髪を振り乱して、しがみついた。すらりとした女の首筋へキスの雨を降らした。

「もう困らせないで。先生、いったいどうなさったの？」

「あ、あんなところで、あんな場面を見せつけられたら、頭がおかしくなるのも当たり前じゃないかね。それにあんたの、この格好が、私には悩ましすぎる」

「それじゃ……車に行きましょう、先生」

美都子は白い指で黒髪をたくしあげて、ムンムンと妖気を放ちながら、浅見の車を指し示した。

「え？　車でどこか行くのかね」

「どこへも行きませんけど……あのね、先生……お口でイカせてあげるわ。美都子が今できるのは、それくらいですもの。ね、今日はそれで我慢なさって」

車のなかに入ると、美都子は自らすすんで運転席の書道家のズボンのファスナーを開き、黒ずんだ肉塊を取りだすのである。

「誤解なさらないで。こんな淫らなことするの、初めてなんです。私、ただ、先生の気持ちがうれしくて……だから、お礼がしたくなって」

ペニスは、およそ人格者らしからぬほどに充血しきっており、美都子はそれを指で巧みにこすりたてては、甘ったるい口調で言いわけをする。

やがて男の股間へ顔を埋めた。か細い泣き声を「アン、アアン」ともらしては、悩ましく顔面を揺すりはじめた。

浅見はリクライニングシートにゆったり身を預けて、天をあおぎ、感激のあまり「ヒイヒイ」と悶え泣く。

それから視線を落として、愛撫にふける城戸美都子の官能的な横顔をふと見おろした。

ああ、なんとアドレナリンをかきたてられる光景だろうか。

美都子のうっとりするほど魅惑的な朱唇から、自分のペニスが見え隠れしている。光沢にみちた髪を揺すりながら、彼女が怒張を吐きだすたびに、節くれ立った茎胴が甘美な唾液で濡れ光っているのがのぞける。

「あ、ああ、いい気持ちだ。ううう、たまらんよ」

口腔の温かな粘液で勃起を快美にしごかれながら、浅見は重く唸った。五十余年の人生で、これほど激烈な快楽は味わったことがない。

ブラウスのなかへ手を入れ、乳ぶさをつかんでタプンタプンと揉みしだいた。実はさっきから自分もそこへ触れてみたくてならなかったのである。

「あのやくざ者め、この清らかなおっぱいを好き放題にしおって」

ぴちぴちと張りのある手ごたえがうれしくて、肉茎はさらに直立し、早くも先走りの汁がピュッ、ピュッと噴きだしてくる。

「アアン、先生、ごめんなさい」

口腔全体を使って、粘っこく抽送する美都子。敏感な乳ぶさを揉みほぐされて、その横顔はカアッと真っ赤になり、よがり声が噴きこぼれる。

「いいんだ、いいんだ。あんたのせいじゃないよ、美っちゃん。これからも私が守ってあげるからね」

「ンン……アンン、アフンン」

フェラチオする美都子の泣き声が、ますます切迫してくる。それにつれ浅見の興奮も高まる。

「先生、呑ませて」

「う、ううっ、しかしそんな……」

「ねえ、お願いです。美都子のお口にたくさん呑ませて」

砲身に絡めた指が、唾液をはじいてキュッキュッと動く。雁首のくびれに舌腹が押しつけられ、強くこすったり、チュッチュッときつく吸いまわす。

極道者の千野にこってり仕込まれた美都子にすれば、純情な初老の浅見を骨抜きにすることなど造作もなかった。

「いかんっ。うおうう……」

書道家は、激しくうめいて腰を浮かせた。そして邪淫のほとばしりをドドッと口中で噴きあげた。

5

星島百合はその夜遅く、六郎の住む安アパートを訪れた。

このところ週に二度は様子を見に立ち寄っていた。

ひどいアル中の、恋やつれで少し頭のおかしくなった五十近い男の身上を、別に心配しているわけではない。

千野の命令なのである。六郎がトサカに血が昇って妙な真似をしないよう、監視すると同時にミルク抜きをしてこい、と言い渡されてあるのだった。

ドアをノックすると、六郎が恐ろしく不機嫌な顔をして出迎えた。

「なんだ、またおまえか」

血を吸ったような赤い眼をしている。息が荒く、そしてひどく酒臭い。

「また、はないでしょう。フフ。ちょっとあがっていってもいい、六さん？」

「勝手にするさ。だが俺は忙しいんだからな。なんにも相手はできんぞ」

「わかってます。ウフフ。私の口なら、いつでも使わせてあげるわ」

六畳二間の部屋はいつもながらのひどい荒れようだ。テレビ画面はブルーバックになっており、やはり思ったとおりビデオ鑑賞をしていたところらしい。

（相変わらず美都子お姉様の本番ポルノを眺めて、せんずりってわけね）

そうして六郎が吐きだす不潔な体液を、百合は何度も口で呑まされたことがあるのだった。

内心うんざりして台所へ行き、冷蔵庫から勝手に缶ビールを出した。プルリングを抜いて、ぐいと喉に流しこみながら戻ると、あきれたことにもう六郎はオナニーを再開しているではないか。

〈ああン。あっああ。いやン、許してェ、そんなの、イヤ……〉

百合もよく聞き慣れている美都子のよがり声が響いている。

テレビ画面には、緊縛されて千野に犯されている美都子のあられもない姿が映しだされていた。

哀れな男だとつくづく思う。百合がまだ高校生で、城戸珈琲でアルバイトをやりはじめた頃はこんなじゃなかった。ロマンスグレイの渋い職人肌で、店で騒ぐやくざ者を一喝し、追いかえしたこともある。

鷹尾組と手を組んで、美都子を罠にはめる計画に加担してから、坂道を転げ落ちるようにして人格が破綻していったのだ。

（でも、きっと駅周辺の地上げが終わって、用ずみになったら、虫けらのように

殺されちゃうんだわ）

鷹尾組にとって六郎はしょせん邪魔者だった。あまりにいろいろなことを知りすぎている。城戸美都子の奴隷調教に欠かせない存在だからこそ、千野も今はおだてて付き合っているが、腹の内では違う。「あのいかれたアル中をぶっ殺す日が楽しみだぜ」といつもうそぶいているのだから。

（あっさり殺されるんじゃ面白くないわねえ。どうせなら、千野さんにひと泡吹かせるような大仕事をしてくれなきゃ）

美都子の調教ビデオに釘づけになって、せっせと一物をしごいている六郎の姿をぼんやり眺めながら、百合は考えをめぐらした。

やくざに誘拐され、処女を奪われた悲惨な過去をもつ、この十八歳の美少女にとって、男という男はすべて憎き仇だった。本当に愛するのは六郎と同じく、城戸美都子ただ一人なのだった。

「ねえ、六さん……」

「うるせえぞ、百合。俺は今、忙しいのがわからねえのか」

「ごめんなさい。でも、美都子お姉様のことなんだけど」

「お嬢さんのこと？　なんだ、話してみろ」

六郎はチッと舌打ちしてビデオをとめた。そしてウオッカをボトルごとがぶ飲みした。

「明日、とうとう売春させられるのよ」

「フン。そのくらい知ってらあ」

「六さん、くやしくないの？　だって、本当ならお姉様をまっさきに抱く権利があるんでしょ」

「…………」

「お姉様、いろんな男に犯されて今とても精神的に不安定なの。おまけに千野さんの命令で、城戸珈琲のシステムもすっかり変えられてしまったでしょ。頼れるのは六さんしかいないと思うの」

「だからどうした。へっへ。美都子お嬢さんが頼りにしているのは昔から、この六郎様だけよ」

不気味に唇をめくらせて笑うと、酒をぐびりとあおった。

「だからね、何も鷹尾組にお膳立てしてもらうのを待たなくたって、お姉様をものにできると思うのよ。あんなに六さんのことを慕っているんだもの。優しく慰めてあげながら、自然とそういう雰囲気にもっていけば、絶対に口説けるわ」

「百合。おめえ、俺をけしかけるのか。見かけに寄らず恐ろしい小娘だな」

「だって私、六さんの味方だもん。お姉様と六さんが一日も早く結ばれてほしいと思うんだもの」

「……なるほど。へっへ。おまえの言うことも当たっているかもな」

百合は六郎にすり寄って、べろんと露出した一物を優しく指であやしはじめた。

「そうでしょう？　狙うなら売春させられて帰ってきた時だわ。きっとお姉様、身も心もぼろぼろにされて、六さんの優しい言葉を待っているはずだもの」

六郎は赤い目を異様にぎらつかせて、何やら考えこんでいる。百合の手のなかで、勃起は猛り狂って熱く脈動している。

（ああ、気持ち悪い。なんて馬鹿な男なのかしら。すっかりその気になってる）

「ウム。そろそろ俺も勝負をかけるかな」

「そうよ。六さん」

「そうだそうだ。ヒヒヒ。いつまでもせんずりこいてばかりじゃ頭がおかしくなるわな」

とっくに頭が狂ってるじゃない。百合はそう言ってやりたいのをこらえた。

「よし、今夜は予行演習だ、おまえとマ×コはめるぞ」

「え……本気なの？」

少女は狼狽した。これまで六郎がセックスするところは誰も見たことがなかった。いつもオナニーかフェラチオで性欲を処理していたから、まさか自分の肉体を求めてくるとは思わなかった。

「どうした。照れてるのか、百合？　へへへ。たまには俺だっておまえに優しくしてやろうって気になるさ」

六郎の自惚れにはひどい吐き気がしたが、百合は黙って言いなりになることにした。

せんべい布団に横たわると、六郎が酒臭い息をまきちらしながら貧弱な体を覆いかぶせてきた。肉柱が、ズブリズブリと秘肉へめりこんだ。

「そら、百合。マ×コつながったぞ。どうだ、うれしいか？」

女体を前後に揺さぶり、何度も囁きかける。

「ああ、六さん……うれしいわ」

「可愛いやつめ。へへへ」

若々しい双乳を握りしめて、怒張をこねくりまわす。熱くヌルヌルした少女の粘膜がぴっちり貼りついてきて、思わず口から雄叫びがこぼれる。

「そらそら。六郎様の魔羅は素敵だろう、なあ、お嬢さん」

本格的なピストン運動に入る頃には、六郎の意識のなかで百合はいつの間にか美都子とすり替わっていた。荒々しく媚肉を貫きながら、愛しい女の名前をひたすら呼びつづけた。

第七章　高級娼婦の初舞台

1

大鷹市の郊外にある、鷹尾組の修練道場。そこには常時、若い組員が十数人寝泊まりしており、日がな一日、格闘技の訓練をしたり麻雀を打ったりしている。市内から十キロの丘陵地帯という人目につかない好立地もあって（かつて連れこみ旅館だったのだからそれも当然だ）、客人に女をあてがったりする際にもひんぱんに利用されている。

今夜訪れている客は、三好といい、駅前商店会の会長を務める男だ。

大鷹駅前再開発は、商店会の協力なしには当然進められないものだが、洋品店を経営するこの三好は、かねてから強硬に再開発反対の立場を貫いて、鷹尾組もほとほと手を焼かされていた。

地上げ対象となる店舗はおよそ三十軒、そのうちまだ半分しか契約を結べず、思うような地上げができていないのも、三好が、城戸美都子とともに睨みをきかせていたのが原因のひとつだった。

それがここへ来て情勢が大きく変化してきた。もちろん、再開発反対の牙城である城戸珈琲が借金問題で経営ピンチに立たされたためだ。駅前商店会の綺羅星だった城戸美都子が、とうとう鷹尾組の軍門にくだったという噂が流れだして、反対派の結束が崩れた。抜け駆けして、松菱土地開発とひそかに売買契約を結ぶ商店主も一人や二人ではない。

そして今夜、商店会の会長、三好が鷹尾組の特別のもてなしを受けることとなった。

「まあ今後ともよろしくお願いしますよ。会長さん」

若者頭の千野が愛想笑いを浮かべて徳利の酒をついでやる。盃を受ける三好も
「いや、こちらこそ」と口もとをほころばせている。さっき提示された買収価格は、他の店舗よりも三割ほど上乗せがあったのだからそれも当然だ。

おまけにこれから素晴らしい余禄にあずかることができる。なんと、あの城戸

美都子を抱けるというのだ。

いま三好の隣りには、和風美人の純子がブルーのスリップ姿で酌婦としてはべっている。その片手は芸者よろしく、三好のズボンの上にさりげなく置かれて、太腿から股間にかけてを愛撫している。

「うひひ。まあ、この年になってこんな楽しい思いをつづけてさせてもらって、まるで夢のようですな」

三好は、美女の艶やかな肩を抱いてうまそうに酒を飲んだ。

年の頃は五十二、三。すっかり頭がハゲあがって、額のところには大きな瘤ができている。丸くて赤いざくろ鼻、極端に分厚い唇とあいまって、異形さを印象づける。

それでもふだんはしかつめらしい顔をして商売に励んでいるからまだいいのだが、今のようにだらしなく好色さ丸出しにニヤけていると、醜悪さがいやます。

実は昨夜は近郊の温泉へ出向き、純子と一晩をすごしているのだった。かつて憧れた元ミス大鷹の、脳髄まで痺れる濃厚な奉仕を受け、その二十八歳の熟れた美肉をしゃぶりつくしている。

「なんでしたら、間つなぎに、純子に口でも使わせてみたらどうです、会長さん。

「ああン、会長さんのたくましいコレ、おしゃぶりしたいですわ。ねえ、いいでしょ？」

そう言って千野が、純子に目配せする。

あたしに遠慮は無用ですぜ」

「おいおい、純子、おまえ昨夜も俺のチ×ポが腫れるくらいチューチュー吸いまわしたじゃないか、まったく」

「会長さんのいじわる。だって、とてもおいしかったんですもの」

「へへへ。可愛いことを言いおって」

三好は、ハゲ頭を紅潮させながら純子の口を吸いとった。いやらしく舌を差し入れ、ネバネバと口腔を舐めまわす。すると純子は芝居がかった鼻息をもらし、抜け目なく親爺の股ぐらを触って、悦ばせてやるのだ。

「しゃぶらせて。ねえン」

「ウーム。しゃぶらせたいのはやまやまだが、なにせ、せがれには今夜これから大仕事が待ってるからなあ。あまり寄り道させるわけにはいかんのだ」

「へっへっ。ごもっともで。無駄打ちしたらえらいことですからな」

内心では、この狒々親爺め、と毒づきながらも、千野は愛想よく相槌を打っている。

「しかし千野さん、俺にはどうもまだ信じられんのだが、本当に、その……うへへへ、これから、城戸のお嬢さんと遊べるのかね」

「あと十五分もすればわかりますよ。ちゃんと会長さんのリクエストどおりに、向こうでせっせと支度をさせていますから」

それを聞かされ、三好の醜い顔がぐしゃりとほころんで、いっそう見苦しくなった。

「よくまあ、あの勝ち気な娘を手なずけましたな。昔から正義感が強くて、やくざ者を蛇のように嫌っておりましたからな」

「いえいえ。そこはまあ蛇の道は蛇というやつで、おっと、これはどうも失礼」

「うまい。泣く子も黙るすご腕の若者頭は、しゃれもお上手だ。ウハハハ」

駅前商店会の会長は、純子といちゃついて頬ずりしながら、上機嫌にはしゃいだ。

界隈の商店主にとって、城戸美都子はスーパースターだ。この三好を含めて再開発反対派の連中は、美都子の機嫌を損ねたくないからこそ土地を売らなかったといっても言いすぎではない。

その美都子が、借金のカタにいよいよ娼婦稼業をさせられると一昨日知った時、三好は心臓が破裂せんばかりに仰天し、そして陰湿な欲望がカッカッと熱く激しく燃えたぎったものだ。

「先程も申しあげたとおり、美都子は今夜がマゾ娼婦として記念すべき口あけです。お披露目の相手にはそれなりにふさわしい身分の方をと、我々が選んだのが三好会長、あなたです」

「本当に、身にあまる光栄ですな」

「それだけ我々も会長さんを尊敬し、信頼しておるわけです。商店会のまとめ役として、残る開発用地の買収に力を貸していただきたい。時間を食いすぎてあまりのんびりはしていられません。くれぐれもよろしく」

それまで低姿勢に愛想をふりまいていた千野だが、その台詞を言う時だけはやくざ本来の鋭い目つきとなった。

「わ、わかってますよ、千野さん。わたしも男だ。約束は実行する。大鷹市の発展のために、ここは小異を捨てて大同団結すべきだ、と肚をくくったんですからな」

「頼もしいお言葉を聞けて、ほっとしましたよ。フフフ。今夜は、城戸美都子と寝床のなかで、肌をこすり合わせながら、積もる思い出話でもしていってください」

「しかし、ああ、どうにもまだ信じられませんな。あの城戸家のお嬢さんといい思いができるなんてねえ」

三好はぐじゃりと醜く顔をほころばせたまま、しきりに首を振りふり、興奮した声で呟いた。

2

美都子は、夜具の横にきちんと正座している。娼婦デビューの口あけの客を、相手が誰とは知らされぬままに、不安と恐怖いっぱいの気持ちで待っていた。

(とうとう最低のところまで、堕ちてしまったのだ)

千野の情婦になれば、すべて丸くおさまると思った自分の愚かさを、美都子は嘆いた。

もし今夜の相手が自分のことを知っている人間だったらどうしよう。そして六郎の耳にもれ伝わったら。

城戸珈琲をいやらしい風俗営業の店みたいに変えられたあげく、こんなつらい思いまでしなくてはならないとは……。

鼻の奥がツーンとしてくるが、涙はもう涸れはてている。たった今まで、床入りの化粧を、例によって世話係のクニ子の手でほどこされ、わずかに残っていた涙まで搾りとられてしまっていた。

『あんた、最初に会った時よりかずいぶんと女っぽくなったねえ。見違えちゃったよ。ウフフ。このお乳も腰まわりも、お尻だって、あの頃と感じが全然違うよ。淫らそのものだもの。殿方のおチ×ポ、たくさん咥えこんで、オマ×タぐっしょり濡らして楽しい思いしたんだね。あたしにはすぐわかるよ』

斜視の目でじろじろ美都子の裸身を値踏みしながら、銀歯だらけの口から臭い息を吹きかけてたえずそんなふうに話しかける。

『今度、あたしとも遊ばないかい、美都子？　もうプロの娼婦なんだからさ、いつまでもお高くとまってないで、どんなことでも体験しなくちゃね。あんたのオマ×タなら一晩中ずっとしゃぶってあげてもいいよ。レズっ気はないけど、あんた見てると不思議に興奮しちゃうんだよ』

化粧の合間には、胸をモミモミしたり秘部をいじったりして、そんなおぞましい言葉を浴びせてくる。

『なんだい、いやなのかい、美都子。あんた、鷹尾組でこれから一生世話になるんだから、このクニ子様にゃ逆らわないほうがいいよ。わかるだろ？ そんなお馬鹿さんじゃないよねえ』

美都子のような高級娼婦が客をとらされる時には、必ず自分が世話係として付けられる。だからもし自分の機嫌を損ねたら、どんないやがらせをするかわからない。などと脅しては、ネチネチと肌をまさぐるのだった。

いくら空手が強くても、クニ子のような女にかかっては、まったく自分が無力であることを美都子は悟らされた。

それにしても表情に哀艶さをにじませ、行儀よく正座して客を待つその悩ましい姿ときたら……。同性のクニ子でさえ妖しい気持ちになるのも無理はなかった。

身につけているのは、シンプルな純白のナイロンブラとパンティのみで、屈辱的な後ろ手錠をはめられている。

『お客さんからのリクエストなのさ。下着の色もデザインも細かく指定されてねえ。空手が怖いから手錠をかけろって。これだと胸縄で邪魔されたりしないから、ほら、あんたのセクシーな下着姿がよく拝めるんだろ』

そんなクニ子の言葉の端々から、相手の男の変質さが伝わってきて、いったいどんないやらしい男なのだろうか、と美都子はわななないた。

床入りの化粧は、初めて千野に抱かれた時とは違って、ごくごく薄めだ。それも客の好みらしい。

薄化粧だけに、花びらのような唇の、口紅の紅さが鮮やかで、色白のきめ細かな肌とのコントラストが悩ましい。

キューティクルにみちた、腰までの黒髪は、やはり眺めの邪魔にならないよう、それでいてセクシーさを感じさせるよう、首の後ろを通してまとめて左肩へまわされ、胸もとへ垂らされてあり、右の耳の後ろに小さな髪止めがひとつある。

美都子自身、今の姿がどれほど男を悦ばせるものか、これまでの淫猥な経験を通じて理解していた。そして悲しいことに、好きでもない相手に性的にいたぶられ、被虐の官能がとろけてしまうことも。

男が入ってきたらしい。部屋は、連れこみ旅館当時のまま二間つづきで、美都子が待機しているのは奥の寝室である。

襖一枚へだてた隣りで、男が酒に酔ったハアハアという息づかいをもらして茶をすっている。耳をそばだてて美都子はその気配を感じ、パニック状態に陥りそうになる。後ろ手錠のまま、なりふりかまわずこの魔窟から逃げだしたくなる。襖がスーッと静かに開けられた。

客と相対したら娼婦としての口上を述べろ、と千野から教えこまれているが、舌が凍りついていてとても口が動かない。

恐ろしくて相手の顔を見ることもできなくて、うつむいたままガクガクと震えている。

男は「ほほうっ」とひと声呟いて、しきりに感心したような唸り声と助平そうな笑いをもらしている。

美都子の野性的な勘は、そのちょっとしたヒントだけでも、一度ならず会ったことのある相手だと見破ってしまう。

(ああっ、この声、この匂い……確かに記憶があるわ。誰だったかしら。怖いわ。ああ、どうしよう)

背筋にざわざわ悪寒が走る。最初に身を売る相手は、どうやら自分と近しい人物らしかった。

「震えてるねえ。くくく。そんな怖がらなくてもいいんだよ、美っちゃん」

「…………」

「いや、娼婦を相手に美っちゃんと呼ぶのはおかしいな。今夜だけは、美都子、と呼び捨てにしよう。いいね」

美都子はがっくりうなだれている。

くぐもりがちのネトネトした相手の声を聞きながら、戦慄とともにある人物を思い浮かべていた。

（ああ、まさか絶対にそんなはずはない。それだけはあってはならないわ）

美都子はむなしい祈りを神へ捧げた。

男はすぐ横にしゃがんで、美都子のブラジャーの深い谷間をじろじろのぞきこみながら、しきりに酒臭い息をハアハア吹きかけてくる。美女の黒髪は反対側へ寄せられてあるため、肩先から胸もとへかけて、なんとも甘美きわまる眺めとなっているのだ。

「すっかりいい女になってよ。あんたとこんなふうに二人きりで会えるとはなあ。ククク。人間の運命とはまったく不思議なものだ。先代もあの世で、さぞたまげておられるだろうな」

いきなり男の手が髪に触れてきて、美都子はぎくりとした。

いい子いい子するように頭を撫でて、サラサラした練り絹の感触を味わいつつ、男は美都子の細い顎をしゃくりあげた。

「黙っていないで、なんとか言ったらどうかね」

いやでも互いの視線がぶつかり合った。そして不吉な予感が的中したことを美都子は悟った。

「……三好のおじ様っ。ど、どうして？」

「あんたこそどうしたね。こんなエロっぽい格好して。うへへ。もう魔羅が騒いでたまらんわい」

異形の商店会会長は、目の前で浴衣の股ぐらを卑猥な手つきでぐいぐいこすっては、美都子を脅えさせた。

「好きだったんだよ。ずっとずっと、あんたがまだ子供の頃から、こんな日が来るのを待っていたんだ」

「ああっ……い、いやよっ、こんなのいやっ！」

三好の手が、純白のブラジャーの隆起をそっと包んできた。美都子は後ろ手錠の身をクネクネさせて抗うのだが、かえって相手の興奮をかきたてるばかりだ。

「こらこら。おとなしくしていないと千野を呼ぶぞ。もっとつらい目にあうんだぞ」

美しい黒髪を頭のてっぺんでわしづかみ、ぐらぐら揺さぶった。

「ゆ、許して、おじ様。ねえ……美都子をこれ以上哀しませないでっ」

弱々しい悲鳴が噴きこぼれる。その瞳から、涸れはてたと思っていた涙がぽろぽろと流れだしている。

3

美都子は情感的な音色でシクシクと嗚咽を繰りかえしている。

なにしろ同じ駅前商店会の古くからのメンバーで、美都子にとっては父親同然、生まれた時からずっと可愛がってきてもらった三好である。よりによってその男が最初の売春客であるとは……。

その顔へ、三好はキスの雨をチュッ、チュッと降らせながら「ああ、可愛い美都子」と口走り、流れでる涙まで舌ですくいとってやる。

そうしながら、興奮してどうにもならないのだろう、浴衣からヌッと飛びだしたおのれの怒張をしきりに揉みしごくのだ。

「ああ、こんな感激は生まれて初めてだよ。美都子が、下着姿になっている。ヒヒヒ。ああ、この身体、やっと俺の好きなようにできるんだ」

「う、ううっ……」

「おとなしくしていろよ。娼婦がお客にたてつくのはご法度だからなあ。へへへ。まあ手錠をかけられちゃ、さすがの美都子もどうにもなるまい」

そう言って、ぐいとブラジャーのカップを押しさげた。

形よく熟れきった真っ白い乳ぶさが片方プルンッとこぼれでて、それをすかさず揉みしだく。

「こんな立派に乳が膨らんで。ウヒヒ。よく成長したもんだなあ。子供の頃はがりがりだったくせに。いろんな男にモミモミされたんだろ、美都子？」

「ああ、いやよ、おじ様、やめてくださいっ。な、なぜ、鷹尾組なんかと手を組んだのですか？」

「おいおい。俺がずっと土地を売らなかったのはな、この際ぶっちゃけて言えば、そもそもおまえの気を引くためだったんだぞ」

三好は毒のある笑いを浮かべて言った。

見かけ以上に豊満な憧れの胸乳に、きつく指を食いこませてユサユサと揉みにじっては、令嬢の類いまれな美貌が、屈辱に紅く染まってゆくのをうっとり見つめている。

「再開発反対を唱えていれば、しょっちゅう会合でおまえと会えるし、城戸珈琲でも愛想よく迎えてもらえるからな。他の連中だってみんな同じさ。なのに、どんな理由があったか知らんが、いつの間にかおまえはやくざの千野の情婦にされてしまった。それじゃ再開発反対を叫んでも面白くもなんともないから、ここに来てみんなバタバタと売買契約を結んでおる」

「そ、そんな話、信じられません」

「信じなくともいい。まあゴネたお蔭で、へへへ、買収条件はぐんとアップしたし、こうして美都子を抱けることになったし、俺としても文句はないんだ」

「……ひどい、ああ、そんなのって」

美都子は完全に打ちのめされていた。

外見はいささか不気味でも、心根は優しくていつもニコニコしていて、子供の頃から自分がなついていた近所のおじさんが、まさかこんな卑劣で好色な男だったとは。

しかも反対派にいた商店主は、どれもみな三好と同じ穴のムジナだという。毎日必ず城戸珈琲に集い、憩いのひとときをすごしていたあの男たちは、実は自分の身体をいやらしく覗き見していたのか。

ショックのあまり美都子が愕然としている隙に、三好は、野卑な三白眼を走らせて、シンプルな純白のパンティや、すらりと伸びた太腿の官能美を堪能している。

抵抗する気力が失せていると見るや、バストを粘っこく愛撫しながら、美しい首筋の一帯を舌でペロペロ舐めつづけてぐっしょり唾液まみれにするのだ。片方の手では、きつくくびれた腰部からヒップにかけてを撫でまわして「ああ、たまらないよっ」としきりに呟いている。

「キスしよう、美都子。いいだろ」

三好は、ハゲ頭の大きな瘤を充血させて襲いかかる。ツヤツヤと艶美にぬめった唇を吸いたくてたまらないのだ。

美都子は耐えきれずに、反対側へ顔をそむけた。絶対にキスは許すまいときつく唇を嚙みしめた。

「なあ。好きだったんだよ。俺がどれだけ美都子を想っていたか、教えてやろうか」

「いやよ！　もうそんな話、聞きたくありません」

「いいから聞けって。フフフ。おまえ、中学から高校の頃によくうちの店で服を買ってくれたっけな。へっへ。おまえが試着室に入るたびに、どうにか着替えをのぞけないものかと狂おしい気分で悶々としてなあ」

「やめて……」

思春期のなつかしい思い出を無残に踏みにじられ、美都子は白い肩を震わせた。

「だが俺だけが特別じゃないぞ。こんな退屈な田舎町で、美都子のような美少女が近くにいたら、男なら誰でも同じ妄想を抱くはずだよ」

あまりのおぞましさに美都子が鳥肌を立てていると、三好はさらに信じがたいことを口にした。

なんと、試着室のひとつをわざわざマジックミラーに改造し、美都子が入って着替えするたびに、鏡の向こう側からビデオ撮影していたというのだ。

「あれだけが楽しみで商売やっていたようなもんだ。数えきれないほどせんずりこいたっけ。へっへへ。女房もうすうす気づいてたが文句は言わなかった。なにしろ、おまえが着替えているビデオを見ると、ふだんはしょんぼりした魔羅がびんびんにオッ立って、夫婦生活も円満に運んだからなあ」

「ああ、もうやめてっ。おじ様、そんな不潔な話、やめてください」

「何を。やくざの情婦が、聞いたふうなナマを言うな。こら」

三好は美都子の頬を平手で張った。二度、三度。ごく軽くだがそれでもぴしゃり、ぴしゃりと小気味いい音が響いた。

「へへん。そりゃ俺だって、おまえが堅気の娘ならこんな話はしやしないさ。淫売の正体を知ったからこそこっちも安心して、べらべらとクソもミソもしゃべってるんだ」

温厚で実直な人柄を演じていた駅前商店会の会長が、今その仮面を脱ぎ捨てたというわけである。

「おまえ、千野をここへ呼んでほしくなかったら、もっと俺に対して従順になることだぞ。いいか」

綺麗に梳かれてある黒髪をぐいぐい引き絞って、脅しをかける。女優を思わせる端整な顔立ちが引きつるのを、舌なめずりして眺める。

「そらっ」

「あ、うう……」

もう片方のカップも一気にぐいと押しさげられ、美都子はあえいだ。

卑劣漢は、形よく上向きに隆起した双乳をもろにつかんで、恍惚とした表情となってモミモミしはじめる。と同時に、浴衣から露出したたくましい弓なりを柔肌へこすりつけてくる。

「ああ、たまらん。うう……チ×ポから涎れが噴きだしておるわ」

こんな光景をかつて何度も夢想していたのである。

いつも盗撮ビデオでしか拝めなかった城戸美都子の、甘美なる純白の下着姿を楽しみながら、ペニスの先端から粘っこい液をふりまいてはにんまりするのだ。

4

なおも三好の異常な告白はつづけられた。

「いつも美都子は白の下着だったっけな。高校生になって番長でツッパッていた時だって、中身はウブで、こんなふうに清楚な下着をつけていたもんなあ。よく覚えてるぜ。ひょっとしたら美都子以上にな。うひひ。おまえの乳が少しずつ膨らんで、腰のラインが女っぽくなるのまで、俺はずっと観察していたわけさ」

「ひどすぎますっ！　あ、ああ、信じられないわ。三好のおじ様が、そんな変態だったなんて」

「フン。俺だけじゃないさ。まめに盗み撮りするうちに、何本もビデオがたまってな。近所の何人かにせがまれて、そのビデオをコピーして分けてやった。大好評で、みんな高い値段で買ってくれたよ」

三好はいかにも自慢げな口調で、すらすらと四人の商店主の名を挙げた。いずれも城戸珈琲の常連客ばかりだった。

ああ、どの男も、破廉恥きわまる盗撮ビデオを見て欲情していたのか……。美都子の心はズタズタに切り裂かれた。これではなんのために城戸珈琲を守り抜こうと苦労してきたのかわからなくなってしまう。

(お祖父ちゃん。美都子、もう駄目。生きてゆく自信がなくなったわ。ねえ、どうすればいいの?)

三好のような男に肌を汚されるくらいなら、まだやくざ者に嬲られるほうがましに思えた。同じ悪党でも、偽善の仮面をかぶったりしないからだ。

「それだけ男から想われりゃ本望だろ。観音様を開いてやろうって気にもなるんじゃないのか」

醜い瘤にざくろ鼻の異形の商店会会長は、荒い息を吐きかけ、パンティの中心をまさぐってきた。

「ヒイ……いやよっ」

後ろ手錠をかけられたまま、魔手から逃れようとセミヌードの女体を必死でくねらせる美都子。片側へ集められた黒髪が少しほどけて、ハラリ、ハラリと顔先へ垂れかかり、たまらない被虐美をかもしだす。

「やめて……触らないで。そ、そこ」

形のいい太腿をぴたりと閉じ合わせた。

三好の欲望は熱く激しくたぎる一方である。いま自分がいやらしく迫っている相手は、大鷹市の男たちすべてをとりこにする、二十三歳の伝説的な美女、天下の城戸美都子なのだ。

あっさり降伏してこちらに身を任せてくるようではつまらない。少しは手こずらせてくれないと得意のサディズムを発揮できないのだから。

脅え、そして恥じらい、屈辱にわななく美女を無理やりに股を開かせ、ズブリズブリ犯すことこそ、男として最大の悦びであると三好は信じている。

「おまえが女だてらに空手なんか使わなければ、あのビデオをネタに脅迫して、とっくに強姦していたよ。学校帰りのセーラー服姿を見かけるたびに、もうやりたくてやりたくて気が狂いそうだったからな」

「う、うう……」

「俺も大鷹の男だ。強姦したあとは、ちゃんとこづかいをやって愛人にするつもりだった。おっかない先代の目をうまく盗んで、色事を叩きこんでやろうとな。そうなっていたら、きっと今頃は幸せそうに俺のチ×ポコをしゃぶっていたはずさ。ハハハ」

「だ、誰があなたなんかの愛人になるもんですか。あ、ああ、触らないで」

「娼婦のくせに何をほざくか」

狡猾な三好は、千野の名前をちらつかせては強引に迫り、パンティ越しに秘唇を押し揉むのだ。

「あれあれ。もうこんな濡れているじゃないか、美都子。へへへ。さすが千野のお仕込みだけあるな」

その部分をいたぶられ、みるみる美都子は骨抜きにされてゆく。

「いくら心でいやがっても、男に抱かれてよがり汁流すたびに、どんどん変わってゆく、そういうタイプの女なんだよ、おまえは。俺にはわかるさ。なにせ、鏡越しにずっと何年もおまえの身体を観察してきたからな。ほらほら、もっと汁を出してみな」

「……う、うう……うぐぐ」

とうとう唇をふさがれた。

三好はいったん舌をこじ入れると、ヌチャヌチャとかさにかかって美都子の口腔を犯した。甘やかな粘液を吸いあげ、柔らかな粘膜感を貪った。

「よしよし。男まさりを装っても本当はマゾっ気たっぷりなんだろ、美都子？」

「ああン、ち、違います」

悩ましいパンティの腰部をくねらせて訴える美都子。

きりっとした眉が折れ曲がり、綺麗な二重瞼、濃い黒眼のあたりが霞みがかっている。口を吸われたことで一気に理性が崩されてしまったらしい。

何度もキスを繰りかえしながら、三好の醜い怒張はさらに熱化して、びくん、びくんと跳ねている。

「なあ、この三好のおじさんだけには正直に白状してみな。へへへ。やくざの情婦にされて、客とらされて心の底ではゾクゾク痺れてやがるんだろ」

「……ああっ、もういじめないで」

確かに、死にたいくらいみじめな気持ちとは裏腹に、媚肉が熱く疼いている。

三好のような最低の男に娼婦扱いされればされるほど、千野によって開発されたマゾの官能は切なく反応してしまう。

その羞じらいの風情がたまらず、三好はさらに責めたてた。ヒップのほうからパンティを剝きおろして、谷間の奥へするりと中指を差し入れたのだ。

5

三好が睨んだとおり、秘芯はもうヌルヌルの卑猥なぬかるみと化している。蜜をはじかせて指でストロークをはじめると、美都子のあえぎが悩ましくなる。

「へへ。もっといい声で泣いてみろ」

指で犯しつづけ、片手ではバストを揉みしだいた。粘り気のある花蜜がどんどんにじみだして、責める三好の指をしとどに包んだ。

「ほらほら。いやらしいこの音。名門・城戸家の淫売娘め」

「あう、うう……」

こらえきれずに美都子の首はがっくり後ろへ倒れた。

きりっとした眉間に、気弱に哀願するようにキュウッと皺を寄せている。綺麗な二重瞼のまわりが熱っぽく火照って、ぱっちりした大きな黒眼は情感にヌルヌルに潤んでいるのだ。

秘腔をまさぐる指が時折り肛門へ伸びて、ヌルヌルッと愛液をすりこむようにしながら羞恥の小孔をほじくると、嗚咽はきわどく高まった。

「ほう。ケツもいいか、感じるのか？」

「あ、あ……や、いやンン、ねえ、三好のおじ様っ」

会陰部からアナルにかけて刺激されては、また膣肉をえぐられる。美都子は正座したまま、ゆっくり腰を振りはじめた。切なげに身悶えするたびに、ほつれた黒髪が白い肌の上でざわざわ揺れている。

「どうした。気をやりたいのか？」

三好は、粘っこい色責めを加えながら、悩ましく泣き悶える美貌をほくほく気分で鑑賞した。

「う、う、あうう……」

きめ細かな色の白さがねっとり赤みを帯びてきている。そしてその白さゆえにことさら魅惑的な黒々とした眉の動きが、むせるような色香を匂いたたせる。

「あンン……ねえっ……ねえ美都子、どうすればいいのよ」

こんな卑劣な男の指先で犯され狂態をさらすとは、くやしくてならないのだろう。美都子は今にも泣きそうな表情となりながら、それでも腰をグラインドさせ、貪欲に三好の指先を味わおうとしてくる。

「ううっ……あ、うンン……恥ずかしいわっ、ねえ」

「イッてみろ。そらそら、イクんだ、美都子」

「ひいい……」

ひときわ激しく腰部がうねった。白い喉を突きだして、美都子は頂上へ昇ってゆく。

「さ、今度はおまえがおかえしする番だぞ。しゃぶれ」

オルガスムスを見届けてから、三好はすっくと立ちあがった。いっときも休ませないつもりらしい。

すでに官能がとろけている美都子は、汚辱の奉仕を拒めなかった。両手を拘束されたまま、おぞましい剛直にチラリと一瞥をくれると、「アン、アアン」と甘えるような吐息をもらして吸いついた。

「よしよし。いいぞ。美都子。うう、気持ちいいぞ」

三好は、両手で頭をしっかり抱えこんで、好き放題に揺さぶってくる。

「う……う……ぐぐ」

美都子は苦しげなうめきを噴きこぼすが、それでも愛撫をおこたらない。スロートしながら口腔全体で怒張をぴっちり緊めつけ、さらには粘っこく棹の裏側を舌先で刺激してくる。

「ほほう。へへへ。さすがにうまいもんじゃないか」

鋭い快美感が身内を走り抜ける。三好は分厚い唇をめくって笑い、不潔な犬歯をのぞかせた。

女性器を思わせる甘美な口腔の粘膜が、ぴっちりと絡みついてくると同時に、口唇が根元のところをキュッ、キュッと緊めつけてくるのである。美都子のような絶世の美女にこれをやられてはたまらない。

「ああ、美都子。いいぞ。おまえは実に可愛い奴隷だぞ」

「ア、アフンン、ウムンン……」

「どうやら今夜は楽しい夜になりそうだな。おい。ウハハ」

巧みなフェラチオ奉仕に痺れながら、勢いよく乳ぶさをつかんだ。ムニュッムニュッと指を深く食いこませた。

若々しく張りのある手ごたえがうれしくて、精液のまじった薄い汁が口腔でピュッ、ピュッと噴きだしているのが自分でわかる。

「俺のこのたくましいチ×ポが欲しいのか、美都子。へへへ。オマ×コのなかが熱くってたまらないんじゃねえのか」

そう言う三好自身が、一刻も早く美都子の膣肉とつながりたくてたまらないのだった。

「あン……ねえ、三好のおじ様……」

男性ホルモンの強い匂いを嗅がされ、乳ぶさを揉みまくられたせいだろうか。頭をぐらぐら揺さぶられ汚辱の口唇ピストンを強いられて、美都子は再び被虐の悦楽にのめりこんでいる様子である。

ようやく三好は口腔から一物を引き抜いた。たっぷり唾液を浴びて、赤紫に充血した剛棒全体が卑猥にヌラついている。

美都子を後ろ手錠のまま、夜具の上で四つん這いにさせた。

「ねえ、手錠をはずしてくださいっ。痛いんです」

「ふん。だまされるものか。そんなことを言って、はずした途端、暴れるつもりなんだろうが。この女狐め」

その細腰を抱えこんで三好は、ぐいっ、ぐいっと力強く矛先を繰りだした。

憧れの膣肉がうねうねとせめぎ合い、たまらない感触をペニスに伝えてきて、破顔一笑する。

「おお、美都子、入った入った。うひひ、ざまあみろ、こら」

「ひいっ……い、イイ……」

雁首がはまりこみ、肉門をえぐられる。そのたびに、腰まで届く黒髪を妖しく振り乱して、すすり泣く美都子。

「ここか。ここがいいんだろ。ほらほら、すごいぜ」

狒々親爺の三好はさすがに棹使いが巧みだ。いち早く美都子の性感のツボが、膣壁の上方にあると見抜いて、左右のひねりをまじえながら、これでもかこれでもかとばかりに小刻みに突ついてみせる。

「あ、あう……ううっ」

ひときわくやしげにすすりあげて、美都子は、高々と差しだした官能的な双臀を、思いきり淫らにクネクネと振った。

「いいオマ×コしてやがる。うへへ。こんなにぴちぴちに緊めつけてよ、なあ美都子。おまえ、まったく最高の娼婦じゃないか」

ツンとして見事に張りのある尻を狂ったようにびしばし平手打ちしながら、三好は、長大な一物をさらに激しく叩きこんでゆく。

やがて美都子は汚辱のエクスタシーを迎えた。

甘美な粘膜全体でキュウキュウ太棹をこすりあげられ、とうとう三好もこらえきれずに濃いスペルマを注ぎこんだ。

第八章　淫虐痴獄に泣く美囚

1

欲望を解き放っても商店会会長の三好は、たるんだ小太りの醜い体を、美都子にぴたりとへばりつかせている。

「アー、よかったよ、美都子。うひひ、こんなにすっきりした気分は久しぶりだ」

添い寝しながら美女の白いうなじをペロペロと舐め、豊かな乳ぶさをそっくり握りしめて、まさに上機嫌である。

「ああンン……」

この五十すぎの狒々親爺のねちっこいセックスで精を搾りとられて、美都子はぐったりと夜具に横たわっている。東北特有のきめ細かな白い肌はほのかなピンク色に染まり、ところどころ唾液で濡れ光っている。

後ろ手錠はようやくはずされた。濃厚に情を通じ合い、もう暴れる心配がないと見たのだろう。拘束されたまま無理な姿勢でずっと犯されつづけたから、手首のあたりに血がにじんで痛々しい。

「この年になるとな、ドバドバ出してる途中で、もう興奮が醒めてきちまうんだけど、今日は違ったよ。射精の最後まで、最後の一滴まで、すごくよかったぞ。うーん、気持ちよかった。惚れ直したよ」

しきりに臭い息を吐きかけながら、三好はしゃべりまくっている。

「しかし美都子のお道具は最高だ。だてに空手を覚えちゃいないな。フフ。オマ×チョの筋肉の使い方も抜群じゃないか」

「あ……ああ、もう堪忍」

「何度もイカせてやったうえに、ちゃんと後始末までしてやったんだ。感謝してくれよ」

三好の好色な指が、犯し抜かれてひりひりする肉びらをいじり、露呈した内側の粘膜の潤みをチャプチャプとかきまぜる。すると美都子は、ねっとり火照った美貌を歪ませ、屈辱を噛みしめるのだ。

「おやおや。ティシューで何度も拭いたばかりなのに、また濡れてきよった」

「いやっ。いやよ、おじ様」

「それ、その顔がたまらんのだな。ふだんの男まさりが嘘みたいに、マゾっぽい表情に変わる。ウヒヒ。千野にこってりＳＭを仕込まれたのか」

「ち、違います。ああ、どうしてそんなに美都子をいじめるんですか」

セックスを終えた後までネチネチといたぶられるのは、あまりにつらかった。しかしその鼻先からは、ついつい甘えるようなあえぎ声がもれてしまう。

「よしよし。ああ、可愛い美都子。今夜だけじゃとてももの足りんわ。そうだ、おまえ、いっそ俺の愛人にならんか？」

美都子はハッとして霞みがかった黒眼を向け、相手の真意を探った。

「……どういう意味です？」

「土地を売れば大金が入る。それを少しはそっちの借金へまわしてやろうというんだ。月々のこづかいだって無論出してやるさ」

珍しいほど醜男の三好は、赤いざくろ鼻からフーッと重たげに息を吐いた。自分で自分の思いつきに興奮しているのだ。

「まあ、いきさつからして鷹尾組と完全に縁を切るのは無理だろうが、少なくとも娼婦に身を堕とさなくてすむはずだ。この俺と週に一、二回デートすればいいんだよ。悪い話じゃないだろう?」

「え、ええ、それは……」

美都子は曖昧に言葉を濁した。あまりに唐突な申し出に面食らっているせいもあるし、生まれた時から近所付き合いしている男の愛人になるというのが、ぴんとこなかった。

「好きなんだよ、美都子。おまえが可愛くてならないんだよ」

薄化粧ながらもムンと際立つ美貌ぶりに、三好はうっとり見とれた。そして艶やかな朱唇に、おのれの極端に分厚い唇を重ねた。

美都子は甘く鼻を鳴らし、しっとり濡れた舌先を絡ませてくる。相手の上顎のあたりをそっとヌプヌプ突ついて、三好を有頂天にさせる。

「ああっ、こんな可愛い美都子が客をとらされるなんて、助平客のキスでこの綺麗な肌を汚されるなんて、俺には我慢できん。なあ、わかるだろ?」

自分がその助平客のさきがけとして、いの一番に美都子を汚しておいて、三好はそんな虫のいいことを言う。

美都子の口を唾でヌラヌラに濡れ光らせ、指では、淫裂をネバネバとまさぐっている。そうするうちに、しなびた肉棒が少しずつ力を取り戻して、ハゲ頭にできた醜い瘤が赤みを帯びてくる。

「ああ、またオッ立ってきおった。おまえとなら何発でもできる」

おぞましい腰つきでペニスの裏側を美都子にこすりつけると、確かに驚くべき回復力を見せてムクムクと屹立するのだ。

そそり立った怒張をさらに美都子の柔肌へぴたりと押しつけ、卑猥に腰をクネクネと揺らし、相手が紅くなってうろたえるのを楽しんでいる。

「ほら、おまえのその指でチ×ポしごいてみろ」

「は、はい、おじ様」

美都子はあおむけに寝たまま、顔を赤らめて、ピーンと反りかえった肉棒へ指を絡めていった。空手の有段者とは思えない細くしなやかな指先で、太棹全体をキュッキュッと揉みしごく。

「うまいもんだ。こすり方もしっかりツボを押さえてるじゃないか」

三好は分厚い唇をめくって破顔一笑する。さっきは手錠をはめたままだったから、指を使わせるのは初めてなのである。

「おっしゃらないで。恥ずかしい」

愛撫するうち美都子のほうも次第に妖しい高ぶりを覚えて、すらりとした太腿を切なげにこすり合わせている。

千野に厳しく仕込まれているだけに、ペニスを甘くしごく指の運びは悩殺的だ。その腕が伸びて玉袋をあやし、さらには蟻の門渡りをネトネトと刺激して、三好の勃起はぐんと熱化する。

「おお、いいっ。そこ、たまらんな。よし、穴もいじってみろ」

「ああン。おじ様、こうですか？」

会陰部から不潔きわまる排泄器官にかけて、優しく指をすべらせる。そうしながら同時に自分も、三好の指で肉びらをいじられているから、鼻先から甘い声をもらし、下半身をクネクネさせている。

軽くマッサージするうちに、商店会会長のたるんだ肛門が口を開いた。なんとおぞましいことか。それでも理性の麻痺しきった美都子は、会陰部から肛門にかけて悩ましいタッチで刺激を送りつづけてやる。

「ウヘヘ。よし、今度は口でナメナメしてもらおうか」

「えっ……」

狼狽する美都子。

三好は醜悪な裸体を夜具に横たえた。

自ら尻の下に枕をあてがい、ぶかっこうに下半身を少し浮かせ気味にすると、美都子の長い髪をわしづかんで、無理やり股の間へ顔を埋めさせた。

2

「ケツのほうから珍棒へ、ペロペロ舐めながら這いあがってこい。ゆうべ純子にもやらせたんだが、うまいもんだったぞ」

「あう……うう……」

言語を絶する不潔感に美都子はガクガクと震えた。

目の前に、商店会会長の黒みがかった糞穴がヌッと口を開いている。縮れ毛に覆われた会陰部の小径をへて上方には、ピーンと肉茎がそそり立っているのだ。

「早くしないか。せっかくこっちが気分出しているというのに」

「ああ、ご、ごめんなさい、おじ様」

「ちょっとでも手を抜くようなところがあったら細かく報告しろ、と千野に頼まれているんだぞ。くくく。いわば俺はモニターの役目をおおせつかっているのさ」

これが娼婦になることか。胸がつぶれ、血管がはじけそうな恥辱とともに、美都子は舌を這わせた。

まず会陰部へ焦らすように唾液を塗りこんでゆく。

きわどい一帯が唾液を浴びてみるみる濡れ光ってきた。そこからさがって毛にびっちり包まれた肛門の周囲をネトネトと舐めまわす。身の底まで紅く染まるほどの屈辱である。

「ああ、いいぞ……そこ、たまらん。まさか美都子にこんな痺れるサービスをしてもらえるとはなあ」

糞穴を絶世の美女の口で吸われ、指で揉まれる。ヌチャヌチャ、キュッキュッという粘膜感がたまらない。三好はハゲ頭を真っ赤にてからせ、恍惚として天をあおいでいる。

「気に入ったぞ。後で千野にもちゃんと伝えておいてやる」

「うれしいわ。ああん、おじ様」

美都子の愛撫がさらに熱を帯びてきた。舌腹全体で肛門へヌチャヌチャと唾液をこすりつけるばかりでなく、ぴたりと口をつけ、甘い嗚咽とともにチューーッチューッと吸ってやったりもする。

そんな汚辱の行為がマゾ的な悦びをもたらすのか、端整きわまる横顔には陶酔さえ浮かんできている。

「おいしいか、美都子？　まさか三好のおじさんのケツの穴をしゃぶらされるとは思わなかったろう。うへへへ」

「……お、おいしいですわ、おじ様のここ。アア、美都子、しあわせよ」

「可愛いぞ。俺の愛人にしてやる。死ぬまで面倒見てやる」

「あ、あン、うふン、おじ様」

自分は本当にこの男の愛人にさせられるのだろうか……。口から唾液を搾ってヌルヌル送りこみ、肛門の内側を舌でマッサージしてやりながら、頭の隅でそう考える。とことん堕ちてしまうという予感が、倒錯の興奮を呼んで、美都子は情熱的にストロークを繰りかえした。

そうする一方では、腕を差しのべて、ぱんぱんに充血した勃起を巧みに揉みしごき、三好の性感を追いこみにかかる。

「う、うう……もう我慢できん」

突然、三好は真っ赤な顔になって奉仕を中断させた。

入れ代わりに女体を組み敷いた。

美都子は、凍りつくような美貌をとろんと潤ませて荒い息をついている。上を向いた豊麗な乳ぶさが甘くはずんでいる。

「うへへ。この綺麗なおっぱいときたら」

あまりの美しさにクラクラとなって、三好は思わず口をつけた。乳首をチューチュー吸いまわし、片手では肉丘を揉みほぐす。たちまち唾液でぐしょ濡れになり、美都子があえぎ声をもらした。

そうしながら三好は正常位で交わりにかかった。

開口部を求め、唾液と花蜜で濡れそぼつ粘膜を、ぐいっ、ぐいっと突いた。美都子の全身がそれを待ちのぞんでいる気配が伝わる。

「どうだ、美都子。すごいだろ。ほらほらっ」

猛り狂う肉柱をズンズン打ちこみながら、三好の声ははずんだ。

「アン、アアン……おじ様、すごいわ」

熱い先端を受け入れるたびに、美都子の首が後ろへのけぞる。気品のある唇がめくれ、悩ましいあえぎがもれる。

やがて剛直は蜜壺のなかへ丸ごと収納された。

「ね、ねえ、届いてる。こんな奥まで……」

美都子はうわずった声でそう告げた。勢いよく勃起した男根が、奥の院の粘膜をヌルヌルと快美にしごいてくるのだ。

「そんなに気持ちいいのか、美都子?」

「はい……とても」

魅惑の瞳をしばたかせて三好を見つめ、それから美都子は甘い香りのする息をぶつけてキスを求めてきた。

その口を吸いとって舌をこすり合わせてやる。すると美都子は鼻奥で泣いて、かすかに女体を揺すらせる。

「俺の女になったら、いつでもこうしてハメてやるからな」

「う、う、あうう……」

「おうおう。きつく緊めつけおって。うへへ。この魔羅にすっかりなじんだようだなあ」

三好は舌を巻いた。肉口がキュッ、キュッと根元を食い締めるばかりか、膣壁がぐぐっと狭まっている。

「はねっかえりの城戸の美っちゃんが、こんな素敵なオマ×コ持っていたとはなあ」

「あン……いやン、ああっ、恥ずかしい」

三好は快美感に酔いしれ、しっかと女体を抱きすくめてペニスをぶちこんだ。極限まで届かせて、抽送を軽いピッチに切り替える。そうして蜜液にまみれながら粘膜と粘膜を卑猥にいちゃつかせた。

「どうやら俺と美都子は、ここの相性がまさにどんぴしゃりだな」

「おじ様、いいっ。アッア、ううっ、たまらないわ」

幻想的な黒髪をざわざわと振り乱して、美都子は訴える。そうして美貌をひときわ火照らせ、下半身を淫らにグラインドさせて、肉棒をしごきあげるのだ。

「も、もう駄目ェ、ねえおじ様、美都子、また……またイッちゃう」

叫びながらひときわ激烈な絶頂に達する。

三好も熱くうめいた。とろける膣の粘膜が次々にうねうねと隆起しては、ペニスに絡みついてくる。ついに引きこまれて最後の抽送に入った。

「う、あううっ」

興奮がきわまり、火の玉となってはじけ飛んだ。ガクンガクンと身をのた打たせて会心の射精を注ぎこんだ。

3

二度目の情交を終えて、二人は夜具に寝そべっていた。

「この身体はもう誰にも渡さんぞ。そうとも、渡してたまるか」

しつこく女体を愛撫しながら、火照ったその頬へチュッチュッと愛しげに口づけして、三好は言う。

「愛人にしてやる。俺の珍棒でハメまくって、いやなことはみんな忘れさせてやるからな。うへへ。美都子、なあそうしようや。文句はないだろう」

三好一人ですっかりその気になっているのだ。もう美都子が愛人になることをオーケイしたものと思いこんでいる。

「ちょ、ちょっと待ってください、三好のおじ様。もう少し考えさせてほしいんです。今すぐに返事はできませんわ」

「どうした、美都子。この話のどこが気に入らんというんだ。あれだけオマ×コいい気持ちにさせてもらって、この三好の愛人じゃ、まだ不満だというのか。こら」

三好は淫らな愛撫の手をとめて、ぎょろりと黄色く濁った目でねめつけた。

「………」

美都子はその一瞬、持ち前の勝ち気さをのぞかせ、キュッときつく口を結んだ。

（ああ、いやよ。こんな男……）

興奮が静まった今、嫌悪感が首をもたげる。三好の愛人にさせられるくらいなら、まだ娼婦に身を堕とすほうがましに思えた。

やくざの口車に乗せられ、嬉々として、同じ駅前商店会の仲間である美都子を抱くような卑劣きわまる男ではないか。しかも、高校生時代から美都子の更衣室での着替えを隠し撮りしていたという変態ぶりだ。

「早く返事をせんか。おいっ」

「だって……おば様のことを思うと私、つらくって」

別の口実でやんわりと断ることにした。美都子と三好の女房とは、昔から身内のような付き合いをしていた。

「なんだ。へへへ。そんなことを気にしてるのか。かあちゃんとはどうせ年に二、三回がいいとこだ。あんなどどめ色のマ×コにしなびた乳、吸う気にもならんわ。心配しなくとも、うちは浮気公認なんだよ」

なんという男だろう。自分が長年連れ添った相手をそんなふうに罵倒するとは。

三好に対する嫌悪感はいやがおうにもつのった。抱かれている時は不覚にも燃えてしまったが、情感が醒めた今は、そばにいるだけでも虫酸が走る。

「せ、せっかくですけど……やはり私には務まらないと思います。その話はご辞退させていただきますわ」

「なんだと……本気で言ってるのか。おい、こら、美都子」

「はい。私、三好のおじ様の愛人になるつもりはありません」

ハラリと垂れかかる黒髪を指でかきあげ、きつい眼差しできっぱり告げた。

「フン、そうか。へへ、うへっへ。それなら仕方ないな。馬鹿な奴め。俺はあくまでおまえのためを思って言ってやったんだぞ」

三好は負け惜しみの薄笑いをたたえて、上体を起こした。

「淫売稼業がどれほどつらいものか、おまえにはわからないんだ。あとでひどく後悔するぞ、美都子。もうその時は遅いからな。客の手垢で汚れきった売女を愛人にしてやるほど、俺はお人好しじゃない」

「わ、わかりました。おじ様、今夜は本当に、どうもありがとうございました」

美都子もあわてて起きあがり、素っ裸のまま夜具に正座して挨拶する。とにもかくにもこれで家へ帰れるのだと思い、ほっとしている。

「おい、冗談じゃないぞ。たった二発やったぐらいで満足するわけないだろ。何を寝ぼけてるんだ、おまえ。これからが本番だぞ」

残忍そうに口もとを歪めて、三好は枕もとに用意されてある麻縄を手に取った。

「こいつが大好きなんだろ、マゾ娘が」

「あ、ああ、やめてください。そ、それだけは許して！」

美都子はうなだれて頬を染めた。顔先にかかる黒髪の光沢が悩ましい。

うずくまろうとするのを三好に引き起こされる。その透けるように白い餅肌に、ぐるぐると麻縄が掛けられてゆく。

「素直に俺の情婦になるなら、こんな思いはしなくていいんだぞ」

「あ、ああ……ごめんなさい、おじ様。でも、それだけは、どうしても私……」

「強情な阿女め。フン」

そうするうちにも、張りといい隆起といい完璧な美しさの乳ぶさが、縄にぷっくり絞りだされてきた。尖りきった乳頭はまるで処女のような淡いピンク色だ。

「うっとりするほど縄が似合うじゃないか。おい美都子」

縛り終えて、腰までの長い髪をぐいぐいつかみながら、乳ぶさを揉み、下腹部の繊毛を撫でまわす。すると美都子は、「アン、アアン」と甘え泣き、さも切なげに細腰をくねらせる。

「しかしこんな綺麗な身体も今のうちだけだ。客にズブズブやられるうちに、線が崩れて、乳首もマ×コも黒ずんでくるんだぞ。フフフ。その時が楽しみだなあ」

見事に振られた腹いせに、三好はそんな意地悪な言葉を吐く。

「おとなしく待っていろよ。千野に途中経過を報告してくるからな。さあ、どんなふうに話そうかなあ」

「アアッ、おじ様、私、一生懸命にお務めしたつもりですわ」

「フン。それはこっちが決めることさ」

ニヤニヤと歯茎を剝いて、三好は、わざと美都子を不安がらせるのである。

4

美都子を縄で緊縛すると、三好は浴衣をはおって廊下へ出た。

長年の念願がかなった性的満足感よりも、愛人契約を断られたくやしさと腹立ちで、瘤つきの異形が引きつっている。

(ただじゃおかんぞ、あの阿女め。この俺をコケにしおって。どうやって懲らし

めてやろうか）

二度にわたって犯して至上の愉悦を貪ったというのに、それでもまだ足りないというのである。なんという強欲さであろう。

美都子の身体は翌朝まで好き放題で、どんなハードなプレイもオーケイだという。しかし自分一人の力であのじゃじゃ馬をこれ以上いたぶるのは、気骨が折れる。誰か助っ人を頼んでみるかと三好は思った。

プレイルームで麻雀を打っている千野を呼び、その相談をしてみた。

「それなら狂二がいいな。ちと頭は足りねえが、鷹尾組きっての巨根の持ち主で、絶倫だ。おまけに美都子とは浅からぬ因縁がありましてね」

「ほほう。どんな？」

千野はおおよそのいきさつを説明した。狂二が美都子にかねてから邪恋を抱き、しつこく言い寄ってはそのたびに撃退され、前歯を折り十五針もの傷を負ったこともある、などと。

三Pをするにはうってつけの相手とわかり、三好は醜悪な顔をニカッとほころばせて大悦びである。

「宴会の余興で生尺ショウを一度、美都子とコンビを組ませてやったことがありまして、その時はバカ受けでしたよ。フェラチオ発射は体験ずみなんですが、まだ美都子とオマ×コはやっちゃいないんで、野郎もちょうど痺れを切らしているところです。きっといい仕事をしますぜ」

「そいつは面白そうですな。ぜひ助っ人をお願いしたい」

「じゃ一緒に呼びに行きましょうか。調教室にいるはずだ」

狂二というのは、体だけは大きいが極道のくせに腕っぷしはまるで弱く、その特技をいかしてもっぱら女体調教を任せられているという。

そんな話をしながら修練道場の長い廊下を歩いてゆくと、やがて調教室へ着いた。

廊下から窓ガラス越しに内部が見えるようになっている。二人はそこでしばし調教風景を観察した。

まだ大人になりきっていない感じの女が二人、裸にされて、立位でかっちりと後ろ手に縛りあげられていた。

縄尻はピーンと天井へ向かって伸びて、太い梁に繋ぎとめられている。

「スケは二人とも女子高生です。へへへ。ピチピチしてるでしょう。うちらの売春ビジネスには欠かせねえんです。セーラー服好きのお客さんが多いんで」

狂二がいた。脂肪だらけの醜いぶよぶよの体つきだ。しかしその股間には、淫水焼けしたすりこぎのような剛棒が、野太くそそり立っている。

〈おまえら。この狂二様をナメたら承知せんぞ。わかったか、こら、薄汚れた牝犬め〉

狂二は、少女二人を好き放題にどつきまわしては、うぐいすの谷渡りをしていた。

立位のままバックから巨根をズブズブ突き刺しながら、もう一人の少女にはバイブを入れたり、パン、パーンと尻をひっぱたいたりしている。

〈こら、黙っていないで、教えられた言葉を言ってみろ!〉

哀れな少女二人は完全な錯乱状態にある。緊縛された裸身をのけぞらせ、乳ぶさをブルンブルンと揺すりながら、口々におぞましい言葉を言う。

〈あ、ああ、私のこの肉体は、鷹尾組のものです。ど、どんなお客様にも……悦んでご奉仕させていただきます〉

〈えり子は狂二様のためなら一晩中でも、オ、オマ×コ使ってお金を稼ぎます〉

狂二は勝ち誇り、これ見よがしに肉棹を秘裂へ叩きこんだ。

少女たちの黒髪が無残にほつれている。綺麗な白い柔肌はサンオイルを塗りたくったように汗でヌラヌラだ。狂二が杭打ちをするたびに、その汗がぽとぽとしたたり落ち、なんとも淫猥な眺めになる。

あまりにおぞましい光景に、三好は圧倒されていた。どぎつい官能的刺激を受け、股間がジンジンする。

「狂二の奴は、射精を自在にコントロールできるんです。もう二時間もぶっとおしで、あの巨根で責めまくっているんでさ。娘たちが錯乱するのも無理はねえ」

「へえ。たいしたもんだ」

狂二は何度も少女たちの間を往復してファックに努めている。

ピストン運動が激しくなった。情熱的に交わる互いの裸身は汗でヌラヌラになり、それがストロークのたびにひとつに溶けて流れていく。

〈あ……あ……狂二様あ……〉

少女はガクガクと腰を震わせた。淫情に熱く火照っているらしく、肉のひと突きごとに悲鳴をあげた。

〈これでおまえも肉奴隷だぞ。二度とフケたりするんじゃねえぞ〉

〈ご、ごめんなさい。も、もう、絶対にしませんからア〉

〈へへへ。よし、よし。ほうら、俺のデカ魔羅をくれてやる〉

狂二はその裸身を抱きすくめ、余裕たっぷりに腰をクイッックイッとくねらせた。

一瞬、少女の全身がピーンと硬直した。オルガスムスのうねりにつれて、その身体がゆっくりと弓なりに反っていった。

隣りの少女がそれを上気した表情で、うらやましそうに見つめている。

〈ああっ、イク。イッちゃうう〉

狂二は勝ち誇った表情で、念入りな抽送を繰りかえすのだ。

5

三好は、狂二を引き連れて意気揚々と部屋へ戻った。

夜具にきちんと正座していた美都子は、狂二の存在に気づき、滑稽なくらいの狂乱ぶりを示した。

「お嬢、久しぶりだねえ。うひひ。会いたかったよう」

折られた前歯をニッとのぞかせ、色白の温泉饅頭のような顔を突きだした。

「いやっ！　こ、来ないでちょうだい！」

「つれなくしないでよう。俺のミルク、たっぷり呑んだ仲じゃないの」

巨根がぴくんぴくんと跳ねた。

尺八ショウで貪った快楽の記憶がまだ狂二の体にこびりついている。それがいま甦り、甘く疼いては、なんともやるせない気持ちになるのだ。

「へへえ。しばらく見ないうちに、女っぽくなったねえ。いろんなチ×ポ咥えてマン汁を流したんだろ、お嬢」

狂二の充血した三白眼は、縄をきつく食いこませた美女の裸身へ粘っこく注がれた。

量感のある胸乳は上下の縄にきつく絞りだされ、清潔そうなピンクの乳首はピーンと尖っている。

「あ、ああ、三好のおじ様、この人を外へ出して」

「へっへ。こら美都子。おまえ、娼婦の分際で何をわがままぬかすか」

そう言いながら三好は嗜虐欲を疼かせ、色事師に目配せした。

素っ裸となった狂二が、夜具の上で美都子に絡みついた。

気持ちよさそうに怒張をこすりつけながら、双乳をきつく握りしめ、その細い首筋や顔面を舐めまわす。目にしみる雪肌がたちまち唾液でヌラヌラと卑猥に濡れ光ってゆく。

「いい身体してるねえ、お嬢。ああ、モリモリ興奮しちゃうよ」

甘美な体臭を味わい、乳ぶさを揉みしだき、その感触がたまらなくて、後はもう狂ったようにキスの雨を降らせた。

美都子は「アアア……」と朱唇をわななかせ、濃く形のいい眉をキュウとたわませた。なんともいえぬ切なげな被虐美が漂い、三好はうっとり見つめた。

「好きだったんだよう、お嬢。オマ×コしたくてしたくて毎晩泣いていたんだからね。ああ、なんて幸せなんだ」

「ヒイイ……」

美都子が身をよじるたびに豊かな黒髪がうねって狂二の鼻先をかすめ、その香りがムンと情欲をあおるのだ。

念入りに粘っこく双乳を揉みほぐされ、美都子の肌にねっとり汗が光りはじめた。

「熱くなってきたのかい、お嬢？　へへへ。俺のチン×ンが欲しいんだろ」

美都子の裸身が切なげな動きを見せてくると、狂二は満足げにニタリとし、相変わらずおっぱいをわしづかみながら、ヌラヌラと舌を走らせる。

「う、うう、おじ様、助けてェ」

「フフフ。愛人になるのを拒んだ罰だぞ、美都子。その男はたいした絶倫らしい。今夜は三人で朝までハメまくろうじゃないか」

三好が、正面から口を吸いとった。舌が差しこまれ、美都子の唇からヌルヌルと出し入れされる。かと思うと相手の舌をチューーッと吸いあげたりもする。

「うふん……」という美都子の甘えきった吐息。その朱唇を今度は狂二が吸いにかかる。美都子にはもはや抵抗の気力もない。

腐ったような唾液を流しこまれ、細い眉がギュッと苦しげに歪んだ。狂二は感動に重く唸りながらどんどん唾液を送り、ネチネチと舌を使ってそれを美都子の口腔にまぶすのだ。

憧れの口づけに、暗紫色の怒張はさらにグロテスクに膨れて、それを美都子の柔肌のあちこちへ押しつけている。片手は、美都子の美しい太腿の奥深くへ入りこんで、卑猥な動きを見せている。

「あ、ああ……許して。も、もういやン……ねえ、狂二さん」

口と指で二人がかりで責め抜かれ、美都子の緊縛された裸身が、黒髪が切なげにうねり狂う。

やがて、あぐらをかいた狂二の膝上に抱えあげられた。正面にいる三好がすべて眺められるように、背面座位の体位をとった。

すでに淫裂は花弁を開き、いざなうように蜜にとろけている。三白眼のまなこをランランと光らせ、狂二は気もそぞろに先端を突きあげた。

「そらっ。そら」

「や、やめてっ。入れないで!」

美都子は「ウウッ」とすすり泣いて、火のように熱くなった美貌を右、左へとねじる。

(ざまあみやがれ。へへへ。おうおう、変態野郎の魔羅がズンズン入っていく)

次第に女体が沈んでゆく。それにつれ、すりこぎのような肉柱が美都子のなかへ呑みこまれ、消えてゆくのを、三好は熱い興奮とともに見つめた。

「そうら、お嬢、そうらハマった。俺の魔羅がお嬢のなかに入ってる」

「あっ……あ、ううう」

溶けきった媚肉に、ぐさり、ぐさりと怒張が突き刺さる。

たまらず美都子は縄つきの裸身をくねらせた。喉を突きだし悲鳴を発し、なんとも凄絶な反応を見せる。

「エへへ。会長さん、ばっちりマ×コの奥まで入りましたよ」

「そうか、そうか」

「たまらん気持ちですわ。うひひ。こんなチャンスをいただいて感謝しています。俺、一生会長さんについていきますわ」

そんな調子のいいことをほざいて、荒々しく女体を犯し抜く狂二。溜まりに溜まっていた欲情を一気に爆発させて、念願の美女との緊縛セックスを楽しんでいる。

三好は、淫欲にただれきった二人の肉交を間近で眺め、ペニスをしごいている。

「城戸家の令嬢がこんな目にあってるとは。先代の寛治じいさんも天国でぶったまげてるだろうな、美都子」

心理的にいたぶりながら、女体へ手を触れて、じんじんと充血したクリトリスを揉みしごく。乳ぶさをゆっくり愛撫する。

「おまえがまさかこんな淫婦だったとは、町内会の連中も夢にも思わんだろう」

「ひ、ひどいわ……アアン、おじ様、あんまりですわ」

その表情の妖しい色香に、三好はたじろいだ。目尻の縁をピンク色に染めあげ、大きな瞳はとろんと膜がかかっている。

狂二は時折り女体を持ちあげては、正面の三好へ結合部を見せつける。

ねちっこく抽送を受けつづける美都子の秘唇は、無残にも真っ赤に腫れあがっている。その花唇からズボズボと出し入れされる巨根は、粘っこい愛汁でねっとり濡れ光り、なんともいやらしい眺めである。

「そら、へへ、そうら、お嬢、うれしいか」

狂二は、ひと突きごとに快楽の唸りを発して、ズシッ、ズシッと激しく腰を上下させた。

豊かな乳ぶさを揺すって狂おしく身悶えする美都子。その口唇へ、仁王立ちした三好がペニスを埋めこんでいく。

「ん……ヤン……ああ、おじ様」

「しゃぶれ、売女。三人でこうして楽しむんだよ。おまえ、やくざの情婦のくせにそんな遊び方も知らんのか」

髪をつかまれ叱咤されて、いやいやながらも美都子はフェラチオする。三好の勃起は口腔で一段とふくらみを増し、同時に美都子自身も倒錯した快感を覚えるのだ。

「おっ、おう。すげえ締まってきた」

それでもなお狂二は余裕の表情だ。へらへら笑いながら休まず往復運動をつづけている。背後から汗まみれの双乳をきつく握りしめ、粘膜の急所を巧みにグリグリとえぐってやるうち、美都子は狂おしいよがり声を放つ。

「ほう。ディープスロートもうまいもんだ。こいつは気持ちいい。ああ、興奮するぞ」

醜悪な顔をだらしなくゆるめながら、容赦なくズーン、ズーンと下半身全体をぶつけてゆく。

「へっへ。おい狂二。見ろ。なんとも色っぽい顔をしてるじゃねえか」

「まったくですねえ、会長さん。ふだんは男まさりのくせに、淫らな顔しやがって」

股間にぱっくり吸いついて、唇で甘く肉茎を揉みしごく美都子を、男たちは痺れきった表情で見つめた。

気品にみちた美貌はボウッと紅く火照り、頬といい口もとといい、唾液でヌラヌラ濡れ光って別人のようにいやらしくなっている。

「い……いやンン……あふン、あン」

極太のもので奥深くまで貫かれ、これでもかとえぐられる一方、甘くしこる乳ぶさを揉みほぐされ、美都子の官能はもうどうにもならないところまで追いつめられている。

「俺のミルクが欲しいか。そんなに呑みたいのか。くくく」

三好は赤い瘤をさらに紅潮させて、美都子の黒髪を引っつかんだまま腰をぐいぐい送りこみ、喉奥まで犯しまくる。

「……う、うぐ……ぐぐ」

「イキたいんだろ、お嬢？」

「あ、う……ううっ……」

柔らかな黒髪をぐしゃぐしゃに乱し、細腰を卑猥にクイッ、クイッとローリングさせて、とうとう美都子は頂上へのぼりつめてゆく。

たてつづけに二度、オルガスムスへ達した。

それを見届けて、狂二は会心の笑みをもらしながら、最後の楔をどーん、どーんと打ちこみはじめた。

射精の気配を感じ、美都子も激しく腰をうねり狂わせた。灼熱の快楽がどっと全身を駆けめぐり、脳の奥で何かが爆ぜた。

「あ、ああ、狂二さんっ、ねえ、お願いです、美都子と一緒に」

「うれしいこと言ってくれるじゃないの、お嬢。ようし、出すよ。いっぱい出すからね」

狂二は欠けた前歯をニッとのぞかせ、噴射を開始した。人間離れしたその巨根を思う存分に秘奥へすべりこませて、こらえにこらえていた欲望を一気にぶちまけた。

「そらっ、アアいいよ、お嬢、そうらっ」

「ヒ、ヒイーッ！」

子宮が破裂せんばかりにむごく剛棒を咥えこまされ、さらにおぞましい精液を大量に浴びせかけられ、美都子の被虐の狂乱がさらに高まった。

「よしよし。それじゃ俺もお付き合いしてやろうか。うへっへ」

前方からフェラチオさせる三好も、ニヤニヤ薄笑いを浮かべて爆裂をしぶいた。灼けつく秘肉と、口腔へ、臭い匂いを放ちながら男たちの濁液がピュッ、ピュッとほとばしる。その感覚を受けとめながら美都子は暗い魔界へ誘われた。

（ああ、もう死んでしまいたい……）

これから先つづく地獄の日々をふと思う。この大鷹市に住む男たち全員の猛り狂うペニスが、自分の肌にヌタリヌタリとこすりつけられる幻想が浮かんだ。ただ六郎だけが、わずかな心の救いだった。彼の励ましがなければとうてい耐えられやしない。

「おう、おおう、お嬢、いいぞっ」

「まだ出るぞ、こら。呑め。もっとうまそうに呑め、売女！　うひひひ」

男たちの歓喜のうめき声が密室にとどろくなか、美都子はフッと意識を失いかける。夢うつつに、死んだ恋人の富樫が現われ、しきりに何かを訴えかけるのだがその言葉が聞きとれない……。

第三部

生贄・性蝕の極印

第一章　ドス黒い欲望

1

ゆうべから一睡もせず、しかも例によって浴びるほど酒を飲みつづけていたにもかかわらず、六郎の頭はしゃきっと冴えていた。

疲れなどみじんもない。身も心も軽く、この世で不可能なことなど何もないようにさえ感じられる。この全能感。昔、若気の至りで手を出したシャブも、中毒になるまでの打ちはじめの頃がこんなふうだった。

（よかったよかった。死ぬほどつらい思いもしたし、いやというくらいに遠まわりもさせられたが、ふっふ、何もかもうまくいった。最後に笑ったのはこの六郎様ってわけさ）

独りごちながらつい口もとがだらしなくほころんでしまう。車掌や他の客に見られたらみっともないと思い、ぐっと表情を引き締める。いつも店でコーヒー豆を焙煎している時のように、苦虫を噛みつぶした顔を無理につくってみる。

五十と一歳。かつて大鷹のネオン街にこの人ありとうたわれたダンディな中年紳士も、ここ数年間の荒れきった生活のお蔭で風貌が一変している。

まず、顔の皮膚がたるみきって、不健康に青黒い。目の下の隈も日ましに濃くなってゆくばかりだ。

自慢のロマンスグレイは、ぱさぱさの黄ばんだ銀髪となり、生え際からだいぶ後退をはじめている。きょろきょろ落ち着かない目には無数の毛細血管が切れて浮かびだして、異様ともいえる赤さだ。

それでもここ七、八時間は酒を抜いている。目覚めていながらこんなに長いこと飲まないでいられるのは、最近では珍しい。もちろん、隣りに最愛の女が座っているせいだ。

城戸美都子は、こちらの肩に頭をもたれてぐっすり寝入っている。そのすやすやした息づかいや、肌のぬくもりを感じると、すぐにまた六郎の表情はぐんにゃり弛緩してしまうのだ。

そこは東海道新幹線、下りのグリーン車のなか。時刻は夕方五時をまわり、つい
さっき名古屋をすぎたところだ。

長い一日だった。

今朝、汚辱の売春から帰ってきた美都子をつかまえ、言葉巧みに説得して、大鷹市から連れだすことに成功した。店には《都合によりしばらく休みます》という貼り紙をして。

逃避行の行き先は、とりあえず関西地方と決めた。東北から遠ければ遠いほどいいし、暴力団の系列が鷹尾組のそれと異なり、見つかりにくいと思ったからだ。

(可哀相に。美都子お嬢さん、よほど疲れたんだろう。口あけというのにしょっぱなから徹夜で売春客に色責めされたんだからな)

六郎は、その愛らしい寝顔に見入った。大鷹から東京までの車中は、六郎の手をきつく握りしめながら不安で眠れないでいた美都子であったが、東海道新幹線に乗り換えてようやく寝入ることができた。

薄化粧だし、唇をほんのかすかに開いて前歯二本がのぞけて、そうしていると女子高生の頃に帰ったようだ。

(俺が守ってやるからな。やくざ野郎なんかにゃ、もう指一本触れさせせねえ)

自分こそやくざに美都子を売り渡した張本人でありながら、そんな虫のいいことを胸で呟いたりする。

ゆうべが美都子の娼婦デビューの日だった。鷹尾組のちんぴらに金をつかませて、六郎は、自宅で酒をあおりながら、途中経過を電話で逐一教えてもらっていた。

そして商店会会長のいやらしい三好が、途中からデカ魔羅の狂二とタッグを組んで、緊縛プレイでズブズブに美都子を犯しまくっていると聞かされ、どうしようもないほど興奮を覚え、受話器を片手にせっせと勃起をしごいた。

『うへへ。今は夜中の三時でしょ。もう五時間以上ずっとやりっぱなしですぜ。さっき、ちょっとのぞいたら、あのじゃじゃ馬め、オマ×コこわれちゃう、オマ×コこわれちゃう、って狂二相手に泣きわめいて、それでもすけべにケツ振ってやがるんでさ。あげくにゃ三好さんの黄色い小便までがぶがぶ飲まされちゃってて……夜具のまわりは、丸まったティシューの山また山。すげえ淫臭がムンムンです。あの二人でいったい何発やったんですかね。へへ。どうやら三好のおっさん、朝までご令嬢を一睡もさせねえつもりらしい』

ちんぴらのそんな言葉を何度も反芻して、いつものごとく六郎は変質的な快感を抱き、オナニーで一発抜いたのだった。

それから城戸珈琲へ出向き、酒を飲み直しながら美都子の帰ってくるのを待ち受けた。初めての売春でぼろぼろになっている今こそが、美都子を口説く絶好のチャンスだ。そう六郎に入れ知恵したのはウエイトレスの百合である。

長年の念願がいよいよかなう。

だが、胸をときめかせ待っているうちに、素晴らしい考えがひらめいてきた。どうせお嬢さんをいただくなら、いっそこの大鷹をフケればいい。鷹尾組の手の届かない、どこか遠い町へ行けば、誰にも邪魔されずに二人きりで暮らせる。金ならたっぷりあるのだ。もちろん美都子は知る由もないが、先代の連帯保証書を偽造した時の謝礼金一千万も含め、二千万円近くも貯めこんである。贅沢をしなければ二人とも数年間は働かなくてすむだろう。

もっとも贅沢などするわけがない。酒と美都子さえいてくれれば、他に六郎は何もいらないのだから。

2

六郎が店で待ちながらそんな妄想に浸るうち、時間はあっという間にすぎた。美都子がげっそりした顔で戻ってきたのは朝七時頃だった。よほど困憊していたのだろう。美都子はテーブル席にいる六郎の存在に気づかず、カウンターに突っ伏して激しく嗚咽をはじめた。

ようやく出番だ。舌なめずりして六郎は近づいた。

やがて美都子は泣いてすがってきた。いかに気丈な性格でも、淫狼たちに朝まで肉体を蹂躙されつづけたばかりとあっては、さすがにショックを隠しきれなかった。

はじめ、あわてて平静をとりつくろおうとした美都子だが、例によって六郎は、狡猾な演技力で優しく慰めてやる。

その涙を六郎がぬぐってやる。二人の心と心が、昔のように近づくまで時間はかからなかった。そしてキス。七年ぶりの、甘美きわまるキス。

「六さん……ああ、もう私、おしまいよ。死んでしまいたい」

「何を言ってるんです。そんな弱音を吐くなんて、お嬢さんらしくもない」

「ねえ、気づいていたんでしょ。私が……千野にだまされたこと。借金のせいで鷹尾組の、食いものにされていることを」

泣き濡れた黒眼がチラと気弱そうに六郎を見あげてくる。

なんという美しさだろうか。言語を絶する凌辱を受けたというのに、少しも汚れを感じさせない清純さなのだ。

「実はね、ゆ、ゆうべだって私……ううっ」

そこで美都子はがっくり首を折ってすすり泣いた。

黒髪をひとつに束ねてあり、真っ白い女っぽいうなじが露出する。本人は気づいていないがそこには、三好のつけたものか毒々しいまでに紅くキスマークが二つ刻まれて、六郎は胸が緊めつけられそうになる。

「何も言わなくていいんだ、お嬢さん。この俺がついていながら、ドジばっか踏んで、なんの助けにもなれやしねえ。それが本当に情けなくて……」

「ううん。六さんはとてもよくやってくれているわ。私が……私が、馬鹿だったの」

お人好しの美都子は、六郎に裏切られていることなど思いもしない。それがまた六郎のねじれ屈折したサディズムを刺激する。

「なあ、お嬢さん。今じゃ老舗の城戸珈琲も奴らのお蔭でピンサロ同然のありさまだ。これじゃなんのために店をつづけているのかわからねえ」

「そ、そうね」

若者頭の千野の指図で、営業方針は変えられ、水みたいに薄いコーヒーの値段はなんと千円。美都子や百合はすけすけのブラウスに超ミニで接客し、それが話題となってすけべ客がつめかけ大繁盛なのだ。

「先代にはなんとも申しわけねえが、店はもうあきらめたほうがいい」

「え⁉……」

「お願いだ。どうかこの六郎と一緒に逃げてください！　こ、このままじゃお嬢さんは、女郎にされちまう」

これ以上、美都子が辱しめを受けるのを黙して見ているくらいなら、いっそ鷹尾組へ乗りこんで千野と刺し違えると、六郎はお得意の芝居じみた台詞を吐いた。

しばらく迷った末に美都子は決断した。

「わかったわ、六さんがそこまで言うなら。私もね、あんまりショックなことばかりつづいて、この町で暮らしてゆく自信がなくなっていたのよ。いいわ。どこへでも連れてってちょうだい」

「そ、そうですかい。うへっへ。それなら善は急げだ。早く荷造りしましょう。なるべく身軽なほうがいいや。なあに、必要な物は向こうで買えばいいんだから。当座の金ぐらいは充分あります」

感動のあまり六郎の声はうわずり、膝頭はガクガク震えていた。

それから約一時間で支度を整えた。荷物はそれぞれ小さな旅行鞄がひとつ。人目につかないように隣りの麻生市まで車を運転して行き、そこで車を乗り捨てて仙台行きの汽車に飛び乗ったのだった。

相変わらず美都子は静かに眠っている。

かつて颯爽としていた頃のように、すらりと伸びた脚をぴっちりしたジーンズで包んでいる。六郎は時折りその太腿へ指を這わせては、むっちりした肉づきを楽しむ。

千野好みのボディコン服も悪くはないが、あまりにセクシーで目立ちすぎる。今はそうした活動的なファッションのほうが安心だし、六郎の気分にもしっくり合った。

その赤い目が胸もとへ吸いつく。黒いセーターの、豊かな胸のふくらみが悩ましい。早くそれを思いきり揉みしだきたくてたまらない。高校の頃よりもさぞ熟れて柔らかくなったことだろうと想像し、肉棒が熱くなる。

（ホテルへ着くまでの辛抱だぞ、せがれ。へへへ。といっても最初はあんまりがっつくんじゃない。お行儀が悪いとお嬢さんがびっくりしなさるからな）

今夜、美都子を抱く場面を想像した。きめ細かな雪肌には、おぞましい縄の痕が走り、三好や狂二のつけた無数のキスマークが散らばっていることだろう。

六郎は美都子がマゾ調教されているなど当然知らないことになっているから、それを目にすると、驚き憤慨する。

（ああ、変態野郎どもめ。よくもお嬢さんの美しい肌にこんな真似をしやがって……）

そして美都子はきっと昨夜のみじめさを嚙みしめ、ひとしきり悩ましくすすり泣くのだろう。

できれば今夜にも美都子を縛ってセックスしてみたいものだと思う。千野の調教ビデオを見ると、美都子は二十三歳の官能も、そしてマゾ性もすっかり開花させられている。どんなハードなプレイでもお客様のお望み次第というわけだ。

しかしお人好しで通るこの六さんが、いきなりＳＭを強いるわけにはいかないのがつらいところだ。やはり縄を使うのはしばらくやめておこう。たっぷり時間をかけて魔羅の味を覚えこませ、なんでもこちらの言いなりになるところまで仕込んでからがいい。

（当分はホテルで暮らして、それからマンションでも借りるか。お嬢さんが暮らすのにふさわしい小綺麗なマンションがいいな）

遠い土地での美都子との同棲。それはなんという夢幻的な日々か……。

二人で部屋へ閉じこもってやりまくり放題するのだ。あの薄汚いアパートで、調教ビデオを見ながらのせんずりなど二度としなくていい。これからは自分の放つ精液は、すべて城戸家の令嬢が、その優美な唇と、ピンクに濡れる柔らかな膣肉で吸いとってくれるのだから。

きっと寝床のなかで美都子は涙ながらに繰りかえし詫びることだろう。高校生の頃、職人である六郎に一方的に熱をあげ、とうとうヘビーペッティングまでする仲となりながら、結局は若い富樫へと走った過ちを。そして六郎の魂を絶望の淵へ追いやってしまったことを……。

3

大阪駅近くの一流ホテルへチェックインした。部屋へ向かうエレベーターのなかで、シングル二部屋でなくツインルームをとったことがわかると、美都子は、疲れきった顔に少しとまどいを浮かべた。

六郎はどぎまぎしながら言いわけする。

「別々の部屋にいたんじゃ、万一どっちかに何かあった時にまずいですからね。なるべく用心するに越したことはない」

「そうね。ただ、私……」

「なんですかい？　遠慮しないでなんでもおっしゃってくださいよ」

六郎は気が気でない。

(まさか俺とは肉体関係をもちたくない、とでも言いだすんじゃないだろうな)

しかし部屋へ入るまで美都子は唇をきゅっと結び、沈黙を守った。

待ちに待った二人きりとなった。

すぐにも熱い抱擁を交わすつもりでいた六郎なのだが、美都子はするりと脇を通り抜け、近づこうとしない。新幹線のなかでこちらの手をきつく握り、甘えて身をもたれてきたのが嘘のようだ。城戸珈琲のなかでは、キスさえ許したというのに。

「六さん。ここへ座ってちょうだい」

窓際にあるテーブルセットに向かい合わせに二人は座った。

美都子は備えつけのお茶をいれ、差しだす。そんなものより酒が飲みたくてならないのだが、どうもそういう雰囲気ではないようだ。六郎は、当然お酌をしてもらえると思って楽しみにしていたのだ。

「あのね、六さん、今は頭が混乱していて、きちんと説明できるか自信がないんだけど、聞いてちょうだい。同じ部屋に泊まるのは全然かまわないのよ、私。ただ、しばらくの間そっとしておいてほしいの。わかるかしら」

「はあ？」

「このところ千野たちに、女として耐えがたいほどの屈辱を強いられてきたわ。とにかくもう私、くたくたなのよ。もしね、万一ここで……」

そこで言葉につまり、煙草を吸ってから正面の六郎を見つめた。赤くどんより濁った六郎の目に、淫らな欲望が映しだされているのに気づき、美都子は少しうろたえた。

「はっきり言うわ。あのね、もし六さんと、男と女の関係になったりしたら、頭のなかがパニックになっちゃうと思うの。気持ちが落ち着くまで、そういう類いのことはいっさいしたくないのよ」

「……よくわかります」

六郎は激しい落胆ぶりをなんとか悟られまいと、つくり笑いを浮かべた。

「そんなことを心配していたんですかい。へへ、うっへへ。もう俺も五十ですよ、お嬢さん。酒も飲みすぎてるし、そんな元気はどこにもありませんや」

お目付け役の百合があきれるくらい毎晩オナニーにふけっているくせに、ぬけぬけとそんなことをほざくのである。

「よかった。ウフ。ごめんなさい。変なことを言って。私、六さんを信じてるから。六さんだけが私の味方だもの」

美都子は綺麗な歯並びを見せて明るく微笑んだ。

腐っても鯛、というか、さすがに城戸のお嬢さんだと、六郎は妙な感心の仕方をした。大鷹を遠く離れ、二人きりとなった心細さのせいで、ズルズルと身体を許すのかと思いきや、いきなり釘を刺してくるとは。

(まあいいさ。時間はたっぷりある。少しずつ手なずけてゆくのも悪くはねえ)

話を終えると美都子はシャワーを浴びに立ちあがった。六郎は、目でその後ろ姿を追いながら、自分自身に言い聞かせるのだった。

美都子を待つ間、ベッドへ横たわって体を休めているうちに、いつしか六郎は深い眠りに入ってしまった。

はっと目が覚めたのは夜十一時。ぐっすりと三時間近くも眠っていたことになる。喉がカラカラだ。全身の細胞が酒をほしがって騒いでいる。

隣りのベッドではすでに美都子も寝入っている。その毛布をはいで、憧れの女体を拝みたい衝動に駆られるが、ぐっとこらえた。

音をたてないように起きあがる。一杯ひっかけに外へ出かけることにした。

部屋で飲んでいれば、すぐ目の前で寝ている美都子にいたずらしたくなるに決まっているからだ。はじめは寝巻を脱がして夢のヌードに眺め入り、やがてじかに触りたくなっておっぱいを揉みまくり、ついにはパンティを奪いとって禁断の秘部をまさぐってしまうかもしれない。

もし途中で美都子が目を覚ましたら大変だ。さっき約束を交わした舌の根も乾かないうちに、さっそくいやらしいことをはじめているではないかと怒ることだろう。美都子に軽蔑されたり、好色だと思われたりするのが何よりもつらい六郎である。

《ちょっと外を散歩してきます》と走り書きのメモを机に残し、六郎は、夜の浪速の町へ出た。

4

深夜二時半。六郎がふらつく足どりでホテルへ戻ってきた。

鼻唄まじりの上機嫌である。もう一人ぼっちではないのだ。部屋では美都子が眠っていると思うとうれしくてならず、隣りの客にも気前よくご馳走したりして、ついついい飲みすぎてしまったのである。

(美都子お嬢さん、まだおネンネしてますかい。へへへ。酔っぱらいの六郎様のお帰りですよう)

部屋の鍵を開けながら口のなかでウキウキとそんなことを呟いている。

そっとドアを開く。消していったはずの電気がついている。あれ? と思いつつ入るやいなや、美都子がいきなり抱きついてきた。

「お、お嬢さん……」

「ひどいわっ、六さん。どこへ行ってたのよ、私を一人きりにして。飲みに行くなら……アアン、私も連れてってよ」

「す、すいません。よくおやすみだったもんで、起こしちゃ悪いと思いまして」

「夢を見たの。う、ううっ……とても怖い夢だったのよ。ねえ、心細かったわ」

六郎にしがみつき、しくしく泣いているのだ。空手の達人で、かつてはやくざ者を震えあがらせた鉄火肌の美都子が。

しきりに詫びながらも、六郎はなんともいえない勝利感に浸った。

洗いたての髪からムンと甘い香りが漂う。ぐいぐい押しつけられる双乳の丸み、そして柔らかな女体の弾力がたまらず、一物がムクムク起きあがってくる。

(夢じゃない。ああ、夢じゃないんだ)

美都子は黒いシンプルな長袖のワンピースに着替えていた。六郎は、右手でぎごちなくその背中を撫でさすり、布地越しのブラジャーの感触にうぶな若者のようにドキリとし、左手では黒髪をそっと撫でる。さらさらとして、練絹にも似た触り心地の優美さに、ひときわ胸を疼かせる。

「いったいどんな夢を見たんです?」

「それは……聞かないで」

おぞましさが甦るのか、美都子は肩をぴくぴくと震わせた。

——城戸珈琲のなかで自分が売春させられている夢だった。

なぜかカウンターテーブルに夜具が敷かれ、緊縛された美都子が全裸で横たわる。五、六人の顔見知りの客がテーブルにへばりついて、口や指で淫猥に肌を嬲っている。唾液か精液なのか、ネバネバした粘液が美都子の全身にこびりついており、それがたまらなく気持ち悪いのだが、奇妙に興奮してしまうのだ。

すぐ横では千野が木刀片手に目を光らせ、美都子の接客態度を監視している。時折り、わけもなく木刀の先でむごく突つかれ、痛くてたまらず泣き声をあげてしまう。

次々に男たちが腹にのっかり、凌辱した。めまぐるしく相手の顔が変わる。近所の人間や幼なじみだったりするが、どれも淫欲をたぎらせグロテスクに顔が歪んでいる。

ピストン運動しながら彼らは千野にしきりにお礼を言っている。「この女をパンパンにしてくれて、こんなにうれしいことはない」「鷹尾組はさすが町民の味方だ」などと。

そして店の外を見やれば、手に万札を握りしめた男たちが、赤くテラつく勃起を露出させていじりながら行列をなして並んでいるのだった——。

「もう大丈夫だよ、お嬢さん。この六郎がちゃんとついていてあげるからね」

「きっとよ、六さん。ああ、美都子を見捨てないでね」

泣き濡れた抒情的な黒眼で六郎をあおぐ美都子。凛とした直線的な眉毛が、キュウッと悩ましく折れ曲がって、薔薇色の唇が不安そうにわなないている。

六郎は激しくそそられた。酔って帰ってきたところへ、そんなふうにセクシーに迫られては、もう約束も何もあったものではない。

「お嬢さん……ああ、お嬢さん」

魅惑の唇に吸いついた。

おどろおどろしい淫夢にうなされ、よほど動揺しているのだろう、美都子もうっとりキスを受けとめる。

むせんばかりにアルコール臭い息を吹きかけられ、舌腹でいやらしくヌラヌラと口腔をこすられても、いやがるどころか甘い吐息をもらし、うれしげに舌を絡ませもする。

そして六郎の舌の動きが一段落すると、今度は自分から舌を差し入れてきた。甘い唾液もたっぷりに、クナクナと口の粘膜を愛撫するではないか。朝、城戸珈琲で交わしたキスなど問題ではないくらいの本格的なディープキスである。

「ごめんなさい、六さん」

唇を離すと、美貌を妖しくボウッと霞ませ、恥ずかしそうに言う。

「さっきはあんなえらそうなことを言っておきながら、こんなふうに六さんを困らせちゃって……私ってひどい弱虫ね」

「そんなことはねえ。つい俺も、年甲斐もなく我れを忘れちまって」

「ね、六さんのことだから、どうせまだ飲み足りないんでしょう？　ウフフ。これから二人で飲み直しましょうよ」

「へへ。そいつはいいや」

六郎の表情がパッと輝いた。美都子と飲む酒がこの世で一番おいしい酒なのだから。

「私、ちゃんとホステスやってあげるから。昔みたいに」

備えつけのハーフボトルの栓を開けたり、冷蔵庫から氷を取りだして準備しながら楽しげに言う。

「昔か……うへへ。あの頃、まだ女学生のお嬢さんによく下着姿でお酌してもらったっけなあ。あ……い、いえ別に、俺は、そんな意味で言ったんじゃねえですよ」

あんまりうれしくてつい口がすべってしまい、六郎はあわてて打ち消した。

ほんの数秒だが、二人の間にぎごちない空気が流れた。しかし美都子はすぐににっこり微笑みかけた。

「わかってるわ。いいのよ。もし……六さんがそうしてほしいのなら、あの頃とそっくり同じように付き合ってあげる。だって今日は特別だもの」

(なんだって、おい？　ひょっとして下着になってお酌してくれるという意味なのか)

六郎はあまりの幸せにふわふわ夜空へ舞いあがってしまいそうになり、両足に思いきり力をこめて床をしっかと踏みしめるのだった。

第二章　新たなる倒錯の幕開け

1

逃避行一日目の深夜。大阪のシティホテル。フロアスタンドだけのムーディな照明のなかで、二人は酒をくみかわしていた。

「六さんのお蔭よ。ふんぎりがつけられたもの。もし私一人きりだったら、大鷹から逃げだす勇気なんてとてもなかった」

黒のワンピース姿の美都子は、六郎の隣りに椅子をぴったりくっつけて座っている。水割りグラスを握りしめながら、印象的な切れ長の目もとがほんのり赤く染まっており、時折り甘えて相手の肩に顔をすりつけている。

さっき置いてきぼりにされて恐ろしい淫夢にうなされたためか、野性の女豹も今やか弱き女となって六郎に身も心も委ねきっている感じである。

「お嬢さんにそう言ってもらえると俺もうれしい」

六郎も至上の美酒を味わっていた。

酔いとともにますます肉欲がこみあげてくる。隣りに座る自分にとって運命の美女に、しゃぶらせたい、ぶちこみたいと思い、パンツのなかをカウパー腺液で濡らしていた。

美都子の肌や髪からは風呂あがりの清潔な香りが流れてくる。ズボンの前が痛いくらいぱんぱんに膨れ、たまらない気持ちなのだが、それをぐっとこらえて、せいいっぱい紳士ぶることも、この男にとって快楽の絶妙なるスパイスなのだった。

「しかし、すっかり大鷹の町も変わっちまって……鷹尾組の奴らのせいだ。あのウジ虫どもが何もかもメチャメチャにしやがって。ええい、くそ！」

鷹尾組を極悪に仕立てれば仕立てるほど、自分の正義ぶりが引きたって見えるはずだ。気のいいふりを装いつつ、六郎は頭のなかでそんな狡猾な計算をしている。

「もう……いいじゃない、六さん。私、もう振りかえらないことにするわ。店の

 こともみんな忘れて、一からやり直すつもりよ」

「よ、よくぞ言ってくれた。お嬢さん。そうだ、それでいいんだ」

優しく語りかけ、さらさらした濡れ羽色の髪を撫でてやる。そうしながら腹の内ではペロリと舌を出す。

（もう振りかえりたくないって、そりゃそうだろうぜ。くくく。やくざ連中にこってりと輪姦しにかけられただけじゃなく、商店会会長の三好にまで、身体を売らされたんだからなあ）

「安心してください。これからはこの六郎が命に代えてもお嬢さんを守ってみせます」

「アアン、六さん、うれしい……でも、お願い。いつかみたいに、一人で殴りこみをかけるような無茶は絶対にやめて。ねえ約束して。あんなことしてたら命がいくつあっても足りないもの」

野性的な目が、宝石のように濡れ輝きながらねっとり見つめてくる。感情が高ぶっているのか、薔薇色をした薄い唇が少し開き、かぐわしい息づかいがこぼれている。

「へへ。面目ねえ。わかってまさ。もう二度としませんや」

六郎は、自分の打った一世一代の大芝居を思い起こした。

あの時、鷹尾組の本部で、あらかじめ仕組まれた茶番劇とも知らず、美都子は罠にかかった。六郎を救いたいがために、因縁ある狂二のペニスをしゃぶり抜き、ミルクを呑まされ、そのあげくに若者頭の千野に犯されたのだった。

しかしそのことで美都子は六郎に対し恨みがましい言葉をただの一度も吐いていない。逆に、自分のために命を賭してくれた六郎に感謝さえしている。そんな底抜けとも思える美都子の人の好さが、六郎のねじれたサディズムをたまらなく刺激するのだ。

ひときわ肉茎を猛り立たせて、口を吸いとる。美都子は待ち受けていたごとく悩殺的な吐息をもらし、舌と舌を絡め合う。

さっきから二人は何度も激しいキスを交わしている。繰りかえすたびに少しまた少し、互いのぎごちなさがほぐれ、七年前の、あの恋人の真似事をしていた頃に戻ってゆく感じだ。

「すまねえ……お嬢さんに、年甲斐もなくこんなことしちまって」

心にもないことを囁く。そうしながら、はたしてどこまで愛撫を許してくれそうかと探りを入れている。

「何を言うのよ。だって六さん、私を、励ましてくれてるんじゃない。そうでしょ？」

美都子は美貌を赤らめ、信頼しきった眼差しで相手をあおいだ。

狂おしく六郎は接吻する。口腔へたっぷり舌を差し入れて、美都子の甘美な粘液の感触をヌルヌルに味わいながら、そしてとうとう乳ぶさに手を伸ばした。

さっきからモミモミしたくてならなかったが、たしなめられるのが怖くて我慢していた。キスの反応をうかがい、そろそろもういい頃合だと判断したのである。

ニットのワンピース越しに憧れのふくらみへそっと触れただけで、まるで六郎は、童貞のようにドキリとする。

なにしろこの七年、城戸珈琲にいて毎日美都子の身体つきを盗み見し、純白のブラウスに透けて浮かぶブラジャーや、日ましに熟してゆく双乳を眺め、気が狂いそうな思いだったのだから。

2

（ああ、これがお嬢さんのおっぱいか。すっかり大きくなって……）

ブラジャーに包まれた悩ましい隆起が、弾力をかえしてくる。当然ながら女学生の頃よりもぐんと量感が増した感じで、期待がいやまし、少しずつ力をこめて揉みはじめる。

するると美都子は、「ああン、ああン」とやるせなく鼻を鳴らし、下肢をクネクネと揺らして、驚くほど敏感な反応を示すのだ。

六郎は薄目を開け、抜け目なく観察している。千野によってマゾ性を徹底して開発された美都子である。その淫猥きわまる調教の模様を六郎はビデオでいやというくらい見ている。今、キスしながら、被虐の官能が疼きだしているに違いなかった。

そろそろこっちも攻撃的になってやろう。荒っぽく扱われたほうがよけい美都子は燃えるはずだと思った。

「ずいぶん胸が感じやすいんだなあ、この男まさりのお嬢様は。よしよし」

くるりと背中を向けさせ、後ろから両手でバストを丸ごとつかんだ。

「こうすれば、感じるだろ。ほら」

「いや、いやっ……あ、ああ、そんな」

しこる双乳を激しく揺さぶられ、美都子はうろたえた。腰まで届く黒髪をさわさわ振り乱すのだが、抵抗は弱々しい。

（どうだろ、この感触。うへへ。最高じゃねえか）

憧れの乳ぶさを両手で思いきりつかめるこの感動ときたら。六郎はかさにかかって揉み嬲る。と同時に、その豊かな髪をかきわけて、真っ白く輝くうなじを露呈させた。

柔肌をチューチュー吸いまわしたり、いやらしく舌を這わせ、べっとり唾液をつけたりすると、美都子はひときわ敏感に身悶えるではないか。

「あン……あ、あん」

「いい子だ。いい子だよ、お嬢さん。そろそろ下着になってもらうよ。いいね？さ、これを脱ごう」

六郎はがぜん強気に出て、その耳もとへ熱い息を吹きかけて告げた。

「え？　いやよ……ああ、恥ずかしいもの。ねえ、六さん」

「駄目だめ。昔のように、ホステスをやると言ったじゃないか。なあ、まさか俺の好みを忘れたわけじゃあるまい」

うむを言わさぬ口調で言い、背中のファスナーを引きおろす。

「あ、ああ、でも私……今夜は、ねえ困るのよ、六さん」

白い顔をポウッと染め、か弱い羞恥のあえぎをもらす美都子。肌に残る縄の痕や、キスマークを見られることを恐れているのだ。六郎にはすぐわかった。

実はヌードにして縄の痕を見つけたら、ネチネチと問いただすのを楽しみのひとつにしていたが、この場は気づかないふりをしようと思った。今、三好たちのつらい色責めを思いかえしてさめざめ泣かれては、せっかくのムードがこわれてしまう。

あれこれ責め方を考えながら、黒いワンピースを乱暴に肩から抜き、立たせて脱がせてゆく。興奮のあまり喉がカラカラになっている。

あのなつかしい雪白の肌がまばゆく目の前をちらつくと、自分のほうこそ泣きたい衝動に駆られてしまう。

「ああ、お嬢さんの肌、なんて綺麗なんだ」

脱がせながら、こらえきれずに吸いついた。白磁の陶器を思わせる肩先やら背中へ、チュッチュッとキスの雨を降らせる。美都子の細い肩がピクピクとあえいだ。

そしてワンピースを奪いとった。

「ほうら。これでいい。へへへ」

ブラジャーとパンティにさせると、再び二人とも椅子に座った。

六郎の異様に赤い目が注がれる。

下着の色は淡い上品なピンクで、レースのないシンプルなデザインながら布地は甘美な光沢にみちて、曲線美にみちた肉体をセクシーに包んでいる。

「ウーン。お嬢さんらしくていいな。その下着、気に入ったよ」

「いやよ。ああ、六さん、お願いだから見ないでちょうだい」

「今さら照れなくてもいいさ。うへへ。俺とお嬢さんの仲じゃないか。さ、酒をつくっておくれ」

ニカッと頬をゆるめて、空になったグラスを差しだした。

まったく、これは夢ではないかと頬をつねりたくなる。城戸美都子が、セクシーな下着姿になって自分のために水割りをつくってくれているのだ。恋に破れてからというもの、いったいどれほど繰りかえしこの場面を夢想したことか。

ほくほく気分で眺めていると、長い黒髪がさらりと流れ落ちて、横顔や胸もとを隠してしまう。あつかましくも六郎は手を伸ばし、その髪を何度も反対側へかきあげて、よく眺められるようにする。

「せっかく俺が目の保養してるんだから、こうして髪で隠れないように注意してくれよ。わかったかい？」

「……は、はい」

羞じらいがちに美都子は素直にうなずき、濃いめにつくったグラスを渡した。それから首を傾け、艶っぽい仕草で黒髪を向こう側へ梳いて、ピンク色のブラジャーの胸もとを六郎に拝ませてあげる。

（どうだい、すっかり従順になって……。この六郎様の言いなりじゃないか。あの頃と同じだ。あの頃と……）

手渡された水割りをまずひと口すする。幸せの絶頂だった七年前に戻ったような気がしてくる。「処女を奪って」と自分に迫って困らせた、あの一途で純情な美都子が戻ってきたような気がするのだ。

ただ身体はあの頃と違い、大人の女そのものだ。

ハーフカップのブラジャーの谷間で、張りのある肉丘が左右からせめぎ合っている。ウエストの理想的なくびれ。適度に丸みを帯びた腰部。まったくたまらない眺めだった。

そしてピンクのパンティに包まれた部分へ目を移すと、つい習慣でおのれの股ぐらに手をやりそうになり、あわててやめた。まさか憧れのお嬢さんの前でせんずりするわけにはいかない。

「あー、うめえ。お嬢さんにつくってもらった酒の味は格別だ」

目の保養をしながらぐびぐびと勢いよく喉へ流しこみ、濃い水割りをまたたくうちに飲み干してしまう。

「そんな飲み方したら毒だわ、六さん」

美都子は心配そうに眉をしかめている。飲みはじめて一時間たらずでウイスキーのハーフボトルが半分以下に減っている。

「へっへ。今日はそんな野暮は言いっこなしだ。記念すべき夜じゃないか」

「……そうね。ごめんなさい。私も飲むわ」

「そうこなくっちゃ。へへ。愉快だ。実に愉快だ。あー、こんなうまい酒は何年ぶりだろうな」

六郎は満面に笑みを浮かべた。いつも自嘲気味のひねくれた笑みしか見せない男が、今は心の底から笑っている。

「いい眺めだぜ。これから毎日こうしてお酌してもらおうか」

少し離れて、艶美なるピンクの下着姿にしみじみ眺め入る。あまりの刺激に勃起がうれしい悲鳴を放つと、近づいて、布地を調べるようにブラジャーの表面へそっと触れたり、ウエストからヒップを撫でまわす。

「あ、ああ、六さん。そんな……そんなことしてはいやよ」

「どうした？　このくらい別にどうってことないじゃないか。そうだろ」

次第にいやらしくカップを揺さぶり乳ぶさを揉みながら、美女の顔が紅潮してゆくさまを楽しんでいる。

3

酒を飲みながら、いつしかペッティングへ移行している。しきりに美都子は逃れようとするのだが、六郎は酔うにつれ、好色さとあつかましさを露わにし、きわどい淫戯を強要するのだ。

（昔の六さんと違う……）

美都子はようやくそのことに気づきはじめた。

昔は、ワルぶった高校生の自分のほうが積極的に六郎に迫り、それをよくたしなめられたものだ。あの頃、六郎はいつも毅然として男らしく、飲んでも乱れることは決してなかった。

しかし今は、酒臭い息をハアハアと吐いてディープキスを繰りかえしたり、ブラジャーのなかへ手を突っこみ、うれしそうに乳ぶさを揉みしだいているところを見ると、鷹尾組の連中と同じではないかとさえ思ってしまう。

せめて今夜は、ただ楽しく酒を飲むだけにしたかった。せっかく淫魔たちの手から逃れられたのだ。セックスのことは何も考えずリラックスしていたかったのに。

美都子の複雑な思いなど知る由もなく、六郎は粘っこいペッティングをつづけては変質的な陶酔に浸っている。

ブラジャーの肩紐をはずし、夢のように美しい乳ぶさを露出させて、しつこいくらいに手のひらで弄んでは肩紐をごていねいに元通りに直す。下着に包まれたさまを濁った目つきで鑑賞して満足げにうなずくと、甘美な口をこってりと吸いつくし、それからまたブラジャーの肩紐をはずして同じことを繰りかえすのだ。

「こうしてこの六郎があんたのブラジャーをはずしたり、つけたりする。あんたのおっぱいをいつでも好きな時に拝んだりモミモミできる。うへへ。それが大事なんだよ。わかるかい。う、う……ヒィック」

呂律のまわらぬ口調でわけのわからないことを言い、下品にしゃっくりする。

油断しきって紳士らしく装うことも忘れ、ふだんの部屋で一人飲んでいる時のだらしない調子になっている。新たにカウパー腺液がどんどん噴きでて、パンツのなかはぐっしょりだ。

「ねえ、大丈夫なの、六さん？」

「もちろんさ。つまり俺が言いたいのは、いくらおっぱいにキスマークがついていても、腕に縄の痕があっても、そんなことは屁でもねえってことだ」

「え……」

蒼ざめる美都子。うろたえ気味に、両腕で自分の身体を抱きしめた。

「いいから隠すなって。ほら、おっぱい出してみろ」

「い、いやっ！　お願い、やめて六さん」

「いったいどこのどいつか知らねえが、お嬢さんの綺麗な肌をよくもこんなに汚しやがって。くそォ」

強引にブラジャーをむしりとり、べろんと双乳を丸出しにさせた。真っ白く気高い肉丘のいたるところに無数に、紅く小さな鬱血が散らばっている。

乳ぶさの形や乳首の色がとりわけ美しいだけに無残さが際立つが、それでいて、たまらなく淫猥な眺めだ。

六郎は興奮しきって何やら口走りながら、突然そこへ吸いつき、美都子を驚愕させた。

「きゃっ……」

「俺がつけてやる。ホラ。そうすればみんな消せるだろう。へへ、へっへ、おいしいおっぱいだ」

売春客がつけたのと同じところへ新たにキスマークをつけようというのだ。

六郎は憑かれたごとくチューーッ、チューーッと肉丘を吸いあげてゆく。ほのかにミルクの香りがする。柔らかくてすべすべしたふくらみの感触もいい。

チューーチューーと口で吸う一方で、両手を巧みに駆使してユサユサと乳揉みをつづけ、美都子の性感をとろかしてゆく。

最初はいやがって泣いていた美都子だが、やがて目を閉じ、それを甘受する。柔肉を強く吸われ痛みが走るたびに、マゾヒスチックな感覚が甦り、そして六郎に対する屈従の意識が芽生えてくるのだ。

「どうだい。俺のキスマークでいっぱいになってきたじゃないか。これでいい。これでもういやなことは忘れられる」

六郎の乳責めは執拗だった。乳ぶさに自分の印をつけるばかりでなく、ピンと尖った乳首をこりこりと甘噛みし、さらにはどろりと唾を吐きかけてヌルヌルにさせて、ペニスをしごく要領で、指先で小刻みに突起を刺激する。

「そら、そら、いいだろ。なあ」

「ねえ、六さん。ああン……あうう……」

バストがとびきり敏感な美都子である。椅子の上で、わずかパンティ一枚にされた官能的な女体を切なげにクネクネさせ、情感の吐息をこぼしつづけている。

「よしよし。美都子はいい子だ」

図に乗って、義理ある城戸家の令嬢の名前をとうとう呼び捨てにした。

「もう何も気にすることはないさ。このおっぱいの紅いキスマーク、全部この六郎様がつけたもんだからな」

気違いじみた刻印作業を終えると、すぐさまディープキスだ。黒髪をギュッとつかんで自在に顔の角度を変えさせ、もうすっかり自分の情婦みたいに扱って、思いのままに快美な粘膜を味わう。

舌を絡ませ合うだけでは飽きたらず、唾液を次々に流しこんでは呑ませる。美都子の鼻先からこぼれる被虐の泣き声がいっそう高まった。

4

酒の力を借りて六郎はますます居丈高になっている。

「ほら、今度はそっちから俺の唾をすくいとってみるんだよ」

なんと唾液の塊りをたっぷり舌腹に乗せたまま、ぐいっとベロを相手へ突きだし、おぞましい愛撫を強制する。

「で……できないわ。だって」

さすがに美都子は尻ごみする。六郎の口腔は異様に酒臭いし、胃や肝臓の病んだ匂いが充満している。そんな男の唾をすすって呑むなど、いくらなんでもあまりに不潔すぎる。

「早くするんだよ、美都子。俺を怒らすと、また一人きりにして出ていくぞ。それでもいいのか」

「いや。ああ、いやよ。一人にしないで」

よほど心細いらしく、美都子は哀願しながらヌーッと舌を伸ばした。「アアンッ、アアンッ」という悩ましい嗚咽とともに舌をこすりつけ、六郎の不潔な唾液をすくいとる。

「へっへ。おいしいか、六郎様の唾は？」

あまりに贅沢すぎる快楽に、六郎はさっきから口もとをだらしなく歪めっぱなしである。そのひび割れた手は、紅い吸い痕がつけられた豊満な乳ぶさをムンズと握りしめ、揉み転がしている。

「は、はい……おいしいわ」

勝ち気な美貌を初々しく真っ赤に染めて、美都子は答えた。やくざの千野にマゾ調教されているような錯覚を抱き、支配される悦びを感じはじめているのだ。

「もっと呑め。自分からいやらしく舌を入れて、チュルチュルすすって呑むんだよ」

命じられるままに相手の口腔へヌプリと舌を入れた。

昆虫が甘い花蜜をすするごとく、差しだされたおぞましい唾液を舌腹からすくいとって、本当においしそうに嚥下する。

それを何度も繰りかえすうちに、美都子の反応が明らかにマゾっぽく変化してきた。目は薄い膜がかかったようにとろんとして、甘えきった鼻声で「ああン、美都子、どうすればいいの」とか「いやん。ねえ、いじめないで」などと訴え、裸身をクネクネと揺らして、しなだれかかってくる。

（もうこっちのもんだぜ。くくく。城戸珈琲の美人オーナーも、今じゃ予想以上に感じやすいマゾ体質にされちまってらァ）

千野のお蔭でこちらの手間が省けたと、六郎はほくそ笑む。

「手を後ろへまわすんだ。次のショック療法に入るぞ」

「どういうこと、六さん？」

美都子のくっきりした目に脅えが浮かぶ。

「いいからおまえは、言われたとおりにすればいいんだよ、美都子」

令嬢をおまえ呼ばわりしたのも初めてのことだった。先代の城戸寛治が生きていた頃はとてもできなかった。憧れつづけてきた人を屈従させる快感が、六郎の身内で火の玉となって燃える。

椅子の背に腕をまわさせて、浴衣の紐を使い手首をくくる。しきりに美都子は、「怖いわ。ねえ、怖いわ」と訴えかける。

六郎は実は旅行鞄のなかにこっそり麻縄を忍ばせてきている。しかしいきなり最初からそれを使って緊縛するほどの度胸はなかった。

「怖がらなくていい。縄の痕を消すには、これしかねえんだよ。へっへ。俺にそんな変態趣味はないさ。ま、これは気持ちの問題だからな」

千野や売春客が強いたむごい緊縛プレイを、六郎は形式的になぞることで、美都子の受けた心のダメージを癒そうという。

むちゃくちゃな屁理屈だが、さっきのキスマークの一件と同じで、錯乱している美都子にとっては妙に説得力があった。

「……ほ、本気じゃないのね？　六さん、私を縛って、いじめたりしないわね？」

「当たり前だろ。俺は奴らとは違うって。こうすれば、おまえの肌に残る縄痕も気にならなくなる。わかるな？」

「はい……ああっ、ねえ、美都子、なんでも六さんの言うとおりにするわ」

「よし。それじゃ一度、気をやってみるんだ。いいかい。さ、リラックスして」

六郎の指がそろそろとパンティへ伸びてきた。すらりとした太腿を震わせ、激しくあえぐ美都子だが、どうすることもできない。

第三章　呼び起こされる魔性

1

椅子に座らせたまま城戸美都子の両手をくくると、六郎は、恐れ多くもパンティへ指を触れさせた。

つやつや光沢のあるローズピンクのパンティは、レースのついていないシンプルなデザインだが、布地には優美な花の刺繍が縫いこまれてある。贅沢な目の保養を楽しみつつ六郎は、高級ナイロンのなめらかな手触りと女っぽい下腹部の柔らかな肉づきを味わう。

その手がどんどん下へすべっていく。

「あ、あああ、ねえ……そこは……」

美都子は弱々しく頭を振った。魅惑的な黒髪が揺れ、媚薬のように甘い匂いがふりまかれる。

「なんだい。フフフ」

六郎はパンティの股間を責めながら、余裕の笑みを浮かべて相手の顔をのぞきこむ。一方の手では、キスマークをたくさんつけた乳ぶさをせっせと揉みほぐして、なかなかにネチっこい。きっと千野たちにいたぶられる美都子を盗み見しながら、あれこれ自分なりの責め方を夢想していたのであろう。

「おっと、そうか。そういや、あれだけ酒の相手をさせたのに、俺は美都子のこをいじったことがなかったなあ」

本当は七年間ずっとそのことばかりを悔やんできたくせに、今ようやくそれに気づいたというふうに言う。そうしてかつて自分がいかに紳士であったのかを抜け目なくアピールしているのだ。

だが、実のところ興奮のあまり心臓が口から飛びださんばかりで、あまつさえ一物は、今にも汁液を噴出しそうな勢いだ。いよいよ待ちに待った禁断の聖裂をこの手でいじくることができるのだ。

ぴたりと閉じ合わせている太腿の狭間を強引に割って、手をこじ入れる。ひめやかな中心部のぬくもりがナイロン地を通して伝わってくる。

「あっ……ああ、許して」

浴衣の紐で後ろ手にくくられたまま、美都子は椅子の上で身をくねらせた。ムンムンと濃厚な被虐美が放たれ、六郎の胸は緊めつけられそうになる。

(夢じゃない。ああ、これは夢じゃないんだ)

やはり調教ビデオを見てせんずりするよりも、こうして生身の美都子を相手にしたほうが何百倍も気持ちがいい。羞恥にまみれた美貌に眺め入りながら、そんな当たり前のことを思う。

「ああっ……ねえ、お願い。そこはいやよ」

「よしよし。いい子にしてろ。この六郎様にすべて任せるんだ」

有頂天となってパンティ越しに花唇の位置を探す。むろん探り当てるのは造作もないことで、ムニュッと指腹をめりこませ、上下に動かすと、下着のなかで花弁がぱっくり開き、どんどん果汁がにじみだしてくるのがわかる。

「ここが美都子の……オマ×コか」

少しためらいつつ六郎はそう言った。その四文字言葉を美都子の前で口にするのは初めてで、いったん発してしまうと気分がよくて何度でも言いたくなる。

「あれあれ、ずいぶんいやらしいんだな、美都子のオマ×コは。ええ？　ぐっしょぐしょになってるじゃないか」

黄ばんだ歯をニヤリと剥いてからかい、そこでウイスキーをあおった。浴びるほど飲みつづけた生涯で、これほどうまい酒は初めてだった。

「いやよ。ねえ……そ、そんな言い方してはいやよ、六さん」

「生意気言うな。ほれ、せっかくの美しいパンティをこんなに汚しちまって。ええ？　六さんにマ×コいじられてそんなに気持ちいいのか。お嬢さん」

ガソリンが入ってがぜん元気がみなぎり、六郎は、指にいっそうの力をこめて憧れの秘苑をまさぐりつづける。まるでペニスを出し入れするごとく中指の腹をリズミカルにパンティに叩きつける。

すると、美都子は喉を反らし、勝ち気な美貌をキュウッとなまめかしく歪めた。

六郎はもうたまらなくなってきて、乳ぶさにまわしていた片手を自分の股間へあてがう。ファスナーを開いてズボンの内側に入れ、暴れ狂う怒張をキュッキュッと握りしめる。ああ、なんという快感だろうか。

（もう怖いものなしだ。俺には、神がついてるんだ）

手のひらに伝わるおのれの魔羅の熱っぽさ、脈動ぶりが、六郎をして狂気めいた自信を抱かせる。

「そら、そら、もっといっぱいおつゆを出してみろ」

「あンン……恥ずかしいっ……六さん、いやよ」

美都子のほうもペースに巻きこまれて、甘い嗚咽が高まってきた。パンティをつけたまま、ぐしょ濡れの肉唇を淫らにこすられる恥ずかしさに、雪国育ち特有のきめ細かな白い肌をどっと紅潮させてむせび泣く。

「イッてみろ。楽になるぞ」

六郎はハアハアと酒臭い息を吐きかけながら、リズミカルに美女の急所を攻めてはおのれのものをしごいた。先っぽからカウパー腺液がとめどなく垂れ流れている。

「……うン……あっ、あっ、あンン……ね、ねえっ、ああ……イクッ」

椅子の上で切なげに裸身を揺すり、とうとう軽いエクスタシーに達する美都子。

「おお、よしよし美都子。イケ！　イクんだ。そうら」

六郎はひときわ怒張を青筋立たせて、ほくほく顔でそれを見つめている。

2

美都子が気をやったのを見届けると、六郎は椅子の正面へまわった。太腿を押し開かせて、内側へ身をすべりこませた。

「そろそろこいつを脱いで楽になりたいんじゃないのか」

「ああっ、六さん。もういじめないで」

美都子はがっくり首を垂れて、腰まで届く美麗な黒髪のなかへ顔を隠している。

「ちゃんと返事をするんだよ、美都子。パンティを取ってもらいたいんだろ？へへへ。そしてエッチなオマ×コをよく調べてもらいたいんだろ」

すっかり図に乗り、その頭を突ついてはぐらぐら揺さぶり、しつこく催促する。

使用人である六郎にいいように弄ばれている美都子の姿を、もし天国の城戸寛治が見たら、さぞや嘆き悲しむことだろう。しかしオルガスムスに達してしまった負い目からか、美都子にはなすすべもなく、やがて消え入りそうな声で「は、はい」と返事した。

「なんだね。ちゃんと自分の口から言ってごらん。どうしてほしいんだね」

「いや。言えないわ」

「言わないならずっとこのままだぞ。パンティ越しに、いつまで我慢できるかな」

「いや、いやっ……ね、ねえっ、美都子の……パ、パンティ、どうか、六さんの手で脱がせてください」

とうとう本人の口からそう言わせることができた。六郎は表情をぐしゃりと歪め、また酒をぐいとあおった。酔いが深まるにつれ、ムラムラと淫欲もいやます。

「ウーム。赤ん坊の時からよく知ってるし、おしめを替える手伝いもしたが、おまえのここの毛はまだ拝んだことがないもののなあ」

「恥ずかしいっ」

「へへへ。こんな美人になって、さぞや生えっぷりも立派になったんだろうな、美都子」

しかし一気に脱がせてしまうのが急に惜しくなった。布地をつまんで中央へ寄せ集め、腿の付け根あたりをきわどく露呈させる。

パンティの両脇から、艶のある淫毛がふんわり顔をのぞかせ、六郎の赤く濁った目が大きく見開かれた。

「おう、見えた見えた。なかなかいい眺めだな。すっかり生え揃ってるようじゃないか」

しきりに卑猥な声を発してパンティの裾から繊毛をしゃりしゃり撫であげる。あげくに唾をどろりと指に取り、敏感な鼠蹊部一帯へヌルヌルとまぶしこむ。

「このへんも感じるだろ。ああ？　ゾクゾクするんだろう？」

「ああ、もう……意地悪しないで」

はみでた恥毛をいやらしく唾液まみれにされる感触がつらく、みじめで、いっそひと思いに脱がされたほうがましだった。美都子は真っ赤になって、縛られた身をクネクネさせる。それに合わせて女っぽい華奢な肩先がエロチックに震えた。

「早く脱がせてっ」

「へへ。よしよし」

ようやく六郎はぐしょ濡れの下着を奪いとった。ドキドキしながらその部分を見つめる。

実は、鷹尾組のビデオで何度もお目にかかっているのだが、こうしてじかに見ると、こんなにも美しい生えっぷりがあるのかと思う。透きとおるほど真っ白く優美な下腹部。そこに、淡く縮れの少ない茂みが扇形をつくり、抒情的といってもいい気品を漂わせ、ひろがっている。

六郎はしばし言葉も失い、見とれてから、繊細な茂みの裾野がなだれこむところを目で追った。

「さあ、見せてごらん」

「あ、ああっ、見ないで。ねえっ」

強引に下肢を開かせると、そこには憧れつづけた神秘の肉扉があった。

薄く色づき、つつましく清楚な花弁の形状を眺めた。やくざたちの食いものにされていたことが信じられない瑞々しさだ。これならおそらく七年前、まだ女子高生だった頃とほとんど変わっていないのではないか。

「綺麗だよ、美都子。ああ、俺の思っていたとおりだ。素晴らしいじゃないか」

感動に声もうわずりがちになる。

(今夜からこの美しい肉裂は俺だけのものなのだ。二度と他の奴らに触らせるものか)

この感動を瞼に灼きつけるごとくしみじみ眺め入ると、ひと安心して顔を起こした。今度は自分も服を脱ぐ番だ。そう思ったところへ、奪いとったばかりの下着がふと目に飛びこんできた。

どうしてもそれを見過ごすわけにはいかない。ベッドの上に置かれてある艶美なローズピンクのパンティを手に取り、ひろげて鼻面を埋めた。甘く悩ましい体臭をくんくん嗅いでは、ズボンから露出させた一物を揉みしごく。

(ああ、これが美都子のパンティか。このねっとりした汁気は、俺様が搾りとってやったものなんだ)

かねてから美都子のランジェリーに異常な執着を寄せる六郎である。陶酔のあまり、そばに美都子がいることも忘れてオナニーにふけるのだ。

ほうけきったそのさまを、美都子が目の隅でとらえている。かつての男らしい六郎とはあまりにかけ離れた、変質者めいたその姿に軽いショックを受けている。

「六さん、やめて！　お願いだからそんなことしないでちょうだい」

自分の下着の匂いを嗅がれて、しかし美都子はなぜか妖しい興奮も覚えている。

「ん？……ああ、美都子があんまり可愛いから、パンティまで愛しくてなあ。へへ。たまらない匂いがするぜ」

ようやく我れにかえり、ばつの悪そうな薄笑いをもらした。そしてすぐに居直り、パンティの舟底の部分をひろげ、これ見よがしに舌でペロペロと舐めまわす。

「淫らなおつゆの味がするぞ」

「いやよっ。ねえ、六さん……」

「何をすましているんだ、こら。ちょっと指でいじられたくらいで気をやったくせに。おまえもしゃぶってみろ」

頭をつかんで、顔面に下着を無理やり押しつけた。

「ほら、何を照れてる。自分のはいていたパンティだろ。ここんところにおまえのオマ×コがあったんだろ」

「あ……あう」

執拗に催促され、美都子は熱い恥辱とともにパンティを舐めさせられるのだ。濡れた舌を、いやいや差しだしてペロリペロリこすりつけて、布地にかすかに付着した愛液を味わわされる。

舐めまわすうちにやがて倒錯的なマゾの淫楽に、顔がポウッと火照り、甘い鼻息が「ウフン、ウフン」とこぼれる。

「そうだ、その調子だぞ。これからはなんでも俺の言うとおりにしなくちゃなあ、美都子」

「あンン……はい……」

「へへへ。よし、俺も一緒に舐めてやるか」

横から六郎の舌が加わって、二人は一緒にパンティを舐めしゃぶる。そのまま荒い息をぶつけ合いながら互いの舌腹を絡めてディープキスしたりする。

3

六郎が服を脱ぎはじめた。不摂生な五十男のたるみきった肉体が現われる。ただ股間のシンボルだけはピーンと異様なほど元気に反りかえっているのだ。

それに気づいて、美都子はあわてて目をそらした。さっきこのホテルに入る時、飲みすぎて役に立たない、と六郎が言っていたのは真っ赤な嘘だったと気づいた。

「よく見ろ。美都子がセクシーだから、年甲斐もなくこんなにおっ立っちまって。どうだ、俺のこいつは？」

にやにやしながら異様にシミの多い黒ずんだ一物を誇示する。毎晩、美都子を思いせっせと自慰にふけっていたせいでもないだろうが、棹には太い血管がのたうち、そして深くめくれた雁首は見事にテラついている。

「さあ、おまえの口であやしてもらおうか」

「あの……手を、ほどいて」

「そのままで辛抱しろ。いいか。おまえの肌についてるギザギザした縄の痕は、ゆうべの変態客がつけたんじゃない。この六郎がつけたと思うんだぞ」

わけのわからない屁理屈をまたも繰りかえして、ひとり悦に入るのだ。

そして美都子も、まさか六郎に嗜虐趣味があるとは思わず、その屁理屈をなるほどと受け入れてしまう。自分の心の傷を癒すために、六郎はあえてＳＭプレイの真似事をしてくれているのだと、いかにも世間知らずらしく、ひそかに感謝する始末だ。

えらそうに仁王立ちする六郎。

後ろ手にくくられた美都子が豊満な乳を揺すり、しずしずと前にひざまずく。凛とした美貌を紅く染め、不潔そうな五十男の股ぐらへすり寄る。

その悩ましい気配を受けただけで、待ちきれずに六郎の怒張が激しくピクンピクン跳ねかえる。

鷹尾組の本部に乗りこんだ時、美都子は、デカ魔羅の狂二に屈辱の尺八奉仕をさせられたものだ。あのショッキングな光景を目撃して以来、六郎にとっては、この瞬間が夢だったのである。

（やったやった。とうとう城戸のお嬢さんがフェラチオしてくれるんだ。果報者だぜ、俺は。うひひ。あの世にいる富樫の野郎め、ざまあみやがれって）

美都子が口に含んだ。

あまりの衝撃に六郎は少しのけぞり、食いしばった口もとから「ウオッ」とうめき声をもらした。

充血してひりつく肉棒が、最愛の女の唾液に包まれてさすられる。その感動に、不健康にくすんだ顔色が上気する。

美都子は、男の性感をくすぐる甘い吐息を放ちつつ、頭を揺すって、快美な粘液にみちた口腔から浅く、軽くチャプチャプと出し入れをはじめた。

「うーう、こりゃいい気持ちだ」

「アフン、うふン、あフン」

美都子の愛撫は舌を巻くほどだ。縛られたままでのオーラル奉仕をこってり千野に仕込まれているのだ。軽く口腔でしごいては吐きだして、愛しげに亀頭を愛撫する。それから男の性感帯である雁の縫い目へ、柔らかな舌腹をぴたりとあてがい、小突いたり、レロレロさせたり、憎らしいほど巧みに刺激する。

「うまいもんじゃないか。う……うお……いったい誰に仕込まれたんだ」

六郎が感心して見おろすと、膨れきった赤紫の先端部が、美女の唾液に贅沢なくらい包まれ、テラテラに濡れ輝いていかにも心地よげである。

「素敵よ。たくましいわ、六さん」

そんな言葉を囁いて、再び口にすっぽり咥えこみ、悩殺的な抽送をする。

やくざたちが美都子にご執心のはずである。これほどの絶世の美女が、これだけ献身的な口唇奉仕を行なうのだから。

「ああ、美都子！　たまらねえ。こんな、こんなに、魔羅が気持ちいいなんて……ああ、初めてだぜ」

痺れきった唸りを連発する六郎。次第にその声が切迫してきている。

「ねえ、髪をつかんで、六さんの好き放題に動かしていいから。美都子、きっと我慢できるわ」

濡れた黒眼でゾクリとする眼差しを向けて告げる。

なんとイラマチオで口を犯してほしいとおねだりしているのである。両手をくくられ、フェラチオ奉仕するうちに、マゾ奴隷の陶酔に襲われてきたらしい。

「よし。それじゃ好きにやらしてもらうぜ」

六郎は夢見心地で、量の多い美女の髪をひとまとめにつかんだ。練絹のごとく艶のある黒髪がツーッと頭のてっぺんまで絞りあげられる。

美都子の切れ長の目が吊りあがり気味になり、すらりとした鼻梁がいっそうツンと尖って、よくなじんだ美貌に不思議な色香が加わる。

その姿を見おろしているだけで、六郎の脳天が灼けつく。本当に美都子はもう俺の奴隷なんだと、小躍りしたい気分である。
「そりゃっ、そうりゃっ!……うおうっ……いいぞ、すごくいいぞ!」
掛け声を発しながら、まっすぐ一直線に伸びた黒髪をあやつった。こらえても
こらえても口もとがゆるんでしまう。
美都子の口腔は唾液が豊富なうえに素晴らしく収縮しており、そこへ自由自在
なピストン運動をすることによって、肉棒から下腹全体になんとも形容しがたい
甘美な渦巻きがひろがる。
気持ちいいのはフェラチオを受けるペニスばかりではない。顔面をむごいくら
い勢いよく上下に揺さぶりながら、バストをキュッ、キュッとわしづかみしてい
ると、サディスチックな征服感をたっぷり満喫できるのだ。

4

「そりゃ、そりゃっ……ひひひ、たまらんぞ、美都子の口は。しゃぶれ、こら、
必死で咥えろ」
黒髪をわしづかんで荒々しく反復運動を繰りかえす。サディズムがつのり、六

郎の脳裏で悪鬼が躍る。このままいつまでも永遠に一物をぶちこんでいてやりたい気持ちになってくる。

「どうした、こらあ。まだまだ入るだろ。ほら、ほらほら！」

「う……ぐ、うぐ」

休む間もなく、グイグイと喉奥まで突きあげられる。美都子の横顔はひどく苦しげだ。眉が痙攣し、背中では縛られた両手をきつく握りしめている。

しかし揺さぶられるたびに「アン、アアン」と規則的にもれる涕泣には、明らかにマゾの悦楽が含まれている。膝立ちしている下半身が、特に官能的な腰つきが切なげにクネクネする。

「うれしいのか、美都子。この六さんのチ×ポが、そんなに好きかい？ うへへ」

「ムムンン……ううムム……」

その艶っぽい泣き声を聞いているうちに六郎はたまらず果てそうになった。あわてて黒髪を大きくたぐり寄せ、いったん股間から引きあげさせた。淫らに火照った美貌ぶりをうっとり鑑賞して、興奮が鎮まるのを待つ。

「へへ。フェラチオして感じてたのか？ ずいぶんいい声でしゃぶっていたじゃないか。あきれたお嬢様だな」

「あ……ああ、だって……」

言葉でいたぶり、熟れた乳ぶさをこねくりまわす。そうすると美都子は、六郎の望んだとおりに甘い嗚咽をふりまいてモリモリ元気づけてくれるのだ。それからまたおしゃぶりさせる。

酒に酔っているだけに六郎はとにかくしつこい。まだまだ発射するつもりはないらしく、興奮がはじけそうになると休んで女体をいたぶり、同じことを何度も繰りかえす。

そうしてフェラチオがはじまって三十分以上がたった。

口唇ピストンによる快楽を骨の髄まで味わったのち、六郎は椅子に腰をおろした。今度はピッチを切り替えて、美都子の頭をどんどん下へ沈めてゆく。

「根元まで咥えてみせろ」

調教ビデオで、千野のシリコン入り剛棒を深々と根元までものの見事にディープスロートしているのを見たことがある。一度でいいからあれと同じことをさせたかった。

美都子は、色白の顔をカアッと熱く染めて、みるみる太棹を呑みこんでいった。もちろん悩ましく鼻を鳴らしながら。

六郎が快美感にあえぎあえぎ真横からのぞくと、もうすっかりペニスは消え失せて、その下に、ぱんぱんに張りつめた玉袋しか見えないのだ。

「ほっほう……たいしたもんだな」

つい嘆声がこぼれた。

勃起した肉茎を根元いっぱいまで咥えこまれるのが、これほどまでに痺れるとは知らなかった。棹というのは根元に近づけば近づくほど性感が集中しているのだと初めて気づいた。

底まで行きつくと美都子は、根元につけた唇を、ピクピクッ、ピクピクッと緊めつけてくる。もちろん口腔の粘膜では怒張全体をぴっちり包みこみながら。六郎にとってまったく未体験の快楽ゾーンである。肉棒から下腹部へひろがる甘美な渦巻きは、いっそう激しさを増して荒れ狂う。

（ああ、なんて女なんだ、美都子は）

これまで一人ですごした暗く絶望的な日々は決して無駄ではなかったのだ。最後の最後に、とうとう自分は巨万の富にもまさる宝物を手に入れた……。

きっと鷹尾組の連中は血まなこになって行方を追っていることだろう。しかしまさか大阪のホテルで、この六さんが美都子の奴隷奉仕を受けて、千金の愉楽に浸っているとは夢にも思うまい。

「おおうっ、ああ、美都子、たまらん！」

「ムフン……ムムン……」

なんと美都子は、最深部で顔を揺すって抽送をはじめたのだ。唇をきつく緊めながら、根元から幹にかけてのそれほど長くない行程を、粘っこく往復する。唇の移動に合わせて、濡れた舌をたえず幹に巻きつかせて甘くしごきあげてくる。

「うっ、駄目だ！」

ぎりぎりのところでふんばっていた防波堤が突き破られた。美都子はあまりに深く顔を沈めているから、髪の毛をつかんで引きあげようとしても間に合わない。

六郎は荒れ狂う渦巻きに呑みこまれて射精した。

「呑め！　ううう、呑め！　オオオ！」

真上から頭を押さえてぐいぐい沈める。

鬱積した七年分の想いが白い粘液と化してドーンと噴きあげてくる。まるでアクメのような声をもらしてそれを受けとめる美都子。

すっかり弾を打ちつくしても六郎は、まだ椅子の上で下半身を痙攣させて、いつまでも美都子の口腔でペニスを動かしつづけていた。

第四章　初めて味わう名器

1

口内射精をすませると、ようやく六郎は手首をくる紐をほどいてやった。

美都子は半ば朦朧としている。光沢に濡れ輝く長い髪が、悩ましい曲線を描いてはらりと顔先に垂れかかっている。

朦朧としているのは大量の精液で喉を灼かれたからだ。まさか五十すぎの六郎の体からあれほどの量の体液がほとばしるとは思ってもみなかった。若く絶倫の千野に負けず劣らずの、すさまじい射精だった。濃厚な男性ホルモンの氾濫で神経まで灼かれたような感じである。

（大鷹の町から逃げてきてまだ一日目というのに、もうこんな淫らな関係をつくってしまって……)

焦点の定まらない目で、気だるそうに細い手首をさすりながら恨めしく思う。

お人好しの六郎の、店では決して見せないもうひとつの顔——あのやくざたちとも共通するサディスチックで好色な性癖を、思いがけなくも見せつけられて心は動揺している。

かつて美都子が女子高生の頃、いくらペッティングを繰りかえしても六郎は決してストイックさを忘れなかった。処女を奪ってほしいとこちらが頼んでも、卒業するまでは駄目だとはねつけられた。いったいあの頃の男らしさはどこへ行ってしまったのだろう。

「よかったぜ。へへへ。すごく気持ちよかったよ、お嬢さん。発射する時、あやうく腰が抜けちまいそうなくらいだった」

興奮が一段落したせいか、もう美都子と呼び捨てにせず、いつもの使用人の言葉づかいに戻っている。

けれども顔を美都子にすり寄せ、自分でキスマークだらけにした乳ぶさを満足げに揉みしだいてキスを強要して、うんざりするくらいネチっこい。

「……そ、そう」

「すごくいっぱい出たろう。自分でも信じられないくらいさ。しかしよく呑んでくれたなあ、うへへ。どんな味だった？　濃くて苦かったんじゃないのかい」

「わ、わからないわ」

酒臭い息をぶつけながら六郎は美女の口腔へ舌を差し入れて、ヌプヌプとひとしきり舐めまわす。そうして自分のザーメンの残り香を探している様子である。

「なにしろ七年以上もずっと待たされたもんでねえ。ああ、どれほど気が狂いそうだったか、そのくやしさをわかってもらうためにわざと口で出したんだぜ」

「え!?……」

「いいんだ。もう恨んじゃいないさ。つらいのは俺だけじゃねえ。お嬢さんだってこの間、人に言えない苦労をしたんだからなあ」

「ろ、六さん……」

また口を吸いとられる。さっきから唇を使いすぎて腫れぼったくなった感じである。

（そうだったのか……六さんが酒に溺れ、ここまで堕落したそもそもの原因は、やはりこの私にあったのね）

相手の不潔な唾液を嚥下させられながら、美都子は今さらのように悟った。

富樫と出会い、本当の恋に目覚めて以来、美都子にとって六郎は、ただの近親者にすぎなくなった。振りかえれば六郎へ寄せた想いは思春期にありがちの、はしかみたいなものだった。それがどれだけ残酷な仕打ちだったかと思い至り、美都子の胸は裂けそうになる。

（六さんはずっとこの私を愛していたんだわ。毎日店で顔を合わせながら、そんなことはおくびにも出さなかったのに……）

自らの罪の報いとして、六郎の愛を受け入れよう。たとえどんなにしつこく変質的な行為をされても耐え抜こう。そして自分も六郎を死ぬまで愛しつづけよう。美都子は心に誓った。

まさか当の六郎が、最愛の富樫の命を奪ったのだとはつゆ知らない。やくざと結託して城戸珈琲を乗っ取り、大金を手中におさめたことも、そのあげくには自分を娼婦へ堕とす片棒を担いだことも、美都子には知る由もなかった。

2

「何をしてるんだい。フフフ。馬鹿だな」

パンティを身につけようとして六郎にそれをひったくられた。美都子は驚きを隠せず、相手の顔をじっと見つめた。フェラチオで精を吸いとらされ、あとはもう寝るものだとばかり思っていたのだ。

「あれだけいい気持ちにさせてもらったんだ。今度はお嬢さんのを舐めてあげなくっちゃ、六郎の男がすたる」

「で、でも、もう朝になっちゃうわ。ねえ、六さんだって疲れているでしょ？」

美都子はかすれた声で訴える。すでにホテルの窓の外は明るくなりかけているのだ。くたくたになったこの身をひと休みさせたかった。

「俺ならさっき少しうとうとしたから平気さ。うん、お嬢さんと一緒にいると若がえれるみたいだな」

ウイスキーをがぶりと飲み、ニヤニヤと淫靡に笑いかけてくる。なんという精力だろうか。美都子は圧倒されるばかりだ。

「どうしてもペロペロしたいんだ。そうして鷹尾組に汚されたお嬢さんのあそこを清めてやりたいんだよ。な、いいだろ？」

またも自分勝手な屁理屈をまくしたてる。そういう言い方をすれば美都子が拒めないことを計算しているのである。

「さ、こっちへ来るんだ」

「あ、ああ、いやよ、六さん」

うむを言わさず美都子はベッドへ横たわらされた。煌々とした明かりのもと、下肢を大きく開かされ、そこへ六郎が卑猥な薄笑いとともに顔を埋めてきた。

「なるほど、へっへへ、これがお嬢さんの、オマ×コかい」

「いやっ。ああっ、見ないで！　見ちゃいや！」

わななく女体の中心部に荒い息づかいが吐きかけられ、美都子は、色白の冴えた美貌を真っ赤に染めあげた。

生まれた時からずっと知っているまるで父親のような相手に、秘部を丸ごとのぞかれるのは、近親相姦にも似たおぞましさがあるのだった。

「綺麗なもんだ。うっとりするよ。それに……あー、すごくいい匂いがするな。いかにも、美都子お嬢さんらしいや」

赤く血管の浮いた六郎の目が、異様に輝きだした。あの安アパートで、城戸家の令嬢のその部分を夢想してどれくらいの時間をついやしたことだろうか。

「ピンクの色づきといい、整った形といい、まるで処女みたいだな。うひひ。こりゃすごくうまそうだ」

高ぶった声でひとしきり女性器を批評すると、味見するように、舌腹でヌルリと淫裂の中心をなぞった。

「ひい……い、いやっ！」

たまらず美都子が腰を悶えさせる。

「こらこら、じっとしているんだ」

六郎は調子づいてしっかと下肢を抱えこんだ。中心部へぴたりと吸いつき、いやらしく粘っこく舌先を走らせた。

二枚の花弁を巻きこむように外陰唇を下から上へなぞり、唾液まみれにする。

周囲をしゃぶりつくすと、やがてそれは媚肉の内側へめりこんできた。

「ウーム、おいしいよ、お嬢さん」

「あ、ううっ」

美都子はうめいた。

さらに六郎の舌は棒のように伸びて、唾をはじかせながらズブリズブリ粘膜をえぐってくる。

「こんなうまいマ×コは初めてだ。ほうら、こうすれば汁がどんどん出てくる。そら、そら、ぐしょ濡れじゃないか」

「や、やめて、六さん。恥ずかしい……」

潤んだ肉層をかきまぜては突く、かきまぜては突く、そんな卑猥な舌の動きに乗って、熱くどろりとした液体状の快感が子宮へ流れこむ。美都子は、腰までの黒髪を夢幻的にひるがえらせて悶えのけぞった。

「どうやらこのオマ×コは六さんの舌がいたく気に入ったらしい。うへへへ。なあ、お嬢さん?」

美女の股間に顔を突っこんで、六郎はそこからしきりに淫猥な言葉を投げかけて有頂天である。黄ばんだ銀髪を振り乱し、唾やら愛液で顔じゅうをべとべとに濡らしている。まさに淫鬼そのものといった形相で、憧れの秘肉へ食らいつくのだ。

「アアン……ああ……あふン、あっあふン」

途切れとぎれに、いかにも遠慮がちだった美都子の嗚咽が、情感の溶けるにつれ次第に高まってくる。すらりと引き締まった太腿が、閉じたり開いたりする。

その甘ったるい泣き声を聞くうちに、六郎のペニスはすっかり勢いを取り戻してくる。憑かれたように情熱的にクンニをほどこしながら、しきりに自分も腰を動かして怒張をシーツにこすりつけている。

（ああ、こりゃ最高の気分だぜ）

女のその部分を舐めることがこんなにも気持ちいいとは思わなかった。他の女たちのヴァギナをいくら愛撫してもあまり興奮したことがない六郎であったが、美都子のそこは快美な泉だった。

肉棒が熱い。海綿体が充血してずきんずきんして、自分でも頼もしくなるくらいパワーがみなぎっている。

（よし、そろそろ、ナマをぶちこんでみるか）

しかし、いざその運命の瞬間が近づいてみると、なんだか怖くて不安な気分に駆られるのだ。あまりに長いこと妄想を抱きつづけてオナニーしすぎたせいだろうか。自分の精液の臭いがしみこんだあの大鷹の薄汚れたアパートが、なつかしくさえ思えてくる。

（どうした？　このぐしょ濡れの穴ンなかに突っこんでやって、思いきり貫けばいいんだ。そうすりゃ俺は、あの富樫の野郎に本当に勝つことができる。美都子を服従させられるんだぞ）

それでも体が凍りついて動かない。

あまりにツキすぎている。最後の夢がかなえられたその瞬間に、もしかして何かおぞましいことが起きるのではないか。災いが天から落ちてくるのではないか。

そんな臆病風に吹かれてしまうのだ。

3

そうして六郎がためらっている間にも、いったん火のついた美都子の官能は燃えあがるばかりだ。

「ねえっ……あああン、六さんたら……ねえ、いやよ。意地悪しないでっ」

白磁のような美しい裸身をクネクネとうねらせ、悩ましい甘え泣きをもらして、どうにもならない切なさをしきりに訴える。

「あっあン……美都子、どうすればいいのよ。焦らさないでちょうだい」

とうとう美都子は頭を起こし、切羽つまった表情を六郎へ向けた。

紅く火照った切れ長の目もと、ねっとり濡れた黒眼に甘く見つめられ、六郎の皮膚にゾクゾクッと鳥肌が走った。

「俺の魔羅がほしいってわけかい、お嬢さん？」

「……そ、そうよ、お願いよ。ねえ入れて。アアン、入れてほしいの。六さんの女にしてほしいのよ」

その言葉で六郎はようやくふんぎりをつけることができた。

起きあがり、女体へのしかかった。体の底からふつふつと狂おしい衝動が湧き起こってきた。

「美都子っ。ああ、俺の美都子……」

花蜜で溢れる河口へ、強く肉棒を突き立てる。

つながる、と同時に抱きすくめる。柔らかくて弾力があって、最高の感触がかえってくる。そして艶やかな黒髪の香りがねっとりと鼻孔にひろがるのだ。

天にも昇る思いで六郎は結合を深めてゆく。とろける膣肉がキュッキュッと砲身に絡みついて応える。

「六さん。あ、うう……六さん」

腕のなかでは美都子が愛しげに自分の名前を呼んでいる。愛らしい朱唇から、見事な歯並びをのぞかせて。

(やったぞ。ああ、とうとう俺たちはひとつになったんだ)

六郎の胸は感激であふれんばかりである。さっきまでの不安はもうすっかり吹き飛んでいる。美女の反応に見惚れながら、本格的な前後運動を開始した。

それにしてもこの粘膜の心地よさはどうだろう。抜群の締まり具合なのだが、といってただ単調に収縮するのではなく、襞肉がうねうねと隆起しながらペニスの根元から先端までを行ったり来たりして、まんべんなく刺激するのだ。

六郎は、若頭の千野がいつかナイトクラブで得意そうにしゃべっていた言葉を、ふと思いだした。

『あのじゃじゃ馬め、男まさりの空手を使うくせに、これがなんと生まれつきの名器なんだな。あのマ×コの味を知ったら、どんなまともな野郎でも狂っちまう』

そうなのだ。千野にも誰にも仕込まれたわけでもなく、自ら鍛えたわけでもない、美都子は生来の名器の持ち主なのだ。そう考えると六郎はうれしくなってしまう。これからいつ抱いても、その快感に酔いしれるたびに、背後にちらつく男の影に悩まされる必要がないからだ。

「すごく気に入ったぞ、美都子のマ×コ。もう二度と手放さないからな。こら、わかってるのか」

「は、はい……私は、ずっと六さんのものよ。アアン……ねえ、今夜のこと、一生忘れないわ」

「そうとも。へへへ。まずは口にたっぷりとミルクを出してやったし、二発目は、ほらほら、このオマ×コにドバッと出してやるんだからな。感謝するんだぞ」

大恩ある城戸家の令嬢に対し、すっかり主人気取りで告げる六郎。

三浅一深に、斜めの動きやローリングをまじえ、さすがに年季の入った腰づかいを見せている。そうしながら乳ぶさを丹念に揉みほぐし、腰部からヒップをねとねと愛撫して、美都子をしきりに狂わせている。

「うれしいわ。ああ、感じるぅ……ねえ、六さん、すごくいいっ」

顎を反らして、凛とした眉をピクリピクリとたわめて美都子はよがり泣く。抒情的な目もとはますます紅潮し、女侠として町の不良たちに君臨していたのが嘘のような愛らしさである。

その恍惚の表情にたまらず六郎は接吻した。美都子も待っていましたとばかりにヌラリ、ヌラリと熱い舌づかいで応える。気合の入ったディープキスの合間には、互いに大きく口を開き、獣の愛咬のようにしゃぶり合ったりもする。そうして二人の荒い息づかいはますます獣の咆哮めいて、連結したままの下半身を呼吸ぴったりに、いかにも淫らにガクンガクンと揺すっている。

「ああっ、たまらない……」

「フフ。俺と美都子は、どうやらここの相性がぴったりみたいじゃないか」

そう言って六郎は余裕たっぷりに反復運動に入る。

膣壁のうねうねとした脈動はいっそう高まっている。女の入口が巾着壺のように、太棹の根元を快美に緊めつけてくる。けれども、さっきフェラチオで渾身の射精を遂げたお蔭で、まだ少しの間は踏みとどまっていることができそうだった。

「ほら、ほら、この魔羅がそんなにいいのかい、お嬢さん」

「いい……好き、好き……」

「へへへ。おかしなもんだな。今までずっとそばに暮らしていて、こんなに身体の相性がいいとは思いもしなかったのになあ」

本当は毎晩、調教ビデオを眺めては、美都子との肉交をシミュレーションしてオナニーしていたくせに、そんな図々しい言葉を吐く。

事情を何も知らない美都子は、その言葉に興奮をあおられ、恥ずかしそうにクネクネと細腰を振る。

「ご、ごめんなさいね、六さん。あ、あフン……私、今まで六さんに、ひどいことばかりしたわ。どうか許して」

「こうなる運命だったんだよ、俺たちは。先代がきっとお導きになったんだ。なあ、そうだろ、美都子？」

「そうね。ああ、きっとそうね」

大好きな祖父の寛治のことを思いだしたのだろう、美都子は、澄んだ瞳から大粒の涙を流しはじめた。

「よしよし。好きなだけ泣くがいいさ」

その涙には淫らな随喜の涙が含まれているのだと六郎は意地悪く見抜いている。美貌へ舌を突きだし、溢れくる涙をペロペロとすくいとってやりながら、奥の院へたてつづけに矛先をぶちこんだ。

「う、うう……ねえ、美都子は六さんだけのものよ。六さんの言うことなら、どんなことでも聞くわ」

「その言葉を忘れるんじゃないぞ」

口もとを歪めて、ぐいぐい力強く仕上げの抽送にかかる。時折りダイナミックなひねりを加えてやると、美都子は甘美な悲鳴を放ち、豊艶な裸身をバウンドさせた。

「イッ……イク……イ、イッちゃううう！」

「美都子！　そうだ。イクんだ、美都子」

その凄艶なエクスタシーの表情を、六郎はしっかと瞼に灼きつけるのだ。自分にとって女神とも呼べる女を、おのれの一物で刺し貫いて天国へ送りこむ、ああ、この感激ときたら。

耳をつんざくような激しい媚声とともに、美都子は腰をのたうたせ、これでもかと六郎のものを緊めつけてくる。

「あ、あうう……たまらねえっ」

さすがに六郎も真っ赤になった。こめかみに極太の血管を浮かせ、ぴーんと全身を緊張させた。びゅんびゅんと下腹部から太棹へ、猛烈に射精感が走り抜けているのだ。

「来てェ。ねえ……ああン、来て、六さん」

美都子は、悩殺的な声音で誘い、体内の男性ホルモンを一滴残らず搾りとるかのごとく腰をくねらせる。

興奮が、パアン、とはじけた。のけぞりながら噴射する六郎。それを受けて美都子のほうも再びオルガスムスに入ってゆく。

「う、うおお!……出る、出る、出るう!」

たどり着いたのは、フェラチオの時よりもはるかに深い快楽地点だった。頭のてっぺんに穴をうがたれ、目もつぶれそうなまばゆい閃光がキラキラと舞い落ちてくる。そんな感覚なのだ。

(な、なんだっ。どうなってるんだ⁉)

あまりにすさまじい射精感に、のけぞりながら瞳孔が開き、とろとろ口から涎れを垂れ流している。

脳裏に、美都子を愛しつづけた長い年月の記憶がフラッシュバックして浮かんだ。あたかも死んでゆく者がほんの数秒のうちに自分の一生を追体験するように。

そして六郎は、生涯最高の性交を完了させた。

4

起きたのは昼すぎだった。

目覚めた途端、六郎は、この男にしてはきわめて珍しいことに空腹を感じた。酒よりも、血のしたたる分厚いステーキを食いたいと思った。

大鷹にいる最後の頃は仕事中も酒を隠れ飲みしており、朝起きてから夕方まで、食事といえば店で食べるトースト二枚だけというパターンだったから、そんなふうな自分の変化が六郎にとってはうれしい驚きだった。

もちろん美都子が一緒にいてくれるからだ。これからはもう酒をがぶ飲みしなくともすむはずだし、きっとすべてがいいほうへいいほうへと変化してゆくに違いない。

ゆうべ、セックスの直前になって不吉な予感にとらわれ、臆病風に吹かれたことなど、すっかり忘れてしまっているのだった。

「ルームサービスを取ろうか。俺はステーキがいいが、美都子は何にする？」

「そんな贅沢はいけないわ、六さん。だって、お金が……」

心配そうな顔つきで言う。

愛しさがこみあげ、その頰へキスしてやりながら六郎は、

「フフフ。馬鹿だな。そのくらいの金はあるって。何年間、城戸珈琲にご奉公したと思ってるんだ？」

「でも、駄目よ。私たち、それどころじゃ……」

「いいから。これはいわば俺たちの新婚旅行じゃないか。このホテルにいる何日間かは、好きなことをしようや」

城戸珈琲の乗っ取りに手を貸したことで、六郎は鷹尾組から多額の謝礼をもらい、銀行口座には二千万以上もの大金がうなっているのだ。

それを美都子に言えないのがちょっぴりつらいところだった。これからも貧乏なふりをしつづけなければならない。あるいは、競馬で当たったとか麻雀で大勝したとか、嘘をでっちあげようかなどとも思う。

どうにか美都子を説き伏せ、ルームサービスを取った。

食事は素晴らしかった。さすが大阪でも超一流ホテルだけのことはある。二百五十グラムのステーキを六郎はぺろりとたいらげた。起き抜けにこんなに胃袋がちゃんと活動しているのは何年ぶりだろうか。

食事の間も恋人気分で甘い会話を交わしていたかった六郎だ。ゆうべのセックスがどんなに素晴らしかったかを語り合い、食べ物を互いに口移しにして食べたりしたかった。ところが美都子の口から出るのは、きわめて現実的な話題——二人が直面しているさまざまな困難をどう乗りきるか、ということだった。

逃避行を成功させるためにはお金を倹約するのが絶対に必要だし、うかつに医者にかかれないから健康にも留意しなければならない。そのためにも六郎は大いに酒を控えるべきだと忠告するのである。

「おいおい。さっそく俺を尻に敷こうってのかい。参ったなあ」

食後、爪楊枝で歯をせせりながら、苦笑いする六郎。

「笑いごとじゃないわ。だって相手はやくざよ。いくら遠く離れていたって、油断はできないわ。つかまったら殺されるかもしれないのよ」

「わかった、わかった。フフ。お嬢さんの言うとおりに、これから六郎はせいぜい酒を控えましょう。その代わりに……」

浴衣の胸もとへいきなり手を差し入れる。豊満な乳ぶさをつかんで、痺れる揉み心地を味わう。

「あっ……いやよ、六さん」

「やりてえんだ。オマ×コしてえんだ」

六郎は耳もとで野卑な言葉を繰りかえし、美都子の浴衣の帯をほどきにかかるのだ。

「そ、そんな。ねえ、今は許して」

美都子は目の縁を紅くして訴えた。

親子ほども年の違う六郎と、真っ昼間からとても絡み合う気にはなれない。第一、ゆうべ、あれほど濃厚に交わったばかりではないか。

「満腹になってセガレも元気いっぱいさ。ああ、我慢できねえんだ。不思議だ。美都子の身体なら、何発でもできるんだよ」

美都子のとまどいぶりが六郎の目には、いかにも初々しい羞じらいの風情に映り、欲情はいやました。

荒い息とともに強引に浴衣を剝ぎとり、ベッドへ押し倒した。そして、まばゆい雪白の裸身に、淫獣のように襲いかかった。

第五章　畸形な新婚生活

1

逃避行を開始して半月がすぎた。二人は大阪の片隅に古くて狭い一DKマンションを借りて暮らしはじめていた。

本当のところ六郎は、美都子との胸ときめく新婚生活にふさわしい高級マンションに入りたかったのだが、そして上本町の近くにうってつけの物件を見つけたのだが、美都子に猛反対されてあきらめたのだ。

『六さん、どうかしてるわよ。こんな高い家賃、どうして払っていけるの？　お願いだからもっと現実的になってちょうだい』

銀行口座には二千万からの大金がうなっているのだが、言いたくとも言えなかった。出所はどうにかとぼけられても、それならなぜ美都子が借金の工面に走りまわっている時、その金を融通せず手をこまねいていたのかと問われるからだ。

金の問題はずっとついてまわった。

美都子は、いつでもよそへ高飛びできるように貯えをしなければならない、ホステスでもして働くつもりだと言い、そして六郎にもすぐ仕事を探すようにすすめる。

働く気など毛頭なかった。六郎にとって美都子と二人きりでいることが人生のすべてなのだ。

美都子をはべらせていちゃいちゃと酒を飲み、酔い、そしてセックスだけして暮らしていたいのである。鷹尾組からの汚れた銭をすべて使いはたすまで。

かたや美都子にとっては、六郎と楽しく暮らすことよりも、やくざからいかに逃げつづけるかのほうが最優先だった。

だから六郎の自堕落な暮らしぶりにはつい批判的になる。気楽に医者にかかるわけにはいかないのだから、健康のために過度の飲酒やセックスは慎むべきだと、可愛い顔を険しくして六郎をたしなめる。

愛の新居で日がな一日、グラスを傾け、美都子のとろける肉体に酔いしれているつもりだった六郎の目算は狂った。引越して数日後から、不本意ながら仕事を探すふりをする羽目になった。

しかし美都子を夜の蝶として外へ放つのだけは絶対に阻止しなければならなかった。やくざの情報網にひっかかる恐れもあったが、それよりも嫉妬心、独占欲からだ。

『お嬢さんは目立ちすぎるし、ホステスで働くなんてとんでもねえ。二人メシを食うだけなら俺一人の稼ぎで充分だ。それくらいの甲斐性はある』

断固たる口調で主張しつづけ、どうにか説き伏せることができた。

したがって毎日、昼すぎになると六郎は職探しに出かけなければならない。買い物以外はなるべく外へ出ないようにと必ず釘を刺して。

ドアまで見送りながら美都子は「私、子供じゃないんだから。喧嘩なら六さんが束になってもかなわないのよ」と微苦笑をもらすのが愛らしい。

今日も六郎は昼食をすませ、後ろ髪を引かれる思いのまま部屋から送りだされた。

地下鉄で難波へ出て、いつものようにパチンコ店に入った。

パチンコか麻雀をやった後は映画を見て、それから立ち飲みで酒を軽くあおって、六時までには家へ戻る。それがパターンだ。しけた顔をしながら「あーあ、どこも不景気で五十すぎの男なんか鼻も引っかけやしねえ」とかなんとか出まかせを呟いて。

（いずれは勤務先を見つけたことにしなけりゃな。立ち食いソバ屋か回転寿司、それともラブホテルの従業員にするか）

世間知らずのお嬢さんだから、仕事の内容はなんとでもごまかしはきく。月に一回、それらしく給料日のふりをして、ニコニコと三十万かそこらを渡せばいいと考えていた。

（あれでなかなかの世話女房だもんな。へっへへ。この俺の体のことをうるさいくらい気づかってよ）

時間つぶしにパチンコ台とにらめっこしながら、六郎はついにんまりした。大鷹にいる頃に較べて、六郎の表情は驚くほど生気にみちている。美都子にがみがみ言われるせいで、酒量がめっきり減っているのだった。以前の六郎なら、パチンコの前にまずたっぷりアルコールを流しこむところだが、心が充たされているせいか、それほど馬鹿飲みする気にならない。

こうしている時も、六郎の頭のなかは美都子のことばかりなのだった。一日のうち何時間か離れて顔を見ないでいるから、なおさら愛しさがつのる。帰るやいなや押し倒して肉交をおっぱじめることもしばしばだ。

いざセックスになると、ふだんの強気が影をひそめ、途端に女っぽくなるところがまたたまらない。従順な牝奴隷のように、六郎の玉袋からアナル、さらに足の指までどんな奉仕もいとわないのである。そうして、このまま死んでもいいと思えるほどの深い快楽をもたらして、六郎を射精へ導く。

しかしあいにく本格的な縛りはまだ試していない。鷹尾組の厳しいマゾ調教を思いだすからだろうか、いつか麻縄をチラリと見せただけで「それだけは絶対にいやなのよ！」と激しい拒絶反応を示したのだ。六郎のほうもそれを用いるうまい言いわけが見つからず、だからお遊び程度に、最初の夜のようにタオルや紐で手首をくくったりして、疼く嗜虐欲をまぎらわしている。

(お楽しみは後に残しておかなくっちゃな。時間はたっぷりとあるんだ。フフフ。じっくり責め落としてやるさ)

現在でもほとんど毎日、多い時は二回も三回も美都子とつながって、あるいは口でも呑ませたりしているのに、欲深い六郎は満足しきっていない。もっともっと魂の底までも支配してやりたいのだ。かつて誰も、富樫や千野さえも到達できなかった深いところまで。

(憧れの美都子お嬢さんを、俺だけの奴隷に仕込む。ああ、なんと素敵なんだろう)

たとえばこうして自分が外へ出かけている時には必ず、素っ裸のまま縛りあげて部屋へ残す。用足しはすべて洗面器でさせて、戻ったらその小水を酒にまぜて二人で飲んだりするのだ。

あの天性の雪肌に、刺青を入れてやるのもいいな。肩や太腿に、この六郎様の名前をくっきり彫りこんだり、あるいは茂みを剃って、真っ白い下腹に赤い薔薇を咲かせてやったりするのもいい。

妄想がまた新たな妄想を呼び、倒錯した白昼夢に浸っていると、隣りの柄の悪い男に肩を突つかれた。いつの間にか受け皿からじゃんじゃん玉が溢れだしている。7が三つ揃っていた。

2

そんなある夜。二人は外で待ち合わせをした。

無駄な危険を避けるため、食事はなるべく部屋ですませるようにしているのだが、ずっと閉じこもりっきりでは美都子の気持ちがふさぐので、たまに外食をする。

六郎はかつて遊び人であったし、美都子も高校時代はスケバンを張り、大鷹の女侠とうたわれ、派手なことが好きな性分だから、町のネオンに心が躍らぬはずはない。追手の心配さえなければ二人で夜の浪速へ繰りだし、さぞ楽しく時をすごしたことだろう。

とにかく美都子の美貌はあまりに人目を引きすぎた。大阪へ着いたばかりの頃、町を歩いても店へ入ってもたちまち視線が集中してしまい、六郎は肝を冷やしたことがあった。

以来、外出する時、美都子はできるだけ目立たない工夫をしている。今夜も眼鏡をかけ、髪は野暮ったくひっつめにして、服はジーパンにブルー系のセーターである。

ミナミのはずれにあるその洋風居酒屋は、以前に二度来たことがあった。店は適当に広いし客層は若者のグループが多く、誰も二人に注意を払わないので好都合だった。それにさすが食い道楽の町だけに料理もおいしく、味にうるさい頑固者の六郎でさえ、合格点をつけたくらいだ。

美都子は六郎を待っている。

待ち合わせは六時半で、まだいくらもすぎていないが、生ビールの小ジョッキはほとんど空だ。たまの外出に心ウキウキとして、十五分も早く着いてしまったからである。

(早く来ないかしら。それとも仕事が見つかって、それで遅くなってるのかしら)

隣りのテーブルの、馬鹿そうなプータロー風の男二人組がしきりに視線を送ってきて、わずらわしかった。

「あんた、前にも来てたやろ？　さえない白髪のおっさんと」

「そうそう、別嬪やからよう覚えとるで。なあ、わしらと飲まへんか。あんた、どこから来たん？」

とうとう声をかけてきた。

きつく睨みかえしてやっても効き目はなく、へらへら笑いながら誘ってくる。二十五、六歳か。ともに図体が大きく、元暴走族といった感じで、すでに相当酔っている。

「私、待ち合わせしてるから、悪いけどほっといてちょうだい」

「へえ、またあのオジンとかい。あんたもずいぶん変わった趣味だな。へへへ。俺たちと飲んだほうがずっと楽しいのに」

「吉本のタレントがやってる店、連れていこか？ ごっつうおもろいでえ。わしら、この前見た時からあんたに惚れてんのよ」

このすらりとした美女が、まさか名うての空手使いとは夢にも思わず、男たちはちょっかいを出しつづけて、ついには美都子のテーブルへ移ってくるではないか。

「ちょっと、失礼じゃないの。本当に迷惑だわ。席へ戻ってよ」

「ええやろ。大勢で飲んだほうが楽しいやんか」

これが大鷹なら、すぐに表へ連れだして鉄拳を見舞うところだ。しかし今はへたに騒ぎを起こして目立ちたくはなかった。

二人組は、勝手に酒を三人分注文して、勘定は全部自分たちにつけていいと店員に告げた。その店員もどうやら仲間らしく、明らかに迷惑を受けている女性客へ救いの手を差しのべようとはせず、逆に意味ありげな笑いを彼らに送る始末だ。

「色が白いな。肌かてごっつう綺麗やん。ええなあ。ワシ、こんなん痺れたのは久しぶりやわ」

正面の出っ歯は、発情しきった目ん玉を剝いて、美都子を上から下までネトネトと舐めまわして見る。

「東北出身ちゃうか、あんた。あっちの女は肌がみんな綺麗なんやろ。いくつよ？　年ぐらい教えてエな。二十二か、三か」

隣りに座った丸顔が、どきりとするようなことを言う。

まずい、と思った。どんな些細なことからアシがつかないとも限らない。

六郎は何をしているのか。はぐれてしまうから席を立つわけにはいかないし、それに店を出たら男たちはしつこく後を追ってきそうな気配だ。

「あんたならタレントになれるで。マジや。ワシとこの先輩のプロダクション紹介したる」

美都子が全然聞いたことのない女優の名を挙げ、そのプロダクションが育てたのだと得意そうに胸を張る。

「絶対にワシらがスタアにしたるわ。スタイルもええし、そんな野暮ったい格好やめてきっちりめかしこんだら、みんな振りかえるくらい超セクシーになる。ほんまや」

「眼鏡をはずしたら今より百倍も美人になるで。そうやな、髪をおろしたところも見たいな。ちょっと頼むわ」

丸顔は、たわごとをほざきながら肩に手をまわしてきた。

「やめて！　あなたたち、いったいどういうつもりなの！」

「ごちゃごちゃ言わんと付きおうてくれや。どうせあのオジンならどっかで行き倒れてるんちゃうか。くくく」

（もう許せないわ）

美都子は肚を決めた。こんな連中は成敗するしかない。六郎をコケにされたり、わざと地味に変装しているのに野暮ったいなどとからかわれたりして、野性の女豹の血がたぎるのをもう抑えきれない。

男たちは脳味噌が空っぽのぶん、腕力はありそうだ。組まれたら断然不利だからその前にまわし蹴りで片づけてしまおう。このところ腕がなまっているのがいささか不安だが、相手はどうせ油断しきっているのだから、なんとか料理できる。

美都子が急におとなしくなったのを、二人組はナンパ成功と勘違いしたらしく、運ばれてきたチューハイをがぶ飲みして下品なギャグを連発し、おだをあげている。

「あなたたちには負けたわ。いいわ、どこか面白い店へ連れてって」

ひそかに牙を研ぎながら、美都子は片頬で艶っぽく微笑んだ。

3

二人組はべろんべろんに酔っているうえに、色白のしっとりした美女をナンパできて、興奮はピークに達している。

店の階段をおりる時、美都子はいきなり乳ぶさをわしづかまれた。

「すごいボインや」

出っ歯はうれしそうにケケケと笑い、丸顔は自分も触らにゃ損とばかり、ジーパンの悩ましいヒップを撫でまわした。

「ええケツしとるな。たまらんわ」

「ああ、いやだわ。セクハラで訴えるから」

美都子は感情を押し殺して、わざと明るくふるまった。

階段ですれちがう客が、うまいことやってやがる、といった顔で二人組と美都子を眺めてゆく。酔った大男たちにがっちり挟みこまれた華奢な美女とくれば、輪姦されるのが当たり前と思うのだろう。

そして五分後。居酒屋の入った建物から五十メートル離れた駐車場に、男二人が転がり、股間と後頭部を押さえ、苦痛にうめいていた。

一瞬のうちに、まずは金的に、かがんだところを頭へと、体に二発ずつ蹴りを入れられ、何が起こったのかさえよくわからない。真っ青な顔で地面をのたうちまわりながら、あの女は何者なんだ……と男たちはぐちゃぐちゃになった頭の隅で問いつづけていた。


美都子が足早に現場から離れて、表通りでタクシーを拾うところまで確認し、六郎は尾行をやめた。まっすぐ家に帰ったに違いなかった。なぜなら、美都子一人で他に行くところなど、この大阪にはないからだ。

そう判断すると、近くの立ち飲み屋の暖簾をくぐり、冷や酒を飲みだした。

自分は三十分ほど遅れて帰ればいい。そうして、あの店で何が起こったのか、美都子自身の口から語らせればいい。

『ひどいわ、六さん。どうして来てくれなかったのよ』

きっと美都子は泣きべそを浮かべて六郎へ恨みつらみをぶつけてくることだろ

う。その甘えっぽい顔は、さっき見事な殺人技を繰りだした女と同一人物とはとうてい思えないはずだ。

(今日こそ厳しくお仕置きしてやるからな)

六郎は、酒を飲みながら早くもゾクゾクしている。

職探しという名目で今日も昼から町をぶらついていた。麻雀で勝ちすぎてなかなか抜けられなくなり、待ち合わせ場所へ着いた時は約束より二十分遅れてしまっていた。

そこで美都子が男たちといるのを見た瞬間、心臓がとまりそうになったのだ。

しかし美都子の対応を観察するうちに、鷹尾組の追手につかまったのではなく、ナンパされているとわかった。それでも人を探すふりをしながら、店の片隅から様子をうかがった。

若い男二人はなんともいやらしい目をして、しきりに美都子を口説いていた。

胸のなかでは、嫉妬と興奮が微妙にカクテルされ、六郎はその不思議な感覚に酔った。

(あれだけ地味に、目立たないようにしているのに、それでもお嬢さんは男どもをその気にさせちまうんだな。うへへ。さすがにたいしたもんだぜ。野郎たちが

どう出るか、もう少し成り行きを見ていようじゃないか)

丸顔のほうが、馴れなれしく美都子の肩に手をまわすのを眺めながら、六郎は勃起していた。アドレナリンが体内をめぐるのを心地よく受けとめていた。

(俺は……お嬢さんが、他の野郎といちゃついたり、いじめられたりしているのを見るのが好きなのかもしれねえ)

千野の撮った調教ビデオをもらって夜ごとオナニーにふけっていた時は、自分の性癖に気づかなかった。それだけ城戸家の令嬢を愛しているからだと思っていた。そういえば昔、美都子と恋人の富樫のセックスをこっそりのぞいた時も、くやしさと同時に、赤い興奮に灼かれその場で射精してしまったのだと思い当たった。

ほどなく、三人は連れだって居酒屋を出た。意外だった。自分が着くまでは店で待っているはずだと思いこんでいた。

(どこへ行くんだ？　ま、まさか、ホテルじゃないだろうな)

甘く切なく胸を緊めつけられながら、後をつけた。

道を歩きながら、酔った若者二人に胸や尻をいいように触りまくられ、美都子は売女のようにクネクネして媚びを売っていた。

（もしかして、これが本当の正体かもしれない）

尾行する六郎の足はガクガクと震えていた。

（とんでもねえ魔性の女だ。帰ったら四の五の言わせず、縛って折檻してやるぞ）

だから、人けのない駐車場で美都子が男たちを鮮やかにＫＯした時、胸のすく爽快感とともに、肩すかしを食った気がした。もうあと少し濡れ場を見てみたかったのである。

立ち飲み屋を出ても六郎はさっきの甘く切ない興奮がまだ覚めなかった。ズボンの内側で一物は頼もしく反りかえったままだ。

おそらく帰宅した美都子のほうも、久々の格闘で感情が高ぶっているはずに違いない。二人とも血が騒いで、初めての緊縛セックスはすごい盛りあがりになるぞ、と六郎は淫靡にほくそ笑んだ。

4

「まずいことをしてくれたもんだな」

部屋で話をひととおり聞き終え、六郎はわざとらしく渋面をつくった。

美都子の話の内容は、六郎が目撃したそのとおりのもので、いかにも嘘をつけない彼女の性格を物語っていた。

「大男二人をたちどころにノックアウトする絶世の美女。そんな噂が大阪の町に流れたらどうする。奴らの情報収集力がどれだけすごいか、お嬢さんだって知ってるだろう？」

「でも、あいつらは絶対に素人だもの。大丈夫だわ。それに、女にのされたなんて、みっともなくて誰にも言えないはずよ」

美都子は不満そうに口を尖らせて言う。喧嘩の興奮を引きずっているせいか、いつになく六郎に対して反抗的である。

「そいつらがしゃべらなくとも、どこかで誰かが見ていたかもしれねえ」

「……六さんが時間どおり来てくれたら、こんなことにならなかったんじゃない。ねえ、どうして私ばかり責めるの？」

冴えた頬を紅潮させ、珍しく感情的になってしゃべる美都子に、六郎は新鮮なエロチシズムを感じた。早く色事に入りたくてならない。しかしお楽しみは後にとっておいたほうがいい、と自分に言い聞かせている。

「最後の店の面接で待たされたと言ったろう。こっちも職探しで大阪中、駆けずりまわってるんだ。大急ぎで走ってきたら店には姿が見えないし、どれだけ心配したか」

「で……どうだったの？」

美都子はピクリと眉を動かした。

いくら強がってもやはり世間知らずで、六郎の真っ赤な嘘にすぐだまされてしまう。

「結果は明日わかる」

「そう。決まるといいわね。毎日本当にお疲れさま、六さん」

表情をなごませ、そんな可愛いことを言う。

「しかしお嬢さんの向こう見ずにはあきれるぜ。いいかい、ここは大鷹じゃないんだ。逆上した相手がチャカぶっぱなしても不思議じゃない。これから二度とこんな無茶をしないように約束してもらわなくちゃ」

「六さんだって私より無茶するじゃない。鷹尾組に一人で殴りこんだりして……ウフフ」

白い歯並びをこぼし、男たちを狂わせるキラキラする濃い黒眼を注ぎながら、

「でも、わかったわ。これからは気をつけるわ。それで許して」

「そうだな」

あの時の大芝居を、またも六郎は思いだして酔った。縄掛けされ、狂二の巨根をしゃぶらされる美都子の姿に欲情し、周囲のやくざたちにもかまわず狂ったように二度三度と自慰したものだ。

(誰が本気でたった一人で殴りこみをかけるものか。くっく。任俠映画じゃあるまいし)

大鷹の生きた伝説とまでうたわれた、目の前の美女をしみじみ眺めた。だまされて家も喫茶店も巻きあげられたあげく、故郷を捨て、使用人である男と逃避行する羽目になった女……。

膿んだサディズムがどろりとこみあげ、たまらず美都子を抱き寄せた。深々と舌を吸い、セーターの胸を押し揉んだ。

すでに半月たち、その敏感な肉体は六郎の愛撫の手管に馴らされている。美都子は綺麗な二重瞼を紅く染め、うっとり舌を絡ませ合う。

肉丘を揺さぶる六郎の手の動きが激しくなる。そのノーブルな鼻先からこぼれる情感的な音色が、少し、また少しと熱を帯びてくる。美都子は惜しみなく唾液をもちいてディープキスに応じ、六郎を夢心地にさせるのだ。

「さあ脱ぐんだ。いいな」

「はい……」

どれだけ気丈で男まさりでも、ペッティングされると途端に女っぽく従順になる。その変化がまた六郎にはたまらないのだった。

生来マゾの気があるのか、それとも千野に厳しく調教されたためなのか。おそらくその両方なのだろう、などと悩ましい下着姿を鑑賞しながら考える。

まばゆい純白のブラジャーとパンティになり、くるりと背を向けて、美都子は艶っぽい仕草で束ねた髪をほどく。誰もが魅了される光沢に濡れ輝く黒髪が、するすると腰までまっすぐに滑りおりてきた。

つづいて腕を背中にまわし、ブラジャーのホックをはずそうとする。

その隙に六郎は、ひそかに縄を取りだして、背後から近づいた。胸の鼓動が高まる。

縛られるとわかったら必ずや抵抗するだろう。だが、今日ならこちらの言うとおりにさせる絶対の自信があった。

「なあ、美都子。女房たるもの、さっきみたいに生意気に口答えしたらいけないぞ」

「ああ、ごめんなさい、六さん」

「俺に面倒見てもらってるのに、おまえはまだお嬢様気分が抜けねえ。いつまでも俺を使用人だと思ってやがる。そうだろ？」

あいている片手で、露わになった美しい乳ぶさの感触を味わいつつ、芯までとろけそうな黒髪の芳香を深々と胸に吸いこむ。

「ああ、そ、そんなつもりはありません。本当よ、六さん。気にさわったのなら、何度でもあやまりますから。さっきは本当にすみませんでした」

こちらを振りかえろうとするのを、六郎は押しとどめた。

「口じゃなんとでも言える。本気かどうか、身体に聞いてみなくちゃな」

「え!?……どういうこと？」

「手を後ろへ組むんだ。わかるな。お仕置きするんだ」

「あっ……い、いやよ！　ねえ、それだけは使わないでって言ったでしょう。お願いよ」

麻縄に気づいて、美都子は激しくうろたえた。細い肩を震わせ、泣き声まじりに必死で訴えかけるのだ。

六郎はうむを言わさずその腕を後ろへねじりあげた。

「我慢するんだ。少しつらい思いをすれば、もうあんな反抗的な態度はとらなくなるだろ。甘やかしてばかりじゃおまえのためにならねえからな」

「いやっ……う、ううっ……そ、そんなことしなくても……ねえ、六さん……」

しかしその細い手首に容赦なく縄が巻きつけられてゆく。

六郎は、興奮のあまり額に汗を浮かべながら、こんな華奢な手をした女がどうして男二人を一瞬に倒せるのだろうと、改めて感心していた。かつて鷹尾組の千野が、縄を使って調教するたびに、奇しくもそれとまったく同じことを考えていたのだったが。

第六章　完璧な縄化粧

1

（お嬢さん、なんて美しいんだ……）

ああ、これほど美しいものが、この世に二つと存在するだろうか。

六郎の体を感動が走り抜けている。その興奮は、ぴかぴかの金色をして、血という血を、細胞という細胞をまばゆく輝かせてめぐるような気がした。

目の前に城戸美都子が、一糸まとわぬ姿で立っているのだ。白磁の陶器を思わせるなめらかな雪肌に、きつく麻縄をかけられ、後ろ手にいましめられて。

一分の隙もなく見事に縄掛けしたのは、鷹尾組の若頭、千野なんかではなく、この自分の両手だ。とうとう城戸家の令嬢を思いのままに調教し、性奴に仕立てる時がやってきたのだ。

(どうやらやっと観念したようじゃないか。うへへ。なんのかんの言ってもサドマゾの味が忘れられねえらしい)

思惑どおりにことが運んで、六郎はほくそ笑んだ。

六郎も素っ裸となって、骨だらけの貧弱な裸体をさらしている。ウオッカをあおりながら、生贄のまわりを落ち着かなく動いてはしきりに一物をしごいている。その黒ずんだ肉棒だけが、体と釣り合わず太くてたくましい。

美都子はややうつむき加減になっている。顔先へ、光沢を放つ黒髪がなまめかしい曲線を描いて垂れかかり、美貌を覆っている。わずかにのぞけるルージュに濡れた朱唇が時折り震えがちに開いて、いかにもつらそうな、恥ずかしそうな溜め息がこぼれでる。しかし六郎の行為を非難する言葉はもはや聞かれない。

『こ、こんな変態みたいなことされるの、いやなのよ。ああっ、虫酸が走ってたまらないわ。お願いだから、抱くなら普通にしてちょうだい』

『ああっ、六さんがまさかこんな変態趣味だとは、夢にも思わなかったわ。ねえ、私、絶対に軽蔑するから』

さっき縄目を受けている間じゅう、美都子は嫌悪に身をよじり、そう訴えつづけていたのである。

（変態趣味だって？ そいつはどっちのことだい、マゾの美都子お嬢さん）

六郎はそうからかってやりたいのをこらえた。おかしくてならなかった。美都子はつゆ知らないのだ。千野にマゾ調教されて狂ったように淫らに昇天しているところをビデオに何本も撮られ、それらすべてを六郎に鑑賞されていたことを。

それでも、ぷっつんした拍子に美都子の必殺キックがいつ飛んでこないとも限らず、すっかり縛り終えるまで内心ビクビクしてもいたのだが。

なだめすかして緊縛が完成した。あとはもうこっちのものだった。

「いつまでも世話を焼かすんじゃねえ！ 子供じゃあるまいし」

一喝し、クネクネと悶える腰部からパンティを奪いとった。ついでに剝きだしの臀丘へ何度か平手打ちを飛ばしてやると、美都子はみるみる従順になっていった。

「俺は体を張っておまえを大鷹から連れだしてやったんじゃないか。その恩を忘れて、ふざけたことをぬかしやがって」

六郎がそう言うと、生意気に口答えする代わりに、甘えっぽい涕泣をもらしながら「ごめんなさい。本当にごめんなさい」と繰りかえし詫びた。そして「六さんの言うとおりにします」と、腰までの黒髪を悩ましい仕草ではねあげて、ゾクリとする視線さえ送ってきたのである。

2

六郎は、おのれの縛り技がよほど気に入ったらしく、血に濡れたような赤目で、なおも美都子を眺めやった。

ただでさえ官能美にみちた裸身は、縄化粧をほどこされ、圧倒的なまでの色香をにじませているのだった。これがついさっきミナミで男二人を一瞬のうちにKOした女と、同一人物だとはとうてい思われない。

重量感に負けず勢いよく上を向いた乳ぶさは、今は縄に絞りだされて、ぷっくりといびつに突起している。それを乱暴にわしづかみ、ボリュームにみちた感触を楽しみながら揉み嬲る。

「ああっ……」

「たかが縄で縛られるぐらいでキャアキャアわめきやがって。フン。まんざらでもないくせに」

アルコールが血のなかにひろがるにつれ、激情がつのってくる。六郎は、熱化した一物を柔肌へ強くこすりつけては、ハアッハアッと荒い息をぶつける。乳ぶさを攻める一方、片手では腰まで伸びた夢幻的な黒髪を握りしめ、ぐらぐらと頭を揺さぶる。被虐的な吐息を心地よく耳にしながら、この女を支配しているという実感がようやく湧いてくる。

「これからはもう二度と空手を使うんじゃない。そんなものは今さらなんの役にも立たん。かえってアシがつくだけだ。文句はないな、美都子?」

さすがに美都子はキュッと唇を結んで、押し黙っている。あんなカスのような男たちを成敗したくらいでどうして?……という思いがあるのだ。

「どうなんだっ。はっきり返事しろ!」

すかさず六郎の叱咤が飛んだ。パンッ、パンッと双臀を平手打ちされた。

「……は、はい……わ……わかりました」

「空手を捨てると、可愛い俺の情婦になると、はっきり誓うんだよ」

「ああ……」

目を閉じた。綺麗な涙が一筋、二筋と頬を伝う。

しかし結局、美都子には、六郎に逆らうことなどできはしなかった。大鷹を遠く離れた今、この世で唯一頼ることのできる相手なのだから。

「美都子は……あ、ああ……か、空手を、捨てます」

大好きな、そして自分にとって唯一の武器である空手を捨てる。美都子は胸を裂かれる想いであった。

「それから?」

「そして……六さんの……可愛い、じょ、情婦になります」

情婦という言葉を言わされ、美都子の内で、胸を裂かれるような哀しみが、なんとも説明しがたい倒錯的な快楽の波動と化して全身をめぐりはじめた。

「反抗的な態度をとったり、わがままを言った時はすぐにお仕置きするぞ。次は、こんなもんじゃすまんからな」

「あ、ああン、わかりましたから。ごめんなさい、六さん。美都子をどうか許して」

いよいよもう自分にはお金も財産も何ひとつ残されていない。六郎の情婦として生まれ変わるのだ。そんな悲しい諦念が、ちりちりと被虐の悦楽を連れてくる。とまどいながらも美都子は、甘く痺れきった口調で繰りかえし詫びを入れるのである。

夜具がのべられた。六郎はその上へあぐらをかき、緊縛された美都子を隣りにはべらせ、淫靡な悪戯をしながら美酒に酔いしれている。

「今夜も酒がうめえや。うへへ。おまえももっと飲め」

「う……ううン」

無理やり口移しで酒を流しこんだ。

そうして温かくてすべすべした柔肌の感触を楽しみ、念入りに乳ぶさを揉みほぐしてやると、美都子は拘束された上半身を悩ましくうねらせ、六郎へしなだれかかってくる。抒情的な黒眼はねっとり潤んで、もっと恥ずかしいことをして、そして何もかも忘れさせて、と訴えかけているようだ。

夜十時をすぎたというのに外では自動車の行き交う音が絶えず、救急車のけたたましいサイレンもひんぱんに聞こえてくる。

六郎には、そんな大都会の喧噪が少しも苦にならなかった。その騒音が自分たちの足跡を消してくれるような気がするのだ。

大鷹の町ではまず見かけない高層マンションの、日当たりの悪い牢獄のようなこの一ＤＫの部屋も、住み心地は悪くなかった。狭さゆえ、美都子が今何をしているのか、料理をつくったりトイレに入ったりシャワーを浴びたり、すべてが観察できるし、それに親子ほど年の違う自分たちが一緒に暮らしていても、住人たちは誰も気にとめる様子がない。

しかし美都子のほうは、まだ都会暮らしになじめないようだ。ふと何かの拍子に、遠くを見るような目をしたり、彫りの深い横顔に哀愁を漂わせることがある。故郷へ帰りたがっているのだと六郎は気づいていた。

(無理もねえ。生まれ育った大鷹と違って、ここには山どころか緑すらないんだからな。この六郎様だけが唯一の心の拠りどころってわけだ。まあ、せいぜいサドマゾですすり泣かせて、里心を忘れさせてやるさ)

ねじれ腐った淫欲に駆られて美都子をぐいと抱き寄せ、唇を吸った。酒を飲ませると、「おいしい」と可愛い声で言う。

「だいぶ素直になってきたじゃないか、美都子。どうだ、六さんにこうしてお仕置きされるのも悪かねえだろ」

「うふん……は、はい」

「酔っていい色になった。目もとがほんのり桜色になってよ。それとも縛られてうっとりしてんのか。どっちだい。なあ、俺は美都子のことはなんでも知っておきたいんだよ」

六郎はだらしなく口もとを歪め、好色丸出しに尋ねた。

「……し、知りません」

初々しい羞じらいを浮かべ、美都子は顔をはっとそむけた。その拍子に美しい肩先のラインが際立つ。

「言わないなら身体に聞いてみようか」

六郎は膝上で女体を横抱えにし、張りのあるヒップへ手を伸ばした。ムチムチとした臀丘をつかんだり、大きく円を描いて撫でまわしたりする。さらに尾てい骨から亀裂へ微妙なタッチで指が這うと、美都子は切なげに「アアン、ウフン」と媚声を放つのだ。

3

「いい声を出してやがるな。嫌いじゃないんだろ、サドマゾが？　へへへ」

六郎のいたぶりは調子があがってきた。縄できつく縛ってあるから、野性のじゃじゃ馬を思いのままにあやつることができる。

「あの気の強い美都子お嬢さんが、まさかいじめられて感じるタイプだったとはな。くくく。生まれてから二十三年間ずっと観察してきたが、まるで気づかなかったぜ」

「ち、違います。そんなの嘘です」

「ほう。じゃあ、この濡れようはいったいなんなんだ。ぐちょぐちょのこのマ×コのありさまは」

その手が双臀の亀裂を奥深く滑りおりて、アナルから秘苑の入口をいじくる。

底意地の悪いやり方に、美都子は光沢のある黒髪をざわめかせ、切なげに悶える。

「生まれつきのマゾなんだよ、美都子は。うへっへ。高校生の頃、本当はこうして縛っていじめてもらいたくて、俺のアパートへ通ってきてたんじゃねえのか」

酔ってくると六郎はとにかくネチっこい。溢れでる花蜜を指にすくいとると、小径を行ったり来たりしてアナルの粘膜へヌチャヌチャまぶしこむのだ。

「いやン……いやよ、もういじめないで」

「正直に言ってみろ。ほらほら、美都子はマゾだと白状するんだ」

激しく口を吸い、唾液をどろりと送りこみ、耳穴のなかをナメナメしては囁く。

「あ……い、いや……六さんの前で、そ、そんなこと言えないわ」

男の膝上へなよやかな上半身をあずける美都子は、凜々しい顔立ちを紅潮させながら弱々しく訴えるのだ。

心理的、そして肉体的にも、どうして六郎がこれほどまで巧みにこちらの弱点を突いてくるのか、美都子にはわからなかった。まるでやくざの千野に調教されているような錯覚を覚えてしまう。自分はそんな淫らな女に見えるのかと思う。

しかし縄で緊めあげられ敏感になった双乳を荒々しく転がされ、疼く媚肉を攪拌されると、くやしいことに、どうしようもなく官能がとろけてしまう。

「そらそら。へへ。いやらしく腰振りやがって。しようがねえお嬢さんだぜ」

「あ、ねえっ、ああ」

「イキてえんだろ？　このすけべなマ×コが燃えて疼いてたまらねえんだろ」

美都子の耳穴を舐めしゃぶり、淫猥な言葉を吹きこむ。そして柔らかなツブツブがうねうね隆起する膣肉めがけて、六郎は急ピッチで中指を叩きこんだ。

美都子は、グラマーな曲線を見せつけるようにクネクネと裸身を揺すり、クライマックスの動きをはじめた。

「うへへ。こいつは色っぽいや」

「……いやン……あっあっ……イクう」

とうとう美都子はオルガスムスを迎えてしまう。

一度気をやってもなお六郎は悪戯をやめない。美都子は反撃するように、自らすすんで相手の股間へ顔をうずめた。

「ああ、六さん、とても頼もしいわ。おしゃぶりさせて。ねえ、いいでしょ」

後ろ手に縛られて、不自然な格好のまま肉茎へ吸いついた。すでによくなじんだ王冠部へ舌を絡ませ、縫い目をクイックイッと巧みにしごきあげる。そうしながら甘美な唾液を、惜しげもなく砲身全体へ垂らしてヌラヌラにするのだ。

「そんなに俺のチ×ポが好きなのか、美都子お嬢さんは。へっへへ。まあいいだろ。しゃぶらせてやる」

ぷっくりと灼熱したペニスの皮膚を、たっぷり濡れた舌腹があやすように、チロチロ這いまわる。快美な粘液に包まれると、六郎の表情がたちまちほころんだ。

「おいしい……ウフン、おいしいわ。六さんのこれ、大好きよ」

「そうかそうか。縛られてしゃぶるとまた一段とチ×ポの味がいいんだろ」

六郎はすっかり上機嫌である。縄尻をつかんで奉仕がしやすいように、いったん美都子の上体を起こしてやる。

美都子は真横からぴたりと顔を伏せて、うれしそうに鼻を鳴らしながら本格的な尺八奉仕をはじめるのだ。

玉袋から先端まで、豊富な唾液を浴びせてひととおり舐めつくすと、すっぽり咥えこんで、唇できつく緊めつけながらのピストン運動に入る。「ンフン、ンフン」と悩ましく首を振るたびに、豊かな髪がさらさらと流れ乱れるのもいい。

六郎はそれをかきあげてひとつに束ねてやる。献身的にフェラチオにふける妖艶なその横顔に見惚れながら、ウオッカをすする。気分は桃色の雲の上だった。

美都子を自分だけのマゾ奴隷にする。とても手の届かない、愚かな淫夢だとばかり思っていた光景が今、確かに実現されているのである。

（ツキすぎて怖いくらいだぜ）

片手に憧れの美女、片手にはキャッシュで二千万円あまりある。鳴かず飛ばずの人生だったが、齢五十をすぎて、突如とてつもない強運がめぐってきたようだ。今のツキなら、まだまだ望むものはなんでも手に入れることができそうだが、悲しいかな、美都子以外に欲しいものなど思いもつかない六郎である。

（とにかく用心を重ねて今のこの暮らしを少しでも長く守りつづけることだ。もう放さねえ。鷹尾組にも、誰にも二度とこの宝物を横どりはさせねえ。もしもの時は……）

いずれ美都子と生き別れしなければならない事態がやって来るやもしれぬ。その時には、この比類なき美しい肉体がやくざたちの食いものにされてボロボロになる前に、いっそ自分の手で切り刻んでやろう。そうして冥土へのみやげ話に、恋焦がれた女の秘所の生肉を食らってやるのだ。そんな異常きわまる誓いをひそかに立てる六郎である。

「ンフン……アフン……」

美都子は甘い媚声とともに、やくざ仕込みの得意のディープスロートで、六郎の性感を攻めている。朱唇で怒張の根元をピクリッ、ピクリッと緊めつけ、同時に舌腹は太い幹に巻きつかせて巧みになぞりあげている。

（こりゃたまらんっ）

濃厚な奉仕に、射精感がぎりぎりまで迫ってくる。いつものように六郎は、あわてて顔を引き起こさせて、今度は浅瀬でチャプチャプと粘液のはじける感触を楽しむのだ。

どうにか射精感をやりすごすと、また顔をうずめさせ、深々とスロートさせる。そうして豊満な乳ぶさを思いきり揉みしだく。

「ああ、呑ませて。六さんのミルク」

美都子が腰を振っておねだりした。理知的な口もとも今は唾液でべとべとにまみれて、なんとも卑猥だ。

「駄目だ、駄目だ。あいにく今日の一発目はオマ×コで発射と決めてあるんでね」

「ずるいわ。アアン……美都子をその気にさせておいて」

「二発目をこってり呑ませてやる。それで我慢するんだな。フフフ。ほら、あともう少し、お得意のディープスロートで俺を楽しませてみろ」

すっかりご主人様気取りでそう命じた。

美都子は「アアアッ、アアン」と甘え声を放ち、緊縛された裸身をもどかしげに揺すりながら、六郎の勃起を粘っこく愛してゆく。

4

そうして六郎は酒を飲みのみ、たっぷり一時間は朱唇奉仕を堪能した。

とどめを刺したくてたまらなくなり、膝上へ向かい合わせにして女体を抱きあげた。対面座位で交わりに入る。痩せてはいるが、六郎はかなりの長身だし、膂力は人並み以上だから、膝に乗せあげて緊縛セックスするのはさほど難しくない。

そうして抱擁すると縄つきの美都子はいかにも華奢で女っぽく、おまけに長い髪が甘い香りを放って、いやでも責め手の嗜虐欲をかきたてる。

「ほうら、ほうら、天下の城戸珈琲のお嬢様のオマ×コにばっちりつながったぜ」

「う……あう……」

「おうおう。よく締まってやがる」

マゾっぽい反応ぶりをとくと鑑賞しながら、温かな肉路を突き進んでゆく。ふだんにもまして膣壁は活発にうねり、貪欲なくらいにペニスに絡みついてくる。

その快美な粘膜を奥まで巻きこむように激しくシャフトを送って、根元までぴっちり咥えこませる。他の体位よりも連結感はぐんと深い。

征服欲を満喫させながら、ぐらぐらと膝を揺すり、規則的な上下動を与えてやる。

「すごいぞ。おお、チ×ポすごくいいぞ、美都子」

「ああっ、私も……感じる、すごく感じる」

六郎との初めての緊縛セックスに、美都子も同じように興奮している。切なげに眉を歪めて、鼻先から淫楽の嗚咽をひっきりなしにもらす。

「おうおう。うまそうなおっぱい、ブルンブルンさせて」

すぐ目の前で、縄に挟まれた豊満な双乳が悩殺的に揺れている。六郎は鮮やかなピンク色の乳頭に吸いついた。

たっぷりと唾を吐きかけ、尖った乳首を舌の端でねぶってやったり甘噛みすると、美都子はよがり声とともにのけぞり、そして蜜壷をこれでもかとばかりに収縮させた。

「さあ。マゾだと白状してみろ」

「ウフン……ねえ、どうしても……それを、言わせたいの？」

ほつれ乱れた黒髪の隙間から、美都子は妖しく膜のかかった目を注いでくる。紅く火照った目もとがなんとも悩ましい。

「そうとも。さあ、俺の奴隷だと誓ってみろ。さもないと珍棒をひっこ抜くからな」

「いや、いやあン。ご、ごめんなさい。ああ、美都子は……マ、マゾです。六さんの……奴隷です。本当よ」

父親同然の六郎に、自らの秘密の性癖を告白させられ、さらに奴隷の誓いを行なったことで、子宮の疼きは小爆発の域まで達している。あまりの気持ちの高ぶりに心臓がとまりそうなほどだ。

「とうとう正体をさらしたな。この淫売お嬢さんめ。ずっと俺をだましてやがって」

「あああ……つらいわ……六さんの、意地悪ぅ」

「二度と他の野郎のチ×ポを咥えるんじゃないぞ。俺を裏切るんじゃない」

「アン、あうン……わかったわ、六さん。もう二度と他の人を好きにならないわ」

縄掛けされた雪白の裸身にねっとり汗が光る。颯爽とした美貌が、くやしさと快感とで落花無残に歪んできている。

かつてない一体感が二人を包んだ。粘膜と粘膜がこすれるうち、とろけてぴたりとひとつに溶け合って、あとはただ激烈な快感だけがそこに存在するのだ。

「これでとうとう俺は美都子の秘密を握ったんだ。先代も知らない淫らな秘密を。フフフ。もう一生、俺から逃げられんぞ。そうだろ」

「はい。ああ、美都子、六さんがいなければ、きっと生きてゆけないわ。だからねえっ、もっと、もっといじめて」

鼻にかかった声でそう言いながら淫らに腰をまわした。贅沢な宝石のようにキラキラと艶のある黒髪をうち振って、セクシーすぎる芳香をばらまいた。

六郎はカアッと淫欲をそそられ、収縮する粘膜をたてつづけにえぐった。

「そら、そら！　どうだ！」

「いいっ！……あっ、あはっ、いいっ！」

絶頂が近づいている。それを見抜いた六郎は、細腰をしっかと抱え、卑猥にグラインドさせては、ズーン、ズーンととどめの杭打ちに入った。

「ああ……また、イッちゃう……」

美都子が絶叫した。

「ね、ねえ、六さんもきて。ミルク出して！　お願いよ！」

六郎の膝上で女体がガクンガクンと激しく痙攣する。倒れこまないようそれを必死で押さえつけながら、六郎の興奮もぱっくり真っ赤に裂けた。美女の聖域へドクンドクンと刻印を流しこんだ。

第七章　地獄からの使者

1

その日、通天閣界隈をぶらつきながら六郎は、人生の頂点にいることの実感をしみじみと噛みしめていた。

（ツイてやがる。へへ。嘘みたいにツイてやがるぜ）

とうとう城戸美都子をペットに仕立てることができたのだ。秘部を深々と貫いたまま、その口から、自分のマゾ情婦であることを誓わせた。あの大鷹の伝説的な鉄火肌が、どんな色責めをされても耐え、一生奴隷としてつくすと涙ながらに告げたのだ。

今夜もこれから帰って城戸家の令嬢を縛る。いつものように酒を飲みのみ、たっぷり時間をかけて雪肌を弄び、尺八奉仕させるつもりだった。それを思うとひとりでに股間が膨らんできてしまう。

ばかに気分がウキウキするのは、さっきホルモン焼き店で酒を二、三杯ひっかけたせいもある。飲んでいてたまらなく愉快になり、ひとことふたこと言葉を交わした隣りの老人の勘定ももってやったのだった。

美都子にはパチンコ店にパートの職を見つけたと嘘を言ってあった。いつまでも職探しをしているふりをするのも骨が折れるからだ。

正午から暗くなるまでの時間は、こうして外へ出ていなければならない。かったるいことはかったるいが、一人きりで昨夜のプレイを反芻して、淫楽の余韻に浸るのもそれほど悪くはない。

ふと、遠く大鷹で星島百合はどうしているだろうかと思った。さっきのホルモン焼きの店員が、このあたりの場末に置いておくのはもったいないような可愛い娘で、どこか百合の面影を宿していたためでもある。

(俺がふんぎりをつけられたのも、思えば百合のお蔭だもの。あいつだけはこのだらしない飲んだくれを、いつも心配してくれていたっけ)

しょっちゅう六郎のアパートへ顔をのぞかせ、オナニーばかりしていては駄目だとさとし、愛らしい口でしごいてくれたり本番の相手までしてくれたものだった。

もし今そばに百合がいればと思う。美都子とともに素晴らしい三Pが楽しめるだろうに。なにしろ百合と美都子はレズビアンの契りを結んだ仲であるから、どろどろの密度の濃いプレイになることはまちがいない。

六郎は、百合のなかにひそむ魔性に全然気づいていないのだった。実は少女がアパートへ来ていたのは、好意でもなんでもなく鷹尾組の千野の命令によるものだったことも。美都子を口説けとそそのかしたのも、ただそのほうがゲームが面白くなるという理由であることも。

目的もなく町をふらつくうち、六郎はむしょうに百合の声が聞きたくなってきた。逃避行の初日に美都子と無事結ばれたことや、今ではすっかり従順な性奴に仕立てたことを自慢がてら報告したかった。

電話をかけるくらいならいいだろう。まさか百合の電話を鷹尾組が逆探知できるわけがないし、それどころか奴らの動向を聞きだせるかもしれない。

目についた電話ボックスへ飛びこみ、暗記してある番号を押した。

「六さんっ……わああっ、信じられない。ねえ、今どこ？　どこにいるのよっ。ね、美都子お姉様は、無事なの？」

思ったとおり百合は、いかにも十九歳らしいおおげさな声をあげ、ひとしきり感激した様子を見せた。

「ふふふ。どこにいるのかは言えねえが、二人とも元気だ。夫婦同然、仲むつまじくやっているさ」

ボックス内に鏡が貼られてある。しゃべりながら六郎はうっとり自分の顔を見つめ、黄ばんだ犬歯を剥いてニヤリとした。

女たちはみんな俺を想っている。五十にしてようやく春が来たのだ。

「うわア。すごいじゃない、六さん。ついに念願がかなったわけね。おめでとう」

「おまえの助言のお蔭さ。あれで俺も勝負をかける気になったんだよ」

「よかったわ。どう？　憧れのお姉様と一緒に暮らせてしあわせ、六さん？」

「うへへ。あたりめえだろ。ナニのほうも絶好調だよ。おまえ、びっくりするぜ。あの男まさりが、毎晩俺に縛られて、美都子はマゾ奴隷なのよって、艶っぽい声ですすり泣くんだからなあ」

待っていましたとばかりに六郎は、どんなに快美きわまる夫婦生活を送っているかまくしたてるのだ。

外から帰るとすぐに尺八させ、これが実においしそうに精液を呑んでくれるとか、週に十発以上は吸いとられるんだから五十男にはちとつらい、などとほざきながら、あきれたことにズボンのポケットに手を突っこみ、ペニスをいじくっている。

なにしろ長距離電話だから美都子の淫らな変貌ぶりを微に入り細に入り説明できないのが、残念でならないのだった。

2

「それはそうと、鷹尾組の様子はどうなんだ?」

「ええ、もう大変よ。お目当てのお姉様が消えちゃって、商店会のおじさんたち、臍を曲げて土地を売らなくなっちゃったの。千野さん、組織の上の人にどやされて必死で行方を探してるわ。でも、全然手がかりがつかめなくて焦り狂ってる」

「けっ。ざまあみやがれ。駅前再開発もストップしたってわけか」

六郎は快哉を叫んだ。

「そうね。いい気味よ。あいつ、前はふんぞりかえって歩いてたけど、この頃じゃすっかり猫背になっちゃって」

城戸珈琲の看板娘を抱かせることで、立ち退きをしぶる商店会の旦那連中を懐柔しようとした鷹尾組の目論見は、見事に打ち砕かれたわけである。

「あれからもう一カ月半か……早いものね。まさか六さんがここまで逃げのびられるとは、鷹尾組の誰も思わなかったみたい」

「六郎様を甘く見るんじゃねえって」

百合の話によれば、連中は六郎の土地勘がある北海道を重点的に捜索しているという。それを聞いて六郎はますます自信を深めた。この調子ならまだ当分はのんびりと大阪にいられるはずだ。

「ねえ、六さん、私も連れてって。こんな町もういやなのよ。私だけ置いてけぼりはひどいじゃない」

「もう少し待て。俺だっておまえのことはちゃんと考えてやってるんだぜ」

「本当に？　アアン、うれしいわ」

にわかに百合は十九歳とは思えない悩ましく潤んだ声となって、

「わかるでしょう、六さん？　私だって本当は六さんのこと……う、ううっ……美都子お姉様と一緒に、六さんにお仕えできたら……アアン、二人でおしゃぶりしたり可愛がってもらえたらどんなにいいかしらって……う、ううっ」

少女の愛らしさに六郎は胸を打たれた。

「馬鹿だな。泣く奴があるか。うへへ。おまえの気持ちはうれしいけどな、今はまだその時期じゃないんだ」

「いつ？　ねえ、いつまで待てばいいの」

「もう少しの辛抱だ。また電話する」

「アアン。もっともっと話していたいわ。ねえ、六さん、明日もかけて。お願いよ。きっとかけて。百合ずっと待っているわ」

百合の演技に熱がこもるのも道理で、六郎たちの首には莫大な懸賞金がかけられているのだった。その金が手に入れば二度とつらい売春をしなくてすむし、もしかしたら城戸珈琲の新オーナーの座につけるかもしれない。

そんなこととはつゆ知らず、六郎はほくほく気分で電話を切った。明日も必ず電話してやろうと思った。

（いつかよその町で三人で店を開くのもいいな。喫茶店は儲からないから小料理店にするか……）

歩きだしながらさっそく能天気なことを思いめぐらせている。

小料理店なら今度は仕事中もおおっぴらに酒が飲めるし、絶世の美女が二人も揃って大繁盛まちがいなしだ。商売の合間には、交代でカウンターのなかでこっそりおしゃぶりさせてやるのもいい。

(フフフ。さぞ毎日が楽しいだろうな)

それからというもの六郎は、毎日百合へ長距離電話をかけた。

もし美都子と部屋にずっといられれば、そんな危ないことはしないですんだのだろうが、なにしろ外へ出ている間は暇で仕方なく、ついつい話し相手がほしくなってしまうのである。それに百合の情感に潤んだ声は何よりの刺激剤であった。

昨夜はどんなふうに美都子を抱いたか、そして何度気をやったか、そんなことを色ボケ状態の六郎は問われるままに得々としゃべりつづけた。

幾日かがすぎた。二人の会話はエスカレートし、次第にテレホンセックスめいたきわどい内容となってきた。

「あハン、ねえ、六さん、たまらないの。すぐに会いたいわ。六さんのチン×ン、昔みたいに思いきりおしゃぶりしてあげたいわ。どこよ? もし近くにいるなら、少しだけでも顔を見せて」

百合に対し、すっかり警戒心を解いた六郎は、通天閣のそばから電話しているとポロリともらしてしまったのである。

酔っていたせいもあった。いつものホルモン焼き店で、顔見知りとなった老人客とついつい飲みすぎていた。

自分がどれほど致命的な過ちを犯したか、そのことに気づきもせずに、六郎は鼻唄まじりで愛の巣へと戻っていった。

遠く大鷹では星島百合が、電話を終えたあと、すぐさま千野へ連絡をとったのは言うまでもない。

3

それから数日後。美都子は遅い六郎の帰りを待っていた。

ふだんは七時までには酒臭い息をさせて戻ってくるのに、今夜はどうしたことか九時をすぎても帰ってこないのだ。

何か起こったのか。追手が行方を嗅ぎつけたのだろうか。そんな不安がチラチラ胸をかすめだした頃、電話が鳴って、美都子は受話器に飛びついた。

(六さん、またお酒でも飲みすぎたんだわ。私って本当に心配性なのね)

ほっと胸を撫でおろしつつ「もしもし」とはずんだ声で話しかけた。

電話の相手は黙っている。

「……も、もしもし……六さん？」

「六郎は預かっているよ」

「えっ⁉　まさか……」

「俺だ、美都子。忘れたわけじゃあるめえ、この声を」

かつてよく聞きなじんだ、そのドスのきいた太い声が、美都子の心臓をもろにわしづかんだ。

(あ、ああっ、とうとう奴らに嗅ぎつけられたんだわ)

鷹尾組の若者頭、千野であった。陰惨きわまるSMプレイを仕込んだ男だ。

血の気がサーッと引いてゆく。と同時に、六郎の無事が気になり、膝頭が激しく震えた。

「六さんを……どうしたんです、千野さん？　ねえ、六さんに手を出さないで！」

「安心しろ。フフフ。少なくとも今のところは、まだ五体満足だ。ただし……」

「私を殺してよ！」

相手の言葉をさえぎり、泣き声まじりにそう叫んでいた。

「私の借金は……ああ、六さんとはなんの関係もないはずです！」

「うるせえ！　俺の知ったことか」

「本当にごめんなさい、千野さん。身を売らされるのが、あんまりつらくて、私が六さんに連れていってほしいと頼んだの。いさぎよく罰を受けますわ。だから、あの人には……乱暴しないで」

少し冷静になった。相手を怒らせないようにしなければと自分に言い聞かせた。

「へへへ。そいつはどうかな。六郎はとんだくわせ者なんだぜ。俺の話を聞けば、おまえもブッ殺したくなるんじゃねえかな、あのアル中をよ」

「そ、そんなこと、信じないわ」

「まあいい。とにかくお迎えがマンションの下で待ってるんだ。すぐにおりてこい。積もる話はおまえがこっちへ来てからとしようか」

「……わかりました」

「おっと、それから忠告しておくが、くれぐれも若い衆を相手に暴れたりするんじゃねえぞ。てめえの立場ってもんを頭に叩きこんでおけ。もし怪我でもさせたら、目の前で、六郎の手足をバラバラに切り刻んでやる。俺は本気だからな」

よほど空手技を恐れているらしく、千野はそう念を押すのだ。六郎をまず先に捕らえたのも、美都子の抵抗をすべて封じる目的だったのかもしれない。

数分間で素早く身支度を整え、軽く化粧を直した。腰までのきらめく黒髪をほどいてさっとブラッシングした。服は鮮やかな赤のツーピースで、下着もしゃれたのを選んだ。

この頃は六郎の意見にしたがって、なるべく目立たないジーパン姿ですごしていたが、今はそんなことは言っていられない。女らしいスタイルをして千野の前へ行けば、少しは怒りを和らげることができるかもしれないと思った。

ここへは二度と戻ってこれない可能性が大だった。せっかく食卓に並べた手つかずの手料理をすべてビニール袋へぶちまけた。出がけにマンションのゴミ置場に出してゆくつもりだった。そうした一連の動作は落ち着いて的確である。さすがは女番長だっただけに、いざとなると肚がすわるのだ。

それでも、ドアのところでハイヒールをはいて、最後にもう一度部屋を振りかえった途端、どっと熱いものがこみあげてきた。

わずか一カ月半とはいえ、そこは六郎と愛をはぐくんだ場所だった。たえず追手の見えない影に脅えつつも、淫楽の汗を流し合ったかけがえのない部屋だった。

（六さん、生きていて。どうか美都子を守ってちょうだい）

マンションの前に大型のベンツがとまっていた。見たことのない大男が車の前に立っていた。おそらく鷹尾組と友好関係にある地元の筋者であろう。

美都子はピンと背筋を伸ばして近づいていった。風が舞い、柔らかな黒髪がひるがえる。それを押さえつける仕草がムンムンとなまめかしい。

真紅のツーピース姿の美都子を見て、やくざ者の顔に狼狽が走り、それが次の瞬間ほころんだ。すごい空手を使うと聞いていた女が、まさかこれほどの美女だとは思わなかったのだ。

ツイてると思った。まっすぐ事務所まで走らせるのはもったいない。できるだけ遠まわりさせて時間を稼いで、あの涎れの出そうなボディをいじりまわそう。

「おう本田、気が変わったわ。小一時間ばかしドライブするぞ。ええな？　あの田舎やくざには、スケが逃げようとしたとでも言うとくんや」

運転手に命令しながら、大男の胸は甘くときめいていた。

4

城戸美都子が迎えの車に乗せられている頃、千野は、京阪神一帯を縄張りとする暴力団、関西清道会の事務所にいた。

窓のない八畳ほどの室内はコンクリート床が剝きだしで、木刀や金属バットが転がっている。リンチのためのその殺風景な部屋で、千野は久しぶりに六郎と対面しているのだった。

スーツを脱いで刺青入りのたくましい上半身をさらし、自分を窮地に追いこんだ相手をじわじわ痛めつけている。

六郎はその夕方、例によって通天閣界隈をほろ酔い気分でぶらついているところを、やくざたちに拉致されたのである。

六郎は知らなかった。独立系の鷹尾組が、ひそかに関西清道会の傘下に入っていたことを。したがって大阪の町には情報網が張りめぐらされていたのだということを。

「恋焦がれた城戸の娘と、さんざんいい思いができたんだ。もう死んでも本望だろう。なあ、せんずりじじい」

さんざん殴りつけたあとで、千野はそう吐き捨てるように言った。

リンチされる六郎も千野と同じくズボン一枚の姿で、頑丈そうな木の椅子に座らされ、がんじがらめにくくりつけられている。

貧弱な体全体にリンチを受けた形跡が赤く残る。しかしなんといっても顔だ。額は割られ、片目は完全にふさがり、鼻梁が痛々しく膨れあがって鼻血がプクプクと流れだしている。時折り顔をしかめ、小さくうめくのは、ここへ連れこまれた直後に千野に脇腹へまわし蹴りされたためで、おそらく肋骨を何本か折られているのだ。

「……ゆ、百合か？　あの子が、俺を売ったのか」

「あれは最初からこっちの命令で動いてるんだ。てめえに気があると思ったか？　アル中がのぼせるんじゃねえ」

仕上げとばかり、よくウエイトのかかったパンチを顔の真んなかへ叩きこんだ。血まみれの六郎の顔がひしゃげ、血がピュッと跳ねた。

「けっ。血まで酒くせえぜ」

自分のこぶしについた血の匂いを嗅いで、顔をしかめ、ハンカチでぬぐった。

「じきに美都子が来るぜ。てめえのイロのぶざまなツラを見て、さぞ悲しむだろうなあ。へへへ。いつかと違って、今度は本物の血だからなあ。ぐんと迫力がある」

鷹尾組本部で美都子を罠にはめた時のことを言っているのだ。あの時、六郎は血糊を塗りたくり一世一代の大芝居を打った。

「……お、お嬢さんを……ど、どうするつもりだ？ 俺は何をされてもいい。しかしお嬢さんは……」

血がつまって聞きとりにくい声で言う。

「けっ。何を今さら正義漢ぶってやがる。胸糞悪いぜ。あのスケをここまで落ちぶれさせた張本人はてめえだろが。こらあ」

「うぐぐっ」

尖った靴の先で、向こう脛をたてつづけに蹴りつけられ、六郎はうめいた。鼻の奥で血がグプッと鈍い音をたてた。

「おめえは安酒飲んでチ×ポおっ立てるしか能のねえ猿だ。せんずりじじい」

千野はその銀髪を引っつかみ、ぐらぐらと頭を揺すらせながら、

「てめえなんぞ、もうなんの使い道もねえ。後はせいぜい若い衆のリンチの実験台にさせて、苦しみながらゆっくり死んでもらおう。そこいくと……へへ、美都

子はよ、金のなる木だ。あの美貌と肉体は何十億の商売になる。迷惑かけたぶん、寿命を縮めても稼いでもらわなくっちゃな」

残忍に口端をめくり、掌底でばしっ、ばしっと六郎の顔面を強打している。

「うぐっ……お、お嬢さんは……もうおまえのようなウジ虫の言いなりになんかならんぞ、千野」

あまりに殴られすぎて痛みが麻痺しているのか、六郎は文字どおり血を吐きつつ、それでも必死で言葉を絞りだしている。

「もう絶対に、身体は売らん……たぶん、殺されても」

「馬鹿野郎！　本当の敵は、俺たち鷹尾組じゃなく、六郎てめえだったとわかりゃ、フッフ、性根を据えて娼婦稼業に精を出すさ」

「し、信じるもんか。美都子が、お、おまえの言葉なんか……」

かつての恋人、富樫を死に追いやったのも、ありもしない城戸珈琲の借金をでっちあげ、美都子に身を売らせたのも、すべて六郎の仕業だなんて、そんな与太話を信じるわけがない。

しかしそれはただの願望にすぎないと、六郎は自分でもわかっていた。

いくら美都子が今はすっかり従順な性奴となったとはいえ、千野の口から何もかも洗いざらいぶちまけられたら、もうそれまでだ。

「あの女の怒った顔が見ものだな。ウヒヒ。何も俺たちがわざわざ手を汚さなくても、得意の空手でおまえをあの世へ送ってくれるだろうぜ」

「……ウウ……や、やめてくれ、千野。それだけは……ウプッ……勘弁してくれ」

急に六郎は弱気になって哀願する。

『なあ、頼む。もらった金は全部かえしてやるよ。だ、だから、俺のしたことは……黙っていてくれ』

ふさがりかけた目から涙をぽろぽろ流して言う。すすり泣くたびに血がゴボッ、ゴボッと音をたてる。

やくざに殺されるのならあきらめがつく。しかし愛する美都子に恨まれ、その白い手で屠られたのでは、地獄であまりにも寝覚めが悪いではないか。美都子とはこのまま純愛関係の絶頂で、はなばなしく生を終えたい。そんな虫のいいことを考えている。

「フーム。それじゃ、まず金のありかを教えてもらおうか。こっちから渡した分だけじゃなく、おめえがたんまり貯めこんだ分もな。そうしたら楽に死なせてやってもいいぞ。お人好しの、珈琲職人の六さんのままでな」

千野はずる賢い笑いを浮かべた。

「……千野、や、約束を守る保証は……どこにあるんだ？」

「てめえ、そんな駆け引きができる立場じゃねえだろ、こら。早く金のありかを言え。美都子がここへ着くまでに。さもないと富樫の件も借金の件も、みんなばらすぞ」

「わ、わかった」

すべてが終わったことを六郎は悟った。

(俺の悪運もこれまでだな。へっへ。お嬢さんと束の間、いい夢を見れたんだ。それに地獄に金をもってゆけるわけじゃないんだからな)

マンションのなかにある通帳の隠し場所をしゃべった。それが美都子への裏切りの動かぬ証拠となることを知りもせずに。

ほどなくインターホンが鳴り、美都子を乗せた車が到着したという知らせがあった。

六郎がしきりに何かわめいている。千野はそれを無視し、急いで廊下へ出た。

すると、本田という運転手が蒼ざめた顔をして待ちかまえていた。

「原島さんが、あのスケに前歯へし折られました」

「本当は口止めされてるんやけど、原島さん、車のなかでムラムラして、無理やり一発やろうとしたんですわ。それまで女はおとなしくて、キスやらモミモミやらされるがままやったんですけど、オ×コに指突っこまれて、カアッとなって……」

「なんだと!?」

「あれほど女にはちょっかいを出すなと言っておいたのに。馬鹿め」

(やれやれ、また面倒を引き起こしてくれたのか)

ぼやきつつも千野は、美しき女豹と再会できる興奮に、キリキリと胸が緊めつけられるのを感じていた。

第八章　十字架を背負った隷女

1

美都子を閉じこめてあるという地下室へ、千野は急ぎ足で向かった。

数日間の滞在で、顔なじみとなった大阪の極道連中が、廊下で声をかけてくる。

「見たでえ、千野はん。ごっつう上玉やんか。鷹尾組が必死で追うのがようわかったわ」

「あんなスケに、ケツの穴の奥までペロペロしゃぶらせてみたいわ。うひひ。なあ兄弟、なんとか頼むわ」

まんざらでもなかった。目の肥えているはずの都会のやくざたちが、美都子のあまりの美しさに度胆を抜かれているのだ。

車のなかで悪さをして、ぶざまに前歯をへし折られたという原島の巨体はどこにも見えなかった。おそらく、みっともなくて出てこれないのだろう。

（ああ、美都子……）

極道たちの手前、余裕を見せてはいるものの、本当は千野とて駆けだしたかった。あの伝説の美女をまた色責めできると思うと、体中の血が熱くなる。

階段をおりて地下室のドアを開けた。と、鮮やかすぎる真紅が目に飛びこんできた。一瞬、血かと錯覚したが美都子の服だった。

ちんぴら二人があわてて美都子から離れ、千野へ頭をさげた。見張りがてらネチネチ迫っていたらしい。

六郎の監禁されている部屋と違ってそこは淫靡な気配が漂う。シャブ漬けで金を借りまくり首のまわらなくなったホステス、掟を破った売春婦などをリンチするための部屋だという。

天井の青いネオン管は金網で覆われて、ぼんやりとした光を放っている。その明かりの下、真紅の色が映える。女の肌がとびぬけて白いせいだろうか、圧倒的な色彩なのだ。そしてそのなまめかしい服が、いつか自分が買い与えてやったものだとわかると、千野の心は急速になごんだ。

許してやってもいいと思った。

もっとも、千野が許そうと許すまいと、美都子の運命は組織の上のほうで決定されている。大鷹に戻り、朝から晩まで娼婦として客をとらされるのだ。

客のほとんどは昔からの顔見知りである。彼女にとってはまさに生き地獄だ。大鷹の町で、城戸美都子の肉体を抱けると知ってその誘惑に打ち勝てる男などいまい。

見張りを追い払い、二人きりになった。千野はそこで気を落ち着けようと一服つけて、しみじみと女を眺めた。

不気味にくすんだブロック壁に、黒塗りの木の十字架が立てられ、そこに磔にされていた。もちろん手足は枷でがっちりつながれている。

万人に一人という長くて流麗な黒髪が、今も瑞々しく輝いて顔の片側に妖しく垂れかかっている。

そして、目だ。黒眼の大きな、いったん怒った時には野性の女豹を思わせる鋭さとなり、濡れ場ではなんともセクシーに濡れ光るその目が、今は深い絶望をたたえて、千野をぼんやり見つめている。

互いに無言だった。

ここへ来る車中か、それともここへ連れこまれてからか、上衣の金ボタンが二つもぎとられて、胸の裾野がのぞけている。いかにも千野好みの、ツヤツヤと官能的な光沢を放つ、濃いピンク色の絹のブラジャーに、股間がしきりにビクンビクンと反応する。

千野でさえこれなのだ。見張りのちんぴらが欲情するのも無理はなかった。口を最初に開いたのは美都子のほうだ。

「ごめんなさい、千野さん。迷惑をおかけしました」

そう言って少しあえいだ。濃いめのルージュを引いた唇から、白すぎるほどの歯がこぼれる。

千野はごくりと唾を呑んだ。キスの感触を思いだしたのだ。舌を入れるとこれほど甘美な感触のする女はいなかった。

セクシーな朱唇にふるいつき、しゃぶりつくしたいが、今はまだ駄目だ。下手にがっついたところを見せたらこの女はきっと俺をナメてかかる。

「私、もう覚悟を決めました。嬲り殺しにするなり、どこかへ売り飛ばすなり、お好きになさってください。抵抗はしませんから」

美都子は垂れかかる髪を払うと、くっきりした二重瞼の目を注いだ。

「抵抗しないだと？　くくく。車のなかでさっそく一人、痛めつけてくれたそうじゃねえか」

「あ、あの男に、辱しめられるいわれはありませんわ。でも、もし千野さんのメンツを汚してしまったのでしたら、どんなお詫びでもする覚悟です」

愛する六郎を人質にとられているせいだろう、美都子の態度はしおらしく、千野は妙にくすぐったい気分だ。

2

「まあいい。とにかくおまえは大鷹へ連れて帰る。殺しもしないし、売り飛ばしもしない。わかってるだろう？　それが一番、金になるからさ」

千野はぐっと近づいて、顔へ煙草の煙を吹きかけた。

美都子の濃くて形のいい眉がピクリと動いた。このスケはどんな表情をしても色っぽくて絵になる、と思った。

「どうする気だ、あん？　フケてる間にじゃんじゃん利子が膨らんで、今や借金は億を超えてるぞ。くくく」

言葉でいたぶるとサディズムの快楽がねっとり流れだす。

「もう客のより好みはできねえぜ。どんな狒々親爺でも尽くし抜いて、一生懸命気に入ってもらって、せっせとチップを稼ぐこった。さもねえと六十のババアになっても町角に立つ羽目になるぜ。俺も、おまえのそんな姿は見たくねえ」

「……わ、わかりました。きっと、必ず借金は身体でおかえしします」

悲壮な決意を漂わせて言う。

苦しげに息を吐く。ブラジャーのすぐ上の、悩ましい胸乳のスロープがかすかに揺れた。

「へへ。ずいぶんものわかりがいいな」

「でも、どうか六さんだけは逃がしてあげてください。お願いします、千野さん」

「そんなにあのアル中の役立たずが好きか？　惚れてんのか」

美都子はうつむいて、小さく恥ずかしげに首を上下に振った。髪が一筋、顔先できらめいた。

芳香が千野の鼻をくすぐる。他の女にはない、美都子だけの甘い香りだった。黒髪の匂いときめ細かな柔肌から立ちのぼる香水がミックスされて、夢幻的なフレグランスとなるのだ。

「おまえは、相手は誰でもよかったんだ。一緒に逃げてくれて、優しい言葉をかけてくれりゃあな」

「ち、違うわ。六さんと、私は……そんな……」

「いい加減な仲じゃねえってか。フン」

雪白の美貌をほのかに赤らめた。どれほど肉体を汚されても初々しさを忘れない、そこがまた美都子の魅力なのだ。

（ああっ、やりてえ。たまらねえ）

狡猾なやり方で美都子をかっさらった六郎への嫉妬と憤怒が、千野の欲望をさらに熱化させた。

「おめえ、六郎にも縛られてマ×コされたんだろ。それでころりとイカレたってわけか」

図星を指され、ハッと息を呑む美都子。

「けっ。まったくいい気なもんだぜ。やくざに追われてるって時に、てめえたちはサドマゾを楽しんでやがるとはな」

この美しき女豹に変態セックスの悦びを与えたのは自分ではないか。あれほど調教に手を焼かされながらも、どうにか一人前のマゾ娼婦に仕込むことができた。

さあこれからという時に、アル中のせんずりじじいに一番おいしいところをもっていかれたのだ。そのくやしさは並み大抵ではない。

もう触らずにはいられなかった。贅沢すぎる豊かな黒髪へ指を入れ、ぐしゃぐしゃにしたり引き絞ったりする。別の手では首筋から喉の下を何度もなぞって、スベスベとなめらかな皮膚の感触を楽しんだ。

「相変わらず最高の肌だな、美都子。この肌を味わったら、男は誰だってもう二度とおまえを離したくなくなるぜ」

千野の指が胸の裾野へおりてきた。

夢のように悩ましく盛りあがってゆく丘の弾力を楽しみながら、絹のブラカップに包まれた頂点をゆっくり撫でた。

十字架の上で美都子は身を固くしている。必死に感じまいとしている。そうすることで、六郎へ操を立てるつもりなのだ。

「おや、また少しふくらんだみたいじゃねえか、ここが」

「……あ、ああっ」

ブラジャー越しに巧みに揺さぶられ、人一倍乳ぶさの敏感な美都子は狼狽する。いつカップのなかに手が侵入してくるかと気が気でない。

「六郎に毎晩揉まれたわけか。好き放題にばんばんハメられたんだろ。かつての使用人ごときに、すっかりエロっぽい身体にされちまってよ。女番長、城戸美都子の名が泣くぜ」

「いや……いやです！」

とうとう乳ぶさがつかみだされた。

確かに一段と量感の増した白桃のようなふくらみを、千野は、優しくそして荒々しくピッチを変えて揉みこんだ。

「六郎はずいぶんＳＭプレイに馴れていたんじゃねえのか。おまえの性感帯を見事に突いてきただろ。くくく。変だとは思わなかったのか？　まったくどこまでお人好しなんだ、おまえって奴は」

「……ど、どういう意味です？　ねえ、はっきり言ってください」

美都子は不安そうに尋ねた。

3

電話の時から千野は、しきりに六郎について意味ありげな言葉をほのめかしていた。自分たちの仲を裂こうとして、でたらめを言っているに違いない。そうは思うのだが、千野の自信たっぷりの態度が不気味だった。

「教えてやろう。あいつは俺たちのスパイだったんだよ。大金をつかませておまえの動向を探らせていた」

「……信じないわ。だ、誰が、そんな嘘を……信じるもんですかっ」

「ふふ。実はな、俺はおまえの調教ビデオをいつも隠し撮りしていたんだが、あの野郎、そいつを譲り受けるのだけがあの頃の生きがいでな。毎日繰りかえし眺めちゃ、せんずりこいてると自慢してたっけ。そんなお手本があるんだ。あんなアル中でも、おまえを攻め落とすくらいわけはねえってことさ」

千野は舌なめずりしながら美都子の反応をうかがっている。

ショックを受けているのは明らかだ。顔が蒼ざめて、濡れた目の奥に脅えが浮かんでいる。どんな色責めにもこれほどの脅えは見せなかった。

「おまえが鷹尾組へ詫びを入れにやって来た時、六郎がうちへ殴りこみをかけたよな。あれも茶番だ。俺が筋書きをつくったんだ。おまえと狂二のフェラチオシヨウを鑑賞する組員のなかに、ちゃっかりあいつもまぎれこんでな、二度も薄汚ねえ精液ふりまいて、ひんしゅくを買っていたぜ。もちろんその後、俺とおまえの白黒ショウもマジックミラーでかぶりつきで眺めてた。それで次の日は何食わぬ顔して店でコーヒーをいれてやがったんだ。けっ」

「やめてちょうだい！　ろ……六さんを、それ以上侮辱するのは許さないわ」

しかし心の底に少しずつ堆積していた六郎への疑惑の数々が、今パズルを解くように、おぼろげながら何かの輪郭をとろうとしている。

（まさか……まさかそんなことが……）

それ以上、美都子は考えまいとした。この世で六郎だけが唯一の味方なのである。もしその六郎さえも信じられなくなったら、生きていく気力はもうなかった。

「へっへ。なあ、キスさせろや、美都子。おめえの甘い唾をしゃぶりてえんだよ」

動揺につけこんで唇を吸いにかかる千野だが、美都子は頭を揺すって必死で逃れる。

「ああ、六さんに会わせて。ねえ、生きているのか確かめさせて」

「こっちの話がすんだら会わせてやるさ」

久しぶりに美都子の弾力にみちた双乳を揉んで、おまけに痺れる香りを吸いこみ、千野は興奮しきっている。これでディープキスができれば少しは落ち着けると思い、しきりに朱唇を狙うのだ。

「いやっ！　よ、よくもそんな汚らわしい嘘ばかり並べたてて……千野さん、男らしくないわ。卑怯者！」

「なんだとォ」

「そんなに私と六さんの仲を裂きたいの？　ウフフ。無駄だわ。その手には乗らないわ」

つくり笑いを浮かべて挑発する。

当然、千野は自分を殴りつけてくると思った。そのほうがありがたいのだ。肉体的苦痛ならいくらでも耐えられる。かえって不安をまぎらわしてくれる。

しかし思わぬ行動を千野はとった。ニヤリと笑いかえして、懐から小型のレコーダーを引っ張りだした。

「このなかにはな、さっきおまえがここへ連れてこられるまでの間、俺と六郎で話していた会話を録ってあるんだよ」

「………」

「いくらおまえが底抜けのお人好しでも、こいつを聞いたら考えが変わると思うんだが。へへへ。あっと驚く衝撃の事実が飛びだすぜ。心臓がとまらないように気をつけてくれ。今ここで死なれちゃ、元も子もねえ」

そしてテープがまわりはじめた。

十分後。十字架にはりつけられた美都子は、がっくり首を折って、絶望の嗚咽を絞りだしている。

涙がぽとりぽとりと落ちて、湿ったコンクリートの床を濡らしている。

テープのなかの会話には、すべての謎解きが含まれていた。

いや、正確にはそうではない。ニセの契約書をつくるにあたって六郎が城戸寛治の判を盗みだし、その署名を偽造した事実だけは巧妙に隠されてある。巨額の借金がでっちあげだったとわかったら、美都子は鷹尾組のために売春をしなくなるからだ。それどころか今度は逆に、千野たちの生命まで脅かされてしまう。

「わかったか？　奴は富樫を憎んでた。最愛の女を奪われたからだ。そして四年前、青森のやくざを雇って殺させた。自分の手を汚さずに」

「う、ううっ……ひどいっ。ううあっ」

「俺たちには六郎の協力がぜひ必要だった。だから野郎の弱点を探しまわった。そのうちに、サツも見落としていたその事実にぶち当たったんだ。あとはお決まりの金と女で、ころりと寝がえった。もちろん美都子、おまえといつかオマ×コさせてやるという条件が最大の決め手だった」

それまでのつなぎとして、人妻の純子やウエイトレスの百合をあてがっていたと、千野は告げた。

星島百合が鷹尾組の奴隷にされていたことは初耳だった。そして六郎がその百合とただれた肉体関係を結んでいたことに、さらなるショックを覚える美都子である。

逃避行のこの一カ月あまり、自分が必死で愛した男は、やくざ連中よりもずっと卑劣で好色で、どろどろした黒い陰湿な欲望の塊りだったのか。

『もらった金はかえす。だから頼む。俺のしたことは、お嬢さんに黙っていてくれ』

テープのなかで、苦痛にうめきながらも、懇願する六郎のしわがれ声が耳にこびりついて離れない。

(富樫さん、ごめんなさい。私、とんでもない過ちを犯してしまったわ。ああ、これからいったいどうすればいいのよ)

この自己嫌悪。

世界にただ一人も信じられる人間のいない、魂の凍りつく寂寥感。

泣いた。声を殺し、ひたすら泣いた。

鷹尾組の奴隷にされて以来これまで何度も号泣してきた。しかし今はあまりにうちひしがれて泣き声さえ出ない。涙の合間に、ぜいぜいと息を吸いあげる音が、ただならぬ気配を感じさせるのだ。

4

そうしたやりとりの間に、二人が住んでいたマンションを家探ししていた連中が戻り、六郎の秘密の預金通帳を千野へ届けた。そこには鷹尾組からの入金がすべて記帳されており、しかも残高はなんと二千万近くもあるのだった。

あの時、それだけの大金があれば、もちろん自分は身を売らなくてすんだのだ。ということは、六郎が自分をだましつづけていたのはもう明白だった。

「どうだ？　こんなふざけた野郎、ぶっ殺して当然だろ」

千野はハンカチを取りだし、涙でぐしゃぐしゃとなった美都子の顔を拭いてやる。

気分はほくほくだった。悲しみに押しつぶされた伝説の美女のさまは、たとえようもなく悩ましく、そしてサディズムをそそる。

「小ずるい野郎だ。俺たちやくざは悪党だということを隠したりしねえ。しかし六郎は、おまえの前でまったくの善人を装って楽しんでやがる。てめえの情婦にしたいがために、おまえをはるばる大阪まで連れだしたんだ」

「う、うう……ああっ……」

「あげくに百合へ電話してきた。頼まれもしないのに、おまえとの倒錯した夫婦生活をそりゃ詳しく説明なさったとよ。いずれ百合も呼んでハーレムをつくる気だったらしい。で、結局は墓穴を掘りやがった」

そうだったのか。なぜ鷹尾組に居場所を嗅ぎつけられたのか、ようやく合点がいった。あのまま何も知らず六郎の情婦として暮らすよりは、かえってこのほうがよかったかもしれないと美都子は思う。

そこで千野は唇をかぶせてきた。

もはや美都子も抗うことはできない。されるがままに、男にとって最高の快楽を秘めたその口腔をくつろげる。

柔らかな唇の感触に、千野は興奮を抑えきれない。ヌメヌメと舌を動かして甘い口腔にしゃぶりつき、柔らかく濡れた美女の舌をこねくりまわす。

すべてが最高のキスだった。瑞々しい唾液と、粘膜。かぐわしい呼吸。かすかに、ためらいがちに聞こえてくる情感の吐息。千野はいかつい顔を紅潮させて、快楽の果実を吸いつくす。

鮮やかな真紅のツーピースは胸もとがはだけ、官能的なピンクのブラジャーも引きおろされて、完璧といっていいほど美しい乳ぶさがこぼれでている。千野は、キスの合間に視線を落として、豊満な肉丘に自分の指がきつく食いこんでいる眺めを楽しんだ。ブルンブルンと波打つ真っ白い肉丘に、指の痕が赤くついてゆくのがたまらない。

「あー、美都子、たまらねえや」

「ああン、千野さん……」

尖った乳首を揉みこすられて、美都子はついに屈伏のあえぎをもらす。

身体が、調教の日々を思いだしてしまっている。なんといっても千野は自分にマゾ奴隷の悦びを教えこんだ男なのだから。

「富樫の仇を討ちてえか、ああ?」

「聞かないで……」

柔肌をまさぐられ、うっとり甘えかかった鼻声で言う。

「どっちみち六郎は地獄送りだ。じゃあ俺たちに任すんだな」

「ああっ……討ちたいわ。この手で、あの男を嬲り殺して、富樫さんの恨みを晴らしたいわ」

今はっきりと六郎への殺意を抱いたのである。復讐を他人の手に委ねたくはなかった。

「へへへ。そうだろうな。おまえの気性なら、そうくると思ったぜ」

ついに美都子本人の口からそう言わせることができて、千野は上機嫌だった。

「いい考えがある。まず六郎の前で、俺たち二人で思いきりいちゃついて濃厚なプレイを見せてやろう」

「そ、それよりもすぐに殺したいわ」

「何もすぐに殺して楽にしてやることはねえ。あいつにとって何よりつらいのは、せっかく自分の情婦にしたおまえを、また俺に奪いかえされることだ。仲のいいところをこってり見せつけて、嫉妬で狂わせてやろう。そのあとおまえの必殺の空手で、地獄へ送り届けてやればいい」

千野の手がタイトスカートにもぐりこんできた。パンティストッキング越しに秘部を粘っこくくすぐる。

天地がひっくりかえる激烈なショックのさなかにあっても、美都子のそこは、悲しいくらい潤んでしまっている。すけこましの千野の指で微妙なタッチでいじられると、腰のほうまで疼きだす。

拘束された下半身で誘うように甘くいやいやをする。そして上気した目もとで妖しく相手を見つめかえして言う。

「いいわ。千野さんのおっしゃるとおりにします。六郎の前で、うんと私を辱しめて」

ヤケ糞だった。今までだまされつづけた仕返しに、千野に抱かれてせいいっぱい、狂態をさらしてやろうと思った。

「そうこなくっちゃ。へへへ。グショグショに気前よく汁を垂れ流してよ、アーン、アーンとすけべな声ですすり泣いてみろ。そうして六郎をくやしがらせるんだ。いいな」

互いの口の外でチュプ、チュプと濃厚に舌をこすり合わせ、あるいは唾液をすすり合いながら、熱っぽいムードで二人は言葉を交わす。もはや美都子はすっかり千野に身を委ねきった様子である。

「は、はい。その代わり、きっとこの手で、六郎を始末させてくださいね、千野さん。お願いします」

「よしわかった。善は急げだ。すぐにおっぱじめるとしよう。久しぶりにおめえの顔を拝んだら、こっちも魔羅が暴れてどうしようもねえんだ。六郎の前で、こいつを思いきりハメこんでやる」

千野がズボンの肉塊を下腹へいやらしくこすりつけてくる。

「あ、ああン……ねえ、ひとつだけ美都子のわがまま聞いてもらえますか？」

身も心も、ぐちゃぐちゃの血まみれにされて弄ばれる快感に襲われながら、切なげに尋ねた。

「なんだ？」

「麻薬……がほしいわ。今日だけは……思いきり狂いたいんです。何もかも忘れて」

白い美貌に、これまでとは違うマゾ的な熱情が浮かんでいる。絶望の果てに、いよいよ本当に奴隷として生きる決意をした証しだと千野は思った。

「中毒になってもらっちゃ困るが、一度くらいはいいだろう。極上のシャブを打ってやる。あそこにも、ケツの穴にもすりこんでやる」

「濡れちゃう……ああ、美都子、考えただけで濡れてきます」

「くくく。その調子で大鷹に帰ってからも働くんだぞ。いいな」

千野が相好を崩した。軽く指を動かすだけで、パンティストッキングの下で、愛汁がヌチャヌチャと淫らなぬかるみの音をたてるのだった。

第九章　嫉妬と淫欲の狭間で

1

自白どおりに預金通帳が見つかったので、武士の情けをかけてやる。六郎は千野にそう言われた。処刑の前にこれから美都子と引き合わせ、今生の別れを告げさせてやるというのである。

「安心しな。美都子には何もしゃべっちゃいねえ。妬けるくらいおまえに一途だぜ」

「あ、ありがてえ……千野、おまえは男だ。本物のやくざだよ」

六郎は感激しきって涙さえ浮かべている。千野の薄笑いの奥にひそむ残忍さに気づきもせずに。

縄をほどかれ、椅子から立ちあがった。後ろ手錠のまま、美都子が監禁されているという地下室へ連れられてゆく。

歩くと折れた肋骨に響いて、一瞬心臓がとまりそうになる。

千野にへし折られた鼻骨もズキンズキン痛んだ。血の塊りが呼吸をするたびに、グブグブと音をたてている。それに呼応して顔面や体に受けた他のダメージも、激しすぎるショックに感覚が麻痺してみえたのだが、にわかに甦って、狂ったごとく銅鑼を打ち鳴らしはじめた。

しかしそれがなんだというのだ。これから殺されるという人間が、ここが痛い、あそこが痛い、などと愚痴を言ってどうなる。無残に変形した顔でニヤリと不敵に笑った。

(不思議なもんだぜ。どうせ死ぬんだと思ったら、何も怖いものなんかなくなった)

六郎は一種の恍惚状態にあるのだった。限界を超えた肉体的苦痛が、非日常的な感覚をもたらし、恐怖心を薄れさせている。

さらに、城戸美都子に深く愛されているという確信が、彼を勇気づけている。

(お嬢さん、俺のこの顔を見てさぞ嘆き悲しむだろうなあ。へへへ。六さん、死んじゃいやって、泣いてすがりついて、したたる血をきっとペロペロ舐めとってくれるだろう。六さんを殺したら私も死ぬわとか言って、千野を手こずらせるのが目に浮かぶぜ）

麻薬的な興奮状態のなかでヒロイックな妄想を抱き、そしてそれは性的欲望を生む。

逃避行の間にやりつくしたと言っていいくらい、美都子のなかへ精を注ぎこんだ六郎だ。好き放題したあと追手につかまり、もう未練はなかったはずなのに、あの快美感にみちた粘膜へ怒張をこすりつけたくなって、股間がムズムズしてくる。

（ああ、これで、最後にお嬢さんを抱けたらもう未練はねえ。言うことなしなんだが）

どうせ酒の飲みすぎで、早晩一物が役に立たなくなるのはわかりきっている。人生の絶頂の今こそが死に際なのかもしれない。そういうふうに考えると、自分の悪運はつきていないようだ。追手につかまったのも、悪の女神のなせるわざではないかと思えてくる。

「実はな、六郎、とにかく美都子がおまえに会わせろってうるせえんだよ」

千野が後ろでしきりにぼやいている。

「こっちは久々にあのたまらねえ身体をこってり楽しむつもりなのに、てんで言うことを聞きやがらねえ……。あのスケの強情さはおまえも知ってるだろう？」

金の隠し場所を教えてやってからというもの、自分に対する態度が変わったと六郎は感じている。同じ悪党に対する奴なりの仁義だろうか。

（もしかして千野は、じゃじゃ馬ならしを、美都子に因果を含める役目を、俺に頼みたいんじゃないのか？）

六郎は激痛の走る体をようやっと引きずりながら、うつろに考えをめぐらせる。たとえばこんなことを言ってほしいのではないか。

『なあ、お嬢さん、もう俺のことはあきらめて、これからは千野に可愛がってもらうんだ。それが一番いい。俺たちにはこの大阪の思い出があるじゃねえか』

（面白いことになってきたぞ。この六郎様がジョーカー役というわけか。へっへへ……ああ、それにしてもイテえ。ううっ、ひどい痛みだ。これじゃせっかくお嬢さんと会えてもオマ×コできないじゃないか。糞ったれ）

千野のこぼす愚痴に心地よく耳を傾けながら、地下室の扉の前まで来た。六郎は、こちらから取引をもちかけてみることにした。

「なあ、千野。俺が美都子をなだめてやるよ。あいつは俺の言うことならなんでも聞く」

「ウーン。そっちの条件は？」

千野は笑いを必死で噛み殺して尋ねる。

（フン、扉の向こうで、どんな地獄絵を見せられることになるかも知らず、この腐れアル中は浮かれやがって）

「二人きりになりてえんだよ、お嬢さんと。一時間でいいんだ。なあ、わかるだろ。ウへへへ……う、イテテ……そ、それと、この痛みをどうにかしたい。シャブを打ってくれねえか」

血まみれの、ぷっくり腫れあがった顔面を歪めてすごい形相で泣き笑いする六郎。

「へえ。酒じゃなくてシャブか。ま、いいだろ。その代わり、美都子をうまく説得してくれねえと困るぜ。無事に大鷹へ連れて帰らなくちゃならねえんだ」

千野はいかにも困ったようなふりをして答えた。

この死にぞこないが、奇しくも美都子と同じく覚醒剤をねだるのがおかしかった。

美都子にはとびきりのフィリピン産のシャブを打って、陶酔状態にさせてある。しかし六郎にはもちろんそんなしゃれたものは使わせない。正気のまま、傷口がさらに強烈に疼き、神経がぐしゃぐしゃに錯乱するようなショックを与えてやるのだ。

たっぷり地獄気分を味わわせてやって、仕上げに、美都子本人の手でこのとんちきをぶち殺させる。我れながらなんと素晴らしい仕掛けではないかと、千野はほくそ笑んだ。

2

地下室へおりる前に、六郎は黒い布で目隠しをされた。なぜなのか理由は教えてもらえなかったが、さして不安は湧かない。もうこの世に怖いものなどないのだから。

扉が開く。ひんやりと湿った空気がどっと流れでてくる。

千野に後ろから体をつかまれながら、おっかなびっくり急階段をおりてゆく。

匂いを感じる。カビ臭く、陰湿な匂い。そしてかすかな淫臭。かつてここに閉じこめられた女たちの垂れ流したものだろう。

どこかで水がちょろちょろ流れる音がする。目隠しされているぶん、嗅覚や聴覚が鋭くなっている。

愛しい女の気配をそこに感じた。

美都子はまちがいなくここにいる。なにせ彼女が生まれた時からずっとそばにいるのだ。その髪の香り、かぐわしい呼吸、天使のような肌のぬくもりを、六郎はしっかり受けとめた。

六さんっ。どうしたのよ、その傷? あ、ああっ、可哀相に。私のためにひどい目にあわされたのねっ、六さん……。

悲痛な叫び声が響いた。いや、そんな気がしただけだった。

(猿ぐつわをされているんだな。この俺の無残な姿を見て、お嬢さんが黙っていられるはずがない)

椅子に座らされた。後ろ手錠ははずされず、それどころか体に再びがんじがらめにロープが巻かれてゆくではないか。

「おい、千野!?」

すぐに二人きりにしてくれるものとばかり思っていた。それに、こんなに手足をぐるぐる巻きに縛っては注射が打てない。肋骨の痛みはズキューン、ズキューンと、どんどんひどくなっているし、鼻が膨れあがってうまくしゃべれない。

「いいから任せておけや。ふっふふ。今さらじたばたしても仕方ねえだろ」

若者頭のその笑い方が不気味だった。

地下室に漂う雰囲気も、どこかおかしいことに気づいた。何人か男たちがいて、千野に合わせ、淫靡な含み笑いをもらしている。

かすかに女のくぐもった吐息。チュルチュル、ヌプッヌプッという音がする。さっき水が流れていると思ったのはどうやら勘違いで、男たちの肉棒をしゃぶっているのだ。

美都子とは別に、奴隷女がいるのだと思った。「ううフン、あううン」というその悩ましい鼻声は、しかし昨夜までいやというほど聞いた声にあまりによく似ていた。

それでも六郎はそれが美都子だとはつゆほども思わない。美都子が自分以外の男の、しかもやくざ者の一物をうっとりと口に咥えるはずがないのだから。

「ああ、あかん、もうチ×ポたまらんで」

「アホやな、兄弟。こんな機会めったにないで。もっと辛抱せなもったいないで」

やくざたちが痺れきった様子で言葉を交わしている。まるで六郎の存在などないかのように。

六郎はいささか腹が立ってきた。

「いつまで目隠しをしてなくちゃならないんだ、千野？　そろそろ……痛み止めも、用意してくれねえか」

「そうだったな。そろそろ主役の六さんの出番とするか。さあ、お立ち会い」

千野の言葉に、やくざたちがまた馬鹿にしたように笑う。「まったく虫のいい野郎だ」と小声で囁くのが聞こえる。

カッと頭に血がのぼった。いさぎよく死を覚悟している相手に対し、あまりに無礼ではないか。それに、自分は千野のためにこれからひと肌脱いでやろうとしているのだ。

（ふん、ハンパやくざめが……おまえらが手こずっている鉄火肌の美女が、どれほどこの俺に一途に惚れてるか、これからそれを見せてやる。吠え面かくな）

そして、目隠しがはずされた。

3

六郎のすぐ目の前で、刺青を背負った男が二人、素っ裸の尻を向けて立ってい
た。
足もとを見ると、コンクリートの床に畳が三枚敷かれて、脇には敷布団も用意
されてある。それはきっと自分と美都子のためのものだと六郎は合点した。
男たちの向こう側では、女が濃厚にフェラチオしている。顔は見えないが、や
くざの尻肉を甘く撫でまわしている指は白くて綺麗で、おまけにマニキュアの色
にも見覚えがあった。
艶っぽい吐息といい、指といい、よく似た女がいるものだなと六郎は感心した。
けれど、ご面相を見たらがっかりするに決まっている。美都子のような、気品が
あってセクシーな美女はこの世に二人といないはずだ。
「面白いだろ、六郎?」
千野が声をかける。
「俺にこんな余興はいらないよ。それより、お、お嬢さんはいったいどこなんだ」
椅子にくくりつけられているし、肋骨がひどく痛むからまわりを見渡すことが

できない。焦れったかった。とにかくひと目お嬢さんの顔を拝みたかった。

その言葉にやくざがまた笑った。

「耄碌しとるわ。けけけ。酒が脳までまわったんとちゃうか。なあ、千野はん」

「ああ。それで魔羅だけは狂ったように元気だからよ、まったく始末に負えねえぜ」

千野が一緒になって毒づいたので、六郎は「なにを！」と、出血した赤目でせいいっぱい凄みをきかせ、睨みつけた。

しかし、から元気も束の間だった。

こちらに背を向けていたやくざたちが、女に「大事なお客人に、チ×ポナメナメする顔を見せてやるんや」と言い、九十度位置をずらした。そして肉奴隷の姿が真横から見えるようになった。

「……お嬢さんっ！」

ああ、城戸美都子ではないか。やくざ者二人のおぞましい股間を、とろけるほどの唾でぐっしょぐしょに濡らしていた舐め犬の正体は。

「ほらほら。しゃぶれ、しゃぶれ。観客がいたほうが、おまえも燃えるやろ」

「あンッ……あ、あンッ……」

「そや、そや、ええで、たまらんで。たてつづけに二本、どばどばドリンクさせたるからなあ、美都子。うひひい」

手前の太鼓腹の男が美都子の頭を押さえつけ、ぐらぐらと好き放題に口唇ピストンする。よほど気持ちいいらしく、口もとがいやらしく歪んで奇妙な声を連発する。

美都子は全裸だった。つい昨夜も六郎が抱いて愛し抜いた、ほっそりとして曲線美にみちた裸身である。

その圧倒的にまばゆい雪肌を六郎に見せつけ、膝立ちとなって、男の股間でガクンガクンと顔面を揺する。そして何かいやらしいことを言われたり、乱暴に乳ぶさを揉まれたりするたびに、甘えっぽい嗚咽をもらすのだ。

「どや、美都子。関西やくざのチ×ポは、よう出汁がきいてうまいやろ」

「早うこっちも頼むで。せっかくもうちょっとのところまで来とったのに」

「ごめんなさい。だって美都子、もっともっとおしゃぶりしたいんですもの。ね、もう少し興奮をお覚ましになって」

すっかりマゾ娼婦の口調である。

左手では小太りの男のたるんだ尻肉を、しなやかな指先でなんとも悩ましく撫でまわし、右手はしきりに催促する隣りの男へ伸ばして、青龍刀の勢いに沿ってキュッキュッと揉みしごいてあやす。

男たちは感嘆しきった表情を浮かべて美都子を見おろしている。

「うへっへ。この色っぽさで空手の達人ゆうんやから、信じられんわ」

「うちのボディガードの顔面に、裏拳一発叩きこんでKOしたんやろ。こんな綺麗な細っこい指して。なあ、金払うからわしにコーチしてくれへんか」

「あかんあかん兄弟。こんなふうにチ×ポびんびんにおっ立って、とても空手の稽古どころやあらへん」

黒ずんだ剛直をすさまじく反りかえらせながら、そんな卑猥な冗談を言い合って、愉快そうに笑う。

「なあ、美都子。おまえが両手縛ってやるんやったら、勝負してもええで。わしと一戦交えへんか?」

「ああン……美都子を、もういじめないでください。だって心を入れ替えたんですから」

チラリと男たちを見あげ、弱々しく哀願する美都子。

彫りの深いその美貌全体がピンクに上気している。そして腰までの長い黒髪を無残にわしづかまれながら、表情には被虐の陶酔をくっきりとにじませて、六郎をたまらない気持ちにさせるのだ。

「お、お嬢さんっ、やめろ！　そんなことするんじゃやねえ！」

血のからんだしゃがれ声で絶叫した。

激痛が走り抜ける。それでもなお六郎は叫ばずにはいられない。

「どうしたってんだ？……う、うぐっ……この六郎が、こ、ここにいるのがわからないのかっ⁉　ぐぐ……おい、美都子」

緊縛されているのならまだわかる。しかし両手が自由で空手も使えるというのに、なぜ汚辱の奉仕をあえて行なうのか。しかも六郎の見ているすぐ目の前で、男なら誰も勃起せずにはいられない甘い嗚咽をこぼしながら。

ハラリと垂れた前髪をかきあげ、美都子は気だるそうに六郎のほうを見やった。目と目が合った。ねっとり甘えた眼差しを注ぐいつものあの情感的な瞳ではなかった。淫らな光に濡れながらも、凍りつくような憎悪をたたえて、六郎の魂を震えあがらせた。

「うるさい男ねえ。気が散るじゃない！」

「な、なんだって⁉」

我が耳を疑った。美都子が自分にそんな口のきき方をするのは初めてだった。どんな時でも目上の人間に対する心配りを忘れない女だったはずだ。いや、それより何より、大阪に来てからマゾ奴隷として絶対服従を誓ったのだから。

「み、美都子っ。おまえ、正気か⁉」

「もう……静かにしてくれないかしら！　せっかくいい気持ちでおしゃぶりしているんだから。それから、二度と馴れなれしく人の名前を呼ばないでちょうだい」

呆然とする六郎の前で、美都子は唾液をたっぷりしたたらせて、チュプチュプとうまそうに雁首を唇で緊めつけ、舌でねぶる。暗紫色の凶悪な傘が唾液の膜に包まれ、いかにも気持ちよさそうにテラついている。

脳天がぽっかり抜けてしまいそうなショックである。しかしその一方で六郎は、嫉妬まじりの興奮を味わい、股間をエレクトさせるのだ。

「……どうしたんだ、お嬢さん。俺だよ、六郎だよ。わからないのか？　リンチで、こ、こんな顔にされちまったんだ」

「くくく。てめえがよほどいい男だったと思ってやがるぜ、この馬鹿は」

千野が、横から六郎の後頭部をスパーンと激しくぶっ叩いた。グプッと音がして鼻の穴から血の塊りが流れでた。

「チッ、汚ねえ野郎だぜ」

「あらあら、その血はどうやら本物みたいねえ。いつかの血糊とは違って」

美都子が濃くルージュを引いた口端で冷たく微笑んだ。

椅子に拘束されたまま、六郎はぎくりとした。顔面がみるみる蒼白になる。

（知られちまったのか、あのことを？　それにひょっとして富樫のことも……あ、ああっ、千野の野郎、俺をハメやがったのか。そうだ。きっとそうなんだ。クソッ、何もかもみんなバラしやがったんだ）

美都子にすべてを知られてしまった。足が激しく震えてとまらない。ドキンッ、ドキンッと動悸が増すとともに、そこかしこの傷の痛みが一段とひどくなり気が狂いそうになる。

「ウジ虫！　そんなにまでして私がほしかったの？」

「う……嘘だ……嘘なんだよ、お嬢さん。こ、こんな奴らの話なんか、信じちゃいけねえ。これは、わ、罠だ」

「私に罠をかけたのはあんたでしょ。フン。なんて卑劣な男――。あんたみたいなウジ虫、何度殺しても飽きたりないわ！」

キッと、大きな目で睨みつける美都子。

痩せたほうのやくざがその脇へしゃがみこんで、「まあまあ」となだめる。美麗な乳ぶさをつかんでモミモミしながら口を吸いとる。

麻薬を打たれ、興奮状態にある美都子は腰をくねらせ、うれしげに鼻を鳴らしてディープキスをするのだ。

「ええ乳しとるな、おまえ、ほんま」

「あ、あン、感じちゃう」

六郎に見せつけるように、相手の胸へしなだれかかる。痩せた男の手は豊満なバストから股間へ滑りおりて、茂みの奥を粘っこくまさぐり、そこの潤み具合を確かめて「オ×コぐっしょりや」と満足そうに笑った。

「まあこういうわけだ、六郎。くくく。あの世へ行く前に、もう一発美都子とやれると思ったのか？　どこまで耄碌してんだ、てめえ。俺たちやくざを甘く見るんじゃねえよ」

千野が掌底で肋骨のあたりをトンと叩いた。六郎は「ヒイイイィ……」とあえぎ、血のまじった涙をこぼした。

4

二人のやくざを相手に淫戯にふけり、自らも官能を溶かしている美都子。そこにはもはや昨日までの、けなげに六郎一人に尽くし抜く、可憐で昔かたぎな女の姿はどこにも見られなかった。

しかし六郎は、どうしても目をそむけることができない。美都子こそが世界なのだから。それゆえ酒に溺れて人格を破綻させ、あれほど愛着のあった城戸珈琲をつぶし、とうとうここまで落ちぶれてしまったのだから。

喉がカラカラだった。痛み止めのシャブが駄目なら一杯の酒でいい。ウオッカを喉が焼けるくらい勢いよく流しこみたかった。

そうだ。ひょっとしてこれは禁断症状ではないのか。酒が切れて、この世のものでないものを、脳が勝手に見ているのではないか。そうも思った。

しかし肋骨に走る激痛が、そんな六郎のむなしい願いを打ち砕く。一瞬たりとも夢想の世界へ遊ばせてなるものかというごとく。

「あ、あン……ちょうだい、あなたのミルク、どうか美都子に呑ませてン」

美都子は、まず小太りの男に狙いを定めたようだ。

その尻を撫でさすっていた左手を移して、怒張の根元に添えた。気を入れて急ピッチで肉胴を上下にしごき、妖しく上気した顔面を熱っぽく沈めてゆく。右手では相変わらず痩せたほうの男の一物を巧みにあやしながら。

「う……ううっ、辛抱たまらんっ」

太鼓腹を波打たせ、男がうわずったあえぎ声を放った。

その瞬間、濃いホルモン臭が流れ、ムンと六郎の鼻をついた。

（ああ、俺のお嬢さんが、こんな下衆野郎の腐った汁液を呑まされている……）

しかし六郎は、ふさがりかけた目を必死で見開いて、真っ赤になって粘液を嚥下する美都子を見つめるのである。

悲しいことに股間が猛り立ってどうにもならない。せめて死ぬ前に、もう一度だけ、自分もこんなふうに精液を吸いとってもらいたい。

いったんそう考えると、昨日までの至上の愉悦が快楽中枢に甦り、欲望はとめどなくつのるばかりだ。このままでは死んでも死にきれないと、腰をもぞもぞさせ、きつく奥歯を噛みしめる。

千野がその変化を見逃すはずがない。

「ふっふっ。どうした、六郎。ずいぶんと立派にテントを張りやがってよ。この世にまた未練が湧いてきたんじゃねえのか」

それが千野の狙いだった。あっさり覚悟の死を与えてやっては、とても腹の虫がおさまらない。こうしてたっぷりと生に未練を抱かせておいて、それから美都子を使って、もっとも不本意な死に方をさせてやるつもりなのだった。

「ねえ、千野さん、早く入れて……アアン、美都子にとどめを刺してェ。早くぅ」

発射の後始末と、そしてまだ元気のいい肉棒とを交互に舐めしゃぶりながら、ツンと勢いよく上を向いたヒップを誘うようにうねらせる。あたりには男の放ったホルモン臭が強く残り、美都子の気品のある唇の端には、どろりと白濁がこびりついている。

麻薬のお蔭で美都子は一匹の性獣と化していた。秘肉がとろけてどうにもならない。すべての感傷を忘れ、六郎の前で思いきり淫らにふるまうことができた。

「もう二度と空手を使わないと約束できるのか、美都子？　それなら俺のシリコン棒をぶちこんでやってもいいぜ」

「はい、千野さん……」

美都子は従順にうなずいて、それから口端の精液を指でぬぐって舐めると、横にいる六郎へ冷たい一瞥をくれた。

「この手でウジ虫の六郎を殺し、富樫さんの仇を討つことができたら……ああ、その時は美都子はきっぱり空手を捨てますわ」

（美都子が俺を殺す⁉）

六郎は縛りつけられているのも忘れ、思わず腰を浮かせそうになり、激痛にうめいた。

「へへへ。やくざたちがどっと爆笑した。

「へへへ。もし誓いを破った時は、手足をちょん切られ、ダルマ娼婦にされても文句はねえな、美都子？」

「はい、ありません。美都子の命は……千野さんにお預けしますわ。だから……ああ、早く……オ、オマ×コに、入れてください。もう我慢できない」

豊かな乳ぶさをプルンプルンと揺すり、鼻にかかった声で卑猥におねだりする。

「よしよし。よっぽどアル中の珍棒じゃもの足りなかったらしいなあ、美都子。へっへへ」

千野は、哀れなほど蒼ざめている六郎の眼前で、シリコン入りの巨根を取りだした。

第十章　極彩色の快楽

1

千野が、もったいぶったあげくに淫棒を露出させると、美都子はそれにむしゃぶりついた。ふてぶてしくぬめった剛直ぶりに、「アアン、素敵よ……ああ、頼もしいわ」と悩ましい声で口走りながら、憑かれたごとく口唇愛撫をはじめた。

それまで二人のやくざ相手に見せた濃厚なフェラチオさえ、ただのウォーミングアップにすぎなかった、そんな感じである。綺麗な桃色の舌が、見事なまでに長々と前へ差しだされる。そして唾液をたっぷり乗せて、千野の股間の隅々を、衣擦れのような音をさせてペロペロと舐めあげてゆく。

「今回だけは許してやる。もう二度と逃げようなんて気を起こすんじゃねえぞ」

「す、すみませんでした、千野さん。本当に申しわけありません。お詫びに一生懸命おしゃぶりしますわ」

いくつものシリコンを埋めこませた特大のそれが、たちまち甘美な唾液にテラテラ濡れ光る。目の縁をポウッと上気させ、うっとりそれを見つめる美都子。次には膝立ちとなり、真上から口いっぱいに頬張って、情熱的にしごきたてる。

六郎はいてもたってもいられず、でこぼこに腫れた顔面をさらに歪ませ、くくりつけられている椅子をガタガタと揺らした。

息もかかるほどすぐ間近で、愛する美都子の淫猥奉仕を見せつけられるつらさときたら他にない。チュル、チュプル……。脳天までゾクゾクする粘液の響きを聞かせられ、気がおかしくなりそうだった。

「お、お嬢さん……美都子お嬢さんっ」

うめくように名前を呼んだ。

その豊富な唾液で肉茎を包まれながら、柔らかな舌と唇でズプズプしごかれる快美感が、生々しく甦ってきた。勃起がまた熱くなる。とその一瞬だけは、皮肉なことに肋骨や鼻骨の痛みも薄らいだ。

「そ、そんなことは、もうやめてくれ……」

あまりに残酷だった。せっかく男らしく死を覚悟していたというのに、こうなってはもう一度、美都子と思いを遂げるまでは死んでも死にきれない。

美都子はチラリと横目で六郎を見やり、すぐに何事もなかったかのように愛撫に戻る。昨日までの情夫の眼前で、マゾ娼婦になりきる倒錯の官能に酔いしれ、ひときわ粘液をしぶかせてペニスの表皮を舌でさすった。そして、すっかりすべりのよくなった肉胴を満足げに指先で揉みほぐす。

今や唾液は彼女の愛汁そのものだった。あきれるほど丹念に口腔でつむいでは、男の陰毛や皮膚、粘膜へすりこみ、そうしてぐしょぐしょに濡らすことで自分の性感もますます高まるのだ。

「へっへへ。この魔羅がそんなにいいかよ。こら、美都子」

「はい……ああ、すごい。すごいわ、千野さん。六郎とは較べものにならないわ。こんな立派なチン×ンを、思いきりおしゃぶりしたかったんです」

熱い弓なりを指でしごくとともに、陰毛のジャングルに顔をうずめた。剛毛に覆われた怒張の根元あたりに舌を押しつけ、ヌルヌルとしつこく唾をまぶしこむ。

「あ、ああ……美都子、感じちゃう」

この世で信じる唯一の男に裏切られて破滅的な気分でいるうえに、シャブの魔力も手伝って、美都子は、六郎の見ている前で思いきりの痴態をさらすことができた。

それにそもそも、千野こそが美都子の肉体調教師であった。半年前、まだ彼女が怖いもの知らずだった頃、空手で鍛え抜いた美しい肉体へ、おぞましいマゾの種子を植えつけた張本人なのだから。

ヤケ気味に奉仕するうち、その巨根で緊縛セックスを強いられ、無理やりに被虐花を開花させられた記憶が甦ってくる。ぐいぐいと頭を揺さぶられ、真っ赤になって必死でディープスロートし、ごく自然によがり泣きが噴きだしてしまう。

「あー、うう、すげえな。おまえの口はまったく最高だぜ……そうだ、それでいい。喉奥まで咥えこみながら、舌で粘っこく棹をさするのがいい」

「うれしいわ……あン、ああん……ねえ、千野さん。こうしてると、あなたの素敵なミルク、呑みたくなってきます」

「しようがねえ奴だな。チ×ポ二本たてつづけに抜いたばっかりじゃねえか。おめえ、ちょっと呑みすぎだぜ、美都子」

千野がせせら笑うと、男たちがすかさず茶々を入れる。

「ザーメン中毒ちゃうか。こっちのおっさんはアル中やし」

「ほんまや。うへへ。さっきも最後の一滴までうまそうに呑み干して、後始末まで口でしてくれて、薄い残り汁までたいらげてくれたもんなあ、千野の兄弟」

「ああ。この暴れ牝馬も、どうやら本気で心を入れ替えたらしい」

千野はすっかり美都子を奴隷扱いしている。光沢にみちた腰までの黒髪をつかんだり梳きあげたりして弄び、気まぐれに頭をぱんぱんと手のひらで叩いたりする。そうして、どうだとばかりに六郎の様子をのぞきこむ。

2

「まだまだ発射するわけにはいかねえんだよ。俺のセックスが特別ネチっこいのはよく知ってるだろ？　それより美都子……ククク、おまえのほうこそ、一度気をやりてえんだろうが」

「……い、意地悪ゥ……イヤン」

美都子は愛らしく頬を染めあげた。マゾの快感がこみあげてきて奉仕に熱がこもる。左手で弓なりをしごき、雁首を口に含んだり、チュプチュプ舌で小突いたりする。右手では、唾液をしたたらせた指で肛門をまさぐり、穴のなかを愛撫する。

すると千野の巨根は、さらにグンと膨らむのだ。

すでに射精を終えた関西やくざ二人は、すぐ脇で感嘆した様子で眺めている。

「さすがに惚れた男にはまるでサービスの質がちゃうでえ」

「妬けるのう、千野はん。チン毛や股の付け根まで、ぐちょんぐちょんにされて。このスケ、唾の量までわしらの時と全然違うわ」

ビールを飲み、したたる汗をタオルで拭きながら、やっかみ半分の野次を飛ばす。

六郎のくやしがるまいことか。

これがもし美都子が自分の情婦になる前であったなら、さぞや珍棒を熱くして大悦びで見学したことだろう。けれども今は違う。二人きりであれだけ濃密な日々をすごした直後だけに、心臓がちりちりと火であぶられるようにつらいのだった。

（あの口……あの唾……ああ、ちくしょう、ゆうべまで俺だけのものだったのに。まさか、こ、こんなことって……）

あれほど激しく嫌っていたやくざの千野の一物を、恍惚としゃぶり抜く美都子の姿が信じられない。しかも不潔な糞穴へ指まで突っこんでいるのだ。

正義感が強く理性的な美都子と、病的な淫乱マゾの美都子。いったいどちらが彼女の本性なのかといぶかしむ。自分こそが彼女の人生を破滅に導いたことも忘れて。

「やめろっ……ウウ、やめてくれ！　お、お嬢さん、お願いだ。そんなことをしちゃいけねえ」

全身を貫く激痛に生汗をたらたら流し、青息吐息で訴える。

「蛆が何かほざいてやがるぜ。フフン」

千野が毒づいた。六郎の苦悶ぶりが愉快でならず、たとえようもなく美しい真っ白い乳ぶさをこれ見よがしにモミモミする。

美都子はのけぞり「アッ、アアン」と吐息をつく。まばゆく垂れかかる黒髪を指でざっくりとかきあげ、六郎を向いて、目と目が合った。

悩ましかった。ツンと伸びた鼻筋、長い睫毛、そして二重瞼の黒い眼。しかし今は、それら官能美のパーツが、底深い憎悪をたたえて自分に向けられてくる。その氷の一瞥は、六郎の弱った心臓をわしづかんでぐいぐいと揺さぶった。

「う、う、お嬢さん……あああ、許してくれ。後生だから、俺を許すと言ってくれ」


顔にこびりついた血を溶かして、涙が流れ落ちる。一段と凄惨な顔になる。

「どこまで虫がいいんや。こらァ！」

痩せたやくざが、折れた肋骨のあたりを拳でどついた。そして気まぐれに、ぷっくり腫れあがった鼻骨へ掌底を叩きこんだ。

「ヒイイイ！」

血のあぶくを噴く六郎。

美都子は薄笑いを浮かべてそのさまを見つめ、それから濡れた朱唇ですっぽりとペニスを咥えこんだ。甘く鼻を鳴らして出し入れしながら、おねだりする。

「ああ、千野さん、ねえ、美都子イキたくなってきたわ」

千野はニヤリと得意そうに頬をゆるめた。

「おう、兄弟、ちょっと手を貸してくれ。この淫売め、どうも俺の魔羅しゃぶるとすぐに天国へ行きたがるんだ」

「よっしゃ。うへへへ」

「こっちもこんな別嬪がどんな顔してイクのか、見たかったところや」

やくざ二人は待ってましたとばかりに美都子に絡みついた。好色な唸り声をもらし、きちんと正座して奴隷奉仕するグラマーな肉体へ、小指の欠けたごつい手を這いまわらせる。

白く熟した豊満な乳ぶさが、張りのある若々しい双臀が、なんとも卑猥に揉みほぐされてゆき、美都子は濃い眉毛を切なげにたわめた。

さらに男たちはさっきの奉仕のおかえしとばかりに、美麗な雪肌へ口をつけて、唾をすりこんで官能をとろかしにかかる。

「ほんま、ええ肌しとる。ミナミの女のなかでも肌の白さはピカ一やで。へへ。それに、ええ匂いや。一日中、ペロペロ舐めまわしたくなるわ」

「うふンッ……う……あ、ああ、そこいやっ！　あっあっ……駄目ェ」

「こりゃよう締まっとる。ウヒヒィ。最高のオ×コや」

太鼓腹の指が、双臀の亀裂を深々とまさぐり、しとどに潤んだ秘部へ侵入してきた。

「ちょっと入れただけやないか。ほらほら。くく。もうイキそうなんか、別嬪はん？」

「ゆ……許してェ」

しかし言葉と裏腹に、美都子は腰の動きを活発にさせた。ぴたりと千野の怒張に吸いついたまま、もっともっとと催促するように、相手の指へ双臀を打ちつけるのだ。

「どりゃ、兄弟、わしにも、ちいっとばかりオ×コほじくらせてくれや」

痩せたほうがいやらしく目をぎらつかせて美女の淫裂をのぞきこんでいる。

太鼓腹が二本指を引き抜いた。すかさず痩せた男がバトンタッチし、涎れを垂らさんばかりの表情で指を埋めこんだ。新たにズブリズブリと粘膜をえぐられ、美都子はよがり声とともにのけぞった。

「ほれ、死にぞこないのおっさん。恋しい恋しいお嬢様のオツユや。匂い嗅がせたる」

太鼓腹が六郎の鼻先に突きつけた。

男の太い指は、まるで蜂蜜ビンをかきまわしていたかのように、粘り気のある汁でべとべとに濡れている。そこから、よくなじんだ百合の花のような淫臭がほのかに放たれ、六郎の狂おしい情念をかきたてる。

やりたくてやりたくてどうにもならない。反射的にズボンのなかで勃起がピクンピクンと跳ねた。

昨日まで自分は、どれほど贅沢な快楽の極致にいたことか。六郎はふと思った。

あの極彩色の官能世界に一瞬でいい、戻れるのなら、あとはどんなむごい殺され方をしても文句は言うまい。

「ええ匂いやろ。なあ六郎、うひひひ。この匂い嗅いだら、誰でも珍棒びんびんになるで。おのれの指でシコシコやりたいところやろ。手錠かけられてつらいなあ？　うーん、このマン汁、味もまたたまらんで」

男は六郎の心理を見透かしていたぶり、ねっとりした蜜液に濡れた指を口に咥えて実にうまそうに舐めしゃぶるのだ。

それを見て六郎は、ごくりと唾を呑みこんだ。酒が無理ならせめて城戸の令嬢の蜜液をしゃぶりたくなったのである。

「さて今度は……へへ、こっちのお毒味をしてみよか。ああ、楽しいな」

肥満体の男は、芋虫のような中指を美都子の菊座へズブリと埋めこむではないか。美女の悶絶ぶりに野卑な笑いをこぼしながら、みるみる第一関節から第二関節までこじ入れてゆく。

「おうう。ケツの穴までキュッ、キュッ締めてからに。こらこら、指がちぎれるで」

穴という穴をふさがれて、とろける粘膜をこすられる。美都子のすすり泣きのオクターブがあがった。

「あう……うっ、うう……たまらないっ。ああ、ねえっ……」

清純な顔立ちをひときわ真っ赤に染めあげて、ヌラヌラと唾液まみれになった朱唇をぱくつかせる。

「ほう。見てみい。色っぽい顔や。ああ、こりゃ、こっちの珍棒もたまらんわ」

やくざたちが口々に痺れきった声を放つ。あまりに濃厚な色香に、一物は再び勢いを取り戻している。

「よしイッてみろ、美都子。楽になるぞ」

「イク……イクうう……」

千野の一声には催眠効果があるらしい。美都子は可憐にそう告げて、さらに極限まで剛棒を咥えこんだ。そうして口唇と膣肉、アナル、すべての抽送をシンクロさせると、グラマーな裸身をのた打たせてすさまじい勢いで昇りつめた。

3

美都子が信じられないほど淫らなオルガスムスに達するのを目撃させられて、

六郎は、いまだに真っ赤に出血した目を不気味に見開いたままだ。

ショックはなおもつづく。千野がいよいよ肉交に入ろうかという時、妖しく潤んだ美貌をあえがせて美都子はマゾのおねだりをするのだった。

「縛って……ああ、美都子を抱くなら、どうか……縄できつく縛ってください」

「そうか、とことん気をやりてえってわけか、おめえ。フフフ。無理もねえ。この身体だ。アル中野郎のハンパなサドマゾじゃとうてい満足できなかったろうよ」

千野が麻縄を手に取り、近づいた。その股間では、隆とした剛直が、美女の唾液をたっぷり吸ってテラついている。これから自分を待ち受ける快楽を思うと、いやがうえにも勢いづくというものだ。

「や……やめてくれ!……ぐ、ぐぐ……もうやめてくれ。俺は、お嬢さんの、そ、そんな姿を……見たくねえ」

たまらず六郎は、血痰の絡んだ聞きとりにくい声で必死に叫んだ。血まみれの額に汗を浮かべ、小刻みに震えている。高熱が出はじめているのだ。

「ほざくな。腐れチ×ポをおっ立てやがって、うりゃあ! おめえにゃ出歯亀がぴったりなんだよ。けけけ。なあ、美都子」

「ち、千野……きさま……」

もし打ち首にされるのなら飛んでいって喉笛に食いついてやるのだが、と六郎はくやしさに歯噛みした。

しかし熱と痛みで朦朧としながらも、確かに六郎のそこだけはピンピンしていた。このうえ悩ましい緊縛セックスを拝まされたら、精を噴いて生き恥をさらすのは必至だった。美都子にだけはそんな情けない姿を見られたくなかった。

すると太鼓腹の男が、ビール片手に六郎のズボンのファスナーを開いて、一物を取りだしにかかる。

「や、やめろ」

「つらいやろ、おっさん。こうすれば好きなだけおっ立てられるで。へへへ。おっさんの愛の深さに気づいて、美都子も戻ってきてくれるかもしれへん」

「よう言うで。こんなお粗末なチ×ポ、よけいに嫌われるだけやろ。しかしまたずいぶん元気やな。この餓鬼、どっか狂ってるんちゃうか」

痩せた男は、六郎の充血した勃起を見おろし、あきれはてた様子である。

美都子はそんなことも知らぬげに、スーパーモデルを思わせるプロポーションを見せて立っている。長い睫毛を閉ざし、いましめを受けている。

まばゆく目にしみる白い裸身に、不吉な蛇のように麻縄が絡みついてゆく。そして千野がキュッ、キュッと縄尻を絞るたびに、妖しく黒髪をざわめかせ、しくしくと官能的な嗚咽をもらして六郎を苦しめるのである。

（ああ、クソッ、なんて美しいんだ、美都子。縄が素晴らしく似合うな……こんなことなら、おまえがまだ高校生だった頃に、俺の手でマゾ調教しておけばよかったんだ。そうすれば店もつぶさなかったし、千野ごときにおまえを汚されずにすんだのに）

またしても詮ないことを思う。ズボンから引っ張りだされた肉茎が悲しく充血し、ピーンと反りかえる。

当然のことながら千野の緊縛は、六郎よりもずっと本格的だ。ムンムンと女っぽい美都子の裸身を一分の隙もなく後ろ手にいましめると、曲線美はエロチシズムをきわめる。やくざ二人が溜め息をついた。

「俺様の縄の味はどうだ、美都子？」

「あ……ああ……感じます、すごく」

「そりゃそうだろ。一から十まで俺様が仕込んでやったんだからな。ひひひ。そのせんずり爺とは年季が違うぜ」

どうだと言わんばかりに六郎の前で、プルンと突きだされた双乳をモミモミし、濃厚なキスを交わす。巧みな手つきで淡く翳った繊毛から恥丘を愛撫する。

驚いたことに美都子は、たったそれだけで悩ましく腰をくねらせ、みるみる昇りつめそうな気配なのだ。

「う……あふン、恥ずかしいわ」

「どうした。いやらしく腰振ってよう」

「ね、ねえっ……ああ、駄目ェ……美都子、またイキそうっ」

「好きなだけイッてみな。今夜は特別だ。思いきり甘えさせてやろうじゃねえか」

きつく抱擁し、舌と舌を絡ませ合う。指でクリトリスから淫裂を微妙に刺激してやると、美都子は甘えた泣き声を放ちながら達してしまう。

4

ふらふらになった美都子は、夜具の上へうつぶせに押し倒された。

地下室の床に、千野たちのいるところだけ畳が三枚敷かれてあり、夜具一式も用意されているのだった。六郎はおめでたくも、それは自分たち二人のために準備されてあると思ったのだが。

完璧な美しさの双臀を後ろへ差しださせ、千野はバックから結合にかかった。

「久しぶりにあの名器にぶちこめるかと思うと、さすがの俺もドキドキするぜ」

ふてぶてしく黒ずんだシリコン剛棒が、マゾの悦びに濡れた肉扉へ、ぴたりと押し当てられた。

六郎は二人のちょうど真横にいる。

愛する女が凌辱されるその瞬間、目をそむけるのが普通だろうが、のぞき魔だった頃の習性のまま、見ずにはいられない。助平心もあるし、死が近づいた今となっても、美都子の肉体の秘密ならどんなことでも知っておきたかった。

「しなびたチ×ポの代わりに、今日からはまたこのデカいのを咥えこむんだぞ。へっへ。うれしいか、美都子？」

千野がインサートを開始した。快楽の入口めがけて、よく鍛えこんだ筋肉質の裸をズンズン、ズンズンとはずませてゆく。

縄尻をつかまれ引き起こされ、美都子のなよやかな裸身が揺れる。白い乳ぶさが重たげに波打つ。

「これだ。このマ×コだ。とろとろに練れてやがるぜ」

「うっ……うう、千野さん……あああ、すごい！」

貫かれるたび、美都子は腰までの美しい黒髪をうねり光らせ、悶えるのだ。たくましい突きを送りこみながら、千野の口から獣めいた欲望剝きだしの唸り声がこぼれる。

今どれほどの快楽が千野の血肉をめぐっているのか、六郎には痛いほどよくわかった。入口周辺の美都子の粘膜はまるで処女のようにきつく閉ざしており、結合までには骨が折れる。しかしそれゆえに、通りすぎた時の感触の素晴らしさはまた格別なのだった。

淫らに交わり合う声、はじけ合う粘膜の音を聞きながら、六郎は目を閉じた。高熱でガンガンする頭のなかで、イメージを描こうと意識を集中させた。

(今俺は美都子とつながってるんだ。そうだ。これが可愛い美都子のオマ×コなんだ。ああ、いい気持ちだぞ。そら、そら。ふふふ。おいおい、そんなにはしたなくケツを振ったら、城戸家の面汚しになるぜ……)

がんじがらめの状態を逆手にとった六郎のその戦法は、しかしさほど長くはつづけられなかった。あまりにひどく肋骨が痛んだ。関西やくざの連発する卑猥な冗談が耳ざわりだった。

そして、美都子の官能の嗚咽が、聞き覚えのあるそれよりもはるかに激しく切羽つまった調子なのだった。

（俺に抱かれるよりも千野のほうがいいなんて、そんな馬鹿な……）

腫れあがった両目は、睫毛に血がこびりついているし、いったん閉じると今度は開けるのにひと苦労だった。

いつしか二人は立位に変わっていた。さっきバックから交わり、そのまま立ちあがったのだろう。やくざ二人が、その正面からまとわりつき、いきりたつ股間をこすりつけながら、雪肌へキスを浴びせかけている。

あまりに屈辱的な体位で責められ、美都子は、これまで六郎が聞いたこともないような深い深い嗚咽をしぶかせている。

「うへへ。立ちマンが好きかよ、淫売め」

「好きです。あ、うあっ、大好きです」

「相変わらず髪の毛が性感帯だな、おまえ。こうしてぐいぐいわしづかまれると、奴隷の気分になってオマ×コ疼くんだろ」

背後から千野は縄尻をつかみ、片手で黒髪をむごく引き絞ってはこれでもかこれでもかと、媚肉へズンズンと楔を打ちこむ。美都子は白い喉を突きだしたまま、頭を揺さぶられながら陶酔の極致をさまよう。

太鼓腹と痩せ男が仲よく乳ぶさに吸いついた。互いにピンクの乳頭へ唾をぺっとり吐きかけては指で転がしながら「ミルク出せや、美都子。おまえのミルク呑ませろや」と囁いている。

「そいつは無理だろ。くくく。マン汁ならいくらでも股から垂れ流ししているぜ、兄弟」

「いやん……いやいやっ、いやあん……」

美都子は、悪ガキに囲まれた美しいいじめられっ娘のように、鼻にかかった声で泣きつづけて、何度目かの絶頂を貪る。

六郎によりいっそう苦痛を与えようと千野が考えたのなら、それは大正解だった。

深手がもたらす高熱に加え、あまりに激しい嫉妬と興奮のために意識が錯乱してきている。意味不明の下品な言葉をわめきちらしては男たちの失笑を買い、あげくには情けない雄叫びとともに、とうとうペニスからぴゅっぴゅっと白濁を噴いた。

「この変態野郎め」

「けけけ。てめえの惚れた女が輪姦されてる最中に、まったくあきれたもんやで」

絶頂から覚めた美都子が気だるげに横を向いた。椅子にくくりつけられた六郎の、男たちに較べるとはるかに頼りない肉塊から、精液がどんどん噴きこぼれている。

「呑んで……呑んでくれェ、美都子！」

血まみれの涙とともに六郎は叫ぶ。

昨夜までの美都子なら反射的にそこへ吸いつき、ズボンへこぼれでた精液さえも愛しげにすすったことだろう。

今は、あまりの嫌悪に美貌を引きつらせている。信じられないといった表情でその酸鼻な光景を眺めている。それから目の前のやくざたちへ自らディープキスを求め、再び何事もなかったごとく千野との倒錯した肉交へのめりこんでゆくのだった。

第十一章　奴隷娼婦の部屋

1

美都子は悪夢にうなされていた。

六郎が富樫の死体を犯している。肛門へせっせとペニスをぶちこみながら、同時にナイフでめったやたら突き刺している。背中一面を、そして臀部や太腿を。

ヌチャッ、ヌチャッと血が飛びはねる。

六郎は、「うくくく、うくっくく」と胸のむかつくような薄気味悪い笑いをもらしては何か呟いている。

「美都子は俺のスケだ。誰にも渡さん。てめえはぶざまにぶっ殺されて、こうしてカマを掘られるのがお似合いだよ、富樫。うりゃあ！　どうだ。これでも食らえ！」

夢のなかで美都子は、激しい怒りをたぎらせ、六郎に襲いかかった。

しかしいくら殴っても蹴っても六郎は起きあがり、血まみれの顔に薄笑いをたたえ、しがみついてくる。

「美都子ォ……おっぱい吸わせてくれ。もう一度やらせてくれよお。なあ、美都子」

そこでハッと目が覚めた。千野が肩を揺さぶっていた。

「いつまで寝てんだ、美都子」

「……す、すみません」

昨日と同じ地下室の、隅のほうにある三畳ほどの鉄檻のなかだ。いつここに入れられたのか思いだせない。素っ裸でカビ臭いせんべい布団をかぶっていた。

これがシャブの後遺症なのか、全身がひどくだるい。最低の気分だ。自己嫌悪で死にたいほどだ。

「うなされてたようだな。へっへ。夢見が悪いか？　おまえもしょせんは女だなあ」

千野はダブルのスーツをばりっと着こみ、オーディコロンをぷんぷんさせている。

その言葉の意味が美都子には理解できなかった。

「早く飯を食え。今日は一日忙しいぞ、美都子。なにしろおまえはすごい人気者だからな。ここの組の連中をいろいろと接待しなきゃならねえ」

千野が運んできたらしく、枕もとには菓子パンと牛乳が置かれてあった。

「今、何時なのでしょうか？」

身を起こし、ばらばらに乱れた黒髪をかきあげて尋ねた。

千野と目が合った。こちらを見てぎらぎら欲情しているのがわかる。とにかく千野は一日二十四時間じゅう、片時も性欲の萎える時がないと思われるほど絶倫なのだ。

「もう十時だ。どうやら寝ぼけてやがるな。まあ無理もねえ。ゆうべは朝方まで大ハッスルだったからな」

ようやく少しずつ記憶が戻ってきた。

六郎の見ている前で、千野たち三人を相手に緊縛プレイをさせられた。

プレイは数時間もつづいた。千野の剛根で犯されながら、地まわり二人のペニスを代わるがわるしゃぶった。

はたして何度気をやったことか。麻薬の効き目に加え、六郎に狂態を見せつけてやりたいという意識も手伝い、とにかく派手にイキまくった。千野の射精を二度浴びるまでに、おそらく二十回以上は達したはずだ。

それから、もしかして恨み骨髄に徹する六郎を成敗したのだったか？……

「ごめんなさい、千野さん。よく覚えていないんです。六郎はどうなったんでしょう？」

「のんきなもんだぜ。へへへ」

千野はせせら笑い、そばへしゃがみこんで美都子の頭を軽く小突いた。

「狂った六郎猿はよ、全身の痛みにヒイヒイ泣きながらも、冥土のみやげにおまえのファックを眺めて、三度もせんずりしたんだ。プレイが終わって、おまえのたっての願いを聞き入れて、奴を処刑させた」

「私が？……」

「そうさ。さすが見事なもんだったぜ。こってりハメまわされた後で、おまえ、足もとがふらついて、こりゃとても無理かと思ったんだが、必殺のハイキック一閃……」

千野は、コンッ、と舌を小気味よく鳴らした。

「たった一発で頭蓋骨陥没。哀れ六郎猿はあの世行きよ」

「そ……そうですか」

とうとう人を殺してしまったのか。美都子はがっくり首を折った。

いくら富樫の仇と、城戸珈琲をつぶされた恨みを晴らすためとはいえ、生まれてから二十三年間ずっと一緒だった男を、つい二日前まで、この大阪で夫婦同然に暮らしていた男を、自分はあやめてしまったのだ。

ぼんやりと脳裏にその時の残像が浮かぶ。

ともにいましめを解かれ、向かい合うと、六郎は何を思ったか『お嬢さん！』と呼びながら美都子の乳ぶさに吸いついてきたのだ。

『お嬢さん。ああ、おっぱい……おっぱい吸わせてくれ』

あっけにとられて、しばらくの間はされるがままになっていた。

『富樫の仇を討つんじゃねえのか！』

そう千野にどやしつけられ、我れにかえり、美都子はあわてて相手を突き放した。

六郎は、でこぼこに変形した顔を醜く歪め、泣きながら迫ってきた。『おっぱい。おっぱい』と口走って。すでにどこか神経が破綻していたのかもしれない。

恐怖と嫌悪。無意識に相手へ足が伸びていった。それは確かだ。しかしそれから先は記憶が途切れていた。

「六郎猿を一撃でぶっ倒して、その直後、おまえもフラッとして、そのまま気を失っちまったんだよ」

千野が説明する。

「……六郎は、即死だったんですか？」

「そうだ。悪運の強い爺だぜ。ああいう裏切り野郎はいたぶって、じわじわ嬲り殺すのが俺たちの流儀なんだが」

千野はそう言って美都子の反応をうかがいながら、そのセクシーすぎる黒髪をしつこく撫でた。

「死に顔を拝みてえか？　大阪港に沈めるんだが、今なら間に合うぞ」

美都子は強く頭を振った。こしのある髪がさらさら揺れた。そんなものを見られるはずがなかった。

不思議と今はすべての憎しみも失せ、ただ六郎という男が哀れでならない。

ゆうべ縄で縛られ千野に犯される美都子を眺め、たてつづけに三度も射精した男。後ろ手錠をかけられペニスに指一本も触れることなく、だ。

あの気違いじみた自分への熱情ははたしてなんだったのだろう。最後に、乳を吸わせてもらえずに死んだ今、この自分を恨んでいるだろうか。

2

昨夜のおさらいを終えると千野は、今日一日美都子を待つ、おぞましい肉体奉仕のスケジュールを告げはじめた。

まずはここ関西清道会の組員およそ二十人にたてつづけにフェラチオ奉仕すること。夜は幹部クラスの宴会にヌード酌婦として出席し、そのあとは会長の息子と床をともにする。御曹司は美都子を見て一目惚れしたということだった。

千野にすれば、一刻も早く美都子を大鷹市へ連れ帰りたいところだった。だが今回の一件では関西清道会にすっかり借りをつくっており、どうしても美都子を一日貸してほしい、と若者頭に頭をさげられては、断るわけにはいかない。

いずれにせよ明日、美都子はいよいよ生まれ育った大鷹へ戻る。城戸珈琲のオーナーとしてでなく、鷹尾組の奴隷娼婦としてデビューするために。

「富樫の仇も討たせてやったんだ。もう心残りもあるまい。くれぐれも俺に恥かかせないようにしろや、美都子。チ×ポ二十本、しゃぶってしゃぶり抜くんだぞ。いいな」

「……わ、わかりました」

蒼ざめた美貌に悲壮な決意をにじませて答えた。

二十人相手のフェラチオ。それがどれほど過酷なものか、六郎の死のショックを引きずる今の美都子にはうまく想像できないのだが。

「なんならもう一度シャブを打ってやろうか、美都子？　そのほうが楽だろ」

優しい口調で千野は尋ねた。

昨夜の美都子の狂乱ぶりがあまりに鮮明に瞼に灼きついている。シャブでこの女豹を飼い馴らせるなら、それも悪くはないと考えを改めた。

千野は、徹底して肉体を蹂躙した今でも、心のどこかで美都子に畏怖を抱いている。だからこそ、逆境に置かれてシャブに頼らなければ生きられない弱い人間じゃないか、と笑ってやりたいのだ。そうすればもう二度とこの女を恐れずにすむ。

「ええ……」

美都子はか細い声で言った。

それからふと我れにかえり、「い、いえ、結構です」とあわてて断った。

「怖いのか？　意外に用心深いんだな。フフ。一度や二度じゃ中毒にはならんぞ」

千野はなおも悪魔の誘いをかけてくる。

「本当に今日は結構ですわ、千野さん。お気持ちはありがたいんですけど」

麻薬に逃避してはいけないと思った。自分を見失って醜態を演じるのは昨夜だけでたくさんだった。これからはどれほどつらい目にあうことになっても、正気で立ち向かっていかなければならないのだ。

「よし。それじゃ今のうち、しっかり腹に入れとかねえと、とてももたねえぞ」

「それから、あ、あの……千野さん」

美都子は切なく頬を染めた。さっきから尿意がこみあげてきていたのだ。

「お、おトイレへ……」

「おまえ、何様のつもりだ？　奴隷娼婦はな、糞や小便にはそこを使うんだよ。馬鹿たれめ」

がらりと口調が変わっていた。檻の隅にある古びた洗面器をさし、千野は残忍にニヤリとした。

愕然とする美都子。薔薇色の唇がピクピクとわなないている。トイレも使わせてもらえないとは、なんというみじめさだろう。これが奴隷ということなのか。「三十分たったらまた来る。ちゃんと下着もつけさせてやるさ。俺が色っぽい奴を選んでおいた」

千野はそう言い残し、鉄檻から出て鍵をかけた。

歩きだしてから一度、未練たらしく振りかえった。

正座する美都子の横顔は、悲嘆と絶望を漂わせ、夢のように美しかった。

真っ白く完璧な乳ぶさと、腰部からヒップにかけての悩ましい曲線美に、肉棒が熱く疼く。朝一番でぶちこみたいのはやまやまだが、今日はスケジュール過密でそうもいかない。せめてディープキスして乳ぶさをモミモミしたかった。だが、そうするともう歯止めがきかなくなるのがわかっている。あの官能世界に打ち勝つのは至難だった。

くらくらしそうな誘惑を振りきり、千野は地下室を出た。

ポケットに手を入れ、急階段を登りながら、未練心はすぐ消え、いかつい角張った顔に満足そうな笑みをもらす。

（まったく、これだから名門のお嬢様は扱いが楽でいいや）

自分の手で六郎を殺したと信じこんでいる美都子のお人好しぶりが滑稽でなら

ない。そんなことだから、大事な店まで乗っ取られてしまうのだとせせら笑う。

(これでもう二度と鷹尾組から逃げようなどとは思うまい。ただでさえ追いつめられて精神状態がボロボロのうえに、殺人という暗い秘密まで握られてしまったのだからな)

いつ空手技を使うかという一抹の不安は残るにせよ、これから奴隷調教はぐんとはかどるはずだ。

実際のところ美都子は、六郎殺しにいっさい手を下してはいないのだった。覚醒剤を打たれ、異様な興奮状態のもとで男三人に数時間も休まず凌辱されつづけ、オルガスムスを貪って、さすがの暴れ馬も気力、体力の限界だったのだろう。あの時、六郎と対峙し、ふらつく足どりで攻撃を仕掛けようとして、そのまま倒れて気絶してしまったのである。

すぐさま千野が、金属バットで六郎の頭を強打した。大鷹にいる頃から殺してやりたいのをずっと我慢していたのだった。冷静に、わずかに急所をはずしてめった打ちにし、そして嬲り殺した。

さっき美都子と話していて、幸いにも記憶があやふやだとわかったので、とっさに罪をなすりつけることに決めた。

死に顔を拝むかと尋ねたのはブラフだった。六郎の顔はぐしゃぐしゃにつぶされており、ひと目見れば凶器を使ったことがわかってしまう。だが、鉄火肌ながら心根は優しい美都子の性格からして、イエスと答えるはずがないと踏んだのだ。

3

地下室につながる廊下に、フェラチオを待つやくざたちの列ができていた。

二十代の血気さかんな若手組員が中心で、なかには高校生のような幼い顔つきのちんぴらもまじっている。いずれも運よく当たり籤を引いた連中である。

籤にはずれた組員が、通りがかりにくやしまぎれの冷やかしを浴びせてゆく。

なぜ二十人もの男たちの相手を、美都子がさせられることになったのか？

そもそも昨夜、千野とともに二発ずつ口内発射を遂げた二人の幹部が、引きあげてから自慢がてら、美都子の超絶的な色香と朱唇の魔力を吹聴してまわったのだった。

ただでさえ美貌の空手使い、城戸美都子の名前はここ大阪でも日ましに広まっている。そこへ身もとろけるプレイ体験を聞かされては、若い組員はたまらない。

目を血走らせて、どうしても自分たちもおこぼれを頂戴したいと、若者頭のもとへ大挙して押しかけた。

早朝、若者頭が千野と会談した。会長の息子の夜伽をすることはすでに決定していたが、急遽フェラチオ二十人抜きが追加されたという次第である。

最初の二人が射精をすませ、にやけた表情で地下室から出てきた。

フェラチオ奉仕は二人一組で行なわれる。制限時間は三十分。それでも単純計算すると五時間ぶっとおしで美都子は、やくざの一物を、指と口を駆使して愛撫しつづけなければならない。

さっそく列をつくる男たちが、目を輝かせて感想を求めてきた。

「ええで。たまらんで。まさに極楽や。うひひ。女の口で呑ませるのがこんな気持ちええとは思わんかった」

「チ×ポしゃぶる表情がめちゃくちゃ色っぽいんや。なあ、兄弟。おまけにアアーン、アアーンて、甘ったるい声で夜泣きしよるし」

生々しい言葉にあおられて行列する誰もがジャージの股間を膨らませ、「ああ、我慢できへん。早うしゃぶらせてえ」などと口々に呟くのだ。

さきがけの二人はそれを見て得意になって、いっそうあおりたてる。

「空手使いやしキツそうな女に見えたけどな、あれ、マゾや。代わるがわる珍棒舐めて、切なそうに腰振っとったわ。ええケツしとるし、その振り方がまたたまらん」

「こっちが出しそうになっても、すぐには追いこまんのや。まだイッちゃいや、とか鼻を鳴らしてよ。くっくく。タマ舐めたり、隣りをしゃぶったりして、ほとぼりがさめる頃にちょうど按配よく戻ってな。またチュパチュパ吸うてくれる。最後はディープスロートや。わしのデカ魔羅を見事に根元まで咥えよって……口だけでしこしこするんやで。ホンマはまだ五分あったけど、たまらず出してもうたわ」

「ミルク呑ませて。あっあン、美都子にどうかミルク呑ませてって、あの美貌で見つめられておねだりされるんやもんなあ」

廊下には異様な熱気と興奮が充満する。ジャージをおろし、シリコン入りの怒張をしごきだす者まで現われた。

「おう。あんな尺八上手はここらのピンサロにもおらんで。しかしあの粘っこい調子で最後までもつんかいな。後ろのほうは手抜きになるかもしれんのう。舌も動かんし、唾もよう出んやろ」

一人がそんな意地の悪いことを言って、列の後ろのほうで勃起をさすっている連中に地団駄を踏ませる。

そこへ千野が地下の様子を見に行くために通りかかった。

「ほ、ほんまですか、千野さん?」

十代のちんぴらが心配そうに尋ねた。

「大丈夫。美都子はそんなやわに仕込んじゃいねえ。俺がちょくちょく監視するから、もし手を抜いていやがったら、その時はオマ×コを使わせてもいい」

千野の言葉に、誰もが安堵の声をあげた。

地下室に千野が入った。

昨夜と同じく畳を三枚敷いた上で、美都子は下着姿でフェラチオにふけっている。艶っぽい吐息をもらしながら、口から勃起を出し入れし、綺麗にマニキュアされた指では、やくざの尻肉を甘く撫でまわしたり、もう一人のほうをしごいている。

圧倒的にまばゆい雪肌に、なまめかしい黒いブラジャーとパンティがひときわ効果的だった。膝立ちとなって、男の股間でガクンガクンと顔面を揺するたびに、腰までの黒髪が波打つ。色白の美しい顔立ちがポウッと妖しく上気している。

見ていて千野はひどく欲望を覚えた。自分も朱唇奉仕させたくてたまらない。

（なるほど。六郎猿の気持ちがわかるぜ。へへへ。まあ俺はまた明日からいくらでも好きにできるからいい。猿爺は、もう二度と美都子を抱けないとわかっていて、それでもなお、この悩ましい光景を何時間も見せつけられたんだからなあ）

ひょっとして今頃あの世から、歯ぎしりしてこれを眺めているのではないか。あるいはオナニーしているかもしれない。

ふとそんなことを思い浮かべ、千野はひとり笑いした。つい明け方に殺したばかりというのに罪悪感はまるでない。とことん悪党なのである。

4

フェラチオ二十人抜きを死ぬ思いですませた美都子。しかしほとんど休む間もなく、今度は幹部クラスの宴会に駆りだされた。

二十畳の座敷には、恰幅のいいやくざたちが約十五人、真んなかのスペースをあけて二列に向かい合わせに座る。後ほど美都子が、その中央で即興のレズビアンショウをやることになっていた。

美都子の他に、酌婦として七人の若い女がついている。ミナミのホステスたちで、いずれも派手なボディコン服に身を包み、濃い化粧をしている。

美都子だけがボンデージ風の下着姿だ。丸出しにされた乳ぶさを強調する、つやつやした黒い革のコルセットに、同じくパンティという、なんとも挑発的なファッションで、エナメルのように妖しく光る紫のストッキングをガーターで吊っている。

「誰なの、あの女。どこの売春婦？　私、聞いてないわよ」

「いやあね。京都のえげつないＳＭクラブかしら。露出すれば男が悦ぶってもんじゃないわよ、まったく」

ホステスたちが酒をつくりながら眉をひそめ、ヒソヒソと言葉を交わす。

くやしくてならないのだ。先程から美都子というその女だけがやくざたちの熱い視線を浴びて、まるで自分たちは刺し身のつま同然なのだから。

「くやしかったらおまえらも脱がんかい。顔のつくりはハナから勝負にならん。けど、あれよりもスタイルがよくてボインなら、いくらでもこづかいやるで。どや？　へっへへ」

貫禄のある極道に言われて、たちまち女たちはシュンとなった。

確かにボンデージの女は、女優も顔負けの綺麗な顔立ちだし、プロポーション
も乳ぶさの美しさも自分たちが逆立ちしてもかなわないほどだった。
その時、グループのなかで一人だけとびぬけて年の若いやくざが、やおら立ち
あがった。
会長のバカ息子で、洋集といい、皆から若と呼ばれている。東京の大学を中退
し、関西清道会系の金融会社に勤めている。年は、美都子より二つ下の二十一だ。
「おい、城戸美都子。俺とサシで勝負しようぜ」
いきなり挑戦状を叩きつけてきた。
酔って赤い顔をし、なぜか興奮気味に目が吊りあがっている。
隣りに座っている、女たちのなかでは一番顔立ちが整った絹子というホステス
にけしかけられたのである。そのホステスは、美都子とレズビアンショウを組ま
されることになっているのだが、相手のあまりの美貌が癪でならないのだ。
『あんな華奢な女が有名な空手使いなんて信じられないわ。フン、でかい面して
さ。ねえ若も空手やってたんでしょ。でも皆と同じで、やっぱりあの女が怖い
の？　ねえ、試しにあの女をぎゃふんと言わせてみてよ』
そう言われ、単細胞でわがままの洋集はすぐにカッとなってしまった。

あれよあれよという間に中央へ出て、準備体操をはじめた。痩せて背は高い。島田紳助に似て顎が長く、やんちゃという顔つきだ。

幹部たちの反応は、困ったな、という顔つきをする者と、「こいつは面白そうだ。いいぞ、やれやれ」と無責任にあおる者との真っ二つに分かれた。

「マーシャルアーツ式にグラブをはめてやろう。あんたが勝ったら、今夜は自由の身だ。俺が勝ったら……フフフ、そうだな、あとで二人きりになった時、マン毛を剃らせてもらうかな」

美都子の返事も聞かず洋集は、組員に格闘技用具を取りに行かせた。

ホステスたちは大はしゃぎで、早くも洋集に熱い声援を送っている。困惑気味の幹部たちも、もはやあきらめ顔で成り行きを見つめている。

青くなっているのは千野だ。ちんぴら相手ならまだしも、関西清道会の御曹司と闘って重傷でも負わせたら大変なことになる。

絶対にやめろと美都子に目で合図した。

「申しわけありません、若様。私、ずっと空手から遠ざかっておりまして、とてもお相手が務まるとは思えません。どうかお見逃しください」

美都子は丁重に頭をさげた。

しかし洋集が引きさがるわけがなかった。みんなの前でいいところを見せて、男をあげたくて仕方ないのだ。

「ボディガードの原島の顔面に、切れのいい裏拳を叩きこんだのは誰だっけ？それにミナミの駐車場で、男二人を一瞬の蹴り技で倒したろう？　いいから勝負しろ。万一俺に怪我させたって、あんたに誰にも指一本触れさせやしねえ。いいな、みんな」

幹部たちが神妙な顔でうなずいた。

絹子が「若。かっこいい」と拍手し、つられて他のホステスたちも手を叩いた。

千野はますます蒼ざめている。美都子の顔には、眠っていた野性が甦っている。さっきまで膜のかかったようだった瞳が凜とした輝きを放ちはじめていた。

第十二章　美都子・生贄の極印

1

座敷の中央で二人はマーシャルアーツ用グラブをつけ、口にはマウスピースをはめて、筋肉をほぐしながら試合開始を待っている。

レフェリー役の巨漢が、千野とヒソヒソと話しこんでいる。万一、美都子がカッとなって本気を出した場合、どう対処すべきか相談しているのだ。

宴席にいる関西清道会の幹部たち、それにホステスら二十人あまりは、固唾を呑んで成り行きを見つめている。もっとも男たちの視線は美人空手使いにひたすら集中しているが。

「相手があんな色っぽいんじゃ、若も気が散るだろうに。しかし、ええ身体しとるな。さすが東北のスケは肌がきめ細かい」

「あのでかい乳をブルンブルンさせて闘うんやで。うくく。こりゃえらい楽しみやな」

酌婦として一人だけ屈辱的なランジェリー姿をさせられていた美都子だが、もちろんそのままの格好で闘うのである。

腰までの黒髪は颯爽と美剣士のように、高い位置でポニーテイルに結んでいる。豊麗な乳ぶさを丸出しにしたトップレス。細いウエストをさらにぎりぎりまで絞った黒革のコルセットと、黒革のビキニパンティ。エナメル光沢の、官能的な紫のストッキングをガーターで吊っている。ストッキングとパンティの間、素肌の太腿のまばゆさがひときわ目立つ。

好色なやくざ連中が、試合そっちのけで美都子のセクシーな肉体に見入るのも無理からぬことだった。

柔軟体操で筋肉をほぐすその優雅な身のこなしを観察するうちに、喧嘩馴れした男たちの何人かは、いかにも女っぽく見える美都子の身体が、実は研ぎすまされた刃物のように鋭く、ムチのように柔らかくしなることに気づいていた。「こりゃ、若もうかうかでけへんで」と囁き合う。

一方、会長御曹司の洋集は、蛍光色の派手なトレーニングウエアに着替えて、しきりに首をカクンカクンさせ、メーンエベンターのごとく格好をつけている。どちらかがギブアップするまでという喧嘩ルールだった。グラブを軽く合わせて挨拶を交わす時、洋集は、

「あんたのマン毛、一本残らずツンツルに剃らせてもらうぜ」

島田紳助に似た顔にふてぶてしい笑いを浮かべて告げるのだ。

いよいよ試合がはじまった。

洋集が先制攻撃に出た。

ぷしゅうっ……ぷしゅううっ……。

息を吐く音をさせてキックとパンチを繰りだす。

美都子がそれを巧みにかわし、あるいはブロックする。そして時折り、相手との距離感をつかむようにジャブを出す。

もちろん絶対に勝ってはならない試合であった。適当に見せ場をつくったら、後はわざと隙を見せ、相手に打たせて寝てしまえと、千野からきつく言い渡されている。

『若に大怪我でもさせたら、生きて帰れねえと思え。いいな。絶対に……絶対に

だ。負けろ。どんなことがあっても本気になるんじゃねえぞ』

そう直前までしつこく何度も耳打ちされた。冷酷なサディストの千野が見せる狼狽ぶりが、いささか滑稽だった。

いっそここを死に場所にしようか。どうせ大鷹へ戻っても生き地獄なのだ。そんな捨て鉢めいた考えがチラリと頭をかすめたが、しかし刺し違える相手が洋集では、あまりに情けなかった。

(みんなでこの若者を腫れもの扱いして。この組の将来も知れたものだわ)

守勢にまわりながら美都子は、冷静に相手の力量を推しはかっている。

それほど悪くはない。思っていたよりは。道場では強いのだろう。あるいは関西清道会の影をちらつかせた、ストリートファイトではないか。

だが多くの修羅場をくぐり抜けてきた美都子には、繰りだされるすべての攻撃がきっちり読めた。パンチやキックの力がいくら強くても、こんな型にはまった攻撃では実戦では役に立たない。

はた目には洋集が圧倒的優勢だった。ホステスたちがキャアキャア黄色い声援を送る。「素敵よ、若。ああン、濡れちゃう」とか、「私を今夜抱いてェ」などと叫ぶ女もいる。

男たちは酒を飲むのも忘れ、美女の悩ましく揺れるバストや、下半身の動きをすけべったらしく凝視している。キックのたびに煽情的なストッキングに包まれた太腿が綺麗に一直線に伸びるのだ。

何人かの男はもう気づいていた。防戦一方の美都子だが、本当は余裕をもって楽々と洋集をかわしていることを。攻撃では、わざとパンチを大振りさせていることを。

はじまって二分もたたないうちに洋集の息が切れてきていた。ハアハアと苦しそうだ。だいぶ酒を飲んでいるし、日頃のトレーニングをおこたっているせいもあるのだろう。

無茶なハイキックは空振りだった。その反動でふらつく洋集の腹部へ、美都子の前蹴りがすぱーんと入った。

バランスを崩され、洋集がもんどり打って倒れた。

女たちのおおげさな悲鳴。あしざまに美都子をののしるホステスもいる。

千野の顔色が変わった。すごい形相で美都子に目で合図を送ってくる。巨漢レフェリーも、ゆっくりカウントを数えながら、ちらちらと美都子を恫喝するように睨みつける。

（気を使って休ませてあげたのよ。それに少しは本当らしくしたほうがいいじゃない）

かたや美都子のほうはまだ汗ひとつかいていない。朝から、ちんぴら二十人を相手に連続フェラチオさせられたにもかかわらずだ。悩殺的なボンデージファッションの肢体はあくまでしなやかで、ピンと背筋を伸ばし、野性的な目をキラキラと輝かせている。

洋集が起きあがってきた。怒りに顔面は真っ赤で、「クソ！　クソォ！」と自分自身への叱咤を連発している。もはやホステスたちに冗談を飛ばす余裕はない。ファイト再開となり、洋集は狂ったようにラッシュをかけてきた。美都子も負けじと応戦する。あくまで手加減しながら。

（それじゃ息がつづかないじゃないの。どうしてもっと頭を使わないのかしら）

歯がゆくてならない。ストリートファイトの経験が少ないのか、それともよほど弱い相手ばかりを選んでいたのだろう。

一進一退の攻防がつづく。その間に美都子は、相手がカウンターパンチを決めやすいように、あらかじめタイミングの予習をさせてやっていた。

わざと左のガードを少しさげ、大きめの右フックを放つ。待ってましたと洋集のカウンターが美都子の下顎をかすめた。

足がぐらりとした。

ぎりぎりのところで急所に入るのをかわしたのだが、やはり体重差がある。さらにテンプル近くへとどめの追い討ちを叩きこまれ、たまらず美都子はダウンした。

起きあがろうとするふりを何度か繰りかえした。あげく、とうとう刀折れ矢つきるという感じに、畳の上にどうっと大の字に倒れこんだ。美しい乳ぶさがひときわなまめかしくはずんだ。

レフェリーに向かい、苦しそうな顔でギブアップを告げる。

その瞬間、得意げにガッツポーズをする洋集。

もう観客は大騒ぎだ。女は熱烈なラブコールを送り、やくざたちは「これで城戸美都子も哀れパイパンや」「やっぱし若は強いのう」とはしゃいでいる。

千野が美都子の介抱に飛んできた。

「よくやった。途中ちょっとヒヤヒヤしたが、へへへ、さすが負け方もうまいもんだ」

こわもての顔いっぱいに安堵を浮かべて、奇妙なほめ方をするのだ。

2

その夜、美都子は、洋集のセックスの相手を務めさせられていた。

明日はいよいよ大鷹へ戻る身だが、もちろん牝奴隷に休息など許されるはずもない。翌朝の出発ぎりぎりまで、御曹司の好き放題に弄ばれることになっていた。

美都子にとってはほんのお遊びだったが、つい二時間前の死闘の興奮を引きずって、若い洋集は、やたら凶暴でサディスチックだった。細面の顔になまめかしく寝化粧をした美都子を、床に正座させ、その朱唇に容赦なくペニスをズブズブとぶちこんでいる。

「城戸美都子か。何が空手の達人だ、うりゃあ！　どうせ色仕掛けでたらしこんで寝首をかいてきたんだろ。おめえなんか俺様の魔羅しゃぶってんのがお似合いだよう。オラオラ、オラァ！」

後ろ手に緊縛されている美都子は、ハードなイラマチオから逃れるすべもない。汚辱感と苦痛に、顔面を真っ赤に歪めている。

「鷹尾組もだらしねえぜ。たかが女一人にびびって。フン。二度とでかい面するんじゃねえぞ。今度はあんなもんじゃすまねえ。マジでこの高い鼻をへし折ってやる」

とにかく洋集の鼻息は荒い。

美都子の顔をまたぐような感じで長い両足をひろげてふんばりながら、股間全体をぶつけさせて、美女の口腔を深々とファックしている。

かれこれ三十分あまりそのハードな口唇ピストンはつづいている。美都子は「ンム、ングン」と苦しげにうめくばかりで、どうすることもできない。ふだんならともかく、たてつづけに二十本も抜いた後だけに、顎が痺れきって涙がにじんでくる。

「そうら。俺のチンカスしゃぶって少しは見倣え。どうした、美都子？　くやしかったらいつでも相手になるぜ。また必殺のカウンターを食らいてえのか、こら。ウハハハ」

こしのある長い髪を乱暴に引っつかみ、ぐらぐらと揺さぶる。美女の眉間にマゾっぽく皺が寄る。つらそうにいやいやをする。それを眺めおろしては激烈な快感に高笑いする洋集。

なんという男だろうか。美都子がわざと負けてやったというのに。くやしくてならない。こんなことなら本気を出せばよかった。そのほうがこの愚かな若者の将来のためにもなる。

よほど今ここで成敗してくれようかと思う。しかし六郎を処刑したことが重く心にのしかかっていた。ヤケっぱちな気持ちをコントロールできないまま洋集と闘えば、また人をあやめてしまうかもしれない。

美都子は耐えた。莫大に膨れあがった借金をかえすために、これからマゾ娼婦として生きてゆく自分には、もう空手など邪魔なだけだと何度も言い聞かせた。

相変わらず下卑た言葉をまきちらしながら、洋集のあえぎが次第に切迫してくる。美都子の口腔に、先走りの粘液とともに濃厚なホルモン臭をふりまいている。

その気配に悲しくも美都子は被虐の痺れに襲われ、腰の中心をじわり、じわり疼かせている。

「呑みてえか。ウリャ、呑みてえんだろ、美都子。洋集様のミルクを?」

「……ン、あぁン」

その瞬間、剛棒の根元が膨れたかと思いきや、シュルシュルと幹づたいに何かが走り抜けた。

大爆発の予兆に、美都子の鼻先から不安と期待の入りまじった吐息がこぼれた。

「くく……ほら、出してやる。ああ、すげえや。呑め……うう、呑めっ、売女!」

がっちり顔面を抱えこんだまま、洋集は絶頂のストロークを叩きつけた。精液がどろりとした熱い塊りとなって、次々と喉を射抜く。それは今日、呑まされたやくざたちの誰のものよりも濃くてぴりぴりと苦く、呑みきれず美都子は窒息しそうになる。

やっとの思いで嚥下する。ごくん、ごくんと喉を鳴らす。あわせて秘肉がキュッ、キュッと緊めつけられる。

こんな最低の男の精液を呑ませられながらそれでも感じている。あそこをぐっしょり濡らして、とどめをほしがっているのだ。そう気づいて美都子はやや愕然とした。

もう二度と昔の自分には戻れないのだと今さらながらに悟る。こうなったらどこまでも堕ちてやろう。そして自分を見捨てた大鷹の男たちを、色香で狂わせてやろうと誓う。

「あうン、うふン」

勢いの弱まってきた怒張に、自ら舌を絡め、唇を動かして、せっせと残液を搾りとりにかかる。最後の一滴も逃さないといったその濃厚な奉仕ぶりに、洋集が上機嫌な唸りをもらした。

3

最初の射精が終わると、洋集は、それまでの凶暴ぶりが嘘のようにおとなしくなった。縛られて正座する美都子に後ろからまとわりついて、今のフェラチオがどれほど気持ちよかったかを一人でしゃべりまくる。

「あー、俺、あんな興奮したの初めてだぜ」

「……若様の、ミルク、とてもおいしかったですわ。美都子もすごく興奮しました」

「本当かよ？　乱暴にして恨んでないか」

洋集は、縄に絞りだされた双乳をねっとりした手つきで揉みほぐしながら、美都子の顔をのぞきこんだ。

「い、い、いいえ、とんでもない。美都子はマゾですから、乱暴にされるほうが好きなんです」

相手の突然の変わりように美都子はとまどいを覚えている。とにかく千野のメンツを汚さないようにしようと思った。

「それに……若様には空手でも負けていますし、たとえどんなことをされても、耐えるつもりですわ」

「おい、その手には乗らないぜ。フフ」

「え？」

美都子はぎくりとして若者を見た。

殴られる。そう思った。典型的なサディストの手口だ。わざとこちらを油断させておいてから、その態度が気に食わないとか因縁をふっかけて、ネチネチと折檻をする。千野をはじめ鷹尾組のやくざは、よくそうした陰湿な責めを好んだ。

「あんた、俺を馬鹿だと思ってるのか？」

「とんでもない。も、もし何かお気にさわったのならあやまります。どうも申しわけありませんでした」

あわてて美都子は、縛られた裸身をもぞもぞさせ、頭をさげた。潤沢な黒髪がいく筋もなだれ落ちて、甘い香りをふりまく。

「そうじゃねえさ。あんたは悪くない」

洋集は意外な言葉を吐いた。

手を伸ばして最上の絹にも似た手触りを楽しみつつ、乱れた髪をかきあげてやる。それからすぐまた両手で乳ぶさを揉みほぐす。よほどそれが気に入ったらしい。

「ただ、さっきの試合は八百長だよ」

「え？」

「本当の実力は月とすっぽんだ。あんた、俺が今まで会った誰よりも強いよ」

「ご、ご冗談を。買いかぶりもいいところです、若様。あれが本当に私のせいいっぱいですわ」

「やめてくれや。フフ。茶番はもういい。みんなの手前、こっちもひっかかったふりをしていたんだ」

恐縮する美都子の顎をしゃくり、悩ましくぬめった朱唇へそっと唇をつけて舌を吸う。

まだ二十一歳だが、さすがに遊び馴れているのだろう、美都子が感心するほどキスがうまい。どこか野性を秘めながらも洗練された舌づかいなのだ。そうして片手が滑りおりてきて、きちんと正座する太腿の内側を優しく掃くように愛撫する。

「なあ、美都子。さっき、おしゃぶりさせながらわざと挑発してみたんだよ。ま、こっちも興奮してたし。だけど、あんた全然乗らなかった。すごいもんだな。とてもよく訓練されてる」

「……そ、そうじゃありませんわ」

炯眼ぶりに美都子は舌を巻く。この若者はただ凶暴なだけではなかったのだ。

「千野って田舎やくざかと思ったら、そうでもないんだ。あんたのような女をここまで調教するんだからな。見直したぜ」

指先がネバネバと内腿を掃いて、鼠蹊部から繊毛が密生をはじめる微妙なあたりへ伸びてくる。大陰唇をなぞられる。

その次はどこに触れられるのか。甘い期待に美都子は頰を染めあげ、「ア、アアン」とすすり泣いて腰を揺すった。

「オマ×コいじってやろうか？」

そう耳のなかに言葉を吹きかけられた。

ゾクリと快感が走る。

「あっ、ああ、若様」

灼けた花弁の縁を上から下へ焦らすように触られる。美都子はがっくりと首を折って、屈伏のあえぎをもらすのだ。

ついに花唇が開かれた。みっちり熱い樹液をたたえた内側へ、洋集の指が入りこむ。閉じた粘膜をくつろげてゆく。

「へえ。いいオマ×コしてる。まだそれほど客をとらされちゃいねえんだな」

「アン……恥ずかしい……」

「まったく不思議だぜ。こんな女っぽい身体つきしてよ……いったいどこからあんなパワーが出るんだ？」

美都子を抱く男が必ず一度は、感動とともに口にする言葉だった。まして洋集は八百長とはいえ、グラブを交えたばかりだけに、その思いもひとしおだろう。闘いの場ではあの戦慄的な野性の女豹が、こうしてとらわれ縄掛けされると、まさに緊縛されるために生まれてきたような妖しいマゾ性に輝く。その落差が男にはたまらない。洋集は斜め後ろにしゃがんで女体を攻めながら、再び激しく勃起したそれをしきりに柔肌へこすりつけている。

美都子もどんどん高ぶってゆく。すらりと美麗な太腿をたまらない感じでキュッ、キュッと閉じ合わせ、股間にもぐりこんだ男の手を挟みつけるようにする。

「うふン……あムム……若様、口を、美都子のお口を吸って」

垂れかかる髪を払い、美しい首筋を際立たせて自ら口づけをせがんだ。

洋集はほくほく気分で美女の舌を吸いとる。たっぷり唾液をすべらせ、舌と舌をこすり合わせながら、勢いよく飛びだした胸乳を揉みつぶし、別の手では蜜部をかきまわす。

美都子の双臀が浮いた。

美貌を染めて情熱的に接吻を交わし、縛られた裸身をくねらせ、「ああン、ああン」と媚声を放つ。

「イクんだ。イッてみろ」

甘くとろける口をたっぷりしゃぶってから洋集は告げた。ご主人様のその言葉を待っていたかのごとく、美都子は卑猥に腰を揺り動かした。

「……い……イクっ……イクぅぅ」

ひときわ淫らに腰部をせりあげ、濡れた粘膜で相手の指をきつく緊めつけながら、エクスタシーをきわめた。

4

「千野は、セックスの間は絶対に縄をほどかないでくれって、しつこく言ってたよ。おまえは生まれつきのすごいマゾなんだってさ。ハハン、二人きりになって、暴れるのを心配してやがるなと、すぐにぴんときたぜ」

「い、いえ、美都子は本当にマゾですわ」

オルガスムスの後の、とろんとした目を力なく注いで答える。

「あれだけの空手を使う女がマゾなもんか。フフフ。縄で縛っておけば空手を封じられるし、助平客も喜ぶ。一石二鳥だ。うまい売り方を考えたよな」

洋集はそう言い、ブランデーを口移しで飲ませてやる。美都子はおかえしに商売抜きの、熱っぽいベーゼで相手を痺れさせる。

「疲れたろう？　縄をほどいてやろうか」

「いいんです。私、このままのほうが」

「だっておまえ……」

「もし若様がおいやでなければ、このまま抱いてほしいんです。本当に、そのほうが好きなんです。どうかさっきみたいに、美都子を乱暴に、虫けらのように扱ってください」

変に情けをかけられると、なおさらみじめになるのだった。それに、これから大鷹で待ち受ける地獄の日々を考えると、さっきのようにむごく奴隷扱いされたほうがずっといいと思った。

「おまえがそう言うなら……へへ、もちろんこっちだって嫌いなはずがねえさ。おまえのような女と、サドマゾでどぎつくオマ×コできるなんてな」

洋集はワルぶった笑いを口端に浮かべた。

しかしその表情に失望の色がかすかににじんでいる。一級の武道家である美都子に対して、縄つきでセックスするのは気がとがめていた。せっかく敬意をもって遇しようとしたのだが、しょせんは田舎やくざに食いものにされるマゾ娼婦にすぎないのかと思う。

「さあ。可愛がってやる」

ふんぎりをつけると、ぐいと髪をわしづかみ、夜具の上へ引きずり倒した。

縄を食いこませた乳ぶさが重たげにブルンブルンと波打った。改めて眺めれば、すらりと華奢なはずなのに、緊縛された裸身はむちむちとグラマーな曲線美を描いて、圧倒的な悩ましさだった。

洋集が太腿を押し開く。聖裂を隠そうと、恥ずかしげにあえぐ美都子。艶のある極上の髪がハラハラとほつれ乱れる。

「何を今さらお上品ぶってやがるんだ」

「あ、ああ、だってェ」

「うへへ。これが城戸美都子のオマ×コか」

目にしみる雪白の太腿のその谷間に、可憐な二枚貝が見えた。娼婦とは思えない清楚な形状だが、先程からの淫戯のせいでなまめかしい濃いピンクに充血してぬめっていた。

「なるほど淫売らしい、いやらしいオマ×コだ。こんなに赤くただれてやがる」

「いや。いやよ。若様の、意地悪ゥ」

身も世もあらずといった風情の美都子。

その初々しい羞じらいぶりに、カッと我れを忘れて洋集はのしかかり、一気に貫いた。

窮屈すぎる小径を通り抜けると、やがて快美に濡れた粘膜が、分身を甘く柔らかく緊めつけてくる。こすれ合うたびに嗜虐欲が疼いて、野卑な言葉を美女へ浴びせかけてはズンズンと結合を深めた。

「どうだ。そらそら。空手がいくら強くても、こうしてチ×ポぶちこまれりゃ、グウの音も出まい。ざまあみろ」

「あっ……あうう……」

「俺の奴隷だと言え、こら」

「ねえ……美都子は……若様の、奴隷です。殺されても文句は言いません」

セクシーに朱唇をめくらせ、うっとりした表情で言う。

若者とぴったり合致させた下半身から、びりびりする電流が流れでて体内をめぐる。乳を強く揉まれ、首筋を吸われ、いたぶりの言葉を浴びせられるのも心地よい。もうどうなってもいいという気分になる。

「もっといじめてほしいか？」

「いじめてェ。ああん、もっともっといじめて。めちゃめちゃにしてェ。お願いです」

「よし。覚悟しろ」

洋集は、何かに取り憑かれたように美都子を嬲った。

乳頭をちぎらんばかりにきつく噛み、肉丘に爪を立て、頬を平手打ちした。

狂おしい美女のよがり泣きにあおられ、そして首を絞めた。

頸動脈を圧迫すると膣肉が激烈な収縮を示す。「ほほう」とにんまりし、洋集はさらに力をこめた。きわどいサディズムに勃起はこのうえなく熱化して、収縮しつづける膣と極限まで一体化するのだ。

美都子は何度も達していた。

洋集はなおも首を絞めつづけて、何か聞きとれない言葉を叫びながら射精をはじめた。
ドクンドクンと流しこまれる粘液。狂乱のなかで美都子は薄く目を開ける。
一瞬、洋集の顔が六郎に見えた。気の遠くなる感覚。六郎はなつかしい笑いを浮かべている。なぜか美都子はしあわせな気持ちのまま、目を閉じた。

そして、朝が来た……。

（了）

本作は『肉蝕の生贄（上）被虐花・美都子』『肉蝕の生贄（下）
淫霧にけぶる逃避行』（ハードXノベルズ）を再構成し、刊行した。

フランス書院文庫X

【特別版】肉蝕の生贄

著　者　綺羅　光（きら・ひかる）

発行所　株式会社フランス書院

東京都千代田区飯田橋３－３－１　〒102-0072

電話　03-5226-5744（営業）

03-5226-5741（編集）

URL　https://www.france.jp

印刷　誠宏印刷

製本　若林製本工場

ISBN978-4-8296-7929-6 C0193

フランス書院文庫X　偶数月10日頃発売

【最終版】肛虐三姉妹　結城彩雨
「まゆみ、麗香…私のお尻が穢されるのを見て…」妹たちを救うため、悪鬼に責めを乞う長女・由紀。人妻、OL、女子大生…三姉妹が囚われた肛虐檻。

寝取られ母【三大禁忌】　河田慈音
「パパのチ×ポより好き！」父のパワハラ上司の腰に跨がり、熟尻を揺らす美母。晶は母の痴態を覗き、愉悦を覚えるが…。他人棒に溺れる牝母達。

完全版・散らされた純潔【制服狩編】　御前零士
デート中の小さな揉めごとが地獄への扉だった！恋人の眼前でヤクザに蹂躙される乙女祐理。未熟な肢体は魔悦に目覚め…。御前零士の最高傑作！

完全版・散らされた純潔【奴隷妻編】　御前零士
学生アイドルの雪乃は不良グループに襲われ、ヤクザへの献上品に。一方、無理やり極道の妻にされた祐理は高級クラブで売春婦として働かされ…。

義姉【狂愛の檻】　麻実克人
未亡人姉27歳、危険なフェロモンが招いた地獄絵図。緊縛セックス、イラマチオ、アナル調教……愛憎に溺れる青狼は、邪眼を21歳の女子大生姉へ。

【完全版】人妻捜査官　御堂　乱
敵の手に落ちた人妻捜査官・玲子を待っていたのは、女の弱点を知り尽くす獣達の快楽拷問。救出しようとした仲間も次々囚われ、毒牙の餌食に！

【完全版】人妻獄　夢野乱月
若妻を待っていた会社ぐるみの陰謀にみちた魔罠。夜は貞淑な妻を演じ、昼は性奴となる二重生活。まなみ、祐未、紗也香…心まで堕とされる狂宴！